BLUES

Depuis plusieurs années, Alain Gerber réinvente dans ses romans la vie des plus grands jazzmen, de *Louie* à *Miles,* en passant par *Chet*, *Charlie*, *Frankie*, *Paul Desmond* et *Lady Day*. En 2009, il a également publié *Blues*, fresque de l'Amérique à la fin de la guerre civile, au début de l'émancipation des Noirs et aux origines de leur musique. Alain Gerber a reçu le Grand prix du roman de la Ville de Paris pour l'ensemble de son œuvre.

Paru dans Le Livre de Poche :

CHARLIE

CHET

FRANKIE, LE SULTAN DES PÂMOISONS

LADY DAY

LOUIE

MILES

PAUL DESMOND ET LE CÔTÉ FÉMININ DU MONDE

ALAIN GERBER

Blues

ROMAN

FAYARD

ISBN : 978-2-253-13466-4 – 1re publication LGF

Pour Marie Joséphine,
que je retrouve toujours
« du côté ensoleillé de la rue ».

Aloysius

> Je me suis levé ce matin, mon cœur battait dans ma poitrine
> Je me suis levé ce matin, mon cœur battait dans ma poitrine
> Le vent apporte du lointain l'appel des morts sur la colline

Je me suis levé ce matin. Il venait de là-haut. Dans le silence de l'aube. Avant que la chaleur bourdonne. Avant que l'herbe frémisse. Avant que l'air soit chargé d'haleines. Personne ne l'a vu. Personne d'autre que moi. Avant que le soleil acide égoutte sur la nuque des troupeaux. Quand les ombres sont étirées, avant que le ciel d'amadou ait mis le feu à la lumière. Je me suis dressé tout à coup. J'avais vu de l'eau en rêve, où mon sommeil s'était noyé. J'avais vu de l'eau noire. Les choses noires sont maudites, comme le noir sur ma peau. Un seul papillon de cette mauvaise couleur peut mener douze apôtres en enfer. J'avais une ville entière à habiter tout seul, si je voulais, pourtant ce n'était pas une bonne journée qui m'attendait. J'ai chanté cela aux carrefours, je l'ai chanté sur les talus, au fond des granges : vendredi semblerait terrible, s'il n'était écrit que samedi sera bien pire encore.

À tâtons, j'ai ramassé ma gourde, ma sébile. J'ai passé à mon cou la bandoulière du banjo à une corde que j'ai fabriqué de mes mains. J'ai quitté la chambre. Je suis sorti sur la galerie. Appuyé à la perche qui me sert de bâton de marche, j'ai tourné mon visage vers les lueurs. Vers la colline du levant, où les combats ont fait rage. Au sommet de la perche est planté le crâne d'un bélier. J'ai accroché là-haut une patte de lapin. Des cheveux d'homme mort. Un sac rempli de rognures d'ongles. Sept plumes aspergées de fiel et d'humeurs. Et puis les rubans rouges où j'ai tracé avec mon sang des formules magiques, si secrètes que je ne les déchiffre pas moi-même. Si les rubans se mettent à flotter, je sais où porter mes pas et je sens que l'Esprit se tient à mon côté. C'était un de ces matins où le vent retient son souffle. Dans mes ballades, j'en ai raconté beaucoup de pareils. J'ai dit comment des hommes se dressent de leur sommeil le cœur battant, mais que les choses savent bien pourquoi. Je me suis levé stupéfait : déjà tournés vers l'horizon, le silence et le vent, la poussière et le ruisseau, les feuilles et les ombres savaient quel sort m'était réservé.

La ville était abandonnée, depuis cette affaire sur la colline. La ville était morte, il était mort aussi. Il est apparu dans le soleil. Je suis le seul à l'avoir vu, moi qu'un coup de fouet malencontreux rendit aveugle sur la plantation Devereaux, bien avant cette guerre. La lumière de l'aube ne m'oblige plus à baisser les yeux. L'infortune m'a fait le témoin des choses qui ne sont pas à voir. Aveugle, je l'ai vu. Je ne suis pas sourd mais, sur son cheval noir, descendant la colline calcinée par la poudre, il s'avançait sans un bruit. Même la terre n'entendait pas les sabots de la bête qui se posaient sur elle. Comme s'ils étaient emmaillotés d'ouate et de soie et que la poussière, couleur du safran, fût une farine épaisse… Ils ont traversé, le cavalier et sa monture, le gué qui marque l'entrée de la ville, juste assez profond au printemps pour qu'un homme à cheval y mouille la semelle de ses bottes. L'eau n'entendait pas ses propres éclaboussures. Le silence n'entendait plus le silence.

De l'autre côté de l'eau, sans descendre de sa selle, il a tracé au moyen de son épée, entre l'angle de la première maison de gauche et l'angle de la première maison de droite, où je m'étais endormi, une ligne parallèle à la rivière. Puis il est retourné au milieu de la grand-rue et il a poursuivi sa route. Un homme noir sur un cheval noir. Avec le soleil dans le dos, donnant sur ma figure. Pourtant j'ai vu chaque détail de son costume. Le fourreau de l'épée contre la botte. Les étriers, les sangles, la selle et le troussequin. Chaque détail, en vérité. Son regard immobile dans l'ombre du chapeau. Il défilait devant moi, indifférent à ma présence. J'avais reconnu l'uniforme des colonels de la Confédération. J'avais reconnu le Mauvais Homme de ma chanson. Ils disent que je l'ai inventé, mais il portait ce matin, dans sa vareuse, un trou béant contre son cœur. Ils ont voulu me battre, à cause de mes mensonges, et maintenant il défile devant moi.

William C. Quantrell et Bloody Bill Anderson, ce sont des Blancs, ils mènent des bandes de maraudeurs. Jusque dans le Kansas, ils apportent le tumulte et la turpitude. Ils offrent à chacun le meurtre, la rapine et les flammes. À Lawrence, au mois d'août 1863, les irréguliers ont massacré plus de cent personnes avec un grand plaisir. Ce qu'ils ne peuvent entasser dans leurs chariots, ils le brisent et le brûlent. Ils ne s'encombrent pas des gens. Ils les fracassent. Ils les coupent en morceaux. Ils leur ôtent la figure. Ils crachent dans leurs orbites. Ils les font cuire sur la braise. Ils prélèvent bras et jambes et pendent les torses aux arbres. Ils clouent aux portes, avec un plus grand plaisir, des cœurs, des têtes et les parties honteuses des hommes. Les femmes ils les allongent sur le sol et les fendent en deux de bas en haut, sans le secours d'un instrument. Mais ce sont des hommes blancs. Moi, je chante l'histoire du Maraudeur Noir. Le plus sanglant d'entre tous. Le Mal pâlit s'il l'aperçoit. Ayant fiché mon bâton dans le sol, je l'appelle le colonel Obscur. Je chante qu'il conduit au fond de l'enfer, sous la bannière des Confédérés, un régiment d'esclaves aux dos ciselés de cicatrices, aux yeux fous couleur d'ambre, aux lèvres d'écume. Obscur est son nom véritable. L'obscurité est sa tâche, accomplie avec zèle ici-bas. Et je vis alors sa blessure saigner sur le drap gris à longs jets pourpres moirés d'argent, tandis que le bronze de son visage, illuminé de l'intérieur, miroitait devant la pénombre fuyant vers l'ouest, fuyant le feu de son regard. Vers l'ouest, il a poursuivi son chemin, sur son cheval de silence, aussi lent que son ombre était longue sur la terre.

À l'autre bout de la ville, il se dirige vers le cimetière. Entre les deux dernières maisons, de la pointe de l'épée, avant de la franchir, il a tracé une autre ligne. Il pénètre chez les morts. Un temps, il disparaît sous le couvert des arbres. Puis il redescend Main Street, ayant repassé la ligne, et revient dans ma direction. Noir sur son cheval noir. Plus silencieux que le cœur du silence. Il défile devant moi. Sa blessure s'est refermée. Sa vareuse s'est recousue. Plus une goutte de sang sur son costume. Plus une goutte de lumière dans son regard. Le bronze de sa face est comme le vert-de-gris des toits. Tu te sens parfois comme un enfant sans mère. Aucun arbre ne respire. Aucune enseigne ne grince. Aucun nuage ne glisse sur le ciel. Pourtant je sens un air glacé circuler sur mon front. Agiter les dents du bélier, au-dessus de ma tête. Tripoter mes plumes et mon talisman. À cet instant, mon banjo joue tout seul un air lugubre.

L'Esprit s'est penché sur moi, je ne l'avais pas entendu venir. Il m'a parlé à l'oreille. L'évidence a frappé mon front. J'ai compris qu'en coupant la première ligne, du levant vers le couchant, on passe de la vie dans la mort ; qu'en enjambant la seconde, d'ouest en est, on retourne de la mort vers la vie. Ayant retraversé le gué, le colonel Obscur, pour la troisième fois, a tiré l'acier du fourreau. Il pointe son épée sur la colline, en plein sur le soleil encore rose qui, à présent, semble posé dessus en équilibre. Il éperonne sa bête. Couché sur l'encolure, il s'élance contre un ennemi fantôme, chargeant droit sur l'horizon aveuglant. Un rayon de lumière touche son arme, l'embrase et la dissout. Il absorbe de la même manière sa main, son bras, le reste de son corps, le cheval noir et son harnachement. Quand tout s'est évanoui, à la seconde précise, j'entends mourir l'écho lointain d'un galop et d'un cri de ralliement, et tous les bruits, d'un coup, tous les bruits changés en pierre sont désengourdis. Tous les bruits de la nature. Tous les bruits de la ville. Et pourtant la ville est morte, mais je distingue dans un brouhaha des paroles, des rires d'enfants, des pas sur les planches, des froissements de jupes et un fracas d'enclume. Je perçois des odeurs. De café, de fumée bleue, de linge frais. Je sens la chaleur envahir mon bras droit et le vent frais du matin hérisser mon bras gauche. Ne suis-je pas aveugle à ce monde-là ?... Justement, est-ce ce monde-là que je contemple ? Regardant autour de moi, je vois que tout est resté pareil que dans mon souvenir. Pareil qu'avant la venue du Mauvais Homme. Pareil qu'avant sa disparition dans le soleil. À ceci près que, maintenant, le gué se trouve à l'ouest, tandis que Main Street débouche sur l'allée principale du cimetière, qui marque ainsi l'entrée de la ville. Quand je me rendrai là-bas, je constaterai qu'aucun nom n'est gravé sur les stèles. Chaque passant peut y lire le sien, s'il commet la faute de baisser les yeux sur l'une ou l'autre de ces pierres. L'Esprit se penche sur moi et me fait cette confidence : pour baptiser l'enfant qui vient de naître, on cherche la seule tombe qui porte une inscription et on prend connaissance du prénom qu'il portera jusqu'au jour de sa mort – tous peuvent le déchiffrer. Il ajoute : « Mais personne n'y prête attention. »

Ma chanson dit que le régiment sans ombre campe au sommet de la colline. Ici et là reparaîtra le colonel Obscur, jusqu'à la consommation des siècles. Ni la poussière, ni le vent, ni le temps n'effaceront les lignes qu'il a tracées, le lendemain du jour où Robert Edward Lee, commandant toutes les armées du Sud, a déposé les armes à Appomattox, là-bas en Virginie. En deçà de l'une : la mort. Au-delà de l'autre : la vie. Entre les deux, la vie et la mort ne se distinguent plus. Les gens des maisons et les créatures des tombes se croisent sur les galeries, dans les échoppes. Ils se mélangent, ils se confondent, ils se regardent avec douleur et nul ne peut les voir. Ma chanson dit que cette ville sera le pays des Noirs, après cette guerre. Le Diable a toujours une carte maîtresse dans sa botte. Tel sera désormais le Sud obscur, pour l'homme de couleur. Pire que la déportation. Pire que l'exil. Ni la nostalgie ni l'espérance n'ont cours en ce pays. Vivant ou mort, maintenant ces mots se valent. Éphémère ou éternel, maintenant ces mots se valent. Tel sera notre secret, parmi les Blancs dévorés de songes insupportables.

Nehemiah

> Je me suis levé ce matin, la terre avait trop bu de sang
> Je me suis levé ce matin, la terre avait trop bu de sang
> Le Sud a choisi son destin, il n'y aura plus de printemps

Je me suis levé ce matin, puis j'ai tué notre maître.

Ils l'ont attendu longtemps. Ils l'attendaient si fort qu'ils l'avaient appelé le Jour de Jubilation. Cette attente était plus ancienne que la naissance de leur père et de leur mère. Ils savaient qu'elle durerait bien après la mort de leurs enfants, et des enfants de leurs enfants, mais ils espéraient quand même. L'espoir survit à chacun, parce que l'exil et la servitude sont des malheurs qui dépassent la personne. Au début de l'été 1863, l'élan du général Lee, marchant sur Washington, fut brisé à Gettysburg. Cette année-là, M. le Président Lincoln a décrété l'Émancipation. Mais, si grand soit-il, aucun homme blanc du Nord ne décidera du sort d'un seul homme noir du Sud, fût-il le plus insignifiant de tous. Quitte à paraître cynique, il faut regarder la vérité en face : l'Émancipation n'aura émancipé que le sommeil des abolitionnistes, troublé par trop de hontes et de remords. Deux ans plus tard, la guerre civile a cessé de faire rage. M. le Président Lincoln est revenu à la charge, faisant promulguer le treizième amendement, ainsi que le quatorzième. Le premier abolit l'esclavage ; le second interdit de dénier le droit de vote à quiconque « pour cause de race, couleur ou condition antérieure de servitude », faisant ainsi du Noir un citoyen comme un autre. L'Acte des droits civiques précise que la loi qui s'applique à une seule des personnes placées sous la juridiction des États-Unis s'applique à toutes les autres. Chaque Américain se trouve légitimement fondé à jouir dans sa plénitude de tout ce qui est légal, s'agirait-il même – j'ai appris le texte par cœur – d'une commodité, voire d'un privilège (ce mot est imprimé en toutes lettres : « privilège »). Par ces déclarations, les enfants d'Afrique n'étaient pas seulement libérés de l'esclavage. Ils étaient rendus plus libres que dans leurs rêves sans fond, puisqu'ils devenaient libres *ici même,* dans ce pays qui les avait un jour arrachés à l'insouciance, aux préoccupations futiles, aux certitudes et aux illusions sur soi-même auxquelles tout homme a droit.

Le Jour de Jubilation était enfin venu. Pourtant, le triomphe ne se reflétait sur aucun visage. J'ai même vu dans les cours, désemparés, des frères de couleur verser des larmes en compagnie de ceux qui, la veille, étaient encore leurs propriétaires, ceux-ci et ceux-là n'osant pas se tomber dans les bras mais pleurant les uns sur les autres. Je me suis fait cette réflexion : c'est comme si, la Liberté s'étant levée sur notre vieux Sud, le soleil, lui, restait à paresser sous l'horizon – et l'on observe alors que la Liberté par soi seule ne répand pas autant de lumière qu'on se l'était imaginé. Elle en répandait moins, en fait, que les évasions furtives et les révoltes inexprimées. Si bien qu'au cœur des hivers on n'avait pas connu de matin plus blafard.

Alors seulement, je fus capable d'entendre la prophétie du pauvre Aloysius. Je l'avais prise pour les divagations d'un être que les ténèbres, la solitude et le désœuvrement ont rendu fou, quand il vaticinait à la croisée des routes au lendemain d'Appomattox, couvert d'une épaisse poussière jaune, collant à sa sueur et à ses larmes, collant aux plaies abominables de ses yeux. Il tremblait de la tête aux pieds, comme frémissaient les dents de la mâchoire fichée sur la houlette qu'on ne lui aurait plus fait lâcher, fût-ce en lui brisant chaque doigt l'un après l'autre. Il ricanait et gémissait en même temps. « Rentrez dans vos cabanes ! Restez au milieu de la rue ! Courez ! Immobilisez-vous ! Forniquez ! Arrachez-vous les parties honteuses ! Trayez la vache ou laissez-la crever ! Pour l'homme noir, en ce pays, il n'y aura plus ni vie ni mort ! Ni jugement ni miséricorde. »

Après l'Abolition vint la Reconstruction. La Désolation les avait engendrées l'une et l'autre : elles lui ressemblaient trait pour trait. Les Blancs allaient pleurer sur des photographies, des emblèmes, des dépouilles, des lettres roussies, des casseroles défoncées. Ils sanglotaient sur des souvenirs de paradis perdu. Nous, les Noirs, devions errer sans fin, sur cette terre qui n'était même plus une terre d'exil, maintenant que nous pouvions nous rendre où bon nous semblait. Nous cherchions nos pauvres restes au milieu des décombres. J'ai longtemps imaginé que, si un homme n'a pas reçu d'instruction, la première chose qu'il ignore, et la dernière qu'il devinera, c'est quel homme est en lui. Je me trompais : plutôt que cet homme, il préfère rencontrer le Diable. Délivrés de nos fers, pour la plupart d'entre nous, nous avons été enchaînés à notre malédiction par notre liberté même.

Un détachement de soldats bleus campe ici, depuis la défaite des Gris. Ils traitent l'habitant avec arrogance et dureté. En particulier les anciens maîtres. Si tant est que le rasoir que vous dissimulez dans votre manche est votre ami, nous sommes les amis des Yankees. Ils se servent de nous pour mortifier les vaincus. Ils ne font mine de nous élever que pour mieux les rabaisser. Mais, à part quelques abolitionnistes farouches, qu'il faut redouter pour d'autres raisons (par amour des mots et fascination pour les symboles, ils vous feraient commettre l'irréparable, sans égard pour les conséquences encourues), à part quelques individualités équitables et généreuses, comme vous en trouvez jusque chez vos mortels ennemis, les soldats d'Abraham Lincoln ne nous considèrent pas d'une autre façon que ceux de Jefferson Davis. Il y a des Noirs parmi eux. Pour la plupart, ceux du Nord nous regardent comme des primitifs incultes, à peine doués de parole, fleurant l'étable et l'huile rance. À leurs yeux, nous apparaissons comme les complices de notre malheur, que nous aurions renforcé à coups de renoncements : des nègres pusillanimes, qui n'ont pas eu la volonté de reconquérir leur propre existence, pas eu le courage de haïr suffisamment les maîtres pour se soustraire à leur protection. Des êtres qui n'ont pas eu le respect d'eux-mêmes.

En pays occupé, la délation est un loisir répandu. Ces belles âmes ont appris que j'étais l'intendant du domaine, depuis que Master Luc et Master Jean s'étaient enrôlés dans la cavalerie. Les uns me regardent avec répugnance ; le reste se méfie de moi. D'autant qu'on m'a dénoncé comme un Noir instruit, sachant déchiffrer les notes de musique autant que les caractères d'imprimerie. J'ai noté dans mon journal : « S'il n'y avait plus que des nègres sur terre, certains n'en seraient pas moins les nègres des autres. »

Cependant, nous devons nous montrer pleins de gratitude envers les soldats de l'Union. Les Blancs sont les plus nombreux, et par conséquent les plus forts. Nous avons un besoin vital de cette force. La brutalité dont ils font preuve est à long terme la plus lourde des menaces qui pèsent sur nos têtes, mais, pour l'heure, elle représente notre meilleur bouclier. Le jour, inévitable, où les Nordistes se retireront des États qu'ils occupent, les Blancs d'ici se vengeront sur nous des humiliations, des préjudices qu'ils ont subis de leur fait. Je pense qu'il faudrait attaquer les bivouacs bleus de temps en temps, assassiner par-ci par-là une sentinelle, un porteur d'eau, afin que, comprenant qu'on veut les chasser, ils décident de s'incruster.

Le Yankee nous a inscrits en foule sur les listes électorales, allant jusqu'à pointer ses baïonnettes sur ceux qui, trop conscients du risque qu'on leur faisait courir, se montraient récalcitrants. En même temps, de riches planteurs, selon leur propre estimation la fine fleur de l'aristocratie méridionale, étaient dépossédés de leur droit de vote. De façon délibérée, des officiers de l'Union ont installé, pour gérer les villes et maintenir dans les rues un ordre à leur convenance, les Noirs les plus obtus, parfois les plus indignes, sur lesquels ils aient pu mettre la main. Des milices de couleur ont été créées, avec la consigne d'obliger les Rebelles à plier l'échine. Les manipulateurs ont poussé à l'exaction et applaudi à l'iniquité. Je continuais à penser que, plus le chaos s'installerait, moins vite nous serions dépossédés des droits que nous venions d'acquérir. Ceux à qui ces droits profitaient n'y étaient pas partie prenante. Ils n'avaient même pas été consultés. La manne leur était tombée du ciel, quitte à leur briser la nuque. Comme il était stipulé dans les nouvelles lois, c'était bien d'un privilège, presque d'un passe-droit, qu'on les avait gratifiés. Or, un droit cesse d'en être un si, même sans intention maligne, il se confond avec une prébende. Tout le mal, à l'avenir, proviendrait de cette ambiguïté. Et le mal *proviendra* – cela n'est pas douteux. Il s'insinuera jusqu'à nous, il s'étendra telle une gangrène dès que les Yankees, jugeant qu'il n'y a plus assez de sang à sucer dans les veines du Sud, éprouveront une incoercible nostalgie de pluie fine et de vent gris.

On nous agite, tels des épouvantails. Les épouvantails ne tirent aucun bénéfice des récoltes qu'ils protègent. Jusqu'à ce qu'ils tombent en poussière, les corbeaux leur picorent mille et mille fois les yeux…

Dans quelques endroits, je ne vais pas le nier, Noirs émancipés et Blancs pauvres ont tenté de se rapprocher afin de reprendre l'initiative et de fonder, à l'écart des soldats bleus, un Sud nouveau. Qui serait fraternel. Où l'égalité régnerait entre les créatures de Dieu. Mais, partout ailleurs, le Noir a été utilisé contre son propre avantage, dans le but unique d'étendre et d'accélérer la spoliation. On s'est gardé pour cela de lui retirer l'esclavage de la tête, profitant de son ignorance et de ses superstitions, et même – j'ai honte en le disant – on s'est gardé de lui retirer l'esclavage du cœur. Aussi, de ces « hommes libres », s'en présente-t-il chaque jour à la porte du domaine. Il n'y a plus de porte, en vérité, depuis que les troupes de Sherman, remontant vers le nord afin de prendre l'ennemi à revers, l'ont mise à bas. Pourtant, comme jadis, comme hier encore, ces hommes censément libérés s'arrêtent sur le seuil, aujourd'hui invisible, mais qui reste gravé dans leur mémoire, et, formant une ligne, le chapeau à la main, pour rien au monde ne s'autoriseraient à le franchir sans y avoir été invités, à défaut d'en avoir reçu l'ordre. Au pays de Dixie, désormais, tous ceux qui ne sont pas des pillards et des profiteurs de guerre grossissent le flot des mendiants ou, pour les plus soucieux de leur dignité, celui des solliciteurs.

Et que désirent-ils donc, ces visiteurs pleins de modestie et d'usage ? Je le sais mieux que personne, et cette connaissance m'étouffe. Avant le retour de Master Luc, en loques sur une carne qui vaguait au milieu des taillis et secoué par des sanglots muets, c'était moi – moi qui souhaite mourir sans avoir été le maître de personne –, c'était moi que ces gens suppliaient qu'on les remît à la culture des champs, à l'entretien des bêtes, au désencombrement du puits, à la reconstruction de l'habitation et des dépendances, toutes en ruine. À n'importe quoi, en fait. Aux corvées les plus pénibles et les plus avilissantes dont on voudrait bien leur faire l'aumône. Plus d'un soupirait après le « bon temps ». Une femme m'a imploré de lui rendre son ancienne condition, si j'étais un homme de miséricorde et si, d'aventure, la chose était en mon pouvoir.

Par groupes, les Noirs libérés allaient à présent en somnambules, spectres de chair et de sang, sur le bord des routes, ou le long des voies de chemin de fer, ou encore droit devant eux, à travers champs, chacun, le regard vide et fixe, tout seul au monde entre les autres. Ils se laissaient tomber là où ils se trouvaient quand la faim, l'épuisement, le désespoir, les empêchaient de faire un pas de plus. Ses propres enfants enjambaient le mort sans avoir conscience de leur geste, avant de s'effondrer plus loin.

Après la défaite, un vol de criquets, venu avec le vent du Nord, le vent sombre, s'était abattu sur les onze États confédérés. Des criquets à forme humaine, parasites et prédateurs. Des animaux dénaturés, des hommes frappés de dégénérescence… Ils se reconnaissaient à leurs attributs : un gibus incliné sur le côté, une cravate maculée par la graisse et les reliefs d'aliments, un col gondolé par la sueur, des manchettes aussi douteuses que coûteuses, des gilets fleuris ou mordorés, aveuglants comme des miroirs aux alouettes, des chaussettes de fil sous des chaussures fatiguées, craquelées par l'enflure des chairs, des poches de poitrine gonflées de mauvais cigares qu'ils fument par trois : un pour eux-mêmes, deux pour des quidams interpellés sur le trottoir. Mais aussi, on les distingue à leurs yeux qui ne tiennent pas en place, plus vifs et plus curieux que des furets – l'excitation, l'avidité et la ruse les font briller en permanence. Ils se caractérisent enfin par une odeur forte, mêlée de sueur, de fumets corporels et de lotion, et possèdent une voix puissante, imitant la cordialité au moyen de stridences et d'un rire sans cause, qui se voudrait communicatif, d'autant plus sonore qu'il est creux. Ne présenteraient-ils aucun de ces traits que leur bagage les dénoncerait malgré tout, à l'instant où ils posent le pied sur le quai de la gare. Jamais aucun d'entre eux n'a désigné aux porteurs une malle à ses initiales. Pas un ne s'est seulement encombré d'une valise. D'aussi loin qu'ils arrivent, ils n'ont à la main qu'un sac de voyage, d'une taille plutôt modeste au demeurant. Car c'est au retour qu'ils ont l'intention d'être lourdement chargés. Tous ces sacs semblent sortir de la même boutique, conçus par le même bourrelier. Ce sont des modèles en tapisserie. À cause d'eux, nous avons surnommé carpetbaggers ces sauterelles du Nord.

Ils fondent sur les Blancs pour les dépouiller de tout ce que Sherman n'a pas déjà pris. Et ils fondent sur les Noirs, découvrant leurs dents de cheval, avec l'espoir de se faire élire aux postes et fonctions où ils pourront pratiquer le vol avec le plus de zèle, de profit, de confort et d'honorabilité. Leur évangile repose sur quatre vertus cardinales : la Cupidité, la Convoitise, la Concupiscence et la Concussion. Au sein de l'Occupation et sous le bouclier de l'armée, ils auront incarné avec un entrain phénoménal la tyrannie de la bassesse. Ce dont il faut les remercier, d'ailleurs, car ce qui vient d'en bas se déconsidère même aux yeux de ceux qu'il écrase. La situation eût été pire pour le Sud s'il avait été sous la coupe d'êtres justes, droits, probes, désintéressés et incorruptibles – comme le furent d'ailleurs certains généraux de l'Union. Les carpetbaggers ont représenté le plus sûr frein à la tentation de pactiser et de collaborer avec l'ennemi.

Un seul soldat du régiment de mon maître Luc Devereaux, un caporal, était revenu au pays dans les mois qui suivirent la reddition de Lee. Tous les autres sont allongés sous la poussière, ou se trouvent cloués sur un lit d'hôpital, quelque part loin des leurs, ou encore retenus prisonniers dans un camp yankee, tel Jefferson Davis croupissant à Fort Monroe dans l'attente d'un jugement qui ne vient jamais. Cet unique rescapé, que cinq années de marches et de batailles avaient suffi à rendre plus ridé, plus décharné, plus jaune et souffreteux que son propre père, cet unique rescapé avait fait courir le bruit que, depuis plus d'une année à présent, Luc Devereaux était l'hôte du plus terrible (je n'ai pas retenu son nom) de ces pénitenciers à ciel ouvert où les Bleus entassaient et affamaient leurs captifs, brisant leur orgueil en même temps qu'ils affaiblissaient leur corps. Lui-même, ce soldat, s'était échappé à la faveur de son transfert vers un autre lieu de détention, sur la monture d'un geôlier qu'il avait estourbi. Ayant brûlé ses papiers militaires, enterré son ceinturon, il avait dérobé un bourgeron dans un fournil, plus loin : une chemise en train de sécher sur une corde, autre part encore : le chapeau d'un épouvantail, tout cela dans le but de se donner l'air d'un civil. Il lui fallait néanmoins éviter les patrouilles, les espions, les contrôles, les barrages, sans compter les embuscades tendues par les bandes de déserteurs qui écumaient les grands chemins. Il lui fallut un temps infini pour parcourir le millier de miles qui le séparait de sa maison natale, depuis peu transformée en QG de campagne et en distillerie de whisky par un carpetbagger, candidat à un siège sénatorial. En conséquence, l'évadé n'avait pas revu Master Luc depuis près de quatre mois. Cependant, les nouvelles qu'il pouvait en donner n'étaient guère rassurantes. Son grade comme sa morgue naturelle, ajoutés à la consonance aristocratique de son nom, faisaient de lui la cible désignée des outrages, des tracasseries, des privations disciplinaires et de représailles qui n'avaient même pas le front de se donner pour telles. Le caporal nous le dépeignait comme fou d'humiliation et d'impuissance, grinçant des dents jusque dans son sommeil.

Avant guerre, l'évadé, esprit simple, était friand de ces brochures à cinq cents, pleines d'aventures et d'illustrations frappantes, que les colporteurs proposent de ferme en ferme. On y rencontre des héros qui, au milieu des forêts, s'orientent sans difficulté, d'après le soleil et la mousse des arbres. Dans son échappée, se déplaçant à couvert pour se soustraire aux mauvaises rencontres, aux regards soupçonneux, aux initiatives malveillantes, il avait voulu les imiter.

Moyennant quoi, il avait beaucoup tourné en rond et progressé avec son but derrière le dos. Et plus d'une fois, faute d'une appréciation judicieuse de sa position, il était allé donner en plein sur ce qu'il s'appliquait à fuir. Mais c'était ainsi que, débouchant d'une végétation épaisse dans une clairière, sous une pluie battante qui l'avait empêché de détecter une présence humaine aux environs, il avait assisté à une pendaison collective. Et failli se faire démasquer au moment où, les yeux écarquillés, incrédule, le jeune maître, Jean Devereaux, fils unique de Luc avait reconnu sa silhouette dans l'assistance. Par chance, on avait fouetté à cet instant précis la croupe du cheval sur lequel il avait pris place, et son cou avait craqué avant que son cri « Ned, pour l'amour de Dieu ! » ait franchi ses lèvres. Son cou avait craqué en même temps que celui de quatre autres jeunes hommes, et, chez les justiciers échauffés par ce spectacle, les langues allaient bon train. Ainsi le caporal apprit-il toute l'histoire. Depuis des semaines, une bande d'irréguliers sudistes écumait cette région du Missouri, enlevant un butin de plus en plus maigre et commettant, dans sa frustration, des exactions de plus en plus sanglantes. Le marshal avait réuni les hommes valides qui n'étaient pas au front. Ceux qui n'étaient pas trop vieux pour se hisser sur une selle ; ceux qui n'étaient pas trop jeunes ou trop faibles pour tirer au fusil sans se casser l'épaule. À tous, il avait distribué des étoiles en fer-blanc et fait prêter sur la bible du pasteur le serment du député, c'est-à-dire de l'homme promu shérif adjoint des États-Unis. Une escouade de maraudeurs avait été repérée, pourchassée, encerclée, capturée.

Puis accrochée sans jugement à des branches solides. De manière à les voir danser un peu au bout des cordes, on eût aimé que ce fût au plus haut de l'arbre et si court que les pointes de leurs bottes effleureraient le sol. Mais l'averse était trop forte, il y avait eu un mort parmi les députés, et chacun n'aspirait plus qu'à rentrer chez soi.

Sur l'épopée du jeune maître, j'en saurais un peu plus long par la suite, grâce à d'autres témoins. Il était parti en guerre débordant d'ardeur, bien décidé à aller chercher le général Grant au fond de son lit pour lui tailler, disait-il, « la barbe en pointe ». À la première alerte un peu chaude, sa frayeur avait été si vive qu'il avait fait sous lui et manqué de perdre connaissance. À la suivante, il avait détalé comme un lièvre au premier boulet, courant dans le même sens que l'ennemi. À la troisième, il était resté en arrière, caché dans un trou qu'il avait creusé à l'avance, sous des branchages. Parce qu'il était le fils d'un colonel et d'un riche planteur, plutôt que de le fusiller, on l'avait affecté aux cuisines. Parmi les marmitons, il s'était lié avec pire que lui. Étrangement, il allait puiser dans le crime le courage qui lui avait manqué dans l'honneur.

Dans les derniers mois de 1863, lui et deux autres mauvais sujets faussèrent compagnie au régiment et rejoignirent la horde de Quantrell aux confins de l'Arkansas et de l'Oklahoma. Il finit par trouver en cette compagnie l'équilibre et la paix intérieure qui lui avaient fait défaut depuis qu'il était au monde. Abattre des civils sans crier gare, il est vrai, lui épargnait l'épreuve d'avoir à surmonter sa peur. Avant son exécution, à l'automne de l'année suivante, avec quatre garçons de son âge et de son caractère, il avait préféré faire bande à part, calculant que le profit serait meilleur et le risque moindre. Le plus triste, dans cette destinée, était qu'à part lui-même et sans doute son père (au moins pour la forme, car lui aussi le tenait pour un fruit sec, ayant depuis longtemps cessé de voir en ses éternels dévergondages le signe d'un trop-plein d'énergie et d'un amour éperdu de la création divine) personne sur tout le territoire du Mississippi ne pleurerait Master Jean. Sa mère – une femme sèche et sévère, comme pour offrir l'antithèse de son époux – était morte en lui donnant le jour. On ne s'était pas privé de murmurer, en ville aussi bien qu'au domaine, qu'elle s'était abstenue de respirer à l'instant où elle avait compris l'erreur qu'elle venait de commettre. En vérité, au premier regard porté sur sa progéniture, elle avait deviné à quel point sa gésine serait funeste. Et nous, les esclaves, qui le savions mieux qu'elle et depuis plus longtemps, à bouche fermée nous avions entonné des prières dans nos cases, des exorcismes immémoriaux, du crépuscule jusqu'à l'aube, et chaque Blanc avait cru que nous consacrions à notre maîtresse une veillée funèbre à la mode nègre.

Et puis un jour, plusieurs mois après son caporal, Luc Devereaux avait regagné sa demeure. J'étais assis sur un morceau de la toiture. J'ai vu se figer devant les colonnes noircies de l'habitation, en face des battants de chêne défoncés à coups de hache, le cheval exténué d'un cavalier encore plus mal en point que sa monture. Plutôt qu'il n'a mis pied à terre, le survenant s'est laissé glisser de sa selle. Il s'agissait d'une créature hébétée, squelettique, en loques.

Comme absente de ses propres mouvements. Incapable de me voir, je m'en suis tout de suite rendu compte, lorsque son regard, essayant de retrouver de glorieux ou de charmants souvenirs parmi les ruines, glissait sur moi. Ses yeux enfoncés dans ses orbites étaient comme dépolis, semblables à du mica qu'on a présenté à la flamme. Les larmes, j'imagine, avaient buriné deux sillons pourpres le long de son nez. Une barbe en broussaille, toute blanche du côté droit, dévorait son visage. Je remarquai que l'un de ses bras était tout raide, de l'épaule au poignet, tandis qu'un tremblement agitait en permanence la main cireuse qui pendait de la manche. Mon maître était méconnaissable, mais, en me levant ce matin-là et en me dirigeant vers le perron de marbre, allez savoir pourquoi, j'étais conscient d'avoir rendez-vous avec lui. Son arrivée ne m'a pas surpris. M'étant levé par déférence à son endroit, j'attendais seulement que, pour sa part, il perçût ma présence et mît un nom sur ma figure.

Soudain, comme si on lui eût tranché les deux jarrets à la fois, Master Luc tomba de tout son poids à genoux dans la cendre, et je l'entendis gémir : « Tu croyais revenir de la mort, tu croyais revenir chez toi, tête folle, et, au bout de la route, c'est la mort qui t'a ouvert la porte de ta propre maison ! »

Des jours ont passé, des semaines. Tandis qu'il se lamente, assis devant la cheminée, tout voûté, tournant le dos aux traces du foyer que les soldats bleus ont allumé sur le parquet, au milieu de la pièce, tandis qu'il lance des imprécations et en appelle à la justice divine, je me tiens comme naguère en silence, debout derrière son épaule gauche, attentif, attentionné, prêt à satisfaire ses moindres désirs. Sauf que, à peu près tout ce qu'il désire, le plus grand des magiciens serait bien en peine à présent de le faire apparaître entre ces murs. Nous combattons le dénuement au jour le jour. Je possède une longue expérience en la matière, mais je dois admettre que son séjour sous les miradors yankees l'a rendu, en ce domaine, plus patient et plus ingénieux qu'il n'était. Ses goûts sont plus simples, aussi. Ses besoins et ses aspirations sont plus modestes. Ses envies, en revanche : moins capricieuses. Pour le reste, s'il a changé, ce n'est certes pas dans le bon sens. L'abus de frustration, la haine et la rancune, la mémoire à vif de tous les camouflets essuyés, de toutes les offenses subies, ont fait tourner à l'aigre le principal trait de son caractère, en dehors de l'orgueil et de la bonne conscience, je veux parler de son indécrottable, de sa visqueuse sentimentalité.

« Toi, pleurniche-t-il, tu es le seul qui me sois resté fidèle. Tu te rends compte, Slim (il m'a toujours appelé Slim, à cause de ma taille mince et élancée) ? Tout ce temps, un seul être au monde espérait après moi, et c'était mon affranchi ! » Déjà, il a cessé de geindre. Il ricane. Au son de sa voix, il est clair que, si ma fidélité est un baume sur sa peine, elle témoigne aussi d'un affront qui le torture. « Tu aurais pu t'en aller comme les autres et ne reparaître que pour mendigoter, comme ce ramassis qui encombre l'entrée du domaine. Mais tu es resté là, les yeux fixés sur l'horizon, sur le bout de la route qui me ramènerait chez moi.

Tu m'es resté reconnaissant, mon bienfait n'a pas été perdu. Quelle ironie, Seigneur Dieu ! Toi, mon vieux Slim, tu n'auras jamais la peau blanche, mais je connais bien des Blancs qui ont une âme autrement noire que la tienne, crois-moi ! »

Il semblait parler tout seul, le matin de son retour : c'était à moi, pourtant, qu'il s'adressait. Il me parle toujours, et moi, même quand, à sa demande, je lui réponds, je ne suis jamais en conversation qu'avec moi-même. À ce prix seulement, la situation est supportable. Je le sais. Et mon maître, à travers les tourments qui le rongent, en a le pressentiment. Il interpelle le Ciel, mais c'est son intendant qui reçoit le message. Le premier jour, il voulait que, de ma propre initiative, j'éprouve de la compassion à son égard. Il voulait être bercé. Il voulait que je le cajole et que je le console. Et je l'ai fait parce que, depuis que j'avais constaté l'état dans lequel la défaite avait rendu le caporal aux siens, je m'étais préparé à ce rôle. Dès avant la guerre, j'avais compris qu'un vrai sentimental préfère la consolation aux honneurs, aux richesses, aux agapes, aux éloges. Il la préfère de très loin au bonheur. Sa façon d'aimer une personne est de se faire bercer par elle. Nul ne saurait lui porter de plus grand amour qu'en souffrant avec lui et pour lui. À son insu, Master Luc n'avait jamais éprouvé autant de jouissance qu'à présent, pour la raison que l'horreur et le scandale de sa déchéance faisaient de lui, à son estime, l'un des hommes les plus à plaindre à la surface de la terre. L'un de ceux sur lesquels il devait être le plus agréable aux gens de cœur de verser des larmes.

Autrefois, il me fallait le consoler de l'existence que menait Master Jean. Désormais, je dois le consoler de la disparition de son fils. Par ce biais, il découvre sur le tard une raison de le chérir. Bien sûr, c'est moins le souvenir de son enfant qui provoque son émotion que la conscience de cette émotion même. Il s'en repaît, il s'en gave au coin du feu, comme de tous ses déboires. L'étendue de son affliction l'enivre. Il se complaît à ce vertige. Quand nous avons cessé de nous apitoyer ensemble sur ce venimeux bon à rien de Master Jean (le seul homme dont je sois absolument certain qu'il ne valait pas la corde pour le pendre), il me reste à le consoler de Gettysburg, d'Atlanta, de Richmond, d'Appomattox et de Durham. Du blocus imposé par l'amiral Farragut ainsi que de l'entrée insolente de ce personnage dans La Nouvelle-Orléans. De l'éclatement de la Confédération. De l'abolition de l'esclavage. De ce qu'il nomme avec ses pairs les « amendements scélérats » et l'« Acte d'abjection ». De la perte de ses biens, du crépuscule de sa gloire et du déclin de sa puissance. Mais, avant toute autre chose, c'est de sa captivité que j'ai mission de le réconforter. « Imagines-tu cela, Slim ? Ils m'ont traité plus mal que j'ai traité le dernier de mes nègres ! De simples sauvages, pourtant – tu le sais mieux que personne, toi, l'unique exception dans le lot, et sans doute dans tout le Mississippi ! Toi que j'ai vu accomplir des efforts héroïques, couronnés de succès au-delà de toute espérance, afin d'accéder à la civilisation, à l'instruction et même, en quelque sorte, à la science et aux arts… » Cette évocation le rend mélancolique. Il se hâte de rallumer sa pipe. Si je répliquais que je ne mérite pas de tels compliments, que sa générosité et son bon vouloir m'ont tiré de l'état animal, puis élevé jusqu'à une condition aussi étrangère aux individus de ma race que le télégraphe peut l'être à un dindon, j'ai idée qu'il s'effondrerait en sanglots, submergé par trop d'attendrissement.

Ce moment viendra. Je me le réserve encore. Je l'ai attendu si longtemps. Je savoure sa peine et son humiliation. Rien ne me presse de vider ma coupe. Moi aussi, j'ai mes voluptés. Aussi secrètes, aussi troubles et, je veux bien le reconnaître, aussi peu charitables que les siennes. L'un et l'autre, nous allons à l'encontre de ce que la nature humaine est censée être au regard du Dieu blanc, qui en a défini la norme. En ce qui me concerne, c'est peut-être parce que je suis noir ; c'est peut-être parce que je ne serai jamais, même au titre d'unique exception, tout à fait un homme au sens des Blancs (et je m'en félicite sans mesure !). Mon maître, c'est parce que, au plus profond de son âme, il ne parvient pas à concevoir que son propre Dieu puisse lui être supérieur. Jamais il n'a taillé de fétiche dans l'ébène, mais son instinct lui souffle que ce Dieu est sa créature. L'homme blanc parle à tout propos de péché originel, mais c'est plutôt de cet orgueil-là que la mort ne le guérira point.

Son régiment l'attendait sur la route, les yeux rivés sur l'horizon, ce fameux matin où Master Luc s'en est allé combattre. Revêtu de l'uniforme neuf qu'il avait fait tailler à ses mesures, avec la pointe de fantaisie dénotant le gentilhomme du Sud, ceint, par-dessous le ceinturon de cuir, d'une écharpe de soie blanche à franges dorées, il m'a fait venir dans ce que mon journal désigne par l'expression, à peine forcée, de « salle du trône ». Comme toujours, il m'y a reçu assis sur cette espèce de cathèdre que, prétendait-il, son bisaïeul avait fait charger sur le bateau qui, via les Caraïbes, l'amenait de Bordeaux, et que les Yankees allaient fracasser sans plus de cérémonie afin d'alimenter leur feu. Ce meuble constituait à peu près l'unique ornement de la pièce où il donnait, après avoir masqué tant bien que mal les traces de ses débordements nocturnes, des directives aux secrétaires chargés des achats et des ventes, aux contremaîtres, au chef des surveillants, à la gouvernante, laquelle devait les traduire à l'usage des cuisines, et au précepteur de son fils. C'était là, aussi, que ce dernier comparaissait devant lui à l'issue de chacune de ses frasques, si toutefois elle marquait sur les précédentes un progrès notable dans l'ordre de l'indécence, de la dépravation ou de la méchanceté.

J'occupais la place même où Master Jean s'était tenu pendant ces sermons qui glissaient sur lui sans laisser de trace, ne réussissant qu'à galvaniser sa détermination à mal faire. Mon maître me dit, d'une voix que l'émotion rendait peu sûre : « Tu étais déjà mon homme de confiance, maître Slim. Tu seras désormais, durant toute mon absence et celle de mon héritier, l'intendant de mes propriétés. Et, dans la perspective que nul ne conteste les pouvoirs dont je t'investis, par cet acte signé de ma main en présence du notaire de notre famille, hier soir je t'ai affranchi. »

D’évidence, il avait préparé son discours. Il éprouva néanmoins quelque peine à en venir à bout. La leçon à peine récitée, d’ailleurs, il fondit en larmes. Je me retirai pour aller quérir le remontant qu’il souhaitait prendre dans ces cas-là. Ce geste eut la vertu de retarder l’instant de lui embrasser les genoux. Quand je revins avec la cruche de grès, que je veillais à toujours tenir dans une eau fraîche, même au cœur de la nuit, l’un de ses capitaines le pressait de rejoindre ses hommes, une estafette ayant apporté de l’état-major l’ordre de faire mouvement au plus vite. Je ne pus que m’incliner bien bas sur son passage. Et ainsi lui cacher que mes yeux, à moi, n’avaient jamais été aussi secs.

Même parmi les Noirs, peu d’hommes sur la plantation connaissaient mes sentiments véritables, après que j’eus remplacé Aloysius comme confident auprès du maître. Cette fonction, de toute manière, m’imposait la discrétion. J’avoue que c’était bien pratique pour conserver en toute circonstance un air d’impassibilité. J’étais le récipient – sourd – dans lequel tombent et s’abîment les paroles. Je n’étais pas censé m’exprimer moi-même. Ayant par avance quelque propension au silence, je devins la personne la plus taciturne du comté. Aloysius, je suppose, m’avait deviné, parce que c’était un homme d’une rare intuition, au point qu’à cette époque déjà, bien que ne se répandant pas en prophéties aux carrefours, il passait pour devin aux yeux de beaucoup d’entre nous. Mais je ne m’étais ouvert de mes convictions qu’auprès de Silas, à qui je transmettais en secret les connaissances musicales dont il était avide, à mesure que je les acquérais moi-même. Mon ami ne lisait pas la musique et ne souhaitait pas apprendre à le faire, mais il assimilait avec une aisance étonnante l'enseignement qu'il pouvait mettre en pratique. Les parents de Silas n'étaient pas nés dans les fers. Son cœur ne s'était pas lassé de la rébellion. Pas plus que ses oreilles ne se lassaient d'entendre l'histoire de Nat Turner, le premier Noir à avoir semé l'inquiétude et l'effroi dans l'âme tranquille de l'homme blanc. Avant d'être pendu, Nat, chevauchant à la tête d'une soixantaine d'autres esclaves il y a plus de trente ans de cela, sillonna l'État de Virginie, allant d'exploitation en exploitation dans le seul but de tailler en pièces les propriétaires, leurs femmes et leurs enfants. Les yeux de Silas étincelaient en écoutant cela. L'aurait-on surpris à cet instant-là, son regard seul aurait pu lui valoir un châtiment exemplaire. Il appréciait aussi l'épopée plus récente de John Brown, qui circulait sous le manteau. John Brown fut ce héros qui, sous sa peau blanche, dissimulait le cœur d'un Noir. En 1859, toujours en Virginie, avec ses disciples, des hommes des deux couleurs au nombre desquels se comptaient ses fils, il voulut prendre d'assaut un arsenal militaire, de manière à armer une vaste insurrection qui apporterait la délivrance aux enfants de l'Afrique. Mais ils n'étaient guère plus de vingt et moururent tous criblés de balles par les soldats du général Lee. Les abolitionnistes faisaient courir le bruit que même l'Europe, par la voix d'écrivains célèbres, s'était émue de cette exécution. Des reliques, la dépouille de John Brown, ses vêtements compris, aurait possédé des pouvoirs magiques. Comme celui de gangrener le bras qui avait trop brandi le fouet.

Un soir, peu avant la Sécession, j'avais surpris Master Jean lançant avec rage un livre du côté de la soue aux cochons. Dès qu'il fut entré dans la demeure, je suis allé le ramasser. Chaque souillure, je l'ai effacée avec soin, à l'abri des regards indiscrets. Je l'ai fait disparaître avec patience et avec tout mon amour. Car je sais maintenant qu'il y a dans les livres plus de choses que non seulement n'en savent, mais n'en soupçonnent les précepteurs les plus chevronnés. Il y a là, en vérité, tout un savoir auquel la combinaison de toutes les sciences, de toutes les découvertes, ne donnerait pas accès. Les plus grands savants – j'ai compris cela – parlent des choses qui sont derrière les choses, des vérités que la réalité nous cache, comme le fait que la terre serait ronde et que nous serions capables d'y marcher la tête en bas. Mais il n'y a rien à lire entre les lignes des ouvrages scientifiques – sinon ce qu'on y met soi-même, et ce ne sont que des lubies dont on ferait mieux de s'abstenir. D'autres livres que ceux-là nous entretiennent de ce qui se situe *entre* les choses, et de ce fait n'en est pas une lui-même. Ce sont les livres que j'ouvre en cachette, car je ne sais pas si l'on m'en accorderait le droit.

Le volume que le jeune maître aurait voulu jeter dans le lisier, qu'il a manqué de peu, est un livre de cette sorte. En défroissant et en décrottant de mon mieux les pages qui avaient touché le sol, j'ai appris le nom de l'auteur, Walt Whitman, et le titre étrange de son œuvre : *Feuilles d'herbe.* J'ai dissimulé le livre sous ma chemise et le soir, dans l'appentis qui me sert de chambre, j'ai commencé d'en déchiffrer la préface à la lumière de la lune. Mes yeux, abasourdis, ont découvert ceci, que je cite de mémoire : « La mission des grands poètes est de rendre courage à l'esclave et de plonger le despote dans l'horreur. La façon dont ils tournent leurs nuques, le bruit de leurs pieds, les mouvements de leurs poignets sont pleins de menace aux yeux de celui-ci, quand ils sont porteurs d'espoir aux yeux de celui-là… » Dans ma tête, j'ai composé un air qui correspond à ces phrases merveilleuses, de manière à mieux les retenir. Je ne l'ai pas relevé sur partition. Il loge entre mes tempes. Silas eût-il encore été parmi nous, je lui aurais enseigné cette chanson qui, assurément, ne ressemble à nulle autre. Dans ma propre tête, je la laisse retentir dès que le doute me visite. Dès que je perds la certitude d'accomplir un jour le destin que j'ai choisi. Tous les jours, à plusieurs reprises, elle m'a hanté, tant que mon maître est resté au loin.

J'aurais pu errer jusqu'au jour de ma mort dans l'ignorance et la superstition, à l'image de tous les frères et de toutes les sœurs vivant sur la plantation, Aloysius le premier – et pourtant il fut longtemps le plus sage et le mieux instruit d'entre nous, jouissant à ce titre des faveurs de Master Luc. Il a fallu que ce dernier me désignât comme majordome particulier de son fils… Ainsi ai-je assisté, avec plus d'enthousiasme, d'attention et de profit que l'élève, aux leçons qu'il recevait de son précepteur, mais aussi de son maître de musique. La rapidité avec laquelle je perçai les secrets de l'écriture, de la lecture, du calcul, de l'orthographe et de la grammaire, puis assimilai les rudiments de la géographie et des sciences de la nature, me sidéra moi-même. Jusque-là, je n'avais eu que le catéchisme à me fourrer dans le crâne. En rapprochant les deux choses, on eût dit que le bon Dieu ne m'avait mis sur terre que pour ingurgiter le savoir des Blancs et me conduire vers ces livres où l'on dit au moyen des mots ce que les mots sont incapables de dire. En même temps, j'étais frappé par la beauté intrinsèque de certains vocables, qu'aucune bouche encore n'avait déflorée devant moi. Tels qu'« intrinsèque » ou « cathèdre ». Plus ils étaient bizarres et compliqués, plus aisément je les retenais. Mon maître s'amusait fort de me les entendre prononcer. Il m'ordonnait de les débiter en présence de ses amis. « Je vais vous montrer un phénomène ! » s'écriait-il lorsque j'apportais les liqueurs au salon. Par bonheur, l'ignorant eux-mêmes, ces gens pas plus que lui ne soupçonnaient que je connaissais aussi la signification de ces mots rares. Ils ne devinaient pas que je faisais de leur langue une langue de nègre, qui témoignait contre eux. Non seulement la futilité mais la fragilité de leurs discours étaient comme mises à nu. Car je dévorais chaque nuit le livre où des mots révèlent le sens des mots, chacun de ceux-ci étant décrypté par d'autres mots, à l'infini. Entraîné par cet engrenage, pris dans ce tourbillon, je n'éprouvais aucun vertige. Au contraire, je me sentais gagné par une sensation d'équilibre, comme si les lois de la pesanteur s'étaient rangées à mon service particulier.

Comprendre la musique des Blancs me fut encore plus facile. Les dictées qui désarçonnaient Master Jean, au bout de deux mois seulement j'aurais été capable d'en déjouer les pièges sans une faute. En mesure de désigner chaque son, d'apprécier chaque durée, je m'exerçai à reproduire par les symboles appropriés les airs qui me passaient par la tête, en les couchant sur des partitions fabriquées par mes soins. Le jeune maître prenait – il les détestait encore plus que tout le reste – des leçons de piano. Je n'en perdais pas une miette. Bientôt, contrairement à lui, je sus où je devais placer mes doigts, et comment il convenait de les déplacer pour obtenir un air donné, avec la succession d'accords que le compositeur avait voulue. Peu à peu, je découvris pour quelles raisons précises il fallait qu'il en fût ainsi. Par la suite, j'eus la révélation que d'autres combinaisons de notes étaient possibles, dans l'ordre de la mélodie ou dans celui de l'harmonie. J'observai que, parfois, ces changements amélioraient le morceau. J'avais la faculté d'entendre les mélanges de son que j'imaginais, sans toucher pour autant au clavier (qui, bien sûr, m'était interdit). Je gardais sous ma paillasse une planche aux dimensions idoines, sur laquelle j'avais dessiné au fer rouge touches blanches et touches noires. Je m'entraînai ainsi à rendre mes mains véloces. Peu de sommeil m'était nécessaire, du fait que mes actes me donnaient à présent un plus sûr enchantement que mes rêves, et une paix plus profonde. Jusqu'au jour où quelqu'un me surprit à pianoter sur ma planche et me dénonça. Convoqué dans la salle du trône, je dus avouer à Master Luc que j'apprenais à jouer. Ayant jeté un coup d'œil à mon instrument, il rit de si bon cœur qu'il faillit tomber de sa chaise. Goguenard, il m'ordonna de le suivre dans la salle de musique, de prendre place sur le tabouret du piano et de lui donner « un aperçu de mon art ». Il se carra dans un fauteuil, alluma un cigare. « Tiens ! me lança-t-il. Joue-moi donc *Yellow Rose Of Texas !* » Cette ritournelle était sa chanson préférée, en même temps que celle que son fils s'escrimait en vain à interpréter depuis des semaines. Je n'en menais pas large, ne sachant trop si, pour lui plaire, il était préférable que je m'applique ou fasse semblant d'avoir présumé de mes forces. J'en étais là de mes réflexions quand je m'aperçus que j'avais commencé de m'exécuter. Le plaisir de poser pour la première fois mes doigts sur un clavier avait été le plus fort. Les notes que je percevais sonnaient juste : il ne me restait plus qu'à poursuivre sur ma lancée. J'avais clos mes paupières, en sorte que je puisse encore me croire devant mon morceau de bois. La vue du piano aurait pu me paralyser.

Lorsque j'ai terminé, j'ouvre les yeux mais ne sais où porter mon regard. Mon maître affiche l'expression d'un homme non pas contrarié, ainsi que je m'y attendais, mais préoccupé. Et, si j'ose une nuance aussi fine, plus perplexe que surpris. Incommodé par une chose à laquelle il se trouve confronté à cause de moi mais dont, cependant, il ne paraît pas me tenir rigueur. Quoi qu'il en soit, ayant froncé les sourcils, il finit par déclarer d'une voix circonspecte, comme à contrecœur et sans s'adresser à moi : « Ma foi, on dirait que ça y ressemble bien… » Il donne l'impression d'avoir vidé son sac et je m'apprête à me lever du tabouret. « Mais bon sang ! poursuit-il alors, pourquoi diable ces petites variations à tout bout de champ ? Ça n'a même pas l'air d'être des erreurs qui t'échappent : on jurerait que tu les commets de propos délibéré. Explique-moi un peu ça, mister Slim… » Depuis toujours, je connais l'aveuglement des Blancs devant certaines des choses que le Ciel a créées pour agrémenter l'existence. Pourtant, la musique me procure de telles joies, elle est devenue une part si essentielle de mon être, que j'essaie de lui faire comprendre les libertés que je m'autorise avec elle. « Eh bien, notre maître…, dis-je, tout en choisissant dans ma tête un langage qui ne lui semblera pas trop châtié et donc pas trop prétentieux pour un esclave, je crois que c'est pour faire joli. »

De nouveau, il m'éclate de rire au nez. « Ah ! s'écrie-t-il. Voilà bien une réflexion des créatures de ton espèce ! En voilà une des meilleures, vraiment ! Vous écorchez, vous esquintez tout ce que vous touchez, jusqu'aux hymnes sacrées, mais que chacun se rassure : c'est seulement pour faire joli ! Mon garçon, tout est dit. Sur l'inégalité des races, aucun philosophe n'aura su en dire aussi long que toi, et en aussi peu de mots… Dieu sait ce qu'Il fait. Et c'est très bien ainsi, alors je ne perdrai pas mon temps à te blâmer. Trêve de plaisanterie, cependant ! Il se trouve qu'en musique, vois-tu, mon garçon, ce n'est pas la nature de l'interprète qui commande, et sa fantaisie pas davantage – j'admets qu'elle puisse être grande dans ton cas. (*Il s'esclaffe encore.*) Toutes ces lubies, une composition n'en a cure. C'est le compositeur qui décide pour elle. Le compositeur et lui seul, fourretoi bien ça dans le crâne ! Prendrait-il la peine de fixer son œuvre sur le papier, autrement ? Il pourrait se contenter de l'avoir dans la tête et dans les doigts… Je reconnais que tu as joué sans le secours d'une partition… qui ne t'aurait été d'aucun secours de toute façon ! (*Il rit une fois de plus, mais comme par politesse envers son trait d'esprit.*) Écoute, tu ne manques ni d'adresse ni d'agilité sur un piano. Je me demande d'où tu sors ça, mais je crois qu'avec vous autres il est préférable de ne pas trop creuser. Aujourd'hui, vous me sortez *Yellow Rose Of Texas* comme si de rien n'était, et demain vous viendrez me raconter que l'esprit de votre grand-mère grimpe aux arbres et secoue les feuilles pour signifier que la chaude-pisse vous guette, ou les pieds plats !… Malgré tous tes "enjolivements" désastreux, tu te débrouilles, il n'y a pas à sortir de là. Je connais mes Évangiles : laisser ce talent en jachère ne serait pas d'un bon chrétien. Aussi vas-tu, dès qu'il sera là, demander de ma part à Muellerbach qu'il t'enseigne la théorie musicale, de manière à pouvoir lire ce qui est écrit sur une partition et à le restituer sans y ajouter d'ornements barbares. Ensuite – si d'aventure tu parviens à ce stade – nous verrons ce que nous pourrons faire de toi… »

Je me suis bien gardé de lui dire que les symboles de la musique ne m'offraient plus guère de résistance. Auprès du maître de musique, j'ai veillé à ce que mes progrès, quoique rapides, ne fussent pas trop sensationnels. Puisque c'était un Blanc, lui aussi, je me suis arrangé pour qu'il s'imaginât être le principal artisan de ma réussite. Je m'en serais fait un ennemi mortel s'il m'avait un seul instant soupçonné d'en savoir autant que lui, puis, au bout de quelques mois, sensiblement davantage.

À présent, j'avais un accès direct, et en quelque sorte licite, aux partitions, dont l'analyse accrut mes connaissances. Elles présentaient en outre cet avantage qu'en les suivant à la lettre, le nez collé dessus, je n'étais plus tenté de les aménager, du moins lorsqu'un Blanc se tenait à portée d'oreille. De cette manière, je ne courais pas le risque de voir brutalement interrompue ma carrière pianistique. Il faut savoir que l'instrument sur lequel je m'entraînais désormais avait appartenu à notre défunte maîtresse ; son époux lui-même ne jouait de rien ; leur unique enfant manifestait dans ce domaine moins de dons encore que dans les autres, ce qui n'était pas peu dire. Et pour couronner le tout, Gideon Muellerbach logeait à des lieues de là. Toutes ces circonstances rendent moins surprenant le fait que Master Luc, disposant d'un musicien plausible dans sa maison, m'ait fait tailler une queue-de-pie blanche et m'ait institué le protagoniste indispensable des « récitals artistiques » dont il régalait désormais ses invités, et même, une fois par mois, tous ceux de ses voisins qui s'avouaient friands, soit de découvrir les dernières œuvres publiées pour le piano par les compositeurs européens, soit d'assister au rare spectacle d'un nègre en costume de cérémonie tirant de ses manchettes, tel un prestidigitateur, Liszt, Schumann et Chopin. « Mon cher Luc, ne manquait jamais de s'exclamer Master Benjamin Johnston, propriétaire de la plantation la plus voisine, Mrs Johnston et moi, nous sommes revenus voir votre singe savant ! On ne s'en lasse pas, de celui-là. Vous-même, forcément, n'en avez pas idée, mais je vous fiche mon billet, mon vieux, qu'il vaut dix ! »

Mon maître buvait du petit lait. En tant qu'esclave, quels que fussent mes mérites, je n'étais pas en situation de lui faire honneur. Tout le prestige de ce que l'assistance tenait en effet pour des singeries, mais d'une qualité fort rare, rejaillissait sur lui. J'incarnais, en vérité, l'un des instruments de sa morgue. En m'exhibant, c'était un peu comme s'il faisait dîner la compagnie dans de la vaisselle d'or. À cette différence près que cela lui revenait moins cher. Il me fut reconnaissant, je dois dire, de l'avantage que je lui assurais sur ses pairs. Les débordements de son fils l'avaient rabaissé au niveau d'un homme à plaindre : les tours de son pianiste nègre l'élevaient au rang d'un privilégié. Si sa condition lui interdisait d'être fier de moi, il n'en était pas moins satisfait de la fierté supplémentaire qu'il ressentait grâce à mes exploits.

Littéralement, c'est à la force des poignets que je suis devenu son homme de confiance. Il refusa désormais que j'accomplisse aucun travail, pour conjurer le risque que je me blesse les doigts. Je participais à son secrétariat. Immédiatement après lui, j'avais la haute main sur tout. Et, sans l'avoir désiré le moins du monde, j'avais pris la place de confident longtemps occupée par Aloysius. Né sur le domaine, contrairement à moi, plus âgé que je ne l'étais, celui-ci jouissait de cet avantage depuis près de vingt ans, et nul parmi nous n'estimait qu'il était usurpé. Avant d'être chassé de la plantation, où il était devenu inutile, avant d'être condamné à l'errance et à la mendicité, avant de sombrer d'un coup dans la folie, cet homme avait offert aux yeux de tous l'exemple de la sagesse, de l'équité, de la patience et de la diplomatie. Il tenait de façon impeccable son rôle de favori. Sans jamais faire sentir à Master Luc que celui-ci, dans son ivresse, avait renoncé à sa dignité. Sans jamais renoncer à la sienne pour autant. Ce faisant, il nous montrait comment résister, comment survivre dans l'état qui était le nôtre. Comment, surtout, ne pas perdre foi en nous-mêmes. Comment ne pas nous considérer nous-mêmes avec le regard du Blanc.

Il était arrivé à la plantation, achetée à La Nouvelle-Orléans, une jeune Mandingue dont – lui qui ne touchait pas aux femmes afin, disait-il, de garder la tête froide – il tomba en un clin d'œil éperdument amoureux. Elle-même, conduite en un lieu étranger où, d'évidence, elle ne savait pas encore de quel côté ni sous quelle forme l'adversité allait fondre sur elle, ne demandait qu'à être la favorite d'un tel protecteur. Sur ces entrefaites, il fallut que Master Jean, un après-midi d'oisiveté, décidât, pour une peccadille, sinon pour une faute de son invention, de donner le fouet à cette fille. Je pense qu'il se faisait une volupté de la contempler en pleurs et le buste dénudé. Perdant son sang-froid pour la première fois depuis que je le connaissais, Aloysius voulut s'interposer. J'étais présent, j'en témoigne : le jeune maître, en dépit de ce que d'aucuns ont colporté par la suite, ne l'a pas expressément visé. Il armait son bras à l'instant précis où l'ancien régisseur se jetait en avant. Un hasard malheureux voulut que la mèche du fouet vînt fendre horizontalement, d'un seul trait, les deux yeux de notre ami.

Master Luc ne voulait plus d'un aveugle pour réceptacle de ses épanchements. Comment eût-il pu lire dans son regard la sympathie, la pitié qu'il y cherchait avec un appétit désespéré, lorsqu'il rentrait de la ville au petit matin ? Au surplus, ne fût-ce que pour la bonne forme, il devait bien punir le mouvement d'indiscipline de son animal de compagnie. Ainsi Aloysius fut-il jeté sur les routes et dans la voie de la démence, les autorités du comté ayant toutefois été prévenues qu'il n'était pas en fuite. Et moi, sans que la chose eût jamais été dite, de mandat implicite en délégation subreptice, j'assurai sa relève.

J'ai déjà eu l'occasion de le raconter : régisseur en titre, je ne le fus qu'un mois après la déclaration de guerre, quand notre propriétaire, après un temps d'hésitation, endossa l'uniforme. Tout d'abord, il avait rêvé que l'affaire se réglerait sans lui, en l'espace de quelques jours, compte tenu de l'écrasante supériorité qu'il attribuait au Sud sur un chapitre précis : il était convaincu que, sur l'échelle des perfections humaines, l'aristocratie terrienne du pays de Dixie s'était hissée à un niveau plus élevé que les capitaines d'industrie et les politicards yankees. La Confédération vaincrait parce que le raffinement des mœurs qui la distinguait au regard de Dieu et du reste du monde faisait d'elle une avant-garde de la civilisation. Le vent de l'histoire allait l'aspirer, alors que les hordes de Bleus mal dégrossis seraient balayées par l'onde qu'il produirait.

Tout le temps que je pus occuper mes fonctions, du fait qu'il y avait encore un domaine à gérer, encore des bras pour le faire fructifier, tant que les comptes restèrent à peu près en équilibre, je passai chaque jour mes fins d'après-midi et, souvent, une partie de mes nuits à jouer du piano. Mais j'étais désormais mon unique auditeur. Nos maîtres n'avaient pas plus tôt tourné le dos que j'abandonnais les partitions dans un coin. J'aurais pu, à ce moment-là, interpréter de tête les morceaux que j'avais servis à nos visiteurs, au moins une fois par mois, des années durant, lors de mes « récitals ». Mais je n'en avais plus envie. Pour la plupart, ils ne m'avaient pas plu autant qu'aux Blancs de mon public, où les mélomanes dignes de ce nom, il est vrai, ne formaient pas la majorité. Pour que cette musique satisfît mon âme, il eût fallu que je lui applique le traitement auquel on m'avait défendu de recourir. Plus j'y réfléchis, plus je suis déconcerté par cette frénésie qu'ont les gens sans couleur à légiférer en matière de musique. On jurerait qu'ils craignent de se fier à leur instinct. La morale prêchée dans leurs temples et leurs églises ne comporte pas plus d'interdits et implique à peine plus d'obligations. Certaines sonorités seraient des échos du paradis ; les autres, les plus nombreuses, les plus fascinantes, auraient été forgées en enfer. À celles qu'un homme produit, on préjuge de la direction que prendra son âme au jour du Jugement. En raison de sa nature ténébreuse, bien sûr, le Noir est porté vers la musique du Diable.

Mes doigts s'immobilisent sur les touches et mes paupières se relèvent, alors que je fais cette importante découverte. Soudain – pourquoi n'y avais-je pas songé plus tôt ? – je prends conscience du fait que l'esclavage est aussi l'état dans lequel un homme n'est libre ni de sa musique ni même de ses instruments. Pour les sauver de la damnation éternelle, les planteurs, rédigeant les Codes noirs toujours en vigueur, ont privé les exilés d'Afrique des flûtes, grêles mais stridentes comme le sifflement de la faux, l'appel à la mort. Ils leur ont enlevé les trompettes capables de rassembler, de galvaniser les émeutiers à des miles à la ronde, par les beaux soirs d'été, et de célébrer les victoires, de propager le bain de sang. Ils ont prohibé les tambours de bois creux qui lancent des messages et se les transmettent d'un bout du pays à l'autre. Qui parlent une langue secrète. Qui peuvent parler du Blanc et divulguer ses secrets sans qu'il s'en doute. Qu'aurait pu nous apporter la révolte, sinon les foudres du Ciel ? La charité des chrétiens imposait de nous en protéger. Après le soulèvement de Nat Turner, tout Noir devint criminel, qui apprenait, comme ç'avait été mon cas, à lire et à écrire les notes de musique. Ainsi qu'à les tirer d'un instrument quelconque, sauf s'il en recevait expressément l'ordre d'un maître, et toujours dans certaines limites et dans des conditions bien précises. En l'absence de l'homme qui nous avait achetés l'un et l'autre, je me mettais, d'un strict point de vue formel, hors la loi chaque fois que je posais les mains sur son piano.

Les seules musiques susceptibles de préserver des Ténèbres le semblant d'âme que certains consentaient à nous reconnaître étaient celles qui scandent le dur labeur des champs de coton, des chantiers du chemin de fer, des camps de bûcherons et de cueilleurs de résine, des fermes pénitentiaires, ainsi que celle qui accompagne les offices religieux. Même les pièces européennes que j'interprétais à leur demande, pour leur distraction et pour leur ravissement, même ces pièces-là restent suspectes à leurs propres yeux. Ils ne sont pas certains qu'elles ne détournent pas de la béatitude promise aux cœurs purs (comme ils aiment à nommer les cœurs soumis). En vérité, ils connaissent trop bien les pouvoirs d'une musique qui plaît, l'emprise qu'elle exerce, les indécences et les excès à quoi elle encourage : c'est bien pourquoi ils se méfient depuis toujours de ce que nous jouons et chantons entre nous. Plus proches qu'eux des sources du péché, ainsi que le montre à l'envi notre peau exposée à toute cette noirceur, nous sommes aussi plus prompts à y retourner, dès qu'on nous quitte de l'œil.

Avec cette dernière observation, je retombe sur mes pieds. Plus d'une fois, par le passé, j'ai abordé le sujet avec Silas. Touchant au caractère subversif de la musique, telle que les esclavagistes la conçoivent, je crois qu'intuitivement il avait compris bien plus de choses que moi. J'étais celui qui communique ses connaissances à l'autre, mais j'aurais peut-être été mieux inspiré de lui faire formuler ce qu'il avait assimilé *à son insu*. En tout cas, c'est en pensant à lui que j'ai joué du piano pendant les années de mon intendance. Non seulement je jouais à son intention, comme s'il eût été capable de m'entendre à travers les plaines, les collines, les lacs et les montagnes qui, je suppose, nous séparaient, mais je m'appliquais à jouer la musique, encore inouïe, où il aurait reconnu le mystérieux objet de son désir. Ni celle de l'Afrique, ni celle du Blanc : la musique du Noir déporté en terre américaine. Et j'avais, déjà, l'intuition d'une chose : si cette musique n'était pas une parfaite chimère, alors elle ressemblait un peu à ces enjolivures, à ces inflexions, à ces modulations dont Master Luc s'était moqué avec un tel éclat, avant de les mettre hors la loi. Étrange sensation que celle d'ignorer ce que cette musique était, et pourtant de ne plus vouloir en jouer d'autre. J'improvisais des airs avec l'espoir que ce ne seraient ni ce que j'avais appris de Muellerbach et des traités, ni l'immuable disposition des noires et des blanches qui me guideraient, mais l'esprit de Silas. J'hésitais beaucoup avant d'enfoncer chaque touche, craignant que les habitudes, la mémoire ou la compétence que j'avais acquise ne l'emportent. Plus d'une fois, à l'ultime fraction de seconde, je laissais glisser tel ou tel de mes doigts sur une des touches voisines de celle que je m'apprêtais à frapper. N'était-ce qu'illusion, ou candeur de ma part ? Il me semblait qu'en nombre de conjonctures choisir la noire plutôt que la blanche me rapprochait de mon but. Aucune touche n'actionne les cordes vocales. Cependant, si ç'avait été le cas, je me persuadais que la voix de mon ami aurait surtout actionné les touches noires. J'ai même tenté de composer pour lui une chanson qui n'utilisait que celles-là. Les airs que j'inventais, en général, étaient des sortes de mélopées. Je n'étais pas toujours triste quand je les concevais, il m'arrivait même d'être transporté de joie (pour des motifs qui, d'ailleurs, ne m'apparaissaient pas avec clarté, neuf fois sur dix). Pourtant, les mélodies qui germaient sous mes doigts, même les plus primesautières, et il y en eut, présentaient presque toutes une nuance de mélancolie, de nostalgie ou d'affliction : au moins un petit quelque chose d'inconsolable, qui s'insinuait en elles malgré moi.

Avant que quiconque pût les en empêcher, les soudards du général Sherman, futurs incendiaires d'Atlanta, avaient scié les pieds du piano. Construisant leur feu, ils avaient estimé ce geste moins exténuant que d'aller chercher du bois dans la resserre, à quelque cent pas du salon de musique. Après quoi, le dessus de l'instrument avait servi de matelas à un grand diable de sergent roux qui se targuait d'aimer dormir à la dure. Comme il n'ôtait pas ses bottes avant de s'adonner à ce hobby, les éperons tracèrent sur le dessus, les bords et les flancs du coffre des arabesques d'une facture originale. Le piètre état dans lequel ils l'avaient mis ne dissuada pas les Yankees, le jour de leur départ, de charger le piano sur l'un des chariots où, de demeure en demeure, ils entassaient leur butin. Voilà de quelle manière je fus privé à la fois de mon meilleur ami et du moins conciliant de mes interlocuteurs.

Ma planche, elle aussi, avait fourni du petit bois aux intrus. J'avais souvent vu le maître de musique racler un violon, son élève étant censé lui fournir sur le clavier les accords adéquats. Aloysius, un jour, avait bien voulu me laisser examiner le banjo à une corde qu'il s'était fabriqué dans une boîte des cigares que notre maître importait des îles. Je conservais un souvenir très vif de ces deux expériences. Tant bien que mal, je me suis façonné un violon de fortune. De fortune et d'infortune. Un violon de fer-blanc dont l'archet est une branche de bois souple, que j'ai cintrée sur la flamme, en réunissant ses extrémités au moyen d'une cordelette colophanée à la bougie. J'ai le mal de mon piano, je ne prétendrai pas le contraire. Néanmoins je suis heureux de m'initier à un autre genre d'instrument. De surcroît, j'ai l'impression – peut-être fallacieuse, mais qui sait ? – que, influencée par ce que mon violon fait d'elle, ma musique ressemble chaque jour un peu plus à celle qui chante dans le cœur de Silas.

À présent, j'attends pour jouer que Master Luc s'absente de la propriété. Il n'apprécierait pas ce qu'il entendrait et je n'ai pas l'intention de lui servir des menuets, des valses ou des polkas, en admettant même que mon outil se plie à ce genre d'exercice. Il n'a pas la sonorité pour cela, j'en ai parfaitement conscience. Et cette conscience-là m'est trop précieuse pour que je ramène de moi-même à l'état de servitude ma musique devenue plus libre que je ne le serai jamais, vingt nouveaux amendements seraient-ils promulgués pour me la garantir. Le Blanc l'a vouée à la clandestinité : c'est dans la clandestinité qu'elle s'épanouit le mieux.

Mon maître se remet lentement de sa mésaventure. Son bras, peu à peu, s'est désengourdi. À mesure que le membre retrouvait sa flexibilité, l'agitation de la main se calmait. Si peu et si mal mangions-nous, il était mieux nourri qu'en captivité puisque les chairs de son visage s'affermissaient, se lustraient, reprenaient, sauf autour des yeux, leur couleur rosée d'autrefois. « Je me remplume ! » observait-il. Du coup, il avait renoncé à son horrible barbe asymétrique, rasant même les moustaches que je lui avais toujours connues. À ma grande surprise (mais à ma vive satisfaction), je découvris alors, dans l'aristocrate sudiste auquel je m'obstinais encore à croire, un personnage aux traits, non pas seulement vulgaires, mais veules, qu'on aurait bien vu dans un rôle de boutiquier ou de notaire indélicat. Si la mollesse de sa bouche, associée à l'instabilité du rcgard, ne lui avait conféré en outre un air balourd, il n'eût pas déparé dans un cercle de carpetbaggers.

Ne possédant plus que des ruines et des terres ensemencées de cendres, incapable de reprendre à son service ses anciens esclaves qui venaient l'en supplier, il ne pouvait plus guère jouer au propriétaire. Lorsqu'il fut las de tourner en rond et de remâcher ses rancœurs devant son nègre apprivoisé, lorsqu'il ne craignit plus la répression de l'occupant, dont les bataillons, les uns après les autres, remontaient dans le Nord, il se lança bravement dans la politique. Avec une telle fougue et des idées si radicales (en paroles, elles ne lui coûtaient rien) qu'il connut auprès de ses pairs, dès son premier discours d'arrière-salle, un considérable succès. Il me confia qu'à la suite de cette expérience enivrante il visait une position élevée dans une des organisations secrètes qui s'étaient créées et dont le but proclamé était de remettre partout chaque Noir à sa place. De faire oublier ce qu'elles baptisaient « les années affreuses » en déclenchant une vaste opération de « désaffranchissement », dans le cadre d'une « contre-révolution » fondée sur l'interdiction *de facto* des bureaux de vote aux citoyens promus tels après la défaite. Il s'agissait de rétablir les anciens propriétaires dans les droits hérités de leurs pères et dans les privilèges que leur valait leur ressemblance avec Dieu. Afin d'accentuer et de préserver cette dernière, il convenait de maintenir à tout prix la pureté de la race blanche, en les veines de laquelle ne devait pas couler la moindre goutte de sang noir. Les sociétaires juraient d'imposer le respect de cet idéal sacré « par la poudre, par la corde et par le feu ». Ils n'excluaient pas les mesures préventives.

Master Luc marquait un léger faible pour le Ku Klux Klan, où les chefs s'affublaient de costumes à son goût. Il appréciait l'invention dont la confrérie témoignait, d'abord en donnant, non sans les avoir au préalable mutilées, au moins deux fois la mort à ses victimes, pendues et calcinées à la fois (la flamme d'une lampe à souder remplaçant parfois celle du bûcher), ensuite en exposant certains morceaux de leur anatomie en des endroits discrets, connus sous l'appellation de « musées du Klan ». Par exception, toute dame qu'un Noir, un jour, avait importunée était conviée à en admirer les collections, si elle éprouvait le besoin d'un réconfort. Mon maître s'était amouraché d'un groupe en particulier, dont la spécialité battait tous les records d'originalité : elle consistait à mettre ses proies en perce, à les réduire en bouillie au moyen d'une série de tire-bouchons. Toutefois, ce furent les Chevaliers du Blanc Camélia qui lui firent les propositions les plus alléchantes. Il serait aujourd'hui l'un des piliers de la troupe pour tout le delta[1] du Mississippi, si je dois l'en croire. Non seulement il inspire le catéchisme de l'ordre par ses propos enflammés, mais, en tant que héros de la guerre, il dirige des opérations aussi violentes que spectaculaires. Infatigable, requinqué tout à fait par le passe-temps auquel il consacre désormais l'essentiel de ses journées et beaucoup de ses nuits, il reçoit des dénonciations, siège à des procès, prononce des verdicts, organise des expéditions punitives, procède à des enlèvements et préside à des exécutions. Il dit aussi qu'il veut venger son fils. Master Jean avait vingt-trois ans au jour de sa mort : il en coûtera vingt-trois cadavres à « la racaille de Lincoln » (l'assassinat du président n'a en rien modéré le ressentiment des ségrégationnistes à son égard). « Après quoi, ajoute-t-il, les choses sérieuses pourront commencer ! » Il glousse. Il se frotte les mains à cette perspective. Ses narines se gonflent, dans l'espoir de humer déjà quelque chose des futurs carnages – ce parfum entêtant d'épouvante et de chairs grillées. Son exaltation est extrême. Elle va jusqu'à lui arracher une ou deux larmes. Je me raidis, dans la crainte qu'il ne m'invite à m'attendrir avec lui. S'en rend-il compte ? Il est plus heureux en

1. « La région désignée sous le nom de Delta n'est pas [...] constituée par l'embouchure du Mississippi près de La Nouvelle-Orléans. Le Delta s'étend, au sud de Memphis, entre le fleuve Mississippi et son affluent la rivière Yazoo. Ces deux voies d'eau entourent la partie nord de l'État du Mississippi et décrivent plus ou moins la lettre grecque delta » (Gérard Herzhaft). Et aussi, du même auteur : « La région du delta du Mississippi [...] regroupe plusieurs États – Mississippi, Arkansas, Sud-Tennessee, Alabama, une partie de la Louisiane... »

accomplissant cette œuvre de haine qu'il ne le fut jamais en donnant vie à un enfant, en élevant des édifices, en construisant des routes, en amassant des récoltes, en créant toute sorte de richesses, en les faisant fructifier, en étalant sa prospérité à la face du monde et en paradant devant ses rivaux réunis à sa table, tels des vaincus derrière le char d'un général romain, tandis qu'un automate humain, sombre comme la nuit de l'âme, s'activait devant un piano.

Silas s'était acharné sur ce malheureux siège. Il prétendait n'être revenu de la Californie et n'avoir enfilé l'uniforme de l'Union que pour remplir cet objectif. Du trône fracassé par pure malveillance, et avec l'acharnement d'un forcené, au moment où les soldats bleus se retiraient de l'habitation, ne subsistait qu'un des accoudoirs, dans lequel restait fiché un long clou à section carrée. Mon maître s'était épanché sans retenue sur cette malheureuse relique. Lorsqu'il arpentait la salle des audiences, il la tenait à la main tel un sceptre, soulignant de gestes martiaux la force de ses discours. De ses chevauchées nocturnes, il rapportait l'objet souillé de sang, ainsi que de filaments à propos desquels je préférais ne pas m'interroger. On eût dit qu'ils palpitaient encore ; que la souffrance gardait ses serres, son bec de rapace, plantés en eux. Et cet homme, en brandissant ses trophées, affichait le sourire du maquignon qui a roulé son monde. « Tu verras, mon vieux Slim, me disait-il dans un soupir d'aise, nous ne laisserons pas la sauvagerie reprendre pied dans un des hauts lieux de la civilisation. L'ordre régnera de nouveau. La raison et la volonté divine seront restaurées dans le Sud. L'honneur reviendra. Ce domaine revivra. Les temps ne sont plus loin. Notre implacable paix chassera l'immonde paix du Yankee, qui voudrait faire de l'homme le chien de son chien ! » Je ne répondais rien. Agitant son fétiche sous mon nez, il se félicitait pourtant de mon approbation. J'ai remarqué que, plus il tuait de gens, plus il parlait fort. Sa voix résonnait entre les murs après son départ. Pour ne plus l'entendre, je devais frotter mon violon en serrant les dents, au point de me tétaniser les muscles du bras.

La dernière fois que je suis tombé sur le pauvre Aloysius, il se tenait près de la mare Littweiller, étique, appuyé sur sa perche de haricot à peine moins grosse que lui, et il fixait de ses yeux morts le disque de sang derrière les collines. Il m'a reconnu à mon pas et il m'a dit : « Je déteste voir se coucher le soleil du soir, Nehemiah. C'est sur la nuit que notre Sud a pris modèle. La nuit, même toi tu ne sais plus si tes yeux sont ouverts ou fermés. Même toi, tu ne sais plus si tu es mort ou vivant. » Puis il m'a reparlé, comme il le fait toujours, depuis Appomattox, du Maraudeur Noir, chevauchant depuis des mois avec une balle en plein cœur, à la tête du régiment des ombres. Il le nomme le colonel Obscur, précisant bien chaque fois qu'Obscur « est son nom véritable ». Je lui ai tendu ma gourde d'eau fraîche. Pendant qu'il y buvait avec avidité, je lui ai répondu que je connaissais, moi, un colonel obscur, dont Obscur n'était pas le nom véritable : rien qu'un colonel dont l'âme avait été obscurcie par les ténèbres de l'outrage et de l'amertume. Cette créature-là aspirait l'air pur et rejetait une fumée toxique, sombre et grasse comme la suie.

Le ménestrel eut cette sentence énigmatique : « Si le Blanc ne se vengeait pas du Blanc, il ne se sentirait jamais assez vengé. » Quand je l'ai quitté, tout, autour de nous, paraissait étrangement nu, blafard et paisible. Il ne faisait ni chaud ni froid. On ne sentait plus le poids de ses vêtement sur son corps. Les odeurs restaient comme en suspens à la surface des choses. Chaque bruit avait été remplacé par son propre écho. Je suis remonté sur ma mule. J'identifiais la silhouette de chaque repli de terrain, de chaque arbre, de chaque clôture. Pourtant, j'éprouvais tout au fond de moi le sentiment d'avoir pénétré dans un autre monde.

Je revins au domaine juste à temps pour assister au départ de mon maître dans ses habits sacerdotaux (c'était moi qui les baptisais ainsi), conduisant la bande de brutes qui, plusieurs fois par semaine, le suivaient sans sourciller dans les profondeurs de l'enfer, et auxquelles il chantait mes louanges sans sourciller, d'une voix de stentor, sachant bien que, hors de sa présence, ils m'eussent réglé mon affaire en un tournemain. Car ce qui me rendait précieux au regard de Master Luc, tout ce vernis de science, de langage, de dons artistiques et de civilisation qui me séparait de mes congénères, c'était justement ce qu'ils pouvaient le moins tolérer d'un nègre. De leur point de vue, la noirceur du Noir était son péché originel. De tous les péchés capitaux qu'il pouvait commettre après sa naissance, le plus grave était le blasphème consistant, pour les uns, à rivaliser avec le Blanc sur l'un des terrains que ce dernier, les ayant découverts, délimités et conquis, possédait en propre et qu'il avait su cultiver à travers les âges (la mécanique, par exemple, ou la mathématique des sons harmonieux) ; pour les autres : à perdre toute retenue et, à la faveur d'une bizarrerie de la nature et d'une simple crème à décrêper, en vente au bazar du coin, à se faire passer pour blancs. À proportion de l'estime que me témoignait mon maître, les autres Chevaliers me haïssaient. Sans compter que tous n'étaient pas aussi zélés que lui. Paresseux de nature, ils se seraient satisfaits de rôtir et de brancher haut et court le premier « luisant » qui leur serait tombé sous la main. Et, comme leur point de ralliement se situait au pied de notre colonnade, comme mon maître n'avait plus d'autre homme de couleur à son service, j'aurais été forcément celui-là.

Au surplus, ils me reprochaient l'estime qu'il semblait me porter. « J'connais aucun alligator avec des plumes, moi ! » grinçait du haut de son cheval Jeremy Corvett, le plus mauvais de toute la bande, avant de cracher son jus de chique entre mes pieds. Puis il concluait : « J'connais aucun luisant qu'a la peau sèche, et ça n'arrivera pas d'ici l'retour des glaciers en Virginie ! » Parfois, mon maître soupçonnait ou surprenait quelque chose des couleuvres que ces hommes me faisaient avaler, des menaces plus ou moins explicites dont j'étais la cible de leur part. « Chaque fois que nous faisons mouvement, grommelait-il, je préférerais avoir à ma droite Mr Slim plutôt que n'importe lequel d'entre vous ! Vous courez après des nègres ? Le bel exploit ! C'est ce que vous faites depuis votre plus tendre enfance. Ce garçon, il court pour se détacher d'eux. Il court pour laisser le plus de distance entre lui-même et la nègrerie. Tu es chrétien, Jeremy ? Tu dois croire en la rédemption. Touche-la donc, sa peau ! Elle est plus sèche que l'amadou. Il n'a pas suivi les bandouliers de Sherman. Un jour, pas si lointain, il aura sa place dans nos raids. Il n'a pas envie de retourner en arrière. D'ailleurs, il ne saurait même plus comment procéder. Lui aussi a une position à défendre. » On entendait grincer des dents, racler des gorges. Seules l'autorité brutale du colonel Devereaux, conséquence de sa soumission derrière les barbelés nordistes, ainsi que la cruauté avec laquelle il accomplissait sa tâche purificatrice, le protégeaient d'une mutinerie.

Après « noiraud », jugé trop fade, après « ombre », qui avait beaucoup servi, et « boule de neige », qui n'amusait plus que les demeurés, ce mot, « luisant », qu'on n'entendait pas avant la défaite, était la dernière épithète dont ils nous affublaient. Luisant, bien sûr, à cause de la sueur, inévitable conséquence lorsqu'on trime seize heures par jour sous un soleil de plomb. Et puis luisant à cause de la peur. Notre couleur aurait pu nous soustraire aux poursuites, après la tombée du jour, mais le Seigneur s'était montré prévoyant. Il nous avait pourvus de cette propension à la phosphorescence. De cette manière, il suffisait que nous n'ayons pas la conscience tranquille pour être repérés, fût-ce au cœur de la nuit. D'autant que les chiens de chasse étaient spécialement sensibles à l'odeur de cette transpiration, laquelle excitait leur agressivité. Je passais pour un hypocrite, un fourbe et un arrogant, parce que je n'avais pas le visage humide. Je conspirais déjà à me faire passer pour ce que je n'étais pas. Silas m'avait incité, le jour où il avait repris la route avec les Bleus, à me blanchir le plus possible à l'extérieur, afin que le noir fût en moi comme en un sanctuaire inviolable. J'ai suivi son conseil : ma vérité attend son heure au fond d'un tabernacle. Sûr d'elle, comme je le suis de moi-même, je puis sacrifier aux apparences sans remords. Ce n'est pas une affaire de prudence, c'est une question de stratégie.

Le maître rentre longtemps après l'aube. Je me suis levé dès que j'ai perçu le pas de son cheval au loin. Il me découvre habillé de pied en cap, impeccable comme toujours, sur la plus haute marche du perron. Prêt à m'incliner devant lui. À tenir la bride de sa bête. À tendre la main pour que sa botte trouve quelque chose sur quoi prendre appui lorsqu'elle vide l'étrier. Des années d'expérience m'ont rendu capable de recevoir un instant, sans beaucoup trembler, le poids de son corps sur cette seule paume.

Jamais encore je ne l'ai vu dans cet état au retour d'une de ses « missions » (il les appelle ainsi, faute, j'imagine, d'avoir osé « croisades »). Il halète, la bouche grande ouverte. Son visage est livide, mais son regard brasille. Il est harassé. Il est béat. De volupté, il ferme les yeux à demi et passe sur ses lèvres le bout de cette langue grisâtre, toujours encombrée d'une pâte argileuse, qui dégage l'odeur du gibier en putréfaction. Du noir de fumée souille ses joues et son front. De la tête aux pieds, il est couvert de sang plus qu'un tueur des abattoirs. Il laisse tomber son sceptre auquel adhèrent des lambeaux plus ignobles que jamais. Il pousse un hennissement.

« Toi qui as toujours le nez fourré dans ma bibliothèque, me lance-t-il, surexcité, tout en arrachant sa chemise qu'il noue par la manche à la chaîne qui autrefois retenait un lustre, tu as déjà lu l'expression “cris d'écorché” ? Eh bien, figure-toi que ce soir, ces fameux cris, je les ai entendus pour de bon ! Le Diable peut nous remercier : nous l'aurons bien avancé dans sa besogne ! » Il désigne la chemise : « En Europe, après les batailles, ils suspendent les étendards aux piliers des cathédrales ! »

Il se jette sur son tabouret, attirant du pied son arme près de lui. Aussitôt, je rejoins mon poste, derrière son épaule gauche. Sa poitrine est marbrée de traces répugnantes. Penché en avant, les mains sur les genoux, il contemple avec amour le bras de fauteuil goudronné de sang, émaillé de fragments humains. Deux dents et un morceau de gencive couronnent la pointe du clou.

« Souhaitez-vous que je vous fasse chauffer de l'eau, maître Luc ?

– Oui. Non. Attends un peu ! Pas encore. Je veux jouir de cet instant… Nous avons versé son salaire à l'une de ces créatures des Yankees. Profitant de son étoile toute neuve, il avait osé fourrer son légitime propriétaire au cachot, action plus dégradante que le viol lui-même ! Il faut que cette engeance n'ait pas d'âme. Songe, mon vieux Slim, songe à quelle infamie tu as échappé ! Jamais autant qu'aujourd'hui nous n'aurons l'occasion de célébrer ce miracle… Un cigare, vite ! Et quelque chose de fort à boire ! Prends aussi un verre pour toi. »

Je m'éclipse sans un bruit.

À mon retour, il s'est tourné vers la cheminée, comme plongé dans une intense méditation. Je ne crois pas qu'il m'ait entendu venir. Avec précaution, je ramasse le sceptre, qui ne se trouve plus dans son champ de vision. Je suppose qu'il m'interdirait de le nettoyer. D'ailleurs, telle n'est pas mon intention. Il a quand même dû sentir ma présence. Au moment où le clou s'enfonce dans son crâne, à l'endroit où l'os forme une sorte de méplat, de la taille d'une pièce de monnaie, il est en train de marmonner : « Toi, mon garçon, tu as su échapper aux ténèbres… »

Ce clou était encore plus long que je ne le pensais, et j'avais mis dans mon geste toute la force de Silas quand il avait brisé la cathèdre, toute la puissance que lui-même aurait su mettre dans mon geste d'aujourd'hui. L'extrémité est ressortie juste à la naissance du nez, entre les yeux, tandis que deux jets pourpres giclaient de ses oreilles en traçant d'élégants arcs de cercle.

Ce corps est lourd sur mon épaule. Il est lourd de nos deux amertumes. Lourd de l'humiliation et de l'affliction des deux races. Cependant, il pèse moins qu'une plume, allégé du flot de larmes que cet homme s'apprêtait encore à verser sur lui-même, de tous les blasphèmes qu'il n'a pas eu le loisir d'éructer et de toutes les atrocités qu'il ne commettra plus. Et moi, j'ai plus de vigueur qu'à vingt ans. Je me suis renforcé de la masse des silences qui se sont empilés et qui ont mûri, qui ont fermenté en moi, depuis tellement d'années, transformant mon âme en vertige. Je n'étais plus, avant le meurtre, qu'un ressort comprimé. Aucun Blanc, désormais, n'ira me complimenter de m'être élevé à sa ressemblance. Car c'est justement ce qu'aujourd'hui j'ai fini par faire.

J'ai déversé ma charge parmi les poutres calcinées et les autres décombres qui obstruent le puits. Le cadavre est resté coincé, étendu sur le dos, à quelques pieds seulement de la margelle. Bien étalé, bien en vue, mais qu'importe ! Tout est bien, au contraire. Je n'ai cure de le couvrir. Je n'aurais pas eu cette charité s'il avait été nu. Avais-je pris la peine de lui fermer les yeux ? Oh ! non ! pour rien au monde ! Je souhaite, moi, je souhaite qu'il voie les oiseaux de proie fondre sur lui du haut du ciel et lacérer son visage avant de lui picorer les prunelles. Je souhaite qu'en cette affaire ma volonté soit reconnue par tous. C'est pourquoi je devais signer mon acte avant de m'enfuir.

Dans la maison, me servant de sa blessure comme d'un encrier, après en avoir arraché le sceptre que j'emporterai avec moi, j'ai tracé de l'index ces quelques mots au-dessus de la cheminée :

Moi aussi, je t'ai affranchi.

Cassie

> Je me suis levée ce matin, ce lit était trop grand pour moi
> Je me suis levée ce matin, ce lit était trop grand pour moi
> Tu ne seras pas là demain, mais un jour tu me reviendras

Je me suis levée ce matin, ils m'ont dit : « Ce vieux Nehemiah, not' maître Devereaux, il lui a encloué la cervelle et il l'a laissé crever comme une vache au fond d'un puits. Personne l'a revu… » Tous les Blancs du comté, ils m'expliquent, sont maintenant après lui.

J'ai vu ça par ma fenêtre. Ils avaient tellement envie de l'attraper, c'est bien simple, leurs chiens peinaient à les suivre. Il y avait toute une tripotée de pattes et de jambes qui dévalaient les collines dans tous les sens, se brouillant les pistes les unes aux autres. Si un dogue faisait mine d'éternuer, on s'écriait : « C'est le poivre que ce salopard a semé. Il doit plus être loin ! » À midi, cependant, ils avaient toujours pas mis la main dessus. Alors les Blancs des autres comtés sont venus à la rescousse. Tous ceux qui avaient rien de mieux à faire à ce moment-là. Et il y a rarement quelque chose de mieux à faire pour des Blancs du Sud que de courir après un nègre.

Leur meurtrier s'était évanoui dans la nature. Ça pouvait pas se terminer comme ça, ou, demain, n'importe quel nègre irait tranquillement casser la tête du premier propriétaire qu'il rencontrerait sur sa route, il lui cracherait dans l'œil pendant son agonie et il lui accorderait pas même une sépulture chrétienne... De proche en proche, tout le Mississippi est entré dans la danse, puis tout le Delta ! Dans les cases, on commençait à se dire que Nehemiah avait dû filer en sens inverse de tout le monde, accroché entre les roues d'un train de marchandises, direction La Nouvelle-Orléans, où il est facile de se mêler à la foule et de ressembler à tout le monde. On supposait qu'il avait pris un bateau comme passager clandestin ou, s'il avait eu de la chance, comme membre d'équipage, soutier ou quoi que ce soit. On aurait tant voulu ! Dans cette chimère-là, chacun fourrait son propre rêve. Celui-là parlait d'une pirogue gagnant vague après vague l'île d'Haïti, où un homme de couleur peut être président de la République, roi et même empereur. Cet autre, plein d'optimisme, préférait imaginer un gros navire marchand, la proue tournée vers les côtes d'Afrique. Chacun se doute pourtant que tout ça finira mal. En tout cas, ça finira mal pour quelqu'un, et ce quelqu'un aura pas la peau blanche... On raconte qu'un régiment de cavalerie s'est mis en marche, guidé par deux éclaireurs sioux. On raconte qu'un chasseur de prime est descendu exprès jusque du Wyoming, ayant pris le train sans lâcher sa carabine. On raconte qu'un marshal noir – on précise : du comté de Coahoma (qui va vérifier ?) – a proposé ses services dans la chasse à l'homme, espérant une bonne récompense, mais ils l'auraient envoyé bouler : ils étaient déjà bien de trop… Toutes ces histoires, au fond, l'important, c'est pas qu'elles soient vraies, c'est qu'elles pourraient l'être.

Je prie pour que, malgré son geste, le Seigneur retire pas Sa main de sur Nehemiah. Je prie pour que toute son instruction lui serve à quelque chose. Je prie pour qu'il ait suspendu un mojo à son cou. Je prie pour que les esprits de nos ancêtres, à la vue des fusils, le transforment en courant d'air. Si on le trouve nulle part, ça se pourrait qu'il soit invisible… Ceux qui lui courent après, ce qui les égare, c'est pas tant que personne le voie jamais, c'est que tout le monde le voie tout le temps, et voilà cinq jours que ça dure ! Tout partout, dans les cases, il y a une bougie qui brûle dans la nuit. Aucun Blanc sait ce que ça veut dire. Ça représente la lumière qui doit guider le fugitif en lieu sûr. Et s'il se fait prendre, ça représente la lumière qui doit guider son âme vers les rives du Jourdain. Ça représente la vie d'un homme. Ça représente la vie éternelle. Dieu du Ciel ! Je sais pas s'il finira par leur échapper. Peut-être qu'il se laissera tomber de fatigue entre leurs mains. Peut-être qu'il est déjà mort, mort de faim et mort de peur au fond d'un trou… Ce que je sais, c'est que je le verrai plus. J'irai pas voir son cadavre s'ils le ramènent en travers d'une selle, ou en morceaux dans la gueule des chiens. J'irai pas voir son cadavre noirci pendre à un arbre. Je fermerai les yeux et je prierai pour pas voir ces images dans ma tête. Ce que je sais, c'est que pour moi, d'ores et déjà, les temps mauvais sont devenus encore pires. Comment je vais faire, à présent ? Qu'est-ce que je vais devenir ? Qui m'apportera les lettres de mon Silas ? Qui me les lira ? Qui écrira la réponse à ma place ? Il y avait là-bas ce major blanc, le docteur du bataillon. Mon Silas lui dictait pour moi les bonnes nouvelles. Comme ça, ce qui m'arrivait ici était moins lourd à porter (sans parler de l'argent qu'il m'expédiait). Et moi, je dictais à Nehemiah des bonnes nouvelles d'ici, afin que mon Silas soit bien tranquille. Je disais qu'on se portait bien, notre petite Loretta et moi. Et c'était vrai, puisque c'était écrit et qu'il y avait le cachet du gouvernement sur l'enveloppe. Je disais qu'il fasse bien attention. On continuait de s'aimer dans nos lettres. Maintenant, ne recevant plus rien, qu'est-ce qu'il allait croire ? Et moi, qu'est-ce que je pouvais imaginer, sans nouvelles de mon homme ? Depuis combien de temps est-ce qu'il nous a quittés, mon homme ? C'est dur de se faire une idée quand il se passe plus rien d'autre dans la vie que le regret et le chagrin. Silas avait personne pour m'écrire à sa place, dans les débuts. D'ailleurs, un évadé envoie pas aucune lettre, s'il veut pas trouver un matin des hommes en armes, des hommes raides et carrés, devant sa porte. Mais, comme j'avais foi en Notre-Seigneur, j'avais foi en sa bonne étoile. Mon cœur savait qu'il avait survécu. Nehemiah me répétait : « Cass, Moïse n'a jamais perdu un seul de ses enfants. Il est tombé dans le désert de Palestine plus d'Hébreux que d'hommes noirs sur les chemins secrets de miss Harriett. Ne t'en fais donc pas. » Oh ! pour ça, je m'en faisais. Jusqu'à me tourner les sangs ! Pourtant, j'avais confiance. Le Ciel m'est témoin que j'ai jamais douté. Une femme qui aime peut rien contre sa peur, mais, sa foi, en même temps, rien ni personne y peut rien contre.

Tous les esclaves du domaine, pendant que ça brûlait, ce qu'on se demandait, c'était s'ils allaient pas nous brûler avec. On courait par-ci, par-là, comme fait une poule sans tête. On avait nulle part où se précipiter, mais on se précipitait quand même. C'est alors qu'au beau milieu de ce qui, sauf l'odeur, aurait pu ressembler à une nappe de brouillard, je tombe nez à nez avec un colosse en habit bleu. Dans la crainte d'un coup de main des rebelles, il avance courbé en deux, tout exorbité sous la visière de sa casquette. Il essaie d'y voir clair malgré la fumée qui pique ses yeux de faïence. Il retient son souffle pour pas être asphyxié et au cas où un ennemi serait à l'affût d'une présence. Le visage couvert de suie, il m'aperçoit à l'instant où je l'aperçois et manque de m'embrocher avec la baïonnette plantée au bout d'un fusil long comme un jour sans pain. On reste là telles deux statues qu'on a mises ensemble sur le même socle, à se regarder le blanc des yeux. Il y a que nos lèvres qui bougent, à cause des dents qui claquent par en dessous. Puis, à ses cheveux et à la forme de ses narines, je me rends compte que c'est pas de la suie qu'il a sur la figure, mais sa vraie couleur d'homme. De ma vie, jamais j'avais rencontré un homme noir sous un uniforme et avec, à la main, un fusil qu'il porte pas pour son maître, pendant une chasse à l'opossum ou n'importe quel gibier. On prétendait que ça existait dans les armées de l'Union. Moi, j'avais cru à des fariboles. À une de ces inventions destinées à semer la terreur et le désarroi chez les Confédérés. N'empêche que la plus désemparée, sur le moment, c'était encore moi. C'aurait dû être le contraire, mais, parce qu'il était noir, j'ai eu encore plus peur qu'en sentant cette baïonnette me glisser sur le nombril. Ça me fait honte de l'avouer : j'ai cru voir le Diable en personne. À cause de ça, c'est mon Silas qui m'a reconnue le premier.

Il a bien fallu qu'il se sauve, le jour où il m'a quittée. Quand le jeune maître m'avait fait venir dans la grande maison, déjà, au lieu de se lamenter et de se griffer les bras comme les autres époux qui en étaient passés par là, au lieu de se rencogner dans un coin la tête baissée, il s'était redressé de toute sa taille et chacun avait vu ses muscles se mettre à rouler tout seuls à l'intérieur de lui, sous l'effet de la colère. Mais colère est un mot bien petit. Le pasteur nous menace de la colère de Dieu : ce jour-là, colère était un mot pour les enfants. Car c'était pour de vrai que les yeux de mon homme lançaient des éclairs, pareil que dans les histoires qu'Aloysius racontait dans la clairière, à la lumière des torches. Jamais encore j'avais eu cette chose devant mes propres yeux : la foudre en train de jaillir des yeux d'un homme. Si on était pas allé chercher son meilleur ami Nehemiah pour le raisonner, ses regards auraient pu embraser les cases. Il aurait pu devenir l'esclave de ses regards, l'esclave de la foudre, et commettre la pire folie et plus avoir alors, mon pauvre Silas, que quelques instants à respirer. Après ce qui m'était arrivé, c'est moi qui serais devenue folle. J'aurais même pas eu la chance de mourir aussi. Mon homme est un colosse. Une personne comme Mastah Jean, il est capable de l'écraser contre le mur aussi facilement qu'un simple maringouin. Mon homme est capable d'écraser le mur lui-même, tel ce Samson du Livre, qui fait tomber les colonnes du temple.

Quand le jeune maître m'a appelée dans la grande maison, il aurait pu entrer derrière moi et la faire crouler sur nous tous. Au moins, ç'aurait été tout de suite la fin de nos tourments. Je l'aurais souhaité de tout mon cœur, à cet instant-là, parce que le Blanc m'avait pas encore piquée avec son serpent. Mais j'ai franchi le seuil de la chambre et, tout ce qu'il me restait à espérer, c'était de survivre plus longtemps que ce mauvais homme survivrait à ses péchés. J'ai franchi le seuil de la chambre : j'avais déjà traversé le fleuve. J'étais entrée dans le monde des mortes et je savais au fond de moi que pas une femme en a jamais repassé la porte. J'allais tourner en rond dans les ténèbres, mais, pour gâcher le plaisir du Blanc, j'empêcherais pas mon cœur de battre, oh ! non. Ce Blanc-là, il aurait pas de remords, bien sûr. Il était né sans. Infirme en quelque sorte, comme des lapins borgnes ou des coucous qui n'ont qu'une aile. Et, depuis sa naissance, il avait commis tant et tant de fautes : le Seigneur lui accorderait plus cette bénédiction. Non, il aurait pas de remords. Mais il m'aurait, moi, sous les yeux. Il m'aurait, moi. Et mon Silas serait à mon côté, son bras puissant autour de moi, et j'aurais son enfant dans mon ventre. Et nos deux ombres se mêleraient sur le sol – nos trois ombres ! – et elles s'allongeraient ensemble, elles grandiraient quand le soleil descend.

Là-bas, de l'autre côté du fleuve, je répétais dans ma tête, au point, je pense, qu'il aurait pu lire les mots sur mes lèvres s'il avait fait attention à mon visage : *Tu peux prendre mon corps, maudit démon, mais je te laisserai pas mon cadavre !* Une fois la chose consommée et que je commençais à me buter partout contre les murs du labyrinthe, il y avait cet enfant qu'il fallait concevoir au plus vite. J'aurais voulu qu'il soit déjà né demain. Ensuite, je le demande, était-ce nous qui avions réveillé la colère du Seigneur ? Pourquoi aurait-il fallu que le temple soit détruit sur nos têtes ? Pourquoi aurait-il fallu que les bons soient ensevelis avec les méchants ? S'il voyait le vide ou le feu dans les yeux de mon homme, Nehemiah lui disait – et s'il me voyait sur le point d'éclater en sanglots ou en train de contempler des choses invisibles, le regard fixe, c'était Aloysius qui me disait : « La honte est immense, mais la honte, elle n'est pas sur toi. » La pire des hontes, je peux la citer. La pire des hontes était qu'on osait plus se toucher, mon Silas et moi. On essayait : on avait des frissons, des chairs de poule. Je ressentais la morsure du serpent chaque fois qu'il avançait la main vers moi. Voilà qu'on devait se forcer pour faire ce qu'on avait le plus envie. Envie à en mourir. Mais, justement, il y avait trop de mort entre nous. Il y avait la femme morte qui était ressortie de la chambre, qui était ressortie de la grande maison, mais qui restait enfermée en moi, à tourner et tourner dans le noir, à écouter aux portes les chants et les rires, à s'adresser des sourires cruels à soi-même. Mon Silas, il pouvait pas aimer cette femme. Il devait surtout pas, s'il avait encore de l'amour pour moi. Mais on est des simples créatures, sans la moindre instruction : tout ça était bien difficile.

La nuit, il s'est mis à creuser en silence, dans l'obscurité, un morceau de tronc d'arbre qu'il avait rapporté des champs, caché sous les sacs de coton, dans la charrette. J'avais deviné son but, et je tremblais. Si quelqu'un le dénonçait, pour Mastah Jean, qui le haïssait depuis toujours, à cause de sa force, ce serait un prétexte à lui briser les os. Dans les arbres et dans le vent, dans le feu qui crépite, dans l'averse qui tombe, dans tous les bruits de la nature et des travaux, mon Silas entend la voix du tambour. Il me disait que le tambour sait lorsque quelqu'un l'écoute et qu'il cherche alors à se glisser sous ses mains. Je trouvais pas le repos et je voyais les mains de mon homme battre dans son sommeil, contre la couverture. Dans les champs, c'était lui qui donnait la cadence. Les maîtres nous avaient enlevé la musique. Ils avaient forcé la musique à se blottir tout au fond de nous, tel un esclave en fuite au milieu des roseaux. Elle avait le droit d'en sortir que pendant les besognes, d'en sortir d'une certaine façon et pas d'une autre, c'est-à-dire en étant l'esclave du travail. L'esclave du coton. L'esclave des pierres, des marteaux, des haches, des enclumes. Sous le soleil ou dans le froid, la voix de mon Silas était toute la musique du monde. À son image, elle était large et puissante, et chacun d'entre nous entendait la voix du tambour qui résonnait en elle. Il accompagnait son chant avec des battements de mains, ou en faisant claquer sa paume sur sa poitrine, tout en continuant à travailler. La cadence, jamais elle fléchissait. Le tambour peut pas se tromper. Les esprits qui l'habitent connaissent le commencement et la fin. Les surveillants hochaient la tête avec satisfaction. Le fouet sifflait plus à nos oreilles. La cadence commandait à nos bras. Elle ignorait la fatigue de nos reins.

Le Seigneur a eu pitié de ses enfants noirs. Il a rendu le Blanc sourd à la musique qu'on fait avec les lames des charrues, sur l'établi. Avec le fer des haches, dans la forêt. Avec les maillets de fer contre les rochers. Avec les ustensiles, dans la cuisine. Avec les balais, sur la galerie ou dans les endroits où se posent les feuilles mortes, en automne. Avec nos pieds sur les planches et nos souffles quand on trime. Le Blanc croit que la vie continue, alors qu'elle se rebiffe.

L'autre circonstance où la musique est permise, même sous la forme que nos maîtres sont capables de reconnaître (du fait que, la plupart des notes, ils pensent qu'elles leur appartiennent aussi, de la même manière que les vêtements qu'ils ont mis sur notre dos, les chaînes qu'ils ont mis à nos pieds, les mots qui sortent de notre bouche et les images qui nous entrent par les yeux, les images de ce pays d'Amérique où ils sont venus, eux, de leur propre gré ou du moins, affirme Nehemiah, parce qu'on les aurait pendus n'importe où ailleurs), l'autre circonstance où la musique est permise, c'est l'office du dimanche. Nous chantons à pleine voix dans l'église que Mastah Luc a fait bâtir pour nous, loin de celle où il dit ses prières. Lui comme tous les siens s'imaginent que nous chantons les paroles du Livre, et ce sont bien les paroles du Livre que nous chantons, mais elles ont pas pour nous la même signification que pour eux.

Notre pasteur, il est noir. Avant lui, aucun nègre affranchi s'était tenu devant mes yeux. J'avais ouï dire qu'il en existait. Je l'avais entendu raconter de nombreuses fois. J'ignorais cependant s'il était meilleur pour nous de croire cette histoire, au risque de nous sentir encore plus malheureux, ou de penser qu'un tel miracle était impossible, au risque de perdre toute espérance. Le révérend Boone nous a enseigné que le Blanc lit une chose dans le Livre, tandis que le Livre en dit une autre à l'homme de couleur. Il suffit pour ce dernier d'ouvrir, non seulement ses oreilles, mais son esprit et son cœur quand il chante. Alors, le doigt de Dieu se pose sur ses lèvres. Ses lèvres prononcent Son Verbe de merci, le Verbe du réconfort et de la délivrance. Le Blanc lit que le Seigneur nous a abandonnés, à cause de la noirceur de nos âmes. Nous chantons à tue-tête que le Seigneur nous guide et que nous marchons derrière Lui vers le pays du miel et du lait, vers le pays de Canaan.

La voix de mon Silas, elle emplit notre église. Notre église est petite, mais la grande voix de mon Silas repousse les murs en arrière et rapproche le toit de la céleste demeure. La chambre d'en haut, comme dit le révérend. À un certain moment, toujours, parfois en plein milieu de son prêche, le révérend se penche par-dessus son pupitre, il sourit dans sa barbe blanche et il lui dit avec douceur : « Frère Silas, je suis sûr que notre Père, là-haut, aimerait entendre sonner l'airain. » Ça veut dire qu'il doit chanter. D'ailleurs, chacun attend ça. C'est d'abord pour le Seigneur et pour le salut de nos âmes que nous nous rendons à l'office. C'est pour réserver notre place à Sa droite et confirmer cette réservation de dimanche en dimanche. Mais, tout de suite après, c'est pour écouter mon Silas. Pour laisser sa voix pénétrer en nous, couler en nous comme une huile lourde, limpide, odorante et dorée, et déposer un baume sur nos cœurs. L'harmonium a pas encore eu le temps de pousser son premier soupir que nous voici déjà en train de nous balancer sur nos bancs. La musique commence avant la musique : elle commence dans ce qu'on s'apprête à ressentir et qui oblige votre corps à bouger, telle une barque qu'on vient de pousser sur l'eau. Une barque, elle a pas besoin d'avancer pour mettre en mouvement l'homme qui est dessus. La musique, c'est pareil. Elle fait battre votre cœur avant d'avoir battu le tambour. On dirait des fois que c'est le cœur qui donne son rythme au tambour. Tu écoutes ton cœur et tu te balances déjà au rythme de la musique qui va venir. À cause de cette houle, le silence est plus du silence, et notre église est plus une simple maison de bois, mais l'arche sur laquelle nous serons sauvés du Déluge et transportés sans avoir reçu la moindre goutte de pluie dans la salle du Jugement, où Jésus nous comblera de Sa miséricorde.

Les feuilles et les branches des arbres savent chanter toutes seules. Mais Nehemiah, un jour, a confié à mon homme que nos ancêtres ont appris leur chanson aux troncs d'arbre. « Ils auraient pu l'apprendre aux pierres du chemin ! » prétendait-il. Et mon homme répondait d'une voix forte : « Amen ! Loué soit le Seigneur ! » Nehemiah lui a expliqué qu'une chanson, c'est de la musique et des paroles. Aussi le tambour creusé dans l'arbre est-il tout autant capable de prononcer des mots que de jouer des sons. Aussi la voix de mon Silas était-elle le tambour qu'il n'avait pas le droit de posséder. Aussi disait-elle, semblable au tambour, des paroles interdites. Il y avait ce que le Blanc croyait lire dans le Livre, aveuglé par l'encre et la forme des lettres. Il y avait ce que le Livre promettait à l'homme noir, penché sur son oreille, pendant que l'homme noir chantait le Livre à pleins poumons. Et maintenant, il y avait ce que mon homme laissait entendre à l'homme noir, non plus au sujet des promesses du Ciel, mais à propos de ce qui lui était refusé ici-bas et à propos des mauvais hommes à cause desquels étaient advenus le voyage sans retour et l'interdiction de se posséder soi-même, deux commandements qu'on ne trouve pas dans le Livre. Derrière les mots du Livre, la voix de mon homme dénonçait le sacrilège. Notre pasteur savait cela, mais, quand il avait bien prêché le courage et la patience, il souriait dans sa barbe, se penchant comme Dieu par-dessus les nuages, et encourageait d'une voix douce mon Silas à chanter. Et il avait alors la conviction que se tiendraient aux portes de Jérusalem, dans nos pensées secrètes, Nat Turner et nos autres martyrs, les pieds baignés dans l'eau de rose, lavés par le sang qu'ils avaient répandu en accomplissant l'Œuvre Terrible, ayant vu de leurs yeux le soleil de Dieu s'éteindre dans le ciel – Nat Turner et soixante hommes dont le cou porterait jamais plus la marque de la corde.

Soixante hommes auréolés désormais de la gloire immortelle, montés sur des chevaux blancs, dont aucune corde empêcherait jamais plus la voix de s'élever vers le Créateur de la parole et du silence.

Quand, après avoir franchi le seuil de la chambre du Blanc, je me suis glissée dans la peau de la femme morte, froide comme la peau du serpent, beaucoup de choses sont venues alourdir la voix de mon Silas et la creuser ainsi que le tronc de l'ébénier. Beaucoup de choses signifiant la révolte et le sang purificateur. Et notre révérend les comprenait, et pourtant il les empêchait pas de s'élever dans son église. Il souriait encore, les entendant. Dans l'harmonium, Nehemiah avait enfermé tout un orchestre, qui ruait des quatre fers. À chaque claquement de mains des fidèles, le toit et les murs sursautaient. On lisait sur les lèvres de notre pasteur : « Alléluia ! Entends Ton peuple ! Béni soit Ton nom ! » Des gens murmuraient, en retournant vers les cases : « Ce Silas, avec son souffle, il ferait reculer la tempête ! » Et quelqu'un ajoutait, pensif : « Sa voix est si profonde, à présent ! On pourrait y enfouir bien des secrets… »

Le soir, mon homme tenait avec son ami des conversations mystérieuses. Il revenait vers moi, plein d'amour, je le voyais à son regard, mais il s'allongeait plus à mon côté avant que je me sois endormie. Il refermait plus ses jambes autour de moi, mais autour de son arbre, qu'il continuait d'évider en veillant à pas produire aucun bruit. Il avait dérobé dans la cabane à outils un vieux morceau de fer de la forme qu'il voulait, et il l'avait aiguisé sur une pierre nuit après nuit, ayant caché la pièce de bois dans la terre, sous nos paillasses. Je l'ai pas supplié de renoncer à son projet. J'en possède pas tant que ça, mais il avait besoin de toute ma force. En fabriquant son tambour, c'était comme ça qu'il m'aimait. Il prendrait la femme morte et il l'enfermerait dedans. Il la rendrait aveugle, sourde et muette. Les esprits enfonceraient leur silence dans ses oreilles, poseraient les ténèbres sur ses yeux et le froid glacé de l'hiver sur sa langue.

Malgré tout, l'enfant est venu. Seulement il était pas le sien. Cet enfant était venu de moi, mais il était pas le mien. C'était celui de la femme morte et de la honte. Il est arrivé juste avant le matin. Sur-le-champ, dans l'ombre, je l'ai reconnu. Comme la mort, il était pâle. Comme la honte, il tenait les paupières baissées. Quelqu'un était allé chercher Nehemiah. Afin qu'il soit témoin. Afin qu'il marque tout dans son journal. Nehemiah est entré. Il m'a souri et il a hoché plusieurs fois la tête, comme pour dire à moi et à tous ceux qui se tenaient dehors et cherchaient à déchiffrer un verdict sur sa figure que j'avais rien à me reprocher. Puis ses yeux se sont portés sur la nuque de Silas qui, contrairement à son habitude, s'était pas levé pour accueillir un visiteur dans notre maison.

Assis sur ses talons, courbé en deux, mon homme observait l'enfant. Il pouvait pas en détacher le regard. Il avait l'air de le guetter comme un chasseur guette une proie, tapi dans les fourrés. J'apercevais presque dans l'ombre l'arc et les flèches en travers de ses épaules. Il avait l'air de l'épier en retenant son souffle, les yeux mi-clos, les narines palpitantes. Il l'observait depuis longtemps déjà, et il a continué longtemps encore. Sans un geste. Sans une parole. On aurait cru qu'il lui prenait les mesures, du sommet du crâne à la pointe des pieds, de chaque partie de son corps l'une après l'autre, et notait les dimensions exactes dans sa tête. Moi non plus, je l'avais pas quitté des yeux. Contrairement à Nehemiah, je pouvais voir son visage, mais c'était le visage d'une statue. Ni ses lèvres frémissaient, ni les veines de son cou ni les veines à ses tempes. Rien dans son corps frissonnait. Ses pupilles, elles lançaient pas d'éclairs. Il considérait seulement le nouveau-né, pendant que le visiteur, sans un geste, sans une parole, considérait mon homme. Cet enfant de honte, ses bras et ses jambes remuaient un peu, tel un rideau de gaze en été, agité par une brise molle quand le soleil se couche, mais il osait pas bouger un cil. Du fond de sa solitude, du fond de l'offense et du blasphème, il osait pas plus regarder vers nous que crier vers nous. Sur son front, sur ses joues et sur sa poitrine, sa vilaine peau jaune rougissait de confusion. J'aurais bien eu pitié de lui, mais je savais pas alors si j'en avais la permission. Je veux dire : si, moi, je pouvais me l'accorder en restant une personne décente. Et puis je savais pas si cette pitié, en fait, elle était pas pour moi. Et, ça, je le voulais à aucun prix. Je voulais que toute la pitié des hommes et du Ciel soit pour le Blanc et pour la femme morte.

À la fin, mon Silas a redressé le buste, mais pour mieux s'incliner. Il s'est incliné, devant cet enfant. Pour sûr qu'il s'inclinait pas devant lui, néanmoins. Il s'est remis sur ses pieds. Le regard de Nehemiah restait planté sur sa nuque. Mon homme a sorti de sa cachette le tronc d'arbre, qu'il avait fini de creuser, de tailler et de sculpter la veille, comme par hasard. Il est sorti de la case. Il l'a brandi au-dessus de sa tête et, tournant sur lui-même avec lenteur, avec majesté, il l'a exhibé à ceux qui s'étaient rassemblés devant la porte. Puis il a mis le tambour sous son bras et il est rentré. Au centre de la case, sans s'adresser à personne, même pas à moi, il a déclaré d'une voix tranquille : « Ce soir, je tuerai ce Blanc. Ce soir, j'irai prendre sa peau pour mon tambour. »

Nehemiah, qui avait pas cessé de le couver des yeux, lui a dit alors : « Viens avec moi. » Je pensais qu'ayant prononcé son serment Silas obéirait plus qu'à sa parole. Et moi-même, sachant pourtant ce qu'il m'en coûterait de tourments jusqu'au dernier de mes jours, une fois qu'ils auraient ôté la vie à mon homme en ma présence, une fois qu'ils lui auraient ôté devant moi toute la peau des chairs et en auraient habillé un épouvantail (je les avais déjà vu faire une fois, quand j'étais toute petite, sur une autre plantation), moi-même je me serais pas opposée au geste qu'il avait prédit. Par sa bouche, nos ancêtres avaient rendu leur jugement, et il pouvait pas en être de plus sage. Si j'avais été sûre de ma main, sûre de ma force, j'aurais fait justice moi-même. J'aurais même pas attendu le soir. Dans l'état où je me trouvais, j'aurais quitté ma couche, j'aurais quitté la case, j'aurais ramassé en chemin une serpe, une hachette, un caillou pointu ou n'importe quoi et j'aurais marché tout droit jusqu'à la grande maison, pendant que les maîtres dormaient encore, tout droit jusqu'à cette chambre dont j'avais déjà franchi le seuil une fois. Et j'aurais pas permis, dites-vous bien, que même l'amour de mon homme m'en empêche. Les esprits m'en avaient pas encore donné d'ordre, mais je restais à l'écoute. S'ils décidaient que l'enfant pâle devait mourir, pour marquer le commencement de cette journée de mort, je l'étoufferais de mes propres mains sur-le-champ, je lui briserais les os de la tête et répandrais sa cervelle au moyen d'un fer à repasser. Donc, j'allais pas retenir le bras de mon Silas et j'étais sûre que personne d'autre s'y risquerait. Mais Nehemiah, dans son costume de Blanc à gilet moiré, lui a dit : « Viens avec moi », et voilà qu'il l'a suivi avec docilité.

Ils ont écarté ces gens qui attendaient dehors je sais pas quoi, baissant la tête, jetant par en dessous des coups d'œil pleins d'horreur vers la grande maison à colonnes, d'où le mal était venu et où le mal allait revenir – ces gens sortis de chez eux pour contempler et célébrer une naissance et qui, en quelques instants, étaient entrés dans une journée de mort, dont le crépuscule, en plus de la couleur, aurait l'odeur du sang. Le jour, à présent, commençait de se lever, et, avec lui, une sorte de brouillard bleu et lent. Les deux amis ont traversé l'attroupement comme s'il y avait pas eu personne devant chez nous. Dans la buée en train de s'épaissir, les silhouettes s'esquivaient et s'effaçaient devant eux, comme aspirées par la brume. Sur un signe de Nehemiah, ils se sont accroupis sous un arbre, le plus vieux, le plus haut et le plus bel arbre du quartier aux esclaves. Après toutes ces années, j'ignore encore ce qu'ils se sont dit, ou plutôt : ce que Nehemiah a bien pu dire à mon homme.

Plus tard, celui-ci m'a confié qu'il allait pas revenir sur son serment, que Nehemiah avait juré qu'il lui enfoncerait une aiguille de bois dans le cœur s'il arrachait pas le cœur du Blanc de sa poitrine et venait pas me le montrer, tressautant sur sa paume, telle une carpe en train d'agoniser sur la berge de la rivière Yazoo. Il manquerait pas à sa parole, mais il contiendrait son impatience, tout le temps qui serait nécessaire pour accomplir le destin « d'une manière sereine et ordonnée », comme avait dit Nehemiah. Qu'entendait-il par ces mots ? Comment mon homme, lui, les avait-il entendus ? J'ai pas posé la question. Peut-être parce que, au fond de moi, j'étais soulagée qu'il remette son geste à plus tard. Maintenant, cette question est sans importance. « La vengeance est mienne », dit le Seigneur. C'est Lui qui s'est chargé de Mastah Jean. Il l'a pas fait sauter dans Sa main, mais Il l'a fait danser longtemps au bout d'une corde, là-haut dans le Missouri, avant de permettre que sa nuque se rompe. Mon Silas m'affirmait qu'à cet instant précis, là où il se trouvait avec les troupes du général Sherman, il avait été tiré de son sommeil par un bruit de craquement et qu'une sorte de liquide onctueux s'était alors comme répandu à l'intérieur de lui, oignant chaque fibre de son corps, mettant souplesse et volupté là où il ressentait, juste avant, que raideur et endolorissement.

« Je tiendrai ma promesse, m'a confié mon Silas, mais pas dans la précipitation. » Si ça se trouve, Nehemiah lui avait expliqué que la mort du jeune maître, en raison de la faute commise, devait pas être un meurtre à la sauvette – l'unique sorte à la portée d'un esclave, et encore plus s'il est un colosse –, mais un meurtre de cérémonie, et qu'il fallait pour ça de longs préparatifs. Il fallait y avoir beaucoup réfléchi et il fallait que les circonstances soient propices. Admettons que j'aie vu juste : cela signifiait-il que Nehemiah avait prévu la sécession des onze États, la guerre, la défaite et le chaos ? Ces choses étaient-elles écrites dans un des livres qu'il avait lus ? Ou bien tout le savoir qu'il avait dérobé au Blanc, comme il lui avait dérobé sa musique, lui avait-il donné autant de sagesse qu'aux ancêtres ? En tout cas, il avait eu la révélation, il y a des années de cela, qu'un jour viendrait où un homme de couleur pourrait imposer la justice à un malfaiteur blanc, y compris au fils unique d'un gros propriétaire… En attendant, mon Silas devait se garder des mouchards et de lui-même. Il avait pas aucune autre solution que de fuir au plus vite. Nehemiah lui avait dit : « C'est une heureuse coïncidence. Moïse va bientôt descendre. Dans très peu de temps. D'ici quelques jours, tu prendras le train qui roule sous terre et ton âme sera bercée dans le sein d'Abraham ! » À l'église, chaque dimanche – c'était même notre chant préféré –, nous demandions à Moïse de descendre en Égypte afin de libérer le peuple de Dieu du joug des Égyptiens. Il y avait donc un rapport entre les paroles de son ami et l'évasion qui allait avoir lieu. Que nos âmes soient bercées dans le sein d'Abraham, c'était encore une prière que nous adressions au bon Dieu. Cette partie de la phrase pouvait se comprendre. Mais le début ? Qu'est-ce qu'un train venait donc faire là-dedans ? Et qui a jamais entendu parler d'un train qui passerait sous nos pieds, sous les racines des arbres, sous les graines en train de germer ? Mon homme était resté perplexe. Cependant, il avait pas posé de question. On demande pas de comptes aux oracles, lorsqu'ils vous ont déjà fait la grâce de vous répondre, et de vous répondre d'une manière favorable. J'ai fini par supposer ceci : à l'époque, Nehemiah voulait sans doute que mon homme, songeant à ces énigmes, reste bien tranquille. Il voulait que son regard reste tourné vers l'intérieur, autant que possible, même si Mastah Jean venait à passer entre le soleil et lui. (S'il lui adressait la parole, toutefois, personne savait trop ce qui pourrait se passer, mais il pouvait pas choisir de pas croiser sa route...) Aux champs, ce jour-là, pour marquer la cadence, mon Silas a chanté la chanson de Moïse, et nous l'avons tous reprise en chœur avec lui.

Le samedi d'après, on voyait plus de lune dans le ciel. Quelqu'un a murmuré : « Regardez nos ombres sur le sol : elles sont plus claires que la nuit ! » Les odeurs étaient profondes. On avait pas encore allumé les torches, c'était la consigne. Le chemin, on le connaissait par cœur. Nos pieds le connaissaient encore mieux que nous. Ce chemin marchait devant nous, vers quelque chose qui était en ce temps-là notre unique délivrance. Venant de différents points du quartier, en file indienne, dans nos habits propres, nous nous rendions à la vieille grange abandonnée, jadis peinte en rouge. Ces soirs-là, comme nos frères à La Nouvelle-Orléans dans la poussière orange de Congo Square, nous avions le droit de faire des fêtes à nous et même de chanter dans nos vieilles langues (ceux qui les connaissaient encore, et ils étaient de moins en moins nombreux). À condition de pas battre le tambour, bien entendu, et de pas jouer ni de la flûte, ni de la trompette. Le samedi soir était le vestibule du dimanche matin, sauf que les chants, ils étaient pas les mêmes et que nos corps se contentaient pas de se balancer sur les bancs. En secret, Nehemiah nous avait donné rendez-vous à la grange. Nous savions d'avance que, dans cet endroit ordinaire, il s'agissait pas d'un rassemblement ordinaire. D'ailleurs, il a posté des grandes filles derrière chaque lucarne. Des filles, parce qu'elles ont leurs jeunes yeux, d'abord, et ensuite parce qu'elles ressemblent moins à des guetteurs que les garçons. Les plus âgés d'entre nous, ceux qui devaient finir leurs jours sur la plantation, il leur a donné l'ordre de chanter tous ensemble, de chanter dans la langue des maîtres, pour pas éveiller aucun soupçon, et de chanter d'une façon douce et paisible, ainsi qu'on fait par les soirs de grillons, les beaux soirs pleins d'étoiles, quand la voix porte loin, quand on croit que l'odeur de la mer remonte le fleuve, venant de l'Afrique. Les autres, ils se sont regroupés en cercle autour de lui, assis sur leurs talons, mon Silas étant un peu en avant de tout le monde. Et c'est là que, s'adressant à lui, debout au centre, levant le doigt lorsqu'il fallait faire attention, il a tout expliqué comme il faut, de façon que chacun entende et retienne. Une chose après l'autre, il a vidé son sac. C'est là qu'il nous a révélé qui était le Moïse de l'homme noir, et ce que ça signifiait, ce chemin de fer souterrain, réservé aux gens de couleur.

Un jour, Aloysius, qui avait suivi Mastah Luc en voyage au fond de l'Alabama, m'a parlé de nègres plus infortunés que nous autres, si privés de toute joie et de toute espérance qu'ils avaient seulement jamais vu passer un train. Nous, au moins, des rails traversent le domaine. Mon Silas et moi, je sais pas ce qu'on serait devenu si, chaque jour, à l'heure dite, on s'était pas relevé des plants de coton afin de regarder filer vers le nord le convoi pour Memphis, parti le matin de Biloxi, et si chaque nuit, juste avant l'aube d'été, on avait pas entendu, revenant dans l'autre sens, la locomotive s'essouffler sur la pente de Yellow Road et le mécanicien tirer trois fois sur le sifflet. Une fois, mon homme avait dû se lever tôt pour une corvée de bois dans les collines. Et là-bas, lui et les autres avaient débouché à quelques pas des rails, juste au moment où ce train basculait de l'autre côté de la crête et se précipitait dans la descente. D'où ils se trouvaient, ils avaient aperçu le conducteur et son aide. Leurs regards retiendraient à jamais l'image de deux diables, éclairés par les lueurs rouges de la fournaise qui leur tiraient la figure dans tous les sens et lançaient leurs ombres de droite et de gauche, les agitant comme des pantins, et ils avaient des yeux d'émail dans des orbites de craie, et ils avaient tout autour une peau qui n'était pas noire comme la nôtre, mais noire comme le pain brûlé, noire du noir des choses qui ont noirci, noire de mort, noire sans reflets fauves, sans reflets marron, sans reflets bleus, sans reflets pourpres, sans reflets indigo. L'un, on aurait dit qu'il plantait sa fourche dans un gros tas de damnés ; l'autre s'épuisait à tourner la manivelle qui ouvre le coffre où sont gardés les malheurs du monde. Entre eux tournoyait un nuage de moustiques gros comme des frelons, avec des dards d'or en fusion. De l'essaim jaillissaient des insectes qui avaient pris feu et qui, avant d'être réduits en cendres, se précipitaient pour piquer au visage le démon à la fourche, lequel, sans lâcher le manche, se frappait le front du coude, manquant chaque fois de s'éborgner. Puis vous sentiez contre votre visage, vif et violent à décrêper vos cheveux, le vent de la vitesse, et alors le sifflet déchirait vos tympans, tandis qu'une fumée grasse vous emplissait la poitrine et vous faisait pleurer des larmes grises et brûlantes.

Il s'agirait pas là d'une simple vision, selon Aloysius. Il affirme que les hommes de la corvée ont vu ce qu'ils auraient pas dû voir, mais qu'ils ont très bien vu. Car ce train de nuit vomi des ténèbres roule vers l'enfer. Il emporte dans le feu éternel les voleurs, les menteurs, les buveurs, les joueurs, les adultères, les sacrilèges et les hérétiques, ainsi qu'il est écrit. Cependant, ajoute Aloysius, l'autre convoi, celui du milieu de la journée, une fois parvenu à Memphis, sort des rails et poursuit sa route. Il s'arrête qu'au seuil des verts pâturages, où un doux chariot attend la procession des élus, chacun, déjà nimbé de lumière, descendant du wagon avec son billet à la main, poinçonné par le contrôleur. Et le révérend Boone, agrippé des deux mains à son pupitre, hurle sur nos têtes : « Comment s'appelle la dernière station ? Seigneur, ayez pitié ! Comment s'appelle la gare du bout des voies ? » Beaucoup ont lancé les bras au ciel. Beaucoup éclatent en sanglots. Chacun connaît la réponse, mais personne ose prononcer les mots. La créature qui a pas peur des mots, elle a pas peur de Dieu. Elle ira pas du côté droit de l'éternité, le jour du Jugement. Les mots sont nés des choses, mais ils sont aussi capables de grandir tellement que, ces choses, ils les étouffent et les écrasent sous eux. À ce moment-là, notre pasteur se penche sur nous, au point que ses semelles décollent du plancher, et il s'égosille, riboulant des yeux : « Seigneur, ayez pitié, amen ! Seigneur, ayez pitié, amen ! » Nous répétons chaque phrase après lui. Il lâche le pupitre et cloue ses bras croisés sur sa poitrine. Il bascule son visage en arrière pour regarder à travers le plafond et il gémit à fendre l'âme : « Jésus, oh, Jésus ! J'ai rencontré le pécheur sur mon chemin et le pécheur m'a demandé : "Quel est le nom de cette gare ? Comment s'appelle cette gare du bout des voies ?" Oh, Seigneur ayez pitié ! Et moi, j'ai désigné le sud et j'ai répondu : "Pour toi, mon frère, elle se nomme Abîme et Souffrance !" » Nous le savions, mais des pleurs et des cris d'effroi s'échappent quand même de nous. Nous tremblons de tous nos membres. Nous nous protégeons le visage avec nos bras. Certains tombent à la renverse et demeurent allongés sur le sol, ou cassés contre les bancs. Le révérend poursuit son prêche : « Alors, j'ai rencontré sur mon chemin le bon et le juste, oh ! Jésus, alors j'ai rencontré sur mon chemin le bon et le juste, et c'est moi, Boone, esclave du Père et du Fils, qui lui ai demandé, montrant cette fois le nord : "Toi qui es bon et juste, comment s'appelle cette gare du bout des voies ?" Et il m'a répondu : "Si tu as courbé le front devant Sa majesté et si tu as fait pénitence, cette gare portera pour toi les noms de Paix et Liberté." » Ces deux mots sont expulsés de nos bouches. Ils s'élancent jusqu'aux poutres qui soutiennent le toit de notre église, tandis que l'harmonium bourdonne à fendre les vitres, que les mains claquent suivant la cadence donnée par mon Silas et que s'élève la voix large et sombre de Tante Ivy, louant le Créateur du ciel et de la terre, implorant la clémence du Rédempteur, suppliant le Déluge d'épargner notre Mississippi et les murs de Jéricho de pas tomber sur nous.

Le train, dit Aloysius, il connaît pas de frontières. Il a même pas besoin d'un laissez-passer de son maître pour franchir les limites du district. Son domaine est aussi grand que la terre est grande, tant qu'il y a de la terre pour y poser des rails. Selon la parabole qu'on nous enseigne à l'église, un train ramène au fond du désespoir celui qui a perdu la foi, mais un autre conduit vers l'espérance l'homme qui a su la conserver dans les épreuves. Le premier jaillit de l'horizon et grille toutes les récoltes sur son passage. Le second file à toute allure vers la Terre promise, emporte les âmes pures. Aucun homme, hélas ! peut sauter de celui-là, le train de l'infinie pénitence, où des squelettes forment l'équipage, où des ossements sont empilés sur le tender, où des chairs grésillent dans le fourneau. Sur celui-ci, le train de clarté, conduit par les anges de Dieu, on réussit à monter, même en marche, pour peu qu'on se soit lavé de ses fautes. Mais le train que Nehemiah nous décrit dans la grange n'est ni l'un ni l'autre. C'est pas un train pour le pécheur impénitent. C'est pas non plus un train pour la créature que le Seigneur a sauvée. C'est le train terrestre de l'homme qui se sauve lui-même et désigne sa propre Terre promise. C'est le train des évadés, aussi passe-t-il sous les racines et les graines enfouies dans le sol. Il a pas de sifflet. Il lâche pas de fumée. Il entretient pas aucun feu dans son ventre. Il gronde pas comme cent tambours d'ébène sur les rails. Il fait pas grincer aucun aiguillage. Quelques-uns d'entre nous, achetés sur d'autres plantations, ou plus récemment que nous, sur les marchés de La Nouvelle-Orléans, ont entendu des histoires, des histoires où ce train se faufile à la barbe du Blanc. Nehemiah secoue son doigt et dit que ces histoires sont vraies. Il dit aussi que ce train serait pas un vrai train. Que ce train prend lui-même le train sans billet, quelquefois, mais qu'il serait plutôt une route, une route secrète qui, des fois, suit des routes, des sentiers, et, des fois, passe par des gués, des bois épais, des cols désolés, des jachères, des froidures, des hautes herbes et des champs de cailloux, des cabanes silencieuses, des cimetières d'il y a très longtemps, où toutes les dalles sont renversées, où les morts n'habitent plus, et des logements sous les ronces, et des trous dans la terre. Il est pas souterrain tout le temps. Par le fait, il l'est presque jamais, pourtant les Blancs saisissent leurs jumelles et ils voient rien dedans, et leurs chiens restent tranquilles le long de leurs jambes, ne dressant pas les oreilles. Il passe sous les regards, je veux dire à l'abri. Il passe sous les odorats.

Ce chemin de fer a des gares : ce sont les endroits où le fugitif est sûr de trouver refuge, une certaine ruine, une certaine étable, où il peut se reposer si l'étape a été longue et se cacher le jour quand il est préférable d'avancer dans le noir (ce qui est la règle générale). Ce chemin de fer a des réservoirs, des provisions de bois ou de charbon, afin que le fugitif étanche sa soif et fasse patienter sa faim. Il a des signaux pour lui indiquer la bonne direction et celle qu'il faut prendre à aucun prix. Il a des mécaniciens, des chauffeurs et des contrôleurs, il paraît que plusieurs sont des Blancs, des amis de John Brown, qui voudraient mettre l'esclavage hors la loi, même au risque de leurs propres vies. Ils guident nos frères, ils les accompagnent dans les passages difficiles. Ils leur font traverser des rivières et contourner les villages endormis. Ils effacent leurs traces et en fabriquent d'autres qui ne mènent qu'à elles-mêmes. Ils les soustraient à l'acharnement des patrouilles, sur le qui-vive depuis que Nat Turner a implanté la peur dans le cœur des propriétaires. Ils les ravissent à la cupidité des chasseurs de têtes lancés à leur poursuite par les maîtres. Nehemiah nous révèle toutes ces choses à la fois, et nous sommes hypnotisés par sa parole. Elle pénètre en nous par nos yeux. Chaque mot va s'installer dans un coin. Nous les sentons, comme si nous avions mangé des pierres, mais nous pouvons plus sentir nos corps.

Nehemiah nous dit ensuite : « Ce train de la nuit, ce train de l'ombre traverse l'Amérique. Il se rend chez les plus farouches des abolitionnistes, les quakers de Pennsylvanie et du New Jersey. Mais il ne s'arrête pas là. Il monte, il monte encore ! Il file au nord du Nord, vers ce qui est pour nous le ciel sur la terre. Il entre dans le pays heureux du Canada, où les patrouilles doivent déposer leurs armes et se disperser, où les récompenses promises n'ont plus cours, où n'est plus qu'un méchant bout de papier le *Décret concernant l'esclave en fuite,* qui oblige non seulement police et justice, mais le simple citoyen à prêter la main aux pourchasseurs, sous peine d'amende et d'emprisonnement, voire sous peine de mort. Et c'est là seulement, aux marches du ciel terrestre, que le passager peut descendre de voiture, regarder autour de lui avec confiance, ôter la poussière de ses vêtements et baigner ses tempes au moyen d'une eau fleurie. »

Il nous rappelle qu'il existe comme des souterrains sous les mots que nous chantons à l'office. Des souterrains où se cachent les mots en chair et en os, alors que les mots du dehors, ceux qu'emporte le vent, sont des spectres et des mirages. Il nous dit : « Quand le Blanc entend *Canaan,* c'est Canada qui se murmure par en dessous. L'homme qui ne fait pas attention, parce qu'il est trop rempli de lui-même, ne saisit pas la différence, parce que le vrai mot et celui qui lui sert de masque se ressemblent. C'est une affaire de Blanc que d'avoir confiance en des impressions superficielles. La paresse en est la cause. Autrement, il lui faudrait regarder pour de bon, écouter pour de bon, étudier pour de bon les phénomènes, et s'il en arrivait là, il serait tout à coup confronté à sa propre image et ne pourrait le supporter. Il abandonne le soin de comprendre les choses à ses savants, qu'il place au vu de tous sur un piédestal, mais qu'il méprise jusqu'à la nausée dans le fond de son cœur. Qu'il méprise avec une extrême gratitude, cependant, pour la raison, mes amis, que grâce à eux, qui font rempart, il peut pleinement jouir de son ignorance, en toute sécurité ! » Tous ces grands mots-là, toutes ces grandes phrases, comment entreraient-ils dans nos crânes ? Mais nous le laissons aller, sachant qu'il finit toujours par renouer le fil. Un homme si intelligent et si sage a bien le droit se s'élever au-dessus de nos esprits obtus. Mon Silas considère même que c'est son devoir, comme c'est celui de l'affranchi de pas ménager sa liberté, d'en user sans la moindre retenue. L'esprit de son ami s'est délivré de ses chaînes : les nôtres, d'esprits, se trouvent encore en esclavage. Y compris celui d'Aloysius, qui semblait pourtant le plus avisé et le plus astucieux d'entre nous, avant que Nehemiah cherche un nouveau chemin de vérité à travers la bibliothèque de la grande maison. Parfois, sans s'en rendre compte, Nehemiah nous parle avec, posés sur sa langue, tous les livres qu'il a déchiffrés, et sa langue devient si lourde que ses paroles privées d'ailes tombent du nid avant de nous parvenir. Lui seul alors est capable de les ramasser. Pris d'un doute, il jette un œil sur nos figures et s'aperçoit de son erreur. Il nous fait des excuses. Pour nous consoler de la science qui nous manque, il prétend que les maîtres comprendraient encore moins que nous ses discours. Qu'ils préféreraient, eux, mettre leur cervelle aux enchères, plutôt que d'avoir à les comprendre un jour. Et qu'ils sont pour finir, eux qui haïssent tant le noir, les esclaves volontaires de l'obscurité, les réels enfants de la nuit.

Il reprend son histoire à propos des mots. J'apprends une chose que j'ignorais tout à fait : le *doux chariot* de la chanson, qui doit venir chercher et ramener à la maison les enfants du bon Dieu, c'est le train de silence qui arrache à la servitude les fils et les filles de l'exil, et les dépose sains et saufs dans le pays de Canada. Je l'appelais chaque dimanche, sans même savoir quelle grâce je demandais au Seigneur… Nehemiah hoche la tête, brandit son index de nouveau : « C'est un doux chariot, frères, et c'est une douce terre qui nous attend là-bas, mais, ne vous y trompez pas, c'est un dur, un bien dur et périlleux voyage pour celui qui l'entreprend. Dans l'enchevêtrement des rails, une seule voie est la bonne. Toutes les autres ont la corde ou le pétrole pour terminus. Il n'y a pas de banc sur ce chariot. Il n'y a pas d'autre attelage que le fugitif et le passeur. Il n'y a pas de roues : c'est sur ses propres jambes que chacun doit rouler. Celui qui voudrait regagner l'Afrique aujourd'hui, que pourrait-il faire d'autre que de ramer et de ramer encore ? »

À cet instant, il soupire, et nous soupirons après lui, comme s'il était le berger et, nous, son troupeau (ce qui, cette nuit-là, est un peu la vérité). Son regard se pose sur mon homme : « Silas, déclare-t-il, c'est pour toi que Moïse descend, aujourd'hui. Il est venu d'aussi loin que Philadelphie et sera là bientôt, une heure après minuit. » Nos yeux s'agrandissent. La tante Ivy pose la question qui est sur toutes les lèvres : « Tu dis bien, frère, que nous allons voir Moïse pour de bon ? » Nehemiah nous décrit le Moïse que nous connaissons, le Moïse d'autrefois et du Livre : un homme blanc, grand et fort, à la barbe de fleuve, qui savait lire et écrire la langue du Tout-Puissant. Puis il nous enseigne que Moïse, revenu sur la terre, à la recherche d'une autre Palestine pour le nouveau peuple élu, a désormais l'apparence d'une femme d'environ trente ans, tout aussi foncée que nous, née dans l'esclavage sur un domaine du comté de Dorchester, dans le Maryland. Elle s'appelait alors Araminta Ross, mais, plus tard, elle avait échangé son prénom contre celui de sa mère, baptisée Harriett, puis elle avait épousé un affranchi connu comme John Tubman, et elle avait adopté son nom. Si bien que lorsqu'un homme de couleur parlait de Moïse, en Amérique, c'était en fait à

Harriett Tubman qu'il faisait allusion. Là encore, je découvrais le sens caché de ce que je chantais à l'église. Bien sûr, chacun, sauf nos maîtres et les surveillants, avait deviné qui était le pharaon du chant et qui étaient les Hébreux. Mais j'avais toujours cru que Moïse représentait soit le bon Dieu, soit la mort qui nous rapproche de Lui. Et voilà que j'apprenais qu'il s'agissait d'une femme qui aurait pu être ma sœur...

Nehemiah nous promet que personne au monde aurait été mieux désigné pour sa tâche que miss Harriett. Elle a conduit déjà de nombreux trains sous terre : jamais elle a perdu le moindre passager. Notre ami vante les mérites d'un abolitionniste blanc, James Fairfield, qui, afin de sauver de leur condition des personnes de couleur, se fit passer pour trafiquant d'esclaves ; les propriétaires, au début, pensaient réaliser de bonnes affaires avec lui. Puis Nehemiah couvre d'éloges John Parker, un abolitionniste noir, un homme libre, à l'origine de centaines d'évasions en Virginie et dans le Kentucky. John Parker possédait un bateau et remontait le cours de l'Ohio avec sa cargaison. Miss Harriett, cependant, serait supérieure à ces hommes. Elle connaissait John Brown, qui, paraît-il, la dénommait « Général Tubman » avec affection et racontait partout qu'elle était parmi les créatures les plus courageuses en ce monde. Elle-même, le bruit courant qu'elle devait être revendue, s'était évadée avant d'avoir vingt ans. De sa propre initiative et avec la seule aide d'une femme blanche devenue son amie. Elle avait suivi les rails de l'Étoile du Nord jusqu'en Pennsylvanie. Elle s'était rendue à Philadelphie, où elle avait travaillé pour des patrons, mais sans maître, mettant de l'argent de côté, sou par sou. L'idée de retourner sur la côte du Maryland, afin de délivrer sa sœur et les deux enfants de sa sœur, occupait toutes ses pensées. Dès l'année suivante, elle se mit en route et remplit sa mission. Puis elle repartit vers le Sud et, cette fois, ramena son frère ainsi que deux de ses compagnons. La troisième fois, elle voulut retrouver son mari, mais il avait pris une autre femme. Plutôt que se lamenter sur son sort, elle persuada plusieurs esclaves de la suivre dans le Nord. Depuis, elle avait plus cessé de descendre et de remonter avec des passagers. Elle était le grand chef de gare du chemin de fer souterrain. Le Blanc venait d'offrir quarante mille dollars pour sa capture. Sur l'affiche, il était écrit qu'elle était une femme illettrée. Aussi, dès qu'un homme sans couleur paraissait au loin, elle tirait une bible de son sac et faisait semblant de la lire. Il y avait un dessin d'elle avec un air méchant qui, à force d'avoir été recopié, ressemblait à toutes les femmes noires et à aucune. Elle était capable de le regarder et de dire à voix haute : « Il me semble bien l'avoir vue en Géorgie », si l'on était dans l'Arkansas, ou : « J'ai l'impression qu'elle se trouve au Tennessee », si l'on était en Louisiane. D'après Nehemiah, elle faisait courir les patrouilles – c'en était une vraie cavalcade, d'Amarillo à Tallahassee et de Raleigh à Fort Lauderdale ! Cette fois, elle était venue pour emporter ses vieux parents avec elle. Nehemiah l'avait appris et avait pu lui parler en secret. Mon Silas grimperait dans ce convoi.

Tante Ivy s'est redressée. Pesant sur le bâton noueux qui lui sert de canne (on dirait vraiment un serpent que le Seigneur a changé en bout de bois, mais sans attendre de l'avoir raidi complètement, et alors, si on observe bien et qu'il s'avise pas qu'on le regarde, on remarque qu'il ondule encore), agrippée à ce bâton noueux qui s'enfonce dans le sol de terre battue, elle a déplié toute sa carcasse rouillée, avec des craquements et des grincements qui lui sortaient de partout. Je me sentais moi-même tout ankylosée, à ce moment-là. J'avais plus aucune force dans mes genoux ni dans mes chevilles. Mes reins et mon dos me lancinaient. Je souffrais des mâchoires, ayant serré les dents pour pas interrompre Nehemiah avec des exclamations ou des plaintes. Pourtant, la tante, j'avais pas le tiers de son âge. Peut-être même pas le quart. Personne avait encore osé bouger, depuis que Nehemiah avait pris la parole. Les chanteurs avaient cessé de chanter quand il en était venu au chemin de fer souterrain. Sans s'en rendre compte, les filles avaient cessé de surveiller aux vitres, tournées vers lui. Si bien qu'à présent tout le monde considérait cette vieille femme qui, sans vergogne, rompait le charme à cause de ses gestes et à cause de ses bruits. Néanmoins, personne lui aurait soufflé de se rasseoir. D'abord, parce qu'elle était la plus ancienne au quartier des esclaves et que chacun lui portait du respect pour cela. Elle était arrivée sur la plantation Devereaux seulement depuis l'inondation de 49. Notre maître l'avait rachetée sur un quai, avec son vieux mari, à un margoulin qui se trouvait être cousin de sa femme. Il les avait eus pour une bouchée de pain, vu qu'ils étaient plus bons à grand-chose ni l'un ni l'autre et que le marchand songeait qu'à s'en défaire, compte tenu de ce qu'ils lui coûtaient en entretien. Mastah Luc espérait pas tirer quoi que ce soit de cette paire. Il avait fait ce geste pour Mastah Jean, encore rien qu'un sale gosse en ce temps-là. Il avait mis la main au porte-monnaie parce que, sur le moment, le visage, les oripeaux et la dégaine de Tante Ivy avaient eu le don d'amuser le petit, alors qu'ils se promenaient par là ensemble. Le père avait payé cette femme au fils comme il lui aurait payé un polichinelle, rien que pour le faire tenir tranquille cinq minutes. Le vieux, c'était en prime. Oncle Bledsoe avait toujours vécu dans l'ombre de la tante et, pour finir, il faisait tellement partie de cette ombre qu'on pouvait pas plus qu'elle le décoller de la personne qui étalait sa silhouette par terre, à moins d'obliger la nuit à rester quand le soleil se lève. Donc, Tante Ivy était parmi nous depuis quelque chose comme huit, neuf ans, si je m'emmêle pas dans les chiffres. Seulement, elle se trouvait en Amérique, selon son propre calcul, depuis le milieu du siècle d'avant. On racontait qu'elle avait vu le jour sur le bateau des négriers. Elle disait pas le contraire. En tout cas, elle avait grandi et passé le plus clair de son existence en Louisiane, dans la région des bayous. Faisant la soupe pour les travailleurs des pinèdes, ces résineux qui, comparés aux travailleurs du coton, sont comme des forçats. Les troncs des cyprès sont à demi engloutis. L'eau noire vous monte parfois plus haut que la taille et, pour vous protéger du soleil qui darde ses rayons à travers les branches, vous avez toute une croûte de maringouins qui vous dévorent les épaules. Son homme conduisait la carriole qui allait chercher en ville les provisions et tout le matériel dont on avait besoin pour extraire le jus des arbres et fabriquer la térébenthine. Dans l'autre sens, il rapportait en échange les cadavres des pauvres diables morts à la tâche, ou des coups qu'ils s'étaient donnés entre eux au moyen de leurs outils, une fois que les miasmes, les piqûres, les vapeurs de galipot et l'odeur suffocante du bois en train de pourrir dans la vase les avaient rendus fous. Rarement, il décrochait un seul mot dans la case, laissant à sa femme, qui était pas très bavarde non plus, le soin de prononcer des paroles dont il ferait son profit ou de lancer des ordres auxquels il se réjouirait d'obéir. Toutefois, entre le camp de résineux et les premières maisons de Blancs, la route était longue et solitaire. La poussière vous desséchait la gorge et vous vous mettiez à parler pour empêcher votre langue de coller à vos dents et pour vérifier qu'il vous restait quand même quelques gouttes de salive. Alors l'oncle avait inventé un langage qui lui permettait de discuter avec ses passagers, quand il s'embêtait trop. Au retour, sa femme, sans l'avoir jamais apprise, pouvait lui répondre dans la même langue, si elle le jugeait bon.

Elle est morte l'avant-veille du jour où les soldats bleus ont fait irruption dans le domaine. Elle a desserré les lèvres une dernière fois, et elle a déclaré à ceux qui la veillaient, tâchant que toutes les bougies restent allumées autour d'elle : « Ce qui adviendra, je préfère que d'autres en soient témoins. » Et, bien sûr, personne avait compris où elle voulait en venir, puisque nous étions pas avertis de ce qui nous attendait. Cependant, ayant entendu ce qu'elle nous laissait en guise de dernier soupir, nous nous étions mis à trembler comme les feuilles d'automne. Un instant, nos cœurs s'étaient arrêtés de battre. Tante Ivy avait jamais rien dit à la légère. C'était la raison pour laquelle son homme lui prêtait toujours une oreille attentive, marchant sur ses talons afin d'être sûr de recueillir chaque mot tombant de sa bouche, qu'aucun d'eux irait par malheur s'égarer dans les crépitements des braises sous le fourneau ou s'envoler par la fenêtre et rejoindre le vent. Tante Ivy lisait dans les signes. Elle connaissait notre avenir mieux que son propre passé. Elle le connaissait si bien que fort peu d'entre nous ont eu un jour le courage de lui demander ce que les signes disaient d'eux. De là aussi provenait notre respect.

Oncle Bledsoe, lui, était parti durant l'été qui avait suivi l'évasion de mon homme. C'est-à-dire qu'Ivy lui avait fermé les yeux un certain jour, mais, en réalité, il avait commencé sa mort depuis un certain temps déjà. À part dans la case, dès que la tante levait le petit doigt, il fichait absolument plus rien du tout. Le contremaître s'était présenté au quartier, un matin, pensant le prendre sur le fait, à paresser sur sa paillasse, à jouer les malades et se faire cajoler, les doigts de pieds en bouquet de violettes. Et il l'avait découvert assis bien droit sur le seuil, son squelette tout dessiné à travers sa peau, et pas le moins du monde effrayé par la cravache brandie au-dessus de sa tête. Le contremaître lui avait demandé pourquoi il venait plus aux champs, alors que ça se voyait bien qu'il était en bonne santé. « Le travail te fait peur ? » il s'était écrié. « Au contraire ! avait répliqué l'oncle. Seulement voilà, patron : mourir du mieux que j'peux, c'est ça mon travail, de ce temps-ci. » Le Blanc avait été si estomaqué qu'il avait rien trouvé de mieux que d'aller courir tout raconter à Mastah Luc dans la grande maison. Aloysius et Nehemiah savaient pas au juste pour quelle raison, en leur présence, le maître avait beaucoup ri. L'homme attendait sa décision, concernant le récalcitrant. Le maître avait tranché : « Votre rôle n'est pas de les empêcher de travailler, mister Bricks, que je sache ! » Ça voulait tout dire et rien dire. L'autre est reparti en se grattant le crâne. Il a laissé les choses se dérouler comme elles en avaient envie, avec l'espoir que l'oncle casserait sa pipe avant que Mastah Luc, qui était lunatique, lui tombe sur le dos parce qu'il laissait un esclave flemmarder. Mais rien de tel s'est produit et, pendant des mois encore, l'oncle s'est assis sur le seuil, à fixer le bleu du ciel ou à suivre des yeux les nuages, des heures et des heures, se levant uniquement pour accomplir une volonté de sa femme, ou même pour prévenir n'importe quel caprice qu'elle aurait eu. C'est justement au cours de cette période que mon Silas a pris le train.

Tante Ivy avait un si long cou que jamais j'en avais vu de pareil. Nehemiah nous avait un soir dessiné sur le seuil à la lueur des torches un animal d'Afrique dont il avait vu une image dans un livre et qui était appelé « girafe ». Son allure faisait penser à la tante, sauf que son cou à elle était si fin, et s'évasant du bas vers le haut, plutôt que le contraire, qu'elle ressemblait davantage aux oiseaux à échasses. Sa tête était lourde et ovale, posée presque à plat sur la partie la plus large de ce cou, aussi regardait-elle les gens à travers les fentes de ses paupières baissées et derrière un nuage de tabac qui, sortant de ses énormes narines horizontales, l'environnait en permanence. Car elle fumait du matin au soir une pipe en terre, longue comme le bras, un peu courbe. Son unique dent, une dent de cheval jaune et roussie, était plantée dans le tuyau et maintenait la pipe dans sa bouche. La tante était toujours coiffée d'un madras, et tous ses autres vêtements étaient blancs. Elle fabriquait une poudre spéciale qui conservait le blanc lessive après lessive. Cette poudre émincait le linge, elle le fendait sur la longueur, mais Ivy s'en moquait, du moment que ça l'empêchait de grisailler. Dans une boîte de fer, elle avait toujours une réserve de cette poudre. Elle gardait quantité d'ingrédients mystérieux dans des pots, des flacons, des fioles, des bocaux, des sacs de toutes les matières qui étaient la principale richesse de sa maison, avec l'obéissance et la détermination de son homme.

Cette femme était experte en herbes et en racines. Experte en cataplasmes, en tisanes, en onguents. Les médecines sacrées avaient pas aucun secret pour elle. Elle préparait sur son fourneau ou dans des cuvettes d'émail qui avaient le même âge qu'elle des pharmacies dont les morts en personne lui avaient confié la recette, s'il fallait en croire Oncle Bledsoe. Sa vue l'obligeait à se casser en arrière et à se démancher le cou pour apercevoir ce qu'elle cherchait, mais bien peu de ces trésors lui échappaient. Elle accumulait, sous des étiquettes portant des signes cabalistiques : des plumes, des cendres, des rognures d'ongle, des boules de cheveux morts, des boutons brisés, des éclats de verre, des ailes de chauves-souris, des carapaces de hannetons, des pattes de cafards et de libellules, en vrac parmi des pattes de lapin, des os de ceci et de cela, des cœurs de tortue, plus durs que le diamant, des morceaux de chemises de femmes, des ourlets de jupes, des tresses de tablier, de la racine de mandragore, du venin et des huiles de serpent. Le Blanc passait son chemin sans tourner la tête, préférant n'avoir rien vu de ce fourbi. Il se tenait ostensiblement à l'écart de ces choses, dans l'espoir que celles-ci lui rendraient la pareille. Mais jamais il se sentait tout à fait tranquille. Comme chacun, il savait que Tante Ivy avait été femme miracle, femme hoochie coochie, par là en bas dans les bayous, où, après la révolte du roi Christophe, les propriétaires avaient mélangé aux nègres d'Afrique les nègres haïtiens.

La tante avait été naguère la providence de beaucoup, tous ceux qui avaient au moins une fois couché dans le lit du Vieux Père s'en souvenaient. Chez les résineux, on avait franchi le seuil de sa porte, après le coucher du soleil, dans l'intention de consulter les esprits à travers elle. On s'en remettait à elle dans les cas graves : avant de commettre certains actes ou de prendre certaines décisions. En désespoir de cause, on venait la trouver quand quelqu'un vous avait envoûté, quand on souhaitait attirer sur soi les sentiments d'une personne ou retenir un amant volatil ou dominer la chance sans avoir à tricher. La tante fabriquait des philtres, des talismans pour tous les usages – charmes et contre-charmes. Les esprits lui avaient enseigné la science des poudres, et surtout des poussières miraculeuses. Où, quand et comment les recueillir. Où, quand et comment les disperser. Ne pas confondre les bénéfiques et les autres. Respecter toujours les proportions et bouger le corps de la façon indiquée, pendant toute la cérémonie. Observer le rituel avec plus de scrupule encore et se montrer le plus discret, quand on en arrive à répandre un peu de ces farines à l'entrée d'un tripot clandestin ou d'une arène de coqs, ou encore sur ou sous l'oreiller de son ennemi. Je sais que la poussière de tombe fraîche est très recherchée pour rendre malades les Noirs qui nous auraient humiliés, jusqu'à ce que le sang leur gicle des narines, des commissures, du coin des yeux, des bouts de seins, des orifices génitaux, et que leur vie s'en aille par là goutte à goutte, ou encore que des caillots restent en eux et pourrissent, durcissent, encombrent et finissent par obstruer tout ce qui permet au souffle et au sang de circuler dans un corps. Si, par chance, la tombe fraîche est une sépulture d'enfant, l'effet peut être foudroyant. Les leçons de la tante étaient gratuites. Les médicaments aussi, et les interventions, pareil. On laissait ce qu'on avait envie. On l'oubliait derrière soi sans un regard. Ou alors on envoyait des cadeaux sans expéditeur. Pour plus de sûreté, on les déposait soi-même en évitant les crépuscules, les heures autour de minuit et le moment où la lumière revient. Si, à votre approche, les verres d'eau en équilibre sur la rambarde se mettaient à vibrer, l'eau clapotant au point de se renverser (avant d'envoyer valdinguer le verre lui-même), c'était mauvais signe, il valait mieux battre en retraite. Si la vieille machine à coudre commençait à claquer des dents, vous n'aviez plus qu'à l'imiter et à courir en ligne droite vers un endroit bien éclairé, vu qu'un fantôme ou un autre s'était déjà lancé à vos trousses, quand c'était pas la machine elle-même.

Les pouvoirs dont disposait la vieille Ivy, c'était encore, avec son âge, la meilleure explication de notre attitude à son égard. Nous la ménagions parce que ses connaissances nous intimidaient, tandis que son savoir-faire planait telle une menace au-dessus de nos têtes. Voilà pourquoi sous aucun prétexte nous aurions ronchonné lorsqu'elle s'était levée et avait brisé notre cercle sans crier gare, au moment où nous étions le plus recueillis. D'ailleurs, Nehemiah, tout autant qu'elle, semblait savoir ce qu'elle faisait. Il a pas eu l'air surpris quand elle s'est adressée à l'une des gamines (celle qui l'aidait le plus souvent à tourner ses brouets – encore qu'elle serait devenue bien assez sorcière, entre nous, rien qu'avec les yeux qu'elle avait) : « Melanchta, ma belle, je te prie ! Comme c'était entendu, va prévenir l'onc' que l'heure approche et qu'il m'apporte ici tout ce que j'y ai fait la liste… Allez-y donc à trois ou quatre, tiens ! Vous l'aiderez à porter le cuveau, les bûches, le sac et tout le saint-frusquin… » Elle se retourne vers nous avec cet air de nous toiser que lui donnent sa nuque renversée et ses regards réduits à un fil. Désignant mon homme d'un doigt de la même forme et de la même couleur qu'un jonc de bambou, elle nous dit : « Puisque not' Silas doit s'sauver et qu'y s'ront après lui, il y a pas aucun Moïse qui tienne, et surtout pas une simple négresse du Maryland ! Quand on a su par Nehemiah qu'un oiseau noir devait quitter le nid ce soir, on a tout bien préparé comme il faut, l'onc' et moi… Oh ! j'avais p'us fait ça depuis fort longtemps. Des oiseaux noirs ? À quand r'montait donc le dernier ? Si c'est pas bizarre ! À m'sure que l'temps raccourcit, les événements s'éloignent de vous. Ça s'est passé hier, et pour vous, c'est déjà de l'histoire ancienne. Alors que des vieilles histoires, on dirait qu'elles vous sont arrivées ce matin. Bref, Onc' Bledsoe m'disait qu'j'avais la main qui tremble. P't'êt qu'elle tremblait, ma main, mais j'l'avais pas perdue pour autant. C'est forcé. C'qu'on a jamais appris, au moins on peut pas l'oublier ! Et moi, j'ai jamais appris de personne les gestes et les pratiques. Nos saints me les ont mis dans ma tête, dans mon cœur, sur ma langue et au bout de mes doigts, tandis qu'je croyais dormir, il y a de ça cent ans ! »

Tante Ivy était une de ces femmes pour qui n'importe quoi de très long avait duré cent ans. En arrivant sur la plantation, elle avait déclaré cet âge, cent ans tout ronds, pour son mari comme pour elle-même, et, depuis, elle avait plus voulu en démordre. Elle s'y accrochait comme à un chiffre magique. Elle avait brûlé les étapes pour l'atteindre et maintenant, ayant obtenu ce qu'elle voulait, elle avait fini de vieillir.

Quelques minutes plus tard, les gamines étaient de retour avec un immense chaudron de cuivre, des bûches pour construire un feu, tout un tas de substances dans des récipients variés. Hilare, l'oncle fermait la marche, le poing serré autour d'un sac de coton où gigotait on savait pas quelle créature, comme déjà embrochée par la fourche du Diable. La tante lui a demandé si la capture s'était déroulée comme il faut. Il a répondu qu'il surveillait depuis ce matin les allées et venues de ce chat noir, qu'il l'avait si bien entortillé et saoulé de belles paroles que cette bête était d'elle-même allée se jeter dans le piège qu'il lui avait tendu. Qu'elle y était allée, affirmait-il, en toute connaissance de cause, comme fascinée par le sacrifice qui l'attendait. Il a précisé qu'une des filles apportait les neuf fers à cheval, sans lesquels l'opération aurait pas pu avoir lieu. Tandis qu'il les disposait en cercle, chacun à égale distance de son voisin de droite et de son voisin de gauche, autour du chaudron posé sur les bûches entre lesquelles, pour commencer, il avait allumé le feu, Ivy dit à mon Silas : « Mon garçon, y s'peut que ce train roule sous la terre. Y s'peut que ce train passe en cachette sous le regard du Blanc. Je veux pas dire que nos ancêtres ont pas rendu cette chose possible. Mais voilà, fils, la meilleure précaution de toutes, c'est encore que la tante te fabrique un mojo, afin que tu deviennes invisible, chaque fois que ce sera ton avantage. Tu continueras, toi, à te voir comme avant, mais tu s'ras l'seul, jusqu'à ce que tu prononces le mot qui te rendra ton épaisseur, ta forme et ton odeur d'homme. Si tu tiens ta langue pendant que le mojo accomplit sa tâche, nul pourra deviner que tu te trouves dans la pièce. Et si, d'aventure, des sentinelles en gardent la porte, tu pass'ras au milieu d'elles en soulevant rien d'autre qu'un courant d'air. Tu travers'ras les murs comme tu travers'ras les gens. Fais seulement attention qu'un sorcier plus puissant détruise pas mon charme. Moi-même, je s'rais alors en peine de te porter secours. Mais rassure-toi, je t'confierai ce que je sais concevoir et réaliser de plus fort : un mojo comprenant l'os amer du chat noir. »

Aucun de nous avait jamais possédé de montre et seul Nehemiah, peut-être, aurait su lire un cadran. Mais Ivy savait toujours avec précision l'heure qu'il était. En particulier s'il était minuit, parce qu'une femme juju a toujours quelque chose à faire à cet instant-là. C'est l'heure pour les chats noirs, par exemple. Quand elle a fait signe à l'oncle, on a compris que minuit pile arrivait. L'oncle a saisi la bête au fond du sac. Après tant d'années, il était devenu habile pour ça, parvenant à même pas récolter la moindre griffure. À l'heure juste, il a plongé le chat dans l'eau bouillante. Aloysius et un autre homme ont pas été de trop à le maintenir dedans au moyen de fourches. Cet animal menait la sarabande et poussait des miaulements affreux, des sifflements diaboliques chaque fois qu'il réussissait à sortir sa tête des bulles. Pendant ce temps, Tante Ivy le maudissait trois fois, mais poliment. Elle l'envoyait en enfer et lui disait aussi des paroles apaisantes. Elle lui parlait de son utilité dans la cérémonie et, par la suite, elle flattait l'orgueil de ce chat et plaignait sa souffrance. Et puis, elle le suppliait d'être propice à ceux qui le faisaient entrer au royaume des ombres et tentait de le convaincre, une fois qu'il serait là-bas, de venir en aide à mon Silas en répandant l'ombre autour de sa personne, quand les patrouilles marcheraient sur ses traces. Enfin, il a bien voulu écouter la tante et s'endormir dans cette eau qui grésillait, bouillonnait et fumait autour de lui. Nous avons pu le sortir et, l'ayant aspergé d'eau froide, commencer à l'éplucher dans les règles de l'art, que la prêtresse nous indiquait à mesure. Lorsqu'il a été tout bien dépiauté, on a mis la queue à part, afin de la suspendre au-dessus de ma porte, que le mauvais esprit passe au large tout le temps que mon homme serait absent. Oncle Bledsoe s'est attelé à découper le reste petit bout par petit bout. Chaque morceau, il le passait à sa femme, qui séparait la chair de l'os et fourrait celui-ci derrière sa grande dent. Elle le faisait passer entre ses lèvres du côté droit, remuait un peu les mâchoires et le recrachait du côté gauche après l'avoir suçoté d'un air grave. C'était l'os amer qu'elle cherchait. Celui-là, elle l'a pas rejeté sur le tas avec les autres. Elle l'a brandi entre le pouce et l'index. Elle l'a montré à toute l'assistance. Elle a fait venir mon Silas auprès d'elle, et il a dû goûter à quel point l'amertume de cet os était grande, ce qui signifiait que son pouvoir serait exceptionnel. Puis elle a passé dessus un peu d'huile Van Van, et alors, sortant du devant de sa robe un petit sac de flanelle, elle a confectionné une main mojo pour mon homme.

Une main mojo est une main vaudou. Une main qui attrape la chance et referme ses doigts dessus. On la met à l'abri dans un sac qu'on suspend à son cou sous ses habits, de façon à l'avoir contre les battements de son cœur et que pas une personne sur qui le charme doit avoir de l'effet puisse la voir et encore moins la toucher. La main gagne aux cartes, à la loterie et à tous les jeux. Elle aveugle le mauvais œil, quand il regarde de votre côté. Elle éloigne les magies néfastes, préparées contre vous. En revanche, elle conduit jusqu'à vous l'homme ou la femme que vous convoitiez, et elle retient cet homme ou cette femme d'aller courir avec d'autres, faute de quoi l'homme deviendrait tout à coup incapable de durcir devant les femmes les plus soyeuses, les blessant dans leur fierté et décevant leur concupiscence. Quant à la femme, ça serait pire encore. N'importe quel jour du mois, elle se viderait de son sang féminin et de toutes les autres impuretés qui sont dans son ventre, y compris l'urine et les selles, et ses galants, voyant cela, sauteraient directement du lit par la fenêtre, pressés de fuir le spectacle et la puanteur. La main mojo empêche que tout parte de travers pour la personne qui la possède, sauf bien sûr si cette dernière tombe sur une main plus forte qui, elle, désire le contraire.

Dans la flanelle, Tante Ivy a d'abord placé l'os de chat. La suite des ingrédients, je ne sais pas – mais il devait y avoir, au minimum, de la poudre de crapaud, des racines, des épices, de la corne et des cheveux, vu que la tante était une doctoresse racine et que ces femmes omettent jamais aucune de ces choses dans les talismans. Au surplus, j'imagine que, pour rendre invisible un colosse tel que mon Silas, il fallait pas lésiner sur la marchandise. Et, à la vitesse où la tante débitait les incantations en langue juju et que son vieux mari s'agitait derrière elle, attisant les braises rien qu'avec son remue-ménage, il fallait pas être bien malin pour deviner qu'il s'agissait pas d'une sorcellerie quelconque. Seul Nehemiah semblait garder la tête froide. Il a dit : « N'oubliez pas, Moïse va descendre dans un instant. Ne lui faites courir aucun danger supplémentaire : ne l'obligez pas à traîner plus qu'il ne faut sur une plantation du Sud. Dès qu'elle sera là, Silas, je veux que tu sois prêt à la suivre, et promets-moi de lui obéir au doigt et à l'œil, même si tu ne comprends pas ses ordres. Rappelle-toi que ce n'est pas son premier voyage. Si ce devait être son dernier à cause de nous, je crois que la honte m'ôterait à jamais le goût du manger et du boire. »

Un feu plus clair, à cet instant, s'alluma au sein des flammes qui avaient chauffé la marmite. Il éclairait toute la grange jusqu'au toit. Un feu clair comme le buisson ardent. Toute l'assistance avait la tête rentrée dans les épaules. Tante Ivy se tourna vers Nehemiah : « Les esprits donnent raison à ce nègre », dit-elle en hochant la tête. « Les esprits ont parlé par sa bouche », ajouta Oncle Bledsoe. Nehemiah chercha mon regard, puis le regard de mon homme. Il les noua ensemble et nous dit : « Il vaut mieux que vous vous disiez au revoir tout de suite. Commence à prier, Cassie, et peut-être qu'une nuit Moïse redescendra pour toi. »

Miss Harriett Tubman, si elle avait pas trente-six sachets sur la poitrine et des poudres plein ses habits, je sais pas, non je sais pas comment elle faisait pour pas se faire attraper. Je la connaissais pas, mais je crois que je l'aurais reconnue n'importe où. On lisait dans ses yeux à livre ouvert. Il y a aucune autre femme de couleur qui pourrait avoir ce regard-là. Le Blanc, il a un troisième œil, qui vous suit quand il vous tourne le dos. Non seulement il voit tout ce que vous faites, mais il entend tout ce que vous dites, même si vous vous êtes caché au fond d'une cave et qu'il pourchasse un renard dans le comté voisin. Mais, cette femme, elle percevait ce que vous aviez pas encore fait, ce que vous aviez pas encore dit. L'âme est transparente, le pasteur nous l'a expliqué. Jusqu'au jour du Jugement, elle est transparente. Pourtant, cette femme aurait pu prendre de la peinture et peindre les couleurs de votre âme.

Sans qu'un mot ait été prononcé, elle s'est dirigée tout droit sur mon Silas et elle lui a posé la main sur l'épaule, comme au paralytique. Elle lui a demandé, ses yeux fouillant au fond de son crâne : « Veux-tu vraiment prendre le train avec moi ? » Il a répondu oui de la tête, parce qu'il avait la gorge trop serrée pour articuler un seul mot. Et alors, un revolver est apparu dans la main de cette femme, et on a tous reculé d'un pas en étouffant un cri, tellement la balle semblait prête à jaillir du canon, qui visait le front de mon homme, et elle a dit : « Parce que, dis-toi bien, personne ne descend de mon train, une fois qu'il s'est mis en marche. Si tu as décidé, toi, de t'enfuir d'ici, je décide, moi, que tu ne t'enfuiras pas de ta fuite ! Tu es encore libre de dire non, mais si tu dis oui maintenant, non ne sortira plus que de la bouche d'un homme mort. » Mon Silas a soutenu son regard. Il a déclaré : « Dans la mort, j'y suis déjà : pourquoi je me donnerais le mal d'y retourner ? » Elle a dit : « Grimpe, mon garçon. Tu as gagné ton billet. » Après seulement, elle a causé avec nous. On a su que les départs avaient toujours lieu le samedi quand les domaines se trouvaient loin des villes. Comme ça, les propriétaires doivent attendre jusqu'au lundi pour faire imprimer des affiches et des avis de recherche dans les journaux. Elle a voulu savoir si nos maîtres possédaient une calèche, ce qui était le cas. Elle a ordonné : « Que quelqu'un s'en occupe tout de suite. C'est avec cette voiture que nous rejoindrons les autres. Ils sont déjà en lieu sûr à la frontière de l'État. » Là-dessus, le revolver a glissé de sa main. Elle a levé les bras, essayant de porter ses doigts à ses tempes, et elle est tombée à la renverse. Pour un peu, elle se couchait dans les braises.

Sur la plantation du comté de Dorchester, à cause d'un surveillant rendu fou parce qu'elle essayait (la vocation était déjà en elle) de protéger un autre esclave de sa fureur, miss Harriett, encore une fillette à l'époque, avait reçu à la tête un poids de fonte de deux livres destiné à celui-ci. Depuis, elle souffrait souvent de vertiges qui avaient pour conséquence, pas vraiment de lui faire perdre connaissance, mais de la plonger dans un profond sommeil. Bien entendu, Nehemiah avait entendu parler de son mal, il fut pas pris au dépourvu comme nous autres. Il savait aussi, apparemment, comment réagir avec ce genre de maladie. Au bout du compte, il y eut pas tellement de temps perdu. Mon Silas aida son guide à se relever et, une fois qu'il fut sur ses jambes, chacun aurait juré, à son air, qu'en lui montrant miss Harriett allongée par terre, ses yeux l'avaient trompé. Jamais cette femme avait autant ressemblé à Moïse descendant de la montagne. Je pouvais pas la quitter du regard. J'étais comme fascinée. Et puis, aussi longtemps que je la fixais, j'étais pas à regarder mon homme, que je reverrais peut-être jamais plus. Justement à cause de ça, j'aurais dû le couver des yeux, j'aurais dû, comme on dit, me noyer dans les siens, mais, si j'avais tenté de le faire, rien que tenté, c'est moi qu'on aurait ramassée dans la poussière – et je mettrais pas ma main au feu que Nehemiah serait jamais parvenu à me réveiller, du moment de ma chute jusqu'à la résurrection de la chair. Parce que c'était ma vie qui s'en allait dans l'inconnu, et que moi j'allais rester pourtant bien vivante en arrière. Parce que cette vie sans la vie, et cette vie malgré l'absence de vie, seraient le pire de tout, sauf que je devrais empêcher la mort d'approcher, d'entrer chez moi et d'apporter sa consolation, afin de me conserver du mieux possible, la plus belle possible, la plus forte, pour le jour où mon homme me reviendrait et où nous aurions un enfant de nous deux tout seuls. Si je voulais croire à ce retour, maintenant qu'on s'était dit adieu il fallait pas que j'aie l'air de le voir partir. Il fallait pas que je retarde son départ d'aucune façon. D'ailleurs, miss Harriett aurait ressorti son Colt à six coups de son sein si je m'étais mal comportée.

J'ai passé et repassé la scène dans ma tête, chaque nouveau jour que le Seigneur m'accordait. Chaque nouveau jour que mon malheur me retirait à mon homme et retirait mon homme de ma misérable existence, j'ai collé et recollé les morceaux d'images qui me restaient, mais, pour être franche, ce qui s'est déroulé au juste, je l'ai jamais su. Si quelqu'un me demandait, je répondrais : « Eh bien, tout d'un coup, il était plus là. Tout d'un coup, Moïse était plus là. Et nous tous, accroupis, serrés les uns contre les autres autour d'Aloysius qui avait donné le signal, nous étions dans cette grange à chanter. Nous étions à chanter bouche cousue, les dents du haut mordant les dents du bas, la chanson qu'il nous avait apprise la nuit d'avant : la chanson de l'oiseau noir[1]. Pour le Blanc, c'est rien qu'une sorte d'oiseau qui traverse le ciel d'un côté ou d'un autre. Mais, pour nous, c'est aussi une créature de couleur noire qui s'envole. C'est-à-dire un enfant de l'exil en train de s'évader. Ceux qui demeurent en servitude lui disent adieu : c'est une façon de déclarer qu'il ne reviendra plus au domaine, que le train l'aura mené sain et sauf au pays de Canaan. *Bye-bye, blackbird*... Même moi, je chantais. Mais qu'est-ce qu'il avait à chanter au fond de moi ? Qu'est-ce que je voulais pour mon Silas ? Je voulais qu'il m'échappe vivant ou que je le retrouve mort ? Mon esprit connaissait la bonne réponse. Il la connaissait aussi bien que n'importe qui, mais mon cœur, lui, voulait pas la connaître. Il voulait pas se décider. Mon cœur voyait pas la différence. Pourquoi il faudrait choisir entre des choses pires l'une que l'autre ? Dans les deux cas, moi, j'étais plus morte que vive, mais ni morte ni vivante. Est-ce que ça laisse le choix à une personne ? J'étais seulement toute vide sur une terre toute vide, toute vide aussi loin que portaient les yeux. Aussi vide que mes yeux étaient

1. « Merle », en anglais, se traduit par *blackbird*.

quand ils contemplaient l'absence de mon homme tout autour de moi.

L'enfant de la femme morte et de la honte, le jour même de sa naissance, il nous avait été enlevé. Des gens de la grande maison étaient venus le chercher et personne savait, à l'époque, où les maîtres l'avaient mis. Ils l'auraient jeté dans la rivière ou posé la nuit en ville, sur les marches du palais de justice, avec un billet épinglé à sa couverture, on aurait pas été surpris. Et pour sûr que, même dans le secret de nos cœurs, on s'en serait pas plaint à personne ni au bon Dieu. On lui voulait pas de mal, à ce bébé. (Qui était une fille. Je pense pas l'avoir dit : pour moi, j'en ai honte à présent, elle était pas tout à fait une créature humaine.) On lui voulait pas de mal, mais on souhaitait que cet enfant existe pas. Que sans avoir ressenti aucune douleur, aucune peine, tout simplement il soit plus de ce monde. Je dis même pas décédé, je dis : plus de ce monde-ci avec nous. En un sens, les maîtres nous avaient exaucés. Cependant, un matin que Mastah Luc était rentré plus saoul que d'habitude, il avait confié que la fille de la femme morte avait été baptisée Melissa, avec son propre père pour parrain, et qu'elle était élevée sur la plantation d'une tante à notre maître, près de Huntsville ou par là. Alors Aloysius a laissé traîner ses oreilles et il a appris que, cette petite, la tante la trouvait jolie et que, de ce fait, la malheureuse était élevée ni comme une Noire ni comme une Blanche, mais un jour comme ci et un jour comme ça, et souvent un peu des deux à la fois. Je me disais : « Cassie, tu as péché à la face du Seigneur en désirant que l'enfant qu'il avait mise sur terre existe plus. Pour te punir, elle existe deux fois. Mais pour la punir, elle, d'être née à l'occasion d'un plus grand sacrilège encore, ce sont des fois qui se soustraient l'une de l'autre puisqu'un être, en ce monde, doit être ceci ou cela. »

Aloysius a été chassé du domaine, et je voudrais pas médire, surtout pas d'un homme toujours si content de faire du bien aux autres, mais je pense qu'il a tourné fou. Depuis la défaite, je le rencontre ici ou là, cherchant comme moi n'importe quoi pour se nourrir. Quand on lui parle, on a l'impression d'entendre comme un vent qui soufflerait dans sa tête. Il a toujours aux lèvres le nom d'un colonel Obscur, on sait même pas qui c'est… J'ai pas eu aucune nouvelle de cette enfant sans mère, de cette enfant sans race, depuis qu'Aloysius erre sur les chemins, une longue perche à la main comme le berger d'un troupeau mort, et, battant sur son ventre, son espèce de boîte qu'il a équipée d'une corde à linge. Ce serait une bonne chose si j'étais capable de l'oublier pour autant. Mais, Dieu me pardonne, je sais pas ce qui me prend : je suis toujours en train de songer à elle, toujours en train de prononcer son nom en secret. De le mettre devant moi, comme si je pouvais voir son visage à travers. Son âge, au soir de Gettysburg, c'était autant que les doigts de la main. Ça veut dire que, bientôt, les deux mains y suffiront plus. Pourtant, elles font que pendre à mes côtés, mes mains. Elles font que pendre, les mains d'une femme, quand vous pouvez pas les refermer autour d'un homme. Même les plus durs travaux les occupent pas assez. Et, de nos jours, de toute façon, les plus durs travaux sont pas à la portée d'une femme seule. Oh ! les tâches manquent pas – mais c'est pas le tout ! Depuis la Délivrance, c'est les esclaves qui manquent, dans le Sud. Un homme libre, pour qu'il travaille, vous devez le payer d'une façon ou d'une autre. Or, plus les Blancs ont été riches autrefois, plus ils sont ruinés à présent. De sorte qu'il y a toujours trop de candidats pour un seul ouvrage. À moins de s'échiner pour presque rien, tout le monde peut pas être servi. Et la femme seule vient toujours après le dernier qui se présente. Pourquoi ? Oh ! c'est bien simple : du fait que celle qui se tient au côté de son homme, le patron achète la force des deux pour le même prix : il serait bête de pas en profiter. L'enfant de la honte, aujourd'hui, est-ce qu'elle est pauvre comme les Blancs, pauvre comme les Noirs, ou pauvre comme les deux à la fois ? Si c'est la dernière solution, elle va pas faire long feu. Peut-être est-elle déjà morte de faim à cette heure… Peut-être qu'elle est assez grande pour s'être pendue, et qu'elle cherche en enfer parmi les cendres et les cris le démon qui l'a conçue, tenant son cou brisé au moyen d'un bâton lié par une ficelle…

De nouveau, j'attends. Mon homme est reparti avec les soldats bleus. J'attends, ainsi que ses lettres m'en faisaient la prière, avant que Nehemiah fourre Mastah Luc dans le puits, avec tous ses tourments (je les ai vus, cloués à son crâne pour toujours et passant comme des nuages au fond de ses yeux éteints). Mon homme avait changé : il parlait mieux que le révérend, il parlait aussi bien que Nehemiah, mais je ressentais aucune crainte. Et maintenant, je vais tâcher de me rappeler la dernière phrase que j'ai lue de lui. Et aussi les mots qu'il m'a dits, l'unique fois où nous avons été ensemble durant toutes ces années. Comment il avait vécu loin de moi, et comment il allait devoir vivre encore, s'étant engagé pour cinq ans dans l'armée de l'Union, après que le général McClellan avait pas pu s'emparer de la ville de Richmond[1] et que les Confédérés semblaient gagner toutes les batailles – mon homme, tuant désormais les ennemis avec sa baïonnette et portant les galons de caporal, à cause de sa bravoure et de sa haute taille. Et puis les mots qui sont restés en arrière de nos souffles, les beaux mots du silence, alors que nous étions cachés par terre derrière les carcasses des vieilles choses, derrière le soir qui tombe, environnés d'une poussière d'or, si lente, dans l'ancienne grange que personne s'était même pas donné la peine de brûler.

1. En 1862.

Silas

> Je me suis levé ce matin, mon fusil couché contre moi
> Je me suis levé ce matin, mon fusil couché contre moi
> Mon combat n'a jamais de fin, aux aguets comme un cœur qui bat

Je me suis levé ce matin. J'ai dressé le bilan de ma vie. Je savais parler comme un homme. Promu caporal, j'ai appris à parler comme un chef. En écoutant Nehemiah, qui était mon meilleur ami sur la plantation Devereaux, j'ai compris que le Noir n'était pas incapable de s'emparer de la parole du Blanc, ni même de la tourner à son profit. Le Blanc nous avait privés de nos langues. Il nous les avait confisquées puis les avait mises hors la loi, de manière que nous restions toute notre vie pareils à des enfants devant lui. Pareils aux idiots de l'hospice ou aux clowns du cirque. Il n'y avait dans nos bouches que les miettes, les os et les déchets de son langage, de la même manière qu'il n'y avait que les miettes, les os et les reliefs de ses repas. Cette caricature de l'anglais, d'après lui, convenait à des êtres qui n'étaient que des caricatures d'hommes et de femmes. Et nous, je peux bien avouer maintenant que nous nous en sommes contentés. Que nous avons cultivé cette maladresse, préservé cette indigence, parce que c'était une façon de faire notre langue à nous de ce qui passait aux yeux du Blanc pour un galimatias. Pendant qu'il se tenait les côtes, il ne songeait pas à saisir la parole qui circulait entre nous.

J'aurais pu m'en rendre compte en prêtant l'oreille aux propos des surveillants et des colporteurs, mais c'est à l'armée seulement que j'en ai pris conscience : pour la plupart, les Blancs pauvres ne parlent pas du tout comme les propriétaires. En vérité, si leur prononciation diffère de la nôtre, ils s'expriment pour l'essentiel ainsi que nous le faisons nous-mêmes. Une fois revêtu de drap bleu, il ne m'a pas fallu déployer de grands efforts pour me mettre au diapason. J'ai surtout dû retenir des mots, des expressions, touchant à des objets qu'il ne m'était pas permis d'approcher ou à des actions qu'il m'était interdit d'accomplir. Pour le reste, ces petits Blancs du Nord dont j'étais devenu le compagnon d'armes massacraient leur propre langue avec autant d'allégresse que si, tout comme à nous, elle leur avait été imposée par des personnes qui les maintenaient sous le joug. Et peut-être, me disais-je, était-ce bien le cas.

Cela aussi, c'était une idée tout à fait nouvelle pour moi. Je n'avais pas assez médité une réflexion dont Nehemiah m'avait fait part : « Lorsque nous serons libres, m'avait-il confié, nous n'en serons pas plus riches, mon frère. Au contraire, car il nous faudra payer notre liberté. Nous entrerons alors en concurrence avec les Blancs les plus misérables, et tu verras que la servitude, comparée à cela, aura été une partie de plaisir. Les Devereaux et leurs semblables nous considèrent comme des animaux, mais, dans cette mesure même, ils ne nous haïssent pas. Nous sommes utiles à nos maîtres. Les petits Blancs, eux, en voudront à notre vie, parce que nous serons de trop sur la terre, sur ce même bout de terre dont ils avaient déjà bien du mal à tirer leur subsistance. Les années les plus sombres sont devant nous, voilà ce que je prédis. Les abolitionnistes suintent de bonnes intentions, mais ils n'ont pas la moindre idée de ce qu'ils nous promettent. »

Au milieu des hommes, à part mon accent et le timbre de ma voix (ma « voix de bronze », comme dit Cassie, qui est celle d'un homme grand, large et puissant), au milieu des hommes, je parlais comme l'un d'eux. Puis j'ai embroché ce capitaine sudiste et ramené son fanion dans nos lignes, ayant entraîné plusieurs camarades jusque dans les rangs de l'ennemi. J'avais vu que le terrain, juste à l'endroit où je me trouvais, se prêtait à une attaque surprise. Je n'avais pas attendu qu'on sonne la charge. Je n'avais même pas vérifié par-dessus mon épaule que quelqu'un m'avait suivi. On m'avait nommé caporal. Ce n'est pas un grade, à proprement parler. Mais, pour un soldat noir dans l'armée de l'Union, c'est une promotion considérable. Je gardais la tête assez froide pour ne pas me croire un chef. Cependant, j'étais bien obligé de me dire que j'allais devoir, avant qu'il soit longtemps, sinon donner, du moins transmettre des ordres à des hommes, et que tous ceux de mon escouade, sans exception, avaient la peau blanche. Dès lors, j'ai résolu que, pour honorer mon galon et le faire mieux respecter, il me fallait employer la langue des chefs. Comment s'y prendre, cependant, quand on n'a pas appris ses lettres ? Au bivouac ou au cantonnement, tout le temps libre que me laissaient le sommeil et la gamelle, les corvées, les revues d'armement, les tours de garde, je le passais à étudier la conversation de nos officiers. En particulier celle de notre major, qui, le soir, même après les batailles, ayant recousu des plaies et scié des membres à perdre haleine, des heures durant, ne s'accordait pas de repos s'il n'avait pas rempli au moins une page de son cahier. Avant la guerre, il avait déjà publié des romans. De tous les Blancs rencontrés depuis ma naissance, il était le premier dont chaque phrase aurait pu être tirée d'un de ces volumes reliés de cuir fauve dont Nehemiah, certaines nuits, me lisait des passages. Les loustics du régiment disaient de lui : « Doc Fairmont, il trempe sa langue dans l'encre avant de parler ! »

Ma veine, ce fut qu'il s'exprimait d'abondance. Si je me trouvais dans le coin lorsqu'il opérait, je l'entendais se réciter à lui-même ce que, grâce à mon ami une fois de plus, je savais être de la poésie (autant dire des chansons où les mots font eux-mêmes la musique). Je me souviens de ceci qu'il répétait comme un refrain, chaque fois qu'un blessé hurlait de douleur sous ses instruments : « Car sache qu'une sphère meilleure, plus neuve, plus active t'attend, qu'un domaine vaste, inexploré, te réclame… » De ces mots, peu à peu, je me suis fait une devise. Mais l'important, c'est toute la patience, tout l'acharnement, toute l'opiniâtreté dont j'ai dû faire preuve pour percer la signification du mot *sphère*. Je ne pouvais rien demander à mes hommes, puisque mes efforts étaient destinés à prendre de l'ascendant sur eux. Et, bien sûr, il était hors de question d'interroger les traîneurs de sabre, qui auraient jugé mon initiative incongrue. Quant au sergent que je connaissais et qui m'aimait bien, la tête sur le billot il n'aurait pas su me répondre. Maréchal-ferrant dans le Wisconsin, il ne savait pas plus lire que moi. La différence entre nous est qu'il y voyait un sujet de fierté. Il méprisait de tout son cœur le major, à cause de son langage châtié, mais déguisait ce sentiment autant qu'il en était capable, de crainte que l'autre ne lui paie la monnaie de sa pièce s'il devait un jour s'allonger sur sa table.

Avec une lenteur exaspérante, au fil des semaines j'ai accompli quelques progrès. Pour être plus précis, je me suis débarrassé de quelques-uns de mes défauts les plus criants. Et j'ai emmagasiné dans ma tête certains mots curieux ou difficiles, non pour impressionner les simples soldats, dont il convenait que je sois parfaitement compris, mais pour le cas où ils me serviraient en d'autres circonstances. J'étais résolu, désormais que j'étais un homme libre et un militaire pourvu d'un premier galon, à me hisser jusqu'à « une sphère meilleure » et à donner à mon épouse Cassie, dont j'avais dû me séparer, toutes les clés qui lui permettraient d'y accéder à son tour. J'avais toujours pensé qu'elle était plus intelligente et plus déterminée que moi. Sa puissance, à elle, ne résidait ni dans sa stature ni dans ses muscles. Lorsque l'esclavage serait devenu un crime sur tout le territoire des États-Unis, elle montrerait à tous le genre de personne qu'elle était. Tous les deux, nous allions venger l'outrage que nous avions subi. Nous ne nous contenterions pas, je le dis, de nous placer sous la protection de la loi : nous serions de ceux qui protègent la loi de ses adversaires. J'avais fui la servitude : l'habit bleu m'en a délivré à jamais. Au surplus, je n'oublie pas, je n'oublierai pas un seul jour de cette vie que j'ai un serment à remplir. C'est lui qui me fait sortir indemne des combats, et aussi des canonnades que nous subissons sans pouvoir nous jeter sur les artilleurs, retranchés en haut des éminences ou dans les lointains, même pas à portée de fusil. J'ai un certain geste à effectuer, et ce geste, pour moi, est le plus sacré de tous. Je le sens dans mes mains. Je le répète dans mes rêves. Il ne s'agit pas d'un simple coup de baïonnette. C'est un geste qui prendra du soin et du temps. Une fois que je l'aurai accompli, j'aurai, moi – moi, et non pas le président Lincoln ou la Constitution –, effacé le péché, lavé l'offense et libéré ma propre femme de la malédiction. J'aurai détaché d'elle l'enfant de la noirceur. Qu'il retourne aux ténèbres et s'y endorme dans la paix !

La troisième nuit de mon évasion, le lundi, Moïse, ses vieux parents, moi et un autre homme qu'elle avait récupéré du côté de Memphis, nous sommes parvenus sans encombre au bord d'une voie de chemin de fer qui suivait à cet endroit une courbe serrée. Tant de gens nous avaient apporté leur aide, tout au long du parcours, et le voyage avait été si bien préparé qu'à aucun moment je n'ai flairé l'imminence du danger. L'obsession d'être repris m'a gardé assez lucide pour ne pas voir ou entendre une seule fois des poursuivants imaginaires. Inutile de dire que le calme et l'assurance de notre guide y furent pour beaucoup. Notre aventure n'aurait pas pu mieux tourner, en dépit du fait que notre avance se trouvait ralentie, dès qu'il nous fallait quitter les voitures ou les embarcations, par la présence de deux personnes âgées parmi nous. Mais miss Harriett, j'ignore au juste comment, s'arrangeait pour faire prévenir les « contrôleurs » de l'étape suivante que nous aurions du retard et que l'heure de notre rendez-vous avec eux serait modifiée en conséquence. Pour limiter au minimum ce contretemps (il n'était pas question de réaliser à l'aube ce qui devait s'effectuer en pleine nuit), nous avons dormi un peu moins que prévu. Cela ne présentait pas d'inconvénient pour le vieux couple, habitué à un sommeil réduit. L'autre homme et moi, nous aurions consenti de grand cœur des sacrifices autrement pénibles que celui-là. Bref, deux jours entiers après avoir franchi la rivière qui limite au sud-ouest le domaine Devereaux, il n'y avait pas plus de deux heures de décalage entre le programme initial et notre progression réelle. Les gens écarquillent les yeux quand je leur fournis cette précision, mais, avant notre arrêt près de ces rails, le chemin de fer souterrain n'avait pas encore pris la forme d'un vrai train.

Depuis la tombée de la nuit, nous, les fugitifs, étions allongés sous des toiles de tente au fond d'un chariot bâché. Miss Harriett s'était installée sur le siège, près du conducteur, un homme dont les dents restaient soudées au tuyau de sa pipe, qui, avant de nous faire grimper dans sa carriole, nous avait seulement lancé, exhalant ses mots au milieu d'une bouffée malodorante : « Pour sûr que j'vais vous soigner, comme cargaison. Si vous lisez pas l'mot qui a d'inscrit su'l'côté, c'est *Explosifs* », et on avait vu ses épaules se secouer en cadence. Longtemps après, le chariot s'est arrêté. Au son de sa voix, on a compris que Moïse s'était tournée vers nous. « Silas, mon garçon, sors de là tout de suite ! ai-je entendu. Te voilà dans une de tes gares, et c'est ici que nous allons nous séparer. » Personne ne discutait, quand elle avait parlé. J'ai écarté les toiles. Je me suis levé. En vitesse, j'ai souhaité bonne chance aux autres. J'ai remis les toiles en place, j'ai sauté sur le sol à l'arrière et je me suis approché de miss Harriett pour connaître la suite. L'endroit était désert, à l'exception d'un gros bosquet près duquel nous étions. Elle m'a expliqué en le désignant du doigt : « Tu vas te cacher là-dedans. Dans pas longtemps, un train de marchandises passera par ici et perdra de la vitesse à cause de ce virage. Tu en profiteras pour monter dedans. Le quatrième wagon, tu te souviendras ? Comme les doigts de ta main sans le pouce… Ce wagon sera plein de caisses, mais au fond, dans un des angles, une personne de confiance t'a aménagé un espace où, même une grande carcasse comme toi, tu devrais pouvoir te tenir recroquevillé, les genoux sous le menton. Respire aussi fort que tu veux, tousse si tu en as envie : dans le chahut des bogies, personne ne t'entendra, même pas toi. Mais ne bouge de là sous aucun prétexte, tant que tu ne sentiras pas que le convoi est sur le point de s'arrêter. Rien qu'au crissement des roues, tu t'en apercevras. C'est le moment où le serre-frein est occupé. Les hommes de la locomotive pareillement, car ils se préparent pour le ravitaillement en eau. Tu apercevras d'ailleurs le réservoir sur ta gauche. Eux aussi, c'est ce qu'ils regardent. Tu en profiteras pour descendre de l'autre côté et filer vers une cabane qui se trouve à environ deux cents yards de là. Tu ne peux pas la manquer. D'abord, il n'y en a pas d'autre à la ronde, et, ensuite, on te fera signe à la fenêtre en balançant une lanterne. Une personne t'attend là-bas. Tu n'as pas besoin de savoir son nom : elle ne connaît pas le tien. C'est elle qui te mènera à la prochaine gare. Pour moi, tu y es déjà. Je suis heureuse de t'avoir rencontré, mister Silas. Maintenant, écarte-toi : mon propre train repart. Oui, oui, je sais mot pour mot ce que tu as envie de me dire. C'est moi qui te remercie de ta délicatesse. De ton côté, épargne ta salive : tu as encore toute une partie de la nuit à passer sans boire, je te le rappelle. Adieu, mon garçon ! »

Tout aurait pu se dérouler ainsi qu'elle l'avait prévu, mais, par ma faute, ce ne fut pas le cas. Sans mon mojo pour veiller sur moi, il est probable que je ne serais plus là pour raconter cette histoire, ni aucune autre. J'imagine qu'on refusera de me croire, et je n'en voudrais à personne pour cela : dans l'état d'excitation et d'angoisse où j'étais, j'ai trouvé le moyen de m'endormir derrière mes caisses ! Et si profondément que, pour emprunter le vocabulaire des usagers de la ligne souterraine, j'ai bel et bien « manqué ma correspondance ». Même le frottement de l'acier sur l'acier, avant l'arrêt, ne m'a pas tiré de mon sommeil, non plus que les secousses lorsque le convoi s'est remis en branle. Il est certain que j'étais épuisé. Chaque parcelle de mon corps était recrue de fatigue, et mes nerfs, à force d'être tendus, avaient fini par perdre tout ressort, n'aspirant qu'à un complet relâchement. Cependant, quand j'y repense, ce n'est pas cela qui m'a fermé les yeux et emporté au pays des rêves. Ce fut la révélation brutale que, quoi qu'il pût m'arriver désormais, j'aurais connu la joie d'être un homme libre. J'aurais connu une condition dans laquelle je n'étais pas né et à laquelle rien ne me destinait, et personne, personne au monde ne pourrait effacer ce fait de la liste des événements qui avaient eu lieu sur la terre, en telle année, en tel endroit. On pourrait me capturer, me jeter dans une fosse, me frapper à mort, m'ébouillanter tel un chat noir, transformer ma chair et mes os en un petit tas de cendres : on ne pourrait pas séparer l'idée de liberté du souvenir que je laisserais derrière moi. Pour mes maîtres, ce n'aurait rien été d'autre qu'une péripétie fâcheuse, effacée de leur rancœur par mon châtiment. Mais pour moi, au-delà de la mort cela resterait, si fugace eût-elle été, une chose éternelle. Dès lors, pourquoi n'aurais-je pas trouvé le repos ?

Je songeais à ma Cassie, bercé par ce train. Tout de suite, la pensée m'est venue qu'en mettant au monde la créature de l'immonde Jean Devereaux c'était à moi, en fait, qu'elle avait offert une seconde naissance : une naissance de nègre libre, affranchi par soi-même. Affranchi par l'humiliation de ma femme et par ma propre douleur. C'était la plus étrange idée que j'aie jamais eue. Je lui trouvais surtout quelque chose de malsain. Néanmoins elle refusait de quitter ma tête. À la tourner et à la retourner sous mon crâne, j'ai honte de le confesser, je prenais même de plus en plus de plaisir. Et un plaisir de plus en plus voluptueux, auquel je m'abandonnais malgré moi. Aujourd'hui, je me dis que cette volupté incompréhensible, scandaleuse par bien des côtés, sans que je m'en rende compte a provoqué mon engourdissement.

Je suis descendu toujours plus loin dans mon rêve, c'était comme de se noyer avec amour. C'était comme de flotter entre deux eaux, au sein d'une paix qui avait la douceur, la profondeur, la lenteur d'une huile dorée. J'étais enveloppé, j'étais imprégné de bien-être. Je ne sentais plus mon corps. À la place, il n'y avait plus qu'un plaisir sans bornes, mais, j'ignore si on a le droit de parler ainsi, un plaisir d'une intensité tranquille. Les bruits du dehors, le fracas de ce train, me parvenaient comme des échos lointains, harmonieux, dépourvus de toute violence et de toute aspérité. J'étais en train de m'éloigner de Cassie, pour la première fois depuis que nous nous étions trouvés. Déjà, cependant, c'était auprès d'elle que je retournais, empruntant la route certes la plus longue, mais aussi la plus sûre : celle qui nous conduirait tous les deux le plus loin possible de l'exil, si loin qu'avec un peu de chance nous perdrions la mémoire en chemin, comme je l'avais perdue dans mon huile.

Quelque chose de brutal, qui pourtant n'était ni un son ni une embardée du convoi, m'a soudain décollé les paupières et fait bondir sur mes jambes, au mépris de toute prudence. Hébété, j'ai vu que le jour commençait à poindre. Que la partie du wagon où je me trouvais baignait déjà dans une lumière grise. J'avais dépassé le point de rendez-vous, depuis deux heures au moins. Et comme j'ignorais jusqu'au nom de l'endroit où l'on m'avait attendu, même si je décidais de remonter la voie sur mes jambes, il est peu probable que je le retrouverais d'après la description plus que sommaire de miss Harriett. Une cabane isolée, non loin d'un réservoir ? Il devait y en avoir plus d'une au bord des rails… De toute façon, je risquais trop gros à me déplacer en plein jour le long d'une ligne de chemin de fer, bien exposé sur le ballast. Ma silhouette attirerait vite l'œil de quelqu'un – un Blanc, presque à coup sûr, qui, ayant constaté en s'approchant de quelle couleur j'étais et à quelle occupation j'étais en train de me livrer, en tirerait vite les conclusions qui s'imposaient. Il donnerait l'alerte. Ou alors il déciderait de m'arrêter lui-même, de façon à toucher la prime. Les propriétaires lésés ont coutume de faire valoir cet argument pour stimuler les ardeurs des gens qui n'ont pas embrassé la carrière de chasseur de têtes. Moïse m'avait dit qu'ils suscitaient plus de vocations qu'ils n'en avaient espérées. Par bonheur, l'appât du gain, si puissant fût-il, suffisait rarement à compenser le manque d'expérience. Tout le monde n'avait pas été éclaireur d'un convoi de pionniers ou d'une colonne de cavalerie. Les Indiens, à ce jeu, étaient les plus à craindre, mais fort peu d'entre eux étaient passés du côté des Blancs, ne serait-ce que parce que ces derniers mettaient leur énergie à repousser leurs avances. Et puis, les hommes rouges devaient penser qu'en cas de réussite de leur part on trouverait un prétexte quelconque pour ne pas leur verser l'argent promis… Indiens ou pas, le soleil s'étant levé, des hommes ne tarderaient plus à me repérer et à se jeter sur moi. Ce sort me pendait au nez, en tout cas, si je ne quittais pas le train avant la prochaine gare. Or, tout à coup, il commençait à s'essouffler, alors que nous n'étions même pas dans une montée. Bousculant les caisses dans la pénombre, je me suis précipité vers la porte, repoussant le panneau coulissant comme si je voulais l'arracher de ses gonds. Je n'avais même pas pris le temps de jeter un coup d'œil entre les lattes. Penché en avant pour bondir sur le talus, je me suis retrouvé nez à nez avec deux hommes qui, eux, venaient de se hisser sur le marchepied.

Avant de distinguer leurs traits, j'ai su à leur odeur que c'étaient des Blancs. Ils étaient encombrés de tout un harnachement qui ne facilitait pas leurs gestes, des manches de pioches dépassaient de leurs dos. La maladresse dont ils faisaient preuve témoignait de leur fatigue. Je me suis dit qu'ils étaient à ma poursuite depuis déjà longtemps, et qu'ils venaient de loin. Probablement des Sudistes. Auquel cas, le plus sage était de ne pas leur résister. Ils préféreraient me voir mort et ne pas toucher la récompense plutôt que d'avoir laissé un homme de couleur porter la main sur eux. C'est alors que celui qui était le plus proche de moi, au point que nos fronts auraient pu se cogner par accident, s'est écrié, hurlant à pleins poumons de manière à couvrir le bruit du train qui reprenait de la vitesse : « Alors, espèce de gorille, qu'est-ce que t'attends pour nous aider, sainte mère de Dieu ? »

Qui voudra me croire ? Pourtant, la vérité est que j'ai fait ce qu'ils me demandaient. Je les ai tirés à l'intérieur du wagon, lui, son camarade et tout leur barda. J'ai refermé la porte derrière eux. Mais ma plus grande surprise, ce ne fut pas, sortant de mon rêve magnifique, d'avoir si vite retrouvé les réflexes de la servitude, ce fut que celui qui m'avait parlé me lance : « Merci quand même, bordel et putain de merde ! » Merci ! Fût-il assorti d'une bordée de jurons, voire d'insultes, aucun Blanc ne m'avait jamais adressé ce mot, et je ne crois pas qu'un seul Noir l'ait entendu d'un patron ou d'un surveillant, ni sur la plantation Devereaux ni sur aucune des propriétés qui couvraient le Mississippi et les États voisins… Et maintenant, allaient-ils détacher les manches de pioches de leurs épaules ? Brandir des revolvers ? Assis sur le plancher, leurs jambes allongées devant eux, ils se bornaient à reprendre leur souffle. « Qu'est-ce' tu nous zieutes comme ça ? a lancé l'autre homme. On fait comme toi, grand con : on brûle le dur ! »

À cet instant, la porte s'est rouverte. Un troisième homme est apparu, presque aussi grand que moi, mais voûté, les genoux pliés, les bras écartés du cœur. Sa silhouette, contre le fond violacé du ciel dans le petit matin, m'évoquait celle d'un ours en colère, que Nehemiah m'avait montré dans un livre d'images. Ses yeux étaient deux charbons rougeoyants. Il portait une casquette à longue visière et une salopette rayée de bleu. Ce ne pouvait être que le serre-frein. L'objet sur lequel il serrait les doigts, lourd et long de deux pieds, était une énorme clé, sans doute destinée à resserrer les boulons des roues. D'un moulinet, il m'a fait reculer, puis, sans avoir prononcé un seul mot, il s'est jeté sur le Blanc qui se trouvait juste au-dessous de lui et il lui a planté, vraiment planté, cet outil dans le crâne. J'ai reçu du sang sur ma chemise. Sans reprendre haleine, il a relevé le bras qui tenait la clé et, de son autre main, a empoigné le malheureux par le col, l'a traîné jusqu'à la porte et, en s'aidant de ses pieds, l'a envoyé s'écraser sur le ballast (j'ignore s'il respirait encore à ce moment-là). Après quoi, il s'est jeté sur l'autre resquilleur, qui venait de se relever tant bien que mal, en poussant une sorte de hennissement. Ils se sont emmêlés l'un dans l'autre. Le serre-frein émettait le bruit d'un soufflet de forge. Celui dont je connaissais la voix implorait : « Mais casse-z'y don' la tête, putain ! Tu vois pas qu'y va me zigouiller aussi, c'te carne ?… Mais qu'est-ce' tu fabriques, à la fin ? » Tout d'abord, je n'ai pas réalisé que c'était à moi qu'il s'adressait. Je n'ai pas lieu de m'en vanter, mais je restais là bras ballants à contempler cette boucherie, incapable de tenter quoi que ce soit, même si j'allais être la prochaine victime de ce forcené – et cela pour l'unique raison que ce dernier était blanc. Quand j'ai enfin compris que l'homme m'appelait à son secours, demandant que j'assomme son adversaire, tout ce que j'ai pu balbutier, et je ne pense pas qu'il m'ait entendu (je voudrais tant ne pas m'être entendu moi-même !), ç'a été : « Je peux pas, patron ! Je peux pas ! » Le sentiment de mon impuissance m'avait mis un sanglot dans la voix. Mon regard s'était brouillé, si bien que je n'ai pas été témoin de ce qui s'est ensuite déroulé sous mes yeux à trois pas de moi. J'ai entendu la clé tomber et rebondir sur le plancher du wagon, mais je n'ai pas vu le passager clandestin libérer son bras droit de l'étreinte de l'ours, au prix d'un effort surhumain. Je ne l'ai pas vu glisser sa main dans sa poche, en sortir un couteau presque aussi large que long, ouvrir tant bien que mal ce couteau de cette seule main, en appuyant le dos de la lame sur sa cuisse. Pour finir, je ne l'ai pas vu plonger cette lame dans le ventre du serre-frein, autant de fois qu'il a été nécessaire pour que celui-ci s'écroule à ses pieds et se vide de son sang, le regard fixe, l'air hébété comme s'il venait d'assister à un tour de passe-passe.

Mon rêve s'était moqué de moi. J'avais commencé en esclave ce qui devait être ma première journée d'homme libre. On m'avait exhorté à user de ma liberté toute neuve. On m'avait supplié de l'exercer, et de l'exercer sans retenue. Et qu'avais-je fait ? J'avais tremblé comme une feuille et bredouillé des paroles piteuses. J'étais resté dans mon coin, paralysé, non par la peur d'un serre-frein ivre de rage et de haine, non par la peur du Jugement dernier, non par la peur de ma puissance et de tous les ressentiments accumulés qui la rendaient invincible, mais par la peur de perdre mon ancienne condition. De jouir des droits que je venais d'acquérir et que la partie à la fois la plus méprisable et la plus digne de pitié de moi-même s'obstinait à juger exorbitants. J'ai idée maintenant que, ce qui fait la servitude, ce ne sont pas les fers, ce sont les marques qu'ils impriment à l'intérieur de vous, et qui demeurent alors qu'ils ont été retirés. Il ne suffit pas que l'esclave soit sans maître pour qu'il devienne le maître de lui-même. Et il ne suffit pas d'être son propre maître pour ne plus être asservi à quelque chose dont on n'a pas la maîtrise.

Ce matin-là, alors qu'un premier rayon de soleil ricochait sur l'alliance du vaincu, le vainqueur du combat, assis sur ses talons, me considérait d'un air intrigué. Il ne paraissait pas fâché. Il secouait la tête avec incrédulité, pendant qu'il passait et repassait la lame de son couteau empoissé sur la salopette du mort. Je lisais de la malice dans ses yeux, et je n'y comprenais rien.

« Au moins, toi, mon gars, finit-il par lâcher, on peut dire que t'abuses pas de ta force, à moins qu'ce soyent des paquets d'coton et des sacs de plume, c'que j'aperçois là sous ta ch'mise… Jésus ! J'aurais presque été plus tranquille si t'avais été l'copain d'c'te cochon-là. Y a pas, t'es tout à fait l'genre qu'y vaut mieux avoir dans l'camp d'en face que dans le sien ! J'ai pas raison, vieux ? »

N'ayant pas su être honnête avec ma liberté (c'est ce que je suppose à présent), j'ai voulu me montrer honnête avec lui. J'ai répondu, dans le langage qui était encore le mien en ce temps-là : « J'ai pas jamais frappé aucun Blanc, mister. » Il avait bien failli rendre son dernier soupir à cause de moi, le crâne éclaté sur un talus ou sous les roues d'un train. Je n'espérais pas que cette explication lui suffirait, mais je n'en avais pas d'autre à offrir. Pour moi, tout était dit. J'attendais qu'il m'accable de sarcasmes : c'est un clin d'œil que j'obtins de lui – et, là encore, aucune personne de sa race ne m'avait accordé pareil honneur avant lui.

Il se mit alors à ricaner. « Pas frappé aucun Blanc ? Sans blague ? Sainte merde ! T'as manqué quèque chose ! Et eux encore plus, car j'en connais des tas qu'en auraient bien eu b'soin, tu peux m'croire !... C'la dit, tu vois, moi j'avais encore tué personne. Oh ! t'fais pas d'idées : c'est pas faute d'y avoir songé souvent, ni même, pour êt' franc, d'avoir essayé une fois ou deux. Mais j'devais pas avoir assez la foi, comme qui dirait. Y a rien de tel que six ou sept livres de métal sifflant autour de ton crâne pour faire de toi un vrai croyant en moins d'deux. Et j'suis sûr qu'j'ai jamais autant souhaité tomber sur un filon vaste comme le Mississippi que j'ai voulu ratatiner la gueule à l'aut' bourrique. Je l'voulais tellement qu'si jamais mon lingue s'était barré d'ma poche quand j'grimpais dans c'putain d'wagon, j'l'aurais fini avec mes dents !... J'pouvais pas perd', dans c't'affaire, tu piges ? Alors, si on va par là, c't'aussi bien qu'tu sois resté à t'les rouler, pasqu'au moins, comme ça, t'as rien loupé du spectacle, et d'une, et, moi, aux copains, j'pourrai raconter que je m'serai farci l'gros porc tout seul... » D'un geste affectueux, il a pincé la joue du serre-frein : « Hein ? Qu'est-ce' t'en dis, toi, mon con ? » Puis il a reporté les yeux sur moi. « Laisse-moi deviner, Boule de neige. C'est la première fois qu'tu prends l'train sans billet, pas vrai ? » Il m'a tendu la main sans attendre la réponse. Par-dessus ce cadavre qui, en plus de tout le reste, aurait dû former une barrière infranchissable entre nous, *il m'a tendu la main* (et il a fallu que je me précipite pour la saisir parce que, un instant, je l'avais laissée suspendue dans le vide, tant son geste me prenait au dépourvu). « J'suppose que c'est une bonne escuse, a-t-il ajouté. Des serre-frein, on t'avait jamais prévenu l'engeance que c'est, hein, j'ai juste ? P'têt' qu't'ignorais même qu'ça existait sur la terre du bon Dieu, vu qu'ça devrait pas. Mais y a eu comme un gravier dans les engrenages, à l'usine, et y nous ont fabriqué ça. Y a pas plus pire ! Cherche, cherche bien partout : tu trouv'ras jamais. Et t'appelles c'te bête-là un Blanc ?! Pas d'ça ! Y a d'un côté les races, les Blancs, les Noirs, les Rouges, les Jaunes, les entrelardés et tout c'qui t'pass'ra par la gaufre, et pis y a les serre-frein, qui sont à eux tout seuls l'autre race que toutes les aut' réunies. Voilà comment j'imagine les choses, mon pote, et si j'me trompe, c'est pas d'beaucoup !... L'prochain qu't'entrevois, en tout cas, le rate pas, même si c'est pour sauver personne d'aut' que toi-même, même si t'as pas plus envie qu'ça d'être sauvé. Fais-le pour le plaisir ! Ou alors, si t'es vraiment pas d'humeur comme c'matin, fais-le au moins pour rester correct. Pasqu'y a des choses qu'y s'font, et voilà tout ! »

Là-dessus, le mort a bougé. On aurait même dit qu'il soulevait les épaules du sang répandu sous lui et qu'il allait se redresser sur les coudes. Ses yeux étaient déjà vitreux, mais on avait l'impression qu'ils cherchaient un visage pour se poser dessus.

« Merde ! Qu'est-ce' tu nous fais, là, Toto ? » s'est écrié mon compagnon.

En guise de réponse, des bulles pourpres vinrent crever sur les lèvres du cheminot.

« Par exemple ! » fit encore son assassin, pas démonté pour autant. Une fois de plus, c'était l'amusement qui semblait l'emporter chez lui. Je ne me sentais pas, pour ma part, et il s'en fallait de beaucoup, dans d'aussi heureuses dispositions. Et voilà qu'un gémissement sourd – sur une seule note et sans fin – s'échappait de la dépouille. Je me suis remis à trembler. Essayant d'interpréter, avec le recul, la réaction que j'ai eue, je dirais que, si absurde cela me paraisse-t-il aujourd'hui, je me sentais outragé par la résurrection de cet homme que, trois minutes plus tôt, je n'avais pas eu le cran et, surtout, pas la dignité d'estourbir. J'avoue qu'en le voyant s'accrocher à sa vicieuse existence, j'ai vu rouge. Pour de bon. Un voile de sang est tombé devant mes yeux et je me suis entendu pousser un cri de bête dont un piège à mâchoires vient de briser la course et de lacérer les chairs. Percevant soudain le craquement des cartilages sous mes pouces et des vertèbres sous mes autres doigts, j'ai compris que pour mettre fin au scandale, pour empêcher les bulles et les plaintes de monter à la surface, pour me rattraper, peut-être, de ma lâcheté, et peut-être aussi pour abréger ses souffrances, je venais d'étrangler ce Blanc. À cet instant seulement, la brume vermeille consentit à se lever. J'avais l'impression d'être tiré d'un envoûtement. D'un geste instinctif, je portai la main à mon mojo. Mon compagnon me tapotait l'épaule avec douceur. J'entendis une voix pleine de désinvolture me dire : « T'as bien fait de tuer ce mort, vieux ! Ces oiseaux-là, des fois, se croient tout permis. Y en a qui entrent dans ton sommeil pour te tirer par les pieds, à c'qu'on raconte. J'dis qu'c'est pas des façons d'chrétien. Main'nant, fini de rigoler : balançons c'te charogne, qu'elle aille rejoindre ses victimes, amen ! »

L'obscurité s'était peu à peu retirée. Elle était maintenant toute tassée dans un angle du wagon. Du serre-frein, il ne restait que la flaque de sang, argentée par la lumière du matin, si vive à certains moments que nous en étions aveuglés. L'équipement du clandestin exécuté gisait à nos pieds. En le regardant, je m'aperçus que ce que j'avais pris pour un manche de pioche était en réalité le manche *d'une* pioche, détail qui fait toute la différence entre une arme offensive et un outil. Voyant sur quoi mes yeux s'étaient arrêtés, mon compagnon reprit la parole : « Où tu vas comme ça, camarade, au fait ? J'parie tout c'que tu veux que t'en sais foutre rien. T'as embarqué dans c'train en t'disant qu'y t'mènerait bien quelque part, ou alors c'est quelqu'un qui t'a fourré d'dans, et à Dieu va ! Bon, c'pas mes oignons, j'te l'accorde, mais au cas où t'aurais b'soin, un conseil coût' qu'un peu d'attention. Alors, j'vais t'en r'filer un bon, en guise de café noir. Si des fois t'aurais quèque chose dans l'cigare, on sait jamais, j'serais à ta place, moi, en tout cas, j'ramass'rais c'fourbi qu'appartient pus à personne et je r'prendrais à mon compte les projets d'son ancien propriétaire... Y s'appelait Cluster, au fait. Moi, tout l'monde me dit Jeb. J'suis l'dernier sur terre à connaît' mon nom complet, et j'suppose qu'dans pas longtemps, j'l'aurai oublié comme les autres, alors pas la peine que tu t'encombres la cervelle avec ça. Jeb, au moins, ça prend pas trop de place... C'pauv' Cluster, j'l'avais ramassé sur la route pas plus tard qu'hier au soir, à la sortie d'c'te ville d'encornés... Imagine la scène : j'arrive d'un bout, ce gars-là de l'autre, et c'était comme si chacun s'voyait v'nir lui-même à sa rencontre dans une glace ! T'as r'marqué, qu'on est comme des sosies ?... Ouais ! J'pige à ton air que tu sais pas trop d'quoi il retourne, non ? Alors disons des frères jumeaux. Même taille. Même dégaine, des grolles au chapeau. Même costume (si j'ose dire !). Même fourniment. Même barbe de trois jours, mêmes trous au fond des poches et mêmes châteaux en Espagne derrière le front ! On s'était jamais vus. L'premier mot qu'j'y ai adressé, ça été “Jeb ?”, et lui, aussi sec : “Cluster, je parie ?” Voilà, on s'était tout dit, là, au milieu du carrefour. Y v'nait du nord, j'montais du sud : sans s'êt' consultés, on a piqué plein ouest ensemble, le cap su' la Californie... T'as entendu parler d'la Californie, dans ton bled ? C'est c'truc qu'on a fauché aux Mexicains[1], sous prétexte qu'y z'ont déjà bien assez

1. La haute Californie, cédée aux États-Unis en 1848 par le traité de Guadalupe, devint deux ans plus tard le 31e État de l'Union.

d'soleil comme ça et qu'y z'auraient rien à fout', tout bande de sauvages qu'y sont, d'un champ d'cailloux qui fait rien qu'à séparer d'la mer nos territoires de l'Ouest. C'qu'y s'doutent pas, les Mex, et c'que peu d'gens, Dieu merci, savent encore de not' côté, c'est qu'la Californie, camarade, c'vieux bout de désert à la gomme, c'est comme qui dirait pavé d'or par en d'sous ! Y suffit d'se baisser. Et même s'y faut s'baisser plus bas qu'terre, ça vaut l'tour de reins, qu'est-ce' t'en penses ? V'là l'idée qu'on avait derrière la tête, l'pauv' Cluster et moi, quand on était encore à des centaines de miles l'un d'l'autre, ignorant réciproquement notre existence. Faut t'dire qu'on est des professionnels. Chercher d'l'or, piocher, s'user les yeux à scruter les cailloux au fond d'la marmite, l'un comme l'aut', on connaît qu'ça d'puis qu'on tient sur nos jambes, ou tout comme. Et si ça peut t'consoler, on en a même trouvé, des fois ! »

J'ouvre la bouche. Je n'avais plus articulé un traître mot après avoir déclaré que je n'avais jamais touché aucun Blanc (j'aurais pu préciser : même pas pour lui faire du bien). Je dis : « Jamais ils permettront qu'un nègre pose seulement les yeux sur cet or. » Il éclate de rire. « Qu'est-ce' tu crois ? Y a d'tout sur les concessions. Y a pire que toi, fais-toi pas d'souci ! Une fois ton lot enregistré, t'es rien qu'une créature qui gratte la terre et l'fond des torrents et l'bord des lacs, et tout c'qui pourrait cont'nir un semblant d'grain d'poussière d'c'te putain de métal du démon. T'es pas plus nèg' que moi quand t'as choisi ton emplacement, et moi, j'le suis pas moins qu'ton propre père, et, tous les deux, on est pus rien d'aut', tu verras, que des hommes qu'ont attrapé la fièvre, qu'arrêtent pus de grelotter par dedans. Sur un placer, t'es pas chez ces péqu'nots du Sud ! Personne est pus l'maître de personne. L'or commande tout l'monde, et, tout en haut d'la pyramide, y a le hasard qui r'garde tout ça et qui rigole ! Tu crois au hasard ?... T'as intérêt, pasque, lui, y croit pas en toi. Y croit qu't'en vaux pas la peine et, neuf fois sur dix, quatre-vingt-dix-neuf fois sur cent, la suite de l'histoire y donne raison. C'est chacun pour soi. C'est Dieu pour personne. Dieu, l'or, il l'a mis là, mais il en a rien à fichtre : s'y veut s'payer un truc, il l'invente, hop ! j't'ai vu, passez muscade ! Tu crois p'têt qu'j'en ai pas d'jà croisé, des comme toi, à la pioche ou à la batée ? Oh ! pas des milliers, c'est sûr ! Peut-êt' pas des centaines non plus. Mais j'en ai vu comme j'te vois, et j'te fiche mon billet que pas un gars perdait son temps à y faire attention. On s'arrangeait seul'ment pour qu'y z'écopent pas des meilleurs coins ! Mais, ça, mon gars, c'est d'bonne guerre. L'obsession du mineur, c'est que l'copain aille pas tomber sur mieux qu'lui à la distribution. Seulement, d'avance, on peut rien dire de c'qu'un terrain va donner – ça s'rait trop facile ! En tout cas, c'est à toi d'te défendre. Vu ton gabarit, ça devrait rouler tout seul. De toutes les façons, y vont tous essayer de t'entourlouper, que tu sois d'n'importe quelle couleur. Et tu sais pourquoi ? C'est pas difficile : pasqu'autrement c'est toi qui les rouleras... Bref, tout l'monde a sa chance, sauf que la chance s'plaît pas avec tout l'monde... Dans c'truc de l'or, tu cours comme un perdu après l'ombre d'une chance. Tu l'attrapes ?

Misère ! C'est plus une ombre du tout ! C'est comme une de ces femmes que tes bras en font pas l'tour ! L'or, mon vieux ! Rien qu'un caillou dans le creux de ta main, mais y peut peser des milliers de dollars ! Et toi, tu sais une chose, tu penses même qu'à ça : dans toute la bande qu'on est à se casser les reins, y en a forcément au moins un qui finira millionnaire, et, contrairement à c'qu'y s'passe ailleurs, tu pourrais êt' le pire crétin ou la pire salope, il est écrit nulle part que ça sera pas toi ! »

Il a sauté du train peu après. Je l'ai suivi avec tout l'attirail du pauvre Cluster sur les épaules. Je l'ai suivi jusqu'à ce qu'il m'annonce qu'on était arrivés. Voilà comment, moi qui n'avais jamais possédé le moindre nickel (si l'on oublie la petite somme que miss Harriett m'avait remise pour la fin de mon voyage), je suis devenu chercheur d'or.

On s'est installés à trois heures de marche seulement d'une ville appelée San Francisco, mais qui était Frisco dans la langue des mineurs. On devait se séparer, afin que chacun sache bien la part qui lui revenait, si d'aventure la fortune nous souriait, mais Jeb m'a dit (on ne s'était pas encore fâchés une seule fois, tout au long de la route qui, de train en train, nous avait conduits jusque là-bas) : « Écoute, vieux, si on travaille ensemble sur une ferme ou quèque chose, on réunira plus vite l'argent d'l'enregistrement. Pour l'instant, on en a l'premier sou ni toi ni moi. Puis c'te concession, par la suite, on lui f'rait plus vite cracher l'morceau à deux paires de bras qu'à une seule, et à quat'z'yeux qu'à la moitié moins, au cas où elle aurait un secret à nous dire. L'Cluster, Dieu ait son âme, y me r'semblait tell'ment que j'y aurais pas fait confiance pour un empire. Toi, mon gars, j't'ai vu à l'œuvre et c'est pas la même chose. Ayant découvert un tas d'pépites haut comme une vache sur son cul, j'te fil'rais aussi bien ma lame à garder pendant que j'les compte. (Au fait, faudra qu'on s'achète des vraies armes, pour commencer. Si tu sais pas, j't'apprendrai à tirer. Tu verras qu'çà t'viendra tout seul, d'toute façon, l'jour où y prendra fantaisie à un aut' type d'balancer du plomb sur toi !) Quant à c'que j'disais : t'es tout à fait l'genre de type qu'avant d'y tourner l'dos, on a pas b'soin d'descend' au bazar s'acheter un miroir de poche. J'sais pas si vous êt' tous comme toi, mais, moi, un pareil, j'en avais jamais rencontré. Alors, si, d'ton côté, t'arrive à m'lâcher d'un œil sans chercher avec l'aut' où s'trouve la hache à bois, on peut p'têt faire ensemble un aut' bout d'la longue route solitaire, mais sans s'user les s'melles, c'te fois. »

Mon vieux Jeb aurait fait un fameux loustic de régiment. Pourtant, à la peine, malgré ma grande carcasse, il fallait que je m'accroche pour rester dans son rythme. De nous deux, sur le placer, ce n'était pas moi qui imprimais la cadence. Je chantais, je scandais mes coups, mes gestes, mais je ne me livrais pas à cette gymnastique dans le but d'entraîner mon associé : je le faisais afin de me donner, à moi, assez de cœur au ventre pour le suivre. Jeb disputait une course contre la chance. Il rêvait de trouver son bonheur plus vite qu'elle, et il n'était pas homme à s'endormir sur ses rêves. Du moins sur celui-là. J'avais mon mojo qui me battait la poitrine, tel un second cœur, posé contre ma peau. Cet homme avait foi en sa bonne étoile. Ou plutôt, ayant appris à se méfier d'elle, il s'échinait à lui forcer la main. Le travail des champs, tout mon travail de servitude, ce n'avait été qu'un passe-temps, une danse du samedi soir, à côté du travail sur la piste de l'or. Nous avons été malades comme des chiens. Nous nous sommes saoulés à n'y plus voir clair. Par une nuit sans lune, une bande d'Indiens a tenté de brûler la cabane que nous avions construite. Pourtant, ce ne furent là que des péripéties dans une aventure qui était celle de l'or et rien que cela. Moi aussi, je rêvais debout. Je rêvais qu'ayant marché vers un océan, tournant le dos à l'océan de l'exil et de la servitude, j'allais gratter, avec mes ongles s'il le fallait, la poussière d'or, et déterrer les cailloux précieux, et que je reviendrais à ma Cassie, à Nehemiah, à mes frères de la plantation, assez riche et puissant pour les racheter tous et les mettre dans une ville où nous serions chez nous, plus inaccessible à nos anciens maîtres que le pays du Canada. Jeb ne m'avait jamais dit ce qu'il ferait de son or. Moi, j'avais pour la plus immense des fortunes un emploi tout trouvé. Je serais le nouveau Moïse. Je serais celui qui conduit le doux chariot, là-bas dans le Mississippi.

Jeb ne m'avait pas menti. Il y avait plus d'un homme noir sur les concessions, et aussi pas mal de Chinois (c'était le première fois que j'en voyais). Mais je crois bien que, de toutes ces personnes de couleur, j'étais la seule à faire équipe avec un Blanc.

Et un Blanc qui me désignait comme son partenaire. Nous avions acheté des carabines, et un vieux Colt de la Navy qui veillait sur notre sommeil. Fidèle à sa parole, encore une fois, mon compagnon m'avait enseigné le maniement de ces armes. Au bout d'une semaine, en fait, je visais plus juste que lui. Nous manquions de temps pour qu'il m'initie à l'écriture, qui, d'ailleurs, selon lui, n'était pas son point fort. Il a voulu cependant que j'apprenne à tracer mon nom au bas des documents. Il m'a dit : « Si tout un chacun signe d'une croix, la Cour suprême finira par décréter qu'tous les propriétaires de concessions habitent au cimetière, et en profiter pour r'filer nos terrains aux n'veux d'leurs femmes, comme d'habitude ! Écoute, vieux, t'es verni : *Silas,* y's'trouve qu'y a pas plus simple à dessiner. D'abord, ça finit comme ça commence, ça t'fait une lettre de moins à t'fourrer dans la tête. Le "s", dis-toi qu'c'est un p'tit serpent. Comme ça. T'en mets un là, disons. Puis, à deux doigts dans la largeur, tu mets l'autre. À mi-chemin des deux, tu fais un bâton – y a pas plus bête qu'un bâton. Crac, voilà ! T'y es ? "S", "s" encore, et au beau milieu, c'bâton qu'y s'ra le "l". Y t'manque pus qu'le "i" et le "a". Le "i", c'est pas sorcier : la moitié d'un bâton, tu m'suis ? Et au lieu d'l'aut' moitié, paf ! tu colles un point. Suffit d'planter la plume su' l'papier, ça s'pose tout seul. Vas-y voir. Serpent, serpent, grand bâton, p'tit bâton d'c'te côté-là, et l'point. Maintenant le "a". J'te file le truc. Encore un p'tit bâton à c't'endroit là. D'accord ? Et juste cont' le trait, que ça l'touche sans entrer d'dans si tu peux, un joli rond. Et après, tout dans l'ordre : "s", "i", "l", “a”, “s”, Silas ! Pour qu’ça ait davantage l’air d’une signature, un grand trait d’sous, un peu d’travers mais pas trop. J’te montre. Là ! Encore un coup ? Une vraie partie d’plaisir. Zim et rezim ! Entraîne-toi. Faut qu’ta main sache le faire sans ta tête, comme tricher aux cartes ou rouler l’tabac. »

Imaginant mon retour en fanfare, dans un compartiment de luxe, sous la protection d’une garde noire que j’aurais levée moi-même et devant laquelle il ne resterait aux propriétaires qu’à s’exécuter, je n’avais pas oublié ma promesse pour autant. Le serment de laver la terre de la souillure qu’y laissait l’ombre projetée par Jean Devereaux m’était si sacré, au contraire, que je n’avais même pas voulu le partager avec mon ami. Je ne doutais pas qu’il aurait approuvé mon projet, qu’il se serait même proposé pour participer à sa réalisation, mais il y a toujours au moins un fardeau qu’un homme ne doit partager avec personne. Plus tard, je ne compterais pas sur Abe Lincoln pour me faciliter les choses. En Californie, je me refusais à profiter de l’obligeance de Jeb. D’ailleurs, n’ayant pas levé le petit doigt pour le sauver du serre-frein, je ne pouvais décemment pas accepter son aide dans une autre affaire de sang.

Chaque fois que je songeais au jeune maître du domaine, chaque fois que je mesurais le sursis dont il avait déjà bénéficié, en raison de la tournure des événements, et celui dont il bénéficierait encore, tant que le placer ne nous aurait pas rendu un peu des attentions que nous lui accordions, je m’entendais grincer des dents. Cela se produisait jusque dans mon sommeil. Et le jour, pour la même raison, je me mettais parfois dans de tels états qu'il me fallait redoubler d'efforts, me démener avec frénésie, afin d'anesthésier ma rage et ma douleur en les assommant de fatigue. Bien plus tard, après l'Émancipation, j'ai entendu, dans une taverne près de Sacramento, un inconnu, un Noir de mon âge aux cheveux déjà gris qui, s'accompagnant au banjo, chantait un air de son cru, dont les paroles correspondaient tout à fait à ce que j'éprouvais quand mes pensées, tels des chevaux sauvages, s'échappaient de l'enclos où j'avais réussi à les enfermer et revenaient au galop vers ce Blanc infâme. Il y avait une phrase en particulier que ce musicien reprenait sans cesse, et c'était celle-là qui résumait le mieux mon état d'esprit : « Je voudrais crier, mais la ville est trop petite[1]. » J'ai demandé à ce frère d'où l'idée lui était venue. Il m'a répondu : « Oh ! Je chantais ça quand j'étais à la chaîne. Ces mots, c'est elle qui me les a dictés, en quelque sorte… T'as déjà goûté du pénitencier, mon ami ? Tant que t'as pas reçu ce baptême, tu peux pas te dire un nègre complet. Maintenant, tu me diras, quel nègre ici-bas serait pas à la chaîne ? Si c'est pas cette chaîne-ci, c'est cette chaîne-là. » Plutôt que d'ajouter un seul mot, j'ai tiré de ma poche l'harmonica du vieux Jeb, j'ai approché un tabouret et je me suis installé au côté de cet homme. Il a compris que j'allais jouer avec lui et, pour me témoigner son approbation, il a repris cette chanson qui semblait me plaire : « Je voudrais crier, mais la ville est trop petite. » Il me souriait,

---

1. On retrouvera cette formule, par exemple, dans le *WAP Rag* composé par Big Bill Broonzy en 1934.

mais il avait une certaine façon de faire pleurer sa voix. Très semblable, en vérité, à ma façon de faire pleurer l'harmonica. Je m'exprime ainsi, mais ce qui se passe pour de bon, c'est plutôt que sa voix comme l'instrument pleurent malgré nous.

Comment allais-je m'y prendre pour accomplir ma prophétie tout en réalisant mon nouveau rêve ? J'évitais de me poser la question. Je trouve cela plutôt étrange à présent, mais, sur le moment, je parvenais à ne pas mélanger les deux choses. D'un côté, il y avait la perspective du chariot ; de l'autre, celle du châtiment. Pour l'heure, ni celle-ci ni celle-là n'était à ma portée. Certains soirs, assis devant le feu, le regard perdu parmi les flammes et les étincelles, je me considérais moi-même et me voyais, non comme le conducteur du chariot, mais comme l'un de ceux qui l'appellent dans les églises en levant les bras, les yeux gonflés de larmes : « Descends, doux chariot… » Certains soirs, mes souffrances défilaient le long de mon corps, appuyant tour à tour sur chaque muscle, chaque nerf, chaque articulation, s'enfonçant sous la peau, sous la chair, afin de griffer mes organes l'un après l'autre, tandis que mes doutes et mes remords défilaient dans ma tête, avec l'image de mes mains étouffant le dernier souffle du serre-frein. Il m'était presque impossible, alors, de ne pas me dire que c'était moi, et non Master Jean, qui subissais un châtiment. Je ne m'en étonnais pas, au reste, trop conscient de mes péchés.

Un jour, je ferai une chanson qui racontera l'histoire de cet harmonica. Le vieux Jeb aimait ma façon de chanter. Il l'aimait au travail. Il l'aimait le soir dans la cabane. Il l'aimait le dimanche matin, lorsque j'entonnais les hymnes que nous avait enseignées le pasteur Boone. Il ne se lassait jamais de m'entendre. Je ne pouvais en dire autant. La pauvreté de mon répertoire me consternait chaque semaine davantage. Comme nous ne nous rendions au prochain village que si une chose indispensable nous manquait, de manière à ne pas être distraits de notre idée fixe, comme nous ne nous y attardions jamais, par crainte d'y trouver des ennuis (aussi évitions-nous le saloon, préférant rapporter deux ou trois bouteilles d'alcool chez nous), je n'avais pas l'occasion d'assimiler de nouveaux airs. De fil en aiguille, l'idée m'est venue d'en inventer moi-même. La musique, ce n'était qu'une mixture, un cafouillis de toutes celles que je connaissais déjà. Je prenais un morceau d'un chant d'église, un morceau d'une valse ou d'une polka que jouait Nehemiah, un morceau des choses étranges que Tante Ivy et Oncle Bledsoe avaient apprises en Louisiane et des souvenirs que les anciens gardaient de l'Afrique. J'ajoutais des bruits de la nature, des bruits de la ferme et aussi, quelquefois, des bruits de train. Je transformais chaque élément un petit peu et je secouais bien le tout jusqu'à ce que ça se mélange. Puis j'essayais de retenir ce que j'avais fabriqué. Pour les paroles, c'était plus facile. Il me suffisait de songer à ce que nous avions vécu, Jeb et moi, à ce qui nous arrivait jour après jour, à nos brûlantes espérances et à nos désillusions en cascade. Portés par la musique, les mots me venaient sans que je me donne trop de mal, et dans le bon ordre, avec la syllabe que je voulais à la fin de chaque phrase. Si mon compagnon appréciait ma façon de chanter, il était fou de mes chansons. Il ponctuait mes trouvailles de ses rires et de ses exclamations. Ou bien il sifflait l'air à l'unisson, battant la mesure des deux pieds, frappant dans ses mains, faisant claquer deux cuillers contre son genoux. Sans offenser sa mémoire, je dois dire qu'il me gênait plus qu'autre chose. Le pauvre vieux était le pire musicien de la terre, mais je ne laissais rien paraître de mon impatience : je m'en serais voulu de lui gâcher son plaisir. Alors, un jour que nous écumions les trois boutiques du village, lui qui, pas plus que moi, ne s'était permis jusqu'ici la moindre acquisition personnelle, sur un coup de tête il s'est acheté cet harmonica, le plus petit et le moins cher de ceux qui étaient exposés. Il ne coûtait pas plus, je m'en souviens, qu'un paquet de tabac.

Jamais il n'a appris à s'en servir, persuadé qu'il savait déjà. Il ne se rendait pas compte qu'il ne faisait que chanter dedans. Jeb était quelqu'un de gai. La fièvre de l'or qui nous avait saisis n'avait pas entamé une espèce d'insouciance, si naturelle chez lui, si indomptable qu'elle revenait à la charge quand les soucis, les peurs, les malaises et les blessures, la pluie battante, les moments de faiblesse et les idées sombres étaient parvenus à la chasser. S'il avait traversé bien des périodes douloureuses, il ne regrettait aucune de ces épreuves. D'ailleurs, il prétendait ne pas avoir souvenir de la plupart d'entre elles. Plus curieusement encore, il n'était pas tenaillé par les fautes qu'il avait commises. Ce qu'il ne portait pas au compte de la malchance ou de la fatalité, il avait tendance à s'en absoudre, proposant toujours des raisons excellentes au comportement qu'il avait adopté. À ses yeux, par exemple, le serre-frein n'avait été victime que du serre-frein. Jamais il n'évoquait ce drame de lui-même, et, quand je mettais le sujet sur le tapis, il en parlait de la façon la plus sereine. Après quoi, il me priait de lui chanter quelque chose. Toutes nos conversations se terminaient ainsi. La musique ne voulait pas de lui, mais il était plus amoureux d'elle qu'aucune personne de ma connaissance. Il était incapable de suivre un rythme, y compris quand je le martelais du talon avec de larges mouvements des hanches, du buste et des épaules. Un air qu'il avait écouté cent fois, il le restituait tout de travers. Lui, ça ne le troublait en aucune manière. Il n'entendait tout bonnement pas qu'il n'était pas dans la note, c'est le cas de le dire. La musique n'était pas en lui ? Quelle importance, puisqu'il baignait en elle corps et âme…

Au bout de trois ans d'un dur labeur, nous avions rempli de poussière d'or et de fines pépites un petit sac de poudre à balles. Il dormait sous notre oreiller (nous partagions le même lit, afin de nous tenir chaud), une nuit de son côté, une nuit du mien. Nous puisions dans ce trésor de quoi faire nos emplettes, mais nous avions décidé de ne pas le porter à la pesée tant qu'il resterait de la place dans le sac. Les dernières semaines, on aurait dit que ce dernier rechignait à se remplir. Puis, un beau soir, en faisant l'expérience de le fermer, nous nous sommes aperçus qu'il était bourré à craquer, la toile de jute aussi tendue qu'elle pouvait l'être sans risquer de se fendre. Dès lors, nous ne pouvions plus attendre. Nous avons résolu, puisqu'il n'est pas recommandé de voyager la nuit avec pareil bagage, de prendre la route dès le lever du soleil. À cause de l'excitation, nous nous sommes endormis très tard. Lorsque mon compagnon, déjà vêtu et harnaché de pied en cap, m'a secoué l'épaule, j'étais en nage. Ma sueur était lourde et chaude ; elle sentait aussi mauvais que mon haleine. Pour une raison ou une autre, j'étais tombé malade. Je tentai malgré tout de sortir du lit, mais j'avais à peine redressé le buste que la cabane se mettait à tourner et que j'étais pris d'une terrible nausée. Je serrais les dents, Jeb gémissait à ma place. Néanmoins, nous ne souhaitions ni l'un ni l'autre retarder l'instant de notre triomphe. Nous ne courions aucun risque de devenir millionnaires ; en revanche, après tout ce temps passé sur la concession, nous brûlions de percevoir le salaire de notre lutte quotidienne et de nos sacrifices. Je suppliai mon compagnon de se rendre seul au village.

Je constatai que la nuit était tombée quand des appels, venant de l'espace débroussaillé qui nous servait de cour, me firent ouvrir les yeux. Après le départ de mon ami, je m'étais senti de plus en plus mal. J'avais l'impression de cuire dans un jus répugnant et que l'intérieur de mon corps était un tas d'ordures grouillant de vermine. J'aurais voulu me vomir moi-même de fond en comble, qu'il ne reste qu'une enveloppe vide à l'intérieur de laquelle je pourrais replacer l'un après l'autre, à la place exacte qu'ils avaient sur l'encyclopédie que Nehemiah m'avait montrée, en me nommant et m'expliquant chaque détail des illustrations, tous mes organes purifiés à l'eau de source. Par chance, à de multiples reprises, la fièvre m'avait plongé dans une semi-inconscience. J'avais perdu toute notion du temps. J'entendais, au loin, hurler un coyote dont, pourtant, la gorge était située au fond de la mienne. Pour me rattraper à quelque chose, du bout de l'index j'essayais de tracer sur la couverture les lettres de mon nom, mais, après le premier « s », je m'embrouillais toujours. Peut-être aura-t-on du mal à me croire, mais pas une seule fois, fût-ce dans les rares instants où je recouvrais un semblant de lucidité, je n'eus l'ombre d'une pensée pour Jeb ou pour notre trésor. J'étais seul au monde, enfermé dans la maladie comme dans un cachot sans meurtrière, à ce point oublié du reste des hommes que, même moi, il m'arrivait de me perdre de vue.

Mes paupières furent descellées d'un coup, je vis qu'il faisait noir et c'est alors qu'on frappa à la porte. Le Colt de la Navy aurait dû être à ma portée, mais mes mains avaient beau tâtonner, elles ne le trouvaient nulle part. Jusqu'au moment où je l'entendis tomber, en plein sur la cuvette que nous utilisions pour nous laver le visage. Le vacarme m'enfonça comme deux coins de fer dans les tempes, pendant que la porte s'ouvrait à la volée et que trois individus armés jusqu'aux dents faisaient irruption dans l'unique pièce de la cabane, plissant les yeux et fronçant le nez à cause de la puanteur moite, molle et sucrée que la maladie avait ajoutée à la puanteur acide qui régnait en permanence chez nous. Mon compagnon et moi, nous avions fini par ne plus la percevoir qu'en rentrant le soir, après avoir passé quatorze ou quinze heures d'affilée sur notre chantier, mais cette sensation désagréable ne durait que quelques secondes. J'avais déjà croisé au village l'homme qui paraissait être le chef du trio. Ce vieux Jeb avait attiré mon attention sur lui. De toute façon, je l'aurais identifié à son étoile. Le groupe avait déboulé courbé en deux, chacun essayant de pointer le canon de son revolver ou de sa carabine dans toutes les directions à la fois. Dès que le shérif m'aperçut, il se redressa et repoussa son feutre marbré de sueur de manière à dégager son front. « Au moins, fit-il en me désignant du menton, ça nous fait un suspect de moins. »

Sur la route, vers le milieu de la matinée, mon ami s'était fait détrousser par des gens si cupides qu'en plus de notre or ils lui avaient pris son chapeau, sa ceinture, ses bottes, son couteau, sa carabine, ses rêves et sa vie. Toutes ses poches avaient été retournées. Un des adjoints avait trouvé dans l'herbe, à quelques pas du cadavre, un harmonica que quelqu'un y avait lancé. Il se demandait s'il avait appartenu à la victime. Pourquoi avait-il pris la peine de le ramasser ? Quel scrupule le poussait à s'inquiéter de cet objet dérisoire ? Je n'ai toujours pas la réponse à ces questions. J'en déduis simplement que Dieu, plutôt que le Diable, inspire parfois les créatures. Ce shérif était un vieil homme, en comparaison de moi. Il aurait presque pu, d'après la profondeur de ses rides et la tristesse de ses moustaches, être le père de Luc Devereaux. Il s'est assis au bord du lit en soupirant, le dos rond, les poignets éboulés entre les genoux. Il a pris le temps d'allumer un cigare et de souffler l'allumette, les yeux dans le vague. Puis, sans se tourner vers moi, il m'a parlé, ayant placé l'harmonica sur sa paume.

« Écoute, mon garçon, je regrette, tu peux me croire, mais ce machin-là est à peu près tout ce qui reste de ton associé. Je ne sais pas si c'est une consolation, j'imagine que non : le fait est que ce genre d'histoire se produit tous les jours, partout où il y a des prospecteurs. Plutôt que de se briser le dos, il paraît tellement plus futé d'attendre que d'autres se soient tapé le boulot. Tu les laisses tirer les marrons du feu, après quoi tu n'as plus qu'à te servir. C'est bien du tintouin que tu t'épargnes, ça, personne ne va dire le contraire… Bon. Qu'est-ce que tu veux qu'on y fasse ? C'est comme ça… Les Indiens ont l'excuse d'être des sauvages, mais cette racaille ?… Bon. Il va falloir qu'on y aille. Qu'est-ce que tu décides, pour finir, avec cet instrument ? Tu le gardes en souvenir, ou quoi ? »

Pendant son discours, j'avais – comment exprimer cela ? – dessaoulé de ma fièvre. Et, compte tenu de ce que j'éprouvais maintenant, je n'avais pas lieu de m'en féliciter. Avais-je réellement droit d'hériter du vieux Jeb la moindre chose ? Tout aurait été bien différent s'il avait eu le temps de dicter ses volontés… J'ai quand même tendu la main. Ou plutôt, ma main s'est tendue d'elle-même. C'est idiot, je le sais, mais je n'étais toujours pas persuadé que je n'abusais pas de la situation. J'ai même été surpris que le shérif n'exige pas que je lui signe un reçu. Il m'a dit : « Le corps est chez le forgeron. Il ne va pas se sauver, mais tout de même. Autant que possible, fais-le enterrer demain à la première heure. Tu as ce qu'il faut pour le cercueil ? » J'ai répondu que ça irait. Il s'est retiré en hochant la tête, ses adjoints sur ses talons. Je suis sorti du lit. J'ai posé l'harmonica contre mes lèvres, mais je n'ai pas soufflé dedans. Je l'ai enfoui dans une de mes poches. J'ai essayé de penser à Cassie : l'image de Jeb s'obstinait à se superposer à la sienne. Je me suis dit que toutes les personnes que j'aimais avaient un point commun : la destinée ne leur avait pas permis de s'attarder auprès de moi.

Ne possédant pas de monture, je ne pouvais pas m'encombrer des objets de quelque valeur dont, au fil des mois, nous avions fait l'acquisition. J'ai passé le Colt dans ma ceinture. J'ai bourré mes poches de la provision de balles que nous fabriquions nous-mêmes. J'ai accroché la carabine à mon épaule avec l'idée de dissuader les bandits de grand chemin, puis de me constituer un semblant de pécule au village en lui trouvant acquéreur. Mon intention était de brûler tout le reste avant de me mettre en route. J'avais déjà préparé la torche. À l'ultime seconde, je l'ai lancée dans la rivière sans l'avoir enflammée. Je n'avais pas les moyens de mettre une pierre gravée sur la tombe de mon ami. En revanche, je pouvais élever un mausolée à sa mémoire. En tout cas au souvenir de ce qu'avait été notre existence commune. Je n'avais rien d'autre à faire pour cela que de tout laisser intact, dans le désordre où c'était quand il m'avait quitté. Les bêtes sauvages des environs, les fauves à deux pattes et les charognards sans ailes ne tarderaient pas à fondre sur ces vestiges et à tout mettre sens dessus dessous. Je n'en doutais pas un seul instant. Peut-être le sacrilège serait-il commis dès avant le coucher du soleil, qui n'était pas encore levé. Néanmoins, j'aurais confié à la grâce de Dieu une sorte de sanctuaire. Il me semblait que notre amitié avait mérité cet hommage.

À part moi, seul le fossoyeur assistait à l'inhumation. Je lui ai donné un coup de main : c'était une façon de m'occuper les bras et l'esprit. Et puis je souhaitais expédier cette cérémonie, qui n'avait déjà que trop l'air d'une formalité remplie à la sauvette. J'aurais souhaité pour mon vieux Jeb les funérailles d'un roi, mais, après l'avoir laissé se faire assassiner dans un endroit qui ne ressemblait à rien, je n'étais même pas capable d'empêcher qu'on l'enterre comme un chien. Sur sa tombe toute fraîche, je n'ai pas pu chanter pour lui. Je me suis enfui du cimetière dès que le dernier coup de pelle a été donné. Je me suis dirigé vers San Francisco, guidé par les odeurs de la mer. J'ai trouvé du travail chez un maréchal-ferrant, puis dans un ranch. Il y avait des chevaux sur la plantation Devereaux, bien entendu, ne serait-ce que ceux sur lesquels les surveillants se perchaient pour évaluer le zèle dont nous faisions preuve au milieu des plants de coton. Pour autant, jamais je n'en avais approché de si près. Mon rôle à la ferme était d'épargner un salaire au patron en accomplissant la tâche de deux hommes de taille ordinaire. Fendre du bois, détacher un bloc de pierre de la montagne, déplacer des madriers ou des barriques : ce genre d'opération était de ma responsabilité. J'étais celui qui balaie les obstacles. Pour cette raison, les cow-boys, qui étaient descendus du Montana, de l'Oregon, de l'Idaho, plutôt que montés du Texas, me marquaient une certaine estime. Nous ne nous fréquentions pas, à proprement parler, même si nous passions nos journées côte à côte, toutefois ils avaient de la sympathie pour moi. Sans cela, ils ne m'auraient pas enseigné à me tenir en selle. Quand j'ai démissionné du ranch pour occuper une charge plus prestigieuse et mieux rémunérée sur la ligne du chemin de fer en construction, j'étais devenu un cavalier assez expérimenté pour ricaner tout seul en songeant à la façon tout à fait pitoyable dont l'être que je haïssais le plus au monde, celui que j'avais démis de sa qualité de créature de Dieu, montait les bêtes racées dont son père lui faisait cadeau, avec l'espoir que le bénéficiaire essaierait au moins d'être à la hauteur de son cheval. Le résultat était toujours le même : ce démon brutalisait l'animal dont, au fond de son cœur, il savait qu'il n'obtiendrait pas le respect.

Le long des rails, j'étais chef d'équipe. Par gestes et par cris, je donnais des ordres à un bataillon de Chinois. En apparence, ils étaient tous aussi fluets les uns que les autres. En réalité, ils déployaient une énergie considérable et, du matin au soir, se déplaçaient comme s'ils avaient le Diable aux trousses et ne songeaient qu'à prendre de l'avance sur le calendrier des tâches. Aucune difficulté ne les arrêtait. Ils ont triomphé de gageures devant lesquelles les Noirs autant que les Blancs auraient baissé les bras. Le Jaune, lui, ne pensait qu'au but à atteindre, oubliant sa propre personne. Il n'y a qu'à la guerre, au reste, que j'ai vu davantage d'hommes mourir en effectuant leur besogne. Sur quel autel ces gens (moins payés que les autres, qui plus est) se sacrifiaient-ils, je ne l'ai jamais compris. Pas plus que je n'ai compris pourquoi ceux qui dirigeaient le chantier m'avaient attribué un poste où je n'avais pratiquement aucun effort à fournir, alors que des besognes d'hercules étaient confiées à des fourmis humaines. L'essentiel de mon rôle consistait à distribuer le travail, non de ma propre initiative, mais en me faisant le perroquet de l'ingénieur, puis à vérifier s'il avait été exécuté comme il convenait – ce qui n'était presque jamais le cas, étant donné que, le plus souvent, mes Chinois ne se contentaient pas de si peu et faisaient du zèle au lieu de simplement donner satisfaction. Le reste du temps, j'essayais de ne pas attraper le tournis en les regardant s'agiter dans tous les sens. J'aurais aimé les aider comme j'aidais autrefois mes compagnons du domaine, en chantant pour accompagner et en quelque sorte assouplir leurs efforts. Mais j'aurais dû chanter la gigue pour rester à l'unisson et, outre le fait que je n'avais pas le genre de voix appropriée, je me serais épuisé avant eux. Bref, je crois qu'à peu de chose près j'étais d'une inutilité parfaite. Le plus gros de ma contribution consistait à déguiser mon désœuvrement. Pourtant, je fus le seul à recevoir des compliments et même, une fois, une augmentation substantielle.

Je m'ennuyais beaucoup sur ce chantier. Si les sommes que j'économisais ne m'avaient pas rapproché de ma Cassie (et de ma promesse), je crois que j'aurais renoncé à ma position et demandé comme un privilège qu'on me confie une pioche ou une masse, de manière à faire passer le temps plus vite et à être fier de mon travail. Je veux dire fier quand je me retrouvais en tête à tête avec moi-même, et non pas fier en passant dans la rue ou en pénétrant dans une quelconque taverne, afin d'y boire un verre en souvenir de mon ami disparu, lequel appréciait tant l'alcool qu'il m'y avait fait prendre goût. Du fait que la compagnie m'avait délégué une petite partie de son pouvoir, les autres m'accordaient d'emblée leur considération, en même temps que leur jalousie. Nul ne me reprochait d'être un fainéant bien noté et touchant un salaire indécent : ce que peu de gens ne pouvaient me pardonner, c'était le fait qu'ils ne se trouvaient pas, eux, à ma place. La plupart m'appelaient « Mr Silas », avec amertume, obligeant cependant leurs épouses et leurs enfants à les imiter. Mes patrons m'avaient encouragé à garder mon revolver sur moi. Ils m'avaient offert un ceinturon à cartouchière et un étui. Au saloon, je mettais un terme aux bagarres entre ouvriers rien qu'en me levant de ma chaise. J'appris par hasard qu'un comité de citoyens avait songé à me proposer le poste de marshal. À la réflexion, ils eurent peur que j'en profite pour devenir le maître de la ville. Alors ils cherchèrent à m'éloigner, mais la compagnie ne l'entendait pas de cette oreille. La guerre éclata sur ses entrefaites. Après la défaite des Bleus à Chancellorsville, les recruteurs de l'Union dressèrent un comptoir sur la place. Un grand livre était ouvert devant eux. Le sergent haranguait les curieux, debout sur un tonneau. Un tambour et un fifre soulignaient son éloquence. Je fus le premier à m'engager.

Durant toute cette période de ma vie, j'avais fait l'expérience de la solitude. Mon unique confident était l'harmonica du vieux Jeb. Au ranch, j'avais fait la connaissance d'un autre homme de couleur, qui en possédait un lui aussi. Il en jouait même en virtuose. Hélas, l'harmonica n'est pas un piano, un banjo, ou même un tambour. Il s'agit d'un instrument qu'il est difficile d'apprendre à quelqu'un : comment montrer ce qui se passe à l'intérieur de la bouche, une fois qu'on l'a placé entre ses lèvres ? Ce frère, toutefois, m'a livré certains secrets, grâce auxquels j'ai pu commencer mes explorations. « D'abord, m'a-t-il dit, retiens bien que, ce qui compte le plus, ce n'est pas tant de souffler que d'aspirer. Cherche à tirer le son vers l'arrière de ta gorge, plutôt que de le projeter en avant. La deuxième chose que tu dois savoir, c'est que beaucoup de notes se fabriquent autant avec tes doigts qu'avec ta bouche. Voilà pourquoi, d'un instrument aussi petit que le tien, on peut sortir tellement de choses, quand on a pris le coup. » Mais sa leçon la plus précieuse fut la suivante : « Un harmonica, ça n'existe pas. Oublie-le. Un harmonica n'est rien d'autre que le violon que tu ne peux pas t'acheter. C'est un violon de nègre. Dans ta tête, joue du violon. Tu n'arriveras à rien autrement. » Peu à peu, je suis arrivé à entendre, émanant de ce jouet, l'une des chansons que j'avais inventées naguère pour divertir mon compagnon. À partir de là, j'ai su comment me débrouiller pour entendre les autres. Je m'exerçais chaque soir avant de m'allonger sur ma couche. Cependant, les paroles faisaient défaut, et, pour moi, elles étaient aussi importantes que la musique. Elles me rappelaient plus de choses encore.

En conséquence, l'étape suivante devait consister à mêler le chant et les passages d'harmonica. Je plaçais ceux-ci entre les phrases. Au début, je me suis borné à répéter sur l'instrument l'air que je venais de chanter. Assez vite, pourtant, je me suis lassé de ce procédé. Comment l'idée a-t-elle fini par me traverser le crâne de bouleverser mes habitudes et, plutôt que de reproduire un morceau de mélodie, de répondre en musique à ce que j'avais dit au moyen des mots ? Ainsi une deuxième chanson conversait-elle avec la première. Un peu comme si nous étions deux à chanter. La première chanson était ce qu'elle avait toujours été, tandis que, la seconde, je la façonnais selon l'inspiration du moment. Chaque fois, je lui faisais dire des choses différentes. Laissez la musique s'abandonner au courant : jamais elle ne reviendra sur ses propres traces. Elle ne fera plus que les recouper de temps à autre, pour la raison que l'avenir n'est pas fait que d'avenir.

Je croyais avoir signé pour remporter la guerre, et que mes obligations s'arrêteraient là. En avril 1865, après la reddition du général Lee, j'étais persuadé que j'allais pouvoir quitter l'uniforme et regagner le Mississippi en homme libre, afin d'y retrouver ma famille et, peut-être, d'y commencer avec elle une autre vie. Je brûlais d'impatience, même si, désormais, d'autres justiciers m'avaient soustrait au devoir d'effacer Jean Devereaux de la surface de la terre. Lorsque j'étais passé par le domaine avec les troupes du général Sherman (contrairement à mes camarades nordistes, j'accomplissais sans joie, et même la mort dans l'âme, la mission destructrice qui était la nôtre, car, bientôt, ce pays que nous saccagions serait aussi le mien), Cassie ne savait pas encore ce que m'apprit l'une de ses lettres, reçue après la victoire et dont notre major me fit lecture. Elle me racontait comment, selon un témoin digne de foi, celui qu'elle appelait encore « le jeune maître » avait dansé à une branche, dans le Missouri. En m'écrivant cela, elle avait deviné quel serait mon dépit. Aussi avait-elle ajouté que cette exécution signifiait que le Seigneur avait pris en main notre affaire, qu'Il voulait nous épargner le purgatoire, ou pis, et que je n'avais donc pas lieu d'être triste. Je le fus cependant, et le devins plus encore lorsque le major m'expliqua, renseignements pris, qu'en raison de l'engagement signé en Californie je devais encore un peu plus de trois années à l'armée des États-Unis. Ma fille, dont une des lettres suivantes m'avait annoncé la naissance (preuve que Dieu, en effet, avait jeté un voile sur l'outrage), ma petite Loretta marcherait depuis longtemps le jour où je découvrirais son visage. Si je restais en vie.

En vérité, l'idée d'une issue différente ne m'avait jamais effleuré l'esprit, ni sous la mitraille ni dans les corps à corps, jusqu'au jour où, pendant notre ruée vers Atlanta à travers la Géorgie, un canardeur m'avait pris pour cible, moi au milieu de tout un bataillon, et, du haut d'un arbre, m'avait percé le flanc. Grâce à ma constitution robuste et aux efforts du chirurgien, j'avais vite été remis sur pied, mais j'avais fini de me croire invulnérable. Ce qui signifie qu'à partir de ce moment-là je fus obligé de me montrer courageux, alors qu'auparavant je me contentais de mettre un pied devant l'autre, d'entretenir mon fusil avec soin et d'aiguiser ma baïonnette, sachant que j'avais un serment à remplir. Sur la plantation, il ne nous avait pas été facile, à ma femme et à moi, de nous retrouver quelques instants à l'abri des regards. J'avais un service bien précis à effectuer auprès de mes hommes, des tours de garde à prendre, et, fût-ce pour dormir, je n'étais pas censé faire bande à part, du moins sans une permission expresse. Si une furtive rencontre au fond de la vieille grange avait suffi pour que le Ciel – enfin ! – bénisse notre union, alors il était vrai que la haine que je gardais envers un mort devait s'éteindre. Ayant accepté que Satan se charge de Jean Devereaux, ayant abandonné avec lui mon devoir sacré aux ténèbres, je n'étais plus protégé que par la main mojo de Tante Ivy. Allais-je à présent, comme tant d'autres, blêmir sous ma peau, chaque fois qu'on sonnerait la charge ? Je priais pour que cela n'arrive pas, mais je savais de source sûre, désormais, que les prétendues vertus auxquelles je devais mes galons n'avaient été que l'effet d'un puissant charme : ma rancune. Mon désir d'effacer, en supprimant son auteur, la faute insupportable qui avait été commise. Cet élan m'aurait fait traverser sans broncher, et toujours indemne, non seulement les rangs de l'ennemi, mais les glaces du Nord, les jungles pleines de bêtes féroces et tous les océans l'un après l'autre à la nage.

Certes, la guerre était finie. Mais, pour moi, elle allait tout de suite recommencer aux environs de Fargo, dans le Dakota du Nord. Notre major m'avait toujours montré de la sympathie. Depuis qu'il rédigeait mes lettres et me lisait celles de Cassie, il m'avait pris en affection. Après Appomattox, il aurait pu être rendu à la vie civile, mais il avait préféré renouveler son engagement, en se faisant verser cette fois dans la cavalerie. Quand je lui ai confié que j'avais appris à monter les chevaux dans un ranch, il s'est arrangé pour que je le suive, prétendant que je l'avais assisté avec grand succès dans plusieurs opérations délicates. Un général de l'état-major devant lequel il s'était présenté avec moi lui fit comprendre à demi-mot que, s'il appréciait tant la compagnie des gens de couleur, il semblait tout désigné pour exercer ses fonctions au sein du 10e de cavalerie, composé de soldats noirs, qui se disposait à aller combattre les Sioux dans le haut du pays. Il tenait à m'emmener avec lui ? Le général n'y voyait aucun inconvénient. « Faites-en votre infirmier, Fairmont, faites-en votre ordonnance, je m'en lave les mains ! De toute façon, conclut-il, avec la stature que je lui vois, ce gaillard sera plus utile là-bas qu'à tourner en rond je ne sais où, entre la poterne, la guérite et le corps de garde. Quant à lui faire garder des rebelles, j'aurais trop peur qu'il m'en bouffe un ou deux ! » Je me rappellerai toujours que le major n'a même pas fait semblant de sourire. Il a salué réglementairement, autant qu'il en était capable (l'étiquette militaire n'avait jamais été son fort), et nous nous sommes retirés avec un ordre de mission en bonne et due forme.

Un régiment de couleur, c'était tout de même une chose que je ne m'attendais pas à voir, et je dois avouer que j'eus du mal à m'y faire. Je me réveillais le matin, je regardais autour de moi et je ne pouvais m'empêcher de me frotter les yeux. Il fallait aussi que je m'accoutume à notre nouvel ennemi. Les Indiens ? Quel grief avais-je contre eux ? Si j'avais vu le jour en Afrique et que des Blancs aient débarqué là-bas pour s'emparer de mon pays, n'aurais-je pas défendu de toutes mes forces et par tous les moyens la terre de mes ancêtres ? Cet état d'esprit ne m'aidait pas à redevenir téméraire. En raison des lettres qui, pendant un certain temps, continuèrent de m'arriver, je pensais sans cesse à ma femme et à mon enfant. Je ne m'en glorifiais pas, mais j'étais content que le major m'ait, en quelque sorte, pris à son service, y compris dans ses interventions sur les blessés, m'épargnant ainsi de risquer ma vie dans bien des escarmouches et bien des embuscades. Il m'enseigna certains gestes et me pria plus d'une fois de jouer de l'harmonica pendant qu'il écrivait. Il me disait : « Je suis convaincu qu'il existe une relation étroite entre la musique et la littérature. Malheureusement, j'ignore laquelle. L'homme qui mettra le doigt dessus méritera qu'on dresse son effigie devant le Capitole, mon cher Silas ! » Il avait proposé de m'apprendre l'alphabet et tout le reste. J'avais répondu : « Monsieur, je vous remercie. Pardonnez-moi. À l'âge que j'ai, je serais trop malheureux de mesurer mon ignorance. » Il avait longuement scruté mon visage. Puis il m'avait souri. « Tu sais ce que je pense ? Je pense que tu es un garçon très intelligent. Il est fort possible en effet que les livres te nuisent. » Après quoi, c'est étrange, il commença de me faire la lecture des pages qu'il avait noircies pendant notre campagne sous Sherman. À mon grand étonnement, plusieurs parlaient de moi. Dans la plupart, il était question de choses que je comprenais mal, mais qui résonnaient dans ma tête et dans mon cœur. Comme résonnaient, justement, les sons de la musique. Ces choses m'inspirèrent des chansons qui n'avaient pas besoin de mots.

À ce moment-là de mon existence, on peut dire que j'ai en grande partie assimilé le langage des chefs blancs. À Fort Bluehill, le major Fairmont, lorsqu'il est fatigué d'écrire, apprécie que je lui fasse la conversation. Nous n'avions guère goûté à ce plaisir avant les derniers mois de la guerre civile. Sans doute parce que, en ce temps-là, je ne lui semblais pas encore être un interlocuteur digne de lui. Il m'a invité à ne pas me soucier de l'étiquette et à lui adresser la parole quand ça me chante, sauf lorsqu'il opère ou lorsqu'il manie la plume.

C'est un soir de neige. Un de ces soirs calfeutrés qu'on passe devant le poêle, sans avoir ôté sa capote de gros drap. Je dis : « Chez moi, je connais un nègre nommé Nehemiah. Il a appris à lire et à écrire, mais sans apprendre. Il s'est contenté d'observer et d'absorber les connaissances. Quand elles ont débordé de lui, ce qui n'a pas pris beaucoup de temps, on a vu qu'il était aussi savant que le précepteur. Plus vite encore, il l'a surpassé. Alors, puisqu'il était libre de ses mouvements, du fait qu'il jouait aussi du piano, il s'est rendu dans la bibliothèque des maîtres et il a ouvert un livre au hasard, puis un deuxième et ainsi de suite. Mais, lui, les livres ne peuvent pas lui faire le moindre mal. Chaque livre est comme quelque chose qu'il aurait trouvé dans la poche du précédent.

Ainsi n'en a-t-il en réalité qu'un seul à lire, et, de ce fait, son ignorance diminue-t-elle livre après livre. Car, au fur et à mesure qu'il tourne les pages, il avance dans l'histoire. Mais il faut être pour cela une personne spéciale, qui sait placer chaque chose dans une boîte et chaque boîte dans une boîte un peu plus grande.

– Je peux admirer ce genre d'homme, monsieur Silas, soupire mon officier, mais c'est une élite que je n'envie pas. J'aime avoir les mains trop petites pour ce monde que Dieu nous a donné. Et surtout la cervelle. De toi à moi, j'ai beau avoir mes diplômes en poche, je n'y comprends goutte, en fait, à tout cela. Quelle bénédiction ! C'est de cette manière que je reste un enfant. Et que je peux remplir ce carnet de mes surprises, de ma candeur, de mes enchantements et de ma bienheureuse bêtise. Est-ce que la neige ne tombe pas plus joliment dans les poèmes que dans les traités de climatologie ? Est-ce qu'elle n'y prend pas de plus belles teintes ? Est-ce qu'elle n'y inspire pas des sentiments plus rares et plus complexes ? Seigneur ! Quel bénéfice de savoir que la Terre tourne, peux-tu me dire, puisque d'un bout à l'autre de notre vie nous pouvons chaque jour constater de visu qu'en réalité elle ne tourne pas, et que nous vivons un peu mieux par la vertu de cette crétine certitude ? Oh ! les savants ont raison. Mais c'est leur unique contentement. J'irai même jusqu'à dire : leur unique consolation… Tu vois, mon vieux, ce que c'est que la vie ? À la veille de mes cinquante ans, j'avais fini par m'imaginer être le seul à plaindre ces trouble-fête, avec leur manie d'expliquer pourquoi les pommes tombent dans l'herbe plutôt que vers le ciel, sans se préoccuper du seul petit détail qui compte : les pommes ont été créées pour qu'on les mange, et, ce qu'il urge de connaître, ce sont les signes par lesquels on distingue les meilleures des moins bonnes. Maintenant, réponds-moi que la science commence par ce genre de question et, comme tu seras dans le vrai, nous n'aurons fait que confirmer l'abrutissement de ton supérieur, évoqué plus haut... Allez ! Buvons à l'ignorance crasse et satisfaite des chirurgiens poètes et des joueurs d'harmonica qui les assistent ! »

Tout en pêchant dans sa cantine le flacon de rhum et les verres, je reprends la parole :

« Je ne plains pas Nehemiah, monsieur le major. C'est mon meilleur ami. Et si j'ai envié son savoir, c'était pour ne pas être jaloux de ses privilèges. Je voulais seulement dire que les personnes comme moi, si elles essaient d'en savoir trop, n'apprennent qu'à devenir bêtes. »

Il rit.

« Ça n'exige pas autant d'efforts que tu parais le croire !

– Je ne souhaite pas non plus être enfermé dans l'ignorance. Est-ce que l'ignorance n'est pas une forme de servitude ?

– Dis-moi, pour un homme qui n'est pas allé à l'école, on t'en a bourré, dans le crâne !... Verse, mon ami, ne sois pas timide !... Servitude, c'est bien le mot que tu as prononcé ? Servitude ! De quoi penses-tu donc que cette vie soit faite ? C'est toujours une servitude contre une autre, mon cher ! Donnant donnant, et pas moyen de sortir du cercle. Servitude, servitude, rien d'autre à l'horizon... La liberté consiste à choisir celle-ci plutôt que celle-là. Ce qui serait complètement imbécile, je te l'accorde, si ce choix n'était susceptible de bouleverser toute l'existence... Par telle servitude, on est englouti ; grâce à telle autre, on réussit à s'élever.

– Là, monsieur, tous les livres du monde vous donneraient peut-être tort, mais moi, ma vie prouve que vous avez raison.

– C'est parce que j'enfonce des portes ouvertes ! Ça, mon cher, c'est la servitude du poète. Il ne révèle jamais que ce que chacun peut observer de ses yeux – et, par exemple, que mon verre est vide. »

Fort Bluehill, le 23 octobre 1865

Ma chère et bien-aimée Cassie,

J'ai été heureux de recevoir ta lettre datée du 12 septembre, et je t'en remercie de tout cœur. C'est un soulagement d'apprendre que notre petite Loretta ne tousse plus. Embrasse-la bien pour moi. Cependant, je m'inquiète de la situation que tu me décris dans notre Sud et qui semble avoir empiré chaque fois que je reçois de tes nouvelles. Ainsi, l'argent que je t'avais laissé a fondu à cause de l'augmentation des prix et de ces fameux carpetbaggers. Au surplus, il est vrai que, n'habitant plus notre case, il vous faut un toit sur vos têtes. Je pensais accumuler un pécule afin que nous puissions repartir du bon pied après ma démobilisation, mais, puisque c'est dès maintenant que vous vous trouvez dans le besoin, je t'ai fait parvenir une somme dans un courrier à part. Préviens-moi lorsqu'il t'en faudra encore. Il s'agit d'un mandat : la somme voyage, mais l'argent lui-même reste à l'abri. J'espère que Nehemiah n'aura pas de mal à toucher ce mandat en ton nom, et je ne peux l'établir au sien, pour le cas où, ce qu'à Dieu ne plaise, il serait empêché de se rendre au bureau de poste. C'est une grande faveur, tu le sais, d'avoir quelqu'un comme lui sur qui nous pouvons compter. J'en profite pour le saluer et le remercier, puisqu'il sera le premier à prendre connaissance de ces lignes. Tu me parles du retour de Mr Luc Devereaux sur ses terres ou sur ce qu'il en reste. Tout d'abord, je t'en prie, ne l'appelle plus « Maître », ma chère femme. Nous avons âprement combattu sous la bannière étoilée pour qu'il ne soit plus le maître de personne, et je crois comprendre, d'après ce que tu m'écris, qu'il ne l'est plus beaucoup de lui-même. Ce n'est pas pour m'étonner d'un homme tel que lui. Toutefois, je prie qu'il retrouve la raison : tout le monde au pays en bénéficiera. En attendant, le conseil de ton mari est de l'éviter le plus possible. Rappelle-toi de quoi cet homme était capable dans ses ivresses. De toutes les manières, puisque tu vois notre ami en dehors du domaine et que les cultures ont été abandonnées depuis notre passage avec le général Sherman, tu n'as plus rien à faire sur la plantation. Je préfère que notre fille n'en ait jamais franchi le seuil, fût-ce dans les bras de sa mère. Mais je suis sûr que tu comprends cela très bien. Je veux qu'elle n'ait rien connu de cette vie qui fut la nôtre. Ne lui en dis jamais un seul mot. Je veux aussi qu'elle n'en ait rien à raconter à ses propres enfants, afin que les enfants de ceux-ci puissent jurer sur le Bon Livre que les ancêtres de l'homme de couleur étaient américains. Sinon, à quoi bon tous ces cadavres sur les champs de bataille ?

Tu me demandes si je vais bien. Je me porte comme un charme, malgré le froid. L'automne, ici, a d'abord été merveilleux, mais la neige est venue bien plus vite que nous ne l'attendions. Elle rend pénibles nos opérations sur le terrain et, parce qu'elle cache le soleil, la nuit paraît tomber plus vite que chez nous à la même saison. Pour répondre à ton autre question, les Sioux sont des ennemis impitoyables, mais nous aimons mieux les avoir en face de nous que les Confédérés. Ces sauvages ont du respect pour nous. À cause de nos cheveux crépus, dont les Blancs du Sud se moquent tant, eux nous appellent « soldats-buffalos », et cet animal auquel ils nous comparent, du fait qu'il leur fournit bien des choses qui leur sont indispensables, a quelque chose de sacré à leurs yeux. Bien sûr, ils le tuent, et ils cherchent à nous tuer, mais ne te fais pas de souci : notre major veille sur moi et j'ai toujours mon talisman. J'apprends chaque jour de nouveaux mots. J'ai vraiment beaucoup de chance. Tu ne dois nourrir aucune crainte. Je te reviendrai. C'est le but qui me guide. À présent, il me faut vous quitter, ma bien chère femme, ma chère petite Loretta. Monsieur le major te présente ses hommages, et moi, même étant si loin de vous, je vous serre sur mon cœur toutes deux. Écris-moi vite.

Ton mari aimant.

Silas.

La dernière lettre de ma Cassie fut rédigée le 16 décembre 1866. Je l'ai tant fait relire par mon officier, du début à la fin, que cette date reste gravée sous mon front, aussi bien que le reste. Ce n'était pas qu'elle racontait des événements plus sensationnels que les précédentes. En réalité, elle leur ressemblait beaucoup, comme les miennes se ressemblaient entre elles et, de surcroît, ne différaient guère – sinon par le contenu – de celles de ma femme. Si je suis revenu à ces feuillets encore et encore, s'ils ne quittent pas ma poche et s'il m'arrive régulièrement de poser les yeux dessus et de les relire de mémoire, la raison en est que je n'en ai pas reçu d'autres jusqu'à la fin de mon engagement. C'est-à-dire jusqu'au 1er juillet 1868, puisque je fus démobilisé à cette date. Comme d'habitude, les nouvelles que Cassie me livrait dans cet ultime message n'étaient ni très rassurantes ni très alarmantes. J'entends par là que, si la situation dans le Mississippi empirait de jour en jour, celle de ma propre famille, grâce à l'argent que j'envoyais, avait évolué dans le bon sens. Cass me disait qu'après avoir connu de grands désordres le Sud semblait maintenant au bord du chaos. Elle faisait aussi quelques allusions aux atrocités commises par le Ku Klux Klan et les Chevaliers du Blanc Camélia, chez qui Luc Devereaux, en pleine détresse, avait trouvé refuge, tuant des nègres la nuit, mais venant pleurer à l'aube dans le gilet de Nehemiah. Pour faire contrepoids, elle évoquait les gens de couleur qui, dans notre région y compris, avaient accédé à des fonctions officielles (certains, précisait-elle toutefois, abusant sans vergogne de cette promotion). Ni elle ni notre fille ne ressentaient plus la faim, ne craignaient plus les intempéries. La petite Loretta avait cessé de tomber malade à tout bout de champ et commençait à marcher. Ayant elle-même l'air beaucoup plus solide, ma femme espérait bien trouver un emploi. Les Blancs descendus du Nord prenaient un malin plaisir à engager les domestiques que les Sudistes ne pouvaient plus s'offrir, puisqu'il fallait désormais leur verser des gages et qu'en outre la plupart d'entre eux, à l'instar de la famille Devereaux, avaient été ruinés plus qu'aux trois quarts, par l'équipée de William Tecumseh Sherman tout d'abord, par l'Émancipation ensuite. Cassie ajoutait qu'elle n'était pas assez riche pour se sentir menacée par les bandits de couleur, ni assez téméraire ou imprudente pour attirer sur elle la vindicte des « vengeurs » blancs (qui d'ailleurs s'attaquaient de préférence aux hommes, en particulier aux hommes jeunes). De toute façon, Nehemiah, qui conservait une certaine autorité sur les anciens esclaves et un certain crédit auprès des anciens propriétaires, avait fait savoir qu'elle-même et son enfant se trouvaient sous sa protection. En résumé, ma femme estimait qu'elle n'avait pas à se plaindre, sinon de mon absence, qui s'éternisait. Loin de redouter l'avenir, elle plaçait en lui toutes ses espérances.

Notre major ne me lisait pas seulement ses lettres : il les traduisait. J'entends par là qu'il me communiquait leur signification profonde. Ainsi avait-il pris fait et cause pour celle qui les écrivait. Dans la pratique, cela voulait dire que, plus les mois passaient, plus il s'acharnait à me tenir éloigné du contact des Sioux. Je protestais parfois, refusant de passer pour un lâche. Mais il s'énervait. « Ne me force pas à ramasser ton scalp dans la neige et à le poster à ta femme ! » ronchonnait-il. Et si j'insistais : « La plus grande lâcheté, vis-à-vis d'elle, ce serait que tu restes allongé ici. Et, de toute façon, je ne peux plus rien faire de bon sans toi, monsieur Silas – même pas boire ! » Sa ration de rhum augmentait soir après soir.

La mienne aussi, par voie de conséquence. La progression avait été si lente et si régulière, toutefois, que nous nous arrêtions toujours au seuil de l'ivresse. Pas une seule fois nous ne l'avons franchi. Pas une seule fois nous n'avons connu une mauvaise nuit ou un réveil difficile. Il m'accablait de tâches, de corvées tirées de son imagination mais qu'il me fallait accomplir néanmoins dans la réalité, tout cela pour me fournir des prétextes de ne pas quitter le fort. Je serai franc : il vint un moment où, dans le secret de mon cœur, je m'en félicitai. Ce moment fut celui où je constatai que plus de quatre mois s'étaient écoulés depuis le 16 décembre 1866. J'aurais dû recevoir non pas une, mais deux lettres de Cassie pendant ce laps de temps. Tant que je n'attendais que la première, la main serrée sur mon mojo, je pouvais, avec l'aide de mon officier, trouver toutes sortes de raison à son retard. Peut-être même n'arriverait-elle jamais. Pour ce que j'en sais, il est rare que des lettres se perdent. En revanche, à cette époque surtout, il n'était pas exclu qu'un courrier à cheval soit pris en chasse par des Indiens, massacré et dépouillé de tout, y compris de ses sacs. Je me raccrochais à n'importe quelle supposition. Espérant chasser le doute de mon esprit, j'informai ma femme de ce qui s'était passé et la priai de m'écrire à son tour le jour même. Je lui apprenais que, depuis que j'étais sans nouvelles, je faisais encore plus attention à moi. À mon insu, je m'étais mis dans l'idée que cette preuve de bonne volonté obligerait le sort à ne pas se tourner contre nous. Si je me préservais pour ma famille, il fallait bien que ma famille se soit préservée pour moi. Une fois de plus, seul le silence me répondit. Les chances qu'il s'agisse d'une malheureuse coïncidence étaient minces. Même le major fut forcé d'en convenir. Nehemiah m'aurait informé, au cas où un malheur aurait frappé les miens. Qu'il ne l'ait pas fait ne signifiait qu'une chose : un malheur plus grand l'avait touché lui aussi. Quoi donc ? Je songeai à un ouragan, à une inondation. Le major partit se renseigner à Fargo, auprès des hommes qui publiaient des journaux. On lui assura que rien de tel ne s'était produit dans le Delta. De mon harmonica, je ne tirais plus que des accents mélancoliques. Ils nourrissaient ma souffrance, pourtant je n'avais aucun autre moyen de la supporter.

Dans la première de ses lettres qui atteignit Fort Bluehill, ma Cassie m'avait donné des nouvelles d'Aloysius. Au milieu du vaste naufrage de la Confédération, lui qui avait déjà la tête fragile sombrait à sa manière particulière. Il battait la campagne, retenant les passants par le bras pour les prévenir contre les agissements d'un certain colonel Obscur, chef d'une prétendue bande d'irréguliers de couleur portant l'uniforme gris. À cause de ce démon, disait-il, pendant longtemps la vie et la mort seraient confondues pour l'homme noir. J'ignorais jusque-là l'existence du personnage, mais, à la fin du printemps 1867, j'étais devenu caporal dans le régiment du colonel Obscur, puisque je vivais un enfer sur la terre. Et je le vivais dans mon cœur, source de toute rédemption. Au lever du jour, j'appelais déjà le soir, mais, dès la tombée des ombres, je priais pour que le matin ne se fasse pas attendre… Les Blancs ont une expression qu'eux seuls auraient pu inventer : « on ne voit pas le temps passer ». Moi, c'était différent. Je ne voulais pas le voir. Je m'évertuais à ne pas le regarder s'écouler devant moi. Mais il n'en passait pas plus vite pour autant.

Les semaines sont devenues des mois. Ces mois-là n'en finissaient plus. Je vieillissais sans que les années me traversent. J'aurais sacrifié mon bras droit pour précipiter la fin de mon engagement et pouvoir ainsi me précipiter vers le Delta. Et cependant, je ne redoutais rien tant que ce moment-là. Aussi longtemps que je ne m'étais pas mis à la recherche de ma famille, les chances que j'avais de la trouver – et de la trouver saine et sauve – restaient intactes… En mai 1868, c'est-à-dire quelques semaines avant mon départ, notre major a reçu un colis. Il l'a ouvert devant moi et m'a remis un des livres, tous semblables, qu'il contenait, après avoir griffonné quelque chose sur la première page, qui était blanche. « Mon vieux Silas, m'a-t-il dit, figure-toi que quelqu'un a été assez fou pour faire imprimer une partie de mon journal à ses frais ! Avant de l'avoir vu de mes yeux, je m'interdisais d'y croire… Inutile de me faire observer que tu ne sais pas lire : tu connais toutes ces pages presque aussi bien que moi (et tu as sans doute moins motif à regretter leur publication). Quant au titre, il n'est pas de moi : *Les Cerisiers de Géorgie*. C'est qu'il s'agit surtout de notre équipée dans cette région, comprends-tu, jusqu'à l'incendie d'Atlanta… Et cette dédicace que je viens de rédiger, eh bien… disons que le jour où tu souhaiteras la connaître, tu demanderas à quelqu'un de la déchiffrer. À présent, que le cœur y soit ou non, pour toi comme pour moi, il convient de fêter l'événement. »

Je préfère ne pas me souvenir de la façon dont j'ai quitté cet homme. De la façon dont, revêtu d'habits civils achetés à la cantine, j'ai franchi la grande porte du fort, entre deux haies de soldats qui me présentaient les armes, comme à un chef ou à un héros. Je préfère ne pas me souvenir du long chemin qui m'a ramené chez moi, effectué en grande partie dans des trains de marchandises, pour l'unique raison que je souhaitais ne pas écorner mon pécule avant d'avoir touché au terme de mon voyage. Mes frénétiques et vaines investigations à travers tout l'État du Mississippi, comme je souhaiterais en avoir tout oublié ! Dès le premier jour, j'avais appris que Nehemiah, ayant assassiné Luc Devereaux, était en fuite. Au bout de six mois, personne n'avait pu me fournir le moindre renseignement, concernant ma fille et ma femme. C'était à peine si quelques personnes semblaient voir de qui je parlais. Trente années se seraient écoulées depuis le 16 décembre 1866, les réponses n'auraient pas été plus évasives. Et j'avais dépensé dans ma quête presque tout mon argent.

Cassie

> Je me suis levée ce matin, une route était devant moi
> Je me suis levée ce matin, une route était devant moi
> Où s'arrêtera mon chemin ? Me conduit-il entre tes bras ?

Je me suis levée ce matin et, malgré les ardentes prières dont j'avais bercé mon insomnie, je ne m'éveillais pas au milieu des verts pâturages. Moïse, autrefois, tira mon homme de l'esclavage. Qui me tirera du gouffre sombre où je me suis moi-même précipitée avec mon enfant, parce que l'unique choix qui me restait était entre ce lieu et la tombe ? Aujourd'hui que le Noir du Sud a obtenu sa libération, miss Harriett, si elle souhaitait faire son bien, aurait autant de travail que par le passé. Après le chemin de fer souterrain qui conduisait hors de la servitude, elle pourrait inventer par exemple le train qui conduit hors de la misère, de la famine, de la maladie et de toutes les autres calamités auxquelles nous avons goûté, les unes après les autres, ma petite et moi. Redescends, Moïse, nous t'en supplions à genoux ! Naguère le pharaon était l'homme blanc. Aujourd'hui, rien n'a changé, sinon que l'homme blanc, tout comme il se dissimule sous des masques et des cagoules, se cache derrière un pharaon plus cruel que lui : l'Argent. De qui est-il plus digne d'être l'esclave ? D'une personne ou d'une chose ? Le nègre d'à présent appartient à l'argent. À l'argent qu'il doit au Blanc et que ni ses enfants ni ses petits-enfants arriveront jamais à rembourser car, au contraire, plus il travaille à combler le trou, plus le trou se creuse sous ce qu'il verse dedans. C'est comme une magie mauvaise : ses efforts servent qu'à en exiger de plus grands. Cependant, s'il a le malheur de baisser les bras, ou s'il tombe de fatigue, ou si la tuberculose, la pellagre et la malaria choisissent de faire un bout de chemin sur ses épaules, aussitôt le sol s'ouvre sous ses pas et il est englouti. Il a beau courir, sa vie, elle mène à rien. Qu'il fasse seulement semblant de traîner la jambe, par contre, et sa propre vie va se retourner contre lui. C'est tout l'un ou tout l'autre. Ou bien c'est tout le désespoir, ou bien c'est tout de suite la fin de tout. Le trou s'agrandit sans cesse. La question est plus de savoir s'il va glisser au fond, mais quand. S'il va disparaître tout seul ou entraîner d'autres nègres à sa suite, et combien.

Pendant la guerre, miss Harriett s'est pas tourné les pouces. Tout comme mon Silas, elle s'est engagée chez les Bleus. Comme lui, elle a soigné les blessés. Elle leur a mijoté de la bonne cuisine. Je sais pas d'où, Nehemiah connaissait son histoire sur le bout du doigt. Il m'a raconté qu'elle aurait voulu enfiler la tunique et brandir le fusil à baïonnette. Comme c'était pas convenable pour une femme, elle a fait le soldat en civil. Elle est revenue sur le territoire de la

Confédération. Elle a observé ce qui s'y passait, et elle le dénonçait aux officiers de l'Union, grâce à tous ceux qui avaient été les conducteurs, les contrôleurs et les chefs de gare de son chemin de fer. Elle a encore libéré plus de sept cents des nôtres, pendant qu'on se battait partout, et elle a causé par ses renseignements d'énormes destructions. Pour des millions de dollars, affirmait Nehemiah. Après la reddition du général Lee, hélas, elle était remontée dans le Nord et vivait à Auburn, dans l'État de New York. Elle s'occupait des pauvres de là-bas. Elle affirmait que la femme doit être traitée à l'égal de l'homme. Je crois que ses victoires lui étaient montées à la tête. En tout cas, nous autres, on l'a plus revue. On a dû se débrouiller tout seuls avec ces maudits carpetbaggers, puis avec l'Argent, qui est la malédiction même, le Diable sur la terre.

Un jour, craignant pour la vie de ma Loretta – depuis des semaines, on mangeait pas à notre faim ; j'en étais venue, moi, à voler des fruits aux arbres et même, parfois, à brouter de l'herbe –, un jour, j'ai rassemblé mon courage, et je suis allée au bureau de poste, expliquer qu'il y avait peut-être de l'argent de mon mari caporal, qui m'attendait chez eux. Ils m'ont ri au nez. Comme je restais là à me tordre les poignets, le garde m'a poussée dehors. Bien sûr, ils savaient le crime que Nehemiah avait commis. Je crois que, si mon homme m'avait envoyé quelque chose, ils l'avaient gardé pour eux. J'ai traîné d'un endroit à un autre, avec ma fille qu'il me fallait souvent porter (des souliers, avec sa taille qui changeait tout le temps, comment j'aurais pu lui en acheter ?). J'écoutais tous les bruits, disant qu'en tel lieu, les choses allaient un peu mieux pour la personne de couleur. Je m'y rendais aussitôt et constatais que c'était pareil partout, sauf là où c'était pire. Dès le troisième jour, je connaissais plus personne. Personne avait envie de connaître des inconnues. Le rien qu'il avait, personne souhaitait le partager. Même le Noir devenait pour le Noir un mur aveugle, une porte close à double tour. Un sermon du révérend Boone me revenait en mémoire. Il répétait, presque dans un sanglot : « Ailleurs, l'herbe est plus verte », et il appelait la pitié du Seigneur sur celui qui prononce de telles paroles. « Les pâturages se trouvent en Ton royaume. Aie pitié, amen ! » disait-il en se jetant au pied de la croix. De fil en aiguille, nous sommes arrivées aux confins de l'État, avec le Tennessee à notre gauche et l'Alabama à notre droite. La droite est le côté de Dieu, c'est où il place les élus. Je suis entrée en Alabama, tenant mon enfant par la main. Mon Silas avait su trouver la liberté : il finirait bien par nous trouver, nous, une fois qu'il aurait ôté son uniforme.

Il y avait une route devant nous, une simple route de poussière. Nous avons continué de marcher. Nous marchions depuis maintenant des semaines. Le printemps était venu à notre rencontre. Pour me donner courage, je chantais. Je chantais les seuls airs que je connaissais. Presque tous étaient ceux de l'église. L'un me trottait par la tête plus que les autres. À cause des paroles, je suppose : « Descends, doux chariot, qui vient pour m'amener chez moi... » J'aurais aimé en faire profiter ma petite Loretta, qui avait encore plus besoin d'encouragements que moi, mais, ce qui lui était le plus utile de tout, c'était que sa mère ménage ses forces autant qu'elle en était capable, avec l'aide du Très-Haut. Alors j'économisais mon souffle, je chantais qu'à l'intérieur de ma tête. Ou même, je laissais chanter mon cœur.

De routes, il s'en était présenté qu'une seule. On aurait pas pu en suivre une autre si on avait payé tout un trésor pour ça. Jamais j'en avais pas vu de moins fréquentée. Je savais pas où on allait. Ça voulait pas dire qu'on allait nulle part. Cette route se serait mordu la queue comme un serpent qu'on aurait pas remarqué la différence. Et peut-être bien, en effet, que, depuis qu'on avait changé d'État, on avait réussi qu'à tourner en rond et en rond. Et puis, vers le soir, on arrive en haut d'une pente et, sur l'autre versant, il y a juste une charrette qui vient sur nous, tirée par une mule toute pelée et conduite par un homme de couleur qui, Dieu me pardonne, est comme le jumeau de sa bête.

Nous restons figées au sommet de la bosse, mon enfant et moi, parce que, à ce moment-là, nous espérions plus tomber sur âme qui vive avant le prochain Déluge. Et, tout d'abord, à la façon que ce nègre a de nous regarder, on pourrait croire que nous sommes transparentes. Pourtant, arrivé à notre hauteur, il arrête son attelage, crache son jus de chique à ses pieds et me demande :

« Bien le bonsoir, mes sœurs, et d'où c'est-y que vous venez comme ça, si j'puis m'permettre ?

– Bien le bonsoir à vous, je lui réponds. Moi et ma fille, on est parties de là-bas dans le Mississippi. Jusqu'à ce que le malheur frappe à la porte, je crois qu'on habitait en plein au milieu.

– Hum ! Ça fait d'la poussière sur les jambes, on peut l'dire !… Et vous allez où ?

– Mon frère, je suis rien que la femme d'un homme qui est soldat contre les Sioux, et, en attendant son retour, nous allons n'importe où qui serait pas nulle part.

– N'importe où, j'ai idée qu'c'est un meilleur endroit que c'te terre rouge d'Alabama… J'veux pas mentir : j'ai idée qu'même nulle part, ça s'rait un meilleur endroit… J'suis né là, mes sœurs. J'y aurai passé ma vie sans avoir vraiment vécu, à part que c'est allé de mal en pis… On me d'mand'rait ce qu'c'est qu'ma vie, j'ferais, la main sur le cœur : "Ça, mon homme, j'sais pas, pasque j'l'ai jamais vue !" L'Ciel m'est témoin. Si ma vie a commencé, sûr qu'elle a commencé sans moi… N'empêche que l'jour où elle finira, là elle se souviendra que j'suis l'locataire et c't'encore moi qui devrai payer l'fermage… Écoutez. L'sens que vous avez pris, à cinq, six miles, ça mène à une bourgade, autant dire à l'homme blanc… De c'temps-ci, on aurait avantage à fréquenter un nid d'vipères. Seul'ment, c'est lui qui tient les magasins, comme il tient les hypothèques. Faut bien en passer par là, si on veut travailler un peu au lieu d'crever tout d'suite… Mais çui – ou celle – qu'est pas obligé, il est mieux d'aller dans l'aut' sens.

– On est obligées, j'ai dit. Notre estomac nous permet pas d'en faire à notre guise. Advienne que pourra !

– L'adviendra rien que des regrets, ayez confiance !… Voilà où j'veux en v'nir : y a pas grand-chose dans ma cabane mais, jusqu'à d'main qu'on y voye plus clair, y a encore assez pour une femme et une fillette. J'suis à déjà plus qu'la moitié d'mon chemin. Sans l'savoir, vous avez dû passer d'vant l'embranchement… Qu'est-ce' vous diriez d'grimper là-derrière ?

– Je ne voudrais pas vous faire offense, mon frère, mais le fait est qu'on vous connaît ni d'Ève ni d'Adam…

– Pasque j'vous connais, moi ?… J'vous connais par cœur, allez !

– Comment ça ?

– Vot' estomac, peut-être, y s'srait pas présenté à vot' place ? »

Ni au début ni à la moitié de tout ce temps, je me doutais pas que j'allais rester près de onze ans chez cet homme, qui s'appelait Fred McPhee. Sur ma foi, quand j'ai enfin repris ma route, j'imaginais pas que je laissais autant d'années derrière moi. Ma Loretta, elle était plus un bébé depuis bien longtemps mais, comme on dit toujours, une fois qu'elle a su parler correctement, une fois qu'elle a appris à se débrouiller toute seule, à pas être un poids mort dans une maison, j'ai arrêté de la voir grandir. D'ailleurs, plus rien grandissait. Plus rien grandissait autour de moi, ni les gens ni les choses. Et, à l'intérieur de moi, tout se ratatinait. Le pire, c'était l'espoir. Tout desséché, tout chiffonné, tout ratatiné au fond de mon âme, après deux étés de plus sans mon homme. J'empêchais le feu de s'éteindre, mais j'empêchais pas la flamme de baisser, de pâlir, de se coucher au moindre souffle. J'ai jamais vu le bon Dieu, pourtant je crois en Lui. Alors je dois croire que, si mon homme est loin de mes yeux, lui, sans savoir où je suis, il regarde quand même de mon côté. Tant que j'arrive à me persuader qu'il est vivant, j'ai au moins une raison de pas vider mon cœur de toute joie et de pas blasphémer contre le Ciel. Je vais avouer une chose bizarre : des centaines de fois, recrue de fatigue mais incapable de trouver le sommeil, j'ai eu la révélation que je reverrais plus mon Silas en ce monde, puis, à l'aube, la première pensée qui me venait, c'est que je pourrais recevoir, comme avant, une lettre de lui dans la journée (Mr McPhee avait planté une boîte exprès au bord de la route, à l'embranchement avec la piste qui mène aux plantations). Le destin nous avait séparés, envoyés valser chacun dans un coin, peut-être même chacun à un bout de cette grande Amérique, et pourtant moi, dans un coin perdu d'Alabama, j'attendais tranquillement une lettre avec mon vrai nom et ma nouvelle adresse dessus. Et cela, bien qu'on ait pas eu vraiment d'adresse, habitant qu'une cabane au milieu des cultures ! Bien qu'au bout d'un certain temps j'aie pris pour les gens le nom de Mr McPhee, par commodité et pour mettre fin aux commérages ! Bien que mon Silas ait désormais quitté ce Blanc qui écrivait ses lettres à sa place !… Et, tant que j'y suis, j'ai un autre aveu à faire : ce qui est une folie, ce qui est la sagesse, aujourd'hui encore je le sais toujours pas. J'ai les deux boîtes devant moi : dans laquelle je mets la résignation, dans laquelle je mets l'espérance ? Oh ! l'espérance, c'était la fleur de mon jardin, et ma plus belle avec ma fille, mais c'était une fleur fanée, qu'il fallait contempler seulement avec les yeux de la mémoire et avec le désir qu'on a pour des rêves, même des illusions, qu'on veut garder à tout prix (et, à cause de cette volonté, ce sont plus des illusions du tout, malgré qu'elles existent pas). Devant le tribunal des anges, si j'ai quelque chose à dire pour ma défense, ce sera : cette fleur tout étiolée, au bord de mourir des années et des années durant, a jamais répandu le parfum sucré, écœurant, de la pourriture. Et la résignation, dans son genre, ç'aura été pareil : toujours sur le pas de la porte, interdisant qu'on sorte si on l'emmenait pas au bal. Toujours sur le pas de la porte, mais jamais assise dans la cuisine…

Je racontais sans cesse le père à sa fille. Ça me semblait un de mes premiers devoirs – un devoir à remplir auprès d'elle comme auprès de mon mari. J'espère tout de même que j'ai pas trop cassé les oreilles de Mr McPhee avec mes histoires. Lui, c'était pour ainsi dire un homme en loques, à l'image de tous ceux qui tentaient de survivre sur les parcelles alentour, à des miles et des miles à la ronde, à l'image des femmes qui s'esquintaient à leurs côtés à la ferme et dans les champs de coton, à l'image des hommes et des femmes que leurs gosses, déjà à moitié rompus, deviendraient dès qu'ils en auraient occasion, vu que cette occasion-là serait à peu près la seule qu'on leur permettrait de saisir, de préférence à laisser leur faim les dévorer tout crus. Où j'en étais ? Ah ! oui. Lui, ce pauvre vieux Fred, c'était un homme en loques, et, toute la sainte journée, il devait m'entendre détailler les exploits d'un hercule, d'un esclave rebelle, d'un fugitif doué de tous les courages et de toutes les astuces, d'un passager de première classe du chemin de fer souterrain, d'un héros des champs de bataille, d'une tunique bleue gradée, d'une terreur des Sioux, versé dans les domaines de la grammaire, de la finance, de la musique et de la chirurgie. Pour pas en prendre ombrage, ou pour pas renoncer à s'user l'échine, j'ignore comment il a fait son compte. Moi, à sa place, j'en aurais pas supporté le tiers du quart. Mais mon Fred se démontait pas. Il me disait, quand je m'inquiétais un peu : « V's en faites pas, miss Cassie. J'veux pas savoir si c'est vrai, mais ça fait du bien d'l'entendre, et c'est tout c'que j'vois. C'est comme pour l'alcool de grain : y a p'têt le Diable dedans, mais c'qui compte, c'est c'qui s'passe quand vous l'avez dedans vous !… Un nèg' comme vous contez à c'te gamine, même si ça existe pas, ça devrait. Alors, tout c'que j'souhaite, c'est d'en entendre davantage, et aussi qu'vous m'resserviez trois, quat' verres de c'que j'ai d'jà avalé. C'est sûr'ment pas moi qui m'en plaindrais ! »

Ma Loretta voulait toujours en apprendre davantage. Toute petite, elle se contentait de m'entendre ressasser les parties de l'histoire qu'elle aimait. Par la suite, elle réclamait plus que des choses nouvelles, encore et encore. C'est là que je me suis mise à inventer, encore et encore. Je sais pas pourquoi – peut-être était-ce Satan, patron des parjures et des menteurs, qui m'inspirait –, ça me venait tout seul. Jamais j'aurais eu assez d'imagination pour enjoliver si peu que ce soit ma propre vie, mais quand il s'agissait de mon homme, il suffisait que je vois sur l'arrière de mes yeux son visage, ses dents magnifiques, et que sa silhouette se dessine dans ma tête, et je débitais des aventures, telle une personne qui lirait à voix haute dans le journal le feuilleton du dimanche.

J'y repense aujourd'hui et je me dis qu'en faisant vivre à mon Silas, de cette façon, la vie de plusieurs hommes aussi beaux, aussi forts et aussi intelligents que lui, c'est comme ça que je l'ai empêché de s'éloigner de moi, quand bien même il se serait trouvé au fin fond du Canada, ou retourné en Afrique. Son souvenir s'est pas usé, du fait que j'ai multiplié son image. J'avais toute une provision de Silas, voilà ce qui m'a sauvée du renoncement. À quoi ça m'aurait servi d'en oublier un ? Quant à ma Loretta, elle pensait être la fille d'un roi du monde ou tout comme. Elle songeait plus qu'à la splendeur de son père, perdant ainsi de vue, merci mon Dieu ! la crasse où nous vivions et le dénuement qui était le nôtre. C'est drôle, mais je réalise tout à coup que, dès qu'elle a été assez haute pour venir aux champs avec nous, en plus de traire la vache et soigner la mule, qui avait été son travail de toute petite, elle a cessé de réclamer après lui. Est-ce que c'était normal, pour une gosse qui a un père pareil quelque part ? Selon moi, il y a qu'une explication : dans un repli de son âme, elle voulait pas risquer d'être déçue. Demandant qu'à me croire, elle doutait pas de ma parole. Pourtant elle préférait avoir jamais à vérifier. Ça se passait très au fond d'elle. Ça prouve en tout cas que c'était une enfant à qui le Seigneur avait accordé du bon sens et le don de faire la part des choses. Il me reste plus qu'à prier que les souffrances et le manque de bonheur qu'on nous promet ici-bas iront pas me la gâter, une fois qu'elle aura laissé les contes au pays des contes.

La vraie vie, c'est comme le propriétaire du terrain, elle a pas aucune dette envers nous autres. Notre dû, c'est là-haut qu'on le touchera. Au centuple, disait notre pasteur. L'homme blanc devra justifier chaque sou qu'il a reçu. La sueur dégoulinera sur le visage du riche, debout le chapeau à la main devant la balance où, dans un des plateaux, on a placé toute sa richesse, qui l'a en quelque sorte cloué par terre – et pour faire remonter l'autre plateau, il doit compter lui-même les bontés qu'il a eues. Il en faut beaucoup. Il se creuse le crâne. Mais c'est dans le cœur qu'elles sont, si elles sont quelque part. Il a deviné que son cœur à lui est un grenier où on a pas rangé assez d'affaires. Jésus voit dans son cœur. Le Père éternel voit dans son cœur, et tous les anges du paradis. Lui seul fouille l'intérieur de sa tête. Il aimerait mentir, comme il mentait sur la terre. Seulement, devant la porte du Jugement, on vous retire le mensonge, en même temps que vos titres de propriété et les bijoux des dames. Alors il sue à grosses gouttes, sentant déjà sur lui la chaleur de l'enfer.

Après la victoire des Bleus, il y avait eu le « démembrement ». Le domaine d'un seul homme, par exemple un Mastah Devereaux, on l'avait distribué à plusieurs. Par petits morceaux. En réalité, celui-ci et celui-là se l'étaient distribué à eux-mêmes, grâce à des lois paraît-il imposées par l'Union (personne savait jamais très bien lesquelles, et celui qui posait des questions gênantes risquait de se faire tabasser par les milices). Ou plutôt, comme disait Nehemiah, les nouveaux propriétaires bénéficiaient du silence des lois d'avant, sur quoi s'étaient assis les carpetbaggers et leurs complices, noirs ou blancs. Puis, tous ces Nordistes, ils avaient plus eu assez de sang à sucer au pays de Dixie et ils avaient ramassé leur fichu sac au fond du placard et remonté les fleuves sur des bateaux bourrés d'orchestres, de femmes louches et de joueurs de cartes. Ils passaient leurs journées et leurs nuits agrippés au bastingage, à scruter les nuages. Jusqu'aux quais de Saint Louis, ils craignaient à tout instant un naufrage, tant ils s'étaient engraissés et alourdi les poches de la misère du monde. Alors, le Blanc Camélia et toutes les sociétés secrètes ont décrété qu'était venu le temps du « remembrement ». Dans notre coin, en quelques années, plusieurs plantations sont redevenues à peu près ce qu'elles étaient jadis. Quand le patron était mort à la guerre, on retrouvait à sa place un Blanc qui était peut-être son frère, ou pas, mais qui, en tout cas, lui ressemblait comme deux gouttes d'eau. Il lui ressemblait tellement du dedans que ça ressortait sur sa figure. Et le futur qu'Abraham Lincoln nous avait fait miroiter, pendant ce temps-là, ressemblait de plus en plus au passé sur lequel il avait voulu tracer un trait. Lui, au moins, notre président, il était mort. Il pouvait pas voir comment les choses tournaient. Il pouvait pas voir que, sur le dos des morts, tout était en train, petit à petit, de se reconstituer comme du temps où ces gens étaient roses de santé et couraient après des demoiselles en crinoline. Ce pauvre Abe, Dieu ait son âme ! pouvait plus voir qu'on avait massacré tant de monde mais que la chose qu'on voulait détruire, elle, se tenait toujours là. Seulement un peu plus amère, seulement un peu plus mauvaise. C'est-à-dire un peu plus forte, en définitive. Cette chose qui interdit que l'homme noir regarde avec douceur le matin se lever.

La différence avec autrefois, c'était qu'au lieu de tout diriger du haut de son cheval, entouré de ses contremaîtres et de ses grands fils, le patron de maintenant restait dans son bureau, inscrivait des chiffres et des chiffres et tenait conciliabule avec l'homme de la banque. Il était plus souvent en ville qu'au domaine. Parfois, c'était là-bas qu'il habitait désormais. Jamais plus il se déplaçait pour vérifier le travail. Il s'en fichait, du fait que, grâce à un certain arrangement, la somme qu'il comptait percevoir, en quelque sorte il l'avait déjà perçue. Si le travail rendait pas comme on aurait pu s'y attendre, la perte était seulement pour le travailleur. C'était le nouveau système qu'ils avaient inventé. Ni le Congrès ni personne avait rien trouvé à redire. Ça tombait bien pour les patrons, étant donné qu'ils y tenaient comme à la prunelle de leurs yeux – je peux les comprendre ! Une autre différence, c'était qu'ils devaient à présent payer le nègre. Alors le système s'était débrouillé. Il avait mis au point un tour de passe-passe, en sorte que le nègre soit en réalité payé par le nègre. C'était encore la plus sûre façon qu'il reçoive pas grand-chose et s'en aille pas parader dans les rues sous un chapeau neuf. Au départ, neuf fois sur dix, le nègre avait quasiment rien du tout. Ou plutôt si, tiens : des dettes ! Des dettes inscrites en belle écriture dans les livres du patron. Et, justement, l'astuce était là.

Grâce à cette dette qu'il y avait plus moyen d'effacer, le nègre avait fini d'être l'esclave du Blanc. À présent, le nègre était son homme de paille. Et c'était *lui* qui se tenait soi-même en esclavage. En esclavage pire que jamais, car, agissant en lieu et place du Blanc, il était forcé de se montrer beaucoup plus dur que celui-ci l'avait été avant l'Émancipation. Le Blanc prenait soin de ses affaires, il y avait avantage. Tandis que le nègre, ayant pas de valeur aux yeux des autres, il en a pas à ses propres yeux, et aussi l'inverse. Le nègre a rien coûté au nègre. En plus, il fait que vivre sur son propre dos. Alors il s'asticote et dort avec les mains en l'air, déjà prêtes à se poser sur les mancherons de la charrue. Ils appelaient ça être un métayer.

Une personne maligne se dit que, pour louer un lopin de terre, le mieux est de dénicher un amateur disposant d'une certaine somme. Une personne plus maligne que ça calculera, elle, qu'en concluant l'affaire avec un démuni, elle refermera sur celui-ci le piège de la dette. Le malheureux va s'imaginer, au début, que les rois mages sont repassés pour lui. Non seulement, sans qu'il ait même à débourser le nickel qu'il a pas, on l'installe dans une case à lui, sur une terre qu'il pourra cultiver à son idée, obéissant qu'à ses propres ordres, établissant ses propres horaires et ainsi de suite, mais on lui prête le mulet, la charrue et tous les autres instruments. On lui livre même l'huile et la farine, la viande séchée, les sacs de haricots. Tout cela à titre d'avance sur la fortune qu'il va pas manquer d'accumuler en mettant ses propres bras au service de son propre travail. Car à la fin de la saison, il va toucher, en plus de tous ces cadeaux du ciel, un pourcentage sur le produit de la récolte – et qu'elle soit abondante, après tout, dépend uniquement de son ardeur, de son courage et de ses aptitudes. L'homme blanc lui a donné sa chance : à lui maintenant de se montrer à la hauteur. S'il est un fermier digne de ce nom, s'il a une famille assez nombreuse pour lui prêter efficacement main-forte, si l'inondation épargne son carré de coton, si la sécheresse veut bien se cantonner aux autres districts, si le gel gèle moins que d'habitude, alors quelle raison il y aurait qu'il connaisse pas la prospérité au bout du compte ? Aucune. À ceci près que, au bout du fichu compte, et en admettant que tout se soit encore mieux déroulé que dans vos rêves, la dette dont il avait plus jamais été question reparaît comme par enchantement, et vous vous apercevez alors qu'elle est énorme. Que, si un jour le patron vous a donné du feu, le prix de l'allumette est reporté sur la note. Cette dette est si majestueuse, en vérité, que seul le Blanc lui-même serait capable de se la régler. Tant et si bien qu'au lieu de recouvrir une partie de vos gains, elle en déborde. C'est la totalité qui disparaît. Mais, rassurez-vous, le Blanc va vous faire crédit. Jusqu'au bilan de la récolte suivante, qui vous rendra encore un peu plus redevable. Tout ce que vous voyez, vous, c'est que vous restez avec un bout de toit sur la tête et trois haricots au fond du sac. Et voilà pourquoi le propriétaire, ayant touché son dû, serre la main de l'homme de la banque et lui offre à dîner.

Sur sa balance, le coton, si lourd sur vos épaules, brusquement se sent plus léger. Les balances veulent pas se fatiguer pour un nègre : sur le cadran, l'aiguille fait qu'une partie du chemin. Ainsi, le patron se rembourse de votre malchance. Plus vous avez essuyé de malheurs, plus l'aiguille s'endort en route. Elle se réveille qu'au moment où le coton est vendu, mais vous avez pas l'occasion de vous en réjouir, étant retourné dans votre cabane, assez occupé à éviter le regard de vos enfants. Et votre femme qui vous dit, parfois, parce qu'elle a le ventre creux : « Mon pauv' Gus, tu s'ras jamais qu'un moins-que-rien. Voilà où ça nous mène, toute ta fainéantise ! »

Un an plus tôt, Mr McPhee cultivait son lot en compagnie d'une femme et des six enfants qu'elle lui avait donnés en sept années de vie commune. Il avait été esclave sur une plantation où, dans le quartier des cases, les mœurs s'étaient beaucoup relâchées après le départ du maître, couru rejoindre l'armée confédérée de Beauregard. Chez lui, Tuby Rutherford vivait entouré de femmes, pareil qu'un sultan des Turcs. Il avait que trois ou quatre ans de plus que Mastah Jean ; comme celui-ci, sa mère l'observait de l'autre monde.

Depuis la mort de son père, qui s'était crevé un œil et la cervelle avec sa propre épée, dans un duel à Pensacola, il était le seul mâle de la maison. Toutes le dorlotaient. Toutes, vieilles et jeunes, pensaient elles-mêmes qu'aux garçons, dès qu'elles étaient fatiguées de songer aux toilettes. Elles avaient un attrait pour la chose, qui était un appétit sans fin. Lui qui était garçon, elles le poussaient à voir des filles et à en séduire le plus qu'il se sentait d'attaque. Elles tenaient les comptes sur une ardoise affichée dans le fumoir, qu'elles avaient réquisitionné, ainsi que les cigares, les boissons fortes, les romans lestes et les images osées, dès le soir où on avait porté le vieux en terre. Son fils avait encore que quatorze, quinze ans : avec de petits rires étouffés derrière leurs éventails, ses propres sœurs, ses cousines et ses tantes lui glissaient un dollar d'argent par-ci, un dollar d'argent par-là, de manière qu'il rencontre à la ville une de ces femmes qui s'achètent. Elles débauchaient le petit monsieur pour la raison qu'elles-mêmes, à l'époque, parvenaient pas à satisfaire toute la concupiscence qu'elles dissimulaient sous leurs jupes et leurs belles manières. Car, ce qui couvait là, faites excuse, c'était une boule de feu qui, tournée et retournée dans ses propres flammes, grossissait telle une boule de neige qu'on fait rouler par terre.

L'un des esclaves avait résumé la situation en quelques mots : « Faut qu'les vapeurs sortent, alors c'est lui qui s'fait tirer l'sifflet ! » Preuve en est que, dès qu'il a eu le dos tourné assez longtemps, l'explosion a eu lieu. Toutes ces femmes et ces filles s'en sont donné à cœur joie, pour sûr ! Ce qui les distinguait encore de celles qui, en ville, attendent toutes débraillées sur le pas des portes, la pipe au bec, c'était qu'elles faisaient pas ça par besoin, seulement par satisfaction. Et aussi, soyons juste, qu'elles réclamaient jamais d'argent et faisaient pas les poches de l'homme qui cuve son plaisir. Ce qui les empêchait pas, cela dit, de recevoir de leurs galants, sous forme de colliers, bracelets, dentelles, chocolats, parfums, bons vins, pendulettes en bronze et fanfreluches, des primes autrement substantielles que les traînées de la ville – où, soit dit en passant, on s'est bientôt mis à baptiser la demeure des Rutherford « le harem ». On accourait des quatre coins de l'État, soi-disant afin de vérifier qu'un tel lieu existait pour de bon. D'après Mr McPhee, aucun de ces visiteurs en est jamais reparti déçu. Au contraire, la réalité dépassait de loin la fable qui se colportait. Ressasser commérages et confidences tout au long de la route leur avait chauffé le sang. Pour la plupart des pèlerins, la difficulté résidait en ceci que, arrivés à bon port, quoique dans un état indescriptible, il leur fallait encore contenir un bon moment le bouillonnement de leurs hommages au fond de leurs pantalons, garder le couvercle sur la marmite et, un verre de citronnade glacée à la main (ils se le passaient sur le front, les tempes, les joues et la nuque à la première occasion), exploiter des heures durant, jusqu'à épuisement complet du catalogue, toutes les ressources de la conversation mondaine et de la galanterie à l'européenne, quitte à en avoir le blanc des yeux rouge, la sous-ventrière engourdie et les cuisses hérissées de chair de poule jusqu'à percer le tissu. Pour être des mangeuses d'hommes et des pécheresses invétérées, ces belles dames en étaient pas moins entichées de romantisme. On était mieux d'avoir appris par cœur un cent de jolies phrases, de poèmes et de compliments avant de frapper à leur porte, et aussi de s'être ciré la moustache en pointe et aspergé d'eau de Cologne sans regarder à la dépense. Nombre de prétendants, s'imaginant la partie gagnée d'avance, apprirent à leurs dépens qu'ils s'étaient fourvoyés. Deux ou trois se firent rosser par les valets, devant les nègres du domaine. Un autre fut lancé d'une fenêtre dans la soue à cochons. Le plus mal loti dut laisser ses deux oreilles clouées à une porte de grange.

Quand le chat danse, les souris ont mieux à faire qu'à dormir. À leur manière, les esclaves des Rutherford avaient suivi le train de leurs maîtresses. Dans les cases, le samedi soir, c'était tout un pandémonium. Il y avait pas seulement de la musique, de l'alcool, de la fornication à tire-larigot et des envoûtements. Un musicien de l'extérieur, qui s'était taillé une contrebasse dans un baquet, avait introduit des jeux dans notre quartier. Des jeux avec des cartes. Des jeux avec des osselets. Des jeux avec des dés. Des espèces de loteries… Or, Mr McPhee, qu'en rien la chance avait jamais servi, s'est vu remporter une partie de quelque chose contre un homme déjà ruiné. Alors le perdant lui avait proposé de prendre, en échange, la femme qui se tenait avec lui. Ils étaient pas vraiment mariés ensemble : ils vivaient à la colle comme tant d'autres. Maintenant que son homme avait perdu ses trois sous, la femme se montrait la plus pressée des deux que l'affaire se fasse. Ce Fred McPhee avait bien vingt ans de plus qu'elle. Mais il semblait avoir la main heureuse – et d'une. Il avait l'air ni pas trop collant, ni pas trop vicieux, ni pas trop brutal, ni pas trop regardant – et de deux. Ni pas trop solide : il débarrasserait d'autant plus vite le plancher qu'il avait déjà accompli un bout de chemin vers la tombe – et de trois.

Cette femme se faisait appeler Louise. Elle se fichait pas mal que deux hommes se la passent comme un paquet, à la place d'une poignée de nickels. Elle demandait pas mieux que d'avoir un *sweet papa* pour s'occuper d'elle. N'importe lequel dans le tas, du moment qu'il se chargeait des soucis et, elle, de faire valser l'anse du panier et d'avoir les beaux en ligne devant sa porte sitôt qu'il avait le dos tourné. Son rêve était de devenir la maîtresse d'un Blanc, à Birmingham ou à Biloxi. Elle se faisait lisser les cheveux. Chaque soir, une prêtresse traçait un cercle sur le sol, allumait des bougies sacrées, l'étendait toute nue contre une table au milieu du cercle, comme à l'infirmerie des morts, grelottant de froid en hiver, plus ruisselante en été qu'une livre de suif. Et la femme hoochie coochie récitait des incantations au-dessus d'elle. Elle lui soufflait la fumée de son cigare par les narines et posait sur son corps des bêtes mortes, et des petits papiers ici et là, avec des mots magiques, de manière que la couche de noir recule à l'intérieur de sa peau. Qu'on la voie plus que par transparence et que la croyante, si sa foi était sincère, prenne l'allure d'une octavonne.

Seulement, Louise était embêtée à cause de ses gencives violettes. Personne connaissait la formule pour les teindre en rose, ou beige à la rigueur. Elle avait essayé des poudres, mais elle avait failli s'étouffer. Il y a des règles dans la vie. Elle les connaissait aussi bien que n'importe lequel d'entre nous. Le Blanc méprise le Noir. Mais le Noir possède un recours : il peut mépriser plus noir que lui. Or, tout le monde vous le dira, rien sera jamais plus noir sur terre qu'un nègre aux gencives violettes. Quel que soit son nom de baptême, on finira par le traiter de « Shade[1] ». Il lui reste plus qu'à détester les nègres jaunes en contrepartie. Mais cette Louise, elle, pouvait pas : elle avait trop envie d'en être une elle-même. Elle avait envie de ça à en mourir. Et elle avait envie de volupté. Elle désirait avoir un homme, chaque jour que Dieu fait, un homme ou deux. Elle désirait être chaque jour la chérie d'un homme qui lui paierait une robe de soie. Elle la porterait juste le temps d'avoir à enfiler celle du lendemain, qui serait encore plus longue, encore plus belle, du fait que chaque nouvel homme serait plus clair de peau et plus riche que le précédent. Avant de découvrir sa première ride dans le miroir, elle aurait une dent en or sur le devant, avec du diamant en plein milieu. Une dent que son sourire (elle y travaillait sans relâche, plantée devant cette glace étoilée par un grêlon), une dent que son sourire encadrerait tel un écrin. Louise avait foi en Notre-Seigneur : elle avait foi qu'Il s'acharnerait à obtenir le meilleur du meilleur pour la plus parfaite de ses créatures (à part les gencives, bien sûr, mais

1. Ténèbres.

quand l'or et le diamant l'aveuglent, un homme va pas fouiner plus loin). Jésus Lui-même aurait demandé sa main, elle se serait pas démontée pour si peu. Elle aurait seulement pensé qu'Il a pas les yeux dans Sa poche.

Pourquoi, maintenant, Mr McPhee était allé prendre chez lui une fille comme cette Louise ? Oh ! c'est pas compliqué. D'abord, il avait dit oui parce que personne lui avait appris à dire non depuis qu'il était sorti du ventre de sa mère. Et ensuite parce que, aimant la société comme tous les gens qui apprécient que d'autres parlent à leur place, il était seul dans sa case à ce moment-là. C'était le cas neuf fois sur dix. Ses épouses lui duraient jamais longtemps. L'une après l'autre, elles attrapaient la pellagre, la fièvre des marais, le chancre, la mite du poumon. À croire qu'il avait un échantillon de toutes les maladies caché quelque part dans sa paillasse. Il accrochait pourtant, comme on lui avait conseillé, un buisson d'épines en haut de l'entrée et au-dessus du lit, afin que la mort ait peur de se piquer et passe son chemin. Il balayait plus sous le lit, qu'elle hésite à se recroqueviller là-dessous. Si sa femme se couchait sur le flanc malgré toutes ses précautions, il lui préparait des tisanes spéciales, des breuvages secrets, des amulettes mélangées à des cataplasmes de lard et de bouse de vache. Il se saignait aux quatre veines pour se procurer des poussières porte-bonheur, les répandre sur le seuil et sous l'oreiller. Mais y avait rien à faire. Un beau soir, façon de parler, protégeant de son ombre le sommeil de la malade, il était en train de piocher du nez sur son tabouret et il se redressait d'un coup, étranglé de désespoir, parce qu'il venait d'entendre le cri de l'engoulevent. Sur ces entrefaites le pivert toquait à sa porte. L'affaire était close. Il fallait en enterrer une de plus. On sortait les robes rouges de la boîte. On faisait la veillée. Puis on distribuait à droite, à gauche les enfants de la morte. À l'image de ceux de ses anciennes veuves, ils grandissaient à deux pas de chez lui. Mais il en reconnaissait jamais aucun. Une fille qui avait pas trouvé de mari attendait déjà devant sa porte, envoyée par ses parents. Il avait l'habitude d'accueillir celle qui se présentait. La petite, son sourire tremblait comme une feuille, ses lèvres étaient pâles. Mr McPhee avait pitié d'elle. Elle avait encore plus pitié d'elle-même, et c'est justice. Elle savait ce qui l'attendait. Pourtant je vais vous dire une chose que je sais : le peu de temps qu'elle passerait avec cet homme avant d'être emportée, au total ce serait les plus belles années de sa vie.

Tous ces gosses qu'ils ont eus, Fred McPhee et cette Louise, elle les ramenait d'ailleurs. Elle allait les chercher en ville, dans le caleçon de soie des gandins. Et lui, vous le croirez peut-être pas, mais il était content comme ça. Le gros ventre qu'elle avait, il s'estimait bien servi. C'était pas pareil que si elle l'avait seulement trompé : il touchait sa part et, d'après lui, c'était la meilleure. Il m'a tout expliqué. Il m'a dit que, encore un tout jeune homme, il avait promis à sa mère de jamais toucher à des femmes trop belles, et aussi, aux femmes trop fières. Promis qu'il regarderait la rue à travers elles sans les voir. Il avait juré sur le Bon Livre. Mais bien sûr, étant un homme, il en aurait fait qu'à sa tête le soir même, sauf que, les fières, de lui-même il les plaignait trop pour leur galoper après, et, les trop belles, elles étaient pas assez réelles pour lui. Pas assez réelles, mais beaucoup trop dangereuses. Presque autant que des femmes blanches. Vous faites ce que vous voulez avec elles : quoi qu'il se passe, vous savez en tout cas que vous grimperez pas dessus impunément. Quand il avait onze ans, il y avait eu ce nègre crucifié, juste en face de chez lui, avec son machin coupé qui traînait dans l'herbe. Ça risquait pas de lui arriver avec une Louise, j'entends bien. Il faisait attention tout de même. Il était pas coureur, disait-il, au point de courir à sa perte. En fait, malgré tous ses mariages, il avait jamais été coureur du tout. Aucune femme, me confiait-il, à moitié gêné, à moitié en bombant le torse, aucune femme lui avait encore fait perdre la tête, et maintenant, vu son âge et sa solitude au milieu des pieds de coton, il s'estimait tiré d'affaire. Revenant sur son passé, il regrettait pas son choix. « Oh ! pour ça, j'aurais bien voulu tomber amoureux d'temps en temps, miss Cassie, et p'têt que j'y ai pas coupé après tout, et tant mieux. J'voulais bien d'ça, seul'ment j'voulais pas tourner fou. Plein d'gens – même ma mère, d'son vivant ! – m'ont corné aux oreilles qu'c'est dommage, toute cette sagesse, qu'c'est même pas raisonnab' pour une créature du bon Dieu. Mais y a qu'à réfléchir deux minutes : l'plus grand dommage, c't'encore d'gâcher une vie entière pour juste une ivresse qui vous dure seul'ment un peu davantage qu'un quart de bourbon, vous pensez pas ? »

À l'entendre, de son régiment d'épouses, Louise avait été la seule qui lui avait jamais fait l'effet que les femmes sont censées produire aux hommes. Sur la fin, il l'avait plus aimée que les autres. Il faut dire qu'elle était partie moins vite. Elle, de son côté, pouvait pas plus être amoureuse d'un Fred McPhee qu'une fourchette d'un seau d'eau, et pourtant, au fil des années, elle s'était attachée à lui. Elle l'appelait « p'tit papa » et il était devenu pour elle, en effet, comme un père plein de tendresse et d'indulgence, à mesure que tout s'arrangeait. Pour que je comprenne bien, il me confiait tout : « Une veuve noire, j'm'approche pas tout près. Spécialement quand c'est moi l'mari. D'toute façon, pardonnez ma franchise, miss Cassie, mais j'avais pas aucun mérite. C'te fille-là, elle était aussi bien trop maigre pour mon goût. Et puis trop noire, Jésus ! Ses gencives, par exemple, j'ai jamais pu m'y faire. Un papillon noir se s'rait posé sur ma propre épaule, j'en aurais pas mené moins large. Enfin, elle avait trop d'odeurs d'hommes sur elle, des couches superposées… A m'donnait pas envie, voilà tout. C'que j'avais espéré d'elle, c'tait juste un coup de main, comme de mes précédentes, et vous savez pas quoi ? Toute Louise qu'elle était, a m'la donné. A m'la donné en m'faisant avec trois fois rien la cuisine du bon Dieu. Et même aux champs, quand elle a décidé une bonne fois d'rester, et ça, j'saurai jamais la raison, mais qui d'mande au Ciel pourquoi il a des bons yeux, plutôt que d'être aveugle ? A'm'la donné, surtout, en m'apportant ces enfants que j'avais plus besoin d'faire moi-même. J'lui s'rai jamais assez reconnaissant. C'qui manque toujours le plus, sur un arpent d'terre, c'est des paires de bras. Moi, j'savais qu'quand les miens auraient plus la même force qu'avant, d'aut' bras s'raient juste prêts à manier les outils… C'est drôle, mais j'dirais maint'nant qu'elle s'est sacrifiée. Elle prenait plus aucun plaisir avec ces hommes. Elle y allait seul'ment pour pas lâcher son rêve. Elle y allait pour c'te sacrée dent en or, qu'elle voulait pas s'sortir d'la tête, pendant qu'les vraies brunissaient, qu'une première dev'nait bleue, puis une deuxième, et qu'y fallait que l'coiffeur les arrache. Et moi, j'comptais mes fils. Rien que des fils, oui ! plein c'te maison qu'vous voyez là. Une pareille chance, jamais j'en avais eu… »

Il essayait de consoler cette femme. Elle perdait ses dents, on commençait à voir à travers la robe qu'elle mettait pour descendre en ville, et il avait jamais été aussi heureux de sa vie. Heureux, sans doute, on pouvait pas dire qu'il l'était, pourtant, dans son souvenir, à aucun moment il l'avait été davantage, ou même quelque chose d'approchant. Il aurait aimé éprouver des remords, mais tout ce qu'il réussissait à faire, c'était à remercier le Créateur. Depuis des années, il connaissait plus aucune femme. En échange, il avait une épouse comme il aurait jamais pensé en posséder une un jour. Les enfants grandissaient. De temps en temps, le coton poussait aussi. Est-ce que c'était pas une vie sur laquelle on s'endort le soir sans demander son reste, quand on est un homme noir et déjà plus tout jeune ?

Et alors un matin, l'année d'avant qu'on se rencontre, Mr McPhee veut se lever et il peut pas. Sa tête est trop lourde. Elle touche le plafond et les murs. Il me raconte : « C'est pour toutes les maladies qu'j'avais jamais attrapées, j'crois bien. Celle-là valait la collection entière ! Ma Louise, a m'a soigné avec des plantes, c'qu'elle a pu. Ma tête désenflait pas. J'suais jaune. J'brûlais et j'claquais des dents en même temps. Not' voisin est v'nu voir. "C'que t'as là, c'pas un mal naturel. T'es sûr qu'on t'aurait pas envoûté ?" Il avait l'air d'soupçonner ma femme. J'y ai dit d's'en r'tourner à la maison. Si y a d'la sorcell'rie dans c't'histoire, j'sais où qu'elle est. J'me suis vidé d'mon mal, mais j'm'en suis vidé dans ma Louise, puis dans mes fils l'un après l'aut'. Et tous sont morts, voilà la vérité. Tous sont morts, ma pauvre, en un rien d'temps, et elle aussi, à peine j'ai eu fini d'creuser la tombe du dernier. Comme qui dirait, pour elle la pelle était encore chaude. J'vous montrerai l'endroit où j'les ai mis, alignés sous l'plus grand arbre, çui qui fait peur à la foudre. J'ai eu c'que j'avais pas mérité, et l'Seigneur m'a puni pour ça. Ou bien l'diable a vu qu'ma femme était dev'nue bonne, et il m'l'a prise avant qu'elle soit pardonnée. Pour finir, j'y aurai causé que du malheur. Des fois, j'pense à c'te dent de d'vant qu'elle avait gardée. Je m'mets à pleurer, j'ai pas peur de l'dire. Elle y t'nait tell'ment, si vous saviez ! tell'ment qu'la dent a pas osé s'en aller comme les aut'. Elle est enterrée avec. J'espère qu'c'est un réconfort dans l'au-d'là, mais j'sais pas. J'sais vraiment pas, miss Cassie… »

À mon tour, j'ai raconté mon histoire. Mr McPhee m'a écoutée, penché en avant sur sa chaise, plissant les yeux afin de perdre aucun détail. Quand je me suis tue, il m'a dit : « Et vous v'là su'les routes, loin d'chez vous, pas vrai ? Avec l'idée qu'la chance vous f'ra croiser en plein votre homme descendu d'tout là-haut dans l'Dakota, vous chercher ainsi qu'la p'tite ? Vous pouviez pu l'attend' dans c't'endroit du Miss'ssippi sans plus rien pour manger, et maint'nant partout où vous passez, vous vous faites la réflexion qu'il y était peut-êt' la veille ou qu'y s'y montrera p'têt le lend'main, et lui, d'son côté, qui vous aime tant, forcément y pense la même chose, et ça vous tourne dans la tête à tous les deux et ça vous laiss'ra pas chacun en paix tant qu'vos ch'mins auront pas dessiné un carrefour ensemble… Est-ce que j'ai pas fait l'tour de la question, miss Cassie ?

– Vous l'avez fait, je soupire. Vous l'avez fait, mister McPhee, et je vous sais gré de votre obligeance. Mais, vous avez bien vu, c'est une boucle qui se boucle jamais. On fait le tour et on est pas rendu.

– Écoutez. C'est trop dur d'aller à la rencont' d'un homme qui peut aller aussi bien partout qu'nulle part. Y a rien d'si pire, sauf d'aller à la rencontre d'une femme qu'est jetée ici et là sur les routes, sans pus même connaître son haut d'son bas, et bientôt même plus l'avant d'l'après. Moi, j'dis : l'plus sûr, c'quand même qu'un des deux s'arrête et, si l'homme est galant comme votre homme, c't'à la femme de s'poser, pendant qu'lui r'mue ciel et terre, et j'sais qu'c't'homme-là r'muera bien plus encore. Alors pourquoi vous vous poseriez pas ici, la p'tite demoiselle et vous ? Un toit su'la tête, levez seul'ment les yeux : c'pas l'toit d'un palais, mais vous l'avez déjà. Moi, vous m'connaissez un peu : v'savez bien j'irai pas vous faire du tort. Vous avez b'soin d'vous en sortir. J'ai b'soin aussi, d'puis qu'm'a famille est allongée à l'ombre de c'vieux grand pin parasol ; j'ai pus la force tout seul, par le fait. Pourquoi qu'on s'serr'rait pas les coudes, j'vous l'demande ? Pourquoi qu'on mettrait pas nos misères ensemble, un p'tit bout d'temps ? L'jour où vous en aurez assez, vous partirez, voilà tout. Ça s'ra même pas la peine de rien espliquer, ça s'ra même pas la peine de faire aucun discours : vous partirez et tout s'ra dit. Ç'aura rien été qu'une chose pratique, l'temps qu'elle l'aura été. J's'rai l'dernier à pouvoir m'en plaindre. C'pas comme si on d'vait vraiment être à deux. Sur ma vie, jamais j'aurais l'front d'proposer une chose pareille à une dame que j'trouve su' ma route, à marcher d'travers comme un fantôme, à cause d'la fatigue qui la fait pencher ! J'suis pas un profiteur. J'lai jamais été et j'vais pas m'y mettre à mon âge ! Dans mon idée, chacun reste côte à côte. On s'partage la peine, et y en manque pas. On s'partage le chaud et la soupe : à trois qui ont trimé pour les avoir, vous verrez qu'la part d'chacun est plus grosse d'cette manière… L'Alabama, y a rien d'plus près du Miss'ssippi. Autrement, comme vous étiez partie, on vous r'trouvait dans l'Maryland ou en Floride et votre homme, alors, j'sais pas comment il aurait fait… Alors, vous allez rester ?

– Je vais rester, mister McPhee. Je vais rester parce que vous avez eu des paroles sages, concernant ma vadrouille avec ma petite. Mais, surtout, vous savez ce qu'on dit ? Un brave homme, ça court pas les rues.

– Hélas ! Dieu nous voit, miss Cassie, et j'pense pas êt' celui qu'vous dites. Tout c'que j'ai d'brave, c'est qu'ayant un pied au-d'sus d'la tombe, j'essaie d'pas attraper des fourmis dans l'aut', à défaut d'faire des claquettes !

– Ça me convient, mister McPhee. Ça nous ira très bien, à ma Loretta comme à moi-même. On vous remercie. Pour les claquettes, on est pas si fortes non plus : on a trop marché pour ça. Quant à la tombe, on avait beau changer de place tout le temps, on la creusait avec nos pieds. Vous dites qu'on allait nulle part ? Je voulais pas l'admettre, vu qu'il y avait pas d'autre solution, mais, sans vous, on allait tout droit au cimetière, et mon homme pouvait quand même pas retourner toute la terre de l'Amérique pour serrer nos cendres sur son cœur… »

Ce que furent ces années-là ? Ce que sont les années pour les métayers du Delta. Prise à part, chacune paraît pire que les autres. Quand on s'est cassé les reins une fois, le pris est pli. Il y a que se déplier qui est devenu impossible. On se met au lit, on dort en chien de fusil, recroquevillé autour de cette souffrance qui, grâce à Dieu, à la longue se transforme en un genre de bloc de bois. Une ceinture de plâtre, un corset d'insensibilité, qui vous prend sous les omoplates et descend jusqu'aux fesses. Et c'est quand vous êtes plus le nez sur la besogne que la douleur s'éveille et vous vrille, tout le long de la colonne vertébrale. Sur la plantation Devereaux, même aux champs, j'étais pas habituée à des travaux si durs, mais la fatigue a ceci de bon qu'elle vous enfume la tête. On pense à lui résister : on pense plus à d'autres histoires. Ce qui me faisait mal, c'était d'avoir entraîné mon enfant dans cet esclavage qui est plus celui des fers, mais celui de la faim. Cet état valait-il vraiment mieux que d'errer en soulevant la poussière, d'un endroit où on veut pas de vous à un endroit d'où on vous chasse ? On s'épuise sur les routes, tout autant qu'à faire l'aller et retour entre les deux extrémités d'une terre qui vous appartient pas. Dans une case de métayer non plus, il y a pas de fin à votre voyage. Vous habitez nulle part. Il y a nulle part qui vous attend. Pour l'homme noir, tout est toujours du pareil au même. Il se lève avec le jour mais, quand il sort de sa cabane, c'est pour pénétrer dans une autre sorte de nuit. Les Blancs ont raison de dire que les ténèbres nous collent à la peau. La Louise de Mr McPhee et sa sorcière se trompaient : c'est pas le noir qu'on distingue sous la peau, c'est la peau qu'on voit plus qu'à travers le nuage noir qui nous entoure…

L'homme qui nous avait recueillies estimait lui aussi que ma Loretta était encore trop petite pour souffrir autant que nous. Sans rien dire, il se chargeait d'une partie de ses tâches. Ou alors il faisait exprès de la désigner pour les corvées moins pénibles. C'est de cette façon qu'à pas plus de six ans elle est devenue notre cuisinière – et je dois dire qu'elle se débrouillait drôlement bien ! Mieux que moi qui lui avais appris. Elle avait le chic pour donner du goût aux choses avec trois fois rien. Des goûts différents à des choses qui, c'est obligé, étaient presque toujours les mêmes. Toujours les mêmes, en fait, sauf parfois le dimanche et à Thanksgiving. Mr McPhee lui en était reconnaissant. À moi il confiait : « Y a pas ! C'qui nous faudrait, miss Cassie, c'est trois ou quat' bonnes paires de bras… Comment j'ai fait dix mois tout seul ? C'est à s'demander ! »

Notre plus proche voisin – celui qui avait eu l'air de penser que Louise était peut-être une empoisonneuse, et avec lequel il s'était réconcilié –, notre plus proche voisin s'en sortait un peu mieux que nous, ayant une femme bien grasse et deux grands fils. Mais voilà qu'un soir, un de ceux-ci se fait trancher la gorge par une femme de la ville, qu'il avait refusé de payer sous prétexte que l'amour du prochain est un don de Dieu. Et voilà que l'autre garçon, apprenant la nouvelle, détache la cognée du billot et dit : « J'aimais tell'ment mon frère ! La peste des mauvaises femmes. J'm'en vais la fendre en deux. » Sur-le-champ, il s'était mis en marche, la hache sur l'épaule, sifflotant une fois la nuit tombée, afin d'écarter les esprits. En ville, il se rend droit à la maison galante. Il fait comme il a dit et sépare de l'autre moitié une moitié de cette femme. Mais le marshal arrive et il est pas d'accord, vu que la maison lui appartient et que les pensionnaires travaillent pour son compte aux trois quarts (on comprend pourquoi, après le meurtre, bien que métisse, la femme avait pas été arrêtée). Il frappe le second fils sur la nuque avec la crosse de son fusil et il le traîne en prison. Puis il promet à des crapules que si elles le tirent de là pendant qu'il regarde ailleurs et le pendent, il saura s'en souvenir. Alors ces hommes saisissent le fils de notre voisin, l'accrochent à une poutre à monter les sacs pleins de coton et l'arrosent de pétrole et le brûlent avant qu'il se soit complètement étranglé. Et la mère dépérit, se dessèche tant et plus, étant plus bonne qu'à pleurer. Toute sa graisse se transforme en eau, et toute sa force, qui avait été celle d'un bœuf de pâture. Alors notre voisin vient poser son chagrin sur notre table qu'il sait plus comment faire à présent et que son propriétaire, en plus, est l'oncle du marshal. Mais quel conseil on pourrait lui donner ? Le fond de la pauvreté, c'est quand on a plus rien à donner à son voisin, même pas un conseil. Rien du tout, sauf un bout de table où se cogner le front.

Que se passe-il ensuite ? Il dit, et il y aura pas moyen de l'arrêter : « J'vais rouler le Blanc. J'vais plus soigner sa terre qu'au quart de la moitié, Dieu m'est témoin ! Après la récolte, y cherchera l'coton au fond des sacs. Y en aura juste assez pour qu'y s'torche les fesses ! » Résultat : il est chassé de son arpent. Le marshal l'arrête comme vagabond. On lui fourre du coton dans les poches. On l'accuse d'être un voleur. Il est envoyé dans un pénitencier, et sa femme dans un autre. Ce qu'il est advenu d'eux, personne cherche à savoir. Il y a encore pire que d'être un pauvre laboureur. Il y a toujours encore pire.

Cette année-là, aussi, la pauvre mule a crevé. On s'attelait tour à tour à la charrue, et les deux ensemble à la carriole, quand il fallait se rendre en ville. J'ai bien réfléchi toute une nuit, la tête claire, les idées droites. Au lever du jour, m'étant assurée que ma fille restait endormie, j'ai pris la parole.

« Fred McPhee, ai-je déclaré, on y arrivera pas. À, disons, cinq bras en tout, puisque c'est ainsi que vous mesurez, nous sommes loin du compte. Nos années avancent, mais nous autres, on reste en arrière. Bientôt, si on y est pas déjà, on reculera pour de bon. Alors voilà, je vais vous donner des enfants, il est que temps. On se mettra dans le noir et on fera ce qui doit être fait. En silence et sans délectation. Je les concevrai, parce que le Seigneur a prévu les femmes pour ça. Mais ce seront les vôtres. Je les élèverai, autant que je peux, mais ce seront les vôtres. Je serai pas plus leur mère que vous êtes le père de ma Loretta. Et je serai pas plus votre femme que vous êtes mon mari et que vous le serez jamais. Et vous aurez pas le droit non plus d'éprouver du sentiment à cause de ce que j'aurai fait. Sinon, moi, je vous le jure sur le Bon Livre, je vous détesterai comme j'ai détesté l'homme de qui, une fois, je vous l'avais pas encore dit, j'ai eu un enfant qui était pas le mien, mais celui d'une femme morte.

« Non, pardonnez-moi, j'ai pas fini et il faut que tout sorte pendant que c'est encore en ordre au bout de ma langue. J'ai pris d'autres décisions. On recommencera autant qu'il faudra. Autant qu'il faudra pour qu'un enfant vienne et autant qu'il faudra pour en avoir le nombre dont il y a besoin. Et d'ici qu'au moins le premier soit en âge, ma fille aura grandi, et nous nous agenouillerons tous les trois ici près de cette table, où la lumière du ciel tombe par le carreau, et nous supplierons le Seigneur miséricordieux de nous tenir dans Sa main, au moins le temps qu'on dispose d'une quatrième paire de bras. Je sais pas pour vous, mister McPhee, mais Notre-Père m'a jamais manqué quand je m'en suis remise à Lui. Il m'a envoyé Moïse afin de sauver mon Silas de lui-même. Il a fait grimper mon homme dans le chemin de fer souterrain et lui a donné la force pour devenir caporal, puis aide-major dans la cavalerie des États-Unis. Et il a confié à Nehemiah (vous savez qui c'est, lui aussi) la mission de veiller sur moi pendant que mon mari accomplissait son destin à droite, à gauche. Bref, on négligera aucune occasion d'être bénis. Pourtant, voici à quoi je tiens le plus, il faudra, Fred McPhee, que, le matin venu, on parle jamais de ça. On en dira pas mot mais, écoutez-moi bien, on pourra se regarder dans les yeux sans pas aucune gêne et sans la moindre arrière-pensée. Si vous êtes capable de ça, croyez-moi : je serai capable du reste. Je le suis déjà. Vous pensiez que j'allais me tenir bras ballants devant vous ? Je m'en suis déjà que trop contentée jusqu'ici. Et franchement, je sais pas, d'une faute ou de l'autre, ce qui me coûtera le plus au Jugement… Si je pouvais tenter n'importe quelle autre chose pour nous, j'hésiterais pas un instant. Mais je me jetterais là maintenant dans le feu qu'on en serait pas plus avancés… Si le Seigneur a un péché trop lourd à me pardonner, qu'au moins ce soit pas un péché d'égoïsme et d'orgueil ! Je veux aussi que mon Silas puisse se dire que je l'ai pas trahi une seconde fois – même si, la première, ç'avait été contre mon gré. Je veux qu'il pèse et soupèse mon geste et décrète que j'ai respecté la justice. À présent, mister McPhee, vous pouvez parler.

– Comment j'pourrais parler, miss Cassie, d'après vous ? Qu'est-ce qu'un ignorant d'ma sorte pourrait trouver à dire ?

– En tout cas, je veux pas de non. Et je veux pas de merci non plus. Et puis je veux pas de oui : on est pas en affaire !

– J'vous suis, miss Cassie. J'vous suis très bien. Et j'ai tout ret'nu. Par exemple, en admettant qu'il en vienne, les gosses, y s'ront qu'les miens, c'est ça ?

– Comme si vous les aviez fabriqués vous-même par l'intervention du Saint-Esprit, mister McPhee.

– Ça s'ra donc à moi tout seul d'les baptiser ?

– Il y aura que vous à se creuser la cervelle, mister McPhee.

– Et vous aurez rien à r'dire, que ça soye un nom ou l'autre ?

– Absolument rien du tout. Je me couperais plutôt la langue.

– Tant mieux, pasque, qu'ça vous plaise ou non, le premier, si c'est un garçon, j'm'en vas l'appeler Cassius, y a pas !

– J'ai même pas le droit d'avoir une idée là-dessus, mister McPhee. Toutefois, ça me regarde en aucune façon, mais, à votre place, si par malheur c'est une fille, j'adoucirais la déception en la baptisant Louise.

– Vous allez pas me croire, miss Cassie, j'y songeais déjà.

– Vous allez pas me croire, mister McPhee, je songeais justement que vous y aviez songé.

– Ça doit êt' qu'l'idée est pas si folle, alors ?

– Par le fait, j'en ai peut-être entendu des plus folles ce matin… »

À la récolte suivante, on avait agi de notre mieux, mais rien s'était encore passé. On a encore fait six ou sept tentatives pour être sûrs. Ça prenait beaucoup sur notre sommeil, parce qu'on voulait pas réveiller la petite, qui avait l'âge de comprendre, et aussi parce qu'il est difficile, surtout pour un homme, de pratiquer la chose sans plaisir. Je crois, en plus, que la semence de Fred McPhee était aussi ingrate que celle qu'on rapportait du magasin. Sa semence était plantée en terre une fois pour toutes, sous le grand cyprès. J'avais commis la faute, mais j'avais pas effectué la besogne que je pensais juste. À ma manière, j'avais tenté de Le rouler. Pour la peine, le bon Dieu me laissait avec tout mon sac sur le même plateau… Et qu'est-ce que j'allais dire à mon mari ? Dans ma tête, dans le noir de la nuit, moi qui sais même pas tracer mon nom, j'ai rédigé des tas de lettres, comme si j'avais encore un Nehemiah pour les écrire à ma place. J'imaginais mon Silas écouter ce qu'il y avait dedans, et les larmes me tombaient toutes seules des yeux, sans que j'aie besoin de pleurer. Elles débordaient seulement de moi. J'ai jamais connu une histoire plus triste que dans ces lettres. À regarder la taille de mon enfant, et en rassemblant mon souvenir des saisons qui avaient passé, il y avait maintenant quelque chose comme six années que j'habitais la cabane de Mr McPhee, écoutant jusque dans mes rêves le pas d'un homme qui viendrait sur le sentier. Un pas que je reconnaîtrais si son propriétaire marchait sur la pointe des pieds dans trois pouces de poussière d'été, douce et muette comme la farine. Peut-être mon Silas s'était-il découragé. Peut-être croyait-il, pour finir, que j'étais morte. Peut-être que je l'étais sans le savoir. Peut-être que j'avais commencé mon purgatoire, le jour où je m'étais mise en route…

Si ça se trouvait, mon Silas s'était remarié. Je connais aucune femme qui aurait craché là-dessus. Souvent, le mieux que je lui souhaitais, c'était de nous oublier. Mais j'avais pas assez la force de le souhaiter pour moi-même, et pour ma fille encore moins. On chantait ensemble les airs qu'il chantait à l'église. Mr McPhee les connaissait. Il chantait pire qu'une casserole, mais il pouvait faire l'harmonium avec sa bouche. Ce qu'on préférait, c'était *Me fera-t-Il bon accueil ?* et *J'ai vécu et Il m'aimait.* Quand on commençait, on en avait jamais assez, et c'était une bénédiction, parce qu'on avait trop de doigts aux mains pour compter les chansons qu'on savait. Mr McPhee en avait qu'une à nous apprendre : *Je vais aller m'asseoir sur les berges de la rivière.* Au fil des jours, elles devenaient de plus en plus longues. On ajoutait des couplets de notre invention. On racontait des choses qui nous étaient arrivées et des choses qui, hélas, nous arriveraient pas, mais qu'on aurait tellement aimées. Oh ! des toutes petites choses, comme une nouvelle mule au printemps.

Notre nouvelle mule, elle nous est pas tombée du ciel, mais on a pas levé un doigt pour l'avoir. C'est un homme qui l'a portée chez nous pour ainsi dire sur un plateau. Un homme noir haut comme trois pommes, moins joli à regarder qu'un pou malade, mais dont les dents de devant auraient pas été de trop pour la plus belle des beautés de la ville, tellement on aurait dit des perles. Il s'est présenté sous le nom de Sam Snooky Brufford. « Mais, a-t-il ajouté, tout l'monde m'appelle en réalité soit Pygmy, soit Pigmeat. J'ai pas d'préférence. Pigmeat, c'est pour c'dont j'aime le mieux m'caler l'corps ; Pygmy, c'est pour c'corps que j'mets autour de c'que j'mange ! » Il avait toujours un boniment tout prêt. Il pouvait pas aligner deux paroles sans cligner de l'œil. Maudite soit sa mule et maudit soit le jour où il a trouvé le chemin de notre chez-nous ! Il allait, qu'il racontait en nous fixant d'un œil tandis que l'autre inspectait la cabane comme s'il avait l'intention de l'acheter, il allait s'installer avec son ami Jour-sans-pain (« Vous voyeriez ça ! Quand j'passe sous la table, y s'cogne au plafond ») à seulement pas cinq miles de notre lopin, mais ils comptaient pas gratter la terre tels des misérables. Ça, ils avaient déjà essayé dans le Tennessee « et, j'vous l'donne en mille, ç'a pas d'bon sens mais on a même pas été foutus d'faire fortune ». À présent, ils étaient dans le commerce et la distraction du public. « Comme qui dirait un peu marchands et patrons d'saloon sur les bords. » Son regard fit carrément, et du haut en bas, le tour de la pièce où on se trouvait, accompagné d'une grimace, d'un soupir et d'un hochement de tête apitoyé. Je voyais pas du tout où il voulait en venir.

« J'vais vous dire, poursuivit-il. Vous m'êtes sympathiques. Eh ben, franch'ment, j'crois qu'on a mis dans l'mille, et qu'y aurait un cent mille sur la cible, on s'rait toujours en plein d'dans… Sans offense, c't'un vrai trou, par ici. C't'un morceau d'campagne, j'entends bien, mais, comme morceau, faut avouer, ça s'rait plutôt l'trou d'balle que les rognons. En plus, c'qui sert de ville est quand même un peu loin – et plus loin qu'ça pour les infortunés qu'habitent encore plus à l'ouest. »

Leur idée était de proposer le soir, dans un coin tranquille où les enfarinés viendraient pas fourrer « leurs grands nez pincés de cadavres » et où on serait même à l'abri de leur troisième œil, des boissons réconfortantes pour l'honnête travailleur et des amusements dont toute sa famille pourrait profiter. Joursans-pain et lui étaient en train de construire au milieu des bois, sur un terrain appartenant qu'à son Créateur, une espèce de baraque façon grange, avec un plancher à mi-hauteur et une échelle conduisant à l'étage – vu que, s'ils s'étaient mis en peine de fabriquer un escalier, « sûr qu'les marches auraient été à l'envers ». Làdedans, surtout le samedi, on allait prendre du bon temps : « Se désaltérer et même, ça m'étonn'rait pas, boire sans soif de temps à aut', pasque c'est là qu'la boisson est vraiment un luxe, et pis faire de la musique, danser, causer entre voisins et p't-être aussi... » (Au lieu de finir sa phrase, il se détourna de moi et fit semblant de tousser dans le creux de sa main, tout en adressant à Mr McPhee un clin d'œil à se décrocher la mâchoire.)

Il m'énervait. J'ai voulu le doucher. J'ai dit : « Mr Pygmy, on descend en ville, quelquefois. L'alcool, on sait ce que ça coûte. Et on devine que, vous et votre associé, vous êtes pas accourus du Tennessee pour vendre du whisky à perte. Or, ainsi que vous venez de le constater dûment, aucun récolteur de ce pays ressemblerait à un Crésus, y compris par une nuit noire. Expliquez-nous comment vous comptez vous tenir à flot, sans parler de faire fortune, s'il vous plaît. » Il a eu un rire d'assiette qui se fêle. « Oh ! ma belle, c'est qu'on est pas nés de la dernière pluie, avec Jour-sans-pain ! J'veux pas m'vanter mais, en attendant qu'on en aura dans les poches, on en a dans le crâne ! D'abord, il y a l'crédit. Et pis un homme qui s'crève au travail pour rien y gagner qu'des ampoules aux mains et un cal au talon, plus dur que la corne au sabot d'un ch'val, un homme que, plus y creuse la terre d'autrui, plus y creuse sa propre tombe, c't'homme-là a souvent plus l'goût d's'amuser qu'un aut', quoi qu'il lui en coûte, et on l'comprend, et on va tout d'même pas l'en empêcher et, débine pour débine, entre nous ce s'ra toujours ça d'pris, on vit qu'une fois, et c'est dit qu'on vit pas plus mal dans un lieu d'plaisir que dans un lieu d'misère... Maintenant, j'sais tout comme un instituteur qu'on tire pas l'huile des cailloux. Si un brave homme a qu'le quart de c'que coûte un whisky d'la ville, caché dans sa chaussure, qu'est-ce que vous croyez ? Moi, j'lui propose un whisky des bois au quart du prix ! À chacun selon ses moyens… Ça signifie – vous m'inspirez confiance : pourquoi j'vous dirais pas la vérité ? –, ça signifie qu'notre alcool, il sort pas d'la bouteille : c'est nous qu'on l'y met, vous saisissez ? On est pas dev'nus riches au Tennessee, mais, aux dés, on a gagné d'quoi nous fabriquer un alambic. Jour-sans-pain, il est né avec le plan dans la cervelle. Il s'amènerait ici dans c'te case, je suis sûr et certain qu'en moins de deux, avec trois fois rien qui traîne, y vous en aurait monté un qui marche ! »

Ce qui m'étonne le plus, à ce moment-là, c'est l'expression de Fred McPhee. Il a la bouche grande ouverte. Il est suspendu aux lèvres de ce margoulin.

« Alors comme ça, dit-il, y aura un peu d'animation dans l'coin ? C'est c'que ma pauv' Louise a toujours espéré, et si vous étiez v'nus plus tôt… On a pas l'sou, mais j'dis pas qu'on ira pas voir d'quoi y r'tourne un sam'di ou un aut', à temps perdu. Juste histoire de s'rendre compte. J's'rai en somme les yeux et les oreilles d'ma défunte. Elle aurait tant aimé, vous pouvez pas savoir ! »

Notre visiteur regarde par terre, fronçant les sourcils en se mordillant l'intérieur des joues. Puis il relève brusquement le nez, fait remonter ses sourcils au milieu de son front et plante ses yeux dans ceux de Mr McPhee.

« Mais qui vous parle d'argent, voisin ? »

Mr McPhee en est tout hébété. Il m'agace, lui aussi. À présent, devant cet étranger, on dirait tout à fait un idiot de village. Une vache en train de se faire traire, un mouton en train de se faire tondre, ont l'air plus dégourdi.

« Comment ça ? demande-t-il d'une petite voix timide.

– Comment vous vous appelez, d'abord ?

– Mc Phee. Fred McPhee, m'sieur.

– Ce s'ra Fred, d'accord ? Écoutez-moi, Fred : y a façon et façon d'régler sa note, et les nickels en sont qu'une parmi d'aut'…

– J'vois toujours pas ! »

Là, tout Mr McPhee qu'il est, je serais capable de le tuer.

« Par exemple, vous pouvez rendre service…

– Rendre service ? »

L'homme sourit avec indulgence. Il a décidé de se montrer patient.

« Admettons que j'aie b'soin d'aller porter quèque chose quelque part, et que j'sois occupé à scier des planches ou je ne sais quoi. J's'rais content qu'une personne obligeante fasse la commission à ma place et j'me montrerais pas un ingrat… Tiens, admettons qu'un homme des environs d'la ville, j'doive y livrer cinq six gallons d'c'te whisky des bois, vous ou un autre pourrait s'rendre là-bas pendant qu'j'découpe mes planches… C'la dit, maint'nant qu'on se connaît, j'préférerais qu'ça vous profite à vous… »

Mr McPhee ouvre la bouche pour répondre quelque chose, mais je le précède.

« On a pas de temps de reste pour ça, mister Pygmy. On regrette.

– C'est pas ça ! gémit mon bienfaiteur. C'est qu'j'ai bien la carriole, mais la mule nous a lâchés !

– J'vous en trouve une, de mule, et ça s'ra vite fait ! D'ailleurs, on pourrait commencer par là, tiens ! Écoutez un peu, camarade. J'vous la laisse, c'te bête, quand vous travaillez pas pour moi (qu'est-ce qu'elle ficherait dans un saloon ?). C'est comme ça que j'vous rembourse de vot' peine, et avec c'qu'elle vous aura fait gagner dans les cultures, ça vous empêch'ra pas de v'nir un jour voir à quoi on r'semble. L'premier verre est gratuit pour les amis, j'veux dire avec vot'dame, et si un s'cond vous tente, vous bilez pas, j'vous fais un prix. J'vous laisse réfléchir. J's'rai là d'main avec la bête, au cas où. Qu'vous j'tiez aussi un coup d'œil dessus, c'est normal… »

Toute une nuit, j'ai tenté de raisonner Mr McPhee. On pouvait pas trouver le sommeil ni l'un ni l'autre. Mais je gâchais ma salive : sa décision était prise. Si ç'avait tenu qu'à lui, si la mule avait attendu dans la cour, l'imbécile aurait mis une croix au bas du contrat séance tenante. Avec son propre sang ! Je voulais pas qu'il trempe dans des histoires de contrebande et qu'il finisse en prison, ou pire. Il écoutait rien. Il me répondait qu'une chose : « Ma Louise aurait voulu ça. » Il se retournait vers le pin parasol, comme s'il pouvait l'apercevoir dans les ténèbres à travers le mur. Il en est venu à pleurer, mais c'était autant de joie que de nostalgie.

On était au labeur, ma fille et moi. Mr McPhee roulait à droite à gauche avec ses seaux d'alcool, et une bête crevée ou un paquet de fumier pour couvrir l'odeur. Je lui ai dit qu'à la longue son sillage suffirait aux hommes du shérif pour le repérer dix minutes avant qu'il soit en vue. Comme avec tout ce qui concernait de près ou de loin ses nouvelles occupations et d'autres manigances dont j'ai idée qu'aujourd'hui, quand il est bien trop tard, il était plus têtu que cette mule du diable. J'ai toujours dit à ma Loretta, que, des deux, qui conduisait l'autre et le menait par le bout du nez, c'était pas nécessairement celui que les gens croyaient. Je devrais avoir honte de le reconnaître ? Pourquoi, puisque c'est la vérité ? Il s'intéressait davantage à cette créature de l'enfer qu'à nous deux. Elle aurait eu le don de lui répondre quand il lui causait (et, d'ailleurs, qu'est-ce qui me prouve que c'était pas le cas, surtout dans les moments où ils allaient seuls par les quatre chemins ?), elle aurait eu ce don, je crois qu'il se serait plus embêté à nous adresser la parole. Cet homme qui avait été si bon pour nous, durant près de neuf années si je compte juste, il était en train de changer devant nous. On pouvait mesurer la différence d'un jour sur l'autre. Je lui avais dit qu'il serait pas jamais ni mon mari ni seulement mon galant, et, le Seigneur m'est témoin, je m'y serais tenue quand bien même il aurait changé en trois fois mieux qu'il était déjà. Parce que, tout comme une pendule arrêtée marque une heure bien spéciale, mon cœur indiquait uniquement l'amour que j'aurai pour mon Silas jusqu'au dernier de mes jours, et dont je veux que mon enfant hérite intact quand je partirai, que ce soit cet après-midi même ou encore plus tard que Tante Ivy. Je mourrai dans le péché,

Jésus ! Je mourrai dans le remords de la vie que je me suis faite sur la terre, comme tout bon chrétien. Qu'il me soit accordé au moins de pas mourir en ayant trahi mon propre cœur, et qu'il y ait une personne, une seule personne quelque part au monde, pour entretenir ma tombe sans avoir à se cacher ! Donc, je lui avais dit qu'on aurait beau se mettre dans un coin pour faire des enfants, il serait jamais l'homme de Cassie, ni d'une façon ni d'une autre. Ce que j'avais pas prévu, c'est qu'il changerait assez dans l'autre sens pour tomber amoureux d'une bête à quatre pattes.

Fred McPhee s'était fourré dans le crâne que plus il couvrirait de miles pendant que les hommes du saloon clandestin se tourneraient les pouces dans leurs rocking-chairs, à l'ombre de l'auvent, plus vite la mule lui appartiendrait en propre, ce qui lui permettrait, sinon de rembourser son propriétaire, du moins d'effacer une partie de sa dette – elle commençait à donner le vertige. Il oubliait qu'une chose dans ses songes : pendant qu'il sillonnait le pays, ma Loretta et moi, on était nos propres mules au milieu du coton. La récolte en souffrirait, faute de notre meilleure paire de bras pour s'activer aux champs. J'entends par là que, ce qu'il gagnait d'un côté, il le perdait de l'autre du même coup. Et, par malheur, ce qu'il gagnait, c'était encore que des promesses (vagues, en plus : ce Pygmy-Pigmeat, que je sache, avait pas jamais dit mot pour mot que l'animal nous reviendrait un jour), alors que, ce qu'il allait perdre au moment de la pesée, ce serait des semaines et des mois à labourer gratuit pour le Blanc. Et je lui disais : « À ce train, mister McPhee, vous êtes pas près qu'ils vous lâchent, vos deux bouilleurs de cru du fond des bois ! Ils seraient bien bêtes et, je le jure devant Dieu, ils sont tout sauf ça. La malice est même tout ce qu'on leur a donné, si vous voulez mon avis. Ils en ont plus à revendre que de leur whisky à percer les dents. Ils en ont tellement qu'ils sont pas près de vous abandonner cette mule dont vous êtes toqué si follement, du moment que, depuis des semaines et des semaines, vous lui courez au derrière de l'aube jusqu'au milieu de la nuit, à vos risques et périls, et sans que ça leur ait coûté rien de plus que de recevoir vos sourires et vos courbettes ! J'irai plus loin, et on verra si j'ai pas raison : ils sont même pas près de vous laisser aller aux champs avec elle un seul jour, du moment que ce serait autant de manqué pour leur damné commerce ! » Il grommelait, se gardant toutefois de croiser mon regard : « Vous voyez l'mal partout, miss Cassie, ma parole ! Si la vie, pour une fois, vous apporte du bon, y faudrait le r'pousser ? Au paradis, les saints ont facile de dire : nous, on vit dans c'te cabane ! » Et moi : « Qu'est-ce que vous me chantez, Fred McPhee ? Sur la tête de ma fille, on comprend rien à votre charabia ! Voilà c'qui arrive à discuter avec une mule à longueur de journée. Si toutefois vous vous relevez pas dans le noir pour lui glisser encore deux, trois mots doux à l'oreille – j'en mettrais pas ma main au feu. Vous avez pas vu ? Ses oreilles, elles ont doublé en long et en large, tellement vous avez bourré de vos douceurs dedans ! » Il jetait les bras en l'air : « Prenez donc la vie comme elle vient, bonté ! Laissez rouler ! Laissez rouler l'bon temps ! »

Je raconte tout ça, c'est pour que chacun se rende compte à quel point j'ai pu être aveugle. Bouchée à l'émeri et les narines pleines de coton ! Des mois durant, non seulement j'ai rien soupçonné, mais j'ai rien *senti* (senti comme on sent la casserole qui brûle ou la pluie qui s'amène par-dessus la colline). Il a fallu que Mr McPhee tire carrément sur la ficelle, comme on dit, pour que je voie la lumière. Et, alors, il m'a pas fallu trois secondes en tout pour avoir la révélation tout entière, comme une maison de briques de la ville qui me dégringolerait sur la tête. Oh ! je vais pas prétendre maintenant qu'il s'était pas entiché de cette mule, mais c'était rien, c'était qu'une plaisanterie encore, à côté de ce qu'il s'était entiché de la marchandise qu'ils transportaient ensemble, lui et cette caricature… Voilà, ce que c'était, son fameux bon temps : du whisky de rognures d'ongles et de raclures de souliers ! Et, là où ça roulait, c'était au fond de son gosier ! Il percevait bien un salaire, par le fait, seulement c'était du genre qui vous entre par un bout et vous ressort par l'autre une heure plus tard, ni vu ni connu. Ni vu ni connu, en tout cas, d'une pauvre fille comme moi, si innocente à son âge qu'elle croit que les grands sentiments poussent au cul des mules… Ce qu'il appréciait tant dans cette carne, c'était qu'elle le menait droit au whisky, où qu'elle aille. L'amour de sa vie, à Fred McPhee, c'était même plus une créature humaine, c'était une décoction interdite par la loi. Mais pas plus que l'amoureux fou est arrêté par la loucherie ou les bourrelets d'une femme, notre bienfaiteur était dégoûté par les relents et les acidités de la mixture.

Depuis que j'avais fait sa rencontre, il buvait pas plus qu'une bière de ménage ici ou là, satisfait le reste du temps avec les citronnades et le café que je lui préparais. Sans parler de la chose, whisky était même pas un mot qu'il aimait rouler sur sa langue, à la façon des gens qui sont privés. Et voilà que deux mauvais sujets rappliquent, l'un ayant en trop ce que l'autre a en moins, et cet homme respectable s'adonne à la contrebande, vante l'oisiveté et les pensées frivoles, cesse de voir les personnes qui l'entourent, éclate de rire sans raison, court en rond telle une poule sans tête (il en était arrivé là !) – et tout ça, toute cette folie, tout ce gâchis, simplement parce que, ayant eu le malheur de plonger ses lèvres dans un verre, elles étaient restées collées après… Il avait goûté au pire alcool de tout l'Alabama, et sa vieille malchance en avait profité pour lui rejouer un tour à sa façon : elle lui avait fait croire qu'il existait pas meilleur nectar ni sur terre ni au ciel. Être saoul, c'était maintenant sa façon de respirer. Il rejetait une haleine bleue et, d'un coup de mâchoire, il la ravalait aussitôt, avec gouluterie. Il faut croire qu'il possédait un don : tout de suite, il s'est saoulé à la manière des personnes qui ont une longue expérience derrière elles. C'est-à-dire qu'il était jamais malade. Ou plutôt, il était malade que s'il arrêtait trop longtemps de boire. Étonnez-vous après ça qu'il ait été si pressé d'aller livrer ses gallons dans la brume du matin ! C'est que, dans la maudite charrette, un des seaux était pour lui…

Ç'aurait été moins pire, bien entendu, s'il s'était agi d'un honnête whisky. Mais celui-là ressemblait à ses fabricants. C'était un whisky du clair de lune[1], comme on en trouve plus qu'on en veut dans nos campagnes, mais je dirais, alors, d'un clair de lune encombré de nuages, avec un vent de fièvre qui soulève la poussière. Mr McPhee se délectait d'un produit de baquet à lessive, si c'était pas de bain de pieds, coloré au bois brûlé – un article qui, un peu plus concentré, aurait pu rivaliser avec l'acide et faire des trous dans le linge, avec un jet de fumée qui vous saute à la figure. Seulement, c'était pas au linge de Mr McPhee qu'il en avait, c'était après la chose qui ballottait sous son crâne…

Il y avait de quoi rire jaune – jaune et amer, bon sang ! – à songer que ces assassins nommaient les deux poisons qu'ils distillaient, l'un : « la Mule Blanche », et l'autre : « le Cheval Rouge ». Pas plus celui-ci que celui-là s'attardaient dans le ventre de Mr McPhee. Lui ayant calciné le palais, attaqué les gencives, arraché la gorge au triple galop, ils lui montaient directement à la tête et grésillaient autour de sa cervelle, cherchant la moindre crevasse où s'infiltrer. À force, ils chercheraient plus bien longtemps. En attendant, leurs vapeurs avaient déjà tout gâté le pourtour. Elles lui chatouillaient l'arrière des yeux, c'est ce qui les injectait de sang et le faisait s'esclaffer hors de propos. Ses pensées, alors, elles étaient comme le poulet frit, avec une croûte autour qui les empêchait d'aspirer le bon air. Elles se desséchaient, elles prenaient une allure racornie. On lui aurait secoué

1. « *Moonshine* est un whisky frelaté fabriqué au clair de lune qui a handicapé ou tué de nombreux buveurs » (Herzhaft).

le crâne, ça aurait fait pareil que des graines au fond d'une calebasse. Vous pouviez bien avoir trente-six questions, Fred McPhee disposait plus que de deux, trois réponses, toujours les mêmes, dont sa préférée répondait à rien du tout, c'était seulement son vieux radotage : « Mais laissez donc l'bon temps rouler, à la fin ! »

Je me mordais la langue, je me mordais les lèvres. Avec un bras, je me retenais l'autre. Tout ce que j'avais envie de répliquer, moi, c'était : « Où est-y seulement passé, ce bon temps, Fred McPhee ? Est-ce que par hasard il aurait pas roulé trop loin, là où on peut plus l'attraper ? Dites-le-moi, par pitié ! si vous l'avez aperçu quelque part... Sur ma vie, je serais heureuse si j'avais l'occasion de tomber dessus à mon tour. Dieu m'est témoin : j'ai jamais rien attendu de trop bon pour une femme dans mon genre. En dehors bien sûr de retrouver mon Silas et que mon Silas me retrouve et qu'il fasse connaissance de sa fille et qu'on soit tous les trois ensemble quelques années, paisiblement. Non, j'ai jamais rien attendu de plus que ce que j'aurais pu avoir si Nehemiah avait pas dû crever la tête de Mastah Luc, qui était devenu une bête malfaisante. Mais là, Fred McPhee, avec tout votre équipage, votre mule en cuir et poils et votre mule de feu et flammes, là, en plus de pas me faire d'illusions, je me fais du mauvais sang, voyez-vous. Et le plus saoul de nous deux, je vous conseille pas de parier que c'est vous. Car moi aussi je suis cuite, moi aussi je suis en ribote, qu'est-ce que vous croyez ? Moi, c'est de souci que je vais rouler sous la table, tellement je dois en avaler. J'ai pas le temps d'en vider un gallon que vous m'en tendez un autre à me jeter derrière la cravate !

Mr McPhee croyait qu'il était heureux. En réalité, il avait même plus le cœur à chanter sa peine avec nous. Nos chansons, au bout d'une ou deux, s'enlisaient dans son silence. Elles filaient, elles disparaissaient de la surface de nos âmes tel un sillage de carpe, englouties par je ne sais quel trou d'ombre au fond des profondeurs. Il se montrait encore plus incapable qu'avant d'être gai – et, considérant la situation à quoi avaient réduit toute notre maison ses nouveaux amis et sa nouvelle mule, j'aurais pu admirer une telle sagesse de sa part, si toutefois il était pas devenu en même temps le moins perspicace des hommes. Et avec une manière de désinvolture qui était en réalité une annonce de sa gagaterie à venir. Il se croyait heureux au motif que des ricanements lui échappaient, tels des bruits incongrus. Il les percevait lui-même, quand les vapeurs l'avaient pas trop abruti, et il se disait, plein d'un émerveillement de vache découvrant l'abattoir : « Jésus-Christ ! Mais c'est que j'm'en paie une tranche, pour sûr ! » Du coup, il commençait à rire pour de bon. Et c'était ce qu'il appelait de la joie. Comme si un piano qui tombe d'un toit était de la musique !... Il savait que ricaner. Ricaner ou être béat, pareil à un cochon qu'on aurait gavé d'épluchures, qui se coucherait dans le purin et qui sentirait ses petits yeux qui se ferment... Il avait pas plus de ressort qu'un torchon, pas plus d'idées claires qu'un carreau dépoli tout badigeonné au goudron, et si c'est ça le bonheur, je pense que la chaude-pisse est préférable... Est-ce qu'on avait vécu près de dix ans aux côtés de cet homme, ma fille et moi, partageant avec lui autant qu'il est possible de partager sans être une famille pour de bon, et profitant sans façons de ce qu'il tenait à partager avec nous, est-ce qu'on avait eu cette chance, est-ce qu'on avait reçu cette bénédiction, est-ce qu'on avait connu ce répit au cœur de la tourmente, pour voir, impuissantes, Mr McPhee perdre pied, glisser dans l'eau et se faire emporter par les courants vers un destin terrible ?... On est là, partout. On regarde. On assiste, collées l'une contre l'autre. Et tout ce qu'on récolte, c'est des : « Mais laissez donc l'bon temps rouler, sang du Christ ! » chaque jour un peu plus empâtés, chaque jour un peu plus embourbés sur sa langue, au point que, bientôt, à part nous, personne pourra plus les comprendre.

Un soir, cependant, par une belle fin d'un bel été qui avait seulement été beau pour les autres, un soir qui sentait la tarte aux fruits, un soir – et ce fut la dernière fois –, j'ai vu le malheureux s'amuser pour de vrai. Ils avaient annoncé un spectacle de ménestrels en plein air, sur l'esplanade des kermesses et des concours de lasso, à l'entrée de la ville. Tout exalté, Pygmy avait couru nous prévenir. Il avait songé que Mr McPhee pourrait peut-être profiter de l'occasion pour aller livrer tout un baril de Cheval Rouge en passant, chez un docteur qui, ayant trop vu les misères du monde, se dépêchait d'attraper comme délivrance un mal incurable. Jadis, Mastah Luc avait fait venir une troupe de la même espèce à la plantation, afin de divertir les invités quand son fils avait eu dix ans. Nous, les esclaves, on avait eu la permission de rester au fond sous les arbres et de regarder les numéros. Il y avait des chanteurs et des danseurs, des musiciens et des joueurs de comédie. Certains marchaient avec des échasses dans leur pantalon. Certains portaient des gibus aussi grands qu'eux. Tous étaient noirs comme le charbon. Tous étaient blancs par en dessous. Ils se frottaient quelque chose sur la figure, enfilaient des perruques en faux cheveux crépus et prétendaient qu'ils étaient des nègres, commettant alors toute sorte de bêtises et débitant toute sorte de sornettes. Les invités riaient aux éclats, même les dames, à en perdre le souffle et à s'en tenir le ventre à pleines mains. Et nous, on riait aussi fort qu'on osait quand ils faisaient leurs grimaces et qu'ils tombaient par terre, tellement ils étaient bêtes. Deux, surtout, se démenaient tant et plus. Ils s'appelaient entre eux, l'un Jim Crow et l'autre Zip Coon. Ils essayaient de parler et de chanter comme nous, c'était ça le plus drôle. Seuls Aloysius et Nehemiah semblaient renfrognés. Leurs yeux étaient des pistolets. On comprenait pourquoi, surtout mon Silas, mais nous, on avait pas trop envie de faire les difficiles. On avait pas trop le courage. On se disait : il y a le bien et le mal, en vérité, et puis il y a les moments où l'on rit. Si on regrette après, on aura quand même profité. Ces saprés ménestrels, c'était pas tous les jours ! C'était pas tous les ans. Pour beaucoup d'entre nous, c'était la première fois de leur existence, et peut-être bien la dernière. Voilà pourquoi je voulais que ma Loretta les ait vus, au cas où les roulottes repasseraient pas avant longtemps.

On m'a parlé plus tard d'un spectacle fameux, les Ménestrels de la Patte de Lièvre. J'ignore si c'est eux qui avaient planté leur tente en ville. En tout cas, ils ont donné bien du plaisir à la compagnie. Ma petite ouvrait de grands yeux, tout brillants. Jamais elle aurait seulement pas imaginé une chose pareille. Les mauvaises femmes étaient si contentes qu'elles se sont battues dans la rue, sous prétexte de se taquiner, et qu'une a reçu un coup de rasoir dans la figure (à quatre pattes, elle cherchait son nez entre les bottes, s'égosillant qu'on ôte les chiens de là). Moi-même, je sais pas trop ce que j'éprouvais. Plus le temps passe, moins je suis sûre. Quant à Fred McPhee, lui, il aurait suivi la troupe sur sa mule, si on l'avait pas retenu. Il riait plus fort que tous les autres réunis. S'étant pris d'affection pour Zip Coon, il l'interpellait sans cesse afin de lui donner des conseils et de le féliciter de ses gambades. Il a ri encore sur tout le chemin du retour. On l'a entendu se relever au milieu de la nuit. Il a couru dans la cour, renversant les seaux vides qu'il posait n'importe où. Il s'est esclaffé sous les étoiles. Puis il y a eu un silence. Le chant des étoiles d'Alabama, ce chant sur une seule note, est parvenu jusqu'à nous. Et alors le voilà qui s'est mis à sangloter. Un instant, tout s'est tu autour de lui. Il sanglotait, j'imagine, sur toutes les choses qui viennent et s'en vont. Ça, même les choses peuvent le comprendre. Et quand il s'est étranglé dans ses larmes, au matin, les arbres ont frémi.

Un feu que vous faites, il arrive que ça prenne pas. L'aube de ce dimanche-là, le lendemain du spectacle, on aurait dit qu'elle avait pas prise. Il en était pas sorti ce que j'appelle une journée, surtout au mois de septembre dans notre État. C'était bizarre. On entendait que les oiseaux s'interrogeaient du regard, osant plus trop ni chanter ni prendre leur vol. Il y avait, je m'en souviens, aucun nuage. Cependant, le ciel demeurait voilé. Voilé sur toute cette surface immense, nue comme un lac gelé, glissant contre l'horizon dans le sens d'un vent qu'on voyait en regardant les branches, qu'on sentait à peine, qui était seulement une sorte de fraîcheur, de froidure qui s'annonce de très loin, qui attend dans le pays du Canada et vous prévient de sa visite un de ces jours. Ç'avait rien de si formidable, mais, alors, pourquoi on y avait pas prêté attention, les autres années ?... De quelle façon je pourrais raconter ça ? Ce ciel était clair, mais comme qui dirait opaque. Il luisait par en dessous. Le soleil était partout, autant à l'est qu'à l'ouest, autant au nord qu'au sud. On l'avait passé au tamis, émietté sur toute cette étendue qui est bleue d'habitude et qui, là, était plus d'aucune couleur. Des sortes de voilages l'empêchaient de se montrer, y compris sous cette forme poudreuse. Il y avait aucune dorure, aucun reflet : uniquement cette luisance un peu sourde. Le soleil était partout, mais, le beau rond doré qui vous aveugle, on le distinguait nulle part. Si bien que ce matin ressemblait à une lumière allumée par rien ni personne et que rien ni personne gardait allumée, et en même temps il ressemblait à un feu sans chaleur, à une fête sans plaisir. Mais, ça, c'était à cause de ce qu'on découvrait sous tout ce ciel vertigineux, qui avait l'air si fatigué : à savoir la solitude et la peine du métayer Fred McPhee, voyant ses années prendre une autre route que lui.

Il restait là, sur la pointe des pieds, calé sur ses talons au milieu de ses larmes, sans rien qu'un linge usé autour des hanches, et son vieux dos, dans ce jour livide, avait pris une mauvaise teinte grise. Les os alignés de travers entre sa nuque et ses reins lui donnaient l'air d'être je sais pas quelle bête d'autrefois, hérissée entre les côtes – on pouvait les compter une par une – d'une crête d'épines qui seraient toutes tombées au fil des saisons, laissant, sous la peau pleine de cals et d'entailles et de plissures qui avaient durci, taillées dans un ivoire roussi, laissant que des renflements semblables à des bouts de fer. Il remuait pas plus qu'une statue de sel, même son espèce de pagne. Le silence s'était refermé autour de lui tel un cercle magique. On était jamais que debout sur le pas de la porte, ma fille et moi, mais on avait l'impression, plantées là, de l'observer du haut de la colline, sauf qu'on était tout près. Le temps, il passait plus. Il grinçait, me rappelant les bateaux à l'ancre que j'avais vus dans un port, étant une gamine effrayée à qui on avait pris ses parents. Longtemps après, sa main droite est tombée par terre. Elle a ramassé de la poussière orange d'Alabama, qui lui filait entre les doigts. Maintenant, cette main ramassait poignée sur poignée, chaque fois que la poussière avait fini de couler. Elle allait et venait à la façon d'une machine qui travaille sans s'occuper des gens. Qui sait même pas ce qu'elle est en train de faire, mais j'ai idée que Fred McPhee le savait pas non plus. Que sa main avait une vie, et lui une autre.

Plus tard, Jour-sans-pain a débouché du sentier, avec une vieille queue-de-pie à moitié décousue, enfilée à même son torse, et un canotier qui perdait sa paille. Ce grand escogriffe s'était passé sur le visage un enduit blanc qui s'écaillait déjà. Découvrant Mr McPhee posé au centre de la cour, il s'est d'abord arrêté net. Puis il a plié les genoux et s'est penché, pour essayer de voir ses yeux. D'entrer dans ses yeux, je suppose, et de lui faire lever la tête. Mais il est parvenu à rien. Alors il s'est mis à lui tourner autour. Il se pavanait, les épaules en arrière. Il s'était saisi d'un bâton qui traînait et faisait semblant d'arpenter un plancher avec une canne, comme font les Blancs. Il criait des ordres et des remontrances à des esclaves imaginaires. Il brandissait sa canne. Il réclamait une chaise pour une demoiselle, un cigare et un mint julep. Il faisait semblant de boire et de fumer et de courtiser une Blanche avec des simagrées, la bouche en cul de poule. Et Fred McPhee avait toujours pas remarqué sa présence. Alors il s'est énervé. Il a lancé son bâton contre la volaille. Il s'est planté, les mains sur les hanches, et son ombre, toute pâle, s'est allongée jusqu'au pin parasol.

« Et alors ? il s'est écrié. Hier, en ville, tu pissais bien dans ton froc. Pourquoi tu pisses pas dans ton froc ? Tu rêves debout, ou quoi ? »

À ma grande surprise, Mr McPhee lui a répondu. Sans le regarder, toutefois. Il a dit d'une voix paisible : « J'rêve pas du tout. À quoi j'rêv'rais ? » Jour-sans-pain s'est étranglé d'indignation : « Mais j'suis là, tout d'même ! T'as seul'ment vu comme j'étais mis ? T'as seul'ment vu ma couleur ? T'as seul'ment vu c'que j'fais pour toi ?

– Qu'est-ce' tu fais ?

– J'fais l'Blanc, là, bonté divine ! Qu'est-ce' j'ai l'air de faire d'aut', selon toi ?

– T'as du blanc sur toi, c'est vrai. Mais un homme de couleur peut pas faire le Blanc.

– Et pourquoi qu'y pourrait pas ? J'en crois pas mes oreilles !

– Y peut pas, c'est tout.

– Y peut s'peindre en blanc, comme tes saloperies d'gugusses s'peignent en noir ! La preuve ! J'me suis pas peint en blanc, p't-êt' ? Mais qu'est-ce' t'as dans les yeux, ma parole ? R'garde ma figure, au moins !

– J'la r'garde du coin d'l'œil, c'est bien suffisant. J'vois déjà trop comment qu'elle est. Mais tu fais pas l'Blanc pour autant.

– J'fais pas l'Blanc ? C'est la meilleure ! Mais j'fais quoi, alors ?

– Tu fais rien. Moi, j'dis qu't'es mort. »

Je peux pas décrire le bond en l'air du visiteur. Même son ombre a été surprise. Il lui a fallu un petit moment pour réagir. Et lui qui s'égosillait : « Dis pas ça ! Dis pas ça, malheureux ! » Et Mr McPhee, toujours faisant le sablier avec sa poussière : « J'dis qu'la vérité… »

Plus l'un sortait de ses gonds, plus l'autre semblait tranquille. À voir ses sauts de carpe sur l'évier, le Diable piquait le derrière de Jour-sans-pain avec sa fourche. Une des manches de sa queue-de-pie s'est détachée. Il a posé ses deux sabots dessus et il l'a piétinée. Il l'a expédiée d'une ruade dans les arbres. À présent, il braillait à pleine voix, agrippé des deux mains à son chapeau dont le bord lui pendait sur les yeux : « Et pourquoi donc j's'rais mort, vieux schnock ? Et pourquoi donc j's'rais mort ? » Fred McPhee a seulement répliqué (ç'aurait pu être drôle, en d'autres circonstances) : « T'es né comme ça. Alors à quoi ça t'servirait d'faire le Blanc ? Toi comme Pigmeat, vous pouvez même pas faire le Noir. »

Espérant prouver qu'il était bien vivant, Jour-sans-pain a couru parmi les poules rechercher son bâton. Il avait la claire intention d'assommer Mr McPhee. Celui-ci avait bien vingt ans de plus que son adversaire, au bas mot, sans parler de la différence de taille, mais on devinait tout de suite qu'il resterait invincible, ce dimanche-là. L'autre s'en est rendu compte et, poussant un couinement d'angoisse, il a pris la poudre d'escampette, avec son ombre qui tâchait de le rattraper comme elle pouvait.

Il a reparu dans la soirée, poussant devant lui son complice. Chacun avait une pétoire à la main. Ils nous ont tenus à distance, pendant qu'ils sortaient la mule de l'étable. Ils lui ont passé une corde autour du cou et ils se sont sauvés en la traînant derrière eux, pour autant que la bête voulait bien les suivre. C'est ainsi que tout est allé de mal en pis. On a vite compris ce que le Ciel avait essayé de nous dire.

J'avais connu, au quartier des esclaves puis ailleurs dans notre vieux Mississippi, bien des personnes qui, pour préciser quand untel était né, quand un autre était mort, disaient par exemple : « C'était l'année où la digue s'est rompue », ou bien : « C'était l'année où il a plu vingt-quatre jours d'affilée », ou encore : « C'était l'année où l'eau est entrée dans le bazar. » Ce grand fleuve, il est aussi sévère que généreux. Il nous protège de la famine, mais il nous épargne pas les coups. C'est pas pour rien qu'ils le nomment le Vieux Père. Je sais pas si, tout partout aux alentours, les rivières sont jalouses de lui, mais, y compris celles qui, par la saison sèche, paraissent trop petites pour apporter la fertilité aux cultures, la plupart s'efforcent de l'imiter. À la première occasion, elles sortent de leur lit, elles sautent par-dessus les levées, ou alors elles les sucent, les fondent et les défoncent. L'inondation est dans le caractère du Delta. Ce pays a ça dans le sang. À part Dieu, personne l'ôtera de là où il est. Vous pouvez échapper à l'inondation trente-six fois de suite, pour telle ou telle raison : un jour elle vous rejoindra, et vous aurez de la veine si elle vous emporte pas pour cacher votre cadavre dans un bras mort et saumâtre du fleuve, qui existait pas l'année précédente, qui aura disparu trois ou quatre moissons plus tard. Le Vieux Père et les cours d'eau qui essaient de tout faire comme lui sont plus capricieux que ces femmes de la grande ville, que j'ai jamais vues, et pour cause, mais qui portent, à ce qu'on dit, des bagues en diamant à tous les doigts et un bracelet d'émeraude à la cheville, que peuvent seulement apercevoir les bonnes qui les coiffent et les hommes qui vont avec. Elles sont si capricieuses, les rivières de ce pays, que, non contentes de prendre l'habitant par surprise – et le Blanc aussi bien que le Noir, le riche aussi bien que le pauvre –, elles lui font de fausses promesses, rien que pour voir sa tête quand le contraire arrive, et prennent, en général, un malin plaisir à trahir ses espérances. Et c'est là qu'on voit les deux sortes de créatures du bon Dieu. Celles qui serrent le poing dans la poche : « Tous les bienfaits qu'on reçoit, vous inquiétez pas ! un beau matin le patron vous fait monter la note », et celles qui séparent le bon grain de l'ivraie : « On paie le prix, mais regardez tout ce qu'on obtient en échange ! » Bref, la menace de l'eau est pas vraiment permanente, parce que personne, même dans le delta du Mississippi, est pressé de songer tout le temps aux désastres qui peuvent lui tomber dessus. Mais elle est tout sauf une menace en l'air. Je me rappellerai toujours les mots de Nehemiah, un soir où le ciel était magnifique (je sais pas s'ils les avaient lus dans un livre ou inventés lui-même) : « Elle est pas *en* l'air, la menace : elle est dedans ! » Il nous a rappelé que c'est de là-haut, de toute cette splendeur qu'elle nous pend sur la tête. Des nuages s'amènent en douce et ceux de derrière poussent ceux de devant. Il y en a qui sont trop alourdis de la sueur des tempêtes et de l'électricité des orages qui ont pas éclaté sur la côte. Malmenés, ils se déchirent et crèvent. Il suffit de se promener juste au-dessous à ce moment-là… L'inondation fait partie de notre destinée, et – on aurait pu s'en douter, si on avait pas eu chacun la tête ailleurs, à cause d'un tas de choses : les ménestrels, les singeries de Jour-sans-pain, la déraison de Fred McPhee, l'enlèvement de notre mule, tout ça… – c'était l'inondation qu'annonçait le ciel bizarre de ce dimanche matin. Pour une fois, il essayait pas de nous tromper. Je dirais même qu'il était au-dessous de la vérité. Cette fois, l'eau allait nous causer, à nous-mêmes, et jusqu'au-dedans de nous, des ravages qu'on saurait pas réparer.

Le soleil tout délayé, tout délavé dans ses propres rayons, c'était le premier signe. Le deuxième a pas tardé, et à celui-là non plus, j'avoue, j'ai pas prêté attention. Ça s'est passé dans notre petite église. Dès que le planteur avait mis ses terres en parcelles, et les parcelles en fermage, les métayers s'étaient entendus entre eux pour construire une maison au Seigneur, autant que possible à égale distance de toutes les cabanes, que pas un soit lésé. Ils avaient scié des arbres, taillé des planches. Les fenêtres étaient de simples trous dans les murs, sans vitres (sauf du papier goudronné l'hiver), parce que personne aurait eu les moyens d'acheter du verre, ni d'ailleurs quoi que ce soit. Les bancs qu'ils ont construits, un tronc équarri aurait aussi bien fait l'affaire. Mais je veux pas avoir l'air de me moquer : quand on s'est installées avec Mr McPhee, on a été bien trop heureuses de trouver cette église, la petite et moi. En tout cas, on ira pas en enfer pour avoir raconté qu'elle payait pas de mine. Sauf de religion, elle manquait de tout. Il y avait pas d'harmonium, bien sûr. Il y avait même pas de guide-chant. Il y avait pas d'estrade, puisqu'il y avait pas de pupitre, et il y avait pas de pupitre, puisqu'il y avait pas de révérend. C'était un des voisins qui en tenait lieu. Ses sermons duraient jamais plus de deux minutes, vu qu'au bout de ce temps les mots lui arrivaient plus dans la bouche. On allait pas lui reprocher ça, pas aucun d'entre nous. À sa place, on aurait fait bien pire. On criait « Amen ! » quand il commençait à bredouiller. Ça mettait fin au supplice de cette brave personne et, alors, on pouvait chanter tous ensemble, jusqu'à midi si on voulait. Pour ma Loretta, il y avait pas de moment plus délicieux dans la semaine que la prière du dimanche. Notre bienfaiteur crachait pas dessus lui non plus, tant qu'il s'était pas agenouillé devant le whisky. Et c'était pareil pour tous les gens de couleur à la ronde (et sans doute pour les autres, les Blancs qui étaient métayers comme nous, et à peu près dans les mêmes conditions) : ils auraient pas donné leur part de cet office parce que, qu'on prenne la chose par n'importe quel bout, il leur arriverait probablement jamais rien de meilleur, et qu'en plus ça leur arrivait, non pas une fois par hasard mais, grâce à Dieu, chaque dimanche une semaine après l'autre, un mois derrière le précédent et une année de plus tous les ans.

Depuis trop longtemps, Mr McPhee nous menait plus à la prière. Il préférait siroter en cachette. Je me demande bien en cachette de qui, par contre ! De sa mule, j'imagine. Car, pour ce qui était du Tout-Puissant, de ma fille et de moi, il y avait belle lurette qu'on avait vu clair dans ses manigances. Donc, après la fuite du nègre blanc, ce fameux matin, on s'apprêtait, nous les femmes, à rejoindre Son temple afin d'y louer le Seigneur de toute notre foi et de tout notre souffle, laissant Mr McPhee embrasser la bouteille dans son coin (quand il buvait pas à même le seau). Mais, après tout ce qui venait de se dérouler, l'atmosphère à la maison était différente de d'habitude. Soit qu'il avait soudain plus soif, soit qu'il avait épuisé sa provision (ç'aurait bien été la première fois !), pendant nos préparatifs il s'est pas dirigé tout droit vers l'appentis, comme tiré par une ficelle. Par le fait, il avait pas quitté notre cour. Pas plus qu'il avait quitté, en guise d'habits, son chiffon autour des reins. Qu'est-ce qu'il pouvait bien mijoter ? J'étais satisfaite qu'il se soit rebiffé contre ces hommes du fond des bois qui l'avaient fait tomber dans l'esclavage de l'alcool, mais j'espérais guère qu'il allait s'évader de là pour autant et traiter son nouveau maître en paria. Et je me rendais bien compte que les maudits ménestrels avaient encore un peu plus tourneboulé sa tête malade.

Par conséquent – je reprends mon histoire – le voilà aux trois quarts nu au milieu de la cour, à froncer les sourcils en se grattant la nuque, et lorsqu'il nous aperçoit sur le seuil, dans nos robes blanches, il se met à crier : « Allez-y pas ! C'est pas la peine ! Jésus s'est lassé d'nous. R'gardez voir : les gens sont morts et ils le savent même pas ! C'est la fin, j'vous dis ! C'est trop tard ! » Moi – le moment est venu de parler franc, au cas où il lui resterait une chance de m'entendre –, moi je lui dis : « Vous feriez mieux de venir avec nous, Fred McPhee. C'est encore la meilleure chose que vous ayez à faire. Venez chanter avec nous autres et tout le monde dans la pure joie du Seigneur Jésus, plutôt que de chanter en égoïste dans la gaieté factice des liqueurs ! » C'est le premier sermon que j'ose lui tenir, à propos de sa boisson. Et ce sera le dernier. Il se tord les mains. « Mais je bois plus, ma pauvre ! Je vais plus boire une goutte à partir de maint'nant ! À quoi ça servirait ? Tout c'que j'veux, c'est qu'on soye là tous les trois et qu'on s'serre les coudes entre derniers vivants sur la Terre. J'vous en supplie, allez pas là-bas entre les morts ! » Je réplique d'une voix sévère : « Blasphémez pas aujourd'hui, mister McPhee ! C'est la Vie qui nous attend là-bas. » Il soupire à fendre l'âme : « Alors, vous verrez bien… Mais j'vous aurai prévenues ! Dites-y, à l'ange, que j'vous aurai prévenues ! – Bonté ! Quel ange, mister McPhee ? – L'ange de l'Apocalypse ! » J'oubliais que c'était ça, le deuxième signe. Je pensais qu'au suivant. Le signe qu'on a eu à l'église. Qui a commencé ? On a entonné *Qu'est-ce qu'il a pas plu !* Pourtant c'était pas un de nos airs habituels. On le connaissait tous, mais on en avait toujours chanté d'autres. Il nous est seulement sorti de la poitrine et je crois pas que, sur le moment, personne aurait su dire pourquoi.

On est rentrées pour la soupe. Les dimanches après-midi, Fred McPhee attelait sa mule et se rendait au saloon clandestin. On arrêtait la carriole derrière la ligne des premiers arbres, qu'on la repère pas de loin. Il fallait continuer à pied, en se fiant à certaines marques sur des troncs que, pour ma part, j'avais du mal à distinguer. Il y avait aucun sentier dans cette forêt. Rien que des traces de bêtes sauvages. L'homme qui m'accompagnait, ça se voyait tout de suite qu'il aurait trouvé son chemin les yeux fermés. Je l'avais suivi au saloon qu'en une seule occasion, et je l'avais regretté amèrement. Car mon instinct m'avait pas trompée : c'était bouge et compagnie. Un feu brûlait dans cette maison du fond des bois. Un feu étrange. Un feu invisible, mais qui vous cuisait la figure et le dedans du corps. Un feu cannibale. Et le mauvais whisky vous soufflait à la figure son haleine chargée de miasmes. Les tenanciers avaient fait venir de tous les lieux perdus du voisinage des hommes taciturnes aux yeux troubles, oranges, huileux et injectés de sang. Avec des gamelles, des balais, des bidons, des courges, des mâchoires d'âne, ces étrangers jouaient une musique du démon, qui s'emballait sous leurs mains, qui grimpait contre les murs, s'enroulait autour des piliers de bois et cherchait à soulever le toit de son dos couvert d'écailles. Sur le sol de terre battue qui, au fil des heures, échauffé par les plantes de pieds et les socques de bois, se transformait en une sorte de glaise, en une sorte de diarrhée solide, montant le long de vos chevilles, se refermant peu à peu sur elles, attendant une occasion propice de vous sucer et de vous aspirer au royaume des ténèbres, on dansait pendant ce temps des danses qui se dansent nulle part ailleurs que dans le vestibule de la géhenne. Je remerciais le Ciel que mon enfant en ait pas été le témoin.

Les danseurs frappaient le sol en levant haut leurs genoux. Ils secouaient la tête dans tous les sens. Ils laissaient leurs yeux ribouler à gicler des orbites – un peu plus, il fallait les chercher à quatre pattes sous les tables. De deux murs opposés, un homme et une femme se lançaient l'un contre l'autre et se frottaient le ventre en poussant des plaintes d'animaux. Je me demande encore où ils étaient allés chercher ça. Chez les possédés ? Parmi les tours secrets du Gardien de la Porte ? Dans les bamboulas de l'esplanade du

Congo, à La Nouvelle-Orléans ? J'avais, en tout cas, rien vu jamais de plus sauvage ni de plus dégoûtant. Et là, au milieu, Mr McPhee déambulait comme un bienheureux, non pas du spectacle, auquel il accordait pas un seul regard, mais sachant que dans la pièce du fond, réservée aux personnes de confiance, aux compères, aux membres du complot, une louche à longue queue baignait dans un cuveau plein à ras bord… Qu'est-ce qu'il m'avait entraînée là ? Qu'est-ce qu'il avait besoin de s'embarrasser de quiconque – et d'une femme encore moins ! Notamment d'une femme qui était celle d'un autre pour l'éternité, alors qu'il y en avait dans la pièce quatre ou cinq qui étaient celles de tout le monde et se cachaient pas pour le signaler à la compagnie. J'étais censée quoi faire à ses côtés au juste ? Depuis qu'on avait pénétré sous le couvert, j'aurais même pas juré qu'il était encore conscient de ma présence. Sur le chemin du retour, j'ai posé la question. « Ben, m'a-t-il répondu en caressant les picots de son menton, j'sais pas trop, miss Cassie… J'dirais qu'j'aurais aimé qu'vous vous amusiez un brin… C'est pas si souvent, avec un vieux misérab' comme Alabama Fred McPhee, et y a pas tell'ment d'endroits su' c'te saprée terre à coton… J'voudrais qu'vous vous souv'niez pas d'moi qu'en mal, ça doit êt' ça. Pasque, pour le reste, j'suis qu'une plaie à vivre avec, toujours plus feignant et aussi folichon qu'un vieux parapluie – si vous croyez que j'le sais pas ! J'sais pas c'qu'y m'pardonn'ront là-haut, s'y m'pardonnent la moindre chose, mais c'qu'y m'bott'rait, voyez, c'est d'être un peu pardonné par mes semblables ici-bas, et comme, en fait d'semblable, d'pis des années, j'connais qu'vous... » Ça me travaille encore, mais j'ai pas trouvé quoi dire. Et si les mots me venaient pas, je pouvais pas avoir non plus les gestes d'une vraie femme, étant celle d'un autre. Je suis restée là bien droite sur le banc de la charrette, comme une imbécile. Il a tourné la tête afin de cracher le jus de sa chique dans la poussière. Cet épisode s'est déroulé au moins trois mois avant les ménestrels.

Là où je voulais en venir, c'était au fait que, ce dimanche dont je parle, Mr McPhee a pas sorti la mule après le repas. Nettoyant la marmite, je l'ai vu par la fenêtre qui s'éloignait, une bêche sur l'épaule. Il se dirigeait vers le pin parasol. Je jure que c'est la vérité : j'ai tout de suite pensé qu'il allait creuser sa propre tombe. Mais je me trompais. Ce qu'il avait dans l'idée, il faut dire, j'aurais jamais été capable de l'imaginer, y compris dans un cauchemar. Il comptait déterrer sa chère dépouille, et rien l'en aurait retenu. Après toutes ces années, ce qu'il a sorti du trou, avec ses mains pas même enveloppées dans des chiffons, bien entendu c'était pas grand-chose de plus qu'un squelette. À part qu'il y avait encore, ici et là, une fois qu'il avait gratté la terre, des petits morceaux de cette femme collés après, et puis, ailleurs, des liquides qui gluaient. Parti comme il était, je me demande ce qui l'a retenu d'y poser les lèvres. Des bouts de bras ou de jambes tenaient encore un peu ensemble mais, dans la plupart des cas, il remontait les reliques une par une et les posait une à une dans l'herbe que l'été venait de dessécher, sous ce grand ciel dépoli. Il avait pas besoin de moi, j'allais peut-être le déranger dans son sacrilège, mais quelle femme j'aurais été, de laisser ce malheureux s'échiner tout seul entre une fosse et un tas d'os, des débris de défunte sous les ongles et sur le front, là où il avait passé la main pour rincer la sueur ? Il a dû m'entendre venir car, avant que j'aie ouvert la bouche (en réalité, j'avais pas même encore réfléchi à ce que je pourrais lui dire), il a répondu à la question qu'on s'était posée en silence, ma Loretta et moi : « C'monde-ci va finir, miss Cassie, et qui donc s'rait assez fou pour aller le r'gretter ? Le Jour est proche. La résurrection d'la chair est pour demain quasiment. J'voudrais pas qu'l'bon Guieu risque d'oublier ma morte. Oh ! Il voit tout, j'ai pas peur ! Mais on sait jamais. Les branches de c't'arbre, d'en haut, elles cachent c'qu'y a d'ssous, vous m'direz pas l'contraire ? Alors qu'est-ce' y aurait d'mal à la dégager un peu ? J'ai bientôt fini, d'toute façon. J'garde seul'ment la tête pour la fin… »

Il avait pas cessé de s'échiner tandis qu'il me parlait. Et deux minutes plus tard, en effet, le crâne roulait dans l'herbe à son tour. Il était rudement long de l'arrière, j'ai pensé, et, à ce qu'il m'a semblé, le fond des yeux était pas tout parti. Mr McPhee a hoché la tête en contemplant les ossements éparpillés. « J'pense une chose, il a dit (tout haut mais, d'après moi, il se parlait à lui-même). À la résurrection, ce s'rait bien qu'sa chair à elle lui r'vienne blanche. C'est c'qu'elle aurait souhaité d'tout son cœur, j'en suis sûr et certain ! Je m'dis qu'si les saints du Ciel la prennent pour une Blanche, ils iront pas y r'garder à deux fois et ils y r'mettront une chair blanche, comme ça y aurait tant plu. Après l'Apocalypse, ils en seront plus à ça près. Pour les élus, y vont pas faire les difficiles... Là, ses os, y sont seul'ment trop foncés ! À tous les coups, elle aura droit à d'la chair sombre, et ça s'ra r'parti comme avant. J'veux pas d'ça pour elle. Alle en a d'jà ben trop souffert, ma p'tite chérie... J'm'en vas lui blanchir ses restes. »

Qu'est-ce qu'on aurait dû faire ? On l'a aidé, pardi ! On a fait bouillir Louise dans le grand tub à lessive, avec juste une pincée de soude dans l'eau. On l'a épluchée bien consciencieusement, assis tous les trois autour de la table. Et c'est vrai qu'après ça, elle avait pas mal pâli. Peut-être assez pour donner le change. Mr McPhee, cependant, a de nouveau hoché la tête. « J'suis pas encore tout à fait rassuré, il a dit. J'voudrais aussi qu'alle soye une des premières servies – elle l'a pas mérité ? J'voudrais qu'ils la r'marquent en premier, tant qu'y reste encore des peaux blanches à enfiler. Faut qu'on la mette où y pourront pas la rater. Faut qu'on la rapproche du ciel. »

On l'a perchée d'abord, non sans mal, sur le chaume de la cabane. En équilibre sur l'échelle, Mr McPhee tâchait d'arranger les os pour que ça ressemble à une créature humaine, même d'aussi loin que les nuages. Mais, ces os, il y avait tous les petits, qu'il ne savait plus où mettre. Avec ma Loretta, on en prenait un chacune et on l'appuyait sur différents endroits de nos mains ou de nos pieds, ayant l'espoir que ça paraîtrait la bonne place. Pour ma fille, c'était encore plus difficile que pour moi, vu que, bien qu'elle avait beaucoup grandi et changé et pris sans le faire exprès des allures qui étaient plus du tout des allures d'enfant, au cours des derniers mois (la transformation arrive jeune chez les filles de couleur, le plus souvent : l'homme et le travail les attendent – ils ont ni l'un ni l'autre de patience à revendre), bien que ses yeux ressemblaient maintenant à des yeux qui font avaler leur salive aux hommes assis chez le barbier et devant le General Store, malgré tout ça, la taille et les formes de ma petite étaient pas encore celles d'une vraie femme. On était pas des Nehemiah, et notre compagnon, si c'est possible, l'était encore moins que nous : on savait pas démonter un corps humain comme une pendule. Déjà pour distinguer une moitié de jambe d'une moitié de bras, une fois qu'on les avait blanchies toutes les deux, on était forcés de se creuser le crâne… On a fini par admettre qu'on réussirait jamais à tout disposer comme il faut, chacun de nous embrouillant les autres en lui demandant s'il était bien sûr de l'endroit où il souhaitait qu'on pose son os. Tout ce qui nous faisait hésiter, on l'a empilé au fond d'un des seaux vides, que j'avais rincé et rincé jusqu'à ce que le plus gros de l'odeur d'alcool soit parti, de manière à pas manquer de respect à la morte. Puis on a cloué l'anse au toit à côté d'elle et on s'est mis à genoux en ligne dans la cour, comme à l'église, afin de prier les anges, les saints apôtres et tous les saints, qu'ils veuillent bien prendre soin de notre sœur tendrement aimée et remettre chaque chose à la bonne place, pour l'amour de Dieu, avant de recoller la chair par-dessus.

Juste à cet instant, Fred McPhee a bondi sur ses jambes, tout exorbité, et il a poussé un gémissement terrible. « Ça s'peut pas ! s'est-il écrié. Ça s'peut pas ! C'te maudite case s'trouve au fond d'une cuvette : les eaux vont tout r'couvrir, y compris l'toit, et de j'sais pas quelle épaisseur ! L'niveau va plus arrêter d'grimper pendant quarante jours. Si j'l'avais d'viné plus tôt, aussi, pauvre idiot que j'suis, c't'une arche que j'y aurais construite, à la perle de mon cœur ! Y a rien qu'une arche en cas d'déluge, tout l'monde vous l'dira. Pourquoi j'me suis douté de rien ? Probab' qu'j'étais encore trop saoul ! J'me f'sais mon déluge d'alcool par les intérieurs ! J's'rai pas l'premier damné comme j'croyais : j'le suis d'jà d'pis qu'j'ai mis la tête au seau plutôt qu'de fabriquer cette arche dare-dare, comme si y avait pas assez d'signes d'la fin du monde ! »

Bref, il a descendu Louise du toit. Il a eu l'idée de la hisser en haut du pin, mais, rien qu'à se frayer un chemin au milieu des branches avec des osselets plein les poches, un tibia à la ceinture et une tête sous le bras, c'était un tel tintouin, sans parler du moyen de rassembler tout ça là-haut et de le faire tenir en l'air, au vu des armées célestes, qu'on a encore plus vite abandonné cette solution que celle du toit. De toute façon, si l'arbre était plus haut que la cabane, il ne le serait pas assez pour émerger des trombes d'eau que Mr McPhee nous promettait. Pour finir, c'est ma Loretta qui a eu la meilleure idée. En premier lieu, on allait une fois pour toutes faire tenir les os, dans le bon ordre, sur une planche, après quoi il y aurait plus à trimballer que la planche et la boîte de pièces détachées – dont la fameuse dent, qu'on avait reconnue tout de suite. Autre chose : on avait qu'à plutôt prendre *deux* planches et les assembler en forme de croix, avec Louise dessus. On irait planter cette croix au sommet de la colline, laquelle dominait tout le paysage à des miles à la ronde, et s'il y avait un seul point du nord-ouest de l'Alabama qui surnagerait au bout des quarante jours, sûrement ça serait celui-là. De plus, une croix, c'est un signe qui manquerait pas d'attirer l'attention des envoyés du Ciel. Fred McPhee en pleurait de joie et de gratitude.

J'ai loué le Dieu de miséricorde de bien vouloir baisser la lampe sur cette journée qui, à proprement parler, avait pas apporté de malheur, mais dont on garderait quand même le plus mauvais souvenir, comme une idée de défaite et de désolation dont il y aurait peut-être pas moyen de se défaire durant des jours, des semaines, des mois… Là-dessus, Pigmeat et Jour-sans-pain ont jailli de l'ombre, hurlant comme des possédés pour effrayer leur propre frousse, et ils nous ont hold-upé la mule. J'imagine que le Tout-Puissant voulait rire de nous. Preuve en est que Mr McPhee a pas bronché. Ç'avait pas l'air de l'intéresser le moins du monde, cette agitation devant chez nous, ces canons braqués sur nos poitrines. Alors que moi, allez comprendre ! tout à coup je me mettais à regretter cet animal, au point de m'asseoir par terre pour le pleurer à chaudes larmes, une fois les voleurs disparus.

Le lendemain, à l'aube, il y avait toujours aucun nuage au-dessus de nous, ou alors le ciel était plus qu'un vaste nuage, car il semblait comme de la fumée. Roulant sur elle-même dans un silence bourdonnant, une mer de fumée jusqu'à l'horizon… À notre grande surprise, Fred McPhee, sans un mot d'explication, nous a emboîté le pas, ce qui était plus dans ses habitudes depuis fort longtemps. Il nous a accompagnées jusqu'au champ, mais, rendu là-bas, on aurait cru qu'il avait passé sa vie dans le coffre-fort d'une banque sans risquer un œil au-dehors, et qu'il découvrait soudain ce que c'était que des cultures. Ma petite a tout de suite compris qu'il avait besoin d'être remis sur ses rails. Alors, pour imprimer la cadence, elle a entonné une de ces chansons des travailleurs du coton que vous avez même pas besoin d'apprendre, dans le Delta, pour la raison qu'elles vous ont bercé avant que vous sortiez du ventre de votre mère. Une fille, surtout aussi jeune, peut pas posséder la voix d'un homme fait qui, au surplus, est un colosse. Cependant, en l'écoutant, je pouvais pas m'empêcher de songer à mon Silas, qui nous avait toujours donné sur la plantation Devereaux le meilleur rythme, celui qui fatigue le moins les reins et qui fait le mieux avancer la besogne. Je songeais que mon homme, s'il se trouvait aujourd'hui à l'autre bout du monde, se tenait quand même là devant moi, sous l'apparence de son enfant. Il était en elle, comme étaient en elle non seulement son cœur, mais les choses invisibles qui sont encore plus importantes : ce qu'il y a dans le cœur, et qui lui survivra, ce qu'il y a dans la tête, et qui lui survivra – tout ce qu'il y a dans les créatures, plus fort que les distances et plus fort que la mort. Et une phrase d'un prêche du pasteur Boone me revenait, une phrase du Seigneur Lui-même : « Tu Me chercherais pas, si tu M'avais pas déjà trouvé. » Le meilleur de lui, mon Silas m'en avait confié la garde – mais c'était ce don qui me gardait, moi. J'avais pas besoin d'aucun sac mojo : j'avais une fille pleine de son père. J'avais le tabernacle, et la clé de mon amour pour l'ouvrir.

Fred McPhee écoutait pas le chant de Loretta. J'ai le sentiment qu'il entendait plus rien venant de ce monde-ci. Il errait sur sa propre terre (je veux dire la terre dont un autre que lui tirait sa subsistance, lui abandonnant que les miettes, mais qui, néanmoins, restait attachée à ses sabots à lui, incrustée sous les ongles de ses propres pieds). Quand il cherchait pas la silhouette de Louise en haut de ce Golgotha de miséricorde qu'on avait conçu pour elle, il marchait en aveugle parmi les plantations, sans regarder ce que faisaient ses jambes, butant contre des pierres tous les trois pas (mais il s'en fichait pas mal, le choc arrivait pas jusqu'à sa connaissance). La nuque à la renverse, la bouche grande ouverte, où ses trois dents bleues se battaient en duel, il écoutait cette espèce de ciel fuligineux. Il entendait par-dessus nos têtes, par-dessus les beaux appels de ma petite, oh ! il entendait vraiment je sais pas quoi, m'en demandez pas plus. Et, si jamais c'était des voix, encore aujourd'hui je préfère ignorer d'où ça provenait. Il avait comme un air d'attendre quelque chose ou quelqu'un. Sauf qu'au lieu de fixer le bout de la route, il fixait les profondeurs de cette fumée qui naviguait là-haut. Il a pas levé le petit doigt pour nous rendre plus légère la besogne. Peut-être qu'il mettrait à disparaître pour de bon des lunes et des lustres, mais, en un certain sens, il était déjà plus avec nous. Depuis qu'il était allé faire le sablier à poussière au milieu de la cour, assis sur ses talons. Le whisky de clair de lune, au fil des mois, l'avait fait pencher de plus en plus fort. Puis les ménestrels avaient planté leur tente en ville. J'ai pas la moindre idée de comment ils s'étaient débrouillés. Ni d'Ève ni d'Adam, ils connaissaient ce quelconque pauvre métayer de l'Alabama. Ils avaient pas plus de raison de lui en vouloir que de lui donner du bonheur autant qu'ils lui en avaient donné. Toujours est-il que c'étaient eux qui l'avaient fait tomber. Ayant déjà trop bu, il avait par-dessus le marché trop ri pour plus jamais tenir debout. Sa carcasse sauvait les apparences mais, en dedans, pour le garder à la verticale il aurait fallu prendre des mesures encore plus radicales qu'avec la morte. « Encore plus », je dis, parce que, des morceaux d'âme, c'est moins facile à mettre en croix que des morceaux de squelette. Rendons grâce à Dieu qu'il était plus en état de s'en aviser, mais le plus mort vivant de tout le monde, jusqu'à très très loin de notre comté, jusqu'aux limites du Delta, c'était Fred McPhee.

Il y a eu ni tonnerre, ni éclairs, ni saute de vent, ni fraîchissement de l'air, ni rien. Il y a eu cette première goutte de pluie qui, comme par hasard, est venue éclater juste devant le gros orteil du malheureux. Quand les suivantes se sont écrasées autour de nous, on a vu à quel point elles semblaient lourdes, à quel point elles semblaient lourdes et visqueuses. Vous auriez dit que c'était d'une sorte de glycérine qu'elles étaient chargées. Lorsque l'une d'elles touchait en plein une grosse pierre, elle laissait dessus toute une flaque. Jamais j'avais vu ça nulle part dans mes vadrouilles, et, je serai franche, sur le moment j'ai pensé que Mr McPhee, ayant annoncé le retour du Déluge, était en fait l'unique créature humaine à avoir les pieds sur terre. Parce que cette pluie avait quelque chose de surnaturel. Quelque chose d'un prodige qui aurait été pour nous comme la onzième plaie d'Égypte, que le bon Dieu aurait gardée au fond de son sac pour le jour où ses enfants auraient commis trop de noirceurs devant Sa face. Or, qu'est-ce qui s'était passé, depuis la fin de la servitude et des horreurs de la guerre ? Le commencement d'un nouvel exil, la création d'une servitude par bien des côtés encore pire, le massacre des espérances et tout un tas d'horreurs du temps de paix, qui rendent fous de braves nègres et pour lesquelles il est pas jamais prévu aucun armistice… Sûr qu'on avait bien besoin d'être châtiés. Sûr qu'on avait transformé en verger des douleurs et en jardin des supplices les arpents que le Seigneur nous avait confiés, les arpents de bonne terre féconde, entre les forêts giboyeuses, les ondes poissonneuses et les pentes tapissées de myrtilles, grimpant jusqu'aux champs de neige et jetant une ombre apaisante comme un baume sur les vallées brûlées par le soleil du mois d'août. Tout ce qu'on avait saccagé, pour l'effacer de sa vue il allait le recouvrir de cette pluie géante, dont chaque goutte avait le poids d'un œuf de poule. Et nous serions engloutis, ayant vécu pour notre peine les tourments de l'eau avant de connaître ceux du feu.

À présent, Fred McPhee gambadait, sautant d'un endroit à un autre, dansant la scottish, les deux petits doigts en l'air comme un Chinois, et laissant s'échapper de ses lèvres un rire léger, un rire de clochettes, un rire d'enfant. Il avait sur la figure une lumière qui pouvait venir que du dedans, car la fumée du ciel, désormais, ressemblait tout à fait à la fumée épaisse des incendies, qui sort par les fenêtres avant qu'on aperçoive les flammes. Et je me disais : « Seigneur mon Dieu, Vous nous tenez dans Votre main et Vous faites de nous, pauvres pécheurs, ce qu'il Vous plaît, mais au moins, grâce à Vous, cet homme-là, qui a fauté plus que son compte, comme nous tous, mais qui, lui, Vous le savez, a jamais fait de mal à une mouche, au moins cet homme-là aura connu, et c'est pas rien, deux fois de suite le bonheur dans sa triste existence… Non, c'est pas rien. Regardez-le, comme il est content ! Tout le rire qu'il avait pas eu depuis sa naissance, il l'a rattrapé avec ces imbéciles de Zip Coon et Jim Crow. Puis il a mis à l'abri sur la colline la personne qu'il a sans doute pas su aimer, mais qu'il a pourtant aimée le plus au monde – et ce fut une autre source de délices. Et maintenant, voilà cette pluie, qui le fait devenir l'enfant qu'il avait pas eu le temps d'être quand il était petit… Je sais pas s'il sera sauvé du Déluge, comme il le croit. Mais Vous lui aurez déjà accordé beaucoup, Seigneur, et, quoi que Vous m'ayez réservé à moi-même, je bénis Votre saint nom ! » Je me suis agenouillée, là dans la terre qui tournait déjà en glaise. Mon enfant s'est agenouillée contre moi. Nous avons joint les mains. Mr McPhee virevoltait au milieu des cultures, à vous flanquer le tournis. Cinq, six gouttes avaient suffi à nous tremper jusqu'aux os. Et alors, tout le ciel a crevé d'un seul coup.

Ramener à la maison notre bienheureux, ce fut toute une histoire. Il voulait pas en rater la moindre miette, de son Déluge. On devait le tirer comme un âne qui a son idée. On s'est retrouvés chez nous avec nos cheveux qui nous pendaient et nous collaient sur la figure et nos vêtements tartinés sur le reste du corps, telle une pâte à cataplasme. Malgré tout ce que le sol avait bu, il y avait un bon pouce d'eau dans la cour, et trois ou quatre à l'intérieur de la case, en contrebas. J'ai compris pourquoi, ce genre de lieu, ils appellent ça des cuvettes. On a mariné là au fond. Nos affaires nous nageaient dans les jambes. Des rats se carapataient à la surface. On tapait des pieds à droite, à gauche, pour qu'ils aient pas l'idée de nous mordre. Fred McPhee poussait des hennissements de joie. L'extase faisait couler des larmes à travers les rigoles de pluie qui descendaient de son front. Combien d'heures on est restés là ? Il y en avait plus, des heures, et encore moins des minutes et des secondes : c'était seulement de l'eau et de l'eau et de l'eau. Ça a duré jusqu'à ce qu'on vienne nous repêcher au fond de l'étang.

Ils avaient raflé tout ce qu'ils trouvaient dans les borderies – les personnes comme leurs animaux de trait. Dans ce ramas, on reconnaissait même à la lueur des lampes-tempête quelques Blancs miteux, guère moins lamentables que nous autres, et qui déjà, tout en marchant (il fallait arracher à la boue chacun de ses pas), pressés comme tout le monde par les hommes à fusils et leurs chiens, cherchaient à se regrouper afin de plus être, comme ils disaient, « perdus au milieu des bois brûlés et des corbeaux ». Cela dit, le grain qui nous battait comme plâtre le crâne, les épaules et les côtes faisait guère, lui, la différence, je le crains pour ces dégoûtés, entre les couleurs de peau. D'autant que l'accumulation de ces coups de boutoir, ajoutée au froid du mouillé et de la nuit, commençait à marbrer la leur de plaques toutes bleues. Il y avait dans ce cortège, pris dans la nasse, tout un menu fretin qui aurait jamais dû se trouver là : des femmes à la veille de leurs couches, des enfants de tous les âges, filles aussi bien que garçons, des vieux hommes à peine moins branlants que leurs dents et quelques mamas qui auraient pu être des sœurs jumelles de Tante Ivy. S'il y avait eu quelqu'un pour nous voir défiler, sûrement qu'on lui aurait évoqué un tas de forçats qu'on mène au bagne. D'ailleurs, à y bien réfléchir, qu'est-ce qu'on était d'autre ? Si quelqu'un avait essayé de quitter les rangs, ils auraient été trois ou quatre à lui lâcher les chiens et, profitant qu'ils avaient les mains libres, à lui tirer dans le dos. Ils avaient prévenu que les tire-au-flanc et les fumistes en auraient pour leur argent et que les récalcitrants seraient tout bonnement fusillés comme saboteurs. « J'sais pas c'qu'on leur a fait, ronchonnait à côté de moi un grand diable à cheveux gris que j'avais jamais tant vu, mais on aurait ouvert exprès l'robinet d'la pluie qu'y s'raient pas plus en pétard contre nous. » Une femme que je distinguais même pas sous les trombes a renchéri, faisant la sourde voix pour pas risquer d'être reconnue par un garde : « Qu'est-ce' tu croyais, gros malin ? Un pauvre homme affamé, c'est plus facile à arrêter qu'une inondation ! »

Comment on en était arrivés là ? La lumière avait encore baissé, à un certain moment, on s'était mis à grelotter un peu plus fort et on avait compris que c'était le soir qui commençait à tomber. Le patron de Mr McPhee s'est présenté peu après. Brandissant une lanterne, il était encadré de deux hommes armés jusqu'aux dents, tirés en avant par des molosses. Ces bêtes avaient les yeux pourpres de l'enfer, et ceux qui se prétendaient leurs maîtres, un insigne tout neuf de shérif adjoint épinglé sur leur pèlerine en toile cirée. Fred McPhee paraissait ravi de cette visite. Il s'est adressé au propriétaire, le seul du groupe qu'il connaissait, la bouche fendue jusqu'aux oreilles. « Bien l'bonjour, cap'taine Preston (c'était l'usage, d'appeler comme ça le Blanc assis sur votre dette), entrez donc ! il lui a crié à cause du tonnerre. Dehors ou d'dans, de toutes les manières, ça f'ra bientôt pus d'différence. Vous avez vu c'temps ? M'est avis qu'y aura pas b'soin d'quarante jours pour que c't'eau r'couvre tout, jusqu'aux pieds d'ma Louise, loué soit l'Seigneur ! » Mais le Blanc était pas d'humeur. « Arrête de faire le mariole, putain d'abruti, c'est pas le moment pour ça ! Empoignez tous des bêches ou des pelles en vitesse, une fourchette et une cuiller s'il vous reste plus que ça, je veux pas le savoir, empoignez cette brouette, des sacs vides, et amenez-vous ! Je serai pas patient ce soir, et les dogues encore moins ! Hop ! Hop ! Un grand morceau de la levée a sauté ce midi, sur la rivière qui se jette dans les lacs du Nord. Il faut me réparer ça dare-dare, en avant et pas de discussion ! » Au pas de course, sous les lames de pluie, ils nous ont fait rejoindre la route et prendre notre place dans la file des personnes qu'eux ou d'autres avaient déjà réquisitionnées. On nous poussait vers la rivière. Pendant le jour, ce qui s'était lâché du ciel, on aurait dit de l'eau noire. Maintenant, elle était brillante. Elle était comme cent mille couteaux cherchant à se planter sur nous.

Des levées qui crèvent, des digues emportées, il y en aurait bien d'autres avant l'aube et tout au long des jours suivants, aussi longtemps que le maudit désastre s'installerait dans la région. Depuis la guerre, rien de tout ça était plus entretenu comme il fallait. Ceux qui possédaient les terres avaient beau pressurer leurs métayers, ils étaient plus aussi riches qu'avant. Ils comptaient sur la chance pour que la rivière se déverse pas sur les plantations, qui pourtant, en beaucoup d'endroits, descendaient plus bas que son lit. Et puis, pendant les combats, les canons avaient démoli une partie des digues, qu'on avait pas encore songé à rafistoler. Pour le Blanc, il y avait plus urgent à faire : ce qu'il souhaitait remettre à sa place en vitesse, c'était le Noir émancipé. Il pensait, au reste, que celui-ci était le vrai responsable de toutes ces destructions. Les Yankees les avaient commises, mais leur idée fixe était de livrer à des sauvages la plus belle terre de l'Amérique, afin qu'ils achèvent d'en faire un champ de ruines. Alors le Blanc du Sud réfléchissait une minute et se disait : « Avec tous les cadavres de ces moricauds, on en élèverait, des digues, qui protégeraient nos cultures au moins jusqu'à ce qu'ils partent en pourriture. » Ceux qui étaient venus nous prendre, j'imagine qu'ils étaient pas loin de se livrer au même calcul. L'unique chose qui pouvait les arrêter, c'est qu'ils étaient pas assez nombreux pour fusiller tout le monde à la fois et qu'ensuite, si par miracle ils y parvenaient, ce serait à eux de se coltiner les morts et d'avancer dans les tourbillons avec ces poids en travers des épaules, pour boucher les brèches et consolider les rampes. La fatigue et le danger les effrayaient plus que le crime.

Là-bas au bord de la rivière, ils ont mis devant la brèche les plus valides. Derrière eux, ils ont formé une brigade des brouettes, chargée d'apporter sur la levée les cailloux et la terre pas trop liquide qu'on fourrait dans les sacs. Et en dernière position venaient les vieillards, les malades, les petits enfants : ceux-là devaient tant bien que mal préparer un campement, vu que l'averse avait une tête à durer longtemps et que les dégâts seraient pas réparés de sitôt. Les Blancs avaient tout prévu. Ils savaient tout comment il fallait s'y prendre pour remettre l'eau dans son trou. Il y avait que l'eau qui semblait pas d'accord, mais c'était pas après elle qu'ils en avaient. Nous prenions à sa place. Ils nous tournaient autour en vrombissant. Ils nous cornaient aux oreilles. Ils nous hurlaient dessus des ordres, des jurons, des blasphèmes, parce qu'on était d'après eux qu'une bande d'empotés et de bêtes à cinq pouces. Ils se lamentaient d'avoir affaire à des gens qui comprenaient jamais rien à rien. Ils se prenaient la tête à deux mains. Ils couraient de long en large, accrochés à leurs chapeaux. Bref, ils perdaient le souffle sans avoir accompli pour autant la moindre besogne. Sur le chantier, quiconque relevait le nez avait aucune indulgence à espérer. Notre travail, c'était plus seulement un travail, c'était devenu la loi. Applicable sur-le-champ. On en a eu un bon exemple quand une des patrouilles sillonnant les environs à la recherche de personnes qui auraient fui la corvée a ramené Pygmy et Jour-sans-pain au bout d'une corde, saouls comme des cochons. Là où ils avaient bâti leur saloon, c'était un fond de ravine, ou tout comme. L'eau s'était rassemblée quelque part, puis s'était jetée sur eux. Ils avaient tout juste eu le temps de déguerpir en emportant trois, quatre gallons de leur tord-boyaux. Tout le reste, ils l'avaient perdu en quelques minutes. Ils savaient pas quoi faire. Ils savaient pas où aller. Ils savaient même pas comment sortir de leur forêt, ni si ce serait pas pire ailleurs. Pour chaque solution qu'ils avaient pas, ils se consolaient avec une rasade de whisky. Bien entendu, ils ignoraient l'histoire de la levée et l'ordre de réquisition. Mais quand, des heures plus tard, la patrouille leur est tombée dessus par hasard, au beau milieu de la nuit, ils avaient tout à fait l'air de s'être cachés dans les bois. Et, en plus, ils ronflaient sur le sol, le nez dans la mousse, quand tout un chacun s'escrimait sur la berge. On les a réveillés à coups de gifles. Ils ont pas su quoi répondre aux questions les plus simples. On aurait pas tiré la moitié d'une goutte de tous leurs flacons réunis. La vérité est qu'ils auraient même plus su dire leurs propres noms. Les trois plus gros propriétaires ont formé un tribunal. Et, comme ils avaient des choses plus graves à s'occuper, en trois minutes ils ont décrété que la meilleure chose serait encore de les pendre. Seulement, des arbres, il en poussait pas l'ombre autour du chantier. Aussi, après leur avoir passé la corde autour du cou, ils l'ont attachée au pommeau d'une selle et l'homme sur le cheval a piqué des deux. En quelque sorte, ils ont été pendus sans que leurs pieds quittent le sol, mais, de ce fait, l'opération a pris un certain temps. Je l'aurais pas retenu, Mr McPhee filait galoper derrière cette espèce d'échafaud ambulant. Il hurlait à l'intention de Jour-sans-pain : « Alors, qu'est-ce j'te disais, hein ? Qu'est-ce j'te disais l'aut' jour ? R'garde-toi, grand con : j'avais pas raison ? »

Ma Loretta, Mr McPhee et moi, on était tous dans l'équipe qui entassait les sacs de terre sur le passage du torrent. C'était l'endroit où on se marchait les uns sur les autres. Où, pour travailler, il fallait soit escalader les épaules du voisin, soit se faire grimper soi-même sur le dos. L'effort en était que plus pénible, mais j'estimais qu'on avait eu de la chance. Dans la mêlée, au milieu des appels et des cris de toute sorte, avec la rivière qui bouillonnait, la pluie qui redoublait, le vent qui s'était levé et qui commençait à nous siffler aux oreilles, ils pouvaient pas bien distinguer le comportement de Fred McPhee. Sa figure, même illuminée comme un lampion, ils arrivaient jamais à la voir assez longtemps pour soupçonner quelque chose. Surtout, cherchant à pas trop se faire éclabousser par cette diarrhée jaune où on pataugeait, ils étaient mal placés pour constater que, dans l'agitation générale, notre compagnon en fichait pas la rame. On s'était pas dit un mot sur la route. Je lui aurais parlé, fût-ce en lui hurlant au visage, je crois qu'il aurait rien entendu. Il était plus avec nous. Il était plus dans ce cortège de misère, ni nulle part. S'il était avec Louise, je pourrais pas le jurer : en tout cas, il connaissait plus que son extase. Si vous avez jamais vu un homme planté immobile au carrefour, et qu'une ruée de taureaux sauvages ferait pas bouger d'un centième de pouce, alors vous avez aperçu Fred McPhee, par une sinistre nuit d'automne, sur cette levée d'Alabama, tandis que les rayures argentées de la pluie, qui avaient été droites jusque-là, se mettaient en biais afin de nous compliquer un peu plus la tâche. Est-ce qu'il était pas le plus heureux d'entre nous ? Hélas, il a fallu que l'exécution de Jour-sans-pain le ramène sur la terre. Et, après avoir une ou deux fois encore apostrophé le pantin qui sautait au cul du cheval à moitié emballé, après avoir encore demandé à ce cadavre s'il se sentait assez mort à présent, Fred McPhee s'est retourné vers la rivière et vers ceux qui, même pendant qu'on pendait les déserteurs, avaient pas trop osé lever le nez du colmatage.

Il y avait là, en particulier, un grand type voûté, à cheveux gris, qui marmonnait tout le temps. Un remous de travailleurs nous a rapprochés de lui. Comme son discours tournait en rond, j'ai pu saisir le plus gros. Il nous exhortait tous à mettre les bouchées doubles. Il racontait qu'avant la guerre, en Louisiane, du côté de Baton Rouge, une crue du Mississippi lui avait enlevé ses deux grands fils, quinze et seize ans, la lumière de sa vie ; que, cette année-là, les sinistrés se comptaient par centaines dans seulement trois comtés, que des adultes pleins de sève étaient morts de faim et qu'il existait rien de plus cruel au monde que l'inondation, l'eau étant plus perfide que les flammes et les balles. Aussi nous suppliait-il d'accélérer la cadence, de remettre la rivière dans son lit, avant qu'elle ait eu le temps d'assassiner encore de beaux enfants, qui ne demandent qu'à s'épanouir sous le soleil. Lui-même donnait l'exemple, lançant de tout côté des bras de pieuvre, faisant aller ses reins et ses épaules comme des pistons, déployant une activité de raton laveur qui jurait avec sa grande taille et, plus encore, avec son gros regard triste, aqueux et un peu vide.

C'est ce remue-ménage qui finit par attirer l'attention de Fred McPhee. D'abord, il observa cet homme avec stupeur. Puis avec courroux. Enfin, il se précipita sur lui, les yeux hors la tête. Il l'envoya rouler dans l'eau rousse. Il prit sa place en cognant sur ceux qui lui faisaient obstacle et entreprit d'arracher de la brèche les sacs que l'autre avait disposés là, qu'il brandissait au-dessus de sa tête et lançait l'un après l'autre dans la rivière, l'indignation ayant multiplié ses forces. Et il braillait à pleins poumons, mais je crois que, ma fille et moi, on étaient les seules à comprendre ses paroles : « Essayez pas d'm'abîmer mon Déluge, tas d'salauds ! Essayez pas d'vous opposer à la volonté du Très-Haut ! L'arche, c'est seul'ment pour ma Louise. C'est pas pour des damnés comme nous ! » L'énergie qu'il montrait tout à coup, ça faisait peur. Lui et l'homme qui pleurait ses fils, on aurait dit des géants parmi nous. Le cri qu'il poussa, cet homme de Baton Rouge, quand, s'extirpant de la boue qui cherchait à le sucer, il comprit ce que fabriquait Mr McPhee, ce cri, ç'avait dû être le même le jour où les tourbillons, sous ses yeux, avaient emporté ses fils. Il s'est redressé, l'eau lui filant entre les genoux. Il a remonté le courant, aussi vite qu'il a pu. Il s'est emparé de la bêche à quelqu'un et, avant que Mr McPhee ait eu le temps de se tourner vers lui, il lui a planté le fer dans le crâne, jusqu'à la moitié. La pluie et le vent nous ont envoyé une bolée de sang en pleine figure.

Ce mort était encombrant. Et puis on avait pas de temps à perdre pour lui. Les deux rivières avaient pas de temps à perdre, ni celle qui courait sur le sol, ni celle qui tombait du fond de la nuit. Et en fin de compte, qu'est-ce qu'ils pouvaient bien faire, ceux qui nous commandaient ? Un Blanc contre un Blanc, on se serait arrêté à peser le pour et le contre. Mais un Noir qui casse la tête d'un autre ? Ils ont décidé d'en rester là, quitte à s'occuper du meurtrier plus tard, s'il marchait pas droit. En attendant, certains que, pour prolonger son sursis, il serait à la botte, ils l'ont nommé chef d'équipe. C'était à lui désormais de distribuer les tâches et de veiller que chaque opération soit menée à bien. Il y avait déjà trop longtemps qu'on se la coulait douce à cause de l'incident. Allez hop ! au boulot ! Et, déjà, une première besogne s'imposait. Le corps de Fred McPhee hors de vue, on pouvait s'imaginer qu'il s'était rien passé, que des esprits frivoles avaient seulement cru voir cette personne traîner dans les environs. Ils nous ont ordonné de l'enfouir à l'intérieur de la levée. Comme j'avais parfois vu les bonnes, au domaine, après un coup d'œil furtif par-dessus leur épaule, glisser un petit tas de poussière sous le tapis. Quand même, une femme a entonné un cantique et j'ai reconnu la voix de celle qui avait dit sur la route qu'un misérable au ventre creux, c'est plus facile de l'arrêter qu'une rivière qui déborde. Une fois de plus, j'ai pas réussi à repérer qui c'était. Chacun baissait le nez sur son travail, parce que c'est la bonne façon de travailler, sur une levée comme aux champs, et aussi, bien sûr, parce que les autres souhaitaient pas croiser mon regard ou celui de ma Loretta. Ils nous avaient vus ensemble, Mr McPhee et nous. Ils s'imaginaient qu'on était sa femme et sa fille, ou sa fille et sa petite-fille, ou en tout cas des proches à lui. Il y avait ceux qui respectaient notre deuil et ceux à qui notre chagrin faisait peur, parce que le malheur s'attrape, quand on est des gens de couleur.

En un sens, il avait de la veine, l'homme auprès de qui – ça me fait drôle, chaque fois que j'y songe – j'avais passé la plus grande partie de l'existence que le bon Dieu m'avait accordée jusque-là. Personne l'aurait envié, mais il était verni, à sa manière, puisque la lumière s'était éteinte dans sa tête avant qu'il s'aperçoive que c'était seulement à un petit déluge provisoire qu'on avait droit. Une catastrophe comme il y en a tant depuis qu'on a notre émancipation à payer. Il aura pas vu les trombes se transformer en petite pluie serrée, hargneuse mais fluette, puis en petite pluie paresseuse, demandant qu'à rester tranquille dans les nuages, puis en une simple odeur de pluie, puis en plus rien, puis en chants d'oiseaux et en souffles aimables. Il aura pas été le témoin de cette ultime défaite de ses rêves. Et pas non plus, loué soit le Seigneur ! du fait qu'après la tempête et l'inondation qui avaient ravagé notre coin de Delta, non seulement la croix ne se dressait plus sur la colline, mais qu'elle avait disparu, emportée par les intempéries ou, qui sait, par des malveillants. Même à un déluge humain, si je puis dire, un déluge de rien du tout, comparé à l'histoire du Bon Livre, elle avait pas résisté. Pour sa Louise comme pour lui, il y avait pas eu aucune arche. Au moins, même s'ils devaient errer dans les ténèbres, chacun de son côté, ils étaient réunis pour longtemps par cette déconvenue, jusqu'à la vraie Apocalypse.

Arc-bouté de tout son corps contre le déluge qu'il avait appelé de ses vœux, sac de mauvais souvenirs et d'illusions perdues, parmi les sacs de terre et de cailloux, Fred McPhee est devenu le gardien de la porte, et c'est lui-même qu'il empêche d'entrer. Il est devenu le gardien de la porte qui empêche sa Louise de le rejoindre. Il est la plus mauvaise personne qu'il connaisse et il lui sert à rien de pleurer, avec de la boue plein la bouche et les yeux. C'est comme s'il se trouvait en prison pour la vie dans sa propre carcasse, à des milliers et des milliers de miles de l'endroit où il rêvait d'aller.

Les surveillants, pensant que j'étais la veuve, eux aussi, m'ont bien fait comprendre, rien que par des regards, que mon intérêt était de fourrer mes plaintes contre le coupable sous la terre, avec le cadavre. Le coupable, il avait l'air bien embêté. Il aurait dû payer son geste, peut-être que ç'aurait été moins dur pour lui. C'est ce que je me suis dit après coup. Mais on lui avait pas accordé cette faveur. Il se retrouvait dans la peau de Judas sortant les pièces d'or du sac et les voyant se changer en poussière… Il aurait même pas eu de quoi se pendre, si l'idée lui était venue. Brandissant sa bêche, il pensait rendre la justice, accomplir un devoir sacré. De tout cela, en un tournemain, le Blanc avait réussi à faire une chose sale et mesquine. Cet homme, dès qu'il avait vu le mort à ses pieds, il était prêt à subir son châtiment. L'image de ses fils lui en avaient fourni la force. Mais les Blancs se moquaient bien de sa vertu ! Ils lui avaient refusé le courage. Ils lui avaient refusé la pénitence. Ils lui avaient mis une couronne de carton sur la tête et, ricanant de toutes leurs dents, ils lui avaient dit qu'il était le roi de la levée, à condition de ramper devant eux, et non pas devant le Créateur. Tandis qu'on tassait Mr McPhee entre les sacs, j'ai entendu la même voix de femme, cette même voix lourde et sombre, murmurer dans mon cou : « Pleure pas, ma sœur. Mets pas d'eau dans ta colère. Garde-la bien pure dans ton cœur. » Or, j'avais pas aucune colère en moi. Je ressentais que de la pitié. Pitié pour le défunt dans cette tombe solitaire. Pitié pour le criminel impuni. Pitié pour tous ceux dont la vie terrestre est une damnation. Pitié pour ma Loretta, qui avait connu, pour ainsi dire, que le versant obscur des choses depuis sa naissance. Et pitié pour moi, qui réussissais pas à garder aucun des hommes qui m'avaient voulu du bien.

J'ai un homme quelque part, où c'est nulle part pour moi. J'ai un homme qui court dans mes cauchemars à perdre haleine – c'est comme ça qu'il reste sauf, je lui dois bien cette souffrance ; il court devant des brutes, des torches et des chiens ; il dévore des rats crus et dort au fond des marais. J'ai un homme hanté par un colonel Obscur, un fantôme qui existe même pas ; ce troisième homme crie qu'en ce lieu, c'est plus désormais ni la vie ni la mort, et il annonce la Vérité, à part qu'il a tourné fou et sans doute ne reconnaîtrait à présent ni moi ni celui qu'il était lui-même dans notre ancienne misère, ce pays d'exil devenu au fil des ans notre bel autrefois. Enfin, j'ai un homme en Alabama qui colmate une brèche de son mieux, enfoncé dans la glaise ; j'ai un homme cloué sur le socle d'une levée, et qui croit de plus en plus que le ciel a jamais été qu'un paquet de vase rouge, plaqué sur sa figure et collant à ses yeux grands ouverts.

À peine on avait fini de reboucher le premier trou, la levée craquait un peu plus loin, et ce serait la même chanson tout au long de ces semaines d'enfer. On avait beau être que des métayers, et des nègres pour la plupart, on avait quand même qu'une paire de bras et qu'une paire de reins, et une fois que ni ceux-ci ni ceux-là voulaient plus rien entendre, on aurait pu nous pousser trente-six escopettes sous le nez que ça y aurait rien changé. De la nuque aux genoux, on était pris par la fatigue, comme un lac est pris par le gel. On pouvait simplement plus remuer un doigt. Des statues de sel nous auraient battus à la course. Tout le monde pouvait pas être sur toutes les brèches à la fois, d'abord, et ensuite ils ont fini par comprendre – et par admettre à contrecœur – que tout le monde pouvait pas être sur la brèche tout le temps. Et, comme la pluie redoublait (bien qu'on aurait jamais cru la chose possible), comme le niveau de la rivière montait en conséquence, comme le courant devenait sans cesse plus fort et plus rapide, bref : comme on voyait pas la fin de nos calamités, il a bien fallu s'organiser. Prévoir un roulement de façon qu'une partie de la corvée mange ou se repose sous les tentes pendant que le reste continuait de trimer. Maintenant que le camp était installé – si on peut dire ! –, les plus mal en point des réquisitionnés étaient disponibles pour d'autres tâches. Mais le Blanc allait dispenser personne de travaux pénibles. Les vieux, les éclopés, les malades, les gosses trop faibles, on a décidé qu'ils aideraient ceux qui brouettaient les sacs jusqu'à nous autres, qui luttions avec l'eau au corps à corps. Ils pouvaient pas lever ces sacs de par terre, ils pouvaient pas les transporter sur leurs épaules, ni conduire une brouette après en avoir empilé dessus toute une pyramide, une brouette qui enfonçait jusqu'au moyeu dans la boue collante. Ce qui signifie qu'il y avait personne pour faire la cuisine. On a tout le temps mangé froid, et ce qu'on avalait, ç'avait plus de nom parce que ça nous arrivait tout détrempé dans les écuelles de fer-blanc (ils avaient dû les emprunter à leurs chiens) qu'on lavait en les tenant à bout de bras sous l'averse. Tant qu'on a vécu dans ce camp, on a seulement jamais eu droit à un café chaud. Sauf un dimanche, vers la fin, quand une famille de mormons (ils étaient bien trente !) est venue nous en porter dans des chariots à bâche. Le reste du temps, on a bu que de l'eau, si bien qu'on avait l'impression qu'il nous pleuvait aussi à l'intérieur.

Avant guerre, au quartier des esclaves, on avait toujours eu de quoi dans nos assiettes, il faut dire ce qui est. Cette nourriture sentait bon : on la préparait à notre goût, avec les herbes et les épices qui nous chantaient. Je me souviens même de plusieurs vrais festins. Par exemple des barbecues que les maîtres nous offraient en certaines circonstances. Lorsqu'il a fallu qu'ils partent au front, on s'est débrouillé comme on a pu, mais on a conservé nos habitudes, pour ce qui est des repas. On les a conservées aussi longtemps que Sherman est pas venu piller les granges, vider les greniers et brûler les cultures. Avec le peu qu'il nous a laissé, on a pu faire semblant de manger à notre faim jusqu'à la bataille d'Appomattox. Mais, après la reddition, on a cessé de se raconter des histoires. On a ouvert les yeux. On a regardé autour de nous. On a vu que ceux qui voulaient nous libérer, même s'ils l'avaient pas fait exprès, s'étaient alliés aux esclavagistes pour tout nous ravager d'avance la part qui nous revenait de leur victoire. Et là, on a commencé à apercevoir le fond des plats à travers la nourriture. Puis c'est allé de mal en pis, et, sans les mandats de mon Silas, j'aime autant pas supposer ce qui serait advenu de nous. Ensuite, chez Fred McPhee, disons que, tant que notre hôte avait pas baigné dans le whisky de clair de lune, à peu près une fois sur deux, on était parvenus à calmer les protestations de notre estomac. Et lorsqu'il a fallu se serrer un peu plus la ceinture, de toute façon il y avait pas d'autre chose à faire. Je m'arrangeais en sorte que mon enfant ait toujours à peu près la même portion, que ce soit de patates douces, de haricots rouges ou de riz sauce légumes. Quant à moi, eh bien, je tâchais de faire la leçon à mon appétit. Je le rabrouais, qu'il prenne pas ses aises. La faim, tant pis si on l'a, du moment qu'on arrive à pas la ressentir. Ce qui se passe dans le ventre, c'est rien à côté de ce qui se passe dans la tête. Je m'occupais du ventre de ma fille et j'essayais de faire croire des choses à ma tête, comme quoi la gourmandise est péché capital, comme quoi trop se remplir la panse alourdit les jambes et rend la main faible, comme quoi le prix du coton allait monter et qu'on aurait cette année une récolte miraculeuse, ce genre de fariboles. Des fois, ma tête se laissait convaincre.

Ce que je voulais expliquer, c'était que, pendant toute cette période de clair de lune et de vaches maigres, pas une seule fois nos estomacs avaient été aussi maltraités, et en quantité et en qualité, qu'au campement de la levée, alors que les surveillants, à côté de nous, se tournaient à la broche des lièvres, des opossums et d'autres gibiers qu'ils attrapaient, et que l'odeur entrait en nous par tous les pores de notre peau, transperçant le jus de sac de terre qui nous laquait de brun, de rouge, de jaune et d'orange des cheveux aux orteils, et que l'odeur nous emplissait la bouche d'une bave épaisse, grumeleuse, et qu'elle finissait par tirer le long de nos joues des larmes de concupiscence et de nostalgie. Ils lançaient les os à leurs bêtes, on les avait pas même à sucer. Alors on reprenait les pelles, les crochets ou les mancherons, avec des gargouillements, des grebillements plein nos boyaux, et surtout ce fumet de bonne viande qui, en pensée, nous poursuivait jusque sur le chantier, et qui nous rendait comme saouls…

Je parle de ce manger affreux, mais le dormir, c'était bien plus sinistre encore. On avait, bien sûr, que la pluie pour se nettoyer. Comment se nettoyer, cependant, quand on peut pas se déshabiller devant tout le monde et qu'on a pas, de toute façon, aucun vêtement de rechange, ayant été ramassés tels qu'on était à ce moment-là ? J'en suis passée par là, jour après jour, et moi-même, j'arrive pas à imaginer aujourd'hui ce qu'on a bien pu faire pour supporter. Qu'est-ce que c'est qu'un repos, qu'est-ce que c'est qu'un sommeil, quand vous êtes mouillé jusqu'à la moelle des os et que la vase, sous la tente, commence à sécher sur vous, c'est-à-dire à coller encore un peu plus ? On dormait parce que, grâce à Dieu, la besogne nous assommait après nous avoir accablés. Tels des bœufs à l'abattoir. On sombrait d'un coup. La main qui nous avait tenus debout nous lâchait au fond d'un trou noir, si noir qu'on y distinguait même plus ses rêves. Elle nous lâchait au fond d'un trou sans fond. On en finissait plus de tomber, ça nous comprimait les tempes et nous bouchait les oreilles. Cent canons et un tremblement de terre nous auraient pas affranchis de ce vertige. C'est si vrai, ce que je raconte, que, la nuit où on a tué le meurtrier de Fred McPhee, seule la personne qui a commis le geste s'en est rendu compte. Ils ont battu le vieux soc de charrue qui servait à nous réveiller, et les voisins de cet homme se sont aperçus qu'il gisait sur le dos, les lèvres entrouvertes, mais la gorge tellement fendue qu'on aurait pu y enfourner un poing, sinon les deux. Un rasoir dégouttant de caillots grenat reposait au creux de sa main droite, mal fermée. On en avait conclu qu'il s'était délivré lui-même de ses responsabilités et de ses tourments. Personne irait le regretter, de toute manière. Ne serait-ce que pour le motif que, dans ce camp du démon, très peu de gens se seraient regrettés eux-mêmes. Qui avait fait le coup, maintenant ? Je préfère pas savoir. Mais, moi, sans être fouineuse pour autant, j'avais bien vu qu'il était gaucher. Les Blancs, j'ignore ce qu'ils avaient vu de leur côté. En tout cas ils ont pas posé de questions. En tant que contremaître, il a eu droit à une vraie tombe, sur une petite butte désertique. Moi, je sommeillais pendant ce temps-là. On m'a dit que la cérémonie avait duré moins d'une minute. On avait souhaité que son âme repose en paix, vu que c'est la tradition, mais du bout des lèvres, parce que, pour un suicidé, c'était gâcher sa salive.

Un beau jour, donc, la pluie s'est arrêtée. Un beau jour, le soleil a reparu. Un beau jour, la rivière a oublié sa colère contre nous. Un beau jour, l'eau s'est retirée. Un beau jour, on est retournés dans nos cabanes, sans escorte cette fois. Un beau jour, tout est redevenu comme avant, sauf qu'avant était dévasté et qu'on était plus que deux femmes, dont une fille, sur cette parcelle. Les peines qu'on a connues, dans l'espoir d'une prochaine récolte, à quoi bon en dévider la liste ? Je connais des litanies plus gaies. Toujours est-il qu'on a fait pousser toutes seules et sans mule le maudit coton, me demandez pas par quelle opération du Saint-Esprit. Et alors, à l'instant où on était prêtes à se tomber dans les bras, on a découvert que, pour une raison ou une autre, il poussait plus gris que blanc. On voulait pas en croire nos sens. On a pas fermé l'œil de la nuit. Le lendemain, à l'aube, le gris s'était changé en verdâtre. Le jour d'après, il était tout noir et il se laissait cueillir par le vent, tandis que la flétrissure gagnait les tiges. Sur la terre, autour de chaque plant, ça dessinait comme une tache d'encre…

J'ai dit : « Si on veut manger, il nous reste qu'à vendre les sacs. » Loretta m'a regardée. Elle m'a fait : « Mangeons les sacs, M'man, c'est plus sûr. »

On avait pas aucun droit d'occuper une terre affermée par un homme mort. D'un autre côté, on avait rien coûté au propriétaire. Il avait rien eu à nous avancer et, si notre champ avait rendu un tant soit peu, on aurait pu reprendre à notre compte la dette de Mr McPhee, qu'on aurait fait prospérer de manière que le Blanc se la coule douce et invite le banquier à l'auberge. Mais le sort nous avait pas été clément. L'inondation avaient porté tort aux patrons du district. Ils se sentaient nerveux et, ayant compris que, même pour eux, le sort en faisait qu'à sa tête, ils étaient pas tranquilles. Quand le Blanc est en souci, il soupçonne le Noir de quelque chose. Ça existait avant guerre, surtout avec des patrons du genre de Mastah Jean ; depuis, on peut dire que ça s'est pas arrangé. Bref, ma petite et moi, dès qu'ils ont vu qu'on avait rien tiré de notre lot, ils nous en ont chassées. On a dû déguerpir d'une minute à l'autre : pendant que le capitaine nous houspillait, une famille de sans-couleur, environnée de cette odeur de fièvre froide et de cimetière qu'ils ont sur eux, attendait dans la cour près d'un âne, afin de métayer à notre place. Ils nous jetaient des regards de haine, à cause qu'ils étaient obligés de s'installer après des négresses. On était à peine sorties de la case qu'ils s'engouffraient dedans et poussaient des clameurs, comme quoi l'atmosphère était suffocante. Ils battaient des bras pour se faire du vent, et on a entendu la femme, une vieille turpitude aux yeux délavés, lancer par la fenêtre, de manière qu'on entende : « C'est quand même vrai, bonté, qu'ils laissent leur ombre sur les murs ! » Ma fille – jusque-là, elle avait pas desserré les dents ni eu un geste équivoque –, je sais pas ce qui lui a pris. Le propriétaire, qui nous poussait en direction de la route, se tenait à côté d'elle à la toucher, mais elle s'en est pas préoccupée le moins du monde. Elle a fait volte-face, plus vive que la porte battante d'un saloon, et elle a hurlé d'une voix qui, soudain, était plus du tout de son âge, mais la voix (j'ai pensé sur le moment) d'une de ces femmes de la ville qui glissent un rasoir à manche corne dans le haut de leur bas : « Des comme vous, ils risquent pas d'en faire où que ce soit, de l'ombre : le soleil sait même pas qu'ils existent ! »

Encore maintenant, je vois pas où diable, ayant eu avec Fred McPhee et sa mère la vie qu'on avait eue, sans pratiquement voir quiconque, sauf ce propriétaire, les boutiquiers de temps en temps, les fidèles chaque dimanche et, sur la fin, un peu, hélas, nos deux chevaliers de l'alambic, non, je vois pas où diable elle avait été chercher ça. Le patron, comme de juste, a voulu la gifler – sa main l'aurait démangé toute la sainte semaine, autrement –, mais elle détalait déjà parmi les bosquets qui longent le sentier. À cinquante pieds de là, elle s'est plantée sur ses jambes de sauterelle, elle s'est retournée et elle a regardé dans notre direction. D'un seul coup, je reconnaissais plus ma propre enfant. Et je la reconnaissais plus alors qu'elle avait, justement, son visage de tous les jours – encore plus que d'habitude si j'ose dire. Elle avait l'air ni effrontée ni rien de ce genre. Elle souriait pas, elle clignait pas des yeux, elle fronçait pas le sourcil. Elle attendait tranquillement de voir ce qui allait se passer, avant d'adopter telle attitude ou telle autre. Et c'était ça le plus bizarre, compte tenu de ce qui venait de se passer et, surtout, de ce qui pouvait se passer encore. Elle faisait pas la fière, elle narguait pas cet homme. Elle semblait pas non plus lui reprocher du tout son geste. Elle avait eu de la colère contre la femme dans notre cabane : elle en avait pas l'ombre envers ce Blanc. Elle montrait pas non plus la moindre peur. En s'échappant, elle s'était seulement protégée, pareil qu'on se tient à l'écart des nids de serpents d'eau quand on veut se baigner. C'était comme si, à ses yeux, lui et elle, chacun était dans son rôle, chacun effectuait sa part de la même besogne. Elle voyait aucun drame dans tout ça.

Du plus profond de mon âme, je priais à l'intérieur de ma tête le Seigneur et ses anges et tous les saints qu'ils fassent comprendre au capitaine que cette fille était bien plus jeune qu'elle en avait l'air et que si moi, sa mère, je savais pas ce qu'elle faisait, elle-même le savait encore moins. Est-ce que ça suffirait, cependant ? Pour le Blanc, nulle personne de couleur sera jamais assez maligne pour savoir ce qu'elle fait, et jamais ç'a empêché qu'elle soit punie de ses erreurs. On juge quelqu'un sur ses actes, et ma Loretta avait commis deux actes qui étaient des fautes, et des graves. Car on réplique pas à un sans-couleur, on se rebiffe pas contre un capitaine. Des choses pareilles se sont vues parfois, du temps où les carpetbaggers mettaient le pays sens dessus dessous et distribuaient des fonctions aux nègres qui leur ciraient les bottes, mais, par la suite, les gens comme Mastah Luc y avaient mis bon ordre. On voulait plus de ça dans le Sud. D'une simple gamine de métayers, c'était même pas pensable. Il aurait eu son fusil, je pense pas que ce propriétaire l'aurait laissée filer. Et puis il a dû se faire la réflexion qu'étant jetées sur les routes, on finirait mal de toute façon et qu'il allait pas perdre plus de temps avec une négrillonne si dérangée qu'elle manquerait pas d'aller se jeter dans la gueule du loup un peu plus loin. On est arrivés au bord du grand chemin, lui et moi, et il a seulement grogné, en m'agitant la main devant la figure : « Allez, ouste ! Sauve-toi de là, bonne femme, disparais ! On a pas besoin de toi ! » Il était fâché contre moi, du fait que j'avais été témoin que Loretta avait pas reçu aucun châtiment. J'espérais qu'il enverrait pas le shérif après elle. C'est pourquoi je l'ai salué bien poliment, tandis qu'il haussait les épaules, reniflait avec mépris et me crachait son jus de tabac devant les pieds.

Il était pas plus tôt regrimpé dans son cabriolet, garé à l'embranchement, que ma fille sortait des fourrés. Elle nous avait suivis à distance, mais pas à pas. J'aurais donné cher pour savoir quoi lui dire. Soudain, c'était comme si j'avais affaire à une personne que je connaissais pas. Le matin encore, j'aurais juré qu'elle était incapable de dire ce qu'elle avait dit et d'agir de la manière qu'elle avait agi. Je la croyais têtue, mais discrète, sinon timide, un peu renfermée à cause du genre d'existence qu'elle menait par ma faute, respectueuse des grandes personnes en général et craintive du Blanc par-dessus tout. Tellement je le souhaitais pas, sans doute, jamais j'aurais imaginé qu'elle attrape cette maladie, mortelle pour des personnes comme nous : l'orgueil. C'est un terrible péché, bien sûr, mais d'abord c'est un mal sur la terre, un mal funeste qui, à la fois, vous ronge de l'intérieur et attire sur vous l'aversion et la méchanceté des gens. J'aurais pas souhaité pire à quelqu'un dont j'aurais voulu tirer vengeance. Et voilà que c'était tombé sur ma propre fille. D'un seul coup, sans prévenir. L'instant d'avant qu'elle ouvre la bouche, j'aurais parié tout ce que j'avais que, jamais de la vie, elle aurait simplement été capable de hurler une phrase que, moi, j'aurais même pas pu imaginer, croyant que les mots de cette sorte étaient réservés aux Blancs. « Le soleil sait même pas qu'ils existent » ! Ni sa mère, ni son père, ni Aloysius avant qu'il tombe fou, ni Nehemiah en présence de sans-couleur, ni Fred McPhee, ni Pygmy, ni Jour-sans-pain, pas aucune personne de sa connaissance aurait eu la simple idée d'une insulte pareille, qui revient à dire que si le Noir est rien au regard du Blanc, celui-ci est moins que rien aux yeux du Noir ! Ça va au-delà de tout culot. Ça me renverse. Ça chamboule tout. J'ose à peine me le répéter à moi-même. Si j'entrouvrais les lèvres pour le chuchoter, ça m'étoufferait au passage. Bien des malheureux, j'en suis certaine, se sont fait lyncher pour moins que ça. Pour des mots qu'on a seulement cru qu'ils allaient prononcer, pour des pensées qu'on a seulement cru qu'ils pouvaient avoir, pour une forme inconvenante que leur ombre avait prise par hasard… Ma Loretta ! Comment c'était possible ? Voilà maintenant que j'arrivais plus à la regarder en face. J'appréhendais trop de voir à travers ses yeux qu'il y avait une autre fille en elle. Venue là au moment où la vieille malséante avait ricané qu'on laissait notre couleur après les murs. Telle une malédiction. Tel un démon. Tel un esprit mauvais. Je repoussais cette vision d'horreur, et pourtant je m'y accrochais comme à un dernier espoir. Si mon enfant était pas possédée, bien sûr ç'aurait été un soulagement. Mais, en même temps, ç'aurait été la nouvelle que le Tout-Puissant aurait retiré Sa main d'au-dessus d'elle. Je préférais encore que le Diable, profitant de notre misère, soit entré en elle, parce que, Tante Ivy me l'avait assuré plus d'une fois, il y a des moyens de faire sortir un esprit mauvais. Tandis que Dieu, s'Il vous a abandonné, vous allez plus trouver d'autre chemin que celui des fautes et des douleurs, même si vous êtes Son propre fils.

Les propriétaires et les malheurs avaient dû se donner le mot. Sur cette route, on est pas restées seules bien longtemps. D'instinct, on avait tourné le dos à la ville. On s'en allait par là où on était venues douze ans plus tôt (douze : je me suis arrêtée à ce chiffre et il ne doit pas être loin de la vérité – ce qui ferait à ma gamine dans les quatorze ans). Bientôt, on s'est aperçues qu'on suivait d'autres Noirs, chassés de leurs arpents, eux aussi, et que d'autres Noirs nous suivaient. Beaucoup, je suppose, s'écartaient de l'endroit où ils avaient laissé que des dettes et du mépris à leur égard. Du mépris et de la malveillance. Il y avait pas aucun refuge de n'importe quelle sorte là-bas. Pas de toit où s'abriter, pas de fontaine où s'abreuver, aucune aide à espérer de quiconque. Le Blanc possédait tout, et il l'aurait réduit en cendres plutôt que de le partager avec nous. À l'heure qu'il était, peut-être que le shérif avait déjà fait planter à chaque entrée du bourg quelques-uns de ces fameux écriteaux qu'on verrait fleurir partout le long de notre marche et qu'on a vite appris à déchiffrer. Ils disaient, on me l'a appris : « Nègre, lis ceci et cours. Si tu ne sais pas lire, cours quand même ! »

Pour l'homme de couleur voyageant seul, c'était sans aucun doute le plus sage conseil à lui donner dans notre Sud. Pour la femme, voyager sans un homme a jamais été recommandé, de toute façon, où que ce soit. C'est la raison pour laquelle, dès ce premier jour, sans avoir eu besoin de se consulter, chacun de son côté on a pris le parti de mettre nos solitudes ensemble. Ou bien on pressait le pas pour rejoindre le groupe qui nous précédait, ou bien on traînassait afin que ceux qui venaient derrière nous rattrapent. Moins le nègre est isolé, moins il est obligé de fuir à toutes jambes. Quitter le Delta, renoncer à l'hospitalité des métairies, des pesées frauduleuses, des injustices et des injures, des humiliations, des coups, des lubies sanglantes du Klan et des autres sociétés secrètes, on demandait pas mieux. Mais la fatigue nous avait depuis longtemps brisé l'échine et ôté la vivacité des mollets. Pour la plupart, galoper avec des chiens aux trousses était plus guère dans nos cordes. La solution, il y en a pas trente-six, c'est d'être serrés les uns contre les autres, et plus nombreux que la meute.

À deux, trois cents, vous êtes sûr que les rues se vident dès qu'ils aperçoivent au loin votre nuage de poussière. Ils se barricadent dans leurs maisons, toutes hérissées de carabines glissées par les fentes et les ouvertures. Ils se signent au pied de leurs lits, ils grincent des dents, ils font le gros dos, ils font le poing dans la poche, mais ils vous laissent tranquilles. Si vous approchez à plus de cinq cents, ils croient voir le fantôme de Nat Turner à votre tête et télégraphient au commandant du fort le plus proche, tremblant à tel point qu'ils doivent s'y reprendre à trois fois. L'escadron le plus proche se trouve à deux jours de cheval. Ils cachent les enfants, les femmes et ce qu'ils ont de plus précieux sous les lattes des planchers ou derrière les armoires, dans des galeries creusées au fond des placards, des appentis, à l'époque de Sherman et des irréguliers. Vous arrivez à mille, c'est eux qui détalent, en abandonnant le rôti fumant sur les assiettes, leurs lunettes dans un coin et leur pipe dans un autre. En haut de la colline, ils s'agenouillent en cercle autour du pasteur et attendent en bredouillant des psaumes qu'on monte les massacrer et les manger tout crus. Il y a jusqu'à des villes de Noirs qui se transforment en villes mortes, dès qu'on annonce une colonne de chemineaux.

On s'est vite rendu compte que certains, parmi nous, marchant dans le même sens que les autres et pressés de gagner le bord du fleuve comme tout le monde, avaient, eux, un but précis. Ils souhaitaient traverser d'est en ouest l'État du Mississipi, où on étaient entrés le deuxième jour, et remonter le cours de l'eau au moins jusqu'à Saint Louis. Ils sont devenus nos guides. Les Moïse de l'exode. Sauf qu'ils avaient pas l'usage de dix commandements. Un seul était de saison : « Passer en haut de la ligne. » Au bout de trois fois que l'expression m'est venue aux oreilles, j'ai relevé la tête. J'ai posé franchement la question.

Tout le temps qu'on avait habité chez Mr McPhee, j'avais pas entendu parler d'aucune ligne. On m'a expliqué que, profitant des opérations qu'il avait baptisées la « Reconstruction » du Sud, peu à peu, de proche en propre, d'antichambre en antichambre, de banque en banque et de potence en potence, grignotant par-ci, par-là, mais grignotant sans repos, le Blanc avait enfin réussi à abolir l'abolitionnisme, ou du moins tout ce qui lui déplaisait dedans. Il existait désormais comme une frontière qui coupait l'Amérique en deux. Pas une barrière en bois, des sémaphores, des pancartes, des poteaux de couleur ni rien du genre : simplement un trait qu'on aurait tracé sur une carte. Et ce trait, qui datait pas d'hier, mais qu'on avait ressorti pour l'occasion, ce trait s'appelait la ligne Mason-Dixon[1]. Dans la partie du dessus, les lois qu'avait voulues le président Lincoln restaient autorisées pour l'instant. Dans la partie du dessous, elles étaient devenues hors la loi. L'Émancipation y était plus valable que jamais, mais uniquement pour les Blancs. L'égalité, pareil. Ils étaient davantage égaux entre eux qu'ils l'avaient jamais été avant guerre, sur n'importe quel bout de papier officiel. En revanche, ils avaient fini d'être égaux avec d'autres.

J'ai encore appris que, sous la ligne, l'Amérique avait un nouveau nom : c'était le pays de Jim Crow. Je l'avais vu, Jim Crow, récemment encore, se chamaillant avec Zip Coon pour le plus grand plaisir de ce pauvre Fred McPhee passant ses derniers jours sur terre. Mais là, il s'agissait plus du tout d'une farce de ménestrels. Ou alors elle était devenue plus vraie que la vie. Jim Crow s'était lassé d'être un guignol. Il avait pris du galon. Il était la nouvelle plaie d'Égypte dans le Midi. Et aussi la nouvelle Constitution des États-Unis, ici en bas de la carte. Jim Crow proclamait : le Noir doit vivre avec le Noir, et leur vie à tous deux doit être une vie de nègre, où, comme

1. Charles Mason et Jeremiah Dixon, « deux astronomes et géomètres anglais », « restent dans la mémoire américaine pour avoir réglé, entre 1764 et 1767, un conflit territorial… ». L'expression *Mason-Dixon Line* « devient rapidement un symbole de la frontière entre États esclavagistes et États non esclavagistes, puis par extension, de la démarcation raciale. […] On estime qu'à la date de la sécession, huit millions de Blancs et quatre millions de Noirs vivaient au sud de la "ligne" » (Jean-Paul Levet, *Talkin' that talk, le langage du blues et du jazz*, Karyo, 2003.).

sur les anciens domaines, l'homme de couleur profite de deux permissions seulement : servir quelqu'un et servir à quelque chose. Le reste du temps, il lui faut « rester à sa place », c'est-à-dire se fondre parmi les ombres et se dissimuler dans les plis des ténèbres. Comme avant, il refaisait donc partie des choses obscures. Après le travail, il y avait rien de plus souhaitable pour lui que de se rendre invisible. À la tombée du jour, il serait bien inspiré de disparaître dans un trou, comme les bêtes des bois. Voilà. Ça n'avait pas été long. On débarquait du plus profond de l'innocence : en deux coups de cuiller à pot, nos camarades chemineaux nous ont enseigné « Mason-Dixon », « Jim Crow » et « ségrégation », précisant bien que, avant de franchir la ligne, c'était tout ce qu'une personne de couleur avait besoin de savoir pour pas se faire brancher au premier chêne quand le soleil descend.

Mais qu'est-ce qui avait donc bien pu se passer, pendant qu'on avait le nez plongé dans notre coton, nos petites misères et nos inquiétudes dérisoires (dérisoires, bien sûr, une fois que bien pire est advenu) ? Oh ! c'était pas très compliqué, tenez ! L'exil avait été notre malédiction, pour le profit des maîtres. Ils nous avaient considérés comme des bêtes de somme. À présent, on avait grimpé un étage dans l'ordre des créatures. Les maîtres nous le reprochaient, tel un péché originel et qu'ils auraient été nos dieux. Ils nous utilisaient, ils nous manipulaient toujours, mais avec dégoût, maintenant, ainsi que des outils salissants. Ils auraient voulu qu'on soit pour de bon raides et silencieux comme des outils, et sans odeur que celle du métal et de la graisse.

Nos yeux en avaient trop vu. Nos âmes avaient usé trop d'espérances. Mon Silas était pas revenu, ou bien il nous avait pas trouvées, passant peut-être à quelques pas de notre cabane alors qu'on travaillait dans les cultures… Chacun, sur la route, avait le même genre d'histoire à raconter. Chacun avait pas un seul vrai secret pour les autres. Et personne croyait plus que le Nord serait une Terre promise. Il serait seulement, avec un peu de chance, un endroit où on peut allonger ses os endoloris et où, même pauvre comme Job, on peut vivre comme des gens. Songeant à cette contrée, tous ceux qui, depuis la fin des combats, vivaient comme des silhouettes, comme des formes courbées qui s'estompent au crépuscule, tous ceux-là sentaient plus les crampes dans leurs jambes ni les crevasses sous leurs pieds nus.

Il y avait là les rescapés des fermes placées sous le niveau de la rivière, des camps de résineux, des moulins et des minoteries, scieries où l'on respire un air brûlant, truffé d'esquilles de bois, les travailleurs tout esquintés des nids à miasmes et à poussière – manufactures de tabac, usines d'engrais, faites votre choix –, les forçats des digues, des mines profondes ou à ciel ouvert, des débarcadères rongés par la fièvre des marais, des champs d'épandage, et les bénéficiaires des autres emplois protégés (« protégés de l'envie qu'un Blanc tombé sur la tête aurait pu avoir de les accepter pour lui-même ! » avait lancé Nehemiah). Et puis bien sûr ceux qui avaient survécu aux emplois qu'ils avaient pas trouvés, aux emplois qu'ils avaient perdus une fois pour toutes, aux emplois réservés aux purs esprits et aux courants d'air, puisqu'on avait jamais surpris un être humain à en profiter. Il y avait encore les rescapés de la ruine, de la disette et de l'incendie. Ceux (souvent les mêmes) du whisky de clair de lune. Ceux (leurs frères jumeaux) des jeux de cartes, des jeux de dés, des loteries clandestines et des séjours à la ferme pénitentiaire. Ceux des maladies graves, des machines qui vous défoncent le thorax, vous arrachent un œil ou les deux, vous broient le pied ou vous mangent la main. Ceux, pour finir (mais j'en oublie sûrement), des petites poulettes véreuses et des mariages qui tournent mal.

On croisait dans ces colonnes tout un tas de femmes de tous les âges expulsées de chez elles avec leurs enfants, dont certains encore accrochés par les lèvres à leur poitrine, qu'un mari avait jetées dehors par un samedi pluvieux, préférant avoir plus que sa propre bouche à nourrir ou alors celle, cette bouche en cœur gonflée de fard cerise, éclatant comme un fruit trop mûr sous les baisers, d'une fille ressemblant à ce que la Louise de Fred McPhee avait été jadis. Et on croisait aussi, presque aussi nombreux qu'elles, de ces hommes hagards, aux yeux de chien battu, toujours impatients de s'accroupir dans l'herbe du fossé, de se prendre la tête entre les mains et d'attraper leur première larme du bout de la langue, avec le rêve qu'elle sera moins salée que la veille. De ces hommes maintenant apeurés par le son de leurs pas, qui marchent voûtés tout contre les talus, en traînant leurs talons derrière eux. De ces hommes qui, de retour au logis, un beau soir, ont trouvé le verrou tiré et perçu derrière la porte, entrelacés parmi des petits rires mal étouffé, le bruit d'une hache qu'on aiguise sur une pierre ou d'une casserole d'huile qui grésille sur le feu et le bruit d'un amant de six pieds six pouces qui rabat le chien de son revolver en clignant de l'œil.

Voilà qui on était, sur ces routes menant vers les engelures. Rien que des personnes qui se trouvaient sur un côté de la feuille et qui voulaient désormais vivre sur l'autre. La feuille était aussi fine qu'un trait de crayon, mais elle était grande comme la moitié de l'Amérique. Il fallait marcher dur et sans trêve. On avait pas grand-chose sur le dos et on savait aussi qu'on marchait vers l'hiver, parce que les saisons tournent et que le Nord, à ce qu'on raconte, c'est là que l'hiver habite pendant les grosses chaleurs de chez nous. On dit qu'il se calfeutre, qu'il reste dans son terrier en principe jusqu'au mois de septembre, mais que l'on peut deviner son souffle à presque chaque instant, comme on devine un pain de glace sous un sac de jute au soleil. Ma Loretta avait très peur du froid. Je pouvais pas lui promettre qu'elle en souffrirait pas à aucun moment de sa nouvelle vie, mais le froid sur la peau – j'essayais de lui expliquer cela – c'est quand même mieux que le froid par-dessous. Et qu'est-ce qu'on prend si on a la possibilité de choisir : être mordu par le froid ou pas avoir de nourriture à se mettre sous la dent ? Elle se renfrognait. Elle me boudait. Je cherchais à la raisonner, mais elle tapait du pied. Elle me répliquait que c'est pas écrit dans aucun livre qu'on pourrait pas avoir deux bonnes choses à la fois, du moment que les bonnes choses avaient été mises sur la terre pour que les gens en profitent, ou alors à quoi bon ? Pour être franche, je comprenais pas que des idées semblables viennent à ma propre fille. Elle était née libre, mais elle était née sur un domaine dans le Mississippi. Et elle était née noire, d'un homme et d'une femme aussi noirs qu'on peut l'être, Seigneur ! Puis elle avait vécu douze années dans une cabane de borderie. Tous les maux de la terre, ceux qu'elle avait pas subis elle-même, elle les avait vus s'acharner sur la personne de couleur. Elle avait connu la grêle et la sécheresse, le gel et les tornades, les moustiques et le charançon, l'épuisement et la faim – la liste serait longue... Et elle savait, d'après l'exemple de Fred McPhee, combien pèse la vie du Noir, combien il faut de temps pour le pousser sous le tapis et l'oublier à jamais. Je me souviens que le révérend Boone répétait chaque dimanche : « Mes frères et mes sœurs, je vous en conjure, ne vous rebiffez pas contre la volonté de Dieu ! S'il reste dans vos cœurs une trace d'orgueil indélébile, si vous n'avez la force de vous résigner qu'à une seule chose ici-bas, au moins que ce soit à la résignation, amen ! » Plus ça allait, plus je me demandais si mon enfant était seulement capable de renoncer à une seule de ces choses qu'elle convoitait du simple fait qu'elle les possédait pas. Autant dire, hélas, à peu près tout ! Et pas seulement de ces choses qui sont là, mais réservées à d'autres que nous : des choses – comme d'avoir le printemps sur sa tête et de manger des pieds de cochon d'un bout de l'année à l'autre – qui existent que dans les désirs des envieux, pauvres pécheurs, cet enfer brûlant qu'ils transportent dans un recoin de leur âme et qui sort sa tête d'alligator pour leur ronger le foie, où qu'ils aillent et quoi qu'ils obtiennent du Créateur, tout au long de leur vie de fiel, partagée entre la rancœur et le tourment.

Une mauvaise chose, vous pouvez l'enlever à quelqu'un, si Dieu guide votre bras. Mais vous pouvez pas ôter l'envie de cette chose à personne. Sinon, Mr McPhee serait encore parmi nous. Et quand, en plus, cette chose paraît aussi bonne que le chaud du soleil ou une assiette pleine à ras bord, même le diable qui vous a poussé saurait plus vous retenir… Est-ce que j'ai pas tâché de donner le bon exemple à mon enfant ? Est-ce que j'ai pas voulu en faire une meilleure chrétienne que moi ? Ayant cette ambition, c'est peut-être moi qui ai commis le péché d'orgueil sans le vouloir… Ou bien, l'absence d'un père, c'est comme un vide que pas aucune bonne intention peut combler, parce que ce serait un vide sans fond… Je m'étais fabriqué un rêve tout en marchant. On remontait du Delta vers Saint Louis. Lui, il descendait du pays du Canada, où il serait parti, mettons, chasser les animaux qu'ils ont là-haut, et vendre leurs fourrures afin de devenir un homme aussi prospère qu'un pauvre Noir peut envisager de l'être. Et voilà qu'on se tombait dessus dans les faubourgs de Saint Louis (je dis Saint Louis parce que c'est la ville que chacun souhaite voir avant de mourir, dans notre cortège). Voilà qu'on se tombait dans les bras tous les trois, et que ma petite recevait d'un seul coup tellement plus de bonheur qu'un simple rayon de soleil ou trois malheureux pieds de cochon qu'elle avait plus besoin de désirer rien de plus beau, à part, puisqu'elle venait d'être sauvée, être assise à la droite du bon Dieu... Est-ce que je me rendais coupable d'envie à mon tour, quand j'imaginais une telle scène ? En tout cas, si je dois m'en accuser devant le Tribunal des cieux, j'avouerai qu'en plus, je m'en suis pas privée, de mon rêve. Je le faisais tourner sous mon crâne tel un manège. Ma secrète espérance, c'était qu'il deviendrait si grand, si puissant, qu'il pénétrerait dans mes rêves de la nuit et qu'il prendrait leur place. Et qu'il deviendrait si grand, si puissant, que les choses qui arrivent seraient obligées d'en tenir compte et de prendre modèle sur lui. Après tout, je suivais une route, mon Silas en suivait une autre, pourquoi ces deux routes se seraient-elles pas croisées ? Le monde est vaste mais, tout de même, il y a des moyens que tout le monde s'éloigne pas tout le temps ! En six jours, le Seigneur a tout fabriqué. Il a fabriqué les carrefours. On raconte que Satan y donne rendez-vous au promeneur solitaire. Mais je suis pas solitaire et j'ai pas jamais eu l'intention de me promener. C'est pas dans cette perspective que j'ai pris la route. Je marche vers la ligne et vers Saint Louis, au côté de mon enfant et entourée d'une multitude. Et j'ai seulement rendez-vous, moi, avec mon homme qui nous cherche et avec notre créateur à tous les trois. Alors, je sais pas ce qu'ils me diront au Jugement, mais je m'applique à faire de mon mieux. Si je me porte tort devant le Seigneur, j'espère de tout mon cœur que je porte pas tort aux miens. Parce que, mon rêve deviendrait-il vrai à cause de sa force, je me serais peut-être damnée, mais j'aurais empêché à ma petite qu'elle soit jetée dans les flammes noires.

Je compte sur mes doigts ; après dix, je sais plus trop. Et je le regrette aujourd'hui plus que jamais. J'aimerais pouvoir dire combien on était sur cette route de poussière de l'Alabama. Au moins deux ou trois fois les doigts des deux mains le premier soir. Presque le double avant la nuit du lendemain. Quand on est entrés dans l'État du Mississippi, j'ai pensé qu'on devait être autant qu'au quartier des esclaves de la plantation Devereaux. Il nous restait alors bien des miles à franchir pour toucher aux rives du Vieux Père. Mais, c'est drôle, plus on est nombreux, plus on est patient. Ça vient de ce que l'inquiétude, à force d'être partagée, chacun en a plus qu'un morceau si mince que ça mérite plus de se mettre en peine. J'ai des ennuis, mon voisin a des ennuis, son voisin en a aussi, et de fil en aiguille, me demandez pas le comment du pourquoi, tous ces ennuis, au lieu de faire une montagne qui grimpe de plus en plus haut, vous avez l'impression qu'ils s'escamotent entre eux, qu'ils se retirent les uns des autres. Dans tout ce troupeau de camp volant, personne possédait davantage que sa vie, ce qu'il portait sur le dos à l'instant où il avait pris la route et, dans le meilleur des cas, un baluchon à la main ou sur l'épaule au bout d'un bâton. Et pourtant, devant Dieu qui nous voit, je déclare que, depuis que le maître était parti avec son régiment, jamais encore j'avais été aussi peu en souci ni de ce qui pouvait m'arriver, ni même de ce que j'allais manger quand on s'arrêterait quelque part. Est-ce qu'il y avait des maraudeurs parmi nous ? J'ai rien vu, mais je veux pas m'avancer. Il y avait des hommes qui chassaient avec des frondes. Il y avait des femmes qui cueillaient certaines baies, certaines plantes, ou qui ramassaient des racines bizarres. Et au moment où on installait le bivouac, des gamelles, des écuelles sortaient comme par enchantement de je sais pas où et on avait toujours au moins une soupe à avaler. J'ai bientôt appris que des frères nous faisaient l'aumône d'un peu du peu qu'ils avaient, quand on passait devant leurs cases. Puis le bruit a couru que des Blancs nous portaient ici et là qui un morceau de toile de tente, qui une vieille couverture de cheval, qui un fond de mélasse. C'était à condition qu'on se détourne des fermes, des hameaux, des villages où ils habitaient. On était trop pour qu'ils envoient leur shérif, alors ils envoyaient ces choses qui pouvaient nous servir. Pour nous chasser, ils auraient fini par nous faire des grâces.

Plus il y avait d'égarés pour nous rejoindre, cependant, plus on devenait difficiles à intimider ou à amadouer. Et plus on allait droit devant nous, sans trop s'occuper de ce qu'on traversait. Mettre un pied devant l'autre effrayait plus personne, mais on voyait quand même le côté pratique des choses et on était pressés d'apercevoir le fleuve. Dans le Mississippi, je me rappelle qu'on a décidé de suivre une voie de chemin de fer. C'est ainsi qu'on s'est avancés dans les approches des bourgades, des faubourgs de faubourgs, des lieux misérables, que cette voie séparait du reste de la ville. J'imaginais rien de pire comme logement que ces quartiers du long des rails. Les Noirs qui vivaient là, d'ailleurs, étaient d'un noir spécial : mat, terne, triste, comme frotté de cendre. Tout avait la couleur, l'odeur et le goût de la fumée des locomotives. On distinguait des formes, errant à travers un perpétuel brouillard. En plus, ces fantômes, si on arrivait assez près d'eux, sentaient le fer mouillé. Les murs, quand il y avait des murs, étaient fêlés, fendus par le passage des convois. Le moindre bout de métal avait pris la rouille – une rouille bleutée, avec des boursouflures indigo. Les bruits avaient de la peine à s'écarter des objets, comme si la suie, recouverte par endroits d'un champignon grisâtre, de la même matière que la fleur de pissenlit, étouffait dans l'œuf les échos. Les regards des personnes avaient l'air insalubres, autant que leurs cabanes. Ils savaient bien l'impression qu'ils donnaient, ces regards, et, même en présence de trimardeurs en loques, ils demeuraient baissés. Mais, le pire de ce pire, encore, c'étaient les endroits qui se trouvaient, comme j'ai entendu dire, « du mauvais côté du train ». Ça signifie entre le ballast et le plus rien. Entre le remblai et un morceau de désert, ou bien des marais qui bourdonnent et vous chauffent les humeurs en secret, ou encore des sables pourris, répandant les mêmes parfums que les bêtes crevées. Là, les habitations, on aurait dit qu'ils les avaient creusées dans des tas d'ordures. Et les tas d'ordures, à force de s'étaler tout partout, entraient en rampant dans ces espèces de tanières et s'invitaient à la table des gens. Pourtant, il y avait à manger que des épluchures et des trognons dans de l'eau chaude, autant dire juste de quoi décourager sa faim. Une nourriture pareille, le ventre préfère encore rêver à des gumbos, des civets, des jambalayas…

C’était à côté de ces cimetières de vivants, en général, qu’on établissait nos campements. La terre étant une friche sans autre propriétaire que les détritus, pour se servir on avait de permission à demander à personne. C’était mieux pour tout le monde. Le Blanc aurait pas osé nous la refuser, mais il se serait rincé la bouche à l’acide plutôt que de dire oui. Comme ça, chacun restait sur ses positions. Le Blanc perdait pas la face, et nous non plus (d’ailleurs on avait plus l’intention de courber la nuque : c’était encore un avantage du nombre). Par acquit de conscience, les comités de citoyens plantaient leurs écriteaux : « Cours, nègre », et aussi « Nègre, ne laisse pas le soleil se coucher sur toi avant d’avoir vidé la place ». Mais ils savaient aussi bien que nous qu’il s’agissait de vœux pieux. Et nous, même ceux qui avaient appris comme Nehemiah, tout à coup ils savaient plus lire la moindre lettre et, puisqu’ils comprenaient pas ces avertissements, ils en tenaient aucun compte, et les illettrés encore moins. On plantait nos piquets, on étendait nos toiles, on allumait nos feux. Puis, une fois que la nuit s’était refermée sur nous, on formait des cercles autour des braises et on se mettait à chanter pour le bon Dieu en frappant dans nos mains. On était plus seulement des vadrouilleurs : on devenait une congrégation. Ça faisait réfléchir la plupart des Blancs qui envisageaient de nous tirer des coups de fusil, faute de pouvoir nous lyncher tous à la fois. Certains, je leur reconnais ce courage, voulaient quand même pas en démordre, bien qu'ils avaient aucune chance de l'emporter contre la troupe qu'on était. Ils attendaient qu'une occasion pour gâcher notre repos. Ils nous harcelaient par petits groupes de cavaliers, ayant entouré de linges les sabots de leurs montures. Ils allumaient leurs torches au tout dernier moment. Ceux qui avaient pas encore droit au déguisement du KKK se contentaient d'enfiler sur leurs figures des cagoules fabriquées à la va-vite en découpant à la pointe du couteau trois ronds dans des sacs de farine ou de semence. Ils avaient des espions pour ramper dans la poussière lorsque la fatigue nous avait saisis et pour repérer les parties du bivouac où l'homme placé en sentinelle s'était endormi. Ils attaquaient de plusieurs côtés et, après avoir renversé ou incendié quelques-unes de nos tentes, provoqué le plus de dégâts possible, ils se dispersaient dans toutes les directions, canardant les malheureux qui auraient tenté de se mettre en travers de leur chemin. Aussi vite qu'ils étaient apparus, ils s'évanouissaient dans la nature. Ces raids se produisaient surtout quand on avait décidé de s'attarder plus d'une nuit au même endroit. Le plus dur, c'était, pour notre part, de pas causer le moindre mal au plus mauvais de ces démons, afin qu'on envoie pas les soldats contre nous.

Devant les feux, on chantait pas que des cantiques ou des récits du Bon Livre. De temps en temps, un homme mûr sortait du cercle et, s'accompagnant sur un instrument qu'il avait construit, ou entremêlant à ses phrases des plaintes d'harmonica, ou demandant aux femmes d'entrechoquer des calebasses, il racontait sur un air à sa façon une des histoires qu'on aimait le mieux. Une que tous connaissaient par cœur, mais qui était nouvelle à chaque fois. Comme l'épopée du chemin de fer souterrain. Ou les voyages de miss Harriett. Comme les exploits, puis la tragique destinée, des compagnons de Nat Turner. Comme l'aventure de John Brown. Comme la légende du brigand de couleur qui rend au Noir ce que le Blanc lui a pris. Et comme nos petites histoires à chacun de nous : le coton, le guignon, les amoureux maudits, et la dette, et la mule, la rivière et les digues, les désastres, le soleil et la pluie, les rails, les camps, le soleil qui se couche, la route poudreuse qui n'en finit pas…

On est arrivés en vue du Vieux Père. Il traversait alors une plaine si large et si plate qu'il s'était étalé le plus qu'il avait pu, tel un voyageur épuisé sur un lit d'auberge. En découvrant toute cette eau miroitante, on aurait cru un lac. On aurait pu croire la mer si, en clignant des yeux, on avait pas fini par deviner l'autre rive, ayant tout juste l'apparence d'un trait interrompu. C'était pas le Mississippi que j'avais connu étant petite. On le voyait pas bouger. Il semblait pas couler dans un sens ou dans l'autre. Nehemiah nous avait parlé des animaux de l'Afrique, ceux qui étaient enfermés dans les pages des livres, au domaine, tandis que nous étions enfermés dans l'exil. Au moyen d'un bâton, il avait tracé leurs formes sur le sol du quartier. Il avait écarté les mains, afin de montrer comment ils étaient hauts, longs et larges. Si ses mains ne suffisaient pas, il comparait leurs dimensions à des choses familières. Le Mississippi, à cet endroit, comme endormi, on pouvait seulement imaginer sa puissance. Mais on pouvait pas imaginer rien d'autre en le voyant. Il était le gros mâle des éléphants, faisant qu'à se tenir debout dans l'ombre des arbres au milieu de la chaleur. Pourtant, lorsqu'ils se mettraient en marche, l'un ou l'autre, ils renverseraient tout sur leur passage. C'était pas le genre de rivière qu'aucun d'entre nous, noir ou blanc, avait mérité. On était bien trop petits. Nos âmes étaient bien trop petites. Jamais un tel fleuve aurait eu de la considération pour de pareilles fourmis. Il avait été conçu pour des créatures plus sages, plus courageuses et plus fortes que les personnes qui se trouvent aujourd'hui sur la terre. Je me suis dit : « Si ça se trouve, le Tout-Puissant, Il a pas dit son dernier mot. On est qu'une première ébauche. La vraie humanité, il songe seulement à la forger, ayant considéré tous nos défauts et nos vices depuis le commencement du monde, et ce grand paysage majestueux, autour de ce grand fleuve assoupi qui retire jamais ses bottes, ça sera son berceau, l'image du monde prochain. Tout le reste du vieux monde s'en retournera aux ténèbres. Les villes, les déserts, les pics acérés, les champs de coton, les marécages et les descendants d'Adam et Ève, tout sera émietté et dispersé aux quatre vents. Car ce sont là les modèles de plâtre qui ont pas donné satisfaction au Sculpteur de l'univers – que Sa volonté soit faite ! »

Un autre campement, plus vaste que le nôtre, occupait déjà la berge. Ces gens aussi, pour la plupart, se rendaient à Saint Louis, d'où certains comptaient gagner Indianapolis ou Chicago, qui sont des villes où les fabriques et les hauts fourneaux, à ce qu'on raconte, manquent toujours d'ouvriers. D'hommes qui ont pas peur de la besogne, à l'image des anciens esclaves du Sud. D'hommes qui portent la fatigue sur leur dos sans qu'elle arrive à leur ployer l'échine. D'autres marcheurs avaient l'intention de bifurquer ensuite sur la gauche, vers Kansas City, dans le Missouri. Une prophétie affirmait que cette ville à céréales et à bestiaux serait, pour l'homme de couleur, la nouvelle Jérusalem. Il y avait de toute sorte, dans ce bivouac, mais personne ne nous a cherché querelle quand nous avons voulu planter nos tentes auprès de celles qui étaient déjà là. De toute façon, les premiers arrivés s'étaient déjà réservé les meilleurs emplacements.

À deux ou trois jets de pierre d'où on s'est installées avec nos compagnons habituels, ma Loretta et moi, il y avait une chose qui m'intriguait. Une chose en tissu pourpre, posée comme une barque sur la mer de toile. On aurait dit un dais – mais qu'est-ce qu'on avait besoin de trimballer sous un dais quand on était parti pour avaler des miles de poussière, un baluchon d'infortune en guise de bagage ? Il a fallu que j'aille me rendre compte par moi-même.

Ce qu'il y avait sous cette chose rouge, qui était bel et bien ce que j'avais pensé, c'était pas des reliques ou d'autres objets sacrés, c'était un homme. Je me suis approchée encore. Et tout d'abord, j'ai pas voulu en croire mes yeux. Parce que cet homme aux jambes nues, affreusement décharnées, avait sur lui la vareuse des Confédérés, avec des galons dorés en torsade, du poignet jusqu'au-dessus du coude, et aussi un feutre d'officier, un feutre à glands qui avait été blanc jadis, et puis un ceinturon de cuir, bouclé sur une écharpe cramoisie et où étaient accrochés un sabre à pommeau d'argent et deux revolvers dont la crosse était tournée vers l'avant. J'ai pas voulu en croire mes yeux parce que cet homme tout vautré au fond d'une chaise aux pattes écartées, tétant une longue pipe en terre comme j'en avais pas vu depuis je sais plus quand, avait à l'endroit du cœur une blessure qui saignait, dessinant des rigoles violacées et brillantes sur le gros drap gris. Et puis j'ai pas voulu en croire mes yeux parce que, avec la broussaille qui lui mangeait la figure, il avait beau être méconnaissable, tout de suite mon instinct m'a dit que cet homme était Aloysius. Mon instinct a crié son nom par ma voix, avant que j'aie songé à ouvrir la bouche. Les personnes qui s'affairaient autour de lui se sont tournées de mon côté, le sourcil froncé, me fixant d'un regard dur. Lui, il a même pas eu l'air d'entendre. Son regard était posé sur moi depuis que je m'étais avancée à découvert (autour du dais, on avait ménagé une petite esplanade), mais il paraissait pas me voir non plus. En fait, ses yeux me traversaient comme si j'avais été une petite bruine et contemplaient quelque chose derrière moi. J'ai le sentiment qu'on aurait pu énumérer chaque objet et chaque personne qui se succédaient jusqu'aux limites du campement : son regard fouillait toujours et encore plus loin. Alors seulement je me suis rappelé que le jeune maître l'avait aveuglé avec son fouet, il y avait des années et des années de cela. J'ai crié : « Aloysius ! Tu me remets pas ? C'est moi Cassie, de la plantation Devereaux ! » Il est resté pareil à un fétiche, sauf qu'il fumait sa pipe. Les serviteurs se sont murmuré des mots que j'ai pas saisis. Deux d'entre eux ont marché sur moi, écartant les bras du corps. Leur visage était plein de menace.

Pourquoi je me serais sauvée ? J'avais rien fait. Je voulais pas aucun mal à un homme qui avait été notre bienfaiteur autrefois, à moi et à bien d'autres. Au contraire, je lui étais restée reconnaissante, même après que la raison lui avait fui de la tête, comme d'une entaille dans un seau. Pas une seule fois notre Aloysius m'avait fait peur, même quand je tombais sur lui à la brune, appuyé sur sa perche au croisement des routes, en pleine campagne, et qu'il vaticinait d'un ton lugubre. Malgré ce qu'il était devenu par la faute d'une méchante personne, il était pas, d'après moi, une créature dont le Seigneur avait avantage à briser le moule. Par conséquent, je bougerais pas d'où j'étais, en dépit du fait que tous ces gens qui l'entouraient ressemblaient à une bande de sauvages. Pour commencer, ils étaient nus jusqu'à la taille, avec aux bras des espèces de jarretières de paille. Sous la ceinture, ensuite, ils s'étaient seulement drapés d'une jupe en toile de sac. Chacun avait une sagaie à la main. Sur les lèvres, sur les joues, autour des yeux, ils s'étaient peinturés de larges traits de boue jaune. Ils auraient pu s'échapper des livres, comme les éléphants. J'ai idée que notre Aloysius était tombé sur plus fou que lui.

Ils m'ont pas maltraitée comme je m'y attendais, mais ils m'ont crié dessus que je serais damnée et donnée en pâture aux alligators du fleuve si je continuais à injurier le colonel. Car il était pas question d'aucun Aloysius ni de rien : c'était le colonel Obscur en personne qui se tenait devant moi. Et une simple négresse allait jamais de la vie importuner un personnage aussi considérable et faire obstacle à sa mission divine. J'ai pas eu besoin de poser la question : d'eux-mêmes, ils m'ont appris que cette mission consistait à tracer la ligne. La tête me tournait.

« Quelle ligne, Dieu de miséricorde ?

– Comment, femme, tu sais même pas vers quoi tu marches ?

– Ah ! cette ligne-là ! Vous voulez dire entre Jim Crow et le Nord…

– Et crois-tu que cette ligne existe comme, disons, la rive du fleuve ?

– Je sais pas, mais beaucoup le prétendent. Regardez tous ces gens : ils seraient pas venus jusqu'ici pour des balivernes !

– Beaucoup le prétendent, oui, mais personne l'a encore vue ! Car il reste à la marquer dans le sol. Sans ça, comment elle remplirait son office ?

– D'accord. En tout cas, ça peut pas être une mauvaise chose…

– Telle sera l'œuvre du colonel.

– Jésus ! Il va tracer une ligne à travers toute l'Amérique, fragile comme il a l'air ?!

– Il va tracer la troisième ligne.

– La troisième ligne, maintenant !

– Celle qui abolira les deux autres et rendra à l'homme noir une vie qui ressemble à la vie et une mort qui ressemble à la mort, au lieu que celle-ci ressemble à celle-là et celle-là à celle-ci.

– Frères ! Frères ! Je vous demande pardon, mais c'est quelle langue que vous me parlez, tout à coup ?

– Et chacun lira son nom sur sa propre tombe. À présent, écarte-toi ! »

Ils ont croisé leurs lances devant moi et ils m'ont obligée à reculer. Puis ils m'ont tourné le dos et ont rejoint leurs camarades. Là-bas, Aloysius continuait de saigner. Bouche bée, j'ai remarqué qu'un autre serviteur trempait une poignée de charpie dans une écuelle remplie d'un potage écarlate et la fourrait sous son uniforme, derrière le trou, de façon que du liquide s'épanche au-dehors à chaque respiration.

Ce même soir, au crépuscule, les hommes en jupe de toile ont fait brûler des poudres magiques, battu le tambour et dansé en rond autour d'Aloysius sur son trône. Ils agitaient des grelots, ils brandissaient des machettes, des épées rouillées, des serpes, des haches, des casse-tête. Ils chantaient *Dixie,* l'hymne des Rebelles, mais, à les écouter, on aurait cru que c'était une mélopée funèbre. Juste avant l'aube, des bruits sourds nous ont tous réveillés, dans notre abri et sous les tentes avoisinantes. Je suis sortie. Il y avait une nappe de brume aussi haute que les piquets. Comme flottant par-dessus, j'ai vu Aloysius défiler sur sa chaise à quelques pas de moi. Ses fidèles avaient arrimé le siège à une large échelle dont une douzaine d'hommes qu'on distinguait à peine, toujours torse nu malgré l'humidité et le froid, avaient hissé les montants sur leurs épaules. Quatre autres, d'une carrure aussi impressionnante que mon Silas, soutenaient tant bien que mal, à bout de bras, le dais au-dessus de sa tête. Sa congrégation au complet marchait à la suite – un visage sombre entre deux visages blanchis au moyen d'une bouillie de craie. Elle trottinait, plutôt, en frappant à chaque pas le sol de toute la plante du pied. C'est, je suppose, la dernière image que j'emporterai de notre ami. Le brouillard s'est refermé derrière son cortège et j'ai plus jamais entendu parler de lui.

Ma Loretta m'avait pas suivie au bivouac du colonel Obscur. Elle s'était pas levée pour voir passer le malheureux retenu par une corde sur son trône de gloire et ballotté au-dessus des nuages. Si j'avais fait le vœu de plus avoir ma fille dans mes jambes, j'aurais été exaucée au-delà de toute espérance. Mais j'avais rien demandé de pareil au bon Dieu et, du coup, c'était Satan qui m'avait répondu. Sur la route, profitant qu'elle était jeune, et aussi de ses longues jambes, elle marchait pas souvent à mon côté. Elle filait vers l'avant de la colonne, où étaient les chefs de notre tribu et les hommes les plus forts. Pour ceux qui ont eu faim souvent, la force est la vraie beauté chez un homme. Elle signifie qu'il vous laissera pas manquer, tant que quelque chose ou quelqu'un de plus fort que lui l'en empêchera pas. J'aurais l'air de quoi à prétendre le contraire, moi qui ai convoité et obtenu du Seigneur l'hercule du comté ? Je savais ; cependant, je voyais rien. J'imaginais pas un instant que c'était des hommes, des hommes pleins de sève, qui pouvaient attirer une gamine connaissant de la vie – et à condition qu'elle y ait compris la moindre chose – qu'une histoire abracadabrante entre un vieil édenté et un squelette bouilli, ainsi que les simagrées d'une bande de ménestrels. Et l'idée, d'aventure, m'en aurait-elle traversé l'esprit, jamais pour autant vous m'auriez fait soupçonner, et encore moins admettre, que ces mêmes hommes, si avides des formes et de la chair des femmes, étaient capables de s'intéresser une seule seconde à une enfant montée en graine, qui pour l'heure était rien de plus qu'un visage de petit ange perché en haut d'un échalas.

Tout est de ma faute. Je devais juger d'après moi. Je me suis prise pour le centre du monde, moi ! une vulgaire Cassie des basses terres d'Alabama, ancienne esclave au domaine Devereaux. Il y avait de quoi rire, vraiment ! À part que le Ciel a jamais ri de la prétention d'une créature humaine. C'est pas pour des orgueilleux que Notre-Seigneur Jésus s'est sacrifié sur le Golgotha. Mais – sans même y prêter attention, ce qui ajoute à la faute – c'est ce péché-là que j'ai commis. Celui-là et pas un autre. Et, le plus pire de tous ceux qu'on me reprochera, je sais pas si c'est d'avoir gigoté avec Fred McPhee sous les couvertures, dans l'espoir qu'on survive un peu, ou bien, justement, de m'être prise pour un nombril et, à cause de mon aveuglement, de pas m'être doutée que si le désir des hommes avait plus de temps à perdre avec un épouvantail tel que moi, après environ trente années de servitude et plus de dix de métayage, il lui restait assez de vigueur pour se tourner vers à peu près toutes les autres femmes de la terre. Or, passé un certain âge, les plus jeunes, après tout, étaient pas forcément les plus mauvaises affaires. Ni pour s'amuser rien qu'une fois en passant (étant innocentes, on pouvait tout se permettre avec elles), ni même pour vivre avec, dans la mesure où elles attendraient quelques années de plus avant de perdre leurs dents, avant de tousser en tirant la charrue.

Moi, le moins les hommes me regardaient comme une femme, le mieux c'était. Je voulais qu'ils me laissent dans mon coin. J'étais soulagée qu'ils courent après d'autres. Une femme, je souhaitais plus en être une qu'aux yeux de mon Silas. Qu'il traverse les étendues, guidé par cet amour, et qu'on se retrouve enfin… Son désir à lui me suffisait, et je faisais aucune différence entre son désir et le mien. Le reste était de trop. Mais comment j'ai pu croire que, pour ma fille, le reste apparaissait pas comme un genre de lampe dans la nuit, une lumière mystérieuse vers quoi on se sent poussée, dont quelque chose oblige l'enfant sur le point d'être femme à s'approcher à tout prix, quitte à se brûler les ailes, quitte à réduire en cendres toutes ces jolies idées qu'elle avait sur l'existence – des illusions peut-être, je le nie pas, mais aussi des espérances, des façons de pas regretter tout de suite, malgré notre couleur, ce don de la vie qu'on nous fait, et qui vient de Dieu ? Cette lampe, bien sûr que c'est la lueur d'un feu qui s'allumera jamais. Pourtant, mieux vaut la folie d'apercevoir ce mirage que la sagesse de comprendre qu'en vrai il y a rien du tout. C'est terrible, pour une fille, le jour où elle croit voir la lumière qui lui fait signe là-bas. Seulement, c'est bien plus triste si elle voit que du noir à la place, du noir qui parle avec personne et qui emporte les paroles des gens comme si c'était une rumeur au loin. Alors, mettez-vous à ma place, qu'est-ce que je pouvais faire ? Sachant que la lampe est un leurre, même pas une peinture sur un carton, j'allais pas y envoyer ma petite de bon cœur. Et en même temps, sachant qu'un faux écho, quand on commence à être une femme (ou un homme, d'ailleurs), vaut sûrement mieux que le silence, comment j'aurais osé la retenir par le bras ? Si on doit vous ouvrir les yeux, que ce soit sur la Vérité, pas sur les ténèbres et le vide !

J'ai réalisé – il était bien trop tard. Mais j'aurais réalisé avant, ce que ça aurait changé, c'est que je me serais tordu les mains des semaines plus tôt, avec pas le moindre bénéfice pour ma gamine, ni même pour moi, voilà tout. En tant que mère, vous empêcherez ni de commettre des fautes, ni que des fautes se commettent à cause de vous, contre vous ou sans vous. Et si vous l'empêchiez quand même, ce serait une autre faute que, au tribunal du Ciel, ils lanceraient sur le mauvais plateau de la balance. Et je parie d'ici que ce serait pas celle qui pèserait le moins lourd. Mais si vous essayiez pas non plus de l'empêcher, ça vous sera compté au prix fort, ça aussi. Quand la patte est prise dans le piège, ou bien l'animal la coupe avec les dents, ou bien les dents du piège la coupent à l'animal, ou bien l'animal est mangé – soit par les chasseurs, soit par ses congénères. Il y a aucune fin heureuse. Le bonheur ici-bas ressemble à la lampe : il existe pas, mais vous devez réunir vos affaires avant que l'horizon pâlisse et marcher vers lui en pressant le pas.

Ma Loretta, tout à coup, songeait plus qu'aux beaux hommes en tête de la file. Elle avait soif de se contempler dans leurs yeux. Une femme se voit plus belle dans les regards concupiscents. Une fille se voit pour la première fois sous la forme d'une femme. Elle paierait cher pour ça, alors, comme elle est pas riche, elle donne tout ce qu'elle a. Elle trouve que ça ne représente pas grand-chose. Ce qu'elle ignore, c'est que, pour la plupart des hommes, ça vaut encore moins. La plupart des hommes se jugent avantageux. Ils oublient tout de suite les filles, l'une après l'autre, et ils pensent que le rôle des filles est de se souvenir longtemps de chacun d'eux. Ils estiment que, dans l'affaire, tout le monde a touché son dû. Et puis il y a ceux qui aiment retenir une fille jeune auprès d'eux, pour peu qu'elle soit jolie, la retenir pour leur faire honneur aux yeux des autres hommes, tant qu'une plus jeune ou une plus belle leur sera pas tombée dans les bras à son tour.

Ma fille me revenait le soir. Puis, dans les environs de Memphis, Tennessee, c'est un soir qu'elle m'a quittée, et j'ai erré toute la nuit à travers le campement, et je savais que, j'aurais beau m'appliquer, dans mes yeux elle verrait pas la femme qu'elle voulait voir, mais l'enfant qu'elle avait étouffée, écrasée sous une pierre telle une vieille peau de serpent, une vieille carapace de chenille d'où le papillon s'était envolé. Ma fille s'est envolée de moi, sur la longue route de Saint Louis. À l'aube, un jour, j'étais plus seule qu'au jour de ma naissance. Je me suis retournée sur mes années : elles ont fait comme si elles me connaissaient pas, elles non plus.

Nehemiah

> Je me suis levé ce matin, les dents serrées sur mes secrets
> Je me suis levé ce matin, les dents serrées sur mes secrets
> De mon amour je ne dis rien, et mon silence est sans regret

Je me suis levé ce matin, avec en tête une idée contre laquelle j'ai commencé par m'insurger, mais qui me paraît de plus en plus certaine : j'ai tué le seul Blanc qui m'avait jamais aimé. Aujourd'hui, je connais la véritable signification de mon geste. Elle m'avait échappé tout d'abord, du fait que je me croyais inspiré par des sentiments tels que l'indignation, l'exaspération, la colère, la révolte, la rancune, le désir de vengeance. Tout cela, je l'ai bel et bien éprouvé, mais il ne s'agissait jamais que d'émotions. Leur violence dissimule leur impuissance. De leur tumulte, il y avait peu d'espoir que naisse un geste lucide. Un geste réfléchi, à défaut d'avoir été prémédité. C'est-à-dire un acte digne de ce nom, faute de quoi il perdrait la plus grande partie de sa valeur. Je sais à présent, et c'est une des rares certitudes qui me maintiennent en vie, que j'ai tué Luc Devereaux, l'homme qui m'avait comblé de ses bienfaits et ne demandait qu'à me favoriser encore, parce que cet amour était une chose plus dégradante que la somme des humiliations que j'avais connues par sa faute, au fil des années. Je l'ai tué pour offrir à chacun de nous deux toute la paix qu'il pouvait encore espérer sur cette terre. Dans son cas, la paix du tombeau. Dans le mien, la paix de l'esprit, le temps qu'ils me prennent et me conduisent au supplice. En l'abandonnant dans le puits, je pensais avoir vu mon dernier lever de soleil : au moins, j'aurais joui de ces quelques instants pendant lesquels je n'aurais pas eu à me charger des remords que le maître, selon son habitude, se refusait à porter sur ses propres épaules. Ce n'est pas la haine qui a guidé ma main, bien au contraire ! C'est le souci de ne pas me haïr moi-même. Je ne l'ai pas assailli : je me suis protégé de lui, et plus encore de moi-même. J'ai eu pitié de mon âme. Je me suis garanti de la complaisance que j'aurais pu avoir pour l'horreur, en paiement des privilèges qu'il entendait m'accorder – un de plus chaque fois qu'il retirerait à l'un de mes semblables un degré d'humanité supplémentaire. Je l'ai tué parce que, en dépit de tous mes efforts et de tous mes raisonnements, je me sentais capable d'éprouver à son égard la compassion que l'on peut porter à un être frappé d'une maladie terrible, dont on ne guérit pas. Et, pis que cela, capable de me sentir flatté de ses faveurs et reconnaissant de la haute protection dont j'étais un des rares nègres du district à bénéficier. En lui trouant la cervelle, bien sûr, non seulement j'avais perdu ce bouclier, mais j'étais devenu la cible privilégiée de l'horreur.

Il me serait facile de m'abriter derrière mes agissements pour me dépeindre sous les traits d'un héros. Mais à quoi bon mentir ? Mon seul exploit aura été de survivre, et je ne dois ce résultat qu'à une succession de hasards heureux, d'événements sur lesquels je n'ai eu aucune prise. Pour avouer la vérité, j'étais en proie à une indicible panique lorsque j'ai quitté l'habitation Devereaux en laissant derrière moi le cadavre de son propriétaire. Au reste, je ne l'ai pas quittée : un sursaut de ma raison, alors que je ne parvenais plus à réunir deux idées, m'en a arraché in extremis. N'aurais-je écouté que mon instinct, lui-même dominé par ma terreur, je me serais glissé dans la première cachette qui me serait tombée sous les yeux : au fond d'un placard, à l'intérieur de la cheminée, derrière une porte ou les reliefs d'une tenture, sous l'escalier, dans une faille du plancher, n'importe quoi, pourvu que ce fût à l'intérieur de cette maison où j'avais eu la révélation de mes pouvoirs, entre le tableau noir, la bibliothèque et le piano. Oh ! je ne m'y sentais pas invulnérable, ni même à l'abri le moins du monde. Mais, avant qu'ils ne fassent irruption et ne me tirent de là pour me mettre en pièces, j'attendrais mon sort dans un endroit familier, dont, quelques mois durant, entre le départ des vandales de Sherman, la fuite des esclaves qui s'était ensuivie et le retour de Master Luc, j'avais pu imaginer qu'il était mon univers. Le séjour de cette soldatesque, les destructions auxquelles elle s'était livrée avec tant de volupté et, plus que tout, l'incendie qu'elle avait allumé en guise d'adieu avaient eu pour principal effet de couvrir les odeurs de Blancs qui l'imprégnaient depuis sa construction. Je m'étais enivré de ce goût de fumée qui venait sur la langue et descendait dans la gorge chaque fois qu'on pénétrait dans les ruines. Je l'avais domestiqué. Je me l'étais approprié. Autrefois je m'étais enseigné la musique sur ma planche, de la même façon je faisais grâce à lui l'apprentissage d'une liberté que je ne devais qu'à moi-même.

Les confessions servent à l'accablement de leur auteur. J'irai donc jusqu'au bout. Je porterai témoignage, non seulement de la peur ignoble qui me faisait trembler à l'intérieur de mes os, mais aussi de la lâcheté, plus infâme encore, qui me poussait à regretter ce que je venais d'accomplir. À verser des larmes sur cette œuvre nécessaire. À prier Dieu que le cadavre se relève, escalade la margelle et vienne me consoler, pardonnant avec tendresse mon accès de colère.

J'ignore combien de temps je suis resté recroquevillé sur le perron, à me serrer dans mes propres bras. Je ne comprenais pas que, pleurant sur moi-même, je pleurais sur ma victime. Puis j'ai eu, tout à coup, cette lueur d'intelligence : il m'est apparu que, si je manquais du courage de mourir, il me fallait avoir celui de vivre. Déplacer une montagne m'aurait semblé moins éprouvant, mais j'ai rassemblé mon orgueil et je me suis mis en route. Mettre un pied devant l'autre était une gageure. Ne pas courir droit devant moi à perdre haleine était une gageure. Pourtant, je suis parvenu à la porte du domaine. Dans une extrême souffrance, j'en ai franchi le seuil indiscernable et, une fois de l'autre côté, sorti de ma carapace, sorti de mon odeur, de tout ce qui m'avait empêché de voir que j'étais plus nu que nu face aux périls, j'ai retrouvé mes esprits.

Ils trouveraient le corps bientôt. Le premier Chevalier du Blanc Camélia qui se présenterait et ne trouverait personne pour l'accueillir découvrirait le crime pour peu qu'il veuille faire le tour de la maison. Maintenant, je me reprochais de ne pas avoir dissimulé Master Luc aux regards. « Qu'en cette affaire ma volonté soit reconnue par tous ! » – n'était-ce pas ce que je m'étais dit alors ? Stupide matamore ! Ce même orgueil qui allait me sauver m'avait fait commettre une provocation inutile, dont j'étais susceptible de pâtir bien davantage que ma victime. Je serais accusé, il va de soi, et même reconnu coupable. Même si je ne m'étais pas enfui, j'étais le seul et unique Noir sur cette plantation qui aurait pu, d'une part faire allusion à son affranchissement (tous les autres étaient les émancipés d'Abraham Lincoln), d'autre part tracer une sentence sur un mur, qui plus est dans un anglais correct. Même si je ne m'étais pas enfui et n'avais rien écrit, même si j'avais couru dénoncer le meurtre chez le marshal, j'aurais été le premier à subir les conséquences du drame. En premier lieu parce qu'on m'avait sous la main, que la soif de vengeance n'est pas forcément ennemie de la paresse et qu'il importe d'expédier cette forme de justice, laquelle a besoin d'être aussi prompte que brutale si la sanction veut avoir quelque chance d'être exemplaire aux yeux d'une population réputée impressionnable. Ensuite pour la simple raison que mon éventuelle innocence ne donnerait pas plus de scrupules aux justiciers que la preuve d'une erreur sur la personne ne les avait incités jusque-là au remords. Ils se diraient seulement que le hors-d'œuvre leur avait permis de patienter en attendant le plat de résistance et qu'il ne leur restait plus qu'à inventer pour le bon meurtrier une mort encore plus effroyable que pour le mauvais. De toute façon, celui-ci ne serait une perte pour personne (personne de civilisé), et, en perdant la vie qui était la sienne, il n'aurait pas perdu grand-chose. Même sans lui, des nègres, il y en avait bien trop sur la terre de Dixie, depuis qu'elle avait été profanée par les tuniques bleues. Le grand rêve du Blanc – son plus cher, puisque le moins réalisable dans l'immédiat – était d'éliminer tous ceux que les abolitionnistes, les unionistes, les égalitaristes yankees avaient pervertis, et de les remplacer jusqu'au dernier par de nouvelles cargaisons venues d'Afrique comme au bon vieux temps. Des créatures moralement saines, sans présomption, dont Dieu a moulé les chevilles sur la forme des fers, comme il a moulé les lacs sur la forme des rives. Des créatures qui n'auraient aucune mémoire de l'Afrique et auxquelles on apprendrait vite à renier les souvenirs du pays natal, s'ils devaient par malheur les inciter à relever la tête.

En observant jadis les invités de la maison, lorsqu'ils jouaient aux échecs dans le salon (ni Master Jean ni même son père ne s'y risquaient, par crainte du ridicule), j'ai fini par assimiler, en plus des règles particulières de ce jeu, ce que je crois être le principe général des confrontations de la même espèce : il ne suffit pas de faire travailler votre tête, il faut réfléchir aussi avec celle de l'adversaire. Si vous réussissez à faire fonctionner *son* esprit mieux qu'il n'y parvient lui-même, vous êtes sûr de l'emporter et vous pouvez vous permettre alors de ménager le vôtre, quand votre tour est venu de déplacer les pièces. Tiré de mon élément, toujours en proie aux émotions les plus violentes, je peinais à contrôler mes pensées : c'était comme de chercher son chemin dans une jungle inextricable. En revanche, m'orienter dans les pensées des hommes qui seraient bientôt à mes trousses me restait assez facile, pour la raison, je suppose, que leur intelligence ne s'éveillait qu'à moitié si elle devait affronter celle d'un nègre. La passion, la haine et la rage, au surplus, ne faisaient que l'embrumer. Il faut y ajouter cette flemme à laquelle j'ai déjà fait allusion. Dans ce genre d'affaire, elle encourage les idées du Blanc à suivre des pistes toutes tracées, et même de larges avenues, très fréquentées, si bien qu'il n'est pas sorcier de prévoir avec trois ou quatre péripéties d'avance l'itinéraire qu'elles vont emprunter. Leurs chiens possèdent sur eux l'avantage de suivre votre trace, entraînés par leur odorat. Ces animaux laissent leurs sens et leur instinct décider des initiatives à prendre. Tandis que leurs maîtres s'en remettent à des idées qui, neuf fois sur dix, ont été pensées par d'autres bien avant leur naissance, et qu'ils ne font qu'adopter. Hélas ! mes frères de couleur, sur ce chapitre comme sur beaucoup d'autres, se sont laissé influencer par ceux qui, non contents de posséder les richesses et d'avoir grâce à leur science toute sorte de pouvoirs magiques, disposaient sur eux du droit de vie ou de mort. Cela explique notamment que, en de nombreuses circonstances, ils aient calqué leur attitude sur le schéma préétabli que le Blanc leur avait mis dans le crâne. En d'autres termes, lorsqu'un Noir est en fuite, dans la plupart des cas, s'il n'a pas une Harriett Tubman pour le secourir, il se conforme à une sorte de tradition de l'escapade en tout point conforme à ce que le Blanc, sans sortir de sa sieste, imagine qu'elle devrait être dans l'esprit d'un Noir. Ainsi, pendant que l'un laisse l'habitude faire la loi dans ses raisonnements, l'autre, qui pourrait en tirer profit, ne songe qu'à justifier cette aberration par sa propre conduite. Qui va s'étonner, après cela, qu'il n'ait même pas été utile de lâcher les chiens pour rattraper tel ou tel échappé ? Poursuivants et poursuivi se fiaient à des plans exactement superposables. Si précis et si convenus, de surcroît, à ce point immuables, qu'il n'était pas nécessaire de les reporter sur une quelconque épure.

Tous les amis et alliés de Luc Devereaux, tous ses voisins à des miles à la ronde, seraient persuadés que j'avais détalé plein nord en direction de la frontière canadienne, désireux de brûler les étapes et ayant opté, dans cette perspective, pour l'un des deux moyens les plus rapides : les chevaux volés ou les trains empruntés sans titre de transport. Ma première décision fut donc de rejoindre La Nouvelle-Orléans, et de réaliser ce projet par la voie qui exigerait de moi la plus grande patience : les barques de maraîchers ou de pêcheurs (noirs, il va de soi) qui sillonnaient le Mississippi. C'est vers ce fleuve que je me suis dirigé d'abord, avec, pour premier objectif, de passer d'abord en Arkansas puis, de là, en Louisiane. Je suis allé vers le sud, mais en obliquant d'abord à l'ouest. Le plus urgent était de quitter le comté, puis l'État, et enfin d'atteindre puis de dépasser les confins du Delta. De toute évidence, la première partie du voyage serait la plus périlleuse. Si je n'en avais pas été persuadé, je l'aurais vite compris après qu'un frère qui m'avait pris sur son tombereau m'eut fait une réflexion à propos de mes vêtements.

Avant les hostilités, avant même de me confier la charge d'intendant et de m'affranchir, mon maître m'avait fait confectionner une garde-robe qui me distinguait du reste de son bétail humain. Aloysius, lui aussi, avait reçu autrefois des habits plus proches de ceux des Blancs (des Blancs, s'entend, qui n'étaient pas des fermiers misérables), mais, en la matière, on ne l'avait pas traité avec les mêmes égards que moi. Je ne portais ni le veston, ni l'habit, ni la redingote : rien que mon gilet lorsque j'évoluais d'une pièce à l'autre de la demeure. Ma chemise était d'un blanc crème, ainsi que ma cravate et ma paire de pantalons. En revanche, ce gilet, miroitant au soleil ou, le soir, à la lumière des lampes, présentait un dos en satin d'un gris bleuté qui contrastait avec les deux pans agrafés sur ma poitrine par une série de boutons taillés dans une pierre dure, noire et polie. Ces pans étaient merveilleusement chamarrés : on avait brodé avec goût des fleurs multicolores, au dessin élégant, sur un vaste champ doré, découpé dans je ne sais quel tissu lourd et souple à la fois, évoquant l'opulence au premier regard. Les goussets étaient réunis par une chaîne dont Master Luc m'avait fait présent et qui pouvait laisser croire que je possédais une montre. Il m'avait promis, d'ailleurs, qu'il m'en rapporterait une de la guerre, prise sur la dépouille d'un officier nordiste. À l'idée que j'étais le mannequin du Blanc, mes dents se mettaient à grincer toutes seules. Pourtant, si je veux être tout à fait honnête, je dois reconnaître que j'étais fou de ce gilet. À mon corps défendant, j'en étais même fier. Il était la chose au monde dont je prenais le plus de soin, avec mes mains – ces mains qui m'avaient élevé au rang de musicien, ces mains qui tournaient les pages des livres…

Mon maître est rentré du camp d'internement. (C'était sa propre montre qui avait disparu : un garde la lui avait enlevée sous la menace de sa baïonnette, en jurant qu'il la lui passerait à travers le corps s'il faisait mine de se plaindre à un gradé.) Mon costume – ma dernière chemise, mes derniers pantalons – était en loques, lacéré par l'usure, avec les poignets et les ourlets en charpie. Je ne pense pas que quiconque aurait pu reconnaître en ces guenilles le travail de couturières et de tailleurs accomplis. Le gilet, lui, avait mieux résisté aux injures du temps, et le dénuement lui-même ne lui avait coûté qu'un de ses boutons. Je m'étais débarrassé de la chaîne dès que j'avais dû me remettre à marcher les pieds nus. Du plus précieux article de ma toilette, je ne me préoccupais que parce que le pli était pris depuis des années. Ce qu'il avait de clinquant, il y avait belle lurette que je ne le voyais pas. Tout de suite, cependant, il tapa dans l'œil – c'est l'expression qui s'impose – du cultivateur obligeant qui, sans que je le lui demande, m'avait invité à grimper sur le banc de son véhicule. Il avait éclaté de rire et s'était écrié : « T'as dévalisé un de ces carpetbaggers, hein ?! » Cette perspective le ravissait. Je me suis gardé de le détromper. Toutefois, j'avais reçu de sa part un avertissement que je n'avais pas l'intention de négliger. Après que nous nous fûmes séparés, j'ai attendu la nuit, accroupi dans un fossé. À l'heure où les gens ont sombré dans le sommeil, je me suis approché à pas de loup d'un groupe de cabanes isolées que j'avais repéré dans un fond de terrain, et j'ai volé un bourgeron tout dépenaillé qui traînait dans une resserre, ainsi que les restes presque méconnaissables d'une vieille chemise. (Au fait, j'ai oublié de dire que je m'étais délesté de l'arme du crime, emportée dans la dérisoire intention de tuer encore un ou deux Blancs avant d'être pris, aussitôt que je m'étais retrouvé seul en pleine nature. Je l'avais jetée dans une poche d'eau morte qui semblait profonde.) À une heure de marche de là, en pleine nature, je me suis engagé sur un sentier menant à un bosquet. Je n'avais rien pour brûler ma chemise et mon merveilleux gilet, mais je les ai enterrés bien profond au pied d'un arbre, tassant la terre par-dessus et dissimulant ma besogne sous une grosse pierre, puis cette pierre sous des branchages. J'ai enfilé les oripeaux dont je m'étais emparé.

Il en émanait une puanteur intolérable. Acide et grasse à la fois. Suffocante. Tout d'abord, je m'étais accusé d'avoir agi dans la précipitation. Je n'avais visité qu'un seul appentis. Les autres m'auraient peut-être réservé de moins mauvaises surprises. Par la suite, il m'est apparu que cette pestilence, en elle-même, serait un déguisement plus sûr que les hardes qui en étaient la cause. Poussant plus loin mon raisonnement, je me suis dit que cet aspect de mon nouveau costume, en me rappelant sans cesse que je m'étais métamorphosé, m'aiderait à entrer dans la peau de mon personnage et me retiendrait d'en sortir, quoi qu'il arrive. Car, s'il me fallait adresser une prière au Ciel, c'était de ne *jamais* m'accoutumer à cette odeur. Tant qu'elle m'empêcherait de respirer librement, elle serait mon sauf-conduit le plus sûr.

J'étais déjà loin du domaine quand le bon Samaritain m'avait hélé du haut de son tombereau. Il était la première personne à m'adresser la parole depuis le matin. En ce qui me concerne, ayant eu la chance de ne croiser que des inconnus sur les routes secondaires et les chemins de traverse que j'avais empruntés, j'avais pu m'enfermer dans un complet mutisme. C'était inespéré, et je ne suis pas loin de penser que c'est à cet heureux coup du sort que je dois mon salut. Car, à l'exception de mon gilet, rien n'était plus susceptible de me trahir que mon langage. Si ma façon de m'exprimer n'imitait pas celle, beaucoup trop grossière à mon goût, des Blancs que j'avais fréquentés au cours de mon existence, elle sortait tout droit des études que j'avais faites, des ouvrages de grammaire anglaise que j'avais consultés et des livres de grands auteurs dévorés pendant qu'on me croyait endormi. Parlant – je crois pouvoir le prétendre en toute impartialité – mieux que mes maîtres, je me différenciais d'autant plus des autres Noirs de la plantation et même, pour ce que j'en savais d'après mes incursions en ville, du reste de notre comté. Master Jean, chaque fois que mes propos lui venaient aux oreilles, ricanait, crachait dans la poussière et me traitait de « guignol » (c'était son mot). Son père me taxait, lui, de « préciosité », mais il s'en amusait franchement. Il pensait qu'en toute innocence je le régalais d'un numéro de ménestrel à rebours, caricaturant des ridicules certes blancs, mais qu'il méprisait assez lui-même pour apprécier que son bouffon personnel en fît la satire, surtout si c'était à son insu. J'étais, comme il le disait à ses amis en ma présence, « un sujet ». Entendez : une curiosité, un plaisant monstre de foire.

Un soir, il fit apporter le tableau noir dans la salle à manger et, au lieu de jouer du piano, je fus convié à définir des mots rares et à calligraphier des mots difficiles jusqu'à une heure avancée de la nuit. L'assistance fut si estomaquée par mes performances qu'il fallut aller chercher le dictionnaire encyclopédique pour démontrer aux incrédules que je n'avais pas inventé de toutes pièces les orthographes que je proposais. Aux yeux de Luc Devereaux, cette expérience établit la preuve définitive que j'étais une erreur de la nature, mais, au moins, une erreur dont il tirait avantage, dans la mesure où elle le transformait, lui aussi, en une personne d'exception. Jamais, bien sûr, l'idée ne lui serait venue de m'admirer. En revanche, je lui inspirais une certaine forme de gratitude dans la mesure où, à travers la jalousie de son entourage, il s'admirait d'être mon propriétaire. Dès lors, dira-t-on, pourquoi m'affranchir ? Tout simplement pour la raison que, par ce geste, même s'il n'en avait pas une claire conscience, il proclamait que j'étais le jouet de son bon plaisir. Je le soupçonne parfois d'avoir pris cette décision à un moment où le doute s'était insinué dans son esprit. Soudain, l'idée l'avait effleuré que j'aurais pu être autre chose qu'un phénomène. Il fallait de toute urgence me remettre à cette place-là. Si je recevais une promotion, c'était qu'il n'y avait rien à craindre de moi. Si l'on me favorisait, je perdais tout motif de me montrer hostile. M'affranchir revenait à exorciser la menace venue sans crier gare peser, de proche en proche, sur toute la race blanche, mais aussi à me neutraliser en m'isolant, par mon statut d'homme libre, des congénères que je risquais de contaminer. Il s'agissait à la fois de m'amadouer et de m'affaiblir. J'en conçus, plus que de n'importe quoi d'autre, une rancœur invincible. Toutefois, je dois admettre que le stratagème réussit en partie à m'éloigner de mes frères – et le fossé se serait creusé davantage et plus vite si je n'avais trouvé en Silas un soutien. Mon meilleur ami et sa femme firent le lien entre les habitants du quartier des esclaves et moi, qui n'y vivais plus et qui, de toute manière, y faisais tache. À cause de mon costume, il va de soi, mais avant tout à cause de mon accent, de ma prononciation, de ma façon d'articuler, de mon vocabulaire et de ma syntaxe. Et si je m'étais obligé à parler comme mes frères, comme je l'avais fait moi-même pendant plus de vingt ans ? Pour commencer, je ne suis pas certain que j'y serais parvenu, mais, la véritable explication, c'est que je me refusais à user d'un subterfuge qui, certes, aurait accru ma popularité auprès de ces personnes, mais qui, à moi, me serait apparu comme un signe de mépris à leur égard. Le Blanc les accusait d'être des singes : je n'allais tout de même pas les singer.

Quoi qu'il en fût, les années ayant passé, je me sentais moins capable que jamais de revenir à l'idiome qui, dans les cases, avait peu à peu remplacé les langues africaines, dont la mémoire s'était perdue au fil des générations et parce qu'il était en général interdit de les employer à portée d'oreille des surveillants. Sans compter qu'il fallait bien que des gens venus de régions différentes, parfois fort éloignées les unes des autres, parviennent à se comprendre lorsqu'on les condamnait à vivre ensemble. Parler la langue du Blanc semblait la solution à bien des problèmes. Pour autant, nos bouches et nos gorges ne sont pas formées à cela. Tantôt l'anglais y flotte, roulant dans tous les sens et se cognant à nos dents ; tantôt il se trouve à l'étroit entre notre palais, nos joues et nos lèvres, tels des pieds sensibles dans des souliers trop petits. Si l'homme noir ne l'accommodait pas à sa propre voix, l'anglais le martyriserait autant que lui-même martyrise l'anglais. Personnellement, je n'en ai pas souffert, mais j'ai conscience que le bon anglais a déformé mes mâchoires, changé le dessin de ma bouche et, par conséquent, remodelé le bas de mon visage. C'est une autre singularité susceptible de me trahir. Que je le veuille ou non, sous la couleur de ma peau, ma figure est devenue, en partie, celle d'un homme blanc. Et mes yeux, qui se sont posés sur tant de livres, n'ont-ils pas été dénaturés eux aussi ? Et ma démarche, jusqu'à quel point les chaussures que j'avais dû enfiler l'avaient-elles affectée ? Pas uniquement les chaussures, d'ailleurs : les vêtements qui allaient avec, l'allure générale que ce déguisement me suggérait d'adopter, les fonctions que j'avais occupées, bref : le rôle qu'il m'avait fallu tenir au domaine, surtout après la disgrâce d'Aloysius.

Ces questions, et bien d'autres touchant au même sujet, je me les posais avec une anxiété croissante, à mesure que je m'écartais du lieu qui avait été le territoire de l'étrange animal en lequel moi seul à présent avait du mal à me reconnaître. Les vêtements d'emprunt étaient une chose, leur odeur était une chose. Ces hardes auraient fait illusion, sans aucun doute, sur une photographie – mais je bougeais, j'évoluais, j'accomplissais des gestes, j'avais un certain regard, un certain port de tête, je tenais certains propos et ma voix n'était pas ordinaire, les mots qui me venaient aux lèvres n'étaient pas ceux du nègre dont les gens avaient d'abord aperçu la silhouette rassurante. Le remède aurait-il été pire que le mal ? À un épouvantail, j'ai emprunté un chapeau de paille dont les larges bords avachis tenaient mes yeux dans la pénombre. Au moyen d'un caillou pointu, j'ai lacéré la plante de mon pied droit, sans égard pour l'inconfort et les risques d'infection, de manière à boiter. Je me suis efforcé de courber la nuque et de marcher voûté. J'ai gonflé mes lèvres autant que je pouvais et j'ai entrouvert la bouche afin de laisser pendre celle du bas. Hélas, je ne disposais pas d'un miroir et n'avais aucune idée du résultat. Il ne fallait pas non plus que je ressemble à une caricature, à un Zip Coon échappé des tréteaux et battant la campagne. Les Blancs ne s'en seraient pas inquiétés, mais leur attention aurait été attirée par la perplexité que j'aurais provoquée chez les Noirs. Et puis, même en admettant que la métamorphose fût assez réussie, il y aurait eu mes discours pour me faire remarquer… Parler une langue dans ma tête et en utiliser une autre dans mes propos me semblait une gageure impossible à tenir.

J'en suis arrivé à la conclusion que le parti le plus sage était de garder le silence, aussi souvent que possible. Jouer les muets était périlleux : je risquais trop de me démasquer moi-même. On ne peut être sur ses gardes en permanence, des semaines durant, à moins de s'y être longuement préparé. Et puis, beaucoup de personnes parlent en dormant, et j'étais peut-être du nombre. J'ai jugé préférable de m'exprimer par des mots isolés ou des lambeaux de phrase, tout juste suffisants pour me faire comprendre lorsque j'en avais vraiment besoin. Le reste du temps, je découragerais mes interlocuteurs en grommelant des propos décousus, sans relation avec les questions qu'ils me posaient. En résumé, j'envisageais d'apparaître à tous sous les traits d'un demeuré. Je n'y voyais que des avantages. On juge inoffensive une personne un peu simplette. On ne va pas suspecter en elle un lettré, un lecteur de partitions, ni l'assassin d'une figure importante chez les Chevaliers du Blanc Camélia. On se moque d'un tel individu, mais on en a pitié. Fort de la supériorité qu'on a sur elle, on lui témoigne à l'occasion une certaine gentillesse. Enfin, on s'épargne la peine de lui faire la conversation.

Je me suis accroché à mon rôle tant bien que mal. Ai-je donné le change à tous ceux dont j'ai croisé la route ? Je n'en jurerais pas. Quoi qu'il en soit, je suis arrivé sans encombre sur la berge du Père des eaux. D'embarcation en embarcation, avec une lenteur dont j'étais toujours convaincu qu'elle servait mes intérêts mais que mon instinct d'homme traqué avait du mal à ne pas juger désespérante, j'ai descendu le cours du fleuve. Les nuits étaient les plus pénibles dans la mesure où, le plus souvent, il me fallait dormir à la belle étoile, qui n'était pas toujours si belle que ça. Deux ou trois des hommes qui m'avaient accueilli à leur bord se proposèrent de m'héberger, mais je déclinai leur invitation aussi courtoisement que me le permettait mon statut supposé d'abruti : je craignais toujours de me trahir dans mon sommeil. Un beau jour, enfin, le soleil était au plus haut dans le ciel, le personnage qui me servait alors de passeur m'annonça d'un air triomphant que nous venions de quitter l'Arkansas et d'entrer en Louisiane. Bien entendu, j'avais évité de lui révéler que mon but ultime était La Nouvelle-Orléans, le rivage de l'océan Atlantique. À chacun des mes compagnons successifs, je ne sortais de mon mutisme et de mon hébétude que pour balbutier une destination, jamais la même, car je m'appliquais à brouiller les pistes, même en m'adressant aux personnes qui m'inspiraient le plus confiance. Par chance, j'avais étudié dans l'atlas que possédait les Devereaux la géographie des États-Unis, plus particulièrement celle du Delta où je vivais et des régions avoisinantes. J'avais retenu le nom de plusieurs localités louisianaises et l'ordre selon lequel, du nord au sud, elles s'échelonnaient le long du Mississippi. En général, je laissais entendre que, parvenu dans telle ou telle de ces villes, j'avais l'intention de bifurquer, soit à main droite, pour filer sur la région de Shreveport, ou plus bas dans la partie occidentale de l'État, soit à main gauche, où l'on était censé m'attendre à Jackson, à Biloxi, voire à Mobile ou à Pensacola. Je prétendais toujours venir d'Oklahoma. J'avais remarqué que ce nom, sans doute à cause de tout le sang versé là-bas par les Indiens, inspirait sympathie et respect.

J'ai usé du terme de « personnage » pour présenter l'homme qui m'avait fait quitter l'Arkansas. C'est qu'il était haut en couleur ! De nous deux, je ne sais pas qui offrait l'aspect le plus pittoresque. Dans ce qu'il appelait sa barque, et qui était en réalité une sorte de radeau à voile, équilibré par des tonnelets, il revenait d'aussi loin que Saint Paul, capitale du Minnesota, où il se rendait deux fois l'an afin d'y vendre à un maroquinier prussien, dont il parlait comme de « mon principal commanditaire », l'essentiel de sa production. Celle-ci consistait principalement en peaux d'alligators et en peaux de serpents. De ces derniers, il prélevait aussi le venin, afin de le commercialiser lui-même sous forme de substances diverses, plus ou moins curatives, plus ou moins magiques : onguents, potions, fortifiants capillaires et hormonaux, aphrodisiaques et philtres divers. Certaines peaux étaient trop abîmées ou trop laides pour convenir à un artisan qui, paraît-il, avait le souci de la belle ouvrage. Mon chasseur, plutôt que de les mettre au rebut, les cousait grossièrement, s'intéressant à la taille et à la forme des pièces qu'il assemblait, au détriment des dessins et des couleurs, et s'en faisait des vêtements, chapeau et chaussures compris. C'est assez dire que, en plus d'être accoutré comme personne d'autre en Amérique, il ne passait pas volontiers pour l'arbitre des élégances. En revanche, on ne pouvait lui refuser un certain clinquant, en particulier quand les rayons du soleil accrochaient les écailles qu'il avait sur le dos, scrupuleusement vernies par ses soins.

Et c'était bien ce que pouvait redouter un individu dans mon style, qui, pour sa part, n'ambitionnait pas de concentrer sur soi la curiosité du public. En ce cas, me direz-vous, pourquoi l'avoir sollicité ? Justement, je n'avais rien fait de tel. C'était lui qui, j'ignore pour quel motif, m'apercevant en train de bayer aux corneilles sur un ponton auquel il avait amarré son esquif, s'était pris d'une soudaine amitié pour moi et, devinant que j'étais en voyage, m'avait, dans son violent désir de me venir en aide, dégringolé de mon perchoir, jeté sur un lit de sacs vides et, après cela, retenu pour ainsi dire en otage, jurant qu'il me conduirait dans les bayous et se tenant les côtes si je tentais d'objecter que, par goût personnel, je me serais plutôt dirigé vers la frontière texane. De surcroît, à part le fait qu'il avait adressé la parole et proposé – imposé ! – ses services au nègre que j'étais, rien ne m'assurait que j'avais affaire à un homme de couleur. Plus qu'un Noir, il m'évoquait un Blanc au visage tanné par le soleil et qui aurait depuis longtemps renoncé aux bienfaits de l'hygiène. En bonne logique, j'aurais dû me méfier de lui plus que de n'importe lequel des êtres charitables qui me vinrent en aide. Mais ce fut le contraire qui se produisit. Ses manières à tout le moins chaleureuses étaient communicatives. Je ne négligeais pas les règles de prudence que je m'étais fixées. Pourtant, je me laissai aller, en sa compagnie, plus qu'avec personne d'autre. Un pas de plus, et je tombais le masque. En présence de cette figure extraordinaire, ma comédie me pesait. J'étais fort tenté de prendre ce compagnon pour confident de mon aventure, y compris du geste fatal qui en avait été l'amorce. Ce qui m'en retint fut l'hypothèse – absurde, j'en conviens – qu'il pouvait déjà être au courant de tout, ou en tout cas avoir deviné qu'il portait secours à un meurtrier en fuite. Moi qui m'évertuais à jouer les idiots, j'aurais eu l'air fin, pour le coup, si, avec des airs mystérieux, je lui avais révélé ce qu'il savait déjà.

Bref, je réussis, de justesse, à ne pas lui raconter mon histoire. En revanche, je n'eus pas le cœur de faire le crétin trop longtemps, résolution dont il parut enchanté. Afin, je suppose, de célébrer l'événement, il profita de mon retour parmi les créatures douées de raison pour nous servir dans des gobelets cabossés une atroce liqueur de sa fabrication, où l'huile de serpent se mêlait à l'écorce d'orange et le tout à un alcool obtenu par la fermentation de substances dont je préférais tout ignorer. Néanmoins, mon périple et ses lenteurs calculées avaient éprouvé mes nerfs plus que je ne l'aurais cru, et, sans avoir pris la décision de le faire, je fus content de me saouler proprement. Nous fîmes halte au crépuscule. Je passai la nuit à ramper dans les hautes herbes, malade comme un chien.

Je me sentais si mal que j'ai souhaité perdre connaissance. Au matin, j'y suis presque arrivé. En tout cas, je me suis endormi. Il faisait grand soleil quand j'ai rouvert les yeux. Je n'étais pas capable de me tenir sur mes jambes. Il me fallut patienter toute une interminable journée, incommodé par le remugle pestilentiel que mes haillons répandaient alentour et d'abord dans mes narines. Au fait, pourquoi semblait-il ne rien sentir, lui, l'individu extravagant au pied duquel j'étais allongé ? Aujourd'hui, je pense que son propre costume suffisait largement à combler son odorat. Ce jour-là, il me chantait des berceuses, agrémentées de textes salaces de son cru. Il me criblait de clins d'œil, s'esclaffait à tout propos, me racontait – sans beaucoup d'égard pour les sursauts de mes entrailles – ses ivresses innombrables et leurs suites désastreuses. De temps à autre, il m'obligeait à ingurgiter une décoction venue tout droit de sa boucherie de reptiles. En vérité, cette médecine inquiétante ne me faisait pas plus de mal que de bien, ce que je jugeais, déjà, être une sorte de miracle.

Jamais je ne saurai pourquoi Gator[1] Sam, ainsi qu'il se faisait appeler, m'avait pris en affection. Peu après Baton Rouge, il me dit : « On n'est plus très loin d'arriver chez nous. » Peut-être faisait-il référence, par ce « nous », aux membres de la communauté à laquelle il appartenait, c'est-à-dire au peuple des bayous, mais je n'en avais pas la certitude. D'évidence, mon compagnon était un solitaire, plus proche des bêtes sauvages qu'il écorchait que de la plupart des êtres humains. Avec ceux-ci, il entretenait, partout où il allait, les meilleurs rapports. Toutefois, il ne recherchait pas leur présence et n'essayait jamais de les retenir. Dans les premiers jours de notre navigation, rien n'aurait pu me laisser supposer qu'il m'invi-

1. Diminutif pour *alligator*.

terait à partager son existence. Qu'avais-je bien pu faire pour le séduire à ce point ? Et lui, de son côté, quel genre d'attraction exerçait-il sur moi ? Depuis notre beuverie, l'absolue confiance qu'il m'avait tout d'abord inspirée admettait quelques nuances. Restait un charme qui émanait de sa personne et auquel j'étais, moi, tout particulièrement sensible, quoique incapable de le définir, et plus encore d'en citer une seule cause. Des années après, il m'arrive de me demander si l'origine de cette fascination ne résidait pas dans le fait que cet homme – probablement métis, quand j'y réfléchis – n'était ni blanc ni noir, mais aussi noir que blanc (sans parler des reflets cuivrés qui évoquaient l'Indien) et que, en lui, même la partie blanche, celle qui avait parlé du « régiment de négros », ne nourrissait pas le moindre préjugé à mon égard. C'était la première fois que j'étais confronté à une situation de ce genre. Ce qui explique pourquoi j'aurais tant aimé en avoir le cœur net et ne me résolvais pas à accepter tout simplement ma bonne fortune. Un ami m'était tombé du ciel, je jouissais de sa protection, je partageais sa nourriture et savourais ses autres bienfaits, pourtant il fallait à tout prix que je le range dans une catégorie précise. Je ne trouverais la paix de l'esprit, pensais-je alors, qu'après l'avoir enfermé dans une boîte dûment étiquetée, scellée par un cachet de cire portant un sceau officiel.

L'irrésistible charme de Gator Sam, écorcheur de profession, tueur, c'était qu'il débordait de vie. Ce qui m'apparaît désormais comme une évidence aveuglante, c'est que cette énergie lui venait de ce qu'il ne faisait aucune différence entre les races. Il ne perdait pas la plus petite parcelle de son temps en mesquineries de cette sorte. Et, surtout, il ne tuait pas une part de l'humanité qui était en lui, qui *était lui,* en s'acharnant à nier l'humanité d'autres hommes. Il ne s'épuisait pas davantage, comme je l'avais fait, à prouver désespérément qu'il n'était pas un animal à des gens qui n'avaient aucun avantage à l'admettre et s'acharnaient eux-mêmes à démontrer le contraire – les seconds pas plus que les premiers ne parvenant à se convaincre eux-mêmes de la justesse de leurs thèses. Car les doutes des uns avaient déteint sur les certitudes des autres. Et c'était ainsi que la mort s'était installée dans les âmes de tous.

Ma seule préoccupation, à l'époque, aurait dû être de prendre mon compagnon en exemple. Au lieu de quoi je le considérais comme un terrible excentrique et continuais sottement d'épier chez lui des caractéristiques, des indices, des signes d'appartenance ethnique. Le problème, on l'aura compris, n'était pas qu'il en manquât : il en avait bien trop, et qui se contredisaient terme à terme. Même son langage ne m'indiquait aucune piste, car il ne s'exprimait ni comme les Noirs nés dans l'esclavage et maintenus dans l'asservissement, ni comme ceux qui, à mon image, avaient pu échapper à leur condition, ni comme aucun des Blancs que j'avais rencontrés. Il s'exprimait à la façon, très singulière, des gens qui, tirant leur subsistance des marais, ne se sentent à leur place que dans ce décor en apparence hostile. Les ancêtres de Luc Devereaux n'habitaient pas l'Amérique, mais un pays situé de l'autre côté de l'océan, en Europe : la France, où l'on parle une langue différente de l'anglais. Une ou deux fois, j'avais entendu mon maître employer des mots français pour s'adresser à son fils ou à tel de ses voisins. Gator Sam le faisait aussi volontiers, en présence d'individus qui lui ressemblaient (et nous en croisâmes de plus en plus, à mesure que nous descendions vers l'embouchure du fleuve). Dans toutes les autres circonstances, sa prononciation de l'anglais avait peu de rapport avec celle des habitants du Mississippi, quelle que fût la couleur de leur peau, et guère davantage avec celle des Louisianais qui ne s'épanouissaient pas au milieu des marécages.

Pas un instant, jusque-là, je n'avais soupçonné qu'on pût rencontrer, là où les races se côtoyaient, une seule personne aveugle à leurs différences. J'en avais une en face de moi, depuis maintenant des semaines, et tout ce que j'avais en tête, pauvre de moi ! c'était de percer à jour le secret de ses origines… Avec le recul, je me fais pitié. Quelle était ma plus grande inquiétude, au reste ? Qu'elle fût mal blanchie ou négrifiée de travers ? À l'absurde question que je me posais, quelle est la réponse qui m'aurait apporté le plus de soulagement ? Et de quoi au juste avais-je besoin d'être soulagé ? C'est une pensée qui me remplit de tristesse, mais il est bien possible que, ce qui me terrorisait, c'était qu'avec lui je ne pouvais plus voir le monde en noir et blanc. Je croyais exécrer cette division, elle avait été mon supplice permanent, mais elle m'avait rendu le monde plus facile à percevoir et à concevoir. Oserai-je le dire ? Elle me l'avait rendu plus rassurant, parce que plus prévisible. S'il n'y avait le jour au bout de la nuit, et la nuit au terme du jour, comment pourrions-nous nous orienter dans nos existences ? À quoi nous servirait-il de compter les heures, les années ? N'aurions-nous pas le sentiment d'une perpétuelle errance, d'une vie sans queue ni tête ? D'être là de passage, mais sans nous rendre pour autant d'un point à un autre ? Soupçonnerions-nous seulement que nous sommes attendus, soit au paradis, soit en enfer ?

Nous nous frayâmes un chemin entre des herbes si hautes et si touffues que je n'aurais pas imaginé qu'il était possible d'y faire avancer une embarcation. Puis nous nous enfonçâmes sous le couvert des grands arbres qui gardent les pieds dans l'eau. Mon compagnon me désigna quelques alligators assoupis dans la vase, que je n'avais pas remarqués alors que j'avais les yeux dessus. Sa cabane était perchée sur des pilotis, au bord d'une clairière qui formait une sorte d'étang. Il me fit les honneurs de ce logis où les miasmes des marais étaient comme en suspension dans l'air : une vapeur un peu rousse où flottaient aussi, comme trop gras pour agiter leurs ailes, d'énormes maringouins. Gator ne fit pas un geste pour les chasser. D'ailleurs, ils ne s'intéressèrent qu'à moi. Je dansais sur place en me distribuant des gifles sur tout le corps, à la grande joie de mon hôte. « Laisse-les donc ! s'esclaffait-il. Pour finir, même ton propre frère saura plus te r'connaître ! » Il finit tout de même par me tendre une burette, pleine d'une huile nauséabonde au moyen de laquelle je dus me frictionner des pieds à la tête. Plus que jamais, la puanteur était mon lot sur cette terre.

« Écoute, me dit Sam. Regarde un peu où tu es. Qu'est-ce que t'irais t'embêter à Shreveport, Biloxi ou je n'sais où ? Le Texas ? Le Texas est une terre qui a soif, ça n'est pas bon. Une terre assoiffée a autre chose à penser qu'aux hommes. Elle pense à l'eau, rien qu'à ça, et l'eau, c'est ici qu'elle se trouve. À ta place, vieux frère, c'est ici que j'poserais ma valise. Quand on n'a pas d'valise, il y a encore moins à réfléchir… J' t'apprendrais à chasser, à boucaner, à tanner, à distiller et tout c'dont un chrétien a b'soin pour être heureux – c'est pas les plaisirs qui manquent ! Ici, personne viendra te poser d'questions, parce que, celui qui pose trop d'questions, si c'est pas l'écho qui lui répond, ça pourrait bien être les camarades que t'as vus allongés là-bas sur le ventre. Ils veulent bien que, moi, j'les tue, mais ils supportent pas qu'les gens d'la ville les dérangent. J'te présenterai et ils t'adopteront, t'en fais pas. T'as pas une tête de la ville. Au bout d'un an ou deux, j'te l'promets, t'auras une tête à bayou. Le climat d'ici t'arrache le masque qu'on a tous, et que le bon Dieu veut pas voir – c'est pour ça qu'Il est si fâché contre Ses enfants. Dans l'marais, Il se r'pose des mauvaises têtes. Dans l'marais, plus rien Le presse et Il a même le temps de rêver… »

Il me faisait encore un peu peur, mais j'avais envie de le croire. Après les allusions qu'il avait faites aux personnes qui ne veulent pas être reconnues et aux gens qui posent trop de questions sur vous, j'aurais parié n'importe quoi qu'il avait compris que j'étais un nègre en fuite. Or il se proposait de me mettre à l'abri de mes poursuivants, quitte à devenir mon complice à leurs yeux et à encourir le même châtiment (sauf, bien sûr, s'ils le tenaient pour un Blanc ; en ce cas, ils se contenteraient de le pendre). Combien de temps aurais-je dû courir, jusqu'où aurais-je dû aller, pour trouver un autre homme disposé seulement à m'accorder la moitié de cet appui ? Je n'avais d'autre but que La Nouvelle-Orléans, où je souhaitais me rendre, sans avoir pour autant formé le moindre projet quant à ce que j'y ferais pour subsister. La Nouvelle-Orléans n'était plus qu'à deux journées de marche, autant dire rien. Pour ce qui était de ma subsistance, Gator Sam m'avait laissé entendre plus d'une fois que le bayou s'en chargeait à la place de ses occupants. Il offrait, affirmait-il, plus de ressources qu'eux-mêmes n'avaient de besoins. En d'autres termes, je prenais considérablement plus de risques en quittant ce milieu à première vue peu accueillant qu'en bravant son hostilité.

Sept mois plus tard, mon ami remettait le cap sur Saint Paul, sur son radeau encombré d'un lourd chargement qui lui laissait peu de place pour manœuvrer le gouvernail ou la gaffe. Il portait à son maroquinier, cette fois, le fruit des efforts de deux hommes, dont l'un, certes, n'était qu'un néophyte, mais pour cette raison, précisément, s'était appliqué à mettre les bouchées doubles. Nous en avions tous deux bien du regret, mais il ferait seul ce voyage, faute de quoi il eût fallu construire une embarcation plus grande. Au surplus, il n'était pas mauvais que quelqu'un, d'une part veille sur l'état de la cabane, nettoyée, consolidée et réaménagée à mon initiative, d'autre part poursuive les fructueuses activités de ce qui avait désormais toutes les caractéristiques d'une petite exploitation. Je souhaitais, autant que possible, échapper à mes souvenirs, mais, sans le vouloir, j'avais peu à peu recouvré mes réflexes d'intendant. Et je restais un homme qui, ayant beaucoup lu, sur une infinité de sujets et avec la constante détermination d'en tirer bénéfice, avait beaucoup retenu.

D'après le portrait que j'ai tracé de lui, on aurait pu croire que Gator Sam était la dernière personne en Louisiane à s'inquiéter d'organisation du travail, surtout s'agissant de besognes comme celles auxquelles il s'astreignait. Mais ç'eût été négliger le fait qu'il était plus soucieux que quiconque (moi-même en particulier) de la belle ouvrage, et, dans la mesure même où il adorait ce qu'il faisait, très désireux d'accroître son efficacité. J'ajoute que mon esprit rationnel avait à ses yeux quelque chose d'aussi exotique, et donc d'aussi divertissant, que, pour moi, ses culottes en peau de serpent et son goût de la vie primitive. Quel paradoxe, quand j'y songe ! Ce qu'il désignait par des expressions telles que « les manières » ou « les lubies de la ville », ce que d'autres auraient rangé sous le vocable de « civilisation », cela lui répugnait – presque physiquement. Autant qu'il les plaignait, il jugeait avec une sévérité intraitable les gens qui ne vivaient pas en accord avec la nature. La « civilisation », il ne la considérait pas seulement comme *un* mal, mais comme une émanation du Mal lui-même. Il était convaincu que le purgatoire commençait là où s'arrêtait le bayou et que le Diable en personne régnait partout où s'élevaient plus de dix maisons serrées les unes contre les autres. Tel était son credo, et pourtant – voilà où je voulais en venir – il découvrait avec amusement, mais aussi avec ravissement, et même avec gratitude, les avantages de la méthode, voire de la rationalisation.

Dans l'ordre, encore très relatif, que j'avais instauré au sein de son espèce d'atelier de retraitement du venin, je ne jurerais pas qu'il voyait un progrès quelconque, mais, en ce qui concernait les autres branches de notre industrie, il appréciait le temps gagné, lequel permettait à la fois de travailler plus longtemps (ou de se divertir plus souvent) et de tirer plus de profit de chaque geste accompli. Et quand je parle de profit, il va de soi que je ne fais pas référence aux bénéfices commerciaux de l'entreprise, préoccupation vulgaire qu'il abandonnait volontiers à la faune désolante des cités, capable d'oublier Dieu au point de recouvrir la terre et la végétation avec des pavés de granit, comme si elle voulait transformer ses rues en cimetières de la Vie même. On pensera que je cherche à ironiser, lorsque j'aurai dit que Gator avait une telle aversion pour l'argent qu'il en dépensait le plus possible. Mais ce n'est pas le cas. Il se débarrassait bel et bien de ce qu'il avait acquis sans ménager sa peine. Il refusait les billets de banque, assimilés par lui à des mensonges, des parjures et des blasphèmes imprimés, et il détestait la sensation que lui procuraient les pièces de monnaie en séjournant dans ses poches. Le troc était son idéal en matière d'échanges économiques, et il le pratiquait sur une très large échelle. En particulier avec les commerçants chez qui il fallait bien que nous allions une fois par mois nous fournir, le bayou – en dépit d'une générosité que mon ami me faisait mieux mesurer chaque jour – ne subvenant pas à certains besoins tels que, par exemple, le café, le sucre, la farine ou la viande de bœuf. Il n'y avait guère qu'avec nos pareils que nous ne pouvions pratiquer de la sorte, pour la simple raison qu'ils disposaient et manquaient des mêmes produits, des mêmes articles que nous. Tous, au surplus, étaient loin de nourrir à l'endroit de l'argent les mêmes préventions que leur voisin. Il les tenait, à cause de cela, pour des personnes honorables, mais au caractère enfantin, éblouies par des leurres et des choses futiles. Sa façon de leur enseigner la vanité du dollar consistait à leur payer au-dessus du prix tout ce qu'il leur achetait et à leur céder pour trois fois rien ce qu'ils désiraient obtenir de lui. Je crains que cette pédagogie n'ait pas été couronnée de succès.

On m'objectera que les échanges sont réduits, entre particuliers vivant des existences comparables et possédant des biens identiques. Mais il y avait les fêtes du samedi, auxquelles on n'assistait qu'en versant son écot. À moins de n'y rien manger, de n'y rien boire, ce qui n'était guère concevable (apporter son propre alcool et ses propres biscuits eût semblé du dernier mesquin) et, plus incorrect encore, de laisser les autres rétribuer les musiciens. D'ailleurs, ils ne l'auraient pas permis. Des hommes se faisaient rosser pour beaucoup moins que cela, en dehors du fait qu'un bal offrait l'occasion rêvée de ces rixes tumultueuses dont les gens du bayou étaient friands. Je crois avoir été le seul à ne pas m'y être mêlé, mais je m'y serais sans doute résolu si j'étais resté plus longtemps avec eux. Gator était un bagarreur magnifique. Comme dans tout ce qu'il entreprenait, il avait à cœur, lorsqu'il se jetait sur une personne, ou plusieurs, de ne pas lâcher la partie avant de s'être assuré un triomphe complet. Je l'avais vu danser avec des alligators, jusqu'à les avoir étouffés. Il ne se montrait pas moins entreprenant avec ses adversaires à deux pattes. Il les ratatinait, puis il éclatait de rire, puis, sans égard pour ses propres blessures, parfois spectaculaires, il régalait à notre table ce qu'il avait laissé d'eux. Personne, le samedi, ne menait plus grande vie que nous. Personne non plus, pour changer de sujet, n'a jamais fait la moindre allusion à ma couleur.

Jamais, sur la plantation, je ne m'étais posé la question du bonheur. Le bonheur sur la terre était une illusion, et, même à ce titre, il était réservé aux Blancs. Il ne pouvait pas y avoir de bonheur dans l'esclavage. L'Émancipation n'en apporta aucun à qui que ce fût, en tout cas dans le Sud, à la possible exception de quelques carpetbaggers. Ces individus incarnaient le malheur d'autrui : cette intime satisfaction aura-t-elle suffi à leur procurer une volupté durable ? En dépit du mépris qu'ils m'inspirent, je n'en mettrais pas ma main au feu. Non, je ne croyais pas au bonheur. Même celui, si intense, d'avoir assassiné Luc Devereaux ne fut qu'un feu de paille. Dans les marais de Louisiane, cependant, j'imagine que j'ai connu, sept mois durant, un état auquel d'autres personnes, moins regardantes que moi, associeraient l'idée de béatitude. La personnalité de mon compagnon y comptait pour beaucoup, mais aussi le genre de vie que nous menions et, par-dessus tout, l'environnement qui était le nôtre. J'avais vu représenté, dans les livres, l'intérieur de plusieurs cathédrales européennes, avec, toujours, au moins un rayon de lumière filtrant des vitraux. C'était cette atmosphère que m'évoquait le bayou. Les cyprès veillaient à rendre cette impression. Point n'est besoin d'une imagination débordante, en effet, pour comparer, aux piliers et aux arches de pierre, les troncs et les frondaisons de telles essences. La surface de l'eau, par les journées calmes, miroitait comme un sol de marbre au pied de ces arbres pleins de majesté. De surcroît, le soleil arrivait jusqu'à nous sous forme de faisceaux laiteux où roulaient des particules en suspension et qui semblaient reproduire ceux des images pieuses, en leur donnant plus de réalité et plus de mystère à la fois. Je ne me lassais pas de ces visions. Je restais en arrêt devant une simple guirlande de mousse espagnole. Me pencher sur ma tâche ne m'empêchait pas de me pénétrer du chant des oiseaux, de tous les sons et de toutes les rumeurs qui, en ce lieu, résonnaient comme nulle part ailleurs. Gator avait raison : si le bayou était le monde que le Créateur avait confié aux hommes, alors tous les autres endroits de la Terre n'étaient que des vestibules, des corridors, des arrière-cours, dépendances, dépotoirs, déserts et terrains vagues. En un mot : les envers de ce décor sacré. Ici, les pièces de monnaie frappées dans l'or le plus pur ne pouvaient que sonner faux pour quiconque acceptait d'écouter et avait reçu le don d'entendre.

Mon compagnon, longtemps avant mon arrivée, avait banni les miroirs de sa maison. S'il lui prenait – c'était rare – une soudaine envie de se raser (opération qu'il réalisait au moyen du couteau de chasse à large lame qui lui servait à dépiauter ses proies et à fendre son pain), il allait se mettre à genoux à l'extrémité de notre embarcadère et contemplait le reflet de son visage dans le marais. En ce domaine aussi, il a bien fallu que je prenne modèle sur lui. Si j'établis le bilan des habitudes et des attitudes dont je lui étais redevable, au moment où il réembarqua pour les quais de Saint Paul, je ne vois guère qu'un chapitre sur lequel je n'aie même pas tenté de le suivre : celui des goûts vestimentaires. Je ne pense pas que la peau de serpent eût été adaptée à mon genre de beauté, d'une part. D'autre part, je ne voulais pas priver un homme qui avait tant fait pour moi d'une singularité à laquelle il était fort attaché. Gator Sam souhaitait avoir la réputation d'un original au sein même de cette population qui vivait en marge et que nombre de Louisianais considéraient comme à demi sauvage. Il m'avait fait abandonner les hardes dont je m'étais saisi au début de mon échappée, ainsi que mes pantalons autrefois blancs, reliquat de mon ancienne livrée (c'était le nom que je lui donnais à ce moment-là). Dans un nuage de naphtaline, il était allé puiser au fond d'une malle qui dormait sous une toile goudronnée, le plus loin possible de l'eau, des effets, d'ailleurs très propres, qui lui avaient appartenu – « dans une existence antérieure », selon lui – et qui, de fait, se révélèrent à ma taille. Grosso modo – mais ni l'un ni l'autre nous n'étions en mesure d'y apporter des retouches, sauf à risquer d'accentuer leurs défauts. « Peuh ! Ils se feront à toi ! » me fit-il avec sa gouaille coutumière. D'une osmose entre ces vêtements et ma personne, je ne doutais pas, ayant vécu ce que j'avais vécu. En mon for intérieur, cependant, je songeais que c'était plutôt moi qui allais me faire à eux.

Cette idée ne m'était pas venue au hasard. En me mirant chaque jour dans le bayou, pour peu qu'il y eût assez de clarté et que ni la pluie ni le vent ne fussent au rendez-vous, j'avais observé les progrès, toujours plus nets, de la métamorphose dont, depuis des années à présent, j'étais… faut-il dire la proie ? faut-il dire le bénéficiaire ? À fréquenter le bureau, le salon, la bibliothèque et la salle du trône de la maison Devereaux, les traits de mon visage s'étaient comme lissés pour imiter ceux des Blancs, à qui ces privilèges étaient accordés de naissance. Mes lèvres, en particulier, s'étaient rétractées, afin de se coller à mes gencives, et elles s'étaient amincies au point de ne presque plus former de bourrelet. Que ce fût impossible, j'avais suffisamment étudié pour le savoir, mais qu'on m'explique alors pourquoi je percevais les choses ainsi ! Était-il plus vraisemblable que j'aie imaginé de toutes pièces cette image de moi, immuable et très nette, que j'avais dans mon souvenir ? D'ailleurs, maintenant que je résidais chez les Cadiens, non seulement je m'écartais plus que jamais de mon portrait en jeune esclave inculte, mais je commençais à me distinguer franchement de l'intendant Nehemiah. Je m'en écartais pour ressembler davantage à un natif du cru. Bientôt, un étranger, en m'apercevant, aurait eu la même réaction qu'en présence de Gator : incapable de dire si j'étais un Blanc ciré par la réverbération du soleil sur les eaux, ou un Noir d'une espèce peu répandue, ou un de ces Indiens à peau sombre qu'on trouve en Inde, ou encore un métis dont Dieu seul pouvait savoir dans quelle mesure il l'était et quelles étaient au juste les races qui s'étaient ébattues dans son arbre généalogique. Mes lèvres, me semblait-il, continuaient de se décharner de l'intérieur, comme si quelque chose suçait ou pompait leur substance. En revanche, mon nez reprenait de la force, mais, au lieu de s'épater pour retrouver son allure d'autrefois, il avait tendance à bourgeonner, tel celui du Cadien d'un certain âge. L'alcool, auquel je m'étais accoutumé, en serait sans doute la cause aux yeux des savants. Je leur répondrais, de mon côté, que ce penchant si nouveau chez moi était lui-même l'indice d'une évolution de ma nature. Laquelle, d'évidence, allait dans le sens d'une assimilation de mon comportement, de mes façons d'être et de paraître, aux mœurs de mon entourage. Quoi qu'il en fût, je me transformais. Et j'y étais aidé par le regard que portaient sur moi les personnes que nous fréquentions. Peut-être éprouvaient-elles du mépris ou de l'animosité envers les communautés noires installées dans la région. Peut-être étais-je cette fameuse « exception qui confirme la règle ». Peut-être le fait que le roi de leurs fêtes, le vainqueur de leurs querelles, m'ait adopté m'assurait, du moins en sa présence, une sorte d'immunité. Peut-être (je n'y croyais guère) mon ami était-il bel et bien un métis qui avait réussi à s'imposer par sa verve, ses muscles, son audace, sa franchise, ses idéaux et ses excentricités. En tout cas, jamais je n'ai été en butte à des railleries, des insultes ou des provocations. Je n'exclus pas que tel ou tel individu se soit borné à me tolérer, en souhaitant à part lui qu'un reptile, une araignée, un insecte venimeux me fît mon affaire, mais, d'emblée, j'ai été admis dans le cercle. D'emblée, par voie de conséquence, je m'en suis senti un membre à part entière. J'étais un homme qui n'avait nulle part où aller : si le bayou devenait ma patrie, il n'était plus utile que je songe à me rendre où que ce fût. Et si c'était dans le bayou que je devais finir ma vie, alors cette vie avait commencé le jour où j'étais entré dans le bayou. Et, si j'étais né là, au nom de quoi n'y aurais-je pas été à ma place ? Les Cadiens n'y avaient pas accueilli un affranchi et un criminel en fuite : ils avaient vu apparaître en leur sein, introduit par une personne de confiance, un être qui ne demandait qu'à avoir toute sa mémoire devant lui. Un être assez humble pour solliciter de partager la leur.

Même le regard des femmes ne me rejetait pas. Il ne se détournait pas de moi. Il ne me traversait pas. Quelquefois, il s'est arrêté sur moi, les samedis, quand chacun était gai, autour des pugilats, eux-mêmes des plus joviaux dès que mon ami s'en mêlait (et il aurait fallu pour l'en dissuader que la terre s'ouvrît sous nos pieds !). Ces soirs-là, il est vrai que je ne manquais pas d'une certaine prestance. Un homme dont le cœur est pur, la musique l'aide à se tenir droit. Un autre, s'il n'est pas foncièrement mauvais, elle l'aide à se redresser. J'avais commis bien des fautes – et le meurtre, d'après moi, n'était pas la pire. Cependant, je gardais le souci de m'amender ; je comptais sur le marais pour dissiper peu à peu ce qu'il y avait de ténébreux au fond de moi. J'espérais qu'à la longue il refermerait sa pénombre sur la créature tourmentée que j'étais, à cause de ma colère, de mon orgueil, de mon amertume et du remords que j'avais d'éprouver du remords, il refermerait cette pénombre sur elle et dégagerait de cette créature, en une aura phosphorescente, la lumière qui ne s'y était pas encore élimée et flétrie. Toute cette eau qui pouvait sembler morte, avec des mousses pour écume, elle était vive et fraîche : ce serait celle d'un nouveau baptême. Voilà ce que j'envisageais. Voilà de quelle manière je comptais retrouver la paix de l'âme que j'avais perdue, non pas en assassinant un autre réprouvé, mais, des années plus tôt, dès que je m'étais mis en tête d'abolir l'esclavage au-dedans de moi. Dès que j'avais voulu remplacer les brûlures de l'affliction par la froideur de l'étude.

L'allure que j'avais dans les bals, elle provenait de cette élévation morale liée à ma purification dans l'univers assourdi du marais, mais aussi de la transformation physique que j'observais en baignant mon reflet au pied du ponton. À cela s'ajoutait l'impression produite par mon vêtement. Gator n'aurait même pas songé à quitter ses peaux ; tout au plus en raccommodait-il les déchirures lorsque nous étions de sortie. En revanche, il m'incitait à me mettre sur mon trente et un (pour reprendre son expression), quitte à faire tache dans une assemblée d'hommes des bois que l'humidité, lourde et poisseuse, qui était leur milieu naturel n'incitait guère aux élégances. Par chance, fût-ce dans les conditions les moins favorables, je ne transpire pas facilement. Ce talent m'autorisait à endosser le costume de cérémonie dont mon compagnon m'avait fait présent. Il l'avait tiré d'une boîte de carton, enfermée dans une caisse en bois, au fond de la malle emmaillotée de toile goudronnée. Confit dans la naphtaline, il en aurait répandu le parfum à des miles si, en dépit de toutes les précautions prises pour le conserver intact, il n'avait aussi émané de lui comme un relent de moisissure. Ce costume était l'habit, fringant et suranné, dans lequel s'était marié à Maurepas le père de Gator Sam, personnage qui, au cours de sa brève existence, avait laissé une jambe à un alligator, l'autre à la gangrène, et une bonne partie de sa tête à un coup de fusil, alors qu'il se traînait vers un chasseur bredouille pour lui apporter un remontant. Cette redingote, ce gilet à boutons argentés, cette chemise à jabot, ces culottes qui collaient à la peau, avaient été, d'après son fils, le seul luxe qu'il se fût jamais permis. Encore s'était-il débrouillé pour qu'on écourtât la célébration de ses noces, afin qu'il pût aller ranger ces trop belles affaires dans la boîte d'où elles ressortaient pour la première fois.

Leur propriétaire, me dit mon ami, serait mort une seconde fois, étouffé par l'indignation, si on s'était avisé de l'inhumer dans un accoutrement qu'il n'était même plus capable de remplir depuis son premier accident. En ce cas, répliquai-je, il ne verrait sûrement pas d'un bon œil qu'un inconnu ramassé sur la route et qui n'avait même pas l'honneur d'être un Cadien s'en servît pour parader dans les bastringues du bayou. Comme à toute objection de ma part à quoi que ce fût, Gator m'éclata de rire au nez et s'écria : « Au moins, le vieux s'amusera un peu avec nous !

Tel que j'me l'rappelle, il va pas cracher dessus. Tâche seulement de l'amener du côté des belles filles ! Et puis, sais-tu ? La seule chose qu'il regrettait vraiment, d'avoir plus ses deux jambes, c'était d'plus pouvoir danser. Il avait défoncé des planchers, mon père, tu peux le dire ! C'était un vrai déchireur de carpette. Où qu'il se trouve aujourd'hui, j'te parie que ça lui manque : il est que temps de l'ramener au bal ! Sans compter que la bagarre, à côté d'lui, je s'rai jamais qu'un amateur. Alors t'en fais pas pour lui. Tu lui rends un sacré service. Elle allait pas échoir à un n'importe qui après ma mort, sa redingote, tout de même, faudrait beau voir ! »

Certaines femmes peuvent-elles tomber amoureuses d'une redingote passée de mode ? En tout cas, avant que je ne l'enfile, aucune n'était tombée amoureuse de moi, bien que j'aie depuis belle lurette renoncé à singer les idiots de village. Puis je suis apparu, habillé comme Luc Devereaux le dimanche, à l'époque où j'étais encore un Noir inculte, qui considérait avec stupéfaction un abécédaire, un abaque et un piano. Il ne me manquait que le chapeau haut de forme, gris perle à ruban argenté. J'étais persuadé qu'on se moquerait de moi, mais les Cadiens m'applaudirent. L'orchestre joua un air spécial pour saluer mon entrée. Et Nancy Jane posa son regard sur moi.

D'aussi loin que je me souvienne, je n'ai jamais été coureur. Pourtant, nos maîtres nous laissaient, comme aux autres animaux, toute liberté de nous accoupler, escomptant la naissance de nouveaux esclaves qui, ceux-là, ne leur auraient rien coûté. Si d'aventure ils n'en avaient pas l'usage, ils sauraient en tirer un bon prix. J'ai eu des aventures. Elles n'étaient pas ce qu'il y avait de moins heureux dans notre existence. Au quartier, bien des femmes ignoraient de qui étaient au juste certains de leurs enfants. D'ailleurs, autant qu'à elles-mêmes, ils appartenaient à la communauté. Un peu tout le monde veillait à élever chacun d'eux. De grands sentiments, je n'en ai éprouvé qu'une fois. Mais c'était pour Cassie, or Cassie n'a jamais eu d'yeux que pour Silas. J'ai dû me contenter d'être leur ami à tous deux. Les autres filles ne m'attiraient plus. De temps à autre, je me suis encore laissé faire par une de celles qui m'aguichaient. Mon comportement aurait été mal jugé si je les avais toutes dédaignées. Vint le temps où je fus appelé auprès de Master Jean et de son précepteur. Je devins, à cause des livres et des partitions, ce qu'Aloysius n'avait jamais été : un nègre blanc. À partir de ce moment, aucune femme n'était plus pour moi. Ni les Blanches, il va de soi, ni les femmes de couleur, en dépit des avances dont je faisais l'objet. Quelque chose en moi me l'interdisait. J'imagine – c'est l'hypothèse la plus noble – que je me refusais à tirer parti de ma position. Il est possible aussi que j'aie voulu me punir de ce que je ne pouvais m'empêcher de regarder comme une trahison. J'ai lu des choses sur la hiérarchie des castes en Inde : étais-je devenu une sorte d'Intouchable à mes propres yeux ? Des mobiles plus égoïstes sont à envisager. Désormais, toute ma vigueur, toute mon énergie, je les dirigeais sur l'éducation de mon esprit. Preuve, soit dit en passant, que l'âme et l'esprit sont en l'être humain des parties distinctes. Je nourrissais celui-ci, mais j'affamais celle-là.

Le désir n'est que le désir, et chacun sait ce qu'il est sans avoir eu besoin qu'on le lui enseigne. Moi, sans me demander si c'était ou non un sacrilège contre la nature et les plans du Créateur, j'ai donné à mon désir un autre nom, et par conséquent une vocation qu'il n'avait pas à l'origine : le savoir. Et même plus que la connaissance : le chemin qui conduit à elle, c'est-à-dire l'étude. Je vivais en ermite, non pas dans un désert, mais dans la profusion des livres, des questions et des réponses, et des questions que les réponses soulèvent, et dans la familiarité des mystères que l'ingéniosité humaine se découvre – ou se croit ? – en mesure, sinon de dissiper, du moins d'affronter d'un cœur serein, telle une partie d'échecs. Toute sensualité m'avait-elle déserté ? Bien au contraire ! Mais elle n'était plus tournée vers les femmes ; mon propre corps, elle le laissait en paix. La tendresse dont j'étais capable, l'affection dont je restais friand, lorsque les livres n'étaient ni la cible de l'une ni la source de l'autre, la musique en prenait la relève. Je m'épanchais en elle. Elle s'épanchait à travers moi – à travers mes mains posées sur le clavier du piano ou sur les cordes du violon rustique que je m'étais fabriqué et dont l'absence m'était de moins en moins supportable, à présent que, chaque samedi, dans les bals, je voyais l'excitation enflammer la face des membres de l'orchestre.

Les deux plus âgés, justement, étaient des violoneux, sciant leur instrument avec un entrain considérable, du crépuscule jusqu'à l'aube. Le plus jeune, lui, jouait de l'accordéon, mais les touches noires et blanches, alignées sur la boîte du côté droit, me donnaient la nostalgie du piano mutilé, outragé puis emporté par les soldats bleus. J'étais parvenu naguère à ne pas être jaloux de Silas, grâce au respect et à l'estime que j'avais à son endroit. Ces musiciens, ce n'étaient pas mes amis et ils m'inspiraient une envie dévorante. Que n'aurais-je pas sacrifié pour me trouver à leur place ? Par chance, ils m'accordèrent le privilège de les accompagner, en frappant l'estrade du talon et en battant des mains. Je m'avisai bientôt que je pouvais me montrer très efficace dans ce rôle. Il me suffisait de faire varier les sons que je tirais de mes paumes grâce à divers artifices. Je ne me bornais plus à les faire claquer l'une contre l'autre. Parfois, je les plaçais contre mes lèvres et soufflais en même temps, ajoutant au rythme certaines intonations qui évoquaient une ligne de contrebasse. Parfois, pour obtenir de nouveaux effets, j'en claquais une sur ma cuisse, sur ma poitrine ou sur ma joue remplie d'air, à la grande joie de l'assistance étonnée par le spectacle d'un homme en train de se gifler sans retenue. À d'autres moments encore, j'imitais les castagnettes par des claquements de doigts. Combinant l'action de mes pieds et de mes mains, je devenais moi-même tout un orchestre, lancé dans l'exécution d'une symphonie de bruits. Même si celle des Cadiens n'avait pas ma préférence, je préférais de loin danser avec la musique qu'avec la plus délicieuse des partenaires. Gator, entre deux coups de poing, m'encourageait à grands cris. Les dames faisaient chorus. Les musiciens me souriaient. Ils prétendaient qu'ils ne sentaient plus la fatigue quand j'étais à leurs côtés, et qù'ils se consolaient mieux de ne pas être sur la piste. Le troisième ou le quatrième samedi, je m'enhardis jusqu'à les prier de me laisser examiner leurs instruments. Loin de m'envoyer promener, ils m'invitèrent à les toucher, à les prendre entre mes mains, à essayer les archets, à tirer sur le soufflet de l'accordéon et à presser ses touches. La timidité me rendait maladroit, mais beaucoup moins que nous ne l'aurions cru, eux et moi. Au vrai, ma façon de déplacer mes doigts sur un clavier leur fit grande impression. Si les choses en restèrent là, l'expérience eut pour résultat que je me promis de reconstruire une planche d'entraînement dès que j'en trouverais le loisir, afin de dérouiller mes articulations. Peut-être me fabriquerais-je un autre violon, moins rudimentaire que le précédent. Dans ma tête, je me mis encore à étudier différents moyens d'améliorer les chansons que réclamait le public, et même à ébaucher des mélodies susceptibles d'enrichir ce répertoire. Il était inutile que je note ces phrases : mon ouvrage quotidien m'accordait toute latitude de les peaufiner et de les graver dans ma mémoire. J'hésitais à les faire entendre, y compris à mon compagnon. Malgré moi, elles avaient toujours des accents un peu mélancoliques, et je craignais sa désapprobation. Si la musique sépare deux êtres, c'est comme s'ils vivaient sur des continents différents et partageaient un même vocabulaire sans parler la même langue.

Nous nous répartissions la besogne, si bien que, dans la journée, nous nous tenions parfois à distance l'un de l'autre, trop éloignés pour nous voir ou pour nous entendre. Revenant un jour d'une de ces occupations solitaires, j'eus la surprise de trouver Gator sur son rocking-chair branlant, rafistolé du haut en bas avec des lanières de serpent, en train de… jouer ? chanter ? (je ne sais pas comment il faut dire) le morceau que l'orchestre avait coutume d'interpréter quand les premières lueurs de l'aube annonçaient la fin de la fête, au moment où chacun soupire à l'idée de sortir d'un rêve flamboyant, plein d'un beau vacarme, pour rentrer dans une réalité brumeuse, où le monde chuchote. Juste avant, les musiciens se lançaient dans ce qu'ils connaissaient de plus frénétique, et c'était aussi mon triomphe, puisque l'élan que je donnais à leur musique lui était plus nécessaire que jamais, en raison de l'épuisement qui les avait gagnés l'un après l'autre. Et puis cette chanson des adieux, une valse si lente qu'elle ne parvenait plus à faire tourner les danseurs, cette terrible chanson leur tombait des mains, comme s'ils n'avaient plus la force de la retenir, et se répandait à travers le dancing à la façon d'un crépuscule. D'un crépuscule d'orage, lourd des chagrins futurs. Le bal se déroulait encore et pourtant, d'ores et déjà, c'était la nostalgie du bal, de celui-là et de tous les bals qui l'avaient précédé, de tous les bals qu'on avait manqués ici et là, dans le village d'à côté ou à l'autre bout de la terre, c'était cette nostalgie du bal qui avait pris la place du bal. Et, qu'on eût l'imprudence de danser cette dernière danse ou qu'on fît la folie de s'en abstenir, on savait que, dans quelques instants, on allait s'en retourner, la tête basse, bourdonnante d'échos cruels et poignants, la bouche empâtée d'un sombre silence et le cœur gros. Le cœur plein d'une angoisse qui n'avait rien à voir avec les craintes que pouvaient inspirer telle incertitude désignée, telle menace circonscrite, telle maladie répertoriée, et ainsi de suite. On allait reprendre les bateaux et se fondre dans les vapeurs du matin, y dissiper en un clin d'œil toute la chaleur, toute la clameur, tout le clinquant bigarré des samedis. Et, à la condition de ne pas être trop saoul (ce qui, en l'occurrence, constituait une erreur), on aurait beau repartir ensemble, et se serrer sur la barque pour se tenir chaud, et frissonner un peu moins sous les caresses lugubres de la mousse espagnole, on serait happé par la solitude. Jusqu'au soir, elle ne consentirait pas plus à vous lâcher que la sensation d'avoir l'estomac barbouillé ou le remords d'avoir manqué une fois de plus l'office du dimanche.

C'était cet air-là que j'entendais au coucher du soleil, émanant de l'homme le plus jovial que j'aie jamais rencontré. Le seul air cadien que je n'aurais pas eu l'idée de retoucher – est-ce qu'on retouche aux crépuscules, sous prétexte qu'ils font défiler sous nos yeux notre cadavre, notre tombe et le cortège des années perdues ? La seule mélodie des bayous à laquelle mon cœur s'était ouvert de lui-même, et dont il comprenait le sens sans en connaître les paroles. (Personne n'avait besoin de ces mots-là. Ils auraient été de trop. D'ailleurs, cette dernière valse, les musiciens ne la chantaient qu'à bouche fermée. On aurait dit qu'ils retenaient des larmes.) Si j'avais eu plus de talent, si j'avais eu l'âme plus compatissante et plus forte, peut-être aurais-je été capable de composer un morceau semblable à celui-là. En tout cas, il était de la même famille que ma musique : celle que je faisais entrer naguère dans les espaces vides des partitions et qui envahissait peu à peu les espaces déjà ensemencés ; celle que j'avais tirée de mon violon après la défaite des Confédérés, qui n'était la victoire de personne, et surtout pas de l'homme noir ; celle, enfin, que j'inventais de bout en bout dans ma tête, depuis maintenant des mois.

Je m'immobilisai sur le sentier qui menait à la cabane. Jusque-là, apparemment, mon ami, qui me tournait le dos, ne m'avait pas entendu venir. Je craignais qu'il ne s'arrêtât s'il prenait conscience d'une présence. Lorsqu'un homme se sert à lui-même une mélodie de cette veine, il accomplit l'un des gestes les plus intimes qui soient. Au reste, je ne souhaitais pas l'interrompre, bouleversé par ce qui parvenait à mes oreilles. Cela semblait à la fois si fragile et si violent. Aussi plein de désespoir que débordant de charme. J'étais gagné par le désespoir, mais, étrangement, je n'en savourais que mieux les attraits. À qui, à quoi Gator Sam disait-il adieu ? Je ne l'apprendrais jamais et ne désirais pas l'apprendre. Chacun a bien assez de ses adieux personnels.

« Jouer », « chanter »… Je n'ai pas su quel mot convenait le mieux, pour décrire la façon dont mon ami s'y prenait. C'est qu'il jouait au moyen de son chant, mais chantait comme s'il jouait d'un instrument. Je n'avais pas encore été le témoin d'une telle pratique : il avait tendu une feuille de papier de soie sur un peigne et fredonnait à travers ce système, faisant vibrer la feuille qui émettait des sons évoquant ceux d'un mirliton. J'en avais entendu de plus harmonieux dans mon existence, venant d'autres instruments bricolés avec les moyens du bord. Cependant, dans le cas précis, ce qu'ils avaient de tremblant, de nasillard et de piteux ajoutait encore à la tristesse du morceau, que Gator reprenait sans s'accorder le temps de souffler, à peine était-il arrivé au point d'orgue. Jusqu'à ce que, sans crier gare, il l'abandonnât en cours de route pour se lancer à corps perdu dans un de ces quadrilles endiablés qui remportaient toujours un vaste succès sur les pistes cadiennes. J'en profitai pour me signaler et le rejoindre au plus vite. Je ne lui cachai pas mon intérêt pour son peigne, qui, à part les divers organes dont un homme dispose pour produire de la musique, à part les herbes et les roseaux que l'on fait chanter, était bien l'instrument le plus économique que j'aie eu l'occasion de voir.

Notre ravitaillement s'était épuisé. Le lendemain, mon compagnon devait se rendre en ville (était-ce la cause de ses idées noires ?). Il m'en rapporta un objet dont j'ignorais l'existence. D'après l'homme qui en faisait la démonstration devant la mairie et auquel il l'avait acheté pour trois sous, un dénommé Alabama West en aurait été l'inventeur, alors qu'un horloger allemand de Géorgie se serait chargé de le fabriquer[1]. Il s'agissait d'une petite boîte de fer-blanc, de forme oblongue, ouverte aux deux extrémités. En soufflant à un bout du dispositif, on provoquait la vibration d'une membrane. Si l'on chantait dans l'orifice approprié, l'effet perçu n'était pas très différent de celui

1. Thaddeus von Clegg, établi dans cet État à Macon. Vers 1840, pense-t-on généralement.

qu'on obtenait au moyen du peigne et du papier de soie, à ceci près que le son était plus grave et pouvait avoir plus de puissance. Grâce au « kazoo » (c'était le nom de cet engin), je m'intégrai encore mieux aux musiciens qui m'acceptaient sur les tréteaux. Je n'avais pas la chance de posséder une belle voix, mais, à travers ce tube, toutes les voix se ressemblent. J'aurais tendance à dire qu'il les rend toutes plus laides les unes que les autres. Ce serait faire trop peu de cas d'un détail qui change tout : un artiste peut rendre cette laideur expressive, l'amener à dire des choses beaucoup moins dérisoires que l'instrument lui-même. On préférerait bien sûr qu'une clarinette, un hautbois ou un cor nous confie ces mêmes choses avec de la rondeur, de la suavité et du moelleux. Il n'est guère plaisant qu'on nous criaille aux oreilles. Pour autant, l'utilisation de nobles outils n'a jamais garanti la noblesse d'un travail. Ni, la noblesse d'un travail, la profondeur des pensées qui l'ont inspiré et qu'il inspire alentour. Et qu'est-ce qui, pour finir, a le plus de valeur, s'il faut absolument choisir ? L'apparence de la musique ou le pouvoir qu'elle a sur nous ? Le respect des formes ou le pouvoir que l'expression a sur autrui, quand on est un musicien digne de ce nom ? Mon kazoo m'a valu l'attention des femmes, plus encore que mon jabot et ma redingote. Il m'a valu leur reconnaissance, alors que mes vêtements ne suscitaient que leur curiosité. Il réveillait des souvenirs heureux, inclinant du même coup à une nostalgie qui consolait des années et comblait les trous de l'âme, ces espèces de trous de mites qu'y laisse le passage du temps.

La musique a conduit les femmes vers moi ; j'ai retrouvé la trace et le goût des femmes grâce à la musique. Le désir que j'avais eu d'elles, je le croyais non pas seulement émoussé, mais évanoui. Telle une brume de rosée qu'avale en silence le soleil du matin, il avait disparu. Il s'était dissipé au soleil de la connaissance. C'était ainsi que je voyais les choses. Je n'en étais pas surpris ; je n'en éprouvais nulle peine. En réalité, pendant la quinzaine d'années où je l'avais cru mort, il n'était qu'endormi. La musique âpre et haletante, grasseyante et vindicative du kazoo lui avait secoué l'épaule. La valse lente, ce gumbo mélancolique qui est le premier repas des condamnés du dimanche, condamnés par l'oisiveté à retourner leur vie entre leurs mains aux articulations douloureuses, la valse lente lui avait saisi le poignet et l'avait entraîné dans le monde. En quinze ans, une guerre et une émancipation, le monde avait beaucoup changé. Mais pas lui. Il était intact. Pareil à un héros des contes, il se réveillait à l'endroit où il se trouvait lorsqu'il s'était laissé sombrer dans l'inconscience, c'est-à-dire à l'âge qu'il avait lorsque l'événement s'était produit. Mon désir désirait ce qu'il avait désiré du temps de sa splendeur : des femmes qui étaient les sœurs jumelles des filles qu'il embrassait autrefois, et, si possible, le portrait craché de celle qui deviendrait l'épouse de mon meilleur ami. Autrement dit, des Cassie de seize ans.

Or, j'en ai déjà parlé, en plus du fait qu'elles ne lui ressemblaient que par la jeunesse, les Cadiennes de seize ans n'arrêtaient pas leurs regards sur un homme en redingote, trop différent des gens d'ici, et qui aurait pu être leur propre père. Je les amusais. Je leur étais sympathique. Elles ne se moquaient pas de moi. Elles appréciaient ce que j'étais capable de faire avec mes lèvres et avec mes mains, mais j'aurais pu être plus blanc de peau que n'importe qui d'autre dans l'assistance, l'idée que je les accoste un jour ne les aurait pas effleurées. Mon désir ne parlait qu'au désir des femmes de ma génération, auquel mon propre désir restait sourd. Il n'y avait que mon esprit pour en prendre note. Vous percevez une chose, ce n'est pas pour autant que vous y êtes sensible. J'ai tout de suite perçu le manège de ces femmes mûres : les veuves, les laissées-pour-compte, les vieilles coquettes, les vieilles frivoles, les ménagères qui croyaient combler leurs rides en se faisant volages. Il y avait dans leur comportement quelque chose de pathétique qui interdisait le mépris, nuançait la sévérité du jugement, portait à la compassion. Lorsque le désir voit s'approcher la compassion, cependant, il détale à toutes jambes et se camoufle jusqu'à ce qu'elle ait tourné le coin de la rue.

Ce qu'il m'aurait fallu dans cette histoire, pour me sentir à l'aise, ç'aurait été un peu plus de cynisme. Soit pour profiter sans vergogne de ce que la plupart des hommes auraient appelé, comme Gator lui-même, une aubaine, soit au contraire pour repousser sans vergogne ces offrandes qui ne m'allêchaient ni ne me flattaient. Hélas, elles me touchaient d'une autre manière. L'offrande de Nancy Jane me touchait. Je prétendais, il y a un instant, que je n'y avais pas été sensible. C'est inexact. Ce qu'il faut dire, c'est que je n'avais aucune envie de répondre à son appel *dans les mêmes termes,* qui auraient été ceux d'un désir partagé. En revanche, j'étais ému par l'amour que je lisais dans ses yeux, à livre ouvert, et qu'elle déposait à mes pieds. J'étais troublé parce que d'aucune Blanche, fût-ce dans mes rêves, je n'en avais reçu le millième, mais aussi à cause – comment dire ? – de la franchise de ce regard qui ne parvenait pas à se détacher de mon visage. De toutes les femmes seules qui fréquentaient les bals du marais, elle était la seule à exposer son désir avec candeur.

Si l'entendement vous fait défaut, les meilleurs livres ne combleront pas cette lacune. Ceux que j'ai parcourus ou consultés dans la bibliothèque du domaine, ceux dont j'ai appris des pages, voire des chapitres, par cœur, ne m'ont pas aidé et ne m'aident toujours pas à comprendre la nature exacte de mes sentiments pour Nancy Jane. Et pas non plus les réactions que j'ai eues devant elle, devant ses avances si naïves. Tout ce que je sais, c'est que je lui en avais trop de gratitude pour les ignorer. Parce qu'elle brûlait de se donner à moi, méritait-elle que je me donne à elle par pitié ? J'ai donc eu l'humanité d'accueillir son amour, et la cruauté insigne de ne pas devenir son amant. Serions-nous restés des fiancés éternels ? Nul ne peut se prononcer sur ce point aujourd'hui, et je suis le plus mal placé de tous. En vérité, je ne réussis même pas à décider si, dans cette affaire, j'ai démontré ma force d'âme ou fait preuve d'une faiblesse qui me poursuivra au-delà de la tombe. Ai-je soulagé cette femme de sa peur d'être de trop sur la terre ? Ai-je, au contraire, torturé son âme inquiète plus qu'aucun homme avant moi ? Une chose est certaine : le jour où, en catastrophe, j'ai laissé le bayou derrière moi, j'ai ruiné toutes ses espérances, tout ce qui la retenait encore aux précieuses illusions de la jeunesse.

Alors que mon ami remontait le fleuve, je m'étais rendu en ville afin d'y faire quelques emplettes. Le plus souvent, Gator se chargeait seul de cette corvée. Il m'était arrivé de l'accompagner, lorsque la liste des courses était longue et qu'il y avait de nombreux articles à transporter sur le radeau, mais pas une seule fois je n'avais rempli cette fonction à sa place. En sa compagnie, il m'avait semblé que les gens ne me remarquaient pas. J'étais le nègre de ce Cadien, j'étais son ombre. Sans lui, entrant dans des boutiques où seuls des Blancs s'adressaient aux commis, surtout s'ils étaient de leur race, tout à coup je me sentais incongru. Je me voyais ainsi dans les yeux de la clientèle. Néanmoins, si l'on me traita de haut, si l'on ne m'épargna ni les camouflets ni les grossièretés, je ne fus chassé de nulle part.

Le boucher eut un étrange sourire en me voyant. Il ricanait en silence, si j'ose employer une telle expression, et me considérait par en dessous, qui plus est le regard en coin, tout en travaillant sur son étal. Dès que ses yeux me quittaient, ils semblaient irrésistiblement attirés par une écuelle de fer-blanc exposée parmi les morceaux de viande. C'était inévitable, je finis par y prêter attention à mon tour. Ce qu'elle contenait, jusque-là, je l'avais vu sans le voir. Et voilà que mon esprit analysait et interprétait cette image. Voilà qu'il me disait, qu'il hurlait sous mon crâne : « Ce qu'il y a dans ce plat, ce sont des doigts ! Ce sont dix doigts qui ont appartenu à des mains noires ! »

J'ai dû sortir pour restituer dans la poussière mon repas du matin, opération saluée par de grands éclats de rire venus de la boucherie. Un frère que je n'avais jamais rencontré traversa la rue pour s'enquérir de mon état, mais aussi me fournir des explications que je n'aurais osé demander à personne, y compris à des Noirs, tant j'avais été choqué par le spectacle de ces restes humains au milieu des côtes de bœuf et des pieds de cochon. Et tant, soudain, je me sentais vulnérable dans cette ville. En un instant, j'étais redevenu ce que j'avais été avant que ma route ne croisât celle de Gator. Je m'étais réincarné en proie. En gibier destiné à être tronçonné par des hachoirs et dispersé à l'étalage ou suspendu entier à des crochets, la tête en bas, dans une vitrine. J'étais, au vu de tous, le genre de créature qui possède des doigts pareils à ceux qu'on présente aux chalands au fond d'une écuelle bosselée.

L'homme venu à mon secours m'apprit ce qui s'était passé deux nuits plus tôt dans un champ, à portée de voix des premières maisons. Des cavaliers blancs venus du Mississippi avaient poursuivi et attrapé dans le bayou le plus proche un garçon de couleur qu'ils recherchaient depuis des mois. Là-haut, saisi d'une folie meurtrière que rien ne laissait présager, le fugitif, usant d'une brutalité inouïe, sans le moindre motif, avait mis fin aux jours du planteur – un notable, un personnage respecté, un héros de la guerre civile – qui avait été son bienfaiteur et lui avait accordé une confiance aveugle. Ayant forcé le meurtrier, tel un cerf, les vengeurs lui avait d'abord cisaillé les doigts un à un, car, grâce à son défunt maître, il avait paraît-il acquis une certaine dextérité dans la pratique du piano. Ensuite, ils l'avaient conduit jusqu'au lieu de son exécution : un grand chêne solitaire qu'ils avaient repéré pendant l'hallali. De la taille aux chevilles, ils l'avaient tartiné de goudron bouillant, dont ils avaient approché leurs torches. Mais ils n'avaient pas permis que le feu ravage son corps ou l'étouffe avant qu'il soit pendu. Enfin, lorsqu'ils eurent décroché le cadavre, ils lui scièrent la tête qu'ils emportèrent chez eux, en guise de trophée, mais aussi comme preuve que la justice et le Bien avaient eu le dernier mot. Le Louisianais qui, bénévolement, leur avait servi de guide, reçut les doigts du mort à titre de pourboire. Au saloon, il les fit admirer à tout un chacun, mais les perdit au jeu avant la fin de la nuit. Contre le boucher, un gai luron, aimant la blague, qui toutefois, de notoriété publique, considérait les cartes avec assez de sérieux pour disposer toujours d'un as dans sa manche et d'un autre dans sa botte.

Les livres et la science du Blanc ne m'ont pas empêché de croire, autant qu'avant, aux miracles et aux interventions magiques. Ce qui revient justement à ne pas croire aux coïncidences. Un homme de ma race, originaire du même État que moi, pianiste comme je l'étais, aurait connu, durant toute une partie de son existence, une destinée en tout point semblable à la mienne ? J'aurais aimé, et le mot est faible, pouvoir m'accrocher à une telle espérance. Mais ni mon instinct ni ma raison ne m'inclinaient à retenir cette hypothèse. Il semblait hélas plus certain de penser que ce malheureux était mort à ma place, du fait que mes poursuivants n'avaient pas une notion très précise de mon visage. Au mieux, certains d'entre eux avaient dû l'apercevoir sans le regarder, retenant surtout que sa teinte était sombre. Du coup, n'importe quel individu de sexe mâle, prenant ses jambes à son cou à l'approche d'une bande d'hommes en armes et manifestement animés de mauvaises intentions, pouvait faire l'affaire. Si cette interprétation était la bonne, outre que je porterais pour le restant de mes jours la responsabilité d'actes ignobles, la méprise en question ne me mettrait pas à l'abri. Au contraire. Lorsque les exécuteurs exhiberaient la tête de leur victime à ceux qui les avaient envoyés à mes trousses, il se trouverait parmi ces derniers, c'était inévitable, des voisins de Luc Devereaux qui, ayant autrefois assisté à mon numéro de phénomène, avaient eu l'occasion de m'observer à loisir. La patrouille serait aussitôt reconstituée et reprendrait sur-le-champ le chemin des bayous de Louisiane. Fallait-il que j'aie été fou pour imaginer un seul instant n'avoir pas laissé de trace de mon passage ! La preuve : même si ç'avait été une œuvre de longue haleine, même si le résultat n'était pas entièrement satisfaisant, le pistage avait porté ses fruits. On me découvrirait, cela ne faisait pas le moindre doute. Allongé au fond d'un margouillat, un roseau entre les dents, dissimulé dans un alligator empaillé, je n'échapperais pas aux recherches. Mon seul protecteur ne serait pas de retour avant les vengeurs du Mississippi. De toute manière, même lui n'eût pas été de force à s'interposer. Peut-être se serait-il sacrifié pour moi, dans un de ces élans de générosité dont il était capable, mais il se serait sacrifié en vain. Je serais mort quand même, avec un cadavre de plus sur la conscience.

Il n'y avait pas à tergiverser. Plus tôt je reprendrais ma course à travers l'inconnu, plus grandes seraient mes chances de la mener à bien. Ce qui venait de se passer m'avait appris qu'à aucun prix, désormais, il ne me faudrait céder au sentiment de sécurité que je pourrais éprouver ici ou là. Alliée à une réflexion intense, une méfiance de tous les instants m'aiderait peut-être à conserver mes doigts. D'une certaine façon, même si la formule prête à rire, je craignais pour eux plus que pour ma vie. Sans doute parce que j'avais eu sous les yeux les doigts de l'étranger grâce auquel, jusqu'à la minute présente, j'avais survécu. Par mes doigts, plus que par n'importe quelle autre partie de mon corps, j'étais relié à la musique, et c'était aussi le musicien qu'on avait voulu punir en suppliciant cet homme. On lui avait fait payer cher mon intimité avec le piano de mes maîtres, en un temps où je n'étais même pas un affranchi. On lui avait fait payer cher l'impudence qui avait été la mienne de développer une aptitude qu'aucun Blanc ne possédait dans les environs, et plus cher encore l'impression qu'un nègre avait produite sur des civilisés en abattant ses bras de singe sur l'un des symboles de la civilisation. Les amis de Luc Devereaux n'avaient pas plus digéré de m'avoir applaudi à l'époque (même s'ils avaient mis dans cette réaction, je suppose, une bonne dose d'ironie) qu'ils n'avaient digéré la débâcle d'Appomattox et l'Émancipation. Bref, les bonnes raisons ne manquaient pas pour que ma destruction, aussi brutale que possible, fût un point d'honneur. Et moi, mon honneur, c'était maintenant dans mes doigts que je le plaçais. Parce qu'ils avaient obligé le Blanc à me les envier.

Ce n'est pas un sujet de gloire, mais, dans l'espoir de les sauver, je n'ai pas hésité à trahir l'amitié de Gator Sam et à sacrifier les illusions de Nancy Jane. Celui-là était de taille à se dénicher un partenaire moins compromettant et plus sûr. Mais celle-ci ? Elle n'aurait plus qu'à sombrer dans les profondeurs de l'âge et de la solitude. Malgré tout – je serai honnête jusqu'au bout – je préférais être poursuivi par cette image que d'affronter la cisaille des vengeurs. D'ailleurs, de nouveau je me dirigeais vers La Nouvelle-Orléans, et à marche forcée cette fois. L'heure n'était plus aux finasseries.

Certaines idées naissent, non sans peine quelquefois, de l'analyse et du calcul. D'autres vous traversent l'esprit, tels des éclairs dont on ne saurait définir la source. Ce sont à proprement parler des illuminations. Dans cette catégorie se range une inspiration que j'ai eue le lendemain matin, après une nuit infructueuse sous un pont de chemin de fer, non loin de Pontchatoula. Soudain, je me suis dit que le seul endroit où l'on ne songerait pas à me chercher, c'était la prison. Ou plutôt le pénitencier, qui, pour ce que j'en savais, constituait un univers en soi. Comment y être admis ? Pour une personne de couleur, ce ne devait pas être trop difficile. Je décidai que j'allais reprendre mon rôle de crétin, qui m'éviterait en principe la rage du Blanc, et commettre, de manière à être pris la main dans le sac, quelque larcin, ni trop grave ni trop véniel, qui me mettrait à l'ombre un ou deux ans. C'était un lourd tribu, mais le jeu en valait la chandelle. Dans la cour d'une ferme, je m'emparai d'un porcelet. Lui ayant placé une ficelle autour du cou, je le fis marcher à mon côté et pénétrai avec lui dans Pontchatoula. Bien entendu, le premier policier qui m'aperçut m'interpella.

« Eh bien, mon garçon, qu'est-ce que tu fabriques, tu peux m'expliquer ?

– Capitaine, dis-je en roulant les yeux et avec un accent du fond de la campagne, je p'omène mon 'tit chien ?

– Un chien, voyez-vous ça ! Et où te l'es-tu procuré, bon Dieu ?

– Y m'a suivi, capitaine. Ch'chuis comme une mè'e pou'c't'animal !

– Par exemple ! Quelque chose me dit qu'on ferait mieux de discuter de ça au poste. Amène-toi, moricaud, et n'essaie pas de te défiler !

– Y va pas mo'd'e pe'sonne, dis-je encore. C't'un 'tit chien tout c'qu'y a d'plus docile. »

Ma bonne étoile veillait sur moi. Le propriétaire du goret se trouvait justement avec le shérif, auquel il confiait ses déboires. On lui rendit la bête. Il m'envoya son poing dans la figure. Les policiers me relevèrent à coup de botte et me jetèrent dans une cellule infecte, en attendant ma comparution devant le juge. Elle eut lieu l'après-midi du jour suivant. La magistrat surgit en trombe par une petite porte, sans doute excédé par quelque chose qu'il avait entendu ou qui lui était arrivé. Il se jeta dans son fauteuil et me lança un regard sarcastique. « C'est toi, le mulâtre qui vole les cochons ? » Où avait-il pris que j'étais un mulâtre ? Je lui décochai mon plus beau sourire d'abruti. « Excellence, je vole'ais pas aucun cochon, même pou' y manger sa viande que j'aime tant. Est-ce que vous au'iez vu mon 'ptit chien que j'p'omenais ? J'c'ois bien qu'j'l'ai pe'du... » D'un coup de marteau, il mit fin aux rires de la salle. « Là où je t'expédie, tu en trouveras plus que tu n'en désires, des chiens, et des gros ! Et tu pourras promener tout ton saoul un boulet de deux livres, si ça fait ton affaire ! »

J'en ai pris pour dix ans. Dix années de ferme pénitentiaire, qui s'élevèrent à près de douze en raison des allongements de peine prononcés sous des prétextes divers et du fait que, les six derniers mois, comme je ne me distinguais plus du décor, on oublia tout bonnement de me libérer.

Si longue fût-elle, je ne m'étendrai guère sur cette période de mon existence. Ce que j'ai vécu là-bas, ce n'était pas ma vie : c'était celle de n'importe quel détenu. Peu importe que j'aie accompli telle ou telle action, qu'on m'ait confié telle ou telle tâche, infligé telle ou telle humiliation, administré tel ou tel châtiment. Rien de tout cela ne me concernait en propre, même si j'en souffrais dans ma chair et dans mon âme. Raconter par où j'en suis passé ou décrire les événements dont je ne fus que le témoin, cela reviendrait au même. Je préfère garder le plus possible de distance avec ce passé infamant. Si j'étais capable de ne plus y songer, je ne m'en ferais pas faute. Chaque fois que je l'évoque, l'unique moyen que j'aie de ne pas éclater en sanglots, de ne pas aller égorger le premier Blanc qui croisera ma route ou de ne pas m'en prendre à moi-même, consiste à détourner le cours de ma mémoire vers ce qu'ont subi mes compagnons – le fait étant établi que, si l'on laisse de côté les morts violentes, l'histoire de n'importe qui résume celle de tout le monde. Laquelle, en dépit du nombre, n'est pas plus effroyable que celle de chacun.

Les authentiques criminels qui peuplaient la ferme se repentaient-ils de leurs actes dans le secret de leur cœur ? Ils ne me l'ont pas dit, et l'idée ne m'est pas venue de le leur demander. La honte des préjudices qu'ils avaient causés, du malheur qu'ils avaient semé autour d'eux, les poursuivait-elle jusqu'au terme de leur séjour dans la géhenne terrestre ? Moi qui m'étais contenté de mimer l'enlèvement d'un pourceau, je sais au moins une chose : la honte d'avoir été traité, non pas seulement en hominidé d'une classe inférieure, comme du temps de l'esclavage, non pas seulement en paria, mais en créature nuisible, aussi malvenue que les morpions, la grêle ou le chiendent, cette honte-là, qui pourtant n'émane pas de *votre* conscience, demeure indélébile. Vous seul en êtes la victime : vous seul en supportez l'opprobre. Que vous n'ayez pas grand-chose à vous reprocher, comme dans mon cas, ne vous soulage en rien, au contraire : la honte n'en est que plus grande. Qu'on ait fait preuve d'injustice à votre égard ne vous soulage en rien. Qu'on ait souhaité vous détruire par pure malveillance ou par simple désœuvrement ne vous soulage en rien. Que la faute commise par le bourreau à votre égard soit plus lourde que toutes celles dont vous vous êtes rendu et dont vous vous rendrez coupable, même cela ne vous soulage en rien. Ce qui compte, ce qui comptera toujours, c'est que, entre les mains d'hommes qui jouissaient de leur libre arbitre jusqu'à l'orgasme, toute prétention à l'humanité vous fut déniée et qu'en effet on vous retira du monde des hommes, où, même sur les plantations, vous aviez eu votre place.

Nos propriétaires trouvaient avantage à nous tenir pour une variété de bêtes de somme. Cette philosophie tempérait le relent de mauvaise conscience qui pouvait les encombrer. Pour la plupart, cependant, ils ne montraient qu'une foi relative en la vérité de leur dogme. Preuve en est qu'ils nous imposaient leur langue, qu'ils avaient au besoin des conversations avec nous, qu'ils nous entraînaient dans leurs sanctuaires, ou du moins dans les temples qu'ils nous avaient fait bâtir et où retentissait le Verbe qu'eux-mêmes vénéraient. Jamais ils n'y auraient admis une vache. Il leur arrivait de décréter que tel ou tel d'entre eux était moins digne de s'y agenouiller que l'immense majorité de leurs nègres, auxquels ils accordaient par principe, en même temps qu'un esprit simple, le cœur pur des petits enfants. D'où leur colère, leur intime scandale, quand un homme de couleur contrariait par son attitude l'apaisante idée qu'ils s'étaient forgée de l'espèce. Grâce à Dieu, le Noir jouissait, tout bien considéré, d'une heureuse nature : comment pouvait-il envisager de la trahir ?

La ferme Huttington est un établissement réservé au Noir. Aux dimensions d'un ranch, il accueillait en ce temps-là plus de mille pensionnaires, dont près d'un quart de femmes. Installées dans des baraquements qui leur étaient propres, elles se voyaient traitées avec les mêmes égards que les hommes. Et même davantage si l'on songe qu'elles étaient invitées à exhiber leur anatomie devant ces derniers lorsqu'on leur donnait le fouet, privilège dont, quel que fussent son âge, son sexe, sa condition physique, la qualité de son esprit et la légèreté de ses fautes, aucun hôte de l'institution n'aurait pu, sans mauvaise foi, se plaindre d'avoir été privé. J'ai vu là-bas toutes les misères, toutes les bassesses, toutes les méchancetés. De la part des uns comme des autres, hélas, mais les condamnés avaient une excuse : ils ne s'étaient pas dépouillés eux-mêmes de leurs élans charitables. Ils n'avaient pas non plus prémédité l'abjection avec méthode, ordonnancé l'abjection avec science.

J'ai connu le « cercueil à trente places » : le fourgon, hermétiquement clos, à l'intérieur duquel les condamnés effectuent la plupart de leurs déplacements ; les forçats y sont répartis sur cinq planchers superposés, que sépare un espace d'environ un pied, où l'on ne tient que recroquevillé sur soi-même. J'ai connu la « boîte à sueur », une niche cadenassée, posée au centre d'une cour désertique, où, par temps de canicule, un détenu est mis à suffoquer, à mijoter, à rôtir, à grésiller, assis dans ses propres excréments et dans ceux des précédents locataires, tandis que la soif épluche sa langue et parchemine ses lèvres. J'ai vu s'abattre, pour des futilités ou sous de fausses accusations, la fameuse « lanière », cette énorme courroie de quinze livres, susceptible de briser une nuque aussi aisément qu'une brique ; il suffit de bien viser puis de rapporter au directeur (c'est ce qu'il souhaite entendre) qu'on a par mégarde frappé un peu de travers. Cela peut arriver à tout le monde, mon grand, on ne va pas te tirer les oreilles pour si peu, hein donc ? Le corps est inhumé sans cérémonie, la religion n'ayant pas sa place en enfer. J'ai vu des choses qu'on se crèverait les yeux pour ne pas voir – mais je crois qu'on les verrait quand même : leur force s'impose à vous sans le secours des sens.

Dans ces ranchs du démon, vous passez votre temps à feuilleter un catalogue d'abominations. J'ai vu quatre gardiens uriner sur la visage d'un vieillard en train d'agoniser sur le sol où les molosses du chef l'avaient traîné, parce que, s'étant coupé les tendons des deux chevilles afin d'échapper au labeur exténuant qui était le sien dans les carrières de West Creek, il était incapable de se présenter au comptage par ses propres moyens. J'ai vu des gens pendus à l'aube par les pieds, par les cheveux, par les pouces, par tout ce qui offre une prise à une corde, et abandonnés toute la journée dans cette posture, sous le soleil incandescent ou dans la bise cinglante, et qui attendaient le retour des gardes au crépuscule pour expirer entre leurs bras. J'ai vu les suicides les plus originaux, les mutilations les plus extravagantes. J'ai vu des compagnons de chaîne se jeter les uns sur les autres comme des bêtes féroces, se déchirer le cou avec leurs dents, s'étriper ou se crever les yeux au moyen d'esquilles de tôle rouillée. J'ai vu en quel monstre on transforme un être humain, simplement en doutant qu'il soit un homme. J'ai vu toutes sortes d'éclaboussures souiller des années durant, jusqu'à s'y fossiliser, les murs des chambrées, où l'on n'avait même pas droit à une paillasse… Ta propre mort rôde sans cesse autour et au-dessus de toi, telle une horde d'hyènes, tel un vol de charognards. Tu tournes à l'intérieur du cercle maudit. Le couvercle de la marmite s'est refermé sur toi. Aucune créature ne saurait se cacher dans son ombre, mais, nous, nous n'avions pas mieux. Je suis l'un des rares qui aient vécu dix ans d'affilée sur cette terre sanglante. Sans doute lui avais-je déplu : le juge de Pontchatoula m'avait condamné à mort. Je fus sauvé parce que je n'ai jamais voulu admettre qu'il en avait été ainsi.

Mais non ! Je ne raconterai pas ce que mes cauchemars me racontent nuit après nuit, comme si je ne connaissais pas toute l'histoire sur le bout du doigt. Ils s'obstinent à m'en réciter des chapitres entiers, mot pour mot. Au moment de me coucher, j'ai si peur, parfois, que j'essaie de chanter pour ne pas m'endormir. Mais je claque des dents. Mes mâchoires laminent et lacèrent ma chanson et les ténèbres parviennent à se glisser en moi par les déchirures. Les ténèbres tirent parti de chaque fente, de chaque faille. Elles m'emplissent la tête à la manière de ces fumées rampantes qui transportent des poisons. Elles vont s'installer derrière mes yeux. Elles s'y concentrent, et, dès lors, il ne sert plus à rien de résister au sommeil, puisqu'il m'a pris à revers. Que je laisse ou non retomber mes paupières, je suis vaincu. L'obscurité ne vient plus de la nuit qui m'entoure, mais du fond de moi. Dans le plus profond de moi, dans le plus obscur et le plus vivace, le plus réfractaire à l'oubli, s'étendent à perte de vue la ferme Huttington et ses dépendances, ses carrières à exploiter, ses routes à construire, ses vergers à entretenir, ses champs à cultiver, ses chênes à abattre, son cimetière sauvage, envahi d'herbes folles, où tout paraît de guingois, où tout part à vau-l'eau, où le sable se laisse pourrir, où les morts, dans leurs trous, ne cessent de se retourner, comme le survivant que je suis, en quête d'un impossible repos. Même les morts ne s'échappent pas de la ferme Huttington.

Je suis encore de ce monde parce que j'ignorais qu'avant même de passer le portail j'avais, posée sur mon épaule, une main de glace. J'aurais succombé, cependant, et sans doute dès les premiers mois, si mon instinct ne m'avait pas soufflé de m'accrocher à mon personnage d'idiot, même lorsque aucun Blanc n'était en vue. En tant que Nehemiah, ancien affranchi, ancien régisseur de domaine, traître aux yeux des uns, usurpateur d'après les autres, j'aurais eu tout le monde contre moi. Or les inimitiés sont fatales, dans ce genre d'endroit. Que la vindicte d'un gardien vous mène à la tombe, cela se comprend tout seul. Parmi les détenus, un seul ennemi, si ce n'est pas un empoté, s'il ne se montre pas trop couard, suffit pour qu'on raye votre nom des registres sans que vous ayez achevé votre peine. En revanche, il faut le souligner, un seul ami dans une baraque est en mesure de vous protéger du pire, pourvu que lui-même ne soit considéré ni comme un faible ni comme un paria (ni comme un mouchard potentiel, on s'en doute). Une fois de plus, j'ai donné de moi l'image d'un benêt taciturne. Au fil du temps, à la faveur d'une progression imperceptible, et profitant du fait qu'il se trouvait autour de moi de moins en moins de personnes qui m'avaient connu à mon arrivée, j'ai pris mes distances, d'abord avec l'hébétude, puis avec la stupidité. Par toutes petites touches, j'ai accoutumé mes compagnons et la chiourme à ne plus voir en moi qu'un type très ordinaire, quantité d'une certaine façon plus négligeable que l'abruti caractérisé, mais aussi moins susceptible d'attirer l'attention. Toutefois, j'ai veillé à conserver des habitudes de langage sans lesquelles j'aurais été plus visible – et donc plus haïssable – qu'un paon au milieu des corbeaux. C'est même avec le plus grand sérieux, une application de tous les instants, que j'ai appris, en secret, à m'exprimer dans ce langage qui avait été le mien (ma vraie langue maternelle) et qui m'était devenu étranger, sauf bien entendu quand d'autres y avaient recours devant moi. J'ai connu, je l'avoue, un certain succès dans cet apprentissage à rebours. Il m'est arrivé de rêver en petit nègre, comme ils disent. Une fois, je me suis surpris à essayer de *penser* au moyen de ce vocabulaire indigent et de cette syntaxe infirme ! D'un certain point de vue, c'était une victoire inespérée. En même temps, je me suis senti glisser sur une pente qui pouvait m'entraîner beaucoup plus loin que je ne l'avais souhaité. Une pente dangereuse pour le maintien de mon intégrité. Car il importait, le jour où je sortirais de là, que je retrouve intact le Nehemiah qui, au sein d'un asile de fous, avait voulu plonger son regard dans les yeux de la Raison.

J'avais frôlé le bonheur dans les marais. Le bonheur était interdit de séjour à la ferme Huttington. S'y trouver un seul instant à son aise, déjà, eût été comme de blasphémer au paradis. À part les rares visites autorisées dans des circonstances très spéciales, et dont on payait les bienfaits par des crises de nostalgie (elles poussèrent bien des hommes à se trancher la gorge, ou à tenter l'aventure sans issue de l'évasion), une chose pourtant était ce qui s'approchait le plus d'une source de… – aucun mot ne convient. Disons de consolation, ou plutôt de mélancolie consolante. Laquelle ? Le bruit des trains. Le bruit des trains dans la campagne où nous nous tuions à la tâche, sous la menace des chiens, des cravaches et des fusils. Mais surtout, les soirs où menaçait l'orage, le bruit des trains dans la nuit. Ces trains que nous ne pouvions pas prendre étaient capables d'emporter nos rêves… Je tiens l'information de tous les camarades qui m'ont fait leurs confidences : concentrer sa pensée sur une femme, ou sur les enfants qu'on a dû quitter, ne vous garantit nullement que ces personnes vous suivront dans le sommeil. Tandis que le bruit du train, souvent, entraînait votre esprit loin du ranch. Lui seul pouvait lui donner des ailes. Vous vous envoliez vers votre enfance, loin de vos mauvaises actions. Et vous vous envoliez, parfois, vers le pays des femmes. Des femmes que vous parveniez à rejoindre, contrairement à celles qui vivaient à la ferme. Celles-là, si proches, vous restaient inaccessibles, à vous en rendre malade, à vous en faire perdre la tête. Alors, à la première occasion, vous vous précipitiez du côté où elles se tenaient, sourd aux prières et aux sommations, et, si l'on manquait de temps pour organiser votre supplice, du haut du mirador on vous abattait comme un chien.

Moi, les jours de visite, je n'attendais personne. Il fallait pourtant que je me fasse la leçon, par crainte d'espérer quand même. Des quatre coins de la Louisiane, quelquefois des États voisins, des femmes accouraient pour voir leurs hommes, tremblant à l'idée qu'on pourrait leur rire au nez en leur désignant le cimetière. Beaucoup d'entre elles se retrouvaient dans les mêmes convois. À ceux-ci, les prisonniers avaient donné des noms. Il y avait le « Shorty George », il y avait le « Midnight Special ». Les trains qui amenaient vos rêves et les déposaient sur le quai de Pontchatoula. Les trains, aussi, qui vous les arrachaient avant le couvre-feu et vous laissaient plein d'amertume, avec un boulet de fonte gros comme le monde à la cheville de votre solitude. Vous aviez l'impression que jamais plus vous ne trouveriez la sortie du silence qui s'était abattu sur vous.

Je ne voulais pas penser aux femmes. Je ne pouvais pas me le permettre du fait que je me trouvais de nouveau au combat, défendant ma vie jour après jour, et que toute mon énergie m'était nécessaire, et que toutes mes émotions devaient être contrôlées et canalisées, de manière à servir mon personnage. Et puis il était inévitable que le fantôme de Nancy Jane surgisse des limbes où je l'avais relégué. Or, je savais d'expérience les ravages qu'il pouvait commettre. D'abord, il m'apportait le remords, un fardeau qui non seulement s'ajoutait à tous les autres, mais alourdissait chacun d'eux. Ensuite, il me donnait le regret des femmes qui, elles, ne s'étaient pas amourachées de moi et que je n'avais pas eu besoin d'abandonner – le regret de ces filles jeunes, lisses, fraîches et légères qui m'attiraient aujourd'hui comme elles m'avaient attiré au temps où j'existais à leurs yeux. Aussi étais-je différent de tous. Différent des hommes qui, les dimanches de visite, étaient traversés de frissons dès le réveil, et différent de ceux qui, ouvrant les yeux sur ce jour de frustration, commençaient à grincer des dents. J'écoutais comme chacun les trains souffler, siffler et cliqueter dans la nuit, mais, pour ma part, ce qui me fascinait dans cette rumeur, c'était sa musique. Or, je savais qu'en ce lieu, qui était le sanctuaire même du Renoncement, où chaque homme, chaque femme, quel que fût son âge, recevait tour à tour le baptême de la résignation, le baptême de l'insensibilité aux autres et le baptême de l'indifférence à soi-même, je savais que je ne renoncerais pas à la musique sans renoncer à moi-même. Si je sortais de l'enfer sur la terre, j'en sortirais musicien. Ce qui signifiait que la musique seule possédait le pouvoir de m'en libérer.

Donc, je n'utilisais pas l'écho du train pour assurer mon envol vers je ne sais quelle forme sublime, quel idéal, flottant dans les airs. Au contraire, je descendais en lui, je m'enfonçais dans ses entrailles. Je décortiquais chacun des sons particuliers qui composaient cette symphonie. J'étudiais la façon dont il s'opposait aux sons voisins ou se combinait avec eux. Je dissociais les rythmes qui, ici, se superposaient, et, là, s'entremêlaient. J'apprenais à discerner les éléments du rythme général, qui, pour les uns, tentaient de le précipiter, et, pour les autres, s'attachaient à le ralentir. J'analysais de quelle manière leur alternance ou leur simultanéité entraînait la machine, c'est-à-dire assurait la circulation de l'influx de cette musique qui possédait la particularité de commencer avant qu'on ne la perçoive et de continuer alors qu'on n'était plus en situation de l'entendre. Plus délicat était de saisir en elle, dans sa monotonie affectée, dans sa volonté affichée d'être monocorde, des subtilités et des variations d'ordre mélodique. Mais, je crois y être arrivé. Cela n'exige jamais qu'un surcroît d'attention. Et surtout, dirais-je, d'humilité. L'oreille musicale est trop naturellement portée à mépriser les musiques qui, au premier abord, lui semblent indignes de ses exigences. Il faut la forcer à douter d'elle-même, à soupçonner que ce pourrait être elle qui, en certains cas, manquerait de finesse et, par simple arrogance, accuserait d'être rudimentaire ce qui, en réalité, l'oblige, elle, à réaliser des opérations plus délicates et plus complexes. On devine que, lorsque je m'attaquai à la dimension harmonique du problème – notamment à travers les accords, pour le moins dissonants, qui ponctuaient cette mélodie en des endroits précis –, j'eus les plus grandes difficultés à obtenir de mes sens qu'ils collaborent avec loyauté à mon entreprise. Je passai plusieurs années à les convaincre que le jeu en valait la chandelle, qu'il n'eût pas été beaucoup plus profitable pour moi de perdre conscience et de ronfler comme une brute.

Une réflexion au passage : je n'exclus nullement que la vie que je menais à la ferme, à défaut d'avoir eu raison de ma résistance physique, m'avait rendu fou. Sans doute faut-il l'être en partie pour distinguer des relations harmoniques dans l'espèce de remue-ménage, accompagné d'un halètement, ponctué de ahanements et de stridences plus ou moins essoufflées, que produit un convoi lancé sur des rails et passant des aiguillages entre deux haies de poteaux télégraphiques. Avec le recul, je suis tout prêt à convenir que je fus la proie d'une obsession qui, à la longue, provoqua chez moi des phénomènes proches de l'hallucination. Preuve en est que, lorsque d'aventure j'écoute un train aujourd'hui, je ne réussis à vérifier mes conclusions que dans les domaines du rythme et, de façon un peu moins certaine, de la mélodie (j'ai beau me concentrer, ce bruit chante moins à mes oreilles qu'il ne le faisait à Huttington). Qu'importe, en vérité ? Ce qu'il y eut de plus positif dans ma recherche, ce fut : d'abord, qu'elle m'occupa l'esprit des années durant, m'empêchant de penser à autre chose, de trop m'apitoyer sur moi-même et d'abandonner à la dérive mes capacités intellectuelles ; ensuite, qu'elle m'incita à retravailler le piano.

Il n'y en avait qu'un au ranch. Il appartenait à la fille du directeur, laquelle affrontait les mêmes partitions que, autrefois, ce bon à rien de Master Jean. Avec, au reste, la même réussite et les mêmes perspectives. Je n'étais pas le seul musicien dans notre chaîne. Quand la demoiselle esquintait ses exercices, nous nous regardions sans mot dire. Pour chacun d'entre nous, il semblait clair comme le jour qu'elle ne parviendrait jamais à rien, dût-elle rester enchaînée au tabouret de l'instrument vingt-quatre heures sur vingt-quatre et se retrouver les doigts en sang. La musique est orgueilleuse. Elle ne tolère qu'on l'aborde ni de mauvaise grâce, ni dans la désinvolture. Et elle n'aime pas forcément ceux qui souffrent pour elle, s'ils ont l'arrière-pensée d'exciter sa compassion ou, pis, de faire d'elle leur obligée. Et puis la musique a ses têtes. Elle accorde gratuitement aux uns ce que d'autres n'obtiennent pas en payant fort cher… Lorsque cette gamine approchait ses mains du clavier (toujours à l'heure de la soupe du soir, ou de ce qui en tenait lieu pour nous), je me raidissais. J'avais peur pour l'instrument. En tout cas, je ressentais de l'inquiétude et de la gêne. Elle se mettait à jouer et, comme pour consoler le piano, dans ma tête j'appuyais sur les bonnes touches et rétablissais la bonne cadence. Exécuter ces exercices qui me restaient familiers était un jeu d'enfant. En revanche, accompagner mentalement au piano l'approche du « Midnight Special » impliquait une agilité que je n'avais plus. Que *mes doigts* n'avaient plus. Et alors ? me dira-t-on. À quoi bon t'en préoccuper, puisque c'était à l'intérieur de ton crâne que la manœuvre s'effectuait ? J'avancerai d'abord que, s'ils n'étaient pas occupés à ce moment-là (je conviens que cela n'arrivait pas souvent), je m'appliquais à actionner cette partie de mon corps sous la table ou sous la couverture, en même temps que les doigts que je voyais en pensée, posés sur un clavier imaginaire. Mais cette réponse ne serait pas honnête, précisément parce que l'occasion d'une telle gymnastique ne se présentait qu'exceptionnellement. Et puis j'ai vite découvert que la maladresse des doigts réels représentait un obstacle aux progrès accomplis par les doigts fictifs en matière de virtuosité. Je me suis convaincu que, si je parvenais à obtenir de ceux-ci les performances que j'en espérais, leur aptitude se transmettrait petit à petit à ceux-là, qui, ayant assisté à tant de leçons, sauraient quoi faire le jour où la sensation matérielle des touches leur serait rendue. Dès lors, on s'en étonnera peut-être, mais je ne me suis plus trop inquiété à leur sujet. Je me contentais, avant de m'endormir, de rouler entre mes doigts, afin d'accroître leur flexibilité, des pierres douces et rondes que j'avais ramassées en cachette dans la carrière et qui ne me quittaient jamais. Elles furent, à partir de la cinquième année, mon bien le plus précieux, et, par chance, je ne risquais guère qu'elles excitent l'envie de qui que ce fût. Je préférais seulement que les gardes ignorent leur existence. Vous ne pouviez jamais prévoir leur réaction à un détail inhabituel, et ils détestaient tout ce qu'ils suspectaient d'apporter le moindre soulagement à vos misères.

En premier lieu, j'ai tenté d'adapter des airs que j'inventais à la musique du train. Ayant, non sans peine, maîtrisé cette technique, je me suis mis à broder des variations autour de ces phrases. Je n'accompagnais plus seulement le convoi, je dialoguais avec lui. Cela revient à dire qu'en travaillant le piano j'éprouvais aussi mes capacités de compositeur. En fait, les deux activités étaient liées de la manière la plus intime. Les doigts devenaient un prolongement des idées, et les idées prenaient leur source dans l'action des doigts. Voilà comment, privé de tout instrument, j'ai fait de moi un musicien plus accompli que je ne l'avais jamais été.

Cela n'aurait pas été possible si j'avais dû me contenter de louer le Seigneur et de frapper dans mes mains à l'office, de joindre, au travail, ma voix à celles des autres forçats ou d'entonner avec eux, certains soirs d'affliction, l'une de ces ballades tristes que nous avions empruntées aux Blancs et dont nous connaissions tous la mélodie. Pour les paroles, la situation était différente. Négligeant le texte original, qui ne les concernait en rien, les gens de couleur l'avaient remplacé par des couplets qui racontaient leur propre histoire. Ou, plus exactement, leurs propres histoires. Il s'ensuivait qu'une même chanson possédait des versions innombrables, selon les péripéties qui s'étaient déroulées en tel ou tel endroit. À Huttington, où étaient rassemblés des condamnés venus de toute la région comprise entre Baton Rouge et La Nouvelle-Orléans, le seul moyen de chanter ensemble, pour des hommes qui ne s'étaient jamais rencontrés auparavant, consistait d'abord à concevoir de nouvelles paroles. Comme de juste, elles faisaient référence à l'expérience commune, en particulier aux événements survenus à la ferme. Il apparut que je n'étais pas mauvais dans ce sport – le seul peut-être où les détenus les plus ombrageux ne vous reprochaient pas de vous distinguer. Il est facile d'imaginer pourquoi : vous n'atteignez ce but que dans la mesure où votre poésie s'abstient de toute observation ou réflexion individuelle. La forme peut témoigner de votre invention, puisque la communauté profite de cet avantage pour se singulariser par rapport à celles des autres baraques, des autres chaînes, mais le contenu ne doit refléter que des réalités collectives, des craintes et des espérances communes, des émotions ressenties par tous. Faut-il pour autant garder vos vraies richesses au fond de votre poche, tels mes chers cailloux ronds ? Je l'ai cru un moment, et je m'apprêtais à respecter cette discipline. Mes succès, alors, étaient assez timides. Mes auditeurs n'étaient pas mécontents, cependant ils restaient sur leur faim. Alors seulement, j'ai eu la révélation que la façon la plus simple et la plus sûre de devenir leur porte-parole était de dire dans mes textes, non pas ce que je pensais qu'ils auraient dit à ma place, mais ce qui me venait le plus spontanément aux lèvres, comme si je ne m'adressais qu'à moi-même. Ce qui m'avait le plus frappé. Ce dont j'avais le plus ri ou le plus rêvé ou le plus souffert dans mon coin. Bref : ce qui tenait le plus à cœur à l'individu que j'étais, ce qui parlait le mieux à mon incurable solitude. Plus profond j'allais puiser en moi, plus profondément je touchais le cœur et l'âme de mes compagnons. J'ai enfin saisi que la solitude de chaque homme est la solitude du monde entier. Que la solitude ne se partage pas, et qu'il n'y en a pourtant qu'une pour l'ensemble des créatures de Dieu. Et que celle-là est le reflet même de la solitude du Créateur. Celui qui la chante, chante le mystère de l'univers. Il est, tant que dure sa chanson, en accord avec le visible et l'invisible.

Ces paroles, bien sûr, je ne les écrivais pas. Aucun de nous ne possédait le moindre bout de crayon, le moindre chiffon de papier, et puis j'étais censé être aussi illettré que le moins éduqué d'entre nous. J'en tenais d'ailleurs compte lorsque je concevais une chanson. Je commettais des fautes délibérées et usais toujours des termes les plus concrets, des expressions les plus courantes dans le parler des Noirs du Sud. Ainsi la « poésie » que j'évoque présente-t-elle peu d'affinités avec celle que j'avais découverte dans les livres, laquelle, il est vrai, était l'œuvre de Blancs, et souvent même d'Européens, britanniques, allemands ou français. Pour ma part, j'essayais seulement de fabriquer des vers qui riment pour l'oreille, en veillant à dénombrer les syllabes d'après la prononciation usuelle des mots, et non pas d'après la formulation conforme aux règles de l'anglais. Je me serais démasqué moi-même si je n'avais pas tenu pour légitimes les élisions et toutes les autres altérations langagières. Dans cette mesure, j'étais satisfait de ne pas devoir écrire mes phrases : je n'aurais pas su comment retranscrire certains de ces vocables corrompus. Or, afin de fournir des gages à mes auditeurs, j'étais tenté d'en abuser, d'autant qu'ils offraient l'avantage d'ouvrir l'éventail des possibilités, quand j'étais à la recherche d'un mot qui s'emboîtât à la perfection dans ceux que j'avais déjà trouvés. Il y a plusieurs façons d'écorcher telle ou telle forme verbale, et, dans les cas les plus favorables, le nombre de pieds varie selon les versions possibles. J'ai bénéficié de ces commodités. Sans retenue, mais on ne saurait dire sans vergogne. Je n'étais pas fier de mon sabotage. Je songeais à ces dignes vieux auteurs que j'avais lus autrefois avec avidité, avec émerveillement, avec reconnaissance, et que je trahissais aujourd'hui. Je les imaginais, outragés, assemblés en cercle au-dessus de moi, dans les nuages, en train de me contempler avec un mélange de répulsion et de mépris dans le regard. Toutefois, sur le chapitre de la félonie, je me sentais moins coupable envers eux qu'envers les pensionnaires de la ferme, pour qui toute cette duplicité était mise en œuvre. Ces gens qui étaient doublement mes frères et qui, de surcroît, appréciaient mon travail, j'avais mauvaise conscience, jusqu'à la nausée, d'abuser de leur crédulité, de la confiance qu'ils m'accordaient. Je supportais mal, en particulier, de susciter leur approbation en leur renvoyant dans mes textes un reflet d'eux-mêmes qui non seulement était une caricature *d'après moi* grossière, mais, par-dessus le marché, la caricature de travers pour lesquels, si j'avais été conséquent, j'aurais dû éprouver quelque tendresse, alors qu'en vérité je les tenais pour autant d'offenses à ma propre dignité. Je suis bien obligé de voir les choses en face : parce que je m'en étais purifié (ce n'est pas le mot que je souhaitais employer, mais c'est le premier qui m'est venu, et il n'est que temps pour moi d'être honnête dans mes confessions), parce que des situations humiliantes, où ma vie était en jeu, m'avaient obligé à m'y rouler de nouveau, je haïssais plus que tout ces nègreries.

Donc, mes chansons, je les retenais de mon mieux à mesure que j'avançais dans leur élaboration. Dès qu'une phrase était terminée, je l'apprenais par cœur en associant, pour me faciliter le travail, chaque syllabe à une note du segment mélodique correspondant. De cette façon, il me suffisait de fredonner un air pour que ses paroles me viennent aux lèvres. La même technique servait aux autres pour retenir les textes à leur tour. Le plus embarrassant pour moi, lorsque je leur soumettais mes piètres créations, trop semblables à des tables et des chaises qu'un ébéniste aurait eu l'avilissant scrupule de rendre exprès bancales, le plus embarrassant, c'était de les leur chanter. A cappella, bien entendu. Or, je ne possède même pas une voix que l'on qualifierait d'ordinaire. La mienne est mince, sèche et cependant mal assurée. Elle n'est destinée qu'à faire nombre au sein des chœurs, sur les chantiers ou à l'office du dimanche. Silas, lui, était un baryton exceptionnel. Devenu prédicateur itinérant, Aloysius avait fini par développer des aptitudes en la matière. Moi, en dépit de mes connaissances musicales et même du fait que la musique était devenue, plus que la liberté, mon obsession, j'avais du mal à chanter tout à fait juste. À cause de cela, je me félicitais de ne posséder qu'un filet de voix, mais cette faiblesse, on le devine, se révélait gênante lorsque le moment était arrivé de révéler à la compagnie les fruits de mon travail. Je n'ai eu d'autre choix que de m'améliorer. Un bagne, certes, ne paraît pas le lieu idéal pour prendre des leçons de bel canto ! J'eus la chance d'avoir, dès la septième année de mon séjour, d'excellents modèles : un quartette vocal au grand complet, dont les membres – tous âgés d'une vingtaine d'années, sauf la basse, qui était le chef et arborait des cheveux gris – avaient été condamnés ensemble à perpétuité. Plus exactement à cent et un ans de travaux forcés. Le soir ou les jours de fête, ils se plantaient à des endroits stratégiques, par exemple devant l'église, et interprétaient un vaste répertoire de spirituals, ayant posé à l'envers devant eux une casquette destinée à recevoir les oboles. Les autres jours, en général juste avant midi, quand une certaine torpeur envahit les petites villes, brandissant des pétoires, ils pillaient les banques. Avec, paraît-il, un brio et un entrain considérables. Ils sélectionnaient les établissements les plus humbles, pour des raisons de commodité et de discrétion, et aussi parce que, d'après leurs calculs, la modicité du butin recueilli devait dissuader les shérifs de lancer contre eux des opérations d'envergure. En quoi ils se trompaient. On les aurait pendus s'ils avaient tiré un seul coup de feu. D'ailleurs, la peine dont ils avaient écopé présentait aux yeux du tribunal le mérite de les faire souffrir plus longtemps, pour un résultat identique.

Ces dangereux bandits étaient des musiciens hors pair. D'harmonie, je ne parierais pas qu'ils eussent jamais entendu parler. Pourtant, ils combinaient leurs différentes parties avec une surprenante ingéniosité. En ce domaine aussi, j'appris beaucoup de leur fréquentation. Au surplus, certains de leurs morceaux m'inspirèrent. J'enrichis grâce à eux mes propres compositions, celles dont j'étais redevable au chemin de fer, sur lesquelles, désormais, on aurait dit que les paroles venaient plus volontiers se poser, tels des oiseaux en voyage qui ont repéré du haut du ciel un abri sûr. Je ne puis m'empêcher de bénir le jour où on les a poussés à coups de crosse dans notre baraque. Le plus jeune fut aussi l'héroïque auteur de la plus longue évasion dont j'aie été le témoin durant mon séjour à Huttington. La susceptibilité des gardiens en fut si froissée qu'à son retour ils le massacrèrent devant nous avant d'avoir vraiment pu jouir de ses souffrances. On a répandu à l'extérieur du ranch le bruit que, à titre de complices présumés, les trois autres membres du quatuor avaient vu leur peine augmentée de cent une années supplémentaires. Personne n'a mieux ri de cette fable que les intéressés quand elle parvint jusqu'à eux.

J'ai jugé plus prudent de ne rien composer à propos de la disparition de leur camarade. Il est des événements dont il vaut mieux perdre la mémoire, si l'on est à la merci d'individus sournois et cruels qui ont tacitement droit de vie et de mort sur vous. D'ailleurs, personne n'aurait jamais eu l'audace d'entonner une chanson à ce point subversive. En revanche, j'ai donné ma version – certes édulcorée, et qui, à première vue, n'accusait personne – d'une autre mort subite : entendez d'une exécution déguisée. Les faits eurent lieu à l'été de l'année suivante (les fortes chaleurs ne sont pas propices qu'aux débordements de la nature). La victime en fut Henry Jones, l'hercule de Huttington. En exagérant à peine, on pourrait dire que Silas lui-même lui serait passé sous les bras sans avoir à beaucoup plier les genoux. Les Blancs avaient beau s'armer jusqu'aux dents, le couvrir de chaînes spécialement forgées pour maîtriser des mastodontes, l'amarrer à des boulets qu'ils devaient se mettre à deux pour déplacer, ils avaient beau se serrer les uns contre les autres et montrer leur détermination par des mouvements du menton, ils avaient beau essayer de se raisonner, ils continuaient de le craindre. D'aucuns prétendaient qu'ils n'avaient pas osé le promettre à la corde, en dépit des crimes dont il se targuait, de peur qu'il ne réduisît le palais de justice en miettes, sinon la ville entière. Au demeurant, il est probable que le bourreau se serait récusé, ou serait tombé malade au dernier instant. À la ferme, il passait comme par hasard à travers les punitions, coupant même à certaines corvées sous les prétextes les plus divers. Aux repas, il avait droit à des rations spéciales. Le directeur, le capitaine et la plupart de ses hommes tentaient, en flattant sans cesse sa vanité, d'entrer dans ses bonnes grâces. Sa stature n'était pas seule en cause. Ce qui impressionnait les gens malgré eux, c'était aussi l'air de majesté répandu sur ses traits. Et c'étaient ses silences de statue. Sa prodigieuse indifférence à tout et, semblait-il, à tout le monde. La lenteur menaçante avec laquelle il effectuait ses déplacements et accomplissait chacun de ses gestes. Bref, il avait si bien poussé ce petit monde à s'abaisser devant lui, sans plus de résultat que s'ils s'adressaient en effet à un bloc de bronze, que, dans le plus grand secret, les surveillants et leurs chefs avaient ourdi un complot contre lui. Henry Jones était l'affront incarné. Pour être de nouveau capables de se regarder droit dans les yeux les uns les autres, ils devaient laver cet affront. À tout prix, il fallait que la tache disparaisse. Mais comment faire disparaître un nègre aussi imposant que celui-là ? Ils n'avaient pas le cran de le toucher. Sans doute pensaient-ils que les balles ne feraient que s'écraser contre son corps telles des gouttes de pluie. L'initiative devait en quelque sorte venir de lui-même.

Sur le moment, même les plus proches témoins de la manœuvre, dont j'étais, ne se sont doutés de rien. On nous avait conduits en cercueil à roulettes au pied d'une saillie rocheuse, où nous devions percer un tunnel sous lequel passerait une nouvelle voie ferrée. Alors que Henry travaillait juste dans son dos, le chef, comme pour dire quelque chose, fit remarquer à deux autres détenus, dans un bâillement, que, au fond d'un pénitencier du Tennessee, un géant roux, aussi large que haut, détenait un record en matière de forage : apparemment, il était le seul homme au monde à pouvoir, en tant de minutes et en tant de coups de pioche, entamer sur tant de pouces de profondeur une masse rocheuse d'une espèce déterminée. En l'occurrence, du granit. Or, c'était justement d'une paroi de granit qu'il nous fallait venir à bout ce jour-là. Mais le chef s'est bien gardé de relever la coïncidence… Comment avons-nous pu ne pas le voir venir, chaussé de si gros sabots ? Avec le recul, l'évidence saute aux yeux : sans avoir l'air d'y toucher, il attendait, de la part de notre colosse à nous, la réaction qu'il venait de susciter. Car il était capital, pour la suite des événements et pour la façon dont les autorités publieraient l'histoire, que Jones ne se sentît pas provoqué. Captain Dick s'était donc borné à énoncer un fait, comme cela, en passant, et à laisser sa proie venir à lui.

Henry, je le rappelle, était une personne plus que taciturne. On aurait juré que sa force surnaturelle lui servait avant toute autre chose à garder en permanence un bœuf sur la langue. On aura peut-être compris, toutefois, qu'il était, par-dessus le marché, pétri de suffisance au point, ironisait la basse du quartette vocal, que « rien ne le rendait plus fier de soi que son orgueil ». C'est vrai qu'il y tenait énormément. Et qu'il le cultivait avec un soin de tous les instants. Chacun de nous l'avait vu relever, dans le domaine des performances physiques, des défis qu'il n'y avait pas eu besoin de lui lancer, parce qu'il se les était proposés tout seul. Cet homme-là ne voulait partager ni la peine ni la gloire. Aussi avait-il coutume de repousser toute aide extérieure, même lorsqu'il s'agissait de libérer d'un cloaque un fardier de parpaings embourbé jusqu'aux moyeux. Non seulement il écartait ses compagnons de chaîne et le conducteur de l'attelage, mais, d'un geste, il interdisait que l'on déchargeât la benne ne fût-ce qu'à moitié. Il accomplissait son exploit sans nous accorder un regard. Après quoi, les veines gonflées par l'effort, il jouissait en solitaire de sa réussite, dédaignant des marques d'estime qu'il jugeait insipides, dérisoires, mesquines, en comparaison des bravos enivrants qu'il s'adressait à lui-même.

Henry, à travers ses coups de pioche, perçut ce que l'autre, feignant de ne pas avoir noté sa présence, avait annoncé à la cantonade. Cette information, je crois qu'il l'aurait saisie à cinquante pas de là. Qu'il l'aurait comprise dans n'importe quelle langue étrangère. Sans interrompre sa besogne, il lança au chef par-dessus son épaule, articulant chaque mot selon son habitude lorsqu'il daignait ouvrir la bouche : « Sortez votre montre, mister Dick, et, une fois que vous m'aurez donné le signal, ne la quittez pas des yeux, parce que, le record de votre maudit Blanc du Tennessee, Henry Jones va vous le pulvériser, et pas plus tard que tout de suite. » Je fus désigné pour compter les impacts, lesquels devaient être le moins nombreux possible. Quelqu'un d'autre prépara une baguette longue et droite, de manière à mesurer la profondeur de la cavité au bout du temps imparti. Notre hercule fit ce qu'il avait dit, sans donner l'impression de forcer son talent. Et, quitte à léser sa fatuité, personne à la ferme n'en fut beaucoup plus surpris que lui-même, alors que les juges arbitres le déclaraient vainqueur de la compétition, haut la main. Qui eût seulement envisagé sa défaite ? Si l'idée d'une telle issue ne l'avait pas effleuré, nous n'avions aucun motif de mettre sa parole en doute. Ce garçon-là se serait-il adossé à une montagne dans l'intention de la déplacer, personne n'aurait parié une cuillerée de sa soupe du soir que la montagne allait demeurer sur ses bases.

La semaine suivante, nous avons été accueillis sur le chantier du tunnel par un bruit inhabituel. Il provenait de l'excavation que nous avions déjà creusée dans la roche. On y avait installée une machine d'un genre qui m'était inconnu et que le capitaine, arrivé avant nous sur son cheval, avait mise en marche, comme pour en éprouver le bon état. Il expliqua, sans regarder personne, qu'il s'agissait d'une perforatrice à vapeur, beaucoup plus efficace que n'importe quel ouvrier. Elle arrivait justement de ce pénitencier du Tennessee où le rouquin, qui s'était risqué à entrer en compétition avec elle, avait été battu à plate couture et, lui qui mastiquait les clous de charpentier et tordait les fers à cheval d'une seule main, emporté au dispensaire communal dans un triste état. La scène à laquelle nous avions assisté quelques jours plus tôt se reproduisit alors, avec, de la part de Henry Jones, la même attitude, la même sérénité, les mêmes intonations. Il allait, lui aussi, se mesurer à l'engin. Lequel, il va de soi, n'était susceptible de mettre hors de combat que des mauviettes blanches. Le chef hocha la tête, fronça le sourcil, caressa son menton mal rasé, se gratta le crâne, comme embarrassé par ce qu'il venait d'entendre. Il insista : « C'est une machine, Henry. T'as réfléchi à la question ? Ça n'a jamais besoin de reprendre son souffle, une machine, et il n'y a aucun danger que ça s'attrape une crampe ou que ça se froisse un muscle. Si tu veux, je t'accorde un handicap de, disons, cinq pouces. Et tu ferais bien d'en profiter parce que, cet outil, je viens de l'essayer et je peux te promettre qu'il a de la ressource ! »

Notre camarade s'est enflé dans toutes les dimensions. Il a bombé le torse. Il a toisé Mr Dick du haut de ses sept pieds deux pouces. « Très bien, a-t-il lâché, plein de condescendance. J'accepte le handicap, à condition qu'il soit pour votre machine. » Pendant quelques secondes, le chef a vraiment cru que les lois de la nature ne s'appliquaient pas à Henry Jones. Que celui-ci resterait invincible, fût-il opposé à un express venant à sa rencontre du haut d'une pente. « T'es pas fou ? » a-t-il bredouillé, profitant de l'occasion pour détourner les yeux. Henry a saisi sa pioche. « C'est cette saloperie qui est folle, si elle s'imagine m'en mettre plein la vue. » Chacun, y compris l'intéressé, a deviné que la saloperie en question n'était pas nécessairement la perforatrice. « On a même rien parié ! » a ronchonné Captain Dick d'une voix pleurnicharde. « Je parie que la mécanique se sera déglinguée avant ce soir », a lancé Jones, le nez froncé, les commissures de ses lèvres tirées vers le bas par une expression de souverain mépris.

Il lui fallut moins d'une minute pour démontrer qu'il n'était en mesure ni de suivre l'implacable rythme de la machine, ni d'égaler ses résultats. Il s'obstina cependant à lui tenir tête, ou, du moins, car il était déjà trop tard, à ne pas admettre sa défaite. C'était, pour de multiples raisons, une intense souffrance que de le voir ainsi peiner en vain, perdant la cadence, perdant le souffle, côte à côte avec cet outil imperturbable, d'une régularité démoniaque, qui semblait prendre tout son temps pour le distancer – cela sous le regard redevenu brillant du capitaine, dont le corps se redressait, dont le visage s'éclairait, à mesure que les reins en feu de Henry Jones l'obligeaient à se plier en deux, à mesure que le manque d'air, l'humiliation, la panique, déroulaient sur ses traits au supplice un voile grisâtre.

Puis le colosse leva haut les bras, dans le geste désespéré de prendre un élan capable d'entraîner sa pioche de l'autre côté du granit. Il resta dans cette position, pendant un laps de temps qui nous parut interminable. La perforatrice continuait son travail le plus tranquillement du monde, avalant de la roche comme on fume la pipe sur un rocking-chair. Soudain, le dos du colosse se crispa. Le manche de son outil glissa entre ses mains, que le choc du fer contre les doigts contraignit à s'ouvrir. La pioche dégringola sur le sol à grand bruit, évitant de peu les pieds de notre compagnon qui, à la même seconde, tout d'une masse, tombait à la renverse.

Il est possible que l'arête d'une pierre lui ait brisé le cou, mais il est plus probable qu'il était déjà mort lorsqu'il se tenait encore sur ses jambes. Son cœur avait dû lâcher, et nul ne pouvait s'en étonner. Mr Dick s'avança pour contempler le cadavre, les mains sur les hanches, les pouces passés sous sa cartouchière. Il y avait parmi nous un gamin de quinze ans, débarqué la veille, qui avait violé sa grande sœur. « Kid, lui dit le chef, j'ai pas de salive à dépenser pour un putain de négro prétentieux : tu veux bien lui cracher dessus de ma part ? »

Voilà comment j'en suis venu à composer celle de mes chansons qui eut le plus de succès. Sur le périmètre du ranch, mais aussi – je ne l'ai su qu'après en être sorti – à l'extérieur. On comprend pourquoi j'ai préféré ne pas relater les événements tels qu'ils s'étaient déroulés. Mon héros ne possédait pas l'arrogance du pauvre Henry Jones, et son capitaine n'était pas le portrait craché de Mr Dick. Précaution supplémentaire, j'avais déguisé, juste ce qu'il fallait pour ne pas m'attirer d'ennuis, le nom de la victime en John Henry. Toute la baraque assimila mon texte en un clin d'œil. La mélodie, n'en parlons pas : c'était une de celles que tout le monde avait toujours connues et qui n'appartenaient plus à personne. Des Blancs avaient dû l'inventer, mais des Noirs s'en étaient emparés et l'avaient triturée à leur manière. Jusqu'à ma libération, je devais entendre interpréter mon œuvre des centaines de fois, avec, ici et là, quelques aménagements dont certains me semblèrent plus opportuns que d'autres. Un beau matin, quand je n'y comptais plus, on vint me chercher dans la baraque et, sans autre forme de procès, sans que j'aie pu saluer qui que ce fût, on me poussa dehors. Au premier frère que je rencontrai, je demandai la direction de La Nouvelle-Orléans. En cours de route, à cinq ou six reprises, des échos de *John Henry* parvinrent jusqu'à moi. Arrivé du côté de Vacherie, près du lac des Allemands, je tombai sur deux fermiers blancs, assis sur le perron d'une maison branlante, qui chantaient ma chanson en s'accompagnant au banjo : Henry Jones était devenu un homme de leur race, un poseur de rails, et c'était en homme libre qu'il avait succombé à son pari.

Tout le long du chemin, j'ai assuré ma subsistance comme j'ai pu. Comme font, je suppose, tous les trimardeurs du monde. J'étais décidé à ne jamais retourner en prison. Néanmoins, j'ai dérogé à l'honnêteté chaque fois que c'était nécessaire. Sans la plus petite hésitation. L'essentiel était de parvenir au but. Je ne craignais plus les vengeurs du Mississippi. Avec mes rides, mes dents gâtées et mes cheveux blancs, ils auraient eu bien du mal à me reconnaître. Je ne m'inquiétais pas de mon avenir, si étrange que cela paraisse. Je désirais seulement rejoindre la grande ville et sentir un piano sous mes doigts. La réalisation de ces rêves occupait toutes mes pensées. Grâce à eux, je renouais avec mon passé. Je refermais la parenthèse de Huttington, n'abandonnant que mes cauchemars au souvenir de ces misérables années. Dans l'espoir de grappiller quelque menue monnaie, je m'arrêtais quelquefois aux carrefours et chantait mes créations pour les gens de couleur, et, pour les autres, des airs cadiens qu'à ma grande surprise j'avais retenus, sans les avoir jamais interprétés à la ferme, fût-ce dans ma tête. Je n'avais rien ; mon public était à peine plus riche que moi. Des pièces, je n'en ai guère vu, mais on m'a donné à manger. Du pain. Des restes de haricots. Des fruits que je n'ai pas été obligé de voler. Bref, pendant tout ce périple, j'ai crevé de faim dans des proportions raisonnables. Guère plus qu'au ranch, en vérité. J'ai atteint au début du mois d'août les faubourgs de La Nouvelle-Orléans, après avoir suivi la rive du lac Ponchartrain, où je me suis mêlé sans encombre à différents pique-niques qui se donnaient là, comme il était de tradition aux beaux jours, et qui pouvaient réunir des dizaines, voire des centaines de personnes. J'ai écouté les orchestres. Un homme m'a laissé jouer de son kazoo. Le soir même, au milieu de la foule, je franchissais les limites de la ville.

Sur les talons d'un groupe de frères, j'ai gagné les quartiers noirs. Celui dans lequel je me suis avancé était en fête. Il faut dire que, en raison de la chaleur étouffante, les gens qui ne disposaient pas d'une terrasse ou d'un balcon n'auraient su trouver le sommeil à l'intérieur des maisons. Or, la plupart de celles-ci, même les commerces, ressemblaient davantage à des cabanes qu'à des édifices destinées à loger des êtres humains. Les cases de la plantation Devereaux, comparées à elles, auraient presque illustré l'idée du confort, sinon du luxe. Des balcons ? Certaines étaient tout juste équipées d'ouvertures évoquant vaguement des fenêtres. Quant aux toits, quiconque s'y serait aventuré aurait couru, neuf fois sur dix le risque de passer au travers ou de faire s'écrouler toute la construction tel un château de cartes... Des immeubles de pierre, il y en avait quelques-uns dans Back o'Town (comme j'appris qu'on avait baptisé ce quartier), mais, pour les apercevoir, il fallait pousser beaucoup plus loin en descendant vers le fleuve. Je l'ignorais alors et, dans des rues qui n'étaient éclairées que par les portes béantes des salles de danse et des assommoirs, il était impossible de deviner ce que réservaient les alentours. D'une certaine façon, je me sentais moins déplacé au sein de cette misère que je ne l'aurais été dans un de ces décors que mon imagination m'avait dépeints. Mon costume, si je puis décorer de ce nom les nippes que j'avais sur le dos, n'était pas de nature à surprendre grand monde, et moins encore à heurter qui que ce fût. Dans un environnement plus sélect, sans doute me serais-je fait repérer par la police, et ramasser à tout hasard, sous l'accusation de vagabondage. Entouré de taudis, je ne faisais plus tache, et, du coup, tout en ayant moins à craindre des rondes, je n'étais pas plus menacé d'être égorgé par les détrousseurs que n'importe quel pouilleux originaire de l'endroit. Au total, je gagnais sur les deux tableaux. Et si, contrairement à d'autres, j'étais un étranger, je ne l'étais pas plus que la majorité des gens qui gambadaient à mes côtés sans me voir, tous anciens paysans à n'en pas douter et affichant encore avec candeur les stigmates de l'esclavage. Moi, j'étais seulement un Néo-Orléanais de plus fraîche date que les autres, et qui pouvait davantage qu'eux passer pour citadin, grâce à sa prononciation châtiée, à son vocabulaire choisi, grâce aussi aux bonnes manières qu'il avait dû renier, mais que personne ne lui ferait oublier. Je suis un peu gêné de le dire, pourtant il est incontestable que j'étais mieux fondé à me prétendre chez moi dans la grande ville. Ne fût-ce que parce que aucune nostalgie ne gâtait mon plaisir. Je ne regrettais pas plus mes privilèges de bête curieuse, mes pouvoirs de régisseur, que les confidences de Master Luc, officier déchu de l'Union et commandeur d'un ramassis de couards assoiffés de sang, ou encore le cortège ininterrompu des mortifications supportées à Huttington. Je regrettais Gator Sam, les bayous et même, d'une certaine manière, Nancy Jane, le seul violent remords de toute mon existence. Mais, en dirigeant mes pas d'un autre côté au sortir du bagne, j'y avais renoncé de mon plein gré. Et puis je regrettais mon piano, ce sentiment m'obsédant assez pour me conférer la force de lc rendre sans objet, c'est-à-dire de me retrouver avec un clavier sous les doigts. Dieu l'avait compris. Il avait approuvé mon désir, parce qu'il était le pur désir de la musique, l'un des plus grands dons qu'Il eût mis à portée de Ses créatures. Ce premier soir, Dieu me prit par la main, me fit traverser la rue et me conduisit à la porte d'un bouge où la première chose que je distinguai à travers les fumées, la vapeur des haleines chargées d'alcool et la brume des transpirations, justement ce fut…

J'avais quelques sous dans ma poche. Louvoyant sans crainte parmi les tables et les échauffourées, je m'avançai vers cet instrument. Je pris place sur le tabouret. Personne ne me dit rien. Je soulevai le couvercle. Nul ne protesta. Je posai mes doigts sur les touches. Une femme me lança : « Hé, vieux jeton, fais gaffe ! Il lui manque des dents ! – À moi aussi », ai-je répondu. Elle éclata de rire. « Moi, c'est celles qui me restent, le plus facile à compter ! »

Je n'avais pas attendu ce piano en vain. Car ce piano, lui, m'avait attendu. Pour tous les hommes qui avaient tenté de l'approcher avant moi, il avait dressé des obstacles. Depuis combien de temps n'avait-il pas été accordé ? J'évoluais entre les pièges sans difficulté. De ses fausses notes, je faisais mes complices. Cette musique qui s'était peu à peu bâtie, à la fois sous mon crâne et dans chacune de mes phalanges, au moyen des échos du train, des échos des spirituals, des échos des ballades et chants de travail, cette musique lui convenait à merveille. Un piano en bon état se serait cabré devant elle, n'aurait pas su en tirer parti. Celui-là l'entendait comme je l'avais entendue moi-même. Il l'appréciait et lui facilitait les choses de son mieux. Mon récital ne fut pas un triomphe. Il ne suscita pas de tollé. Si les consommateurs avaient été avides de musique, ils n'auraient pas choisi cet établissement. Il en existait dix autres, dans la même rue, où officiaient un ou plusieurs instrumentistes, souvent flanqués d'une chanteuse. En revanche, si je les avais incommodés le moins du monde, ils ne se seraient pas gênés pour m'injurier, me battre et me flanquer dehors, au besoin par l'une des fenêtres. Trop content de ce que je jouais, je ne me faisais pourtant pas faute de faire sonner la merveilleuse casserole. Je la sentais vibrer sous mes mains et mes furieux coups de pédale, trembler de toute sa carcasse, sur laquelle on avait garé sans précaution je ne sais combien de bocks, éteint je ne sais combien de cigares, craché je ne sais combien de chiques. Mais c'était d'excitation qu'elle tremblait, à l'unisson de la mienne une fois de plus. Mon cœur s'agitait tellement sous ma chemise qu'il me fallut faire une pause. Je faillis tomber de mon tabouret quand le patron quitta son bar pour m'apporter une pinte de bière, qu'il me regarda vider, le sourire aux lèvres, en hochant la tête et en me tapotant l'épaule avec affection.

Autour de nous, on joue aux dés, on se ruine (ça n'exige pas de grands efforts) au Coon-Can, on triche au Georgia Skin. On jure, on sacre, on blasphème tout en prenant le Ciel à témoin. On profère des grossièretés à vomir. On casse des verres. On pleure dans son verre, on rit à s'en déchausser les dents. On ment avec aplomb à des gens qui ne croiraient pas une vérité d'Évangile, et l'on s'abuse soi-même dans l'allégresse. On raille, on insulte, on défie, on menace, on implore. On sort son rasoir pour un rien. On le range à regret : pour toute récompense, on se fait écraser la figure contre la table, contre le mur ou le plancher. On se sauve en couinant. On revient avec une hache d'incendie, les yeux exorbités. On exulte sans raison, on agonise sans douleur. Peu à peu, on se laisse enivrer, engourdir par sa propre haleine. Les hommes agrippent les femmes à pleines mains, pour se retenir à quelque chose, et les femmes, se sentant glisser à leur tour, se vautrent sur l'hébétude des hommes. Lesquels voient la force s'épancher de leur désir, comme d'une blessure, et n'en laisser qu'une poche vide, un cornet de papier d'où l'on ne tirerait pas l'ombre d'un élan viril. Les femmes s'en gaussent ou crient à l'imposture, donnent des coups, réclament de la passion, des baisers, des prières, des flatteries, de l'argent. Elles s'invectivent entre elles parce que les hommes, passé minuit, sont trop fainéants pour les aimer. Les hommes puisent au fond d'eux-mêmes l'énergie de leur cogner dessus. S'ensuit une bagarre générale, qui réveille tout le monde et se termine lorsque plus personne ne sait au juste pourquoi elle a débuté. Après quoi, pour autant qu'il soit encore capable de réfléchir, chacun cherche un prétexte pour recommencer. C'est une peine inutile : il suffit de bavarder jusqu'à ce que la discussion s'envenime, ce qui, à Back o'Town, les soirs de fête, semble être le but ultime de toute conversation. Les gens d'ici prennent un étrange plaisir à caqueter et à s'étriper dans les estaminets.

Puis la salle se vide – une mer épuisée se retirant à contrecœur sur un sable fait de poussière blonde, d'esquilles de verre et de détritus. À la lumière des lampes, ces hommes étaient comme des statues d'ébène, massives et luisantes, comme des fétiches animés par le mirage d'une vraie vie au fond des verres, des femmes et des querelles Dans le jour, ce ne sont plus que des ombres. À mesure qu'ils sortent du tripot, ils deviennent transparents. Leur fantôme a plus de consistance qu'eux. Ils sont suivis par une poudre que leurs talons soulèvent et dont les contours paraissent plus certains que les leurs. Et je sais que, moi aussi, qui ne suis pas condamné – pas encore – au destin du nègre des villes, si je leur emboîte le pas, je me viderai de ma substance. Mes rêves s'évaporeront de moi, les plus beaux en premier. C'est pourquoi il importe que le matin se fasse attendre, qu'aucune main blafarde ne soulève avant l'heure le rideau de la nuit. Les nuits blanches ne blanchissent qu'au moment de s'évanouir, mais elles blanchissent si fort, à cet instant précis, que votre âme se transforme en un lac de mica, en un désert de boue craquelée, sèche et brûlante, en un brouillard gelé, en un champ de neige dépolie, où les pas ne laissent pas de traces. Je sais, pour avoir vécu naguère cette expérience dans les marais, quelle apparence est capable de prendre l'âme des lendemains de fête. Ce que je voudrais, c'est que ce piano me retienne par les poignets, que ce tabouret fiche ses pieds dans le sol et se colle à mes fesses, m'empêchant de me lever. Ce que je voudrais, c'est que le monde réel reste ici, dans cette pièce où ma musique imaginaire a pris corps, s'est pour de bon *matérialisée,* plutôt que de m'entraîner dehors et de dissoudre toute l'épaisseur qu'il y a en moi dans son implacable clairvoyance.

Mais ce n'est ni l'instrument ni le meuble qui m'ont retenu : c'est l'homme qui m'avait offert à boire. À la seconde où je m'apprêtais à rabattre le couvercle du clavier et à me détacher du siège, il est revenu vers moi et, une fois de plus, a posé sa bienveillance sur mon épaule. Son geste m'obligeait à rester assis. Pendant ce temps-là, il tirait une chaise à lui et s'installait près de moi.

Ses yeux globuleux, striés de veinules rouges ou bleues, plongent dans les miens. Ses lèvres se mettent à remuer. On dirait qu'il déchiffre un message gravé au fond de mon crâne. Enfin, il soupire et me dit :

« Tu viens de là-bas, n'est-il pas vrai ?

– De là-bas où ça ?

– Où un homme de couleur attrape ce genre de regard, s'il y reste trop longtemps.

– Je ne sais pas. Je viens d'un endroit où on voit les choses différemment.

– C'est ça. Huttington, hein ?

– Ça se pourrait.

– J'y suis passé, moi aussi.

– "Passé", c'est le mot qui convient. Ils m'ont gardé un certain temps, mais je n'ai fait qu'y passer. C'est ce que ce piano vient de m'apprendre. Je n'osais pas l'espérer.

– Qu'est-ce que tu avais fait, mon ami ? Tu n'es pas obligé de me répondre.

– Volé un porcelet. Enfin, emprunté.

– Emprunté ?

– Volé seulement pour aller en prison.

– Oui… Parfois, il faut bien aller quelque part. Moi, j'ai pris six mois, juste au lendemain de la guerre. Je trouvais qu'un Blanc me regardait d'une drôle de façon. Du coup, il m'a accusé de l'avoir regardé d'une drôle de façon. J'ai été condamné pour attitude menaçante. Mais je n'ai pas fait que passer par cette ferme. J'y ai laissé ce que je croyais avoir perdu depuis bien longtemps : mes dernières illusions, mes dernières espérances.

– C'est à quoi servent leurs bagnes. Même si tu en sors un jour, tu y restes pour le restant de la vie.

– Ne viens-tu pas de me dire le contraire ?

– Je parlais pour moi-même, excuse-moi. Des illusions, je n'en avais plus aucune en entrant. C'est bien pourquoi je me suis fait arrêter. Je n'avais plus que la musique, et ils n'ont pas réussi à me l'enlever. D'ailleurs, ils ne soupçonnaient rien. Je l'avais cachée là, derrière mon front. Je me contentais de chanter à la chaîne, de chanter à l'église. J'ai inventé des paroles pour des chansons qui existaient déjà. Ils ne se sont pas méfiés. Ils ne les écoutaient pas de la bonne façon. L'autre jour, il a bien fallu qu'ils me relâchent. J'ai marché jusqu'ici, mendiant mon pain, dormant à la belle étoile. J'étais d'un côté de la rue, je suis passé de l'autre et tu m'as vu soudain franchir le seuil de cet endroit. Tu m'as vu m'installer devant ce piano, soulever le couvercle et – cela, en fait, tu n'as pas pu le voir – découvrir que ma musique se trouvait là, intacte, et que, pour elle, une douzaine d'années avaient passé comme dans un souffle.

– Tu me racontes tout ça, camarade, et je ne doute pas un instant de ta sincérité. Pourtant, ce que j'ai remarqué avant toute chose, ce qui continue de me frapper à présent, c'est ce regard, ce regard-là.

– Bien sûr. Lui, il a vu Huttington. Comment serait-il resté aveugle ? Je ne veux pas savoir quelles images lui sont collées dessus. Quelle importance, cependant ? Peut-être t'es-tu rendu compte de cela aussi : quand je joue de la musique, si elle est à mon goût, si elle répond à mon attente, alors je ferme les yeux. Ou bien je les pose sur un coin du piano – tiens, sur ces petits trous de vers, par exemple, ou sur cette brûlure de cigare. Je me laisse hypnotiser par ces menus détails. Mon regard pénètre en eux. Il plonge dans ce puits. Il ne finit plus de descendre au sein de cette obscurité, et c'est comme si je ne regardais plus rien du tout de réel. »

Il secoue la tête.

« C'était donc ça ? J'avoue que je me suis demandé ce que tu lui voulais, à ce vieux piano de bastringue, ce qu'il avait donc de si beau à voir...

– Ne médis pas de lui, s'il te plaît. C'est un piano qui reconnaît les pianistes. Quand il en a repéré un, il peut faire des miracles pour lui.

– Là encore, j'en suis désolé, mais tu vois ça de ta fenêtre ! Moi, par exemple, il n'a jamais fait mine de me reconnaître.

– Tu es musicien, toi aussi ?

– J'ai cru que je l'étais. C'est sans doute pour ça qu'il me regarde de travers, chaque fois que je m'approche de lui. Depuis le début, il me fait la tête. Mais, moi, je me suis obstiné... J'ai tort de me mettre en avant, remarque : ce n'était pas moi, c'était mon genre de musique qu'il avait pris en grippe.

– À savoir ?

– De la petite musique de Blancs. Celle qui s'enseigne dans le salon des professeurs de piano dont les leçons ne coûtent pas trop cher. Mes parents avaient des ambitions pour moi. Ils m'ont forcé à apprendre à lire, aussi. Je n'ai plus que le mal de m'en cacher, si je ne veux pas la mort de mon commerce ! Pourquoi souris-tu ?... Écoute, je vous ai bien observés tout à l'heure, lui et toi. Toi qui sortais de nulle part. Lui que je n'ai jamais rencontré – jamais ! – depuis tout le temps qu'on vit ensemble dans cette pièce... C'est pour des musiques comme la tienne qu'il a résisté à tous les outrages de la clientèle. Jusqu'à lui ouvrir la bouche rien que pour lui casser des dents, tu te rends compte ! Cependant, il ne bronchait pas : il t'attendait.

– Je ne voudrais pas te paraître suffisant, mon frère, mais c'est ce que je me suis dit à l'instant où il a répondu à mon premier accord. Il y a répondu par le même accord. Le même exactement, comme le meilleur ou le pire des pianos l'aurait fait à sa place. À cette différence près que son accord à lui sonnait trois fois mieux et racontait trois fois plus de choses que le mien dans mes songes.

– Il n'était pas le seul !

– Pas le seul ?... Qu'est-ce que je dois comprendre ?

– Ce piano n'était pas le seul à espérer ta musique sans être pour autant capable, ni de la jouer, ni de la faire jouer à des tiers.

– À qui d'autre penses-tu ?

– À moi, si tu permets. À La Nouvelle-Orléans, on peut écouter toutes les musiques du monde, et découvrir tous les mélanges qui découlent de leur promiscuité. Ta musique, elle, je ne l'avais pas encore entendue. Et pourtant, c'était celle, la seule et unique, que je cherchais. Et celle que ce choix infini, j'en suis sûr, ne m'aurait jamais offerte. Les gens, cette nuit, est-ce qu'ils ont essayé de t'arrêter, un seul d'entre eux ?... De la musique *pour* les Noirs, il y en a plus qu'on n'en souhaite, dans ce pays. De la musique *par* les Noirs, on en trouve tout autant et, neuf fois sur dix, c'est la copie conforme de la précédente. Je veux en arriver à ceci : on n'est même pas sûr que, cette musique dont le Blanc rejette la paternité, ce soit nous qui, au départ, l'ayons inventée. Bref. La musique *des* Noirs, elle, où est-elle allée se fourrer ?

– Tu désires l'entendre de ma bouche ? D'accord ! Elle est allée se fourrer dans ton piano.

– Aujourd'hui, je le pense. Dans mon piano, et aussi dans les seules mains qui ne se soient pas posées sur lui soit pour le décevoir, soit pour lui faire du mal… Je ne veux pas savoir qui tu es, frère. Donne-moi n'importe quel nom, du moment que tu te t'éloignes pas de ce tabouret. Ta musique, c'est la mienne, et voilà près de cinquante ans qu'elle me manque. J'ai beaucoup à rattraper. Reste avec moi, si personne ne s'est mis à sa fenêtre pour te voir venir, si aucun autre piano ne compte sur toi. On m'appelle Cleophus Bertrand. »

C'est vrai, il me fallait un nom – comment n'y avais-je pas songé plus tôt ? Le mien (d'ailleurs, était-ce bien le mien ?), il n'était plus question de l'utiliser. Celui que j'avais fourni le jour de mon arrestation, je l'avais oublié moi-même. Les divers sobriquets dont les uns et les autres m'avaient affublé à la ferme, ils étaient passés par profits et pertes avec tout le reste. J'ignore pourquoi, le visage de Gator Sam m'est soudain apparu.

« Samuel Gaydor », ai-je dit en saisissant la main qu'on me tendait.

Mon nouvel ami m'a cligné de l'œil.

« Je parie que tu saurais l'écrire, hein ?
– Si je m'en souviens, ça devrait suffire. »

Cleophus m'a invité à poser chez lui mon bagage, lequel se résumait aux vêtements que l'administration pénitentiaire m'avait laissé emporter, aux quelques cents récoltés lors du pique-nique de la veille et à la poussière qu'on aurait pu récupérer sous mes semelles si j'avais eu des souliers. À peu de chose près, sa maison était tout entière dans la salle de taverne où nous nous trouvions. Pas d'étage. Pas de cave creusée dans le sol de terre battue. En guise de chambre, lui-même ne disposait que d'une sorte de niche dans le cellier adjacent, lequel tenait aussi lieu de réserve et de débarras. Il m'a proposé de dormir allongé dans l'étroit boyau qui séparait d'une part les tonneaux de bière en perce et la rangée de bouteilles d'alcool, d'autre part la construction de planches mal équarries baptisée du nom de comptoir. Coucher à la dure, j'avais eu le temps de m'y habituer dans les baraquements de Huttington, où, je crois l'avoir précisé, on n'avait pas jugé utile de nous gratifier d'un luxe aussi vain qu'une paillasse. Ici, de surcroît, je n'aurais pas à supporter la promiscuité et la puanteur qu'elle engendre. N'ayant pas de fers aux pieds, je serais même libre de mes mouvements et pourrais chercher le sommeil sans craindre d'avoir, deux ou trois heures plus tard, à contenir une envie pressante jusqu'à l'aube. Il me suffirait de rejoindre le terrain vague, un carré d'herbes folles d'un quart de mile de côté, qui s'étendait derrière la maison. Pour ce qui est du combustible sans quoi la machine humaine ne saurait tourner longtemps, mon ami y pourvoirait. En échange, il ne m'était demandé qu'une chose : jouer de ce piano aux dents vertes. En jouer chaque soir. En jouer sous le moindre prétexte, ou sans prétexte du tout, chaque fois que l'occasion s'en présenterait. En jouer par devoir – un devoir qui consisterait à prendre du plaisir sans vergogne. Mais, surtout, n'en jouer qu'à ma façon. Ne rien jouer d'autre que ce qui serait de la musique noire, comme on parle de *misère noire.* C'est-à-dire de la musique qui ne reçoit sa lumière que d'elle-même, de l'intérieur d'elle-même, de cette obscurité crépitante. C'est-à-dire de la musique intégrale, aussi. Et enfin – « pour aggraver son cas », s'exaltait mon hôte, des larmes au coin des paupières – de la musique intégralement nègre. Je lui ai juré que je ferais de mon mieux. « Comme si tes mains allaient te laisser le choix ! » fit-il dans un hennissement.

Je voulus savoir de quelle autre façon je pourrais contribuer à équilibrer notre échange, qui me paraissait pencher outrageusement en ma faveur : il me pria de ne pas lui rompre la tête avec des sottises. Je lui dis que je donnerais, au moins, un bon coup de balai chaque jour avant l'arrivée du premier client. Il m'éclata de rire au nez : « Mes vœux t'accompagnent, mister Gaydor. Mais fais d'abord signer un contrat au vent, comme quoi, pour une livre de poussière que tu lui confieras, il ne t'en renverras pas trois ou quatre dès que tu auras le dos tourné !… Bon. Nous nous sommes assez amusés comme ça. Il est temps d'aller se reposer, tu ne crois pas ? »

Six heures venaient de sonner au clocher des plus proches églises. J'étais loin de penser que, à partir de ce jour, plus une seule fois, sauf au plus épais de l'hiver, je ne me coucherais avant d'avoir vu pâlir la nuit, et souvent quand la ville entière était déjà debout.

Pour la première fois de ma vie, ce jour-là, j'ai dormi plus de six heures. En fait, quand j'ai ouvert un œil, les ombres étaient déjà longues. Je n'avais pas entendu Cleophus Bertrand s'affairer autour et au-dessus de moi, contraint de m'enjamber pour servir les premières personnes qui avaient poussé la porte à double battant et s'étaient accoudées au comptoir. Je n'avais perçu ni le cliquetis des bouteilles contre les verres, ni la rumeur des conversations. Et, là encore pour la première fois depuis fort longtemps (pour la dernière aussi, hélas !), je n'ai fait aucun rêve. Aucun dont je me sois souvenu à mon réveil, en tout cas. J'ai libéré mon ami de ma présence. Il m'avait préparé un seau d'eau dans le cellier, pour mes ablutions. En sortant de là, tout ragaillardi, j'ai mis le cap sur l'instrument qu'on m'avait confié. Je le découvrais à la lumière du jour et il m'apparaissait en plus piteux état encore que la veille. C'était un piano droit de la plus basse qualité, et qui avait dû être acheté d'occasion. Je me suis permis de lui ouvrir le ventre. Incroyable, ce qu'on avait pu fourrer là-dedans ! Il y avait des échantillons d'à peu près tout ce qu'on peut dénicher dans un tas d'ordures. On s'étonnait de ne pas voir un ou deux rats grouiller au fond de la caisse, ou crever en silence, le cou coincé entre deux cordes. J'étais conscient de prendre un gros risque en procédant à sa toilette, mais je n'avais pas le cœur de le laisser dans cet état lamentable, après ce qu'il avait fait pour moi. Le risque, c'était de ne plus l'avoir à ma main, une fois que je l'aurais soulagé de tout ce qui nuisait à son fonctionnement. Si un mauvais outil donne d'excellents résultats, il n'est pas du tout certain qu'un bon remplira encore mieux son office. Au surplus, il ne s'agissait pas d'outil dans cette affaire. Ou alors, l'outil, c'était moi ! Ce piano et moi, nous étions partenaires. Ce qui devait marcher à tout prix, c'était moins *son* mécanisme que *notre* collaboration. Je n'avais, comme on dit, plus un poil de sec lorsque je remis le panneau de bois en place (non sans me promettre de le nourrir d'une bonne couche de cire, le jour où j'aurais réuni la somme suffisante pour me présenter devant le droguiste). Il ne me restait plus qu'à m'asseoir, à dégager le clavier, à me frotter les mains afin de m'assouplir les doigts, puis à allonger ceux-ci vers les touches.

Que s'est-il passé ? Rien de ce que je redoutais le plus, en tout cas. Deux ou trois touches mortes sont revenues à la vie ; quelques autres ont rendu un son plus proche de ce qu'une oreille normale – une oreille blanche, singulièrement – était en droit d'attendre d'elles ; certaines, par contraste, ont semblé produire des notes plus fausses que jamais. J'aurais tendance à conclure que je n'avais ni rien gagné, ni rien perdu au change. Des possibilités plus nombreuses s'offraient à mon imagination, en compensation de quoi j'éprouvais plus de difficultés à imposer mes propres inflexions et à élaborer les alliages sonores qui me passaient par la tête. J'avais le sentiment qu'il me faudrait rester sur mes gardes, et qu'ainsi je maîtriserais mieux ma musique. Après tout, des sons que l'on doit fabriquer, comme il est de règle sur beaucoup d'instruments, exigent plus de vigilance et d'implication que les sons qu'un piano vous offre sur un plateau.

J'appréciais le concours de l'instrument, mais j'étais décidé à ne pas lui permettre de me dicter ma musique. L'affection qu'il m'inspirait ne m'empêchait pas de considérer que, de nous deux, l'un finirait par être l'esclave de l'autre. Je n'avais pas la moindre intention de devenir le sien. Mais j'étais tout aussi résolu à l'emporter de la manière la plus loyale qui fût. C'est la raison pour laquelle je pris envers moi-même l'engagement qu'avant même d'encaustiquer sa carcasse je me débrouillerais pour qu'il fût réaccordé. Je m'en étais ouvert à Clcophus, qui, certes, n'y voyait pas d'inconvénient, mais ne savait trop à qui s'adresser et craignait que le prix d'une opération à ce point délicate ne nous mît sur la paille. Or, il y avait certaines occasions de dépense prioritaires, comme le remplacement des tonneaux vides par le brasseur, qu'il n'était pas question d'ignorer. Pour le reste, inutile d'ajouter que nous nous contentions de l'indispensable, à l'instar des autres habitants de Back o'Town, dont beaucoup, même, n'en obtenaient pas autant tous les jours. J'espérais vaguement qu'en m'écoutant jouer un homme de l'art qui serait passé là par hasard nous auraient pris en pitié, mon instrument et moi, et, rien que pour ne plus entendre certains sons qui offensaient l'oreille, tirerait sa clé de sa poche et, sans un mot, remettrait tout en ordre. Mais, à part peut-être miss Harriett Tubman et certain trappeur d'alligators, personne ne donne jamais rien pour rien. Pas plus dans les bas quartiers de La Nouvelle-Orléans que chez les riches planteurs du Mississippi.

Il en alla ainsi jusqu'à ce fade après-midi de septembre, une journée qui était comme la carte de visite d'un mauvais automne, où mon ami, parti faire quelques emplettes dans le quartier français, revint au pas de course, me hélant de l'autre bout de la rue, et agitant au-dessus de sa tête ce que je finis par identifier comme la fameuse clé, l'apanage de l'accordeur. Une personne bienveillante nous l'avait confiée jusqu'au crépuscule, l'heure où, juste avant le coup de feu, elle procédait au réglage des pianos sollicités en permanence, et pas toujours d'une main légère, dans les établissements à lanterne rouge, ces « maisons du bon temps » qui ne fermaient jamais leur porte et dont les musiciens attitrés faisaient en partie la réputation, parfois à l'autre bout de l'Amérique, à Veracruz ou en Alaska, sinon à Londres et à Berlin. Saurais-je tirer parti de ce cadeau du Ciel ? Naturellement, je ne possédais pas les premiers rudiments de la technique adéquate. Mais j'avais vu deux ou trois fois procéder l'accordeur que Master Devereaux faisait venir à l'habitation, et puis j'étais censé avoir de l'oreille. J'étais loin d'être arrivé à la perfection, cependant, la chose n'était pas douteuse, je m'en étais rapproché. Mon piano avait récupéré l'essentiel de ses aptitudes. Du coup, puisqu'il avait la capacité de se défendre, j'étais en droit de lui imposer ma volonté, pour autant qu'une telle performance fût à ma portée. Au vrai, j'ignorais l'issue de notre affrontement. Il avait pour lui un passé prestigieux, l'astuce et la foi de ses constructeurs, l'approbation des maîtres de musique, le soutien moral de toutes les grandes figures qui avaient servi sa gloire. Moi, je disposais seulement pour contester sa suprématie d'un bric-à-brac d'arguments où se distinguaient des choses aussi peu solennelles que le bruit du train et les nuits chaudes du bayou, aussi peu glorieuses qu'une colère sans repos, une humiliation sans remède, des années d'insomnie, comme des siècles, des années de folie volontaire et d'ambition sacrilège, aussi peu civilisées que des fourmis dans le ventre, un meurtre sur les bras et quelques doigts dans une écuelle de fer-blanc.

Les notes indispensables pour interpréter les partitions de MM. Franz Liszt et Frédéric Chopin sont presque trop nombreuses pour ma musique. En revanche, au sein même de cette profusion, il en manque certaines que vous ne trouvez pas non plus sur les pianos, à moins d'avoir trafiqué ceux-ci d'une façon ou d'une autre. Pour les pianistes blancs, elles ne seraient pas seulement superflues, mais dérangeantes. Je les appelle « les notes nègres ». Sans elles, ma musique est un plat d'où l'on aurait retiré les épices, pour les remplacer par des étiquettes à leur nom. Des années après mon geste, je puis me faire cet aveu : moi qui voulais tant ne pas tricher, je me suis arrangé pour ne pas me rendre compte que, les cordes correspondant à ces notes, je ne les avais pas réglées avec autant de précision que leurs voisines. Toutes étaient détendues : j'ai « oublié » d'agir comme il l'aurait fallu sur quelques-unes. Comme par mégarde, j'ai maintenu ou n'ai qu'en partie corrigé leur relâchement, de manière que le son se rapproche des notes nègres. Celles-ci, au reste, je ne les avais pas inventées. Dès qu'une personne de couleur se mettait à chanter, que ce fût sur une plantation, dans une église ou à la chaîne dans une ferme disciplinaire, elle avait tendance à infléchir tel et tel élément de la ligne mélodique. Pas tous. Pas n'importe lesquels. Elle-même ignorait ce qu'elle faisait, pourtant elle obéissait à un plan précis, lequel, selon toute apparence, n'avait que dédain pour les lois de l'harmonie occidentale, telles que Gideon Muellerbach me les avait présentées autrefois. Dans un cadre donné, par exemple un spiritual, les notes nègres tombaient toujours aux mêmes endroits. À Huttington, je m'aperçus que, dans la musique née de mon imagination, leur surgissement était tout aussi prévisible. Ayant établi ce constat, je m'efforçai en somme de les mettre en scène, voire d'entourer leur entrée d'un certain apparat, au lieu de les laisser simplement se manifester quand, pour de mystérieuses mais impératives raisons, elles ne pouvaient plus êtres contenues. Qu'elles fussent désormais présentes sur un clavier qui n'avait pas été conçu pour les accueillir facilitait mon entreprise dans des proportions considérables, à condition bien sûr de m'exprimer dans des tonalités adéquates. Mon champ d'action s'en trouvait limité, c'était incontestable. En même temps, il existait tout à coup, circonscrit en périmètre de ce rectangle où quatre-vingt-huit touches étaient rangées, un champ d'*action* pour ce qui n'avait encore été que songeries, utopies, hallucinations, chimères. Voilà pourquoi, sans avoir le cran de l'admettre à l'époque, j'ai cédé à la tentation de ne pas restituer à mon instrument la totalité de ses pouvoirs. Ce fut une lâcheté, ce fut une faiblesse et l'amorce d'une imposture, mais je serais hypocrite de m'en plaindre. Cyniquement, je dirai que je peux bien m'accuser de cette faute, puisque nous en avons tiré le plus grand profit, moi, à travers moi les autres musiciens noirs de La Nouvelle-Orléans, et, à travers la corporation, notre peuple tout entier.

Les samedis, certains dimanches après les festivités au bord du lac, la clientèle, chez Cleophus, était celle que j'y avais côtoyée le premier soir. En aucun cas je ne suis autorisé à la présenter comme « mon public ». Elle n'appréciait pas mon travail : au mieux, elle l'approuvait tacitement. Ce qui n'était déjà pas si mal, et devait d'autant mieux me satisfaire que cette bienveillance, semaine après semaine, devenait plus palpable. Si l'on m'avait toléré tout d'abord, au bout d'un certain temps on se serait inquiété de ma santé en cas d'une défaillance de ma part. Les joueurs, les coureurs, les pochards et les chercheurs de noise, tous voyaient avec quel appétit, avec quelle émotion, avec quelles mimiques béates le patron de la taverne s'imprégnait, se gorgeait de ma musique. On le tenait, à juste titre, pour un homme droit et plus instruit que la moyenne. Il ne coupait pas son whisky, son gin ne donnait pas mal aux yeux et son jugement, en toute chose, inspirait confiance. Bref, s'il aimait cette musique à ce point, il y avait quelque chance qu'elle fût digne de cet amour, en dépit de son étrangeté. Alors, de temps à autre, quelqu'un se tournait vers moi, hochait la tête pour montrer qu'il n'était pas insensible à mon art, me lançait un encouragement sonore et revenait aussitôt à sa partie de cartes, à la femme de son frère ou à la rixe qu'il venait de provoquer.

Les jours qui n'avaient rien de spécial, où l'on n'avait même pas baptisé, marié ou enterré quelqu'un, la plupart des gens qui franchissaient le seuil du cabaret ne faisaient qu'entrer et sortir. Ils se bornaient, avant ou après le travail, à se jeter d'un seul trait un verre d'alcool au fond du gosier. Seules quelques épaves échouaient entre nos murs avec l'intention de s'incruster. Je n'ai pas honte de dire que ce furent, à la suite de Cleophus, mes premiers admirateurs. Du plus profond de leur vertigineuse solitude, ils m'entendaient. Ils entendaient dans mon jeu des messages si personnels, des enseignements si graves et, sans doute, des révélations si consolantes que, bientôt, au moment de s'installer, ils choisissaient des sièges qui offraient une vue directe sur le piano. Mon ami en prit bonne note. Dans l'enthousiasme, il réaménagea toute la salle en fonction de cette marotte. Désormais, l'instrument trônait non seulement au beau milieu du mur situé sur la gauche du comptoir, mais aussi au centre d'un demi-cercle de tables qu'il fallut élargir de jour en jour. J'eus tout d'abord du mal à l'admettre, mais on venait pour m'écouter, et on venait de plus en plus nombreux. Parfois, l'effectif pouvait rivaliser avec celui des samedis soirs et comptait autant de femmes que d'hommes. Personne ne courtisait personne. Personne n'injuriait personne. Personne ne cherchait à égorger personne. Ceux qui se saoulaient le faisaient avec méthode et dans la discrétion. La direction de l'établissement ne tira pas prétexte de l'affluence pour augmenter ses tarifs. Si Cleophus en avait eu les moyens, il aurait invité la ville entière à découvrir mes créations. Il souhaita que je leur donne des titres, en sorte que les amateurs puissent me réclamer celles qu'ils préféraient. Lui-même les annonçait, dès qu'il les avait reconnues, opération qu'il devint au fil du temps capable d'accomplir dès les premières notes. Au cours d'une conversation, je lui appris que j'avais naguère imaginé des paroles de mon cru pour illustrer les mélodies des autres. Il me suggéra d'appliquer le même traitement à mes propres morceaux. Je lui objectai que j'avais une vilaine voix, que les gens allaient élever des protestations. Il me rétorqua que, si c'était la vérité, lui-même se chargerait de cette partie du spectacle, sans quitter son bar. Et c'est ce qu'il fit.

Un article parut dans une feuille de chou, un journal de railleries et de ragots que publiait un coiffeur noir, tromboniste dans une des fanfares du quartier. Il y était question de notre numéro. On décrivait aimablement mon ami comme « un membre éminent de notre communauté, un bon gros lard aux yeux de veau, sachant imiter à s'y méprendre avec sa bouche le bruit d'une porte qui grince ». Ma contribution, en revanche, se voyait couverte d'éloges sans mesure. En ce temps-là, je les jugeai, non seulement excessifs, mais outranciers. Cleophus ne fut pas de cet avis. Il exultait. « Tu as vu ? Il t'a même trouvé un nom, comme à une célébrité : “Sam Ivory Gaylord !” » J'ai haussé les épaules. « Ça prouve au moins qu'il est un peu sourd, et puis, tant qu'à faire, il aurait pu choisir "Ebony", s'il tenait vraiment à me flatter[1]. » Presque toutes les éditions suivantes firent allusion à mon génie musical, mais jamais Gaylord ne fut rectifié. D'autres publications, des affiches, reproduiraient par la suite cette orthographe fantaisiste. Gaylord est le nom que je porte encore aujourd'hui. C'est celui sous lequel je mourrai. C'est celui qui, j'ai tout motif de le penser, me survivra.

De la critique acerbe dont il avait été victime, mon partenaire ne fut aucunement affecté. Il poussa la générosité jusqu'à en rire de bon cœur. La seule triste conclusion qu'il en tira – mais elle ne l'était que pour moi – fut que je devais me forcer à chanter moi-même les paroles que j'avais écrites (car je les écrivais, maintenant qu'elles avaient un interprète capable de les lire). De l'auteur, m'expliquait-il, on tolère bien des choses. Il est déjà flatteur de l'avoir devant soi, aussi ne va-t-on pas lui reprocher de ne pas égaler le vocaliste accompli qu'au surplus il n'a jamais prétendu être. Pourquoi, répliquai-je, ne pas tout bonnement renoncer à la partie vocale de l'affaire ? Il prétendait que ce n'était plus du tout possible : certains de mes textes avaient rencontré encore plus de succès que mes compositions. Pas toujours auprès du même public, mais celui qui s'était épris d'eux était dix ou vingt fois plus nombreux que la petite élite des purs amateurs de piano. Grâce à leurs paroles, mes œuvres avaient été approuvées, voire adoptées,

1. « Ivory » : ivoire ; « Ebony » : ébène.

par des gens qui se seraient cru offensés si un mauvais plaisant les avait traités de mélomanes. Au bout de deux ou trois mois, elles couraient les rues.

En un certain sens, c'était une victoire inespérée. Mais c'était aussi une victoire qui m'échappait. Et même une victoire malgré moi. Ce à quoi tout Back o'Town avait succombé, ce n'était pas au mérite de créations musicales, mais à l'attrait, superficiel et fugace, de simples chansons. Mon ami ne parvenait pas à comprendre pourquoi je me sentais mortifié. De mon côté, je ne voyais pas au nom de quoi un artiste devrait se réjouir, sinon se targuer, d'être acclamé pour des bricoles tout justes bonnes à divertir un moment du désespoir les réprouvés de Huttington, surtout lorsqu'il propose d'un même élan des choses d'une tout autre ambition. Liszt et Chopin se seraient-ils félicités de l'admiration des ignorants ? D'ailleurs, seuls les connaisseurs m'admiraient. Les autres prenaient un plaisir égoïste à susurrer ou à brailler ce que j'avais couché sur le papier, en se fichant pas mal de celui qui s'était échiné à leur en fournir l'occasion. La plupart, j'en suis sûr, n'auraient pas su dire le nom de l'auteur, le couteau sous la gorge. J'étais « ce gars du Bertrand's ». Et encore, quand ils avaient assez de jugeote pour faire le rapprochement, et à la condition expresse qu'ils se fussent le moins du monde intéressés à la question ! Autant rêver qu'en grimpant dans une charrette l'idée leur serait venue de demander autour d'eux qui avait inventé la roue !

Ils profitaient de mon travail sans m'en avoir un semblant de reconnaissance. De ce point de vue, j'étais leur esclave, plus que je ne l'avais été des

Devereaux. Cette idée me donnait envie de hurler. Non seulement de riches planteurs, mais d'humbles malfaiteurs et quelques criminels endurcis m'avaient montré leur estime, considérant l'étendue de mes dons. Or, dans cette ville qui se voulait un des phares de l'univers, presque personne ne songeait à les porter à mon crédit. Rien qu'à cause de cela, j'aurais cessé de fredonner pendant mon récital. Toutefois, j'étais pleinement conscient du fait que, si je m'y risquais, ils s'en prendraient à moi. Car c'était à eux que ces chansons appartenaient à présent. Ils n'entendaient pas que j'en fasse l'usage qui me convenait. Spolié, humilié par elle, j'étais condamné à séduire cette multitude.

Cependant, la prédiction faite par Cleophus au moment où sortait le premier article à mon sujet était en train de se réaliser. La rumeur enflait, selon laquelle un musicien se trouvait en ville, dont le style, s'imposant comme le seul à se distinguer de tous les autres, parvenait néanmoins à enchanter n'importe qui. Je devenais la curiosité du moment. Pour mon ami, il ne faisait aucune doute que je serais la coqueluche de demain, et pas seulement à Back o'Town. Il s'en félicitait à grand bruit. Régalait ses clients quand ils avaient, à l'heure de régler l'addition, l'astuce de couvrir de louanges mon jeu ou mes compositions. Il semblait se faire une gloire personnelle de mon ascension, comme si, non content de l'avoir favorisée (ce que je ne niais pas) et d'assurer grâce à elle la prospérité de son commerce (il ne pouvait pas dire le contraire), il s'attendait qu'elle rejaillît sur sa tête. J'en étais à la fois attendri et agacé. Attendri, il fallait bien que je le fusse par l'espèce de ferveur avec laquelle il embrassait ma cause, au point de confondre sa destinée avec la mienne. En s'accrochant à moi, il espérait défiler sous un arc de triomphe, mais comment lui en tenir rigueur ? De toute évidence, il m'aurait suivi d'un cœur aussi léger dans l'échec et le déshonneur, voire au royaume des ténèbres, pour peu qu'il fût à mon côté. Quant à mon agacement, il provenait du fait que, dans l'excès de son zèle, il finissait par imaginer que, en plus de célébrer mes succès en ma compagnie, il en partageait le mérite. Je le soupçonnais de croire, et cette idée m'était insupportable, que, si j'avais inventé une musique que nul n'avait encore entendue et qui semblait promise au plus brillant avenir, il avait, lui, inventé Sam Ivory Gaylord – point de vue qui, en un certain sens, lui donnait le plus beau rôle. Dans la hiérarchie de la création, il y avait d'abord Dieu, puis Cleophus Bertrand, puis moi, puis mon œuvre. Or, par quels formidables talents justifiait-il une prétention aussi exorbitante ? Par aucun ! De son propre aveu, il n'avait même jamais pu faire sonner un piano d'une façon acceptable.

Voilà donc un homme qui n'avait strictement rien dans son jeu et qui essayait de se bluffer lui-même, après avoir montré à toute la table qu'il avait touché une main perdante ! Cette tentative, j'en conviens, avait quelque chose de pathétique, qui m'incitait à l'indulgence. Toutefois, compte tenu du fameux coup de pouce que je donnais à ses affaires, le voir se parer des plumes du paon à mon détriment n'était pas de nature à me ravir. Je ruminais ma déception, quand je l'observais, arpentant son boui-boui le torse bombé, la lippe avantageuse. Arborant un air royal comme si la cour assemblée là n'était pas *la mienne !* La mienne, oui, et certainement pas celle d'un obscur tavernier à qui un créateur d'exception est tombé du ciel un beau soir. J'étais son obligé : il me traitait en outre comme son protégé. N'y avait-il pas là de quoi grincer des dents ? Je rongeais mon frein, mais cela ne durerait pas toute la vie. Je me disais : « Qu'il profite de moi, s'il estime que je n'ai pas encore remboursé ma dette, mais qu'il ne me vole pas ce qui me revient en propre ! Qu'il tire avantage de mes dons, mais qu'il n'essaie pas en outre de se les attribuer ! » C'était sur son piano que je jouais et que je mettais au point mes nouvelles compositions. Fort bien. Mais, outre le fait que c'était moi, et moi seul, qui avais remis cet instrument en état, son propriétaire, que je sache, n'en avait pas déposé le brevet ! Voyons les choses en face : en tout et pour tout, il n'avait réussi qu'à le laisser pourrir et ronger par la vermine, dans un angle abandonné d'une pièce insalubre. S'il persistait dans son attitude, un jour ou l'autre, il ne me resterait d'autre solution que de crever l'abcès. Et tant pis pour lui ! Il l'aurait bien cherché. Je suis tout prêt à admettre qu'il ne songeait pas à mal, mais, à partir du moment où elle lèse quelqu'un, même la naïveté a des limites.

Je disais donc que ma réputation gagnait sans cesse du terrain. C'est si vrai qu'un certain vendredi soir, à la stupéfaction générale, deux Blancs, un homme et une femme, firent au Bertrand's une entrée qui n'eut rien de discret. Déplacés dans ce décor pisseux, vous pouvez parier votre dernier cent qu'ils l'étaient ! Ils n'apparaissaient pas seulement d'une élégance aveuglante, rivalisant avec celle qu'étalaient autrefois sous mes yeux les invités de la maison Devereaux : ils suaient l'opulence. Pourtant, on ne lisait pas de morgue sur leurs visages. Et pas de gêne non plus. Ils évoluaient dans notre bouge avec une parfaite aisance. À part moi, d'ailleurs, chacun semblait les connaître. Et chacun leur témoignait du respect. À la dame parce que c'était une dame. À son compagnon parce qu'il inspirait de la crainte. Je finis par m'en rendre compte à la manière dont les autres clients, imperceptiblement, écartaient leur chaise de la sienne, et à l'obséquiosité dont le maître des lieux faisait preuve à son égard. Il n'y avait qu'une conclusion possible : c'était le genre d'homme dont il est prudent de s'assurer les bonnes grâces. Un gros bonnet de la mairie ? Une bande d'indigents, n'ayant rien à espérer de lui, n'aurait pas eu à le redouter. Un célèbre organisateur de spectacles ? À la rigueur, on l'aurait courtisé, d'aucuns auraient été intimidés, mais nul n'aurait avalé sa salive ni baissé le regard en sa présence. Lorsque je pris ma première pause, mon ami se précipita vers moi, me saisit le coude et m'entraîna devant le couple, auquel il me présenta, sans ménager les superlatifs. J'appris que la dame s'appelait Dee Dee Dunsen (ou Dunson ?) et que son cavalier répondait au nom de Giuseppe Esposito – plus précisément de « Mr Giuseppe Esposito », car il paraissait établi qu'on ne prononçait pas les deux derniers mots sans avoir articulé le premier. Le fin mot de l'histoire, cependant, je ne le sus qu'après leur départ.

Cleophus, en éclairant ma lanterne, était dans un état d'agitation indescriptible, au point de bredouiller, de s'étrangler en parlant et d'accompagner son discours de frissons et de gestes incontrôlés. Connue sous le sobriquet de « Miss DDD », cette femme rose et potelée, qui se mouvait et s'exprimait avec une grâce peu commune, dirigeait d'une main de fer le plus prestigieux établissement du Quartier français, un temple de l'amour et du loisir baptisé la Maison du soleil levant. J'en avais entendu parler plus d'une fois depuis mon arrivée. Propriétaire de ce bordel et de bien d'autres, Mr Esposito s'était acquis en quelques années la réputation du plus impitoyable, et par conséquent du plus honoré des bandits siciliens qui, au début de la guerre, avaient choisi La Nouvelle-Orléans comme base de leurs entreprises. Ils y avaient fondé une confrérie, une société charitable, dont la charité commençait par elle-même et s'abstenait d'aller plus loin : la Mafia. Il en était l'âme et avait la haute main sur une intense activité d'escrocs, de cambrioleurs, de contrebandiers, de coupeurs d'alcool, de faux-monnayeurs, de rançonneurs, d'assassins, de fauteurs de troubles et de promoteurs d'opérations illicites, toujours plus inventives. Il régnait aussi sur la vie nocturne et le marché du plaisir, en particulier dans le Vieux Carré, où les immigrés d'Italie avaient, en dépit de son délabrement, trouvé une atmosphère à leur convenance. Grâce à leur fertile imagination, ils avaient fait prospérer autour d'eux les tables de jeu, les loteries truquées, le commerce de la chair humaine, tout en prévenant du chômage les entreprises de pompes funèbres et en garantissant de beaux jours à l'humble fonction de fossoyeur.

Eux non plus, dans leur partie, on ne pouvait pas les accuser de s'être croisé les bras. En revanche, il leur était beaucoup reproché d'avoir déplacé les barrières raciales, d'avoir fait naître l'incertitude là où tout, avant eux, s'était inscrit en noir et blanc. Dans le bon camp : les descendants des Français, des Anglais, des Irlandais et des autres Européens qui, sauf par accident (les conséquences de ces faux-pas étaient escamotées d'une manière ou d'une autre), n'avaient mêlé leur sang qu'à celui de leurs semblables ; dans le mauvais : les nègres de toutes les nuances, purs Africains ou métis, et l'immense bataillon d'individus aux veines souillées par au moins une goutte de sang noir. Or les Siciliens étaient fils de l'Ancien Monde. Il n'y avait pas le moindre esclave se balançant aux branches de leur arbre généalogique. *Et pourtant,* la plupart des Blancs certifiés refusaient de les regarder comme étant des leurs. En me penchant sur la question, j'ai pu déterminer que ce n'était pas seulement à cause de leur teint, qualifié d'« olivâtre », ni de la proximité de leur île natale avec l'Afrique. C'était aussi et surtout parce que, arrivés en déshérités sur les côtes des États-Unis, ils étaient spontanément venus habiter les mêmes quartiers que la population de couleur et n'avaient pas craint de remplir les mêmes emplois qu'elle, ni de l'accueillir dans leurs boutiques lorsqu'ils en avaient. Peut-être les Noirs ne leur inspiraient-ils pas que de la tendresse, peut-être ne voyaient-ils pas en eux tout à fait des égaux, mais, il fallait bien le reconnaître, ils ne les jugeaient pas comme des êtres d'une nature différente de la leur. Cette conception, aux yeux du Blanc, revenait à blasphémer la volonté divine, qui avait été de ne pas attribuer aux créatures à peau sombre la même quantité d'âme ni la même qualité d'esprit qu'aux personnes de son espèce, les seules formées à l'image du Tout-Puissant. Une telle hérésie faisait du Sicilien, d'abord un sacrilège et ensuite, *pour satisfaire sa propre revendication,* un homme d'un rang inférieur, à mi-chemin du Blanc et du Noir, mais uniquement susceptible de réduire la distance qui le séparait du second. Ayant été informé de cela, je ne fus pas surpris d'entendre raconter que telle ou telle école refusait de recevoir les enfants italiens, ou que, aux environs de la ville, un membre de la communauté, voleur pris la main dans le sac, avait été lynché sur place, sans même une parodie de jugement, comme cela serait arrivé à n'importe lequel d'entre nous dans les mêmes circonstances.

Miss DDD avait été informée de mon existence par un client auprès duquel elle se plaignait de la médiocrité du pianiste qu'elle employait. S'étant mieux renseignée à mon sujet, et n'ayant recueilli que des échos favorables, elle avait souhaité se rendre compte par elle-même et avait persuadé son patron de l'accompagner. Giuseppe Esposito était un homme très pieux. Pourtant, s'il lui fallait absolument choisir, il préférait le crime à la religion. En revanche, il savourait la musique – *toutes* les musiques – davantage encore qu'il ne se régalait de ses mauvaises actions. Les immigrants siciliens arrivaient précédés de cette réputation, et, si je juge d'après ceux que j'ai connus, je dois dire qu'en règle générale elle n'était pas usurpée. Le personnage venu m'écouter était un mélomane enthousiaste mais, dans cette mesure même, un critique exigeant. S'il aimait sans compter, il en voulait pour son amour. La musique, selon lui, était une chose si extraordinaire qu'un musicien se devait de l'être aussi. Lorsqu'un nouvel artiste était en ville, par exemple un célèbre ténor d'opéra, il était le premier à se précipiter au concert, mais il était aussi le premier à quitter la salle, pour peu que son attente fût déçue. Aurais-je été prévenu de sa visite, j'aurais sélectionné avec plus de soin les morceaux de mon répertoire. J'aurais prémédité leur enchaînement et, bien entendu, j'aurais surveillé mon interprétation et tenté de me montrer à la fois plus ambitieux et plus audacieux dans les improvisations qui, dorénavant, ayant cessé d'être de simples fioritures, constituaient un élément substantiel de ma musique. Elles faisaient comprendre à ceux qui en étaient capables que j'étais un compositeur permanent, dont les idées ne sont pas à la traîne de ses doigts. Bref, j'ai joué comme je jouais, les soirs ordinaires, pour un public où les amateurs éclairés ne formaient pas le gros de la troupe. Cette fois, néanmoins, Mr Esposito, ne s'est pas levé avec ostentation et n'a pas tourné les talons en laissant percer sa mauvaise humeur. Au contraire, il me souriait quand Cleophus me poussa dans sa direction. Il me tendit même la main dans un geste chaleureux et nous invita à prendre place à sa table, mon ami et moi. La dame, très droite sur sa chaise, environnée d'une coûteuse fragrance, semblait aux anges.

« Nous avons besoin, un besoin urgent, d'un professeur pour l'une de nos maisons de rendez-vous, commença le Sicilien. Qu'est-ce que tu en penses, Ivory ? »

Ce que j'en pensais ? J'ignorais alors ce que recouvrais dans le Quartier français ce terme de « professeur ». Je ne voyais pas du tout où il voulait en venir, ni en quoi j'étais concerné. Miss DDD comprit la situation et, indulgente, me fournit les explications nécessaires. Les professeurs étaient les pianistes des bordels, qu'on appelait ainsi parce qu'ils savaient lire les partitions. Dans la hiérarchie des musiciens, ils occupaient de ce fait l'échelon supérieur, d'autant qu'ils jouaient du plus noble des instruments. Des spécialistes du banjo, on en voyait au coin des rues, ou devant chez le barbier. Les trompettistes, les trombonistes, les clarinettistes, les saxophonistes et les joueurs de tuba, de grosse caisse ou de caisse claire défilaient avec les cortèges, lors des célébrations ou des enterrements. Rien ne retenait les violonistes à l'intérieur des édifices. Tandis que les pianistes, eux, ne se mêlaient pas à la foule, aux chevaux, à la poussière. Ils ne prenaient pas la pluie. Ils évitaient les coups de soleil. Jamais leur dignité n'était compromise. Ils faisaient leur parade, immobiles, dans la solennité. D'ailleurs, ils portaient l'habit, avec des cols durs et des manchettes amidonnées. Sauf s'ils y étaient contraints par quelque impondérable, ils répugnaient à se promener tête nue.

« Toutefois, reprit Mr Esposito en s'adressant à Cleophus, je ne voudrais pas causer ta ruine, mon bon ami. Si Mr Gaylord est d'accord pour nous suivre, je te promets un sérieux dédommagement.

– Oh ! fit le tavernier, ce n'est pas l'argent qui m'inquiète. On a l'habitude de ne pas rouler sur l'or. Seulement, voyez-vous, la musique de Sam, c'est ce que Dieu m'a donné. C'est ma récompense sur cette terre. Pour être franc, j'aurais du mal à m'en priver.

– Très bien. Dans ce cas, on te fera tailler un costume correct et tu auras porte ouverte chez madame. Tu viendras chaque fois que ça te chantera. Comme tu sais, on ne reçoit pas de Noirs, c'est la règle à La Nouvelle-Orléans. Mais tu pourras te tenir dans un coin et faire semblant de surveiller le personnel.

– Et si plutôt, intervint Miss DDD, nous l'engagions pour officier au bar, Giuseppe ? Après tout, il ne manque pas d'expérience en la matière. Sans compter qu'un bon barman reste un peu le patron de son domaine.

– Excellent ! Tu vas me dire, Bertrand, qu'il te faudrait abandonner ton affaire ? Eh bien, je te la rachète, là, tout de suite, avec tout ce qu'elle contient, y compris cette vieille casserole déglinguée. Et je te rachète l'ensemble deux fois le prix ! Ivory vaut bien ça, sans vouloir le flatter.

– C'est à vous », dit Cleophus.

Je n'avais pas donné mon avis, mais je suppose que mes yeux parlaient pour moi.

Il était convenu que nous prendrions dès le lendemain nos fonctions à la Maison du soleil levant. Du temps pour nous retourner ? « Nous retourner sur quoi ? » avait ironisé mon ami. Il avait de l'esprit, quand il voulait. Oui, c'était décidément quelqu'un qui ne perdait pas le nord. De toute situation qui se présentait, il n'était jamais long à tirer parti. J'en étais la preuve vivante. Bien des individus, à sa place, auraient hésité à conclure un marché qui, du grade de modeste entrepreneur, les ravalait au rang de larbin luxueux : lui, il n'avait pas mis dix secondes à peser le pour et le contre. Et c'est sans remords qu'il avait renoncé à une indépendance fallacieuse, en faveur d'une servitude susceptible de rehausser son statut dans la société noire de la ville. Travailler pour Mr Esposito à Vieux Carré revenait à sortir de l'ombre, même si ce n'était que pour occuper au grand jour l'une des plus mauvaises places. Quand l'ombre est celle de la misère et du mépris, il n'y a pas à tergiverser. Il arriverait même, certains petits matins, que Cleophus jouisse quelques instants de la sympathie, voire de la considération, d'un fêtard blanc mélancolique et plein comme un cochon, auquel il avait témoigné de la sollicitude.

À la fin de cette soirée qui devait être notre dernière dans son bouge, il vint se placer derrière moi, comme il en avait l'habitude, afin de me masser le cou, les épaules et les muscles des bras.

« Sais-tu ce qu'ils m'ont demandé, professeur ?

– Je t'écoute.

– Si, en dépit de ton teint foncé, tu n'étais pas mulâtre.

– Qu'est-ce que ça peut leur faire ? D'après ce que j'ai entendu, ils n'emploient que des gens de couleur, qu'il s'agisse des filles ou du personnel de service.

– Tu n'oublies qu'une chose : les Créoles[1] sont des privilégiés, par rapport à ceux qu'ils nomment eux-mêmes – et pas avec tendresse, au cas où tu ne t'en serais pas encore aperçu – des “nègres noirs”. Ce sont des privilégiés parce qu'ils peuvent se permettre, eux aussi, de regarder quelqu'un de haut, sans rien connaître de lui et quelles que soient ses aptitudes, à cause de la couleur de sa peau. Ce que le Blanc leur fait subir, ils ont l'occasion de s'en venger sur des types dans mon genre. Moi, si je me retourne contre un homme qui me ressemble, je me retourne contre moi-même, exactement comme si l'idée me prenait de me retourner contre un Blanc. Je veux dire que, dans les deux cas, c'est moi qui vais payer les pots cassés. Alors qu'un Créole, l'humiliation qu'il reçoit d'un côté, il la distribue de l'autre, au besoin avec les intérêts. Elle lui gâche la vie quand même, je n'ai pas peur pour ça, mais elle ne reste pas à croupir en lui, à le pourrir de l'intérieur. Presque tous les professeurs sont des métis. Plusieurs n'ont été engagés qu'en raison de cette origine. De la main-d'œuvre café au lait, cela pose un établissement auprès de la clientèle.

– Comme tu l'as précisé, ce n'est pas mon cas.

– Tout de même. Je me suis permis de répondre que oui, tu étais un mulâtre. Ça ne pourra pas te nuire.

– Hum !… Écoute : je ne suis pas si sûr que tu aies menti. Quelqu'un qui ne me connaissait pas m'a déjà fait la réflexion, figure-toi, et ça ne date pas d'hier…

1. Au sens américain du terme, qui est celui de métis.

Bien que ce soit très souvent le cas, un homme n'a pas à être fier de ce qu'il n'est pas. Mais s'il n'est pas fier de ce qu'il est, Créole ou autre chose, qu'il soit maudit ! »

À peine avions-nous passé, juste à l'heure dite, la porte du Soleil levant (où, d'une certaine façon, le soleil ne se couchait jamais, même si, entre l'aurore et le crépuscule, la boutique ne prospérait guère), Miss DDD nous expédiait de l'autre côté de la rue, chez le tailleur, qui, dit-elle, nous attendait de pied ferme. Cet homme avait le teint très clair, ce qui, tout de suite, me rassura sur la qualité de son travail. La plupart des Créoles ont un sens inné de l'élégance et du maintien. Celui-là devait être au fait de ce qui se portait à Paris. Quitte à être joliment vêtu, autant l'être à la dernière mode. D'emblée, je lui fis entendre que nous parlions le même langage. Contrairement à mon compagnon, j'avais porté dans ma vie quelques costumes qui ne manquaient pas d'allure. Peut-être n'étaient-ce que des « livrées », selon mon expression de l'époque, mais ils m'avaient distingué du lot et prodigué, malgré moi, d'utiles leçons de goût en matière vestimentaire. Au moment où Aloysius retournait aux peaux de bêtes, ou peu s'en fallait, j'apprenais à apprécier certains raffinements de l'existence. Longtemps, j'avais ignoré ma chance, mais l'heure était venue d'en tirer le bénéfice. Avais-je craché sur les partitions, les pianos, les dictionnaires, les romans, les poèmes, les traités de ceci ou de cela ? Pourquoi aurais-je craché sur des objets et des coutumes qui, eux aussi, à leur manière, témoignaient d'une avancée dans la civilisation ? D'ailleurs, avais-je jamais éprouvé cette tentation ? Ne m'étais-je pas redressé de toute ma taille, bien plutôt, quand Gator Sam m'avait paré de la redingote paternelle ? Allais-je prétendre que, si j'avais marché pieds nus durant près de quinze ans, c'était pour ne pas subir la loi du Blanc, qui veut qu'un honnête homme aille chaussé ? Au contraire ! J'avais quitté mes souliers quand le Blanc s'était juré de me détruire et j'avais dû renoncer à la protection des semelles lorsqu'il m'avait abandonné dans l'enfer de Huttington.

Justement, j'espérais que Miss DDD avait pris rendez-vous pour moi avec un chausseur. Au début, mes extrémités souffriraient d'être incarcérées dans un cuir encore dur. J'aurais l'impression d'avoir aux pieds des boîtes de fer trop étroites. Mais je n'étais pas Cleophus Bertrand ! Mon rôle d'intendant du domaine, je l'avais joué du bout des cheveux à la pointe des orteils, c'était le cas de le dire. L'*habitude* se tenait là, quelque part, sous la corne qu'il faudrait éplucher, sous la peau qu'il faudrait assouplir. Me dépouillant de mes oripeaux, je n'avais pas grand effort à faire pour me dépouiller de ce qui n'avait été qu'un déguisement – un déguisement si poussé, si convaincant, qu'il avait affecté ma chair, comme il avait affecté mon langage. Le « petit nègre » que j'avais chassé de mes lèvres, au nom de quoi aurais-je dû le garder à mes talons ? N'était-il pas temps que, dans ma vie comme dans ma musique, je devienne moi-même : un caractère, une sensibilité, un esprit uniques, refusant d'un même geste ce qui est imposé aux Noirs et ce qui semble s'imposer aux Blancs ? C'était à moi de m'affranchir, maintenant.

Ce que j'avais accompli en faveur de ma musique, et qui me valait d'échapper aux catégories (comme c'est le devoir des grands artistes), il m'incombait, quel qu'en fût le prix, d'en faire profiter l'auteur de cette œuvre sans pareille, Samuel Gaylord, afin de le rendre digne d'elle, et qu'on pût dire après sa mort qu'elle était digne de lui.

En souvenir d'un aspect de mon passé que je n'avais pas plus de raison de renier que mon accession à la connaissance, j'ai commandé au tailleur une paire de pantalons blancs et un gilet qui rappelât celui dont j'avais dû faire mon deuil quand j'étais pourchassé. Cleophus porterait, lui, le même uniforme que tous les serviteurs du Soleil levant. La chemise blanche à jabot de dentelle, le gilet pourpre à boutons dorés, lui donnaient fière apparence, alors qu'il se tenait au garde-à-vous devant le trumeau ovale à bascule. Mais, dès qu'il se déplaçait, on avait le sentiment, soit qu'il avait volé son costume chez les Blancs, soit qu'il visait à s'engager dans un spectacle de ménestrels. Lui, c'était en enfilant des habits décents qu'il avait l'air de s'être travesti.

Pour moi, on avait fait les choses en grand. Je fus convié à rejoindre – seul, cette fois – une boutique voisine, où l'on me présenta des coiffures et des cannes, car j'aurais aussi pour mission d'être au-dehors une réclame pour le luxe et la distinction de l'établissement qui louait mes services. Mon choix se porta sur un haut-de-forme gris perle et un jonc très délicat, au pommeau d'ambre. Dans le regard du commis, j'ai lu de l'admiration. Lorsqu'il m'apprit que le bottier serait ma prochaine étape, j'aurais voulu avoir sur moi une pièce d'argent à lui lancer.

C'était un curieux endroit que Vieux Carré. Les maisons de rendez-vous et les commerces formaient une sémillante façade au pied de laquelle les tas d'ordures macéraient au soleil, répandant une puanteur qui n'avait rien à envier à celle de Back o'Town, et derrière quoi tout n'était que délabrement, désolation, avec un triste linge pendant à des cordages au-dessus des ruelles. Les trottoirs étaient faits de planches mal équarries, jointes à la diable. À la première averse, les rues se transformaient en un cloaque dont il subsistait, même au cœur de l'été, des mares d'eau croupie, couronnées d'un bourdonnement d'insectes. Une haleine de fièvre s'en dégageait. Puis on pénétrait dans la Maison du soleil levant, où la profusion des miroirs et, la nuit, des chandelles, les meubles laqués, ornés de dragons chinois, vous jetaient au cœur d'un éblouissement. L'hôtesse et ses demoiselles vous guidaient dans un labyrinthe de reflets, de lueurs merveilleuses, de scintillements. On le surnommait, à l'autre bout du monde, le « Palais des glaces ». C'est là que je découvris l'instrument qui m'était destiné : un piano à queue, interminable. Un piano blanc – j'ignorais jusqu'alors qu'il en existât. Et c'est là que m'apparut, à l'âge de mon ancien amour, Cassie. Une Cassie de vingt ans, ou à peine davantage. Une Cassie étincelante. Une Cassie qui elle aussi, je ne pouvais en croire mes yeux, était blanche.

Je connais ma valeur. Je n'ai pas lieu de sous-estimer mon mérite, puisqu'il fut l'enjeu d'une conquête longue et difficile. D'un âpre combat contre ce qui s'annonçait comme ma destinée, et que je continue de mener chaque jour en dépit de ma réussite et du respect qui m'entoure. Cependant, je ne sais pas si j'étais digne d'un tel miracle : la réincarnation en sa propre perfection de la seule femme que j'aie jamais aimée. Car je ne crains plus la vérité. Trop longtemps j'ai détourné le regard devant elle, laissant les préjugés obscurcir mon jugement. J'ose dire aujourd'hui ce que j'ai ressenti sur l'instant : avec une peau couleur de lait, des traits juste à peine moins accusés que dans mon souvenir, Gladys offrait une image de la perfection que Cassie n'avait fait qu'approcher. Je n'irai pas prétendre que, chez une beauté de la nature, le blanc ou le rose ont plus de séduction que le noir, le brun, le jaune, le beige et le gris. Je ne m'embarrasse plus d'idées toutes faites, elles m'ont fait perdre trop de temps et trop d'énergie. Désormais, je ne considère que le résultat. Et j'affirme en conséquence, je déclare très posément que la métamorphose dont je fus le témoin avait rendu plus éclatante la grâce de ce visage-là. Peut-être parce que son nouveau teint convenait mieux aux yeux verts qui avaient pris la place des yeux marron. Peut-être, je ne veux pas l'exclure, parce que mes propres yeux avaient leur histoire, dont il fallait bien tenir compte.

Je ne m'en suis pas caché : seules les jeunes femmes, les jeunes filles, retenaient mon attention. Et ce penchant n'a fait que s'accuser avec le temps, encore qu'il eût marqué une exception en faveur de Gladys, tant qu'elle vécut à proximité de moi. Le sentiment que m'avait inspiré Cassie, il logeait au fond de mon cœur comme dans un tabernacle. Je n'essaie pas, cependant, de persuader quiconque, et moi-même encore moins, que ce désir intact se serait reporté sur la personne qu'elle était devenue, si toutefois elle avait encore été de ce monde. Je connais peu de négresses envers qui l'âge ne se montre pas sans pitié, et je doute, hélas, que j'en aurais eu davantage pour une femme qui, bon gré mal gré, aurait trahi le songe dont elle était la clé. Qui aurait, pour parler net, défiguré ce mirage de splendeur que j'avais si jalousement entretenu au plus secret de mon être. Jamais je ne lui aurais pardonné semblable sacrilège, voilà ma confession. D'elle surtout, je ne l'aurais pas toléré. Ne lui incombait-il pas d'en être sur cette terre la gardienne avec moi ? Rester fidèle à la vraie Cassie, c'était, par une impérieuse nécessité, répudier ce que les apparences avaient fait de son corps. C'était la laisser se dissoudre dans l'ombre de la Cassie en chair et en os, *qui lui ressemblait plus qu'elle-même n'en avait été capable dans le triomphe de ses charmes*. J'ai composé une chanson sur ce thème. Sans citer de nom, bien sûr. J'avais dû frôler un mystère, sinon lever un coin du voile : ce fut longtemps l'air favori des pensionnaires de Miss DDD.

Pour autant, cette création ne leur était pas destinée. Tout ce que j'ai écrit, en dehors des commandes qui n'ont plus cessé d'affluer, à partir de 1883 surtout, je l'ai écrit pour Gladys, ou en ayant son image en tête. Toutes les pièces de ma main portant des noms d'arbres ou de fleurs (comme ma série des *Cyprès* ou celle des *Magnolias*), tous les morceaux dont le titre évoque un sentiment ou un état affectif, je les lui dois et c'est à elle que je les ai dédiées, sans en avoir jamais fait mention sur la partition, sans le lui avoir jamais dit. Je reviendrai là-dessus.

Le reste de mon œuvre, je l'ai conçu parce que, à mesure que ma réputation débordait de la rue Burgundy, où se dressait l'immeuble du Soleil levant, une construction de bois festonné à double galerie, peinte, et repeinte au début de chaque printemps, d'un étrange rose aux reflets d'or qui rivalisait avec l'aurore au moment où la nuit partait en fumée – à mesure, disais-je, qu'on connaissait mon nom et qu'on chantait mes louanges au-delà de Gravier, de Perdido, d'Ursuline, de Congo Square, puis de Robertson et, à l'opposé, jusqu'à Algiers, sur l'autre rive du fleuve, j'accumulais des sollicitations venues de tous les horizons. J'avais lu l'histoire de ce musicien du temps passé qui exerçait les fonctions de prêtre dans une sorte de bayou d'Europe, où toutes les maisons étaient construites sur pilotis. Il était, paraît-il, de force à écrire, tout en traitant diverses affaires, une dizaine de concertos à la suite, plus la moitié d'un opéra, quasiment sans lever la main. Je ne l'aurai pas égalé en ce domaine. Plus d'une fois, pourtant, je me suis vu contraint, sous peine de ne pas honorer mes engagements, de composer au rythme où j'improvisais.

Je m'installais au piano pendant les heures creuses du matin. D'abord, je laissais mes mains pendre au bout de mes bras, le long du tabouret. Parfois, je courbais la nuque et fixais un point sur le tapis, entre mes pieds ; en d'autres circonstances, je levais les yeux au plafond. Miss DDD avait regagné sa chambre à l'étage. Les filles qui n'étaient pas elles-mêmes au repos avaient appris à reconnaître ces attitudes. Elles ne circulaient plus que sur la pointe des pieds et communiquaient entre elles par signes. Cleophus avait eu la consigne d'imposer les mêmes précautions au reste du personnel. On courait chercher mon assistant, qui par chance habitait dans la rue du Canal, à deux pas. S'il ne faisait pas trop chaud, on fermait les fenêtres sans bruit. Dans la paix profonde, dans la paix illimitée de ces instants, je me concentrais sur le genre de musique qu'on attendait de moi. Est-il besoin de le préciser ? Celle des cordes n'est pas celle des cuivres ; celle des pique-niques n'est pas celle des enterrements ; celle des salons n'est pas celle des esplanades. Mais des nuances autrement subtiles entrent en ligne de compte à leur tour. Ainsi, la musique de l'aube ne ressemble pas à celle de minuit, laquelle n'a rien à voir avec celle de la fin de la journée, qui tranche avec celle des après-midi. Et puis, si l'on a de la conscience et du talent, il convient de distinguer entre musique assise et musique ambulante, musique de ville et musique de campagne, musique d'eau et musique de lumière, et ainsi de suite. Or, mes commanditaires convergeaient vers moi de tous les horizons, formant une vaste bigarrure. Des orchestres de parade et des orchestres de danse, des troupes itinérantes, souhaitaient élargir leur répertoire tout en l'embellissant : ces gens frappaient à ma porte. Des théâtres et des cafés-concerts, pendant ce temps, se disputaient le privilège de présenter à leur public une ouverture ou un interlude de mon cru. On organisait une cérémonie qui sortait un peu de l'ordinaire : aussitôt, mon nom venait sur le tapis. Un chef de musique militaire crut bon d'en appeler à ma fibre patriotique, avec l'espoir de me soutirer une marche qui aurait du cachet, de la tenue, de la substance, et qu'il n'aurait pas à payer. La municipalité elle-même me dépêcha des ambassadeurs, comptant sur ma musique pour rehausser je ne sais plus quelle manifestation où il s'agissait d'épater des visiteurs autrichiens.

Mais revenons au rituel que j'observais lorsque, pris à la gorge, il me fallait composer dans l'urgence. Donc, je me retirais en moi-même, faisant abstraction du décor qui m'entourait. Dès que se matérialisaient sous mon crâne les scènes que j'avais besoin de visualiser, dès que je respirais les atmosphères que j'avais besoin de respirer, je vidais mes poumons, je prenais une longue inspiration, puis j'abaissais mes paupières. Simultanément, je levais haut mes poignets et laissais retomber avec une lenteur extrême le bout de mes doigts sur les touches, sur *la surface* des touches. On aurait juré, en m'observant, que mes mains ne pesaient plus rien et que l'air, au contraire, s'était alourdi tandis que je méditais, au point d'opposer de la résistance aux mouvements d'un être humain. Ce cérémonial sentait l'affectation à vingt pas, je l'admets, mais il m'aidait à pénétrer dans le monde imaginaire au seuil duquel j'étais parvenu, sans attirer l'attention des cerbères qui en condamnent la porte au commun des mortels, mais n'en facilitent par pour autant l'entrée aux rares élus, étant toujours prêts à les déchirer de leurs dents. Grâce à ce que beaucoup de profanes prenaient pour des simagrées, je me faufilais à l'intérieur de cet univers et y trouvais mon chemin sans en déranger l'ordonnance. De ce point de vue, rien n'avait vraiment changé, depuis l'époque où je composais dans l'ombre, allongé sur le sol glacé, détrempé ou gavé de touffeurs des baraques de Huttington. Ce protocole, au demeurant, je le respecte encore. Tous mes contacts avec l'inspiration auront été discrets, pour ne pas dire secrets. J'écoute mon imagination de la même manière que, naguère, mon imagination écoutait les trains.

Je me lançais dans une première phrase. Que je n'entendais pas, pour la raison que tout mon être se tenait aux aguets de la prochaine. Ou plutôt (le processus est un peu plus complexe que cela) : se tenait aux aguets de celle qui viendrait ensuite, parce que celle qui succéderait à celle que j'étais en train de jouer se trouvait déjà toute prête, non seulement sous mon front, mais dans mes muscles. Une partie de moi actionnait les touches ; une partie de moi tournait la page de la partition ; une partie de moi noircissait la page suivante. J'étais au four et au moulin. Aurais-je tenté, cependant, de ne plus être qu'ici *ou* là, je n'aurais plus été nulle part. Tel un tonneau débondé, je me serais vidé de toute cette musique qui bouillonnait en moi et n'aurais plus été qu'une enveloppe creuse, de beaux habits sans rien dedans. Avant toute chose, il importait que je tienne assemblés tous les fils de la toile, afin d'empêcher qu'elle se détissât d'un coup. Dans ces conditions, il était inconcevable que je collecte à mesure ce qui germait sous mes doigts et prenne le temps d'en effectuer le relevé. La musique n'aurait pas eu la patience de m'attendre. Donc, je ne m'arrêtais qu'à la fin du morceau. Tout morceau inachevé (ils ne furent pas très nombreux) était un morceau trépassé. Ce que j'avais dû interrompre, je l'abandonnais sans pitié aux oubliettes, quel que fût son état d'avancement. Je n'essayais pas de ranimer ces enfants mort-nés. Je ne pleurais pas leur perte, même les jours où les idées se refusaient à moi. Je suis convaincu de ceci : en art, ce qui périt devait périr. Il s'opère parmi les œuvres une sélection naturelle. Bref : j'avançais, j'avançais, j'avançais, et les cerbères que j'évoquais tout à l'heure tiraient la langue loin derrière moi, et gémissaient en voyant la distance se creuser entre nous. Une liasse de papier à musique vierge à la main, mon assistant se tenait debout derrière moi, penché en avant, sur le qui-vive. Il ne quittait pas le clavier des yeux, crayonnant sa feuille à l'aveugle, aussi vite que son poignet le lui permettait. Je rémunérais pour assurer cette mission de confiance les services d'un Créole. Doué d'une oreille infaillible, doté d'une main preste et d'une mémoire à toute épreuve, il gribouillait les segments mélodiques et les successions d'accords qu'il attrapait au vol. À la fin de la séance, il ne lui restait plus qu'à convoquer ses souvenirs, de manière à compléter ses notes et à porter au net, sans s'autoriser la plus petite variante, ce que j'avais mis au monde.

On raconte en ville que je suis unique en *mon* genre parce que j'excelle dans *tous* les genres. Si c'est la vérité, au moins le hasard n'entre-t-il pour rien dans cette affaire : j'aurai déployé d'assez grands efforts en vue d'atteindre ce but ! Dans cette course sans fin contre l'infertilité, où ceux qui se prétendent mes rivaux trouvent un abri et un prétexte commodes, je n'aurai pas ménagé mes chevaux. Il existe pis, à mes yeux, que l'avarice en matière de finances : c'est l'avarice en matière de talent. Quelle divinité accorderait des dons à un mortel afin que celui-ci les laissât en jachère et les lui rapportât comme neufs après son décès ? D'ailleurs, user avec parcimonie des dispositions dont on jouit n'est le plus souvent qu'un simulacre, destiné à masquer le fait qu'on n'a reçu du Ciel qu'une infime ration de la manne. Le déshérité, on le comprend, préfère encore passer pour frivole ou paresseux ! Il dissimule son impuissance sous une couche de désinvolture. Il se persuade que, s'il n'imite pas la réussite des vrais artistes, au moins aura-t-il singé leur facilité. Ce qu'ignore cet imbécile, c'est que, mieux on est pourvu, plus il faut exiger de soi si l'on veut se montrer à la hauteur de son avantage. Ce genre d'individu croit que l'homme de génie tend sa casquette sous une pluie de bénédictions ! L'homme de génie renonce d'emblée à profiter de son privilège, alors que ses facultés, elles, ne renoncent jamais à se fixer des fins chaque jour moins accessibles. Voilà en quoi consiste le génie, en dehors de produire des œuvres géniales, qui ne sont faites que pour le plaisir des autres. Certes, il reçoit leur admiration en partage. Mais bien vite il s'aperçoit qu'il est le dindon de la farce. Il a distribué son or contre une poignée de billets de banque dévalués…

Qu'elle soit excellente ou non, dans mon immense production, si variée, rien ne me tient plus à cœur que ce que j'ai composé pour Gladys, ou par elle. Il y a là des pièces dont nul autre que moi ne soupçonne l'existence. Sans doute me vaudraient-elles un surcroît de prestige, mais je me refuse à les déflorer. Dieu les connaît, c'est bien assez. En circulant, elles ne feraient que ramasser la boue des rues. La femme à qui je les dois ne les goûterait guère. Je n'ai pas mis longtemps à comprendre qu'elle n'était sensible qu'à sa propre musique. La symphonie de sa beauté, le chant sombre de ses frustrations et la mélodie, pure et vive telle une source jaillissant du sommet de la montagne, qui accompagne ses espérances. Je l'approuve. J'estime au plus haut point pareille intransigeance. Elle n'a pas plus besoin de mes ballades, de mes valses et de mes poèmes que de mon amour. Aveugle à celui-ci, dont je me garde bien de lui fournir des indices, elle resterait sourde à ceux-là. Tout est bien. Je la regarde. Je la sens près de moi. Je songe à elle en tout lieu. Que faudrait-il de plus à un déjà vieil homme ? Je ne suis pas jaloux des Blancs qui la suivent dans l'escalier. S'ils ne sont rien pour elle, ils ne sont rien pour moi. S'ils sont transparents à ses yeux, ils restent invisibles aux miens. Elle ignore mon amour, mais mon amitié lui est chère. Souvent, elle prend la peine de me le répéter. Après le travail, il est rare qu'elle ne vienne pas s'asseoir près de moi. Elle me parle, je l'écoute. Elle m'interroge, je lui réponds. Elle se tait, je garde le silence. J'apprécie ma chance : sa façon de se reposer est d'appuyer sa fatigue contre mon piano. Je joue avec douceur.

Je prononce parfois les mots que j'ai imaginés. Elle ne devine pas que c'est pour elle, et, de cette manière, je peux continuer longtemps et mettre dans ma musique toutes les émotions que je veux.

Contrairement aux autres filles de Miss DDD, jamais elle ne s'abaisse à faire des caprices. Elle flotte, elle sourit, elle ne prononce pas de paroles inutiles. C'est une reine parmi nous. La race n'y peut rien. Je la suis des yeux, je l'observe à la dérobée. Elle est toute délicatesse. Il n'y a pas de morgue en elle. Elle n'ignore pas ce qu'est la mélancolie. Pourtant, je pense quelquefois à Henry Jones en la voyant. Elle ne doute pas de l'ascendant qu'elle possède, et même ceux qui tiennent son sort entre leurs mains n'en doutent pas non plus. Ils ont sur elle un pouvoir qu'ils ont acquis en se jetant dans la mêlée, à l'image de notre « madame » et de son patron Mr Esposito (la preuve qu'il courait des risques : la police lui a mis le grappin dessus, je crois que c'était au tout début des années quatre-vingt, et il n'est toujours pas sorti du trou ; le clan des Matranga gère ses affaires depuis ce temps-là ; par chance, Hank Matranga apprécie la bonne musique au moins autant que son prédécesseur). Les Siciliens et leurs alliés sont des conquérants. Ils dominent, ils ordonnent, ils contraignent. Ils marchent sur les têtes ; ils les font rouler dans la poussière. Mais ils ne sont pas d'essence supérieure. Ils ne prétendent pas l'être, au reste. Mieux : ils ne le souhaitent pas. Cela peut paraître bizarre, on constate pourtant que leur basse extraction les met plus à leur aise. De l'argent et de la puissance, ils n'en auront jamais assez. En revanche, le moindre titre de noblesse les encombrerait. Ils craindraient de ressembler à des porcs en jaquette. Ils n'ont que faire des préséances, du moment qu'ils détiennent la force. Gladys n'a pas la force, elle ne l'aura jamais, mais il émane d'elle cet air de royauté innée, invincible, indépendante des revers et des aléas, qui lui assure le respect de tous – et cette société comprend les femmes qui la jalousent, celles qui donneraient gros pour la mépriser, et les clients que son port altier agace. Les uns et les autres ont beau faire, ils rapetissent devant elle. Et ce n'est pas tant son exceptionnelle beauté qui les impressionne, que ce dont elle est le reflet : une nature extraordinaire, un statut singulier parmi les autres créatures. On défigurerait Gladys, elle continuerait de régner. Seule Miss DDD ne devient pas nerveuse en sa présence. Mais j'ai fini par découvrir comment elle atteint à une telle sérénité : elle profite de l'absolue docilité de « sa perle », comme elle la surnomme, pour ne jamais entrer en conflit avec elle. Gladys connaissait son rôle sur le bout du doigt. Dès lors, l'hôtesse du Soleil levant n'avait pas à intervenir et pouvait faire semblant de considérer que l'aristocratie naturelle de sa pensionnaire était bel et bien – et *n'*était *que* – ce qu'elle avait l'air d'être : un atout majeur pour la maison. Songeant à l'avantage que Gladys lui assurait sur toutes les autres « madames » de Vieux Carré, elle évitait de réfléchir à l'avantage que Gladys marquait sur elle-même.

J'ai donc été – du moins ai-je des raisons de le penser – le meilleur ami d'un être que j'idolâtrais, la personne la plus rare que j'aie jamais rencontrée. Il me fallut plusieurs semaines pour m'en aviser, mais j'étais le seul avec qui elle s'entretenait pour le simple plaisir de bavarder. Le seul, en somme, avec qui elle parlait pour ne rien dire. Cela ne fait pas de moi son confident, j'en ai bien conscience, et je ne m'attribuerais pas cette fonction. Oh ! je donnerais cher pour y être autorisé, mais, lorsqu'il s'agit de Gladys, je ne me pardonnerais pas de travestir ou simplement d'aménager la vérité, si peu que ce fût. Néanmoins, *une fois,* j'ai reçu d'elle une confidence. Une seule fois, mais le secret qu'elle me confiait renfermait à lui seul tout le mystère de cette femme, et je ne vois pas comment elle aurait pu livrer à un tiers davantage d'elle-même.

Cela s'est passé le matin de Noël, je m'en souviendrai toujours. La nuit s'était prolongée fort avant dans la matinée, pourtant, à neuf heures, on avait l'impression que le jour hésitait encore à se lever. Les chandelles avaient fini de brûler. Cleophus avait quitté son bar. La maison resterait fermée jusqu'au lendemain, par respect pour le fils de Dieu. Tout le monde était parti se coucher. Il ne restait que nous, elle et moi, assis côte à côte, et non plus l'un en face de l'autre, devant mon piano.

Elle me dit : « Prof, il y a une chose que tu dois savoir : j'ai passé la ligne. » Je levai les mains du clavier. Je pensais avoir mal entendu. La phrase qu'elle avait prononcée devait être : « Je vais passer la ligne. » Si, contre toute évidence, elle avait affirmé être une Blanche et si, par miracle, on l'avait crue, jamais elle n'aurait eu la permission de travailler au Soleil levant, ni dans aucune des « maisons du bon temps » qui fleurissaient dans cette partie de la ville. Elle lisait dans mes pensées : « Non, tu n'as pas compris. C'est que tu es comme eux, et cela prouve que je suis arrivée à mes fins : vous vous imaginez tous que je suis noire. La ligne, je l'ai franchie, mais dans l'autre sens. »

J'étais bien trop estomaqué pour lui répondre. Bien trop bouleversé aussi. À rien sur cette terre, pas même à ma musique, pas même à mon talent, je ne tenais autant qu'à elle, et soudain m'apparaissaient toute l'étendue et la vertigineuse profondeur de sa détresse. Car il fallait plus que la frustration commune aux gens de couleur pour aveugler une conscience et troubler une âme à ce point. Ma reine était plus blanche que beaucoup de Blanches, sans aucun doute. Néanmoins, nul ne l'aurait prise pour l'une d'entre elles au fin fond du Congo ! Moi dont la complexion se révèle très foncée pour un Créole, je présente un visage dont les traits, au fond, ne sont guère négroïdes. En revanche, le teint de Gladys et la couleur de ses yeux ne peuvent faire oublier un seul instant son nez, sa bouche, l'inclinaison de son profil et la forme de son crâne. La ligne, nous ne sommes pas plus capables de la passer l'un que l'autre. Il y a dans l'illusion qu'elle essaie d'entretenir quelque chose de dérisoire et de désespéré à la fois. Pourtant, elle a réussi à chasser jusqu'aux objections, non seulement de la raison, mais du sens commun. Jusqu'aux objections de son miroir, et cela serre le cœur. Dans le pays des chimères où elle s'est réfugiée, elle peut bien m'ouvrir son jardin secret, sa solitude est sans remède. Essaierait-elle maintenant d'en sortir qu'elle ne le supporterait pas et se changerait aussitôt, à moins de se donner la mort, en une folle échevelée qu'il faudrait enfermer à l'hospice. Ainsi son merveilleux pouvoir reposait-il sur la plus poignante des faiblesses.

Aurais-je dû tenter… – tenter quoi ? De lui dessiller les yeux ? Je viens d'en exposer le risque. De flatter sa lubie, dans la perspective de la lui rendre plus confortable ? C'eût été, au mieux précipiter sa déconvenue, au pis, l'aggraver. Car ce moment viendrait. Plus fort elle se croirait une Blanche, plus l'existence déploierait de zèle à la détromper. Dans ces conditions, il ne me restait aucune autre solution que d'arrondir le dos. Je n'osais même plus reposer mes doigts sur les touches. Depuis je ne sais combien de minutes, je me pétrissais les paumes l'une avec l'autre sans pouvoir retenir mon geste. Aujourd'hui, je me dis : « Oui, tu essayais de t'en laver les mains ! Tu regardais cette femme comme une déesse descendue du ciel, et tu aspirais à devenir son Pilate. Tu savais qu'elle allait au supplice et, toi, tu ne cherchais qu'à tuer le temps… » Mais non ! Je priais que le temps s'arrêtât et repartît en arrière. Je priais que leur écho s'enroulât autour de ses paroles et les étouffât, tel un serpent mangeur d'hommes. Je demandais la grâce d'avoir rêvé debout ou, au moins, que rien d'irréparable n'eût été proféré devant moi. Mes suppliques ne furent pas exaucées. Gladys poursuivit :

« J'ai grandi dans le Mississippi chez une femme blanche. Je devais l'appeler "Tante", "Tante McCallum", mais je n'avais ni le droit de dire ni le droit de penser qu'elle était ma tante. Je ne demandais pas pourquoi : si singulière fût-elle, j'avais toujours connu cette règle et la prenais donc pour argent comptant. Cependant, c'est une femme noire qui m'a élevée. Pour tous les enfants du domaine, elle était “Tante Josephine”. C'était donc le nom que je lui donnais moi aussi, tout en sachant parfaitement qu'elle non plus n'était pas ma tante. Je le répète : ces subtilités ne m'effrayaient en aucune manière. D'autant que j'étais choyée. La tante blanche me laissait la bride sur le cou. La tante noire, quant à elle, eut plus de bontés pour moi que la meilleure des mères. Pourtant, j'en veux peut-être encore plus à celle-ci qu'à celle-là. Il fut un temps, en tout cas, où je lui en ai terriblement voulu. C'est ce ressentiment, à la longue, qui m'a poussé loin d'elle – que ce jour soit maudit ! Pour mon malheur, j'ai fui une maison (je parle de sa case, et non de l'habitation McCallum) où j'avais longtemps été heureuse. Où j'aurais pu l'être longtemps encore, en dépit des restrictions imposées par la défaite du Sud. Seulement, je ressassais mes griefs. J'ai abandonné ma nourrice parce qu'elle avait attendu la fin de la guerre, sa propre émancipation, l'occupation nordiste et la déchéance de sa maîtresse, spoliée par les carpetbaggers (et qui n'avait pas souhaité me prendre avec elle, soit dit en passant), pour me révéler ma véritable identité. Je ne savais pas que j'en avais une. Je croyais que j'étais moi et ne regardais pas plus loin. J'étais quelqu'un qui n'appartenait ni à une race ni à une autre : ce caractère unique faisait bien mon affaire. Les uns m'accordaient une grande liberté, du fait qu'ils préféraient me tenir à distance ; les autres, voyant que j'étais différente d'eux, n'auraient pas touché à un seul cheveu de ma tête et me traitaient avec des égards.

« Affranchie par le président Lincoln et le général Grant, n'ayant plus rien à redouter de ses anciens propriétaires, Josephine m'apprit que j'étais la fille d'un planteur blanc, le propre petit-neveu d'Emily McCallum. D'après elle, ma mère était une célèbre actrice espagnole des théâtres de La Nouvelle-Orléans… N'en sois pas surpris, je ne m'étais jamais inquiétée non plus de mon nom de famille. Il me suffisait d'être "miss Melissa" (Gladys, ce serait une trouvaille de notre patronne). Je me rappelle m'être écriée : "Mais alors, je suis une McCallum !" Ma nourrice répondit que le père que je n'avais jamais vu s'appelait Devereaux, comme Emily avant qu'elle ne se mariât avec un homme qui, presque tout de suite, s'était fait tuer au cours d'un duel à Huntsville. Jean Devereaux, pour sa part, commerçait avec les îles. Il avait trouvé la mort en mer. »

Cette Josephine avait l'étoffe d'une romancière. Au moins avait-elle dit une chose exacte. Bien sûr, Gladys était la fille que Cassie avait eue du jeune maître ! Comment, devant la ressemblance des deux femmes, l'idée ne m'en était-elle pas venue ? Ces histoires à dormir debout, je suppose que la nourrice les avait élaborées dans un seul but : cacher à la jeune fille une partie de ses origines, de manière qu'elle pût passer la ligne, qui plus est en toute bonne foi, et donc avec de plus solides assurances. Il fallait qu'elle l'aimât beaucoup pour ne pas voir qu'entre toutes les métisses à peau claire elle était celle qui, à coup sûr, n'en serait jamais capable. Elle niait ce qui crevait les yeux. Pauvre femme ! À cause de cet amour, elle n'imaginait pas non plus que, devenue blanche d'une minute à l'autre, sa Melissa lui reprocherait de ne pas lui avoir offert plus tôt cette promotion. Au contraire, elle l'accusait d'avoir comploté avec la Tante McCallum pour la priver de son dû, sous prétexte que sa mère n'était qu'une « fille d'opéra » (c'était alors l'expression en vogue).

Dans un mauvais hôtel de Huntsville logeait pour quelques jours un marchand ambulant, basé à La Nouvelle-Orléans et décidé à y retourner bientôt, en grimpant à l'escale de Natchez dans un de ces bateaux équipés d'une roue à aubes qui descendent et remontent le Vieux Père. Ce placier déambulait entre deux valises. L'une contenait des peignes pour dames, l'autre, des brosses à chevaux. Gladys apprit sa présence dans les environs et son goût effréné de médiocre danseur pour la danse, laquelle vous impose une gesticulation grotesque mais possède la vertu de vous rapprocher des belles filles. De beauté, justement, sa tante noire lui avait répété plus de mille fois qu'elle avait à revendre. Elle devait être assez agréable à regarder pour qu'un coureur notoire ne restât pas de marbre en l'apercevant. Autre avantage : comme on ne l'avait vue qu'une fois dans les rues de la ville, des années plus tôt, n'importe qui, d'après sa taille, sa silhouette et son maintien, lui aurait donné l'âge où l'on ne vous interdit pas l'entrée des bals. C'est donc au bal qu'elle se rendit, s'étant échappée par une fenêtre tandis que Josephine cuvait son gin du samedi, auquel elle avait coutume de s'adonner dès la fin du déjeuner. Là-bas, elle reconnut sans peine l'homme aux brosses d'après la description qu'on lui en avait faite et d'après sa façon mielleuse de saluer et de complimenter avec outrance chacune des femmes qui passaient à sa portée. Il avait de belles grandes dents et peu de chose dans la cervelle. Aujourd'hui encore, s'il est de ce monde, il doit se vanter partout d'avoir séduit une gamine, devenue sa maîtresse en un tournemain et qui n'y avait vu que du bleu. En réalité, c'était sa prétendue victime qui avait, sans le consulter, fomenté son propre enlèvement par ce personnage.

Mes lèvres demeuraient cousues. Jamais je ne me serais permis une curiosité aussi déplacée. Ce fut mon interlocutrice elle-même qui s'employa, sans la moindre gêne d'ailleurs, à ne rien laisser dans l'ombre. De son corps, à l'époque déjà, elle n'était pas plus soucieuse que d'un bout de bois. Ce qu'elle respectait, ce qu'elle veillerait à préserver de toute souillure, c'était *la couleur,* cette bénédiction divine, dont il n'était en somme que le support matériel. Ayant, dès cette première fois et à chaque expérience jusqu'alors, ignoré les sensations censées correspondre aux fameux « plaisirs de l'amour », elle estimait n'avoir commis aucun péché irrémédiable. Les mauvaises femmes se vautrent dans un océan de volupté ; c'est pour s'être délectées de leurs fautes, au point de hurler leur satisfaction, qu'elles recevront leur juste châtiment. Gladys ne connaissait ni le vertige ni la honte des jouissances charnelles. Elle n'attendait ces dernières d'aucun homme. En aucune circonstance elle ne les avait recherchées depuis qu'elle était au monde. Elle n'avait cherché que les traces de sa mère espagnole. Cette seule raison l'avait conduite à se jeter à la tête d'un triste sire, d'un vendeur d'ustensiles gonflé du sentiment de son importance et assez fasciné par sa propre bêtise. Aux yeux de Gladys, il avait un très grand mérite : il se dirigeait vers le sud, vers l'embouchure du fleuve, vers La Nouvelle-Orléans. Pas une seconde il ne soupçonna l'élan de gratitude qu'elle eut envers lui lorsque, à peine furent-ils descendus sur les quais de la Cité du Croissant, lui qui, durant toute la traversée, avait profité d'elle à l'excès (mais pourtant pas « abusé » d'elle), il profita de ce qu'elle lui tournait le dos pour s'éloigner sur la pointe des pieds et se fondre dans la foule, ses valises au bout des doigts. Sur le bateau, croyant lui soutirer ce qu'elle lui abandonnait dans la plus grande indifférence, il lui avait promis mers et mondes, monts et merveilles. Elle regardait ses dents, écoutait le bruit de ses discours, et n'en croyait pas un mot. Elle ne l'en priait pas, mais il jura qu'il mettrait la ville sens dessus dessous pour l'aider à retrouver sa mère. Elle n'en crut rien non plus. Au vrai, elle fut soulagée à l'idée de ne plus avoir ce niais dans les jambes au moment d'entreprendre sa quête. Cela dit, elle était seule et sans argent dans une ville qui lui paraissait immense et, sinon hostile aux étrangers, impitoyable à l'égard des faux pas auxquels leur ignorance des usages de l'endroit pouvait les inciter.

La première nuit, elle erra dans les quartiers les plus chics, s'étant dit que, peut-être, les rôdeurs ne s'y aventuraient pas. Sortie indemne de cette périlleuse initiative, elle passa la plus grande partie du jour suivant, assise au soleil sur le banc d'un square où elle s'était endormie. Elle but aux fontaines, mais sa faim n'en fut pas rassasiée. Elle se remit à marcher, avec l'espoir d'apaiser ses crampes d'estomac. Avant la tombée de la nuit, par le plus grand des hasards, elle arriva devant la Maison du soleil levant à l'instant précis où Miss DDD, sautant d'une calèche avec ses caniches blancs, s'apprêtait à y entrer. La madame vivait parmi des filles. Au premier coup d'œil, elle comprit l'état de celle-ci (qu'elle avait prise d'emblée pour une octavonne) et lui proposa de venir en cuisine avaler un morceau. Melissa se sentait trop mal, trop minuscule, trop misérable pour décliner l'invitation. Cette scène s'était déroulée près de vingt ans plus tôt.

De sa mère, il va de soi, personne ici n'était en mesure de se souvenir. Ce qui conduit à se poser la question : n'eut-elle, et pendant une période aussi longue, vraiment aucun doute à propos des révélations de sa nourrice ? Je pencherais volontiers pour une autre hypothèse. La vérité, sans doute ne se l'avouait-elle pas, mais, assez vite, elle ne tint plus à la connaître. Tant qu'elle resterait dans l'incertitude, elle aurait le droit de ne pas rejeter une fable qui était son autre Évangile. Et, de la même façon, tant qu'elle continuerait à se faire passer pour noire, elle n'aurait pas à essayer de se faire reconnaître comme blanche – et dès lors à retomber de son haut. J'ai la conviction que, de même qu'une goutte de sang noir vous rend nègre, de même l'ombre d'un doute suffit à ébranler les plus farouches certitudes, *justement parce qu'elles sont farouches*. Cette ombre ne pouvait pas ne pas avoir frôlé Gladys. Son aveuglement traduisait sa résistance au soupçon qui, un jour ou l'autre, et probablement bien plus tôt qu'elle-même ne le croyait, s'était insinué dans ses pensées. Pourquoi, sinon, ne levait-elle pas le petit doigt pour quitter le Soleil levant, et par conséquent son statut d'octavonne ? Les années filaient, elle ne bougeait pas. Elle bougeait si peu que sa beauté ne glissait pas de ses traits. Ai-je été victime de l'adoration que je lui portais ? Je ne l'ai pas vue changer. Elle prétendait qu'en jouant son rôle elle avait au moins une assurance : celle de n'être touchée que par des hommes blancs, seuls admis à la maison de rendez-vous, je le rappelle. L'héroïque décision qu'elle avait prise, à son insu, était d'éviter ce à quoi elle disait aspirer. Imagine-t-on un plus grand renoncement ? D'après moi, c'était ce sacrifice suprême qui avait fait d'elle la souveraine devant qui chacun se prosternait, de son propre élan ou malgré soi.

Son attitude m'inspirait plus d'admiration que de pitié. En aucun cas l'idée de la condamner ne m'aurait traversé l'esprit. C'est que moi aussi, d'un certain point de vue, je cherchais à franchir la ligne, ou du moins à abolir cette frontière. Il va de soi que je ne pouvais forcer personne à ignorer la couleur de ma peau. Je n'ambitionnais pas davantage de ressembler dans mon œuvre à un musicien blanc. Mon rêve le plus cher était de ne ressembler à aucun autre compositeur, à aucun autre pianiste ! Non, ce que je désirais, c'était être considéré comme l'égal de n'importe quel créateur, sans égard pour sa race et le lieu de sa naissance. Et je voulais que ce mérite me fût reconnu, non parce que j'aurais rivalisé avec un Schubert sur son propre terrain, mais parce que j'aurais inscrit sur la carte mon propre territoire. J'entendais inscrire *mon* territoire sur la carte, différent de celui de mes frères du fait que je me proposais des buts plus élevés, et différents de celui du Blanc, pour la simple raison que j'introduirais dans ma musique, ainsi que je l'avais toujours fait, des éléments que le génie d'aucun Blanc ne serait jamais capable d'apporter à la sienne. Que chacun restât derrière sa ligne, je ne demandais pas mieux. Mais qu'il n'y eut pas, pour concrétiser cette ligne, un trait de lumière pour les uns et une barrière de planches, une jonchée d'ordures pour les autres !

Le piano immaculé du Soleil levant l'était bien trop pour que je me permette de corriger les réglages de l'accordeur. À la demande expresse de Giuseppe Esposito, il passait ponctuellement tous les deux jours, du lundi au vendredi, et une fois de plus le dimanche matin, puisque l'instrument était davantage sollicité au cours de la nuit du samedi. Il arrivait même que, par exception, Miss DDD autorisât un balourd à le maltraiter, s'il s'agissait d'un gros marchand de bétail, d'un des pontes de l'hôtel de ville ou de quelque archiduc venu d'Europe. De mes petits arrangements avec la casserole du Bertrand's, il n'était plus du tout question. Au fond, je me félicitais de cette gageure. C'est avec des moyens plus loyaux, des procédés plus légitimes, qu'il me faudrait désormais suggérer que ma musique se distinguait de celle, non seulement des autres professeurs de Vieux Carré, mais des artistes européens. Car, si l'opinion de Cleophus, à présent, m'importait peu, il n'entrait nullement dans mes intentions de passer par profits et pertes les découvertes capitales que j'avais faites à Huttington. Simplement, les exploiter soulevait des problèmes que je n'avais pas encore rencontrés. Ce que j'avais obtenu en trichant (n'ayons pas peur des mots), il m'appartenait de le transposer sur un piano non trafiqué. La solution, obligatoirement, se trouvait dans une manière inédite de traiter l'harmonie. Je m'évertuai à la découvrir. Petit à petit, j'estime être arrivé à ce résultat. Il restera, qu'on m'en rende grâce ou non, mon apport à la musique universelle. Mon apport irremplaçable.

Je feignais de ne rien voir, mais, derrière son bar, mon ami faisait grise mine. Il ne jugeait pas, lui, que je restais fidèle à l'inspiration de mes débuts. D'ailleurs, il finit par me reprocher sans équivoque d'avoir mis sous le boisseau ce qui, naguère, avait su le bouleverser. « Tu voudrais que je joue *quoi ?* lui demandai-je. De la musique de nègre, c'est bien ça ? » Il répondit, avec l'air de chien battu qu'il adoptait de plus en plus souvent en ma présence : « Ta vraie musique. Et, sous tes beaux habits, qu'y a-t-il d'autre qu'un nègre ? » Je soupirai. « Ma vraie musique ? Moi aussi, figure-toi, je souhaite la trouver. Mais mes recherches ne font que commencer. Vais-je m'escrimer à redevenir le nègre du passé, quand il faut promouvoir le nègre de demain ? Tu devrais plutôt me remercier. » La controverse en resta là. Chaque jour, cependant, il m'apparaissait plus morose. Grise mine, ai-je dit ? Il changeait bel et bien de couleur. Il attrapait un teint de cendre, affectant de ne plus m'écouter, conversant avec des clients à voix haute, tandis que, par étapes, j'approchais de mon but. Nous n'échangions plus que des propos convenus. Ce manège se poursuivit plusieurs années. Au bout d'un moment, je n'y prêtai même plus attention. Un soir Miss DDD m'apprit qu'il avait, selon ses propres termes, « repris sa liberté ». Que de grandiloquence ! Et il ne s'était donné la peine ni de m'informer de ses projets, ni même de me saluer... Avec ses économies, il était allé ouvrir un honky tonk dans la campagne, sur les bords du lac Borgne. Le pianiste qu'il avait engagé était un vieillard dont je connaissais les mérites : il considérait les pianos comme s'ils étaient ses ennemis intimes et, souhaitant peut-être les voir aussi édentés que lui-même, leur administrait des raclées, à la grande joie d'un public de journaliers qui titubaient déjà lorsqu'ils pénétraient dans les lieux.

J'aurais été surpris qu'il ait une seule fois songé à prendre de mes nouvelles. Je n'ai plus entendu parler de Cleophus. Jusqu'à cette radieuse matinée, un mardi gras, où, rentrant me coucher après mon travail, je l'ai aperçu, planté au carrefour dont le Soleil Levant occupe l'un des angles.

Son dépôt de viande saoule n'avait pas dû lui apporter la fortune, car il était fichu comme l'as de pique, plus miteux encore que lorsque j'avais fait sa connaissance une quinzaine d'années plus tôt. Il était tombé en arrêt devant l'un de ces chanteurs itinérants, sortes de mendiants musicaux qui pullulaient dans le Sud depuis sa débâcle. Ils avaient mauvaise réputation auprès des Blancs, lesquels voyaient en eux, souvent avec raison je dois dire, des hommes qui, loin d'être privés d'emploi, s'étaient soustraits aux travaux pénibles par un libre choix. La plupart ajoutaient, à la paresse et à l'irresponsabilité, le dédain des convenances, un penchant prononcé pour le jeu et les boissons fortes, une certaine tendance à semer le désordre et à provoquer le pugilat, ainsi qu'une obsession des femmes qui tournait facilement à la lubricité et les entraînait de posture délicate en situation scabreuse. Toutes ces aventures – enjolivées, mais pas toujours pour les rendre plus morales –, ils s'empressaient de les raconter, avec leurs tristes ou peu glorieuses conséquences, dans les chansons qu'ils colportaient de ville en ville, sans cacher qu'ils en étaient les héros plus ou moins pitoyables, et même en s'attribuant des vices ou des déboires imaginaires dont ils avaient entendu se vanter tel ou tel membre de la confrérie. Neuf fois sur dix, leurs exploits puaient la débine. Cependant, leurs faiblesses, leurs vices, leurs fautes parfois rédhibitoires, leurs gestes souvent impardonnables, avaient en général quelque chose d'attendrissant, sinon de poignant. Cela provenait du fait qu'ils les avaient payés, les payaient et les paieraient encore au prix fort. Qu'ils étaient venus sur terre pour expier et que la nécessité de l'expiation était la cause première et de leurs travers et de leurs méfaits. Ils remplissaient le Seigneur de colère, et, cependant, ils accomplissaient Sa volonté. Pour que le Bien triomphe, il fallait que le Mal existe. Livrés aux errements, aux turpitudes, ils précipitaient cette victoire. Ils la précipitaient à leur détriment, par leur échec.

Leur débauche s'apparentait à un sacrifice. Ils se damnaient ; pourtant ils étaient un peu des saints. C'est pourquoi certains ne craignaient pas de se dire prédicateurs, et, entre deux récits de leurs frasques et de leurs ivresses, entonnaient des spirituals, improvisaient des sermons, où ils brandissaient leur déshonneur comme un épouvantail. Leur histoire était édifiante. L'abandon, la maladie, la souffrance, la misère, l'opprobre, le désespoir, la prison, la potence, les ténèbres du plein midi, jalonnaient leur route solitaire. Ces pécheurs marchaient à la mort en clamant leurs péchés. La mort serait affreuse ; la mort serait longue. On les voyait marcher vers elle, et on voyait la mort, glacée, livide, la mort de l'âme, aller à leur rencontre en leur tendant les bras, dans un ricanement muet. Au sein du petit peuple, n'importe quel Noir sentait que cette destinée aurait pu être la sienne (quand elle ne l'avait pas été !) ou que rien n'empêchait qu'elle le devînt un jour ou l'autre, avec les mêmes lugubres perspectives. On n'en voulait pas à ces troubadours de se mettre en avant – « je, je, je, je… » –, comme s'ils étaient seuls au monde. D'abord parce qu'ils étaient seuls au monde, bel et bien. Ensuite parce qu'en les écoutant chacun découvrait qu'à sa façon il l'était aussi. Et enfin parce que, dans un mouvement contraire, il comprenait tout à coup que personne n'était quelqu'un, personne sous cette peau-là. Que tout le monde était tous les Noirs de l'Amérique et que le « je » de l'un était le « je » de chacun, le « je » de *tout le monde en particulier*. On avait donné un nom à ces messages : les blues. Si rustiques fussent-ils, ils parlaient à mon cœur. J'y percevais l'écho des chansons que j'avais imaginées à Huttington et au Bertrand's. Quand j'ai admis cela, je leur ai fait une place dans ma musique. Aujourd'hui, je ne renoncerais pour rien au monde à cette source d'inspiration.

L'homme, très haut de taille, massif mais sans une once de graisse, devant qui Cleophus s'était planté s'accompagnait à la guitare. Sa voix s'était brisée, à cause de l'âge et des malheurs. On devinait cependant qu'elle avait été puissante. Je n'aurais su dire pourquoi, cette voix sans grâce me plaisait. Chose plus étrange encore, ses défauts eux-mêmes me plaisaient. Mais « plaire » n'est pas le bon mot. Ils me troublaient. Ils éveillaient en moi des sentiments confus. Confus et très intenses. Je tendis l'oreille. Quelle ne fut pas ma surprise de réaliser que ce chanteur des rues était en train d'interpréter mon *John Henry*. La mélodie s'en éloignait ici ou là, les paroles originales avaient subi quelques dommages, et quelqu'un les avait rapiécées à la diable, mais il s'agissait bien de la même ballade.

J'avais à peine noté la présence d'une femme sans âge, assise au bord du trottoir. À la fin d'un couplet, elle se leva, fouilla sans vergogne dans une des poches de l'homme et en tira un harmonica qu'elle lui plaça dans la main droite. Pendant qu'il en tirait des sons plaintifs et distordus, encore que fort expressifs, elle se colla derrière son dos et, au moyen de sa propre main droite, gratta les cordes à sa place. Jamais, fût-ce dans les spectacles de vaudeville, je n'avais été témoin d'un pareil numéro. Pour autant, il n'avait rien de grotesque. Ce qu'on entendait effaçait ce qu'on voyait, qui n'était pas destiné à épater les badauds mais seulement à servir les intentions de l'artiste. À cette heure matinale, un jour chômé, les passants étaient fort peu nombreux, mais aucun ne poursuivait sa route. L'un après l'autre, ils s'agglutinaient autour de Cleophus, unique auditeur au moment où j'étais sorti du Soleil levant. Je m'approchai à mon tour. Puis me figeai sur place. Dans ce musicien ambulant, je venais de reconnaître Silas. De le reconnaître ? Il était méconnaissable ! Disons que j'ai eu la révélation brutale, et sans appel, que c'était lui.

Son visage surtout avait changé. Il était comme ravagé. Rongé. Dévoré par des dents qui avaient sculptés dans la chair marbrée d'ombres pâles des cicatrices refermées, eût-on dit, sur de vieilles purulences opiniâtres, des fossiles encore vivaces, s'obstinant à mijoter, à crépiter en silence, à fermenter sous la peau, à gâter la moelle des os. Une créature abominable l'avait mordu au visage. L'enfer avait tenté de l'embrasser, chiffonnant ses lèvres, scarifiant ses joues, sciant ses pommettes, grésillant autour de ses narines, ébréchant ses arcades sourcilières, labourant son front, creusant et pelant l'une de ses tempes, décolorée jusqu'à prendre la couleur du mastic, au fond d'un cratère ourlé d'un bleu profond, presque rouge, où, me semblait-il, un enfant aurait pu glisser le poing. Quant à son regard, il disparaissait dans un maquis d'ambre dépoli, de fumée immobile, de reflets éteints, de reflets gelés, dont il ne trouverait jamais plus la sortie. À cet instant seulement, je compris que l'homme qui avait été, avant Gator Sam, mon ami le plus proche n'était plus capable de voir. L'aspect de ses blessures laissait supposer qu'on lui avait lancé de l'acide à la figure. Peut-être même en avait-il avalé quelques gouttes – hypothèse susceptible d'expliquer la détérioration de ce qu'il faut bien appeler, quitte à user d'une formule rebattue, sa « voix de bronze ».

Je ne risquais pas, tant que je restais muet, d'être identifié par un aveugle. D'autant que, depuis belle lurette, j'avais adopté un mode de vie, une nourriture qui, très certainement, avaient modifié mon odeur. Toutefois, bien que ce fût peu probable, Cleophus pouvait à tout moment se retourner, m'apercevoir à son tour et, dans un élan incontrôlable, crier mon nom. Mais précisément ! Mon nom, il ne l'avait jamais su. Je m'étais présenté à lui comme Samuel Gaydor, autant que je m'en souvienne. À présent, pour toute La Nouvelle-Orléans et, je l'espérais, pour une bonne partie de la Louisiane, je n'étais plus qu'Ivory Gaylord, le signataire de maintes partitions à succès, dont quelques ritournelles si populaires qu'aucun musicien n'aurait été engagé nulle part sans savoir les interpréter. Bref, Silas n'était pas en mesure de détecter ma présence. Néanmoins, à reculons, un pas après l'autre, je battis en retraite vers le bâtiment que je venais de quitter.

Fût-ce à une heure aussi creuse, sous aucun prétexte le portier n'aurait laissé pénétrer un couple au Soleil levant. Les femmes n'y étaient pas admises, sauf si elles y travaillaient comme soubrettes, cuisinières ou belles du Sud. La règle eût-elle toléré une entorse, jamais le bénéficiaire de la dérogation n'aurait été un couple aussi dépenaillé que celui que formaient le bluesman itinérant et son aide (à présent, de ses jupes crasseuses, cette dernière avait tiré un tambourin et s'apprêtait à chanter en duo avec son compagnon). Dans le meilleur des cas, on les aurait accueillis par la porte de derrière, pour leur faire la charité de quelques reliefs dans la cuisine. Là-dessus, notre patronne ne manquait pas de générosité. Pour l'heure, si elle n'avait pas dérogé à ses habitudes, elle dormait à poings fermés et personne, en principe, n'était habilité à donner un tel ordre de sa propre initiative. Méfions-nous des principes, cependant. Comme le répète à l'envi l'un des politiciens qui fréquentent l'établissement, bon vivant notoire, « ils sont faits pour être contournés ». Or, il m'importait qu'il ne prît fantaisie à personne d'accueillir Silas dans un édifice où se trouvait déjà une personne qu'il avait eu des raisons de haïr naguère et dont l'existence même avait été un outrage à sa dignité. Certes, de l'eau avait coulé sous les ponts, mais je me rappelais encore les extrémités où l'avait porté sa colère. Le plus sage était de ne pas jouer avec le feu, et par conséquent d'éviter toute occasion de raviver la blessure. Rien n'excluait qu'une cascade de coïncidences fâcheuses ne l'amenât à rencontrer la fille de Cassie et de Jean Devereaux, à comprendre qui elle était, et, qui sait ? à vouloir se venger sur elle des épreuves et des disgrâces que cette naissance avait engendrées.

Telle n'était pas, cependant, l'issue que j'envisageais avec le plus d'angoisse. Ce que je redoutais surtout, c'était que Gladys n'en vînt à connaître ses irrécusables origines et qu'aussitôt ne s'effondrât son château de fausses cartes. J'imaginais qu'avec le temps elle avait édifié de solides barrières contre le surgissement d'une vérité qui – pardon d'y revenir – ne devait pas lui être à ce point étrangère. Mais à quoi bon tenter le diable ? Privant Silas d'un geste que son bras gardait peut-être en réserve depuis tout ce temps, je ne le privais pas de grand-chose. Comme autrefois celle d'Aloysius, sa vie avait mal tourné. La conception de Melissa y avait été pour quelque chose, sans conteste. La guerre y avait été pour quelque chose. L'éloignement de Fort Bluehill y avait été pour quelque chose. Le meurtre de Luc Devereaux et ma fuite, qui avaient laissé sans défense Cassie et la petite Loretta, y avaient été pour quelque chose – et même pour beaucoup, j'étais prêt à le confesser. Je ne me considérais pas comme tellement moins coupable que Master Jean (c'était même, je le souligne afin de vider ma coupe, l'un des motifs qui me retenaient de serrer mon vieux camarade dans mes bras). Toutefois, Melissa s'était dissoute en Gladys ; l'Émancipation avait été promulguée ; si la guerre entre le Nord et la Confédération n'était pas finie et ne s'achèverait peut-être pas avant des siècles, du moins avait-on renoncé aux batailles rangées, remisé les canons et démobilisé les troupes ; le portail du fort s'était ouvert devant Silas et la sentinelle l'avait salué pour la dernière fois ; tuer Master Luc avait été l'unique devoir auquel, le cœur sur la main, je pouvais dire que je ne m'étais pas dérobé. Or, rien de tout cela n'avait détruit les yeux de Silas. J'avais traversé, insolemment indemne, douze années de Huttington. Lui, qui – je connaissais l'homme – avait sans doute plus de mérite que moi, n'était pas passé de l'autre côté du bord de l'ombre. Il resterait toujours en deçà de la ligne, doublement prisonnier de ce côté obscur du monde qu'Aloysius, en ses divagations, avait personnifié en chef de guerre. Sa propre vie le considérait comme un locataire encombrant. Cela se lisait sur le visage sans expression de sa partenaire, ce visage de mur triste, de mur de fabrique, qui, n'ayant jamais vu le soleil, n'a même plus envie de le voir. Bientôt, la vie de Silas jetterait son pauvre bagage par la fenêtre et lui condamnerait sa porte. Il dirait à cette femme épuisée : « Il me reste toi, tu es mes yeux. » Il ajouterait sans y croire, afin de se montrer courtois : « Tu es mes yeux et mon cœur », et, comme toujours depuis qu'ils étaient ensemble, il n'obtiendrait pas de réponse.

J'étais un peu plus âgé que lui. Une voiture emballée pouvait me renverser. Une balle perdue pouvait m'atteindre. Une épidémie pouvait m'emporter. Et celle que j'aimais en silence ne me rendrait jamais mon amour, pas même en rêve. Néanmoins, ma vie me tendait les bras. Tout un champ de musique s'allongeait devant moi, qu'il m'appartenait d'ensemencer. Je ne permettrais à personne de me détourner de cette mission. Pas un seul être ici-bas n'aurait la force de me ramener vers un passé qu'on m'avait infligé, quand j'étais de taille à construire de mes seules mains un futur plus grand que la vie de n'importe quelle créature. Même aux yeux d'un aveugle, je ne voulais pas redevenir Nehemiah. Si je n'étais plus ce nègre, je ne l'avais jamais été. J'avais laissé durcir, puis s'effriter mes vieilles carapaces d'esclave et d'affranchi. Je n'étais plus que ce que je serais par-delà ma disparition matérielle : Ivory Gaylord, le Créole légendaire qui avait libéré une race de son humilité, de ses aspirations minuscules. Ce destin dépassait de beaucoup ma personne. Silas, lui, était à peine un fétu de paille au sein de cette tourmente. On m'apporterait, là tout de suite, les preuves qu'il a survécu plus de deux ou trois ans à ses vagabondages, je me frotterais les yeux. Mais cela n'arrivera pas. Il a quitté Vieux Carré. Il a quitté la Cité du Croissant. Il a quitté la mauvaise fortune qui avait toujours été la sienne, peu de temps sans doute après que le spectre réincarné qui grattait sa guitare lorsqu'il avait la main occupée était retombé en poussière. De toute mon âme, je souhaite bonne chance dans un nouveau royaume à cet ami des mauvais jours. Nul ne l'aura mérité mieux que lui. Et bien peu auront payé leur entrée là-bas aussi cher. Qu'il y retrouve sa Cassie, même ! C'est l'autre vœu que je forme, en toute sincérité. Cassie n'était pas pour moi. Pas plus que sa fille, aujourd'hui, ne m'est accessible. Mon lot, mon trésor, le talent que le Ciel m'a confié, en plus de la musique, c'est l'amour que j'ai cultivé envers l'une, puis envers l'autre. Amour impossible, certes, mais pas impuissant ! Amour fertile, au contraire. Inconcevablement, surhumainement fécond. À ceci près que, ce qu'il procrée, ce ne sont pas des poupées vivantes, et déjà mortelles, mais des œuvres d'art capables de surmonter l'indifférence et le mépris, de survivre à n'importe quel lynchage, de s'évader du cercueil de leur propre géniteur et d'enterrer à leur tour les générations futures, sans le moindre scrupule, sans éloigner un seul instant la coupe d'ambroisie de leurs lèvres. Par cet amour sans issue, j'imposerai aux hommes, Noirs et Blancs confondus, un maître implacable, possédant sur eux pis que le droit de vie et de mort : le droit d'avoir vécu en aristocrates grâce à leur sensibilité ou d'être morts en parasites à cause de leur barbarie. Le nom de ce despote éclairé, le premier à voir le jour en dehors des livres et des songes de philosophes ? La Beauté.

Le fumoir du Soleil levant était aussi une bibliothèque. Remarquablement fournie. À première vue, ce n'était qu'un décor qui accentuait le raffinement, le « chic » de la maison. Aucun de nos clients, eût-il été lui-même journaliste, professeur de lettres ou écrivain, n'aurait eu l'idée saugrenue d'ouvrir un livre entre ces murs ! À l'exception de Gladys, toutes les filles, pour ce que j'en savais, étaient analphabètes. De ces observations, pourtant, il ne fallait pas tirer de conclusions hâtives. Miss DDD, à ma grande surprise, était une femme presque aussi lettrée que le promettait la publicité de son établissement. Les ouvrages qui se trouvaient là, rangés par genre et, à l'intérieur de chaque genre, par ordre alphabétique, il se révéla qu'elle en avait lu la plupart et les avait tous choisis un par un, demandant l'avis d'un expert chaque fois qu'elle abordait un domaine où ses propres lumières restaient modestes. Si un chirurgien, par exemple, avait souhaité consulter l'ouvrage de référence sur les plus récents développements de son art, il l'aurait déniché sur l'étagère réservée aux publications de sciences pratiques, car, en plus de tout, notre patronne, lectrice des rubriques adéquates imprimées dans la presse locale ou dans les nombreuses revues auxquelles elle s'était abonnée, tenait à jour les divisions où les connaissances évoluaient sans cesse. Ainsi pouvait-on, en plus de tout, suivre le progrès des débats, la succession des découvertes, l'affinement des techniques. Grâce à cette riche collection, j'eus la chance de reprendre, quinze ans après, mes études interrompues au domaine par l'irruption des vandales de William Tecumseh Sherman (devenu, soit dit en passant, commandant en chef des armées).

Ces quidams imbus de leur supériorité intellectuelle et sociale, autant que de leur supériorité blanche, qui chaque nuit me lancent, afin que je les attrape au vol, tantôt des titres de morceaux qu'ils souhaitent entendre, tantôt les pièces d'argent qui récompensent ma docilité, feraient une drôle de bobine si, m'interrogeant plutôt sur tel ou tel point de leurs spécialité, ils obtenaient, du tac au tac, une réponse plus précise ou plus subtile que celle qu'ils auraient avancée eux-mêmes. En plus d'être l'auteur ou l'interprète – autant dire le légitime propriétaire – d'une musique dont ils doivent se contenter d'avoir l'usufruit, et de façon très passagère, je me félicite de posséder à leur insu la faculté de leur tenir la dragée haute en plus d'un domaine. De cette fierté comme de tous ces savoirs accumulés, je souhaite que mes œuvres témoignent aussi, à leur manière. Je veux qu'après ma mort, quand on aura découvert le pot aux roses, on comprenne soudain quelle épaisseur elles ont, quels prolongements elles suggèrent en de multiples directions et quel genre d'esprit était capable de les concevoir.

En 1892 – cette date restera gravée en moi, comme celle de mon décès sera gravée sur ma tombe, à défaut de celle de ma naissance, que nul ne connaît –, en 1892, la reine Gladys, ce qu'il était advenu de Melissa Devereaux en dépit de sa prodigieuse résistance aux injures du temps, ce en quoi, *même moi,* avec chagrin, j'étais obligé de voir son visage se transformer par petites touches, tel un bloc de glaise sous les doigts d'un sculpteur, en 1892, un midi de mai, sous une averse d'argent, tombée en plein soleil d'un nuage solitaire au croisement d'Iberville et Burgundy, ma reine a déserté pour toujours son royaume, sans en avoir remis les clés à qui que ce fût. Il est resté là, telle une propriété abandonnée dont les grilles rouillent et qu'envahissent les herbes folles. Demain, des pierres se détacheront du fronton, les balcons seront fendus, un volet, un autre, un autre encore se mettront à pendre. De moins en moins de gens du voisinage sauront dire aux étrangers quels trésors, un jour, cette ruine avait contenus. Cet impossible événement a eu lieu ; ce pur mirage s'est matérialisé. Le sceptique que j'étais a dû ravaler sa commisération, et perdre en même temps la plus douce satisfaction de son existence. La reine, en s'en allant, l'a chassé de son propre royaume : de cette région fragile et sacrée de son royaume qui n'était ni la Musique ni la Connaissance. Celle où il pouvait contempler à loisir un reflet humain de l'idéal, et se consoler de la vanité de son amour par le seul fait qu'il persistait à l'éprouver. De ce point de vue, rien n'a changé, et l'absente inspire toujours les compositions que je lui dédie. Cependant, je suis privé de sa vue, et c'est une lumière qui s'est retirée du monde, c'est un chemin qui s'est ouvert entre moi et les profondeurs de la terre. Je n'irai plus sur le fleuve, je ne prendrai jamais la mer. C'est du fond d'une prison que je verrai se déployer l'avenir auquel je suis si attaché. J'avais su éviter jusqu'ici toutes les nostalgies. Je me réjouissais même de vieillir, puisque mon imagination gagnait chaque année en force et en diversité. Aujourd'hui, que je le veuille ou non, le souvenir de Gladys me tire en arrière et mêle d'une ombre toutes les couleurs de ma musique, au moment où je souhaiterais le plus en rehausser les nuances. Est-ce la raison pour laquelle, comme malgré moi, l'influence des blues s'y affirme à mesure que le temps passe – des blues en ce qu'ils ont de plus lourd et de plus las ? La musique, alors, évolue dans une glaise qui lui colle aux semelles, retenant sa danse, comme par des racines, aux dépouilles cachées sous le sol et qui n'ont d'autre voix que celle de la terre dans leurs bouches.

Celle qui a reçu, sans le savoir, tout l'amour dont j'étais encore capable envers un être humain, tout l'amour dont ma création me laissait disposer à ma guise, elle a tourné le coin de la rue, son ombre ramassée sous elle, puisqu'il était midi. Elle s'est éloignée, elle s'est évanouie au bras d'un homme aux cheveux plus blancs que les miens, à la peau plus noire que la mienne. Un docteur fortuné, venu de Port-au-Prince, en Haïti, pour goûter aux délices de La Nouvelle-Orléans. Prodigieuse devait être sa connaissance des âmes, de leurs fantaisies dérisoires et de leurs égarements. Au premier regard, il a deviné sur quel inaccessible objectif restaient fixés les yeux insondables de Gladys, dont des compatriotes lui avaient vanté les charmes. Il a feint de voir en elle une Blanche, et, sans attendre, lui a demandé sa main. Elle a feint de voir en lui le magicien qu'elle attendait. Elle a feint d'en tomber amoureuse, mais elle l'a épousé pour de bon (du moins l'a-t-elle suivi pour cela dans les îles ; la fin de l'histoire, je ne la connais pas). La vérité, si tant est qu'il y ait une vérité du mensonge, c'est qu'il avait calculé que, dans son pays, une femme blanche doublerait son prestige auprès des autres Noirs, attiserait la jalousie des métis, mortifierait les gens à la peau si claire qu'ils jugeaient opportun de hausser les épaules lorsqu'ils passaient devant son enseigne. Sur toute l'île, on ne trouverait pas, hormis les fantômes, une dame plus pâle que celle-là, et qui serait en outre américaine. L'autre vérité, si tant est qu'il y ait une vérité au plus profond de la solitude, c'est qu'elle ne pouvait pas plus l'aimer qu'aucun homme en ce monde, lui qui cependant apaisait enfin sa longue souffrance. Telle une goutte d'eau dans la mer, le docteur, en tout et pour tout, comblerait une infime parcelle de son infini manque d'amour de soi. Ainsi, pour mettre son teint en valeur, permit-elle que se refermât sur elle la nègrerie dont elle avait voulu s'extraire.

S'ils ont eu des enfants, je préfère ne pas penser à quoi ils ressemblent, mais ce n'est sûrement pas à Jean Devereaux.

Ils ont pris des clichés de moi, accoudé à une colonnette en plâtre ou de profil, les bras croisés dans le studio du photographe et jetant un regard terrible à l'objectif. Ils m'ont pris sur toutes les coutures : installé à mon piano blanc, posant sur le perron du Soleil levant ou bien planté au carrefour, à côté d'un agent de police qui serre son bâton et exhibe ses plus belles dents. Ils ont fait mon portrait à l'huile, m'ayant coiffé d'un canotier qu'ils avaient acheté pour la circonstance. Ils m'ont consacré des articles jusqu'à Londres, Vancouver et Mar del Plata. Tous prétendaient décrire ma musique, qui est une chose publique, mais ne réussissaient en définitive qu'à évoquer ma personne, dont, que je sache, je suis le seul à détenir la clé. Aussi leurs auteurs inventaient-ils ce qu'ils ignoraient, c'est-à-dire presque tout, et notamment le principal. Est-ce vraiment cela qui fait la renommée d'une œuvre : que des inconnus, à son propos, s'ingénient à parler d'autre chose ? Est-ce vraiment cela qui fait la gloire d'un artiste : un tissu de ragots, de bobards et d'insanités ? Admettons que je sois un génie : n'aurais-je eu le choix qu'entre être calomnié, ou loué à tort et à travers, d'une façon à peine moins outrageante pour ma sensibilité, à peine moins dédaigneuse de ma contribution à la grandeur de l'humanité ? Un bordel est le bon endroit pour le comprendre : le succès ne vous évite pas la pire des obligations, qui est la promiscuité avec les personnages à qui vous le devez. Ainsi, ce qui vous élève au-dessus de la multitude contient-il cela même qui vous rabaisse plus bas que terre. Quelle attitude adopter, quand il n'y a aucun moyen d'échapper à ce piège ? Sourire et se taire. Être en somme le reflet dans la vie de ses photographies dans la presse, dans les opuscules, sur les prospectus, voire dans les guides touristiques et sur les cartes postales. C'est à quoi je m'applique depuis le départ de Gladys. Un panneau est apparu au balcon de mon lieu de travail. On peut y lire : *C'est ici la Maison du soleil levant, la maison où la musique ne se couche jamais. Au piano : Lord Ivory, l'illustre virtuose et compositeur créole.* « Lord Ivory » vient tout droit d'un reportage paru dans le plus grand quotidien local (blanc) et intitulé : *Le gai lord qui était chasseur d'ivoire.* Hank Matranga et Miss DDD ont vu le parti qu'ils pouvaient tirer de ma notoriété. Ils m'ont incité à former un petit orchestre qui sortirait de Vieux Carré, circulerait dans toute la région, au-delà des frontières de l'État si on le réclamait plus loin, et propagerait ce faisant la flatteuse réputation de leur entreprise la plus florissante.

J'ai donc réuni autour de moi deux clarinettistes, un quatuor à cordes et un joueur de caisse claire. Ce dernier est le seul Noir du groupe. Je ne voulais engager que des Créoles, café au lait, mais j'entendais bien aussi attirer à moi les meilleurs. Or, jaune, rouge ou vert, il n'existait pas sur la place un seul percussionniste qui arrivât à la cheville de celui-là. En revanche, il était incapable de déchiffrer une partition, ne comprît-elle que deux rondes sur toute une page ! De là, d'incessantes et interminables controverses entre cet homme et moi, car j'attachais du prix à ce qu'on jouât ce que j'avais écrit (y compris sa partie) à la lettre. L'improvisation, j'y avais souvent recours au Soleil levant et j'y prenais alors un plaisir sans mélange, mais, lorsque nous étions en représentation à l'extérieur, je tenais à produire des témoignages non seulement tangibles, mais *durables*, reproductibles à volonté, de l'originalité, de la variété et de la puissance de mon imagination. Pour cela, il était indispensable qu'ils fussent fixés sur le papier à musique. Ce qui me faisait grincer des dents est que, trois fois sur dix, ce que proposait d'instinct ce tambourinaire obtus, qui aurait figuré sans grimage les cannibales sur une scène de burlesque, m'apparaissait à moi-même plus approprié, plus complexe, plus ingénieux, plus inattendu, en un mot : plus excitant que ce que j'avais élaboré en y mettant toute ma science et tout mon cœur. Comme je ne pouvais pas me stigmatiser moi-même (cela m'aurait paralysé dans ma tâche), c'était lui que je détestais. Néanmoins, je le gardais avec moi, en raison du relief qu'il ajoutait à mes créations et de l'enthousiasme que soulevaient partout ses roulements d'une finesse, d'une onctuosité, d'une suavité, d'une flexibilité et, je dois employer ce terme, d'une *intelligence* incroyable. Il donnait, par ses gestes de primate, l'impression de gauler des noix, mais, si on fermait les yeux, on croyait entendre couler du sable sur de l'ivoire ou froisser du papier de soie avec des gants de fil. Voilà un homme qui aurait fabriqué la plus cristalline des musiques avec des cailloux, des clous rouillés ou de vieilles omoplates récupérées dans la cour de l'abattoir. Je le haïssais aussi, j'imagine, parce que je n'avais jamais encore admiré un autre instrumentiste plus que je ne m'admirais moi-même, et que celui-là semblait n'avoir pas levé le petit doigt pour mériter pareil don du Ciel. Et je n'aimais pas trop l'idée d'avoir besoin de lui pour assurer la réussite commerciale de nos concerts. Nombre de gens, alertés par le bouche-à-oreille, ne se déplaçaient que pour voir et entendre ce phénomène, tolérant à peine ce qui ne constituait de leur point de vue que des hors-d'œuvre, des à-côtés, des amuse-gueule, d'inutiles dérivatifs, des moyens d'apprivoiser leur impatience. Beaucoup d'autres personnes, venues sans a priori, ne retenaient de la soirée, par un mouvement naturel contre lequel il eût été ridicule de s'élever, que les exploits de cet homme. Je lui donnais de strictes consignes en coulisse, avant le lever du rideau, mais, une fois que nous étions sur les planches, je pouvais d'autant moins le contenir que toute la salle l'encourageait à se déchaîner. J'aurais tenté de le modérer que le directeur du théâtre en personne m'aurait saisi par la peau du cou pour me jeter dehors.

Mai 1899. Nous voici dans la ville de San Francisco. Elle avait été jadis l'une des capitales de la ruée vers l'or. Je ne la connaissais que par le texte et par l'image. Bizarrement, elle semblait avoir mis un point d'honneur à se conformer aux descriptions qu'elle avait suscitées, aux représentations qu'on se faisait d'elle à travers quelques dessins, quelques tableaux, quelques photographies. Ce voyage m'a permis de découvrir l'océan Pacifique. Il ne m'aura pas plus impressionné que l'Atlantique, le Mississippi ou n'importe lequel des sites que j'ai traversés dans ma vie, les marais de Louisiane exceptés. La nature ne m'en impose pas. Elle ne s'est donné aucun mal pour devenir ce qu'elle est. D'après ce que j'ai lu, pour un oui ou un non, les plaines auraient pu être des montagnes et les grands lacs, des déserts arides. Ce qui relève du hasard n'a pas lieu de se vanter de son existence. Quant aux hommes qui se flattent, *eux,* de l'existence de ces choses, ils me partagent entre pitié et raillerie ! L'admiration est une denrée précieuse : il faut la réserver à des réalisations qui le méritent. Or, les réalités physiques en général, et les réalités géographiques ou climatiques en particulier, loin d'être des réalisations, sont au contraire – l'érosion, par exemple – l'effet de l'impuissance et le résultat de la passivité. En conscience, je déclare que se prosterner devant des beautés à ce point paresseuses, à ce point contingentes, relève du blasphème. Ne confondons pas la création divine, ni même la création humaine, avec ce que le temps, le vent, la pluie, la sécheresse et les inondations font d'un morceau de roche ou d'un réservoir d'eau salée !

Au terme d'un long périple parmi des hommes à qui je ne pouvais ni ne voulais être assimilé, je me suis enfermé à l'extérieur de toutes les races. Cependant, ma musique vit au cœur de chacune d'elle, respire son haleine et se nourrit de son sang. Du coup, nul être ne lui est plus étranger que l'homme qui revendique d'en être l'auteur. Du haut d'une colline dominant la ville et la baie, je réfléchis à tout cela.

Imagine-t-on rien de plus étrange ? En refusant d'être ce que les uns et les autres ordonnaient que je sois, j'ai créé une chose unique au monde – mais c'est à moi qu'elle échappe en premier. Oh ! je ne l'ai pas créée de toutes pièces, je n'ai jamais eu cette prétention. Au contraire, aucun des éléments qui la composent ne m'a jamais appartenu en propre. C'est bien pour cela que j'ai pu les refaçonner à ma guise, sans le moindre scrupule, tel un chirurgien qui, dans son patient, ne regarde pas l'homme, mais considère un assemblage reproduisant les schémas de son manuel. Je suis, plus que lui encore, un homme de l'art ; je ne suis pas là pour m'abandonner à des émotions que tout un chacun est en mesure d'éprouver. Je ne suis pas là pour copier ce qui existe déjà. L'objet *inouï* qui résulte de ma création, je le porte. Je le porte à bout de bras, tenant rassemblées toutes les parties dans l'ordre qui convient (qui convient parce qu'il *me* convient, parce qu'il est conforme non à un modèle quelconque, mais à ma pure exigence). En revanche, je ne suis pas en lui. Je m'y refuse. L'œuvre à sa place, l'ouvrier à la sienne. Mon œuvre est pleine ; moi, je ne suis qu'une coquille vide. Je me suis délesté de tout ce qui, paraît-il, fait un homme, avec tout ce que cela suppose de banalité, sinon de vulgarité, et cela à seule fin que, dans cet espace nu, le souffle de la création circule et résonne à l'infini, renvoyé de paroi en paroi. Je me vois comme un sanctuaire interdit, bourdonnant d'échos. Je les écoute, je les sépare, je les sélectionne, je les assemble et j'appelle cela « composer ». En réalité, je n'ai fait que me décomposer moi-même, et c'est ce dont je suis le plus fier. Je suis comme ma reine : en moi, je ne trouve rien d'autre à aimer que cette satisfaction qui est sa propre cause et sa propre fin. Je célèbre une célébration. Dans mon art, je ne suis mêlé à aucune histoire louche.

Je n'ai plus d'âge, et depuis bien longtemps. Je vieillis néanmoins. La distance à franchir n'est plus très grande, mais verrai-je le prochain siècle ? Que m'importe ! Mourir, moi ? La belle affaire ! Il me semble que j'ai toujours été mort. Sauf peut-être durant quelques mois, dans le bayou. J'ai vécu alors, oui, je crois bien, vécu dans l'amitié sans mobile de Gator Sam et, je le reconnais et lui en rends grâce aujourd'hui, dans l'amour sans issue de Nancy Jane. C'était une lumière douce où je baignais, où se dissolvaient les aspérités et la substance de mes ombres. Voilà tout. Le reste n'aura été que des bruits, du silence et de la musique. De la musique destinée, comme le silence, à étouffer les soupirs et les cris de joie de ce monde sans queue ni tête. Je vais m'asseoir dans l'herbe, là-haut sur cette colline, et ne regarder ni la mer, ni le ciel, ni les toits, ni les gens, ni cette flaque obscure et difforme que mon corps jette par terre, preuve de l'indifférence où les fameuses « réalités » le tiennent. La musique ignore pareilles sottises. Je vais tirer de mon gousset ma montre en argent et faire ce que j'aurais dû faire le jour lointain où Melissa Devereaux me l'a offerte : lui arracher ses aiguilles, comme des ailes à une mouche.

Silas

> Je me suis levé ce matin, j'ai ouvert les yeux sur la nuit
> Je me suis levé ce matin, j'ai ouvert les yeux sur la nuit
> L'ombre sur moi ferme sa main, qu'il soit midi, qu'il soit minuit

Je me suis levé ce matin en songeant aux croyances de ma jeunesse. Est-il vrai que, pour faire se retourner le cercueil d'un mort, il suffit de serrer au fond de sa poche, à la veillée funèbre, une poignée d'arachides ? Est-il vrai que l'homme qui voit un volatile emporter un cheveu sec tombé de sa tête deviendra fou avant Noël ? Est-il vrai que si l'on veut travailler le dimanche et survivre à cette faute on doit avoir prononcé clairement la phrase « Le veau est tombé dans l'étang ; il convient que je le sorte de là » ? Est-il vrai qu'on ne recoud jamais un bouton à la place qu'il occupait auparavant, sauf si l'on a pris la précaution de mordre un bâton ? Est-il vrai que de trouver le matin les pieds nus de son frère à l'intérieur de ses propres chaussures n'est pas un signe très encourageant ? J'ai trop vécu pour garder une confiance aveugle en ces superstitions. Néanmoins, je demeure convaincu que nous ne sommes pas seuls sur la terre. Nos ancêtres ne quittent pas si vite les paysages qu'ils ont tant aimés ; les voyageurs poursuivent leur route ; les marins vont sillonner les mers jusqu'au Jugement dernier. Le marché aux âmes de Congo Square ne dresse pas en vain ses éventaires et ne règle pas en vain ses balances. Et si les démons ne déambulaient pas parmi nous, soucieux de nous tenter et de nous tromper, où donc leur présence serait-elle requise ? Voilà pourquoi, n'y tenant plus, un soir de l'année 79, j'ai franchi les limites du Texas et entrepris de traverser la Louisiane, descendant de Shreveport vers La Nouvelle-Orléans. Je voulais obtenir au moins un indice. Un indice de ce qu'il était advenu de Cassie, puisque le destin ne nous avait pas réunis.

Arrivé dans cette ville, j'ai demandé le chemin du Bayou St. Johns. Je suis entré à l'intérieur de la maison qu'on m'avait indiquée. Là, dans la sacristie vaudou, parmi les offrandes et les mystères, derrière la boutique aux sortilèges, la prêtresse, conjuratrice, la Glapion, disciple préférée de Docteur Alexandre, fille sculpturale, méfiante et crainte de la veuve Paris, m'a reçu à la lueur des quinquets, dans l'odeur de cierge et de sang caillé, dans un brouillard d'encens, un poudroiement magique, et dans l'écho persistant des incantations à Ghede, dieu des morts, et à Legba, Gardien de la Porte et Maître des Carrefours. Des nattes de racine envoûtées, des guirlandes d'amulettes, pendaient du plafond pour cliqueter contre nos tempes, tandis que nos propres esprits dansaient autour de nous sur les murs et s'affairaient dans les coins. La femme-miracle m'a livré sa prédiction d'une voix de ténèbres.

Elle m'a dit :

« Tu portes sous ta chemise un sac mojo, homme haut et large, et je vois à travers l'enveloppe qu'il contient de bons pouvoirs. Ils t'ont protégé avec zèle. Ils t'ont conduit entre les balles, désigné un gué dans le fleuve des flèches indiennes, écarté des fièvres chaudes et de la consomption et guidé jusqu'à ma porte. Ta foi leur fait honneur, tu fais honneur à leurs vertus et ils te serviront encore, car un homme fort suscite à la fois l'envie des faibles et la rage des puissants, et il attire des forces contraires, qui s'acharnent contre lui. Cependant, tu ne dois pas oublier ceci : même un chat noir n'a que neuf vies. Cela signifie que tu dois interpréter de la bonne manière le message que je t'ai transmis tout à l'heure. Tu rechercheras les femmes, selon la prière de celle qui reste la seule dans ton cœur, seulement – souviens-toi – tu ne feras avec elles que neuf rencontres heureuses. Celle-ci est la première d'entre elles. Il t'en reste huit. Au bout de ce compte, reviens me consulter de toute urgence, afin que je te prépare un nouveau talisman. Et, surtout, ne brave pas les esprits malfaisants en provoquant ou même en acceptant une dixième rencontre ! »

Elle m'a accordé sa bénédiction occulte. J'aurai été prévenu. Je ne peux pas prétendre le contraire. Pourtant, quand cet homme s'est avancé vers moi, une main derrière le dos, dans cette rue de Chicago dont je ne sais même pas si elle portait un nom, je ne me suis méfié de rien. En vérité, je ne lui prêtais pas attention. Je songeais au chaleureux accueil qu'on m'avait réservé au cabaret, où je ne m'étais arrêté que pour boire avant de rejoindre Daphnee à l'hôtel, mais où, apercevant ma guitare, le patron avait poussé la bouteille devant moi et m'avait prié de jouer quelque chose à ses clients. J'ai réagi lorsque l'inconnu s'est arrêté devant moi pour me barrer la route. J'ai plongé la main dans ma poche, mais il était trop tard. « Je suis le révérend Cornell. Tu ne regarderas plus la femme de ton prochain avec concupiscence ! » s'est-il écrié, et, le temps que j'ouvre mon couteau, il dévoilait le verre couronné de fumerolles qu'il avait dissimulé jusque-là et me lançait son contenu au visage. À travers mes propres cris, je perçus son hurlement de douleur. Ma lame avait manqué son ventre, mais, dans sa précipitation, il s'était éclaboussé de vitriol le poignet et le dessus de la main. Une goutte d'acide avait même giclé dans son œil gauche, qui fut perdu. On estima que la punition était suffisante et que, d'une manière générale, il est difficile de démêler qui a tort et qui a raison dans les histoires de femme. Moi, je suis, comme dans la chanson, « borgne des deux yeux », et je sais qui, sur mes accointances avec les femmes, détenait la vérité : Marie Laveau la Seconde, la faiseuse de charmes du Bayou St. Johns.

Quand je suis sorti du dispensaire, j'avais toujours ma guitare à la main, mais personne ne m'attendait devant la porte. J'ai cherché à savoir où Daphnee – une fille beaucoup trop jeune et trop belle pour moi, je le reconnais – avait bien pu passer. Les gens de l'hôtel se montrèrent pour le moins évasifs. Ailleurs, tous ceux que j'ai interrogés et qui nous avaient vus ensemble ne se souvenaient même plus d'elle. C'était comme si elle n'avait jamais mis les pieds en ville. En tout cas, l'homme qui estimait avoir des droits sur elle ne l'avait pas retrouvée, lui non plus. Il se lamentait sur pareille ingratitude. Dans les estaminets, il m'accusait en pleurant dans son whisky d'avoir le cœur si mauvais que j'arrachais l'œil de celui qui venait délivrer au pécheur sa juste pénitence.

Revenu de Fort Bluehill, pendant plus d'un an j'ai fouillé le Mississippi de fond en comble, vivant à la dure, chevauchant sans trêve, ne respectant aucun des rythmes de la vie, comme si c'était moi qu'un obstiné recherchait, et pas dans l'intention de me serrer sur son cœur. Partout, quelqu'un croyait avoir remarqué la veille, la semaine d'avant ou trois mois plus tôt, une femme de mon âge errant avec une gamine haute comme ça (la taille approximative que je venais d'indiquer du geste) qui se dirigeaient par là, ou bien par là, ou alors de ce côté, à moins que, justement, ce ne fût de là qu'on les avait vu venir. Les derniers temps, au lieu de répondre à mes questions, les gens s'enfuyaient. En apercevant mon reflet dans la vitrine d'un arracheur de dents, à Jackson, je compris que, n'ayant pris aucun soin de ma personne l'espace de trois saisons entières, j'étais à faire peur. C'est miracle qu'aucun marshal ne m'ait arrêté, que personne n'ait lâché ses chiens ou ne soit aller décrocher son fusil à ma vue. N'ayant ni le goût, ni le loisir, ni les moyens de me nourrir correctement, je sentais mes forces décliner. Moi qui n'avais été malade qu'une seule fois, à l'époque où je partageais avec le bon vieux Jeb une cabane de chercheur d'or en Californie, je commençais, en découvrant la tête que j'avais, à craindre pour ma santé. Je me dis alors que, si j'avais envers ma Cassie et ma Loretta un devoir qui primait tous les autres, c'était de leur garder aussi intact que possible un mari et un père, jusqu'à l'heure des retrouvailles, qui sonnerait bien un jour. L'absurdité de ma conduite m'apparut alors dans toute son étendue. Je m'épuisais à découvrir la trace de deux personnes qui, selon toute probabilité, remuaient elles aussi ciel et terre pour me trouver. Ce manège pouvait durer éternellement ! Nous pouvions nous frôler mille fois dans nos quêtes respectives, sans que le hasard permette que nos pistes se confondent. Ce n'était pas entre les mains du hasard qu'il fallait se placer, mais dans celles de Dieu. Je possédais un os de chat noir certes susceptible d'écarter mes ennemis, d'égarer mes poursuivants, mais inapproprié, car ce n'était pas sa vocation expresse, pour attirer à moi la femme que j'aimais (d'ailleurs, ce genre de philtre vise en général à ensorceler celles qu'on n'a pas encore épousées, ou celles qui songent à vous quitter pour un autre). La magie de mon gri-gri avait largement fait ses preuves depuis que je m'étais enfui de la plantation. Si elle était inefficace dans le cas présent, seule une intervention du Tout-Puissant pouvait me venir en aide. Sa volonté déciderait de tout. Cassie et notre enfant me reviendraient quand et où Il l'avait prévu. Et à la condition, bien sûr, qu'Il ait statué en ce sens. « Les voies du Seigneur sont impénétrables ! » psalmodiait le révérend Boone quand le malheur frappait l'un d'entre nous. S'il en est bien ainsi et si les voies du Seigneur conduisent nos pas, à quoi bon courir en tout sens après un destin que nous ne distinguons pas, mais qui est déjà tout tracé ? Ce qui dépendait de moi seul était de me présenter sous ma meilleure apparence et en possession de toutes mes facultés au rendez-vous avec ma famille, au cas où ce rendez-vous aurait été écrit là-haut dans le livre de ma vie. Ce qui était de mon ressort était de croire qu'il l'était, de ne jamais perdre confiance, de ne jamais douter de notre Dieu, surtout si Son désir était d'éprouver ma foi. Je ne dis pas que ces pensées me délivrèrent de la peine, de l'angoisse, du regret, du sentiment d'absence et de la déploration, des cauchemars et de l'insomnie, des envies de mourir, mais elles en apaisèrent la brûlure. À la longue, elles me firent recouvrer assez de sérénité pour que je sois capable de me poser quelque part et d'attendre que la providence divine se manifeste.

Si le Seigneur avait consigné la date, l'heure et l'endroit de nos retrouvailles, peu importait que nous soyons, aujourd'hui, ici ou là. Encore à l'armée, j'avais entendu parler de ces Noirs, originaires du Sud comme moi, qui, après la guerre, fuyant la nouvelle servitude du métayage, étaient allés participer avec des Blancs, mais aussi des Jaunes, des Rouges et des Mexicains, à la conquête de ces territoires de l'Ouest qui étaient encore des pays d'aventure : l'immense étendue comprise entre la frontière du Mexique et celle du Canada, l'océan Pacifique d'un côté et les États constitués de l'autre. Le Nebraska, qui avait opté en faveur de l'Union au moment de la sécession, était tout récemment devenu l'un d'eux, le trente-septième, en 1867. On racontait que les gens de couleur partis du Tennessee ou du Kentucky, et auxquels le Kansas n'avait pas fait bon accueil, se retrouvaient là-bas et y fondaient leurs propres colonies. Le bruit courait même que ceux qui tentaient seuls leur chance trouvaient du travail sur les pistes, à proportion de leurs aptitudes. Elles seules, paraît-il, déterminaient la façon dont ils étaient traités. Vous veniez à bout des besognes les plus rudes ou les plus rebutantes, le Blanc qui n'y parvenait pas vous respectait. J'avais du mal à admettre cette idée mais, de toute part, on m'affirmait qu'une certaine camaraderie régnait dans les villes nouvelles, où un homme de ma race, ayant partagé les efforts et les fatigues de tous, ayant affronté les mêmes dangers, fréquentait les mêmes bars et les mêmes dangers que n'importe qui. Il portait comme chacun un revolver à la ceinture. On lui confiait parfois la charge de shérif, et il ne la devait pas à la fantaisie d'un quelconque carpetbagger ou politicien nordiste : uniquement à ses poings, à la précision de son tir et au sens de la justice dont il montrait l'exemple dans des contrées sans lois. Après avoir, une fois de plus, occupé huit mois durant un emploi dans un ranch du Missouri, de manière à réunir un pécule, c'est vers le Nebraska que je dirigeai ma monture, une bête solide que j'avais achetée à mon patron la veille de mon départ. Dans une boutique, je fis l'emplette d'un morceau de lard et d'un sac de haricots.

Mon harmonica n'avait jamais quitté ma poche. Dans ma solitude, dans mon désespoir, il m'avait tant prêté secours que mes mains, en s'agrippant à lui, en essayant de lui tirer les appels les plus déchirants ou les plaintes les plus funestes, avaient déformé le métal, dessiné en lui des creux et des bosses, comme s'il s'agissait d'un morceau de pâte à modeler. Cependant, loin de le mettre hors d'usage, ces mauvais traitements l'avaient adapté de façon plus étroite à mes lèvres, à mes dents, à mon souffle, à mes intentions. En aucun cas je ne l'aurais échangé contre un instrument neuf, l'honneur du fabricant, plaqué à l'or fin et coûtant une fortune. Ce rebut était un objet unique en son genre : l'harmonica de Silas. Il ne parlait qu'à son maître, mais il en disait plus long, alors, que le plus éloquent de ses congénères. Sûrement, aucun autre n'aurait su répéter la moitié de ce qui me passait par la tête. Lui ne se contentait pas de cela : il confiait aussi au vent et aux ténèbres ce que j'avais *derrière* la tête.

Pour m'intégrer à des groupes de colons, il fut, au Nebraska, mon meilleur atout, avec mes muscles, mon adresse au tir, mon passé de contremaître, d'orpailleur, de caporal et d'infirmier, ma connaissance des chevaux, du bétail, des Indiens, des techniques de construction et des tactiques militaires. J'ajouterai à la liste ce que je dois bien appeler mon sérieux et, surtout, l'équilibre dont je paraissais faire preuve grâce à mon silence et à mes gestes mesurés. Et à mon regard. Toujours tranquille, toujours long, toujours droit. J'avais depuis longtemps perdu l'habitude de le baisser. Pour autant, je ne cherchais querelle à personne. J'étais aussi sobre que possible. J'évitais les cartes et les dés. J'attendais, sous le regard du Seigneur, qu'Il voulût bien m'envoyer ma famille, comme il avait envoyé Moïse et Aaron aux Hébreux. Mais on se méprenait sur mon attitude et on me désignait comme le sage de l'endroit. Je n'avais pas brigué cette responsabilité. Néanmoins, je n'allais pas m'en décharger. Je jouai donc, plus d'une fois, le rôle d'un conseiller, d'un arbitre, d'un juge de paix. J'espère avoir donné des avis pertinents et ne pas avoir manqué à l'équité. En tout cas, j'aurai protégé l'un de mes semblables du génie qu'il avait de se rendre impopulaire et de se jeter au-devant des ennuis.

Il fut mon petit frère. Je n'ai jamais rien su de lui, même pas son nom. Il se faisait appeler Blue, rien que Blue. Pour les hommes des pistes, il était aussi « le Chanceux », ou bien « Banjo ». C'était un petit bonhomme vif et maigrichon, qui avait le visage d'un homme de trente ans sur le corps d'un adolescent monté en graine. Partout où il se posait, c'était sur une seule fesse, à l'extrémité du banc ou au bord de la chaise, prêt à décamper. Même à table, il ne faisait que passer. J'aurais eu moi-même à lui attribuer un sobriquet, j'aurais choisi « l'Anguille » ou « le Courant d'air ». Il se voulait insaisissable. De sa part, je me suis vite rendu compte que ce n'était pas une précaution superflue. Il m'amusait, j'éprouvais de la sympathie à son égard, mais je devais être le seul. Il agaçait tous les hommes qui le rencontraient, à l'exception de ceux qu'il exaspérait. Beaucoup souhaitaient lui donner une leçon dont il se souviendrait, simplement pour qu'il cesse de vibrionner autour de nous, raillant les uns, narguant les autres, éprouvant la patience des plus flegmatiques et froissant des susceptibilités qu'on aurait pu croire en peau de rhinocéros. D'aucuns étaient décidés à calmer ses ardeurs de la façon la plus radicale. Non sans peine, j'essayais, d'un côté, de le rendre plus sociable, et, de l'autre, de ramener à de plus justes proportions la vindicte des personnes, chaque jour de plus en plus nombreuses et de plus en plus remontées, qui s'estimaient offensées par sa conduite ou par ses paroles.

Dans une communauté de pionniers, où l'on passe une grande partie de ses journées en selle, Blue était à peu près aussi bienvenu qu'un furoncle au derrière. Comment, dès lors, avait-il été admis dans la nôtre ? Pourquoi, comprenant le genre d'individu qu'il était, ne l'en avait-on pas chassé sans autre forme de procès ? J'étais arrivé après lui : ce fait aurait pu expliquer ma perplexité, si les plus anciens membres de notre groupe ne s'étaient trouvés dans le même état d'esprit que moi. Chacun se posait ces mêmes questions ; nul n'avait de réponse à fournir. Se débarrasser de cette mouche du coche était de l'avis commun la mesure à prendre de toute urgence – à ceci près qu'elle était sans cesse remise à plus tard. Sous quel prétexte ? On ne se donnait pas la peine d'en chercher.

« Tu vas voir ! », « Tu ne perds rien pour attendre ! », « Tu ne l'emporteras pas en paradis ! », c'étaient les menaces et les malédictions que mon protégé entendait à chacun des tours – pas toujours du meilleur goût, je dois le reconnaître – qu'il ne pouvait s'empêcher de jouer aux plus pompeux et aux plus guindés de nos camarades. Il lui fallait sans cesse éviter leur courroux, opération dont il profitait d'ailleurs pour offusquer un peu plus loin des citoyens auxquels il ne s'était pas encore attaqué. J'ai dans l'idée que chacun, à part soi, se délectait de voir mortifier ou ridiculiser ses voisins. Certes, son tour viendrait, presque à coup sûr, mais, en attendant, il aurait vu se dégonfler bien des baudruches, s'abîmer dans le dérisoire bien des prétentions, et il aurait vu bien des dignités et des courtoisies tomber comme des masques. Ce jeu de massacre n'était pas sans risque pour lui, et il le savait, mais, aux yeux de la plupart, le jeu en valait la chandelle. Blue vous rendait la vie impossible. Il vous faisait perdre la face dès que vous lui en offriez l'occasion. En même temps (je me souvenais d'une histoire que le major Fairmont m'avait racontée), il tenait le rôle du bouffon d'autrefois, sans qui, à force de contraintes et d'humiliations, la vie dans les cours royales aurait été irrespirable. Un campement de colons a peu de rapport avec un château du Moyen Âge, qui n'en conviendrait ? Pourtant, le jeu consiste là aussi à établir son autorité, à s'arroger des privilèges, à se créer des vassaux et à se garder des cabales, des manigances. Entre les forces en présence dans notre groupe, les impertinences de mon ami maintenaient un équilibre, tantôt servant les intérêts d'une coterie, tantôt dénonçant ses visées. Il empêchait les factions rivales de se sauter à la gorge, d'une part en s'exposant à leur place, d'autre part en les réconciliant sur son dos. Ce garçon leur épargnait la peine de désigner un bouc émissaire : on n'allait certainement pas se priver d'une telle commodité ! Partout il était importun, mais nul n'aurait pris l'initiative de le bannir. C'est ainsi que l'intolérable était toléré et que l'on continuait à nourrir une bouche inutile, car Blue était passé virtuose dans l'art d'éviter les tâches pénibles et de couper aux corvées.

Autre paradoxe : on le méprisait sans réserve, et pourtant il exerçait un double ascendant sur la communauté, grâce au jeu et à la musique. « Les cartes, plastronnait-il, ne m'en laissez pas approcher ! Sauf ces enfoirés de piques, c'est moi qui les ai inventées. Elles me mangent dans la main ! » Les faits semblaient lui donner raison. Et les dés le favorisaient tout autant. Une veine insolente le poursuivait partout où des sommes d'argent étaient engagées sur une issue aléatoire (ce qui ne le retenait pas de triompher au surplus dans les concours d'adresse, notamment au fer à cheval). Pour chaque homme qui se mesurait à lui autour d'une table, il y en avait trois ou quatre, grimpés sur des tabourets ou vautrés sur le sol, qui épiaient le moindre de ses gestes, surveillaient ses manches, ses poches, ses bottes, et veillaient à ce qu'il ne porte pas la main à son chapeau. Tout un escadron s'était collé à lui. Il ne pouvait remuer une oreille sans être suspecté d'accoucher par l'autre d'un cinquième as. Peine perdue ! Il se contentait de ramasser ses mains (qu'il consultait à peine et ne se donnait pas le mal de mettre en ordre) et, même lorsqu'il n'était pas le donneur, touchait au moment opportun, après s'être défaussé de ses piques sans avoir l'air d'y toucher, la figure qui faisait basculer la partie en sa faveur. Neuf fois sur dix, il s'agissait du valet de carreau. Il le présentait comme son double. Son double en train de contrôler au bénéfice du « Chanceux » les transactions invisibles qui s'effectuaient entre les cartes restées sur la table. « Ce Jack Of Diamonds, expliquait-il avec l'air de se foutre du monde, ce sont mes yeux et mes oreilles à l'intérieur du paquet. Dès qu'il me saute dans la main, il me raconte tout ce qui s'y passe. Vous, les gars, vous vous imaginez toujours que les cartes n'ont pas envie de s'amuser un peu, elles aussi. Conneries ! Les hommes jouent aux cartes, mais les cartes jouent aux hommes, et elles en ont plus qu'eux sous les sabots, je vous en fiche mon billet ! À chaque tour de piste, elles leur mettent vingt longueurs dans la vue ! » Pour la plupart des spectateurs, il n'y avait pas trente-six solutions : ou l'on avait affaire à un foutu prestidigitateur, ou bien Blue, avec ses airs d'andouille, cachait quelque part un œil qui traversait le carton pour lire ce qui était imprimé de l'autre côté.

Admettre simplement que le hasard s'était rangé une fois pour toutes dans son camp, telle une grêle qui, printemps après printemps, criblerait le voisinage, mais s'arrêterait aux limites de votre terre, moi-même je n'y parvenais pas. Cette histoire m'obsédait. Cent fois, je me suis mordu la langue, puis j'ai fini par lui demander sans détour : « Dis-moi – ça restera entre nous : est-ce que tu triches, Blue ? – Non, m'a-t-il répondu. Mais le Diable triche à ma place, et il est foutrement plus doué que je ne le serais au cas où je tenterais le coup ! Qu'est-ce que je peux faire ? Est-ce ma faute s'il se perche sur mes épaules, chaque fois que j'éclaire un tapis ? » Et d'ajouter en désignant ma main mojo : « Moi, pourtant, tu vois, je ne m'accroche pas de porte-bonheur autour du cou ! » De cette situation découlaient diverses conséquences. Pour commencer, tous les autres joueurs du coin étaient plus ou moins ses débiteurs. Ensuite, beaucoup vivaient dans l'espérance, soit de le prendre enfin la main dans le sac, soit d'acquérir en l'observant des astuces grâce auxquelles ils parviendraient eux-mêmes à plumer des pigeons, en particulier dans les autres communautés. En dernier lieu, j'imagine que nous étions fiers d'héberger un phénomène de cet acabit. Au reste, on nous le jalousait. Des professionnels du jeu, en chemise à jarretières et chapeau claque, furent soudoyés pour lui river son clou : ils repartirent la queue basse. Blue, le nid de guêpes ambulant, n'était plus seulement un mal nécessaire. Il était devenu un luxe qui, forcément, avait son prix. Fatalistes, les camarades soupiraient et jugeaient qu'en définitive ils y trouvaient leur compte. Ce qui, au demeurant, ne les dissuadait pas toujours de lui faire un mauvais parti. Mais, jusque-là, il avait toujours réussi à leur glisser entre les doigts.

Il faut dire que, s'ils souhaitaient sa mort, ils avaient peur de l'abîmer. En particulier ses mains. Ils étaient les premiers à le proclamer : elles valaient de l'or lorsqu'elles touchaient les cordes de son instrument. Blue était haï. Le Chanceux inspirait la méfiance et l'envie, en même temps qu'une sorte de crainte sacrée. En revanche, on admirait Banjo sans réserve, et même, tout le temps qu'il jouait, on lui avait de la reconnaissance. J'irai jusqu'à supposer qu'on l'aimait. Ce n'était pas difficile, au demeurant, parce que, dès que la musique venait sous ses doigts, non seulement ses auditeurs, mais lui-même, se transformaient en d'autres personnes. Toutefois, c'était chez mon ami que s'opérait la métamorphose la plus radicale. On voyait, d'un instant à l'autre, s'effacer les plis que des années d'ironie et de sarcasmes avaient laissés sur son visage. Les lueurs acidulées de son regard, les mouvements furtifs de ses yeux toujours sur le qui-vive, irrésistiblement attirés par ce qui se passait à droite, à gauche, derrière lui ou très loin devant, tout cela s'effaçait d'un coup. Il donnait l'impression, non pas de rajeunir (encore qu'il y eût un peu de ça), mais de renouer avec une innocence dont toute son attitude, d'ordinaire, semblait repousser la simple éventualité. Voilà, j'y suis. C'était ce parfum de cynisme flottant autour de lui qui s'évaporait soudain. Ce relent de scepticisme et de désespoir qui l'empêchait de respirer à sa guise. Blue n'avait aucune foi en l'homme, et – en dépit ou à cause de sa chance miraculeuse – pas plus en soi-même qu'en n'importe lequel des individus qu'il se plaisait à tarabuster. Mais il croyait en la musique. Il estimait que les gens étaient des menteurs, des lâches, des orgueilleux, des jaloux, des malveillants, des bousilleurs et des hypocrites : des pantins qui auraient été pathétiques si chacun n'avait eu la prétention de tirer les ficelles des autres. Il estimait qu'à cause d'eux, de leur bêtise insondable, de leur immense et voluptueuse cruauté, de leur vanité sans mesure et de leur ridicule sans borne, à peu près plus rien n'était pur sur la terre. Le ver était dans le fruit. Et le ver, à ses yeux, c'était l'humanité. L'humanité dans tous les sens du terme.

La communauté des vivants doués de raison. Mais aussi l'imperfection de leur nature (d'après lui, le seul talent qu'ils savaient faire fructifier, de manière à mourir encore plus défectueux qu'ils n'étaient nés). Et enfin, l'humanité considérée comme élan spontané de l'homme vers ses semblables. Il prétendait que celle-ci n'était qu'une forme déguisée, et d'autant plus nauséabonde, de l'apitoiement sur soi. De l'apitoiement de chacun sur sa propre incapacité à prendre la place de Dieu. « Tu comprends, me confiait-il, le type a beau faire, il n'arrive pas à se coller l'auréole suprême sur la tête et à envoyer tout ce joli monde, je veux parler des autres bipèdes de son espèce, casser les cailloux en enfer pendant qu'il fumerait le cigare et se taperait des favorites à la chaîne. Alors, il court se consoler dans les bras de cette racaille du malheur de n'avoir pas réussi à se débarrasser d'elle. Les autres font pareil de leur côté. Ils se retrouvent tous au centre en train de se pleurnicher dessus, tout en se regardant de travers à la dérobée. Moi, qu'est-ce que tu veux, ce spectacle me retourne l'estomac. » Puis vous lui tendiez son banjo, il l'asseyait sur sa hanche et, comme par enchantement, son regard se mettait à refléter un monde vidé de sa part obscure. Assaini. Purifié. Un univers où, entre la beauté et la beauté, rien d'autre ne se glissait qu'un silence, tantôt plein de promesse, tantôt plein de nostalgie.

Pour tous les vrais musiciens (je ne parle même pas des bons !), leur instrument, c'est un morceau d'eux-mêmes, c'est un organe de leur corps. Je sais ce que mon harmonica est devenu pour moi au fil des années, et je ne prétends pas être un musicien du tout. Imaginez quelqu'un comme Banjo ! « Jouer » n'est pas le terme qui convient pour décrire sa relation avec l'objet que les hommes du camp appelaient « la poêle à frire » et auquel lui ne s'adressait – toujours à mi-voix – que sous le nom de « Mister Blue ». Comme si, du couple qu'ils formaient, seul son outil était une personne. Blue se voyait comme une couleur. Une couleur qui, dans le langage du Noir, est une ombre. Blue était l'ombre de son banjo. Sa tristesse. Son défaut de lumière. Ce qui, s'était-il mis en tête, l'empêchait d'être tout à fait étincelant. Drôle d'idée ! Cet instrument rayonnait, en vérité. C'était lui qui lançait des poignées d'étoiles au ciel, si la nuit était noire. Est-ce que ça ne suffisait pas ? Est-ce que ce n'était pas assez merveilleux ? Que pouvait donc se reprocher mon frère, alors qu'il fabriquait toute cette féerie ? De quelle musique rêvait-il ? Quelles vertigineuses ambitions Mister Blue avait-il semées dans son âme ?

Si la question se trouvait dans la musique, la réponse devait y être aussi. Ni l'une ni l'autre ne me semblait de mon ressort. J'ai pourtant désiré être initié à ce mystère, j'ignore pourquoi. Je ne lui en ai pas touché mot : mon ami l'a deviné tout seul. Il m'a dit :

« Tu voudrais apprendre à te servir de cet instrument, hein, chef ?

– Eh bien… je ne sais pas. J'imagine que oui.

– Tu n'y arriveras pas. Personne n'y arrive. Mais on peut apprendre à le servir. J'aime autant te prévenir : on n'y parvient pas non plus. Ses exigences sont infinies. Tu meurs, elles continuent. Tous les musiciens s'allongent six pieds sous terre, elles continuent.

Le Seigneur arrête la course des planètes et les range au fond d'un tiroir, elles continuent… Ça te tente toujours ? Est-ce que tu es fou, Silas ? Est-ce que tu es assez fou pour ça ?

– Sans doute que non. Mais assez pour avoir envie.

– Qu'est-ce que tu connais à la musique ?

– Rien.

– Tu mens. On n'en serait pas là si tu disais la vérité.

– Admettons. Je ne connais que ce truc-là, en tout et pour tout. »

Et j'ai tiré l'harmonica de ma poche. Ce qui avait été un harmonica à deux sous.

« Montre-moi un peu. Souffle.

– Je connais deux ou trois airs, mais, le plus souvent, je joue comme ça me vient.

– Ça me plaît. C'est ce que je souhaite entendre. »

J'ai fermé les yeux. J'ai vu mon vieux Jeb. Je l'ai vu comme s'il était là. Il hochait la tête, il me souriait. J'ai joué pour lui. Au bout d'un instant, un accord de banjo s'est élevé, presque impalpable, et il s'est posé sur le bruit de l'harmonica. Puis un autre. Puis un troisième. Et je ne pouvais plus m'arrêter, parce que Mister Blue m'avait pris par la main. J'ai marché avec lui très longtemps. Il m'ouvrait des portes. Il éclairait ma route. Il murmurait des encouragements à mon oreille. Il savait où j'allais, et, du coup, j'allais quelque part. Ça ne s'était jamais produit. Je soufflais et puis, à un certain moment, comme si j'étais à bout de souffle, je détachais l'harmonica de mes lèvres (ou l'harmonica s'en éloignait) et j'essayais de ne pas pleurer. Là, j'ai traversé le pays des larmes, j'ai traversé bien des pays étranges, et je soufflais toujours. Puis j'ai entendu résonner en sourdine le banjo que Blue venait de reposer. J'ai entendu l'harmonica se taire. J'ai rouvert les yeux. Une voix inconnue m'a dit : « Qu'est-ce que tu ferais d'un banjo ? »

Mais mon frère ne pouvait plus rien me refuser. D'après lui, j'étais inspiré par la musique elle-même, et, au-delà, par ce qui inspire la musique. Je n'avais besoin d'aucun intermédiaire. À peine de ce jouet d'enfant cabossé, écrasé, à demi détruit, que je faisais disparaître dans mes mains en conque et à l'intérieur de ma bouche et qui n'était rien d'autre que le prolongement de ma voix, le support de ma respiration, un relief sculpté par le vent de Dieu lorsqu'il me traversait et passait par ma bouche. Blue m'enseignerait les rudiments du banjo, si je tenais absolument à apprendre ce que je savais déjà, mieux que lui et sans doute mieux que son banjo. Il y mettait trois conditions. Je laisserais mon instinct me guider, plutôt que les règles et les procédures – et d'une. Je lui montrerais, de mon côté, comment tirer des sons d'un harmonica – et de deux. Chaque fois qu'il ferait chanter ou danser les gens, chaque fois qu'il les tiendrait sous le charme des airs qu'ils aimaient et de ceux qui leur brisaient le cœur, je serais à son côté avec mon instrument – et de trois. Sur tous ces points, j'avais de sérieuses objections à présenter. Il ne voulut rien entendre. Il me dit qu'à nier le don que j'avais reçu j'offensais la Musique et le Créateur, en même temps que je laissais pourrir les fruits de mon verger. Il me regardait comme une sorte d'élu, de saint, de prophète, de messie, et, à cause de la haute idée qu'il se faisait de moi, ne supportait pas que je le contredise lorsqu'il s'agissait de mes capacités ou de l'usage que je devais en faire pour remplir ma mission ici-bas. Le Blue que j'avais connu donnait le sentiment qu'il se fichait de tout et de tous ; celui que je découvrais, obsédé par une idée fixe, était intraitable. Sur le sujet de mes dispositions surnaturelles, il n'aurait pas concédé un pouce de terrain à qui que ce fût, et, à moi, même pas le millième de cela. Il s'était institué le gardien de ce prétendu trésor. M'empêcherait non seulement de le dilapider, mais de m'asseoir dessus bras ballants. Jusque-là, je l'avais recueilli sous mon aile. Tout à coup, c'était lui qui prenait mes affaires en main, et cette main se révélait une main de fer. Je l'avais protégé de toutes les baudruches qu'il s'ingéniait à percer : désormais, il me protégerait à son tour. Il me protégerait de ma paresse, de mon ignorance et, avant toute chose, du peu de foi que j'avais en moi-même.

Et voilà qu'au lieu d'asticoter et de chahuter nos camarades il passait tout le temps que nous avions de libre à me houspiller. Il me voulait digne du joyau dont j'étais le dépositaire. Pour un peu, il m'aurait fait cirer mes bottes et porter un chapeau neuf… C'était absurde, c'était touchant, c'était lassant et ridicule, mais, au bout de trois mois, le fait est que je commençais à me débrouiller avec un banjo. Je ne livrerai pas le détail de ses leçons. Tout ce que je puis dire est qu'elles consistèrent pour l'essentiel à me faire découvrir par moi-même les principes et les possibilités de l'instrument, sous l'éternel prétexte que, ce que je cherchais, je l'avais déjà trouvé. On va hausser les épaules, mais je dois avouer que j'ai fini par me demander si, dans sa folle exaltation, mon ami n'avait pas un peu raison. À ma profonde surprise, en effet, le banjo ne m'opposait aucun obstacle infranchissable. De lui-même, il me livra nombre de ses secrets alors que j'en étais encore à l'explorer. Le reste me fut révélé par l'observation de Blue lorsque nous nous produisions ensemble devant le feu, ou chacun debout sur un tonneau, dans une grange qu'on venait de construire. Je me plaçais de façon à pouvoir suivre sans peine les déplacements de sa main gauche sur le manche, les diverses positions de ses doigts, en liaison avec les allers et retours de son poignet droit. Très vite j'en compris la logique. Non content d'être en mesure de les reproduire, je parvins bientôt à les prévoir. Trois mois de plus et je commençais à imaginer des façons d'affûter ou de compliquer cette mécanique, d'enrichir les accords et de diversifier les rythmes. La virtuosité me manquait encore. Ma technique restait défaillante, et en aucun cas je n'aurais pu remplacer mon ami s'il était tombé malade, même avec l'assurance que je bénéficierais de l'indulgence du public. Cependant, je me savais capable d'améliorer – dans ma tête, pour l'instant – son approche de l'instrument. Cette conviction m'embarrassait, pour ne pas dire qu'elle me faisait honte, et, comme on s'en doute, je me gardais bien de la lui faire partager.

Dans ce coin du Nebraska où nous étions, plusieurs petites communautés ont pris langue et décidé d'édifier ensemble une ville qui les abriterait toutes. Une ville ? Entendons-nous bien : deux rangées de constructions en bois qui se faisaient face, de part et d'autre d'un espace défriché, grossièrement aplani, transformé en champ de boue à la première averse et baptisé, d'un bout à l'autre des territoires, « rue Principale »[1]. Le deuxième édifice dont on fêta l'achèvement fut la prison, bien que nous manquions (et manquerions jusqu'à notre départ) d'un candidat à l'étoile de fer argenté. Le premier avait été le saloon, que les hommes, contre l'avis de leurs épouses, avaient appelé de leurs vœux. Il n'y avait pas non plus de barman dans nos rangs, mais, comme par enchantement, deux jumeaux qui se disaient orfèvres en la matière firent leur apparition, tassés sur le banc d'une méchante carriole hérissée de flèches indiennes, au fond de laquelle brinqueballaient plusieurs caisses de bouteilles de whisky, entre quelques tonnelets de bière. On aurait publié une petite annonce dans le journal qui n'existait pas encore, et distribué cette publication aux alentours, l'effet n'aurait pas été plus foudroyant. Puisqu'ils semblaient s'y connaître, jusqu'à plus ample informé ces hommes géreraient l'établissement contre un loyer, en plus d'en former le personnel.

Le jour de leur arrivée, nous animâmes une soirée dansante, Blue et moi. J'avais du mal à les comprendre, mais, si nos concitoyens ne montraient pas envers les gémissements de mon harmonica le même enthousiasme que mon partenaire, ils leur témoignaient la plus grande indulgence. C'était toujours, et

1. *Main Street.*

à juste titre selon moi, le banjo qui les fascinait. Néanmoins, ils toléraient mes interventions. Il leur arriva même de les encourager, voire, une fois ou deux, de les réclamer. Après le bal, ce fameux jour, les cabaretiers nouvellement promus vinrent nous trouver. Ils nous proposaient d'être, le samedi soir et le dimanche après-midi (pour commencer), l'orchestre attitré du saloon, où l'on nous servirait gratis, y compris le reste de la semaine. Ni Blue ni moi n'étions des buveurs très assidus. Nous acceptâmes malgré tout, sans prendre le temps de la réflexion, parce que nous éprouvions un plaisir de plus en plus vif à jouer pour les gens, et que les conditions étaient meilleures sous un toit qu'en plein air, où, à diverses reprises, les caprices du ciel nous avaient contraints à remettre… – ai-je le droit d'appeler ça « un concert » ?

L'habitude fut prise de nous lancer des pièces. Je me distinguais maintenant dans les opérations de dressage, autant que dans les travaux de force. On prétendait que je n'avais pas mon pareil pour briser les chevaux sauvages. Pourtant, l'assemblée qui tenait lieu de conseil municipal m'incita à me reposer le matin, de manière à pouvoir donner jusqu'à l'aube la réplique à Banjo, que les vachers étaient heureux de ne plus avoir dans les jambes jusqu'au déjeuner. En échange il faudrait que nous nous produisions chaque jour, après le coucher du soleil. Mon ami, peu à peu, s'était entiché des boissons fortes, lesquelles m'attiraient moins qu'autrefois. Il n'émergeait de leurs vapeurs que tard dans l'après-midi. Moi, on me ménageait le plus possible, de crainte que j'arrive fatigué sur la petite estrade qu'on avait dressée pour nous, dans un angle du Chardon Bleu, le nom attribué à notre cabaret au terme d'une séance houleuse où plusieurs personnes en étaient venues aux mains. Nous avions presque le statut de musiciens professionnels. On m'apporta spontanément de l'aide lorsque je décidai de nous bâtir une cabane, à deux pas du saloon.

Je viens d'en rapporter l'essentiel, mais, entre mon arrivée au Nebraska et l'édification de cette baraque, ma première maison bien à moi depuis que j'avais enterré mon vieux Jeb, il s'était écoulé un peu plus de cinq ans. En 1874, le bruit courut qu'on organisait des élections à Ogallala – la plus grande ville de la région, à environ soixante miles au sud-ouest de notre localité – et que les Noirs, contrairement à ce qui se passait un peu partout sous la ligne, auraient accès aux urnes. Comme beaucoup de gens de couleur, je n'avais encore jamais eu l'occasion de voter. Vivant au milieu d'une colonie bigarrée où l'on m'acceptait très bien (même Blue, ce n'était pas à sa nuance de peau qu'il devait sa mauvaise réputation), je ne passais certes pas mon temps à ruminer cette frustration. Néanmoins, je n'allais pas me priver d'exercer une liberté que m'offrait la Constitution des États-Unis d'Amérique et que personne autour de moi, semblait-il, ne songeait à remettre en cause. Or, en 1870 (mais je ne l'avais pas su à l'époque), le quinzième amendement avait instauré le suffrage universel, en particulier sous la pression (je l'ignorais aussi) des territoires de l'Ouest. On comptait dans les rangs des pionniers nombre de démocrates, quelques visionnaires et un fort pourcentage d'hommes qui, cela n'avait rien d'étonnant, préféraient en toute chose l'innovation, sinon l'aventure, au confort des vieilles ornières. Il y avait là des Européens que leurs pays de naissance avaient jugés indésirables et qui, parfois, avaient commis au détriment de leurs contemporains des actes peu glorieux, mais qui n'en étaient pas moins des partisans convaincus de cette justice fondée sur la liberté de chacun et sur l'égalité des droits entre tous les individus qui peuplaient la terre. Pour dire la vérité, la plupart éprouvaient tout de même quelque peine à étendre ce principe aux Indiens : dans les espaces à conquérir, un fleuve de sang séparaient ceux-ci des autres races. Au Chardon Bleu, où tous les consommateurs me tapaient sur l'épaule, où les trois Chinois de la ville, qui savaient se faire encore plus petits que leur taille, trouvaient place aux tables, on ne servait pas les « emplumés ». Néanmoins, toute une famille de Rouges vécut parmi nous, alors même que nous massacrions leurs frères sans répit et que ceux-ci, en retour, nous réservaient leurs pires atrocités. Je n'affirmerai pas qu'elle s'y maintint « en bonne intelligence » avec le reste de la population, pour la bonne raison qu'on ne se comprenait guère, qu'on ne se parlait pas, et surtout que le sort de ces malheureux ne tenait qu'à un fil : ils devaient se rendre le plus invisibles possible. En fait, ils devaient vivre comme s'ils n'existaient pas. Pourquoi s'accrochèrent-ils à cette affreuse condition ? Je suppose que les leurs les avaient proscrits. J'imagine qu'ils ne pouvaient plus choisir qu'entre être des fantômes ou être des cadavres. Tout Indien qui se respecte préfère la deuxième solution. Ceux-là ne se respectaient pas. Sans doute attachaient-ils trop de prix à l'humble privilège de respirer. En définitive, à leur insu comme au nôtre, ils ne se trouvaient pas chez nous par hasard : ils avaient les mêmes priorités que beaucoup d'entre nous.

En 1890, l'État du Mississippi prendra des mesures afin que le droit de vote soit légalement retiré aux Noirs, auxquels, déjà, la Constitution ne permettait plus d'interjeter appel devant la Cour suprême, le quatorzième amendement qui leur avait offert cette possibilité ayant été déclaré inconstitutionnel par cette même juridiction, sept ans plus tôt... En 1898, l'État de Louisiane ne craindra pas de décréter cette ignominie : ne seront désormais autorisés à exprimer leurs suffrages que les Noirs dont les grands-parents avaient eux-mêmes bénéficié du droit de vote avant le 1er janvier 1867, date à laquelle ce droit n'avait pas encore été accordé aux Américains de couleur... Au début des années soixante-dix, cependant, dans les territoires, il nous était largement reconnu. Encore fallait-il des élections pour l'exercer. Celle d'Ogallala, qui concernait non pas cette ville dont nous n'étions pas citoyens, mais le Nebraska tout entier, fut la première dont la rumeur publique nous informa. Mon ami Blue, on le devine, était capable d'ironiser des heures durant sur les illusions et les outrecuidances du système démocratique, qui, disait-il, « fait couronner des voleurs par des honnêtes gens et des imbéciles par des personnes sensées ». Ses droits, pour autant, lui non plus n'était pas disposé à y renoncer. « Au moins, me confia-t-il, j'aurai contribué à toute cette foutue pagaille ! »

Personne d'autre en ville n'avait envie de parcourir une route aussi longue et, à cause des Indiens, aussi dangereuse, pour l'unique plaisir d'offrir la victoire à un complet étranger et de faire mordre la poussière à un complet inconnu. Peut-être aurions-nous dû renoncer à notre projet si, par une heureuse coïncidence, un détachement de cavalerie n'était justement passé par chez nous, se dirigeant sur le fort qui protégerait Ogallala. Ayant fait allusion à mes états de service dans l'armée des États-Unis, j'obtins sans peine du lieutenant qui le commandait la permission de lui emboîter le pas. Nous réunîmes des couvertures et des provisions. Je vérifiai mon revolver, fourrai dans une des fontes de ma selle *Les Cerisiers de Géorgie*. (Le livre du major m'avait accompagné partout. Il m'était arrivé de dormir à la belle étoile en le serrant sur ma poitrine, parce que c'était aussi, en un certain sens, un souvenir de ma Cassie. Et puis, en notre absence, un rôdeur aurait pu s'introduire chez nous et s'en emparer : nous n'avions pas tant d'objets de valeur.) Blue accrocha le banjo à son dos, à la façon d'une carabine, et nous partîmes.

À mes yeux, le lieutenant était un gamin de quinze ans. Il ne devait pas en avoir beaucoup plus de vingt. Tout indiquait qu'il venait de l'est du pays (j'aurais dit Boston ou Providence) et qu'il n'avait pas encore eu l'occasion de s'aventurer plus bas que Harrisburg, Columbus – à la rigueur Indianapolis et Springfield. Au bivouac, il s'avança jusqu'à nous avec timidité, décrivant un arc de cercle pour donner l'impression qu'effectuant une ronde il tombait sur moi par hasard. On aurait dit que les rôles étaient inversés. Que c'était moi l'officier et lui un homme du rang. À sa sortie de West Point, le général Sherman l'avait envoyé combattre les Indiens. Or, il n'avait jamais vu d'Indien qu'en image, et cette mission (patrouiller le long de la piste d'Ogallala) était sa première. Un vétéran dans mon genre devait en savoir long sur les mœurs et sur les tactiques des sauvages. Je tâchai de répondre aux questions qui se bousculaient sur ses lèvres et qui, toutes, se ramenaient à une interrogation fondamentale qu'il s'interdisait d'exprimer : comment partager avec la peur son existence quotidienne, ses nuits comme ses jours, et jusqu'à ses plaisirs, jusqu'à ses amours ? De plus, un oncle à lui avait été fourrier à Bluehill, mais c'était à une époque où je ne m'y trouvais pas. Blue grattait doucement son banjo avec le gras du pouce, en regardant ailleurs afin de respecter l'intimité de cette conversation. Je ne savais trop quoi dire à ce lieutenant, en vérité. Chaque homme renferme une âme qui est unique. Chaque homme renferme une peur qui est unique. On prétend que la peur de l'un peut être multipliée par la peur de l'autre. C'est possible. Ce qui est certain, c'est que la peur de celui-ci ne peut être divisée ni par la peur ni par le courage de celui-là. Mais je n'aurais pas eu la cruauté de faire cette révélation à un petit jeune homme blanc bien élevé. D'ailleurs, quelque chose dans son attitude me laissait penser qu'à son insu il n'avait pas besoin de moi pour lever un coin du voile. De lui-même, il avait déjà découvert que, si l'extrême solitude peut être parfois l'ultime défense contre la peur, pour peu que vous soyez un héros ou un saint, la peur, elle, est toujours l'autre nom de la solitude. Il avait pressenti cela, et il n'attendait de moi qu'une chose, sans pourtant le moindre espoir de l'obtenir : l'assurance qu'il s'était trompé. L'assurance qu'il existe au moins une solution à la peur qu'il ne faut pas chercher en soi-même, c'est-à-dire au fond du puits de sa propre peur. Qu'il existe, à l'extérieur, des clés, des trucs, des recettes, des remèdes, des paroles et des poudres magiques. Cependant, j'insiste, il avait d'ores et déjà compris que nourrir ce genre de chimère est inutile. Un événement s'était produit dans son existence, qui l'avait amputé de son innocence en la matière – et quant à dire si cette amputation est une bonne ou une mauvaise chose, le Démon seul en est capable, mais c'est un secret qu'il ne glisse qu'à l'oreille des mourants, sur les champs de bataille.

Je vis la pomme d'Adam du garçon aller et venir dans sa gorge. Il s'éclaircit et baissa encore la voix, de telle sorte, je suppose, que je sois seul à l'entendre.

« Je connais un livre où sont formulées toutes les questions qu'un soldat se pose sur la guerre, me dit-il. Toutes les réponses s'y trouvent aussi. Hélas ! elles sont écrites dans un langage codé. Plus exactement, elles sont écrites entre les lignes, comme à l'encre sympathique, et je n'ai sur moi aucune allumette pour faire apparaître le message… »

Un livre ! Si les mots d'un homme placé en face de vous et qui vous regarde dans les yeux n'y parviennent pas, comment les mots d'un homme que vous n'avez jamais vu et ne verrez sans doute jamais régleraient-ils une affaire qui ne peut pas sortir de vous et qui, de toute façon, n'a aucun rapport avec les mots ? Aucun rapport parce que, j'en suis sûr, les créatures de Dieu ont reçu la peur avant de recevoir la parole. Preuve en est que les animaux connaissent la première alors qu'ils ne bénéficient pas de la seconde.

« Caporal, avez-vous lu le meilleur livre qu'on ait publié sur notre guerre, *Les Cerisiers de Géorgie* ? »

Je n'essaierai pas de décrire l'effet que cette phrase a eu sur moi. C'est à peine si j'ai reconnu ma voix quand j'ai répondu : « Je ne sais pas lire, mon lieutenant, mais je possède ce livre. Il est même là, figurez-vous, dans les fontes de ma selle. Je ne m'en sépare jamais. C'est un présent de l'homme qui l'a écrit. Permettez-moi de vous montrer. »

Jamais encore il ne m'avait été donné de faire voir mon livre à quelqu'un. Tout en le tirant de l'étui de cuir et en dépliant la peau de chamois qui le protégeait, j'ai brièvement évoqué les années que nous avions passées côte à côte, le major et moi. Puis j'ai remis le livre au jeune Blanc, qui faisait des yeux ronds, en ajoutant : « Il a inscrit quelque chose pour moi sur la page blanche, au début. Peut-être voudrez-vous bien me le lire, mon lieutenant ? Je ne voulais pas demander ça à n'importe qui, vous comprenez… »

Il ouvrit le volume avec précaution, consulta la page en question, releva la tête et, d'un air presque stupéfait, me dit : « Thaddeus Fairmont a marqué : *À quoi servirait-il d'écrire, si l'on ne savait pas à qui ?* Il a signé et il a mis la date. Si je m'en réfère à elle, vous avez dû toucher l'un des tout premiers exemplaires, caporal… » Il continuait de feuilleter le livre. Soudain, il fronça, puis haussa les sourcils.

« Puis-je vous poser une question personnelle, caporal ?

– Je vous en prie, mon lieutenant.

– Comment vous prénommez-vous, s'il vous plaît ?

– Silas.

– Mmmm… Regardez ça ! »

Il me brandit sous le nez la page qui, justement, m'intriguait depuis des années, parce qu'il n'y figurait que le quart d'une ligne, dans la partie droite de la feuille.

« Une dédicace, en général, s'adresse à une personne que l'on nomme. Par exemple : *À mon très cher Theodore. À quoi servirait-il…*, etc. Rien de tel sur votre exemplaire. Mais voyez ce qui est écrit là, un peu plus loin. Ce qu'on a *imprimé*, caporal ! Je vous le lis, tenez-vous bien : *Pour S., mon ami*… Certes, une simple initiale n'atteste pas qu'il s'agisse de vous. Mais, après ce que vous avez bien voulu me confier, on est en droit de supposer… Vous, quel est votre sentiment ? »

Je ne l'écoutais plus. J'ai murmuré, m'adressant à moi-même : « Il savait que je ne pouvais pas le lire. Pourquoi ne m'a-t-il rien dit ? » Le lieutenant m'avait entendu. « C'est son genre, faut-il croire ! soupira-t-il. J'y faisais allusion tout à l'heure : les réponses sont dans son livre, mais elles restent invisibles pour ceux à qui elles s'adressent… Drôle d'homme, votre major Fairmont, mais quel magnifique écrivain ! Un poète en prose et un fin connaisseur de l'âme humaine… Savez-vous qu'il réside en Nouvelle-Angleterre, au jour d'aujourd'hui ? On raconte qu'il serait un intime de Herman Melville, comme le fut autrefois Nathaniel Hawthorne… »

J'ignorais qui étaient ces personnages. Je l'ignore toujours. Je n'ai pas cherché à me renseigner sur leur compte. Je ne suis pas certain d'avoir bien retenu leurs noms. Ce que je sais, c'est que Cassie, Loretta, Nehemiah, Aloysius, le vieux Jeb, ne sont pas les seuls êtres que j'ai perdus le long de ma route, et que chacun d'eux a creusé une tombe en moi, et que toutes ces tombes attendent mes restes. J'ai sorti mon harmonica, sans songer à demander la permission au lieutenant. J'ai joué la pitié que j'éprouvais pour un homme appelé Silas, et la nostalgie que j'avais de lui. Blue m'a accompagné. Il s'est tourné vers moi. Nous nous sommes regardés au fond des yeux. Nous nous sommes dit, à travers la musique, que j'allais le perdre aussi, qu'il allait me perdre comme tout ce qu'il avait perdu sur sa propre route. Le jeune Blanc s'est écarté. Il s'est effacé dans la nuit. Mais le plus sombre de la nuit n'était pas en dehors de moi, et il ne s'évanouirait pas au lever du soleil. Et il envelopperait une autre sorte de peur, qui aurait l'odeur de la terre et des fumées d'automne.

À Ogallala régnait une atmosphère qui tenait à la fois de la kermesse, du mardi gras à La Nouvelle-Orléans et de la guerre civile. Des gens aux yeux injectés de sang, l'écume aux lèvres et armés de pied en cap, couraient en tout sens derrière des fragments de fanfare, souvent réduites à un tambour, un fifre et un bugle. Ces bandes hurlaient des propos incompréhensibles, agitant au-dessus des têtes des pancartes que, bien sûr, je ne pouvais déchiffrer mais qui, d'évidence, ne proclamaient pas toutes les mêmes choses. Sans doute les professions de foi de militants antagonistes. Ils semblaient à ce point exaltés que, si l'on avait soulevé leur chapeau, des vapeurs s'en seraient échappées… Sous l'uniforme, j'avais pu mesurer les extrémités où la passion politique réussissait à porter les hommes. Mais, après tout, lorsque des armées s'affrontent, c'est la peau de chacun qui est en jeu. Or, que je sache, Ogallala n'était ni Chancellorsville ni Gettysburg. Les partisans de l'autre candidat n'étaient ni des maraudeurs de Quantrell, ni des incendiaires de Sherman, ni des preneurs de scalps menés par Nuage Rouge. Néanmoins, selon toute apparence, le désir d'en découdre avec eux ne s'en trouvait pas amoindri. On ne souhaitait pas simplement battre l'adversaire : on rêvait de l'écraser, faute d'être autorisé à l'anéantir sans faillir à la bienséance et braver les rigueurs de la loi. Cette rage où nous avions été jetés en franchissant les limites de la ville nous prenait pas surprise, immobiles et muets sur nos montures figées au beau milieu de la rue Principale, comme sur un îlot frôlé par des courants torrentueux. En un clin d'œil, nous comprîmes qu'il ne suffisait pas de placer un bulletin dans l'urne avec la satisfaction d'être désormais un citoyen à plein titre. Il fallait voter pour un individu. Et, de ce fait, se prononcer contre un autre.

On avait placardé deux grands portraits devant l'hôtel de ville. Ce devaient être ceux des concurrents en présence, hypothèse que confirmèrent les propos tenus par les passants. Nous n'eûmes pas besoin de tendre l'oreille pour apprendre leurs noms : il n'était question que d'eux, et le comportement de leurs admirateurs respectifs était sans équivoque. Celui de gauche était Phil Corbett. Celui de droite, Gus « Hammer » Newcomb. L'un comme l'autre donnaient le sentiment d'avoir été affublés d'une cravate contre leur gré, et ni le sourire de l'un ni l'expression solennelle de l'autre n'effaçaient ce que leurs figures avaient de patibulaire.

Après s'être esclaffé à ce spectacle, Blue me dit :

« D'après toi, Sil, des deux, quelle est la plus franche canaille ?

– La plus franche ? J'hésite. Phil me paraît aussi soucieux que Gus d'afficher son hypocrisie, et Gus n'a pas envie que la mauvaise foi de Phil soit plus évidente que la sienne.

– Oui, chef. Il faut posséder un fameux fonds d'intégrité pour exhiber sa malhonnêteté avec une telle franchise. Là-dessus, ils sont au coude à coude. Toutefois, je pencherais en faveur de Corbett.

– Et pourquoi donc ?

– À cause de ses dents.

– Qu'est-ce qu'elles ont, ses dents ?

– Elles sont grandes et il y en a énormément. Je crois que cet homme – certes d'une courte tête, mais tout de même – l'emporte en fourberie sur son rival. Il mérite que nous lui apportions nos voix.

– Comment ? Tu recommandes de voler au secours des fripouilles, à présent ?

– Conviens-tu avec moi que celui-là est encore pire que l'autre et, grâce à son sourire, soulève encore plus facilement le cœur ?

– Ça, je te l'accorde.

– Alors, c'est lui qui va gagner cette élection. Considère que les jeux sont faits.

– Toi, Blue, tu te préoccupes d'être du côté du manche ? Ce serait bien la première fois !

– Non, mais, compte tenu de toute la poussière que nous avons dû avaler pour approcher des urnes, je préfère être de ceux qui se rinceront le gosier cette nuit, après la proclamation des résultats. De toute façon, je vais te dire une bonne chose, en soutenant le plus frelaté, au moins tu ne risques pas d'avoir de mauvaises surprises ! »

Mon ami avait vu juste. Phil Corbett sorti vainqueur de la confrontation, avec plusieurs longueurs d'avance. « Il a eu de la chance, fit observer Blue, toujours sarcastique : quelqu'un de pire que lui aurait pu se présenter. Ce sera pour la prochaine fois. En attendant, je propose que nous prenions un peu de bon temps, puisque nous avons gagné. » Nous choisîmes un saloon d'où nous parvenaient à cent pas les échos d'une bonne humeur tapageuse. C'était le signe que la maison accueillait des corbettistes en grand nombre. Comme si rien n'était plus naturel et sans m'avoir fait part de ses intentions, mon compagnon commença de gratter son banjo. Il s'était juché sur un tabouret, afin d'attirer l'attention des buveurs, et il poussait après chaque refrain des « yahoo ! » de vacher, de manière à exciter leur enthousiasme. Au demeurant, il obtenait ce qu'il voulait. Même par des pochards dont certains se trouvaient déjà au bord de l'hébétude, son initiative était appréciée. Des électeurs qui viennent de voir triompher leur candidat et en espèrent des avantages on tendance à se montrer magnanimes. Et puis, quelles que fussent les circonstances, la virtuosité de Banjo faisait toujours grosse impression. Au vrai, on n'aurait su dire lesquels étaient les plus estomaqués, des gens pour qui les instruments de musique étaient des objets tombés de la lune, au mystère impénétrable, ou de ceux qui, au contraire, avaient déjà tâté de l'un d'eux. Moi-même, qui me piquais d'être un observateur lucide, j'attrapais le vertige quand je mesurais ce qui séparait une aussi phénoménale facilité de ma propre maîtrise, pourtant en plein développement. Chaque fois, j'en tirais la conclusion que mon frère n'était pas un musicien, mais un prestidigitateur. Blue avait enseigné à l'instrument des choses que ce dernier ignorait sur soi-même.

Lorsqu'il prenait son banjo dans ses bras, c'était toujours lui qui menait la danse. Et cette danse devenait vite effrénée. Cette danse devenait vite endiablée. Oui, c'est le mot… Le Diable avait quelque chose à voir là-dedans. Mais le Diable, en l'occurrence, portait peut-être bien le nom de Blue. Il m'avait raconté naguère, sur le ton de la plaisanterie, que Satan fourrait, partie après partie, les bonnes cartes dans son jeu ; il n'avait pas précisé qui était Satan… Or, une autre sorcellerie plaçait en cascade les bonnes notes sous ses doigts. Une autre ? Et si c'était la même ?

Si Blue n'était pas la proie du Tentateur, mais le Tentateur lui-même ? Quel était, alors, mon rôle auprès de lui ? M'étais-je damné sans le savoir ? Comment ? En cessant de rechercher ma femme et ma fille sous prétexte que notre sort à tous trois était l'affaire du Tout-Puissant ? Pour quelle autre raison ? Je me flattais de protéger des autres et de lui-même un être plus faible que moi. N'était-ce pas plutôt lui qui me tenait sous sa coupe ? D'ailleurs, du haut de son perchoir, il m'adressait maintenant de grands signes de tête, m'enjoignant de le suivre dans sa course folle. Ces exhortations étaient bien inutiles. Sa musique m'avaient donné des fourmis dans tout le corps. Je ne pouvais plus laisser mon harmonica au fond de ma poche. Il fallait que j'entre dans la danse à mon tour.

Dans notre communauté, Banjo devait une part de son succès, ainsi qu'une part du ressentiment dont il était la cible, à un talent que je n'ai pas encore évoqué. Lorsqu'il se sentait en verve, il chantait. Sa voix était affreuse : pincée, haut perchée, éraillée. Cependant, il n'avait pas son pareil pour improviser des rimes. Il racontait telle ou telle scène marquante dont les enclos, les pistes, les rues, avaient été le théâtre. Les mots coulaient de sa bouche comme s'il interprétait un texte appris par cœur. Jamais il n'hésitait, jamais il n'y avait une syllabe de trop dans sa chanson. Et chacun se retrouvait dans ses anecdotes, qui, sous une forme moins achevée, avaient déjà fait le tour de la ville. Plusieurs pouvaient même s'y reconnaître. Ceux-là y figuraient rarement à leur avantage, ce qui, pour un temps, mettait les rieurs de son côté.

Rien ne lui échappait. Son œil était impitoyable, témoin de tous les travers et de tous les ridicules. Et voilà que, étranger à Ogallala, il se lançait dans un récit de l'élection qui venait de s'y dérouler.

Tout d'abord, il mit en scène, sous les hourras, « Hammer » Newcomb, moquant sa fatuité, la façon dont il bombait le torse et dressait le menton pour contrefaire la droiture dont il était dépourvu, présentant sa défaite sous le jour d'une farce où le malheureux héros reçoit des coups de pied aux fesses. Le public hurlait sa joie, pleurait de félicité. Les chapeaux volaient au plafond. Les chopes s'entrechoquaient avec violence. On criait grâce, mais c'était pour aiguillonner l'artiste. Celui-ci entonnait un nouveau couplet, plus ravageur que le précédent. Où allait-il chercher tous ces détails sur sa victime ? Il lui fallait les inventer, forcément. Pourtant, à voir les réactions de la salle, chacun de ses traits atteignait le centre de la cible. Et soudain, modulant afin d'enchaîner une mélodie à une autre, il entreprit de célébrer les mérites de Phil Corbett. Combien de temps fallut-il à ses auditeurs pour se rendre compte que, plus il avançait dans son éloge, plus ses phrases étaient à double entente et plus leur candidat, mine de rien, en prenait pour son grade lui aussi ? S'il n'était pas le Diable lui-même, une armée de démons avait pris possession de mon ami. Intervenir ? Je le connaissais bien. Il était lancé, un troupeau de buffles venant à sa rencontre ne l'aurait pas arrêté. Impuissant, je vis les chapeaux s'écraser sur le parquet sans que personne songe à ramasser le sien, les chopes rester en suspens au bout des bras, les rires se figer, laissant la place à des rictus sur les trognes qui pâlissaient. Un pesant silence s'abattit sur l'assistance, encore incrédule. Et, dès lors, chaque mot sonnait et résonnait entre les murs de la taverne changée en catacombe, à travers la fumée. Croyez-vous qu'il s'en serait soucié ? Mon Blue redoublait d'ironie. Toute la jubilation qui avait fui les poitrines trouvait refuge dans la sienne. Jamais il ne s'était montré aussi inspiré. Jusqu'à ce qu'un homme assis juste devant lui, pour ainsi dire à ses pieds, sorte son arme et, levant le bras, lui tire, à bout portant, une balle au milieu du front.

« Ça non plus, ai-je entendu, n'oublie pas de le raconter le prochain coup. »

Depuis un bon moment déjà, j'avais cessé de jouer. On m'a laissé tranquille. En fait, tout le monde a quitté le saloon sans m'accorder un regard. C'est ainsi que j'ai hérité du banjo de Blue. On dirait que, chaque fois que j'enterre une personne qui m'est chère, le destin me remet un instrument de musique en souvenir…

Plusieurs semaines durant, celui-là m'a fait vivre, ainsi que la vente du cheval de Blue et de son équipement. J'aurais dû me précipiter loin d'Ogallala, revenir parmi ceux qui, depuis des années à présent, étaient les miens. Mais je n'arrivais pas à quitter cette ville, pas plus que je ne trouvais la force d'aller fleurir la tombe de mon ami ou assez de volonté pour tuer son assassin, que je croisais presque chaque jour dans les rues. Quelque chose s'était arrêté le jour où Phil

Corbett avait été élu (à quel poste ? je n'en ai même plus le souvenir). Quelque chose s'était arrêté en moi, tel un rouage dans les entrailles d'une pendule. J'étais une arme chargée dont le chien aurait perdu son ressort. Le travail ne manquait pas. Pas plus là qu'ailleurs dans tous les territoires de l'Ouest. On réclamait des bras partout, et les hommes parvenus en un seul morceau jusqu'en ces contrées lointaines, s'ils avaient tous les défauts de la terre, n'étaient pas du genre à cracher dessus. Ils n'évitaient pas plus la besogne qu'ils n'évitaient la bagarre, les endroits louches, les cartes, la boisson, le café noir sans sucre, les rages de dents, les mauvaises pensées et les chariots sur lesquels, en convoi, louvoyant entre les bandes de Sioux, des escadrons de prostituées bleuies, talées par les manipulations, plus véreuses que de vieilles pommes, écumaient les endroits consacrés à l'élevage, à la circulation et au commerce du bétail : ce qu'on commençait à nommer des « villes à vaches ». Ces hommes ne rechignaient pas à l'ouvrage pour la raison que, ayant une âme d'aventurier, l'ennui était l'unique chose dont ils avaient vraiment peur – je veux dire *peur avant de l'avoir vue,* alors que, contrairement à mon petit lieutenant de West Point, ils ne songeaient à craindre les Indiens qu'au moment où ceux-ci leur fonçaient dessus. Et puis ils n'avaient pas d'énergie à préserver. Ils en économisaient juste assez pour ne pas s'endormir aux tables de jeu, pousser au fond de leur gorge la dernière goutte du dernier verre et faire face aux provocateurs.

La mentalité changerait, les usages évolueraient, les

comportements ne seraient plus les mêmes lorsque les femmes feraient leur apparition. Je ne parle plus des femmes professionnelles, mais de celles qui deviennent des épouses et des mères, des institutrices et des dames patronnesses, celles qui fondent des ligues de vertu, se ratatinent sous un entassement de jupes et de tabliers noirs, patrouillent en peloton, changent de trottoir à la vue des mauvais sujets, froncent le sourcil en entendant brailler des chansons de cow-boys chez le coiffeur et veulent interdire par arrêté municipal que les chiens se grimpent dessus devant les églises, les écoles et les palais de justice. Et je parle aussi des femmes dont on tombe amoureux pour de bon, pour longtemps et à juste titre, car il en existe parfois. Si les femmes étaient arrivées dans l'Ouest en même temps que les hommes, rien ne se serait passé de la même manière. Il y aurait eu, sans doute, moins de sauvagerie, moins de brutalité, moins de mots grossiers, moins de viande saoule, et de meilleures façons. Il y aurait eu, c'est certain, moins de querelles futiles, mais plus de jalousies farouches. Plus de rivalités sournoises sous les porches et dans les vestibules, mais moins de saine émulation au travail. Chacun aurait été pressé de rentrer chez soi pour jouir de la douceur d'un vrai foyer et vérifier qu'un quelconque mirliflore n'avait pas piétiné ses plates-bandes. Et je me rends compte aujourd'hui que si, au début de la conquête de l'Ouest, on permit aux gens de couleur de s'intégrer aux communautés, ce fut parce que celles-ci, comme c'était le cas dans notre ville, ne comprenaient quasiment pas de femmes. Quand j'ai dit que l'on dansait, j'ai oublié de préciser que c'était entre hommes, ou alors chacun pour soi. À mesure que les Rouges rejoignaient leurs ancêtres chez le Grand Esprit, les femmes rejoignaient les hommes dans les Territoires. C'est ainsi qu'à la fin des guerres indiennes l'Ouest était devenu aussi malsain pour les gens comme moi que le reste du pays, à l'exclusion du Sud profond, où dorénavant leur situation d'hommes libres était pire, à bien des égards, que leur statut d'esclaves.

Donc, à l'époque dont il est question, j'aurais voulu du travail que je n'aurais même pas eu à en chercher. Vous le siffliez : le travail accourait vers vous ventre à terre. Seulement, je n'avais pas envie de lui. Je n'avais envie de rien du tout. Je n'avais pas envie de l'existence. Je n'avais pas envie de moi. J'évitais de penser à Cassie, à notre enfant, parce que je craignais de devoir m'avouer que j'avais pareillement perdu l'envie de les retrouver. Si j'avais pu m'asseoir sur une pierre, loin de tout, et vivre comme les pierres, sans soif ni faim, sans mémoire, sans rêves, j'aurais choisi cette solution sans hésiter. Mais elle n'était pas à ma portée, et j'ai fait ce qu'il fallait pour subsister et payer rubis sur l'ongle la pension de ma monture chez le maréchal-ferrant. J'ai mendié au coin des rues. Je veux dire que j'ai chanté des cantiques, des chansons de régiment, des complaintes de vachers et de ramasseurs de coton, tous les airs que j'avais retenus depuis que j'étais au monde, en m'accompagnant de mon mieux sur l'instrument que mon frère mort m'avait laissé. Mon chapeau était retourné dans la poussière à mes pieds, bouche ouverte. S'il prenait fantaisie à un passant de le nourrir, libre à lui. Je ne mendiais pas à proprement parler : mon chapeau acceptait les aumônes pendant que, moi, je regardais ailleurs. Au reste, je ne pouvais pas savoir ce qu'il fabriquait. Mon bras droit et la caisse du banjo le dissimulaient à ma vue.

Je n'éprouvais aucune honte, cependant. Je n'éprouvais aucune honte parce que – tant pis si j'ai l'air de proférer des insanités – je n'avais pas envie de cela non plus. Par avance, j'étais fatigué de tous les sentiments humains ; je ne tenais pas à m'en encombrer. Surtout, je ne tenais pas à tenir à quoi que ce fût. Comment cela aurait-il fini si le banjo n'était venu à mon secours ? En m'incitant à faire de nouveaux progrès dans mon jeu, en me permettant de les accomplir, et même en m'aidant à le faire, il m'a redonné goût à la vie. Insensiblement, je suis repassé du monde des minéraux à celui des hommes. Pour finir, j'ai décidé de redevenir celui que j'étais depuis le jour, très lointain maintenant, où miss Harriett Tubman m'avait fourré dans un compartiment du chemin de fer souterrain. Je veux dire : un homme des longs chemins, un homme de transhumance. Chanter, jouer de la musique de ville en ville, pourquoi pas ? C'était aussi ma vocation, puisque le Seigneur ne m'en avait jamais dissuadé. Mais je ne pouvais pas pour autant laisser en jachère les autres dons que j'avais reçus de Lui. Je possédais une stature et des muscles. Je savais commander les hommes, répartir les tâches et montrer l'exemple. Je connaissais les chevaux et les bêtes à cornes. J'ai appris qu'on demandait de la main-d'œuvre sur la piste de Chisholm, ouverte une demi-douzaine d'années plus tôt et déjà fameuse. Elle partait de la région de Brownsville, à la pointe sud du Texas, et se dirigeait à travers cet immense État vers deux des principales villes à vaches du Kansas. L'une d'elle s'appelait Abilene, et, je ne sais pas pourquoi, ce nom était agréable à mon oreille. J'inventai une mélodie qui mettait en musique les idées qu'il m'inspirait, les images qu'il faisait défiler dans ma tête. Abilene me semblait un endroit rêvé, un endroit désigné pour revoir celles qui, de nouveau, occupaient mes pensées. Je repris mon cheval. Je descendis vers le Sud, m'arrêtant pour louer mon expérience ou pour poser mon chapeau par terre chaque fois que mes poches étaient vides. J'atteignis à la tombée du jour, trois mois plus tard, la berge de la Red River, où stationnait un troupeau qui, lui, remontait au nord. Vers la ville qui m'attendait. Je voulais y entrer par la piste de Chisholm, la voie que le Seigneur m'avait montrée.

Abilene m'a déçu. Pourtant, j'y suis retourné plus d'une fois, car l'interminable traversée du Texas au pas du bétail, ponctuée de tâches fastidieuses, m'apportait, quant à elle, de grandes satisfactions. Au fil des mois, des années, les incertitudes du voyage, les menaces et les périls s'amenuisaient, permettant au pire ennemi de l'homme de l'Ouest en général, et du vacher en particulier, de s'infiltrer dans leur existence. J'ai déjà nommé cet agresseur : l'ennui. Quelquefois, il devenait si épais, si pesant sur les nuques, que des hommes s'endormaient en selle, gardant par habitude le dos bien droit. Je fis alors une découverte capitale. Inespérée, devrais-je dire, et qui a pour de bon changé ma vie. J'eus la révélation que l'ennui, passé un certain seuil, n'est plus une antichambre dans laquelle on piétine en regardant s'ankyloser les aiguilles de la pendule : l'ennui se transforme en une esplanade sans limite, où la pensée peut évoluer comme bon lui semble, où l'imagination peut construire tout ce qui lui chante. L'ennui est comme une plantation de silence où le musicien, ayant semé des notes et toute sorte de graines mystérieuses pour lui-même, écoute fleurir des mélodies et fait germer les phrases qui se poseront dessus. L'ennui, ce sont, *en vous,* les terres inexplorées qui conduisent au soleil couchant. L'ennui est l'Ouest de l'homme. Lui aussi appelle une conquête. Lui aussi recule l'horizon. Lui aussi est plein d'animaux étranges, de décors fantastiques, de dangers mortels, de questions vénéneuses. Nos yeux s'accoutument trop vite aux beautés et aux frayeurs du monde : l'ennui les ramène comme neuves et oblige à refaire connaissance avec elles. Grâce à lui, j'ai ramassé un par un les mille morceaux de ma vie, j'ai placé chacun à part des autres, puis j'ai recomposé le tout en une figure qui n'était pas une simple mosaïque de formes et de couleurs, mais une image qui représentait quelque chose d'identifiable et dont on pouvait, à condition de s'ennuyer encore un peu plus fort, déchiffrer le sens. J'ai retracé mon itinéraire. J'ai vu que, du Mississippi à San Francisco, de San Francisco aux deux Carolines, de la côte est à Brownsville, de la frontière canadienne à la frontière du Mexique en passant par le Nebraska, le Kansas et le Texas, il formait une sorte de grande étoile. Cela signifiait que le Seigneur avait attribué ce cadre à mon passage sur terre et que, par conséquent, il était inutile que j'aille chercher Loretta et Cassie dans des endroits tels que la Floride ou les Grands Lacs. Mais j'espérais de moins en moins croiser leur route par hasard. L'ennui a peu d'indulgence pour les songe-creux. Il met en outre à rude épreuve les convictions commodes, les religions de confort – et c'en était une, à coup sûr, que d'imaginer le bon Dieu en train de fouiller l'Amérique à ma place. S'Il m'avait envoyé une terrible épreuve, ce n'était pas pour en supporter le poids Lui-même. Cela dit, je demeurais sensible aux arguments qui, naguère, m'avaient dissuadé de labourer le Mississippi à tort et à travers. Chaque fois que je m'écartais d'un point précis, mais aussi chaque fois que je m'établissais quelque part, je prenais le risque, dans le premier cas : que mes femmes se montrent dans les parages que je venais de quitter ; dans le second : qu'elles empruntent le carrefour où j'aurais dû me trouver moi-même si j'avais poursuivi ma route… À tout instant, je pouvais prendre la mauvaise décision – et c'était justement cette liberté que j'avais sur les bras, la véritable épreuve.

Ne rien décider, bien évidemment, cela revenait en la circonstance à choisir quand même. Point n'était besoin d'une longue réflexion pour comprendre que mon choix, s'il en valait bien d'autres, en tout cas n'avait aucune chance d'être le meilleur. La plupart du temps, je traversais des espaces – magnifiques, mais des solitudes tout de même – où il est moins improbable de tomber nez à nez avec des créatures de l'enfer qu'avec une femme et une petite fille. Certes, il y avait sur notre parcours quelques agglomérations. Mais elles se résumaient le plus souvent à un relais de poste, à une forge de maréchal-ferrant, à un saloon bancal où le soleil torréfiait la poussière, parfois flanqués d'une étude de notaire ou d'une officine de guérisseur pour hommes, vaches et chevaux, en règle générale d'un capharnaüm réputé être un bazar, d'une église et d'une menuiserie spécialisée dans les cercueils et les croix de bois, où se fournissaient les fermiers des environs. Bref, il s'agissait de comptoirs, et non de villes, même au sens (peu exigeant) que ce mot revêtait dans l'Ouest. On y vendait des biens et des services, mais, en dehors de ceux qui s'adonnaient à ces commerces, on n'y vivait pas. D'ailleurs, ces gens ne prétendaient pas vivre : ils attendaient, mais le privilège de l'impatience leur avait été retiré depuis longtemps. Ils n'attendaient rien ni personne : ils attendaient, tout simplement. Ils ne désiraient même plus savoir quoi. La piste passait par là. Les voyageurs, eux, presque jamais, à moins d'avoir une âme d'explorateur. Et les simples promeneurs encore moins. Il aurait fallu qu'ils s'égarent. Mais était-il raisonnable de tabler sur pareille hypothèse, comme j'étais précisément en train de le faire ?

Ces localités étaient elles-mêmes des créations et des repaires de l'ennui. Des sanctuaires où il se matérialisait. La solitude y était plus palpable qu'au milieu du désert. Elle se solidifiait autour de vous. Elle tentait de pénétrer jusqu'à votre âme par chacun des pores de votre peau. Est-ce cela, cette détresse sans cause mais à serrer le cœur, cette détresse sans cause et sans issue, est-ce cela que j'ai tant apprécié sur la piste de Chisholm ? Bien sûr que non. J'ai savouré, en revanche, tous les autres aspects de l'ennui. C'est à cette époque que mes jours ont commencé de s'allonger, tandis que les mois et les années filaient de plus en plus vite. Je ne savais plus si je lambinais ou si un tourbillon m'entraînait, m'interdisant de m'accrocher à quoi que ce fût, à part aux bords de mon chapeau. Au fond de l'ennui, pourtant, je me sentais bien. J'avais enfin des pensées limpides. Je pouvais enfin dresser des plans faciles à lire et qui, le moment venu, seraient faciles à suivre. Au bivouac, j'ouvrais le livre du major. Je le lisais à ma façon, sans reconnaître les caractères, sinon ceux qui formaient mon nom. De la sorte, je me rencontrais à chaque page, ma propre histoire s'imprimait sous mes yeux, ni plus ni moins obscure, ni plus ni moins édifiante que celle dont j'avais été le témoin jusque-là. Et puis, voici l'autre chose importante, c'est sur la piste que, pour la première fois, j'ai vu, tenu et fait sonner une guitare.

Au Texas, on comptait parmi les cow-boys bien plus de vaqueros mexicains que d'hommes de couleur. Dès ma deuxième traversée des plaines, je me suis lié d'amitié avec un certain Porfirio. Il avait les dents bleues, fumait le plus âcre des tabacs, se parlait en espagnol, riait de ce qu'il disait, lançait au cœur de cibles dessinées au charbon sur les arbres un couteau de son pays, si long que, lorsqu'on plaçait la pointe au bout de son index, le manche dépassait le coude. Dans son dos était accroché ce banjo inconnu, évoquant une femme aux hanches généreuses. Il en coulait un ruisseau de notes pétillantes. Je n'entendais rien d'autre dans cette musique, mais le son de l'instrument avait à mes oreilles un charme incomparable.

Le mien, en comparaison s'exprimait d'une voix aigre et perçante. Lorsque je tirais mon harmonica de ma poche, Porfirio affectait de rabattre son sombrero sur ses oreilles. Nos musiques ne se comprenaient pas plus que nos langages. Néanmoins, nous avions du bonheur à être ensemble. Nous étions aussi les meilleurs cavaliers de la troupe. À Brownsville ou à Abilene, nous nous inscrivions ensemble sur les rôles des convoyeurs qui nous accueillaient toujours à bras ouverts, sachant par la rumeur de quoi nous étions capables. On s'écriait : « Hé ! Voilà le Mex et le grand nègre. Bienvenue, les gars ! » Et les années filaient, et les années filaient.

Porfirio n'a pas souhaité que je lui apprenne à gratter le banjo, mais il n'a fait aucune difficulté pour m'enseigner les rudiments de la guitare, et, après les rudiments, toutes les finesses l'une après l'autre. En particulier l'art d'utiliser en même temps tous les doigts de la main droite, comme si chacun d'eux pouvait suivre son propre destin, indifférent à ses compagnons. J'ai fini par attraper le coup. J'ai envisagé diverses manières de conjuguer cette technique de jeu à celles que je maîtrisais déjà, grâce à Blue et à ma constante application. En 1875, le printemps tirait à sa fin quand j'ai franchi le Rio Grande déjà presque à sec et me suis rendu au pays de l'aigle et du serpent, à Matamoros, afin d'y acquérir une guitare au meilleur prix et en disposant d'un vaste choix. Du côté américain de la frontière, beaucoup de musiciens méprisent cet instrument. Ils disent que c'est un jouet, ou bien un instrument de dame. Je n'ai jamais été de cet avis. Au contraire, pour moi, le banjo possède moins de noblesse et n'offre pas autant de possibilités que lui. Sur la piste, de toute façon, un homme restreint son bagage, qui ne doit pas le gêner dans ses mouvements. L'un de mes instruments était de trop. Mais que faire ? Celui dont je n'avais plus l'usage avait été poli par le vêtement, la chemise, la sueur d'un ami défunt, qui le serrait dans ses bras en mourant et s'était débrouillé pour ne pas l'écraser en entamant son dernier sommeil, allongé contre des planches sur un oreiller fait de son propre sang et de sa propre cervelle. Il n'était pas plus question d'abandonner cet objet derrière moi que d'en tirer un quelconque bénéfice ou même de le troquer. Le transmettre, alors ? Je pense que Blue s'en serait satisfait, mais à condition qu'il ne tombe pas entre n'importe quelles mains. Qui était digne d'un tel présent ? Je ne connaissais que Porfirio ; Porfirio ne voulait pas de lui. J'ai longuement retourné la question dans ma tête. J'ai décidé de lui offrir une sépulture au bord de la piste de Chisholm. J'aurais pu le rapporter à Ogallala et faire rouvrir le cercueil de mon ami, pour l'y déposer au milieu de ses restes. Mais je me suis dit que l'esprit de Blue et l'esprit du banjo n'avaient jamais été séparés. Que Blue avait continué de voir le monde avec les yeux de son instrument et de rire des faiblesses humaines par sa voix. Il était préférable d'enterrer le banjo en un lieu où, à travers lui, son maître verrait d'un bout de l'année à l'autre passer des gens, écouterait leurs paroles, surprendrait leurs mensonges, moquerait leurs vantardises et s'emporterait contre leurs illusions. J'ai acheté une chemise blanche et une cravate de velours noir. Il repose dans ce costume, à mi-chemin de San Antonio et de Fredericksburg. Dieu sait où. Blue aussi. Moi-même, je retrouverais l'endroit au sein d'une tornade ou sous trois pieds de neige, les yeux bandés.

Je porte la poisse aux personnes que j'aime. C'est pourquoi j'ai renoncé à entraîner Porfirio dans mon sillage, le jour où, enfin, j'ai quitté la piste, obliquant vers l'est en direction de la Louisiane. Nous aurions pu faire sensation aux croisements si nous avions monté un numéro à deux guitares, chacun de nous planté à un coin de rue, avec sa silhouette, sa couleur de peau caractéristique et son propre répertoire. Nos chansons se seraient répondues à distance et, qui sait, peut-être confondues au milieu du carrefour, donnant naissance à une troisième musique que ni lui ni moi n'aurions pu inventer… Si j'en juge d'après le succès que j'ai rencontré seul, un peu partout, y compris devant un saloon où l'on accepta de me servir mais où, tranquillement, le tenancier brisa contre le rebord du comptoir le verre où j'avais bu, de manière qu'il ne souille jamais les lèvres d'aucun Blanc, si j'en juge d'après ce que je comptais au fond de mon chapeau, à deux, en soignant notre mise (sur le sombrero de mon ami, les broderies avaient verdi), en exhibant ce que nous savions faire de plus spectaculaire (grâce à mes longs bras, je m'exerçais à jouer des airs simples, la guitare installée en travers de mon dos) et en accusant le contraste naturel entre nos styles, nous aurions vécu à l'aise, aussi bien, sinon davantage, qu'en avalant des mois durant la poussière des troupeaux, en nous éreintant à marquer des bêtes et en continuant de sentir la selle entre nos cuisses longtemps après être descendus de cheval. J'aurais prié à deux genoux dans les épines de cactus pour avoir un compagnon sur la route qui me conduisait à La Nouvelle-Orléans, c'est-à-dire vers l'oracle dont ma destinée dépendrait. J'avais peur de ce qui me serait révélé, je ne le cache pas. Porfirio était un homme bien plus pieux que moi, bardé d'amulettes catholiques accrochées à son cou, à ses poignets, à ses vêtements, et qui n'entreprenait rien, pas même de prendre au lasso un veau tout juste capable de tenir sur ses pattes, sans s'être signé deux ou trois fois et avoir embrassé une médaille de la Vierge, lui aussi croyait que l'esprit des défunts entre et sort à sa guise de la mort, et ses superstitions ne pesaient pas moins lourd que les miennes – mais Porfirio n'avait peur de rien. Tout petit, il avait sucé des sucreries en forme de tête de mort. Il était né dans l'épouvante. L'épouvante était en lui, au même titre que son foie ou ses reins. Elle faisait partie de son cœur. Du coup, l'épouvante ne pouvait pas plus lui accorder de répit qu'elle ne réussissait à lui donner froid aux yeux. Elle était trop familière pour cela. Et puis je crois qu'il s'était attaché à elle. Je crois que, en réalité, il puisait dans leurs relations son courage, et cet énorme rire qu'il avait. La paix de l'âme, il l'avait trouvée en quémandant l'intervention du Ciel à tout bout de champ, tout en faisant preuve d'un fatalisme intraitable. À partir de là, il serait aller défier Satan lui-même. Bref, Porfirio était tout juste le genre d'homme qui, par sa seule présence, aurait apaisé mon angoisse. Mais je refusais qu'il connaisse le même sort que Blue et Jeb. Non seulement je ne l'ai pas invité à me suivre : je ne l'ai pas prévenu de mon départ. Un samedi après la paie, ayant réglé mes dettes et profitant de ce que personne ne me devait plus rien, je lui ai donné rendez-vous au crépuscule dans un cabaret où nous avions nos habitudes, à gauche de la piste. Et moi, dans le noir, comme un voleur, j'ai pris la poudre d'escampette, filant sur la droite. Pour plus de sûreté, je n'avais fait part de mes intentions à personne.

Le Seigneur ne S'était pas mêlé de mes petites affaires. S'Il voulait nous réunir, Cassie, moi et notre enfant, Il savait où le faire avant même de nous avoir mis sur terre. Et nous le savions aussi. Notre âme le savait. Et si, d'aventure, elle n'avait pas vu cette lumière, un pasteur ou un autre aurait guidé son regard. C'est là-haut que se retrouvent ceux qui ont été séparés, au jour du Jugement. Le Seigneur assèche les mers et soulève les montagnes si ça Lui chante : Il ne va pas s'occuper des allées et venues de tel ou tel, ni vérifier les chances qu'elles ont de recouper les allées et venues d'une autre personne. Le Seigneur m'avait laissé toute liberté de résoudre mon problème, c'était déjà beaucoup. Il n'avait pas mis les maladies, les infirmités, les bandits, les Indiens ou je ne sais quelle calamité en travers de ma route. Si je devais reconnaître une chose, et Lui rendre grâce pour cela, c'était qu'Il avait béni ma quête. De mon côté, je n'avais pas su mettre Sa bienveillance à profit. J'avais échafaudé des raisonnements spécieux, qui ne visaient qu'à me rendre la vie plus facile. En somme, j'avais attendu que les alouettes me tombent toutes rôties dans le bec. Ou alors j'avais présumé de ma valeur, calculant que, pour mes beaux yeux, le problème livrerait de lui-même sa solution, sans que j'aie à lever le petit doigt. Si c'était le cas, il me fallait bien déchanter : seul, je n'étais parvenu à rien, sinon à perdre énormément de temps – près de douze années ! D'abord, j'avais espéré que le Tout-Puissant me tiendrait lieu de domestique, puis j'avais imaginé mettre le hasard au pas en ne comptant que sur mes propres forces et ma bonne mine. Il était urgent de regarder un peu les choses en face et d'établir le constat que je n'étais parvenu à rien. Je devais avoir l'humilité d'admettre qu'il me fallait demander le secours de pouvoirs très supérieurs aux miens. Toutes ces réflexions, bien sûr, je les gardai pour moi, mais, à ce moment précis, j'entendis parler de la Glapion. On racontait qu'elle était la plus grande prêtresse vaudou de toute l'Amérique ; qu'en tant que féticheuse elle surpassait sa mère et son maître le Docteur Alexandre. Aussitôt, je n'eus plus qu'une idée en tête : obtenir une consultation de cette femme. Voilà pourquoi j'ai déserté mon poste, devenant musicien itinérant, le long d'une route qui menait à Shreveport, puis, de là, descendait vers l'embouchure du fleuve et la Cité du Croissant.

Afin de séduire mon auditoire, je dus apprendre des airs à la mode, chanter des histoires souvent futiles et même parfois idiotes. Les Blancs les appréciaient davantage que celles que j'avais apprises de Blue ou que j'avais imaginées moi-même. Sur la piste, j'étais sans rival. Chez les troubadours, en revanche, il y avait de la concurrence. Beaucoup de Noirs, fuyant les travaux qui brisaient les reins, le poids du ciel sur le crâne, l'oppression du métayage, qui était une façon d'endormir la misère avec l'assurance qu'elle-même vous tirerait du sommeil avant l'aube, beaucoup étaient partis à l'aventure, gagnant leur pitance au moyen de leur voix et d'instruments que, dans la plupart des cas, ils avaient construits de leurs mains. Rutilant au soleil, ma guitare me donnait sur eux un avantage. Les gens n'étaient pas pressés de nourrir des paresseux, des cigales qui, somme toute, avaient choisi de se la couler douce. Moi, mon instrument me mettait à part du lot. J'apparaissais un peu comme un homme de l'art parmi les dilettantes, les touche-à-tout, les guignols. Parce que je possédais un outil, on me regardait comme un ouvrier. Je n'en devais pas moins fournir des gages, et, pour commencer, me plier aux goûts de ceux qui s'arrêtaient devant moi. Il ne faut pas espérer que les moins avares et les moins ingrats porteront la main à la poche si on ne leur a pas arraché des rires ou des larmes. Ce qui n'aurait pas été une telle gageure s'ils s'étaient amusés ou émus des mêmes choses que moi. Seuls mes frères s'en montraient capables, mais, au fond de leurs poches, eux n'avaient que des trous.

Me voici à La Nouvelle-Orléans. J'achève mon histoire. J'ai eu tout le temps de me la raconter, et même d'en chanter des fragments aux badauds, ici et là, parce que j'avais besoin de me confier à quelqu'un et parce que, ces gens ignorant que je parlais de moi, mon impudeur ne me coûtait pas trop. Ce que je dis à la magicienne, je l'ai roulé sur ma langue au point d'avoir la bouche amère, et sous mon crâne au point de tituber en marchant à l'ombre et sans avoir rien bu que de l'eau ou du café clair depuis des semaines. Pourtant, en écoutant ce qui franchit mes lèvres, je suis pris d'un frisson qui me secoue la nuque et serpente jusqu'à mes reins le long de mon dos. La femme-miracle, les narines épatées, les paupières à demi closes, scrute le fond de mes yeux, ayant basculé la tête en arrière à cause de ma taille (je revois Tante Ivy dans la même posture). J'ai conscience de prononcer des paroles qui, certes, ne m'apprennent rien, mais dont, trop longtemps, je ne soupçonnais pas la gravité.

« Écoute, me dit-elle. Écoute, homme haut et large : ne cherche plus. (Sa main trace des signes de croix en l'air, aux quatre points de l'horizon.) Tu ne vois pas celle que tu cherches, mais cette femme, elle, te regarde. Elle aussi était à ta recherche : elle t'a retrouvé la première. Vos corps seront réunis plus tard, comme il est écrit. Déjà, vous êtes ensemble par l'esprit. Tu n'as pas la sensation d'être ensemble avec elle, puisque tu es encore mortel, mais elle est ensemble avec toi. Où que tu te tournes, son visage te fait face : ne crains pas qu'elle te perde de vue. L'esprit du mort possède des yeux perçants. Il baigne dans la lumière de l'au-delà. Qui sait de quel côté de la porte sont les ténèbres ? Toi, tu marches : la femme t'attend. Elle a déjà franchi la seconde porte. Elle t'attend parmi les saints. Marche encore, tu la trouveras où que tu ailles. C'est une élue, elle est entrée directement dans la vie éternelle. Elle n'est pas morte de mourir. Elle est morte de ne plus respirer l'air de l'amour. Voilà pourquoi elle est sanctifiée. »

Je suis paralysé. Mes mâchoires sont soudées, je me mords les dents. Ma langue est un morceau de bois rejeté par la mer, enfoncé dans un sable en décomposition. Un goût de fer et d'huître emplit ma gorge. Mes articulations sont prises dans la glace et mes muscles ressemblent aux vêtements qu'un noyé a laissés sur la berge, au linge qui pend des fils de fer quand le vent est tombé. Je suis anéanti, mais je jure qu'en pénétrant dans cette maison quelque chose en moi savait quelle révélation m'y serait faite. Non pas une chose *au fond* de moi : une chose qui m'habitait tout entier, prête à me déborder des lèvres – sauf qu'elle parlait un autre langage que le mien, et que j'avais besoin d'une enchanteresse pour le traduire. Dès ce moment, aucune nouvelle se rapportant à Cassie n'aurait pu me surprendre. Quand la Glapion m'a dit « ne cherche plus », je connaissais la suite. Quand j'ai raconté mon histoire, quand j'ai posé ma question, je connaissais la réponse ; mon trouble n'avait pas eu d'autre cause. Quand j'ai cessé de courir après l'ombre de mes femmes, quand je m'en suis remis à un rêve dont il ne m'arrivait plus de rêver, c'était parce que mon esprit connaissait la vanité d'une telle entreprise. Ainsi ai-je reçu l'oracle comme un homme mort debout laisse sans réagir la hache lui fendre le crâne.

J'enregistre pourtant chacune des paroles qu'il n'est plus utile que je comprenne, à présent, puisque le mot de la fin a été prononcé. Il est encore question des forces obscures et d'un feu qui ne s'éteint jamais. Je ne mets pas en doute ces informations. Je ne sous-estime pas leur importance. Mais la vérité s'est dévoilée devant moi et il ne me reste rien de pire à apprendre. Je l'ai vue dans sa nudité et il ne me reste pas de spectacle plus hideux à découvrir. Une consolation ? Je n'en veux pas ! Je préférerais me jeter dans le marais. J'aurais trop honte. N'ai-je pas quitté la piste, n'ai-je pas quitté Porfirio et une existence que j'aimais plus que je n'osais me l'avouer, ne suis-je pas descendu vers l'embouchure du fleuve, n'ai-je pas dormi par terre le ventre creux, parce que je me reprochais de m'être déjà trop consolé de mon infortune, ayant laissé les années tomber en cendres derrière moi ?

La devineresse récite tout un chapelet de prières, à une telle allure qu'on ne distingue qu'un mot de temps en temps. Elle brûle de l'encens, pile des racines, ingurgite et me fait ingurgiter des potions, lance des pincées de poudres par-dessus son épaule. Elle trace des signes sur le sol de terre battue et dessine des formes indescriptibles dans l'atmosphère. Entourant de mystère le moindre de ses gestes, marmonnant des incantations, elle circule d'un bout à l'autre de la pièce, effleurant ceci, étreignant cela, tandis que son visage reflète tour à tour l'angoisse, l'extase, la colère, la douleur, l'effroi, l'attendrissement. Pas une seconde elle n'arrête de se démener. Elle fait la toupie autour de moi. Son zèle me donnerait le tournis si j'étais encore capable de fixer mon attention sur les images qui défilent sous mes yeux. En réalité, j'assiste à son manège comme si je n'y assistais pas. Aucune magie, sacrée ou maudite, n'effacera la connaissance que je suis venu chercher au Bayou St. Johns, devinant trop tard que je l'apportais avec moi. Elle sacrifie une poule. Du sang gicle sur mes bottes. Je reste de pierre. Où veut-elle en venir ? Tout est dit. Je n'ai plus qu'à m'en aller. Mais la voilà qui tombe à mes pieds et s'agite sur le sol, tremblant de la nuque aux talons, avec des mouvements de tête d'une violence à lui rompre le cou. Par intermittence, elle pousse de hauts cris. Des bulles crèvent entre ses dents. En se hérissant, ses cheveux donnent l'impression qu'un animal est prisonnier sous son mouchoir de tête. Ses yeux sont blancs – d'un blanc veiné de bleu, marbré de reflets orangés. Rien ne m'échappe ; je ne suis présent à rien. On dirait qu'une vitre épaisse d'un demi-pied me sépare, non de la vision elle-même, mais de ce que cette vision peut avoir de terrible. Je ne suis pas effrayé. Je ne suis pas ému. Je ne suis pas là. Y a-t-il un seul endroit sur la terre où je me sentirai chez moi, désormais ?

Soudain, de ce visage torturé par la transe, une voix s'élève. Une voix qui par son calme, son assurance, sa gravité, traverse mon indifférence, fait voler la vitre en éclats. De l'au-delà, cette voix s'est frayé un chemin jusqu'à la gorge de la féticheuse et elle résonne dans son gosier. Elle lui remue la langue, elle lui écarte les dents, elle lui force les lèvres. Cette voix, le temps, les épreuves, la poussière des chemins, la mort, la paix, l'éternité et la distance ont beau l'avoir déformée, je la reconnaîtrais entre mille. La prêtresse ne l'a jamais entendue, comment pourrait-elle l'imiter ? Avec sa voix à elle, même le Diable ne pourrait pas reproduire la voix de ma Cassie. Et c'est la voix de ma Cassie qui me parvient. C'est ce que cette voix tant aimée est devenue après plus de quatorze années de séparation. D'ailleurs, elle me parle et le discours qu'elle me tient ne peut s'adresser qu'à moi. Elle me dit que, ma Cassie et moi, nous sommes promis l'un à l'autre, comme au jour de notre naissance, et que, dans les siècles des siècles, rien ni personne ne pourra nous séparer. Cependant, me dit-elle encore, dans ce mirage qu'est la vie terrestre, moi qui suis appelé à rester longtemps locataire de cette illusion, je ne dois plus éviter l'existence qu'ont les hommes sur la terre. Je me suis montré aussi fidèle qu'on peut l'être. Tout ce temps, je n'ai confié ma semence qu'à des songes, à des voluptés du profond sommeil, dont je n'avais même pas conscience – et je l'ai fait malgré moi. À présent, pour dire que j'ai vécu, le jour où la vie, ses drames et ses ivresses ne seront plus qu'une poignée de sable filant entre les doigts, j'ai le devoir de connaître des femmes. Cassie prétend qu'elle a contracté une dette envers moi. Elle ne peut plus la rembourser, étant parmi les Bienheureux dont toutes les fautes sont effacées : elle me demande la grâce de contracter, moi, une dette semblable à son égard. Elle sait que je n'aimerai qu'elle seule, jusqu'à mon dernier souffle. Elle m'invite à me porter au-devant des rencontres, de manière à ne pas avoir honte de la clémence que Dieu lui a témoignée. La tête me tourne, pleine d'un vertige, mais je lui fais cette promesse.

Deux femmes vêtues de blanc apparaissent sans un bruit. Elles se penchent sur la magicienne, redressent son buste, placent une épaule sous chacun de ses bras, la remettent sur ses jambes et la font marcher en rond dans la pièce, telle une personne saoule, jusqu'à ce qu'elle reprenne possession de ses sens. Elles l'ont assise sur un fauteuil de bois sculpté, représentant des créatures de l'ombre et des nœuds de serpents. Elles se sont retirées, n'ayant pas desserré les dents ni jeté sur moi le moindre regard. Je dois apprendre à la Glapion le message que j'ai reçu par sa bouche. C'est alors qu'elle évoque les vies du chat noir, puis énonce la clause des neuf femmes : « Tu rechercheras les femmes, selon la prière de celle qui reste la seule dans ton cœur, seulement – souviens-toi – tu ne feras avec elles que neuf rencontres heureuses. » Enfin elle m'exhorte à partir : « Ainsi soit-il. Reprends ta route, homme haut et large. Ne te retourne plus sur ton passé, car il est devant toi désormais. Très loin devant toi, et il te reste beaucoup à marcher. »

Je retrouve assez de présence d'esprit pour bredouiller : « Mais Loretta ? Mais ma fille, est-ce que je ne vais pas la revoir ?

– Ta femme ne l'a plus revue. Elle a trop gémi après elle. C'est pourquoi le Seigneur a eu pitié. »

Que me dit-elle ? Je n'écoute pas. Toute l'émotion que j'étais parvenu à contenir rompt ses digues et me submerge. Je m'écrie :

« Ma Loretta n'a jamais reçu l'amour d'un père ! J'en ai tant à lui donner. Mon cœur va éclater !

– C'est ce que tu désires vraiment, lui donner l'amour qu'elle n'a pas reçu de toi ?

– Ma Cassie est au Ciel. Quel autre désir pourrais-je avoir ici-bas ? »

Un sanglot monté de ma poitrine se coince en travers de ma gorge et m'étouffe. Des larmes me giclent des yeux.

« Alors, me dit cette femme, il sera exaucé. »

Je voudrais lui embrasser les genoux, mais mon corps n'obéit pas. Je n'arrive même pas à la remercier. Le ton de sa voix m'a glacé.

Memphis était alors la capitale du coton. Elle aspirait à devenir le centre du Vieux Sud. Jusque dans les saloons du bord des pistes, le bruit courait que, dans le quartier du port, entre Beale Street et la 4e Rue, l'homme noir qui, dormant sous un toit de planches ou de tôles toujours prêt à lui dégringoler sur le crâne, avait crevé de faim à trimer dans les plantations au bénéfice d'un propriétaire, trouvait à Memphis, s'il réussissait à traîner ses os jusque-là, un logement plus solide, un travail plus décent, des loteries à quoi suspendre ses éternelles illusions et des maisons du bon temps pour bercer son éternelle malchance. J'avais beaucoup trimballé ma carcasse depuis mon évasion du domaine Devereaux. Cependant, ni les plans des généraux durant la guerre, ni mes bottes de vacher, ni les fers de mon cheval ne m'avaient encore conduit dans le Tennessee. Pourquoi ne m'y serais-je pas rendu en laissant la Cité du Croissant derrière moi ? Il me suffisait de descendre au bord du fleuve et de suivre les bateaux qui en remontaient le cours. Ma guitare était toujours accrochée à mon épaule, mon harmonica sommeillait dans ma poche, tel un animal au fond de son terrier. Or, il y avait là-bas, semblait-il, du monde pour les apprécier.

Tous les voyageurs rapportaient les mêmes souvenirs de cette ville. Ils ne pouvaient quand même pas s'être entendus pour abuser ceux qui n'avaient pas eu le privilège de la voir ! Leurs témoignages concordants célébraient la bousculade des échoppes le long de chaque trottoir. Les drogueries à vocation multiple se marchaient dessus, dans leur précipitation à fondre sur le malheureux qui venait de monnayer sa récolte et marchait nez au vent par les rues. Ces bazars étaient des labyrinthes de marchandises et d'ustensiles où la raison s'égarait ; où l'homme le plus réfléchi, laissant son regard errer parmi les piles, au sein des vitrines et sur les étagères, finissait par dénicher ce dont il n'avait jamais eu besoin et n'aurait jamais l'usage, voire, quelquefois, ce dont il avait superbement ignoré l'existence, mais qui, soudain, l'exposait à une tentation irrésistible. Il y cédait avec des soupirs déjà pleins de remords, mais qui mêlaient au dégoût de soi, au sentiment d'être vaincu, une sombre jouissance. Aussi proliférants, aussi ensorcelants que les boutiques, étaient, à Memphis, les débits de boissons, les cabarets qui accueillent le samedi des artistes de toute spécialité, les théâtres, les salles de danse, les tripots, les palais de la galanterie. Dans tous ces lieux, les musiciens étaient les bienvenus. Ou plutôt, on les y embauchait pour accueillir la clientèle et la retenir en rendant son séjour le plus agréable possible. À cette époque, je n'ambitionnais toujours pas de faire de la musique ma profession. En revanche, je savais que grâce à elle je pourrais surmonter les aléas des autres métiers. Il me faudrait travailler nuit et jour ? Je ne serais pas le seul, et la force ne m'avait pas été accordée dans la perspective que je la dépose au fond d'un lit.

Longeant la rive du Vieux Père, je retournais dans ma tête les choses dont j'étais maintenant assuré. Elles étaient au nombre de trois. Ma Cassie n'était plus de ce monde. Je reverrais ma fille un jour ou l'autre et je lui dirais toute la tendresse que j'avais éprouvée pour elle. Si, en raison de sa jeunesse, elle avait pu commettre des erreurs susceptibles de réduire sa mère au désespoir, j'étais le premier coupable, puisque je les avais abandonnées, laissant fuir les années, et ce serait d'abord à moi d'implorer son pardon. Ma troisième certitude était que je ne devais plus fréquenter les pistes, où j'avais perdu de vue le but que je m'étais fixé, le sens que je donnais moi-même à ma vie. Arrivé à Memphis, je vendrais mon cheval et ma selle.

Le premier frère à qui je me suis adressé m'a indiqué la gare des marchandises. D'après lui, un homme de ma carrure n'éprouverait aucune peine à se faire embaucher au chargement des balles de coton expédiées dans le Nord et dans l'Est. Le contremaître, en effet, eut un sourire jusqu'aux oreilles en me voyant. Je n'avais pas seulement la silhouette d'un hercule, j'inspirais confiance parce que l'expérience accumulée dans les champs, dans les mines d'or, dans les ranchs, sur les chantiers à la construction du chemin de fer et à l'armée, durant ma quête solitaire puis sur les pistes, me donnait, sans que je m'y applique le moins du monde, un air compétent. Je ne me montrais pas timide en face du travail, je ne l'étais pas non plus lorsqu'il s'agissait d'en demander ici ou là. J'allais droit au but ; mes interlocuteurs aussi. Au premier coup d'œil, ils savaient de quoi j'étais capable ; de mon côté, je connaissais ma valeur avec précision. Je n'en tirais, d'ailleurs, aucun orgueil, et je ne jouais pas les modestes pour autant. La réalité se contente d'être ce qu'elle est. J'avais la chance que ma réalité ait les dimensions de mon corps et s'étale sur ma figure. Les choses se passaient toujours très simplement. Je ne venais pas dans l'intention de me tourner les pouces, et on n'avait pas l'intention de me faire de cadeaux. J'ai été loyal avec mes employeurs ; je ne peux pas dire qu'ils ne me l'aient pas rendu. Bien entendu, ils profitaient de moi, mais c'était dans leur rôle et je connaissais par avance les termes du contrat. On ne me prenait pas au dépourvu, on ne me prenait pas au piège. Ces gens agissaient avec franchise, et, pour ma part, je ne faisais pas semblant d'ignorer de quoi il retournait, sous prétexte qu'on ne m'avait pas rappelé une à une toutes les règles du jeu. Au reste, il n'y en avait qu'une seule à retenir : le salaire a une limite, la besogne n'en a pas. L'argent se ménage, l'homme se pressure. L'argent coûte cher, l'homme ne vaut presque rien. Que vous le vouliez ou non, le monde marche de cette façon.

Du coton, je n'avais pas cessé d'en voir depuis que, de Fort Bluehill, j'étais redescendu dans le Sud à bride abattue. Mais il y avait si longtemps que je n'avais pas eu l'occasion d'en toucher et d'en respirer l'odeur… Je retrouvais intactes des sensations de ma jeunesse.

Je me suis enivré aux effluves de coton, comme d'autres aux vapeurs d'opium. Les chants qui accompagnaient la cueillette me sont remontés aux lèvres. Sur ce quai de Memphis, je suis redevenu l'homme qui imprime la cadence, qui fait traverser aux reins et aux bras leur douleur, qui vous entraîne du côté immobile du temps, là où la répétition des gestes rend à chaque geste sa plénitude – et il vous semble que votre effort vous renforce au lieu de vous épuiser, que la nouvelle souffrance met un baume sur les anciennes. Le rythme est une sorcellerie. Sans lui, la musique n'entrerait en nous que par les oreilles. Ou peut-être par les pensées, telle une chose qu'on rêve mais qui n'existe pas vraiment. Grâce au rythme, elle pénètre tout notre corps. Elle se glisse sous la peau. Elle devient sa doublure. Elle s'infiltre dans les muscles. Elle coule dans les veines. Elle agite le cœur à sa convenance. Elle se mélange à la moelle des os. Elle décide de la faim et de la soif. Elle est une créature vivante, parce qu'elle a pris possession de l'homme. On n'applaudit pas l'homme qui chante au travail. Il ne chante pas pour le plaisir, il ne chante pas pour la beauté. Je crois pourtant que j'ai eu, d'une certain façon, encore plus de succès sur la rampe des wagons que dans les saloons où j'apportais ma guitare, après avoir avalé mon bol de haricots.

Dans le Nebraska, lorsque je m'y trouvais, rencontrer des femmes aurait été toute une affaire. À Memphis, il suffisait de pousser les portes d'un établissement de nuit ouvert au public. On n'avait que l'embarras du choix. Mais, justement, choisir entre elles m'embarrassait. L'oracle était gravé en moi. Cassie me demandait de me conduire en homme, de la même façon qu'elle s'était, paraît-il, conduite en femme pendant mon absence (je n'avais rien à lui pardonner : le Tout-Puissant l'avait fait pour moi). Elle comptait, cependant, que je n'aime qu'elle seule, jusqu'à mon dernier souffle et au-delà. Je le voulais aussi. Au fil des années, je n'avais rien désiré d'autre. Sur ce point, ma détermination était si inflexible que je n'avais désiré aucune femme, plus de vingt années durant, bien qu'étant dans la force de l'âge. Je n'ai pas été un saint. Les saints triomphent de la tentation. Moi, la tentation me fut épargnée. Dieu avait étendu Sa main au-dessus de ma tête. Marchant dans cette ombre apaisante, j'échappais à ce qui échauffe les hommes. J'avais reçu ce don très rare. Je le préservais en évitant la proximité des femmes. Le Ciel m'envoyait des amis qui, ou bien m'entraînaient dans la solitude, comme le vieux Jeb et, à sa manière, le major Fairmont, ou bien s'interposaient entre elles et moi, tel le pauvre Blue. Et puis le Ciel m'avait envoyé la musique. Le plus grand amour trouve à s'épancher dans la musique, s'il refuse de s'épancher à tort et à travers, irrépressible sans doute, mais plein de vent, d'illusion et d'amertume, telle la mousse d'une chope de bière. Qu'allait-il advenir de moi, cependant, si j'avançais vers une femme, si je me frottais à elle, si je la maintenais contre moi ? Ces initiatives, je ne les avais prises qu'avec ma Cassie. Je n'avais pas l'expérience d'aimer sans amour. J'ignorais si la chose était seulement possible. Si un élan du cœur n'était pas indispensable, au moins un tout petit peu. Si le goût qu'on a d'une femme pouvait se réduire à un appétit, qui vient en mangeant et disparaît quand on a vidé son assiette. Et comment pourrais-je approcher quelqu'un, comment pourrais-je lui plaire, s'il ne m'inspirait pas une émotion profonde ? En d'autres termes, je m'apercevais que, pour la personne que j'étais, obéir à Cassie n'était pas si simple. Elle ne m'avait pas accordé une liberté : elle m'avait imposé une épreuve.

« Connaître des femmes »... Déjà, je ne savais pas comment m'y prendre. Mais en connaître *une !* Il en fallait bien une première, cependant, et toute la difficulté venait de là. C'était pour aborder la première que j'aurais eu besoin d'avoir connu les suivantes ! La tâche m'apparaissait insurmontable. Mais, comme Dieu n'avait toujours pas retiré Sa main, je n'ai pas eu à la surmonter. Je restais bras ballants, je me rongeais les sangs : c'est Lucille qui vint à moi. C'est elle qui décida de me séduire. C'est elle qui se chargea du désir et de l'émotion. Je n'eus qu'à me laisser faire. Comme si toute l'intrigue s'était nouée dans mon dos.

En conscience, je n'aurais pu l'accepter d'une femme plus jeune ou plus belle que la mienne. J'aurais eu le sentiment de tricher. Or, Lucille avait mon âge. Elle présentait une certaine corpulence, des traits lourds, une bouche épaisse et des mains courtes. Elle était tombée amoureuse de ma musique, dans un cabaret du quartier noir qui s'appelait L'Étoile solitaire. J'avais vu Porfirio utiliser un certain truc. Il prenait son couteau fermé, le plaquait contre sa paume avec trois de ses doigts, et faisait glisser le manche le long des cordes, pendant qu'il les attaquait au moyen de son pouce. À Memphis, l'idée m'est venue de l'imiter, parce que aucun autre guitariste ne procédait ainsi. Beaucoup, à mon sens, se débrouillaient aussi bien que moi. Quelques-uns me surpassaient. Pour rivaliser avec eux, un bon moyen était d'étonner le public. En guise de couteau, je me servais de mon harmonica, ce qui me permettait aussi de le porter rapidement à ma bouche entre deux phrases de guitare. Les gens appréciaient cette gymnastique. C'était pour elle qu'on venait m'entendre. C'était pour elle que le patron tenait à ma présence. Un musicien n'est qu'un musicien. Moi – il m'arrivait d'en avoir honte –, j'étais une attraction.

Mes glissandos de guitare ont mené Lucille jusqu'à moi.

Je l'ai connue, puisqu'il me fallait la connaître. Ces instants furent beaux et graves et malhabiles, pleins de scrupules et de tâtonnements. Ils furent pour moi comme un silence dont la musique ne trouve pas la sortie. Et pour elle ? Bien sûr, je n'avais pas la réponse. J'implorais la grâce de ne jamais la découvrir. Parce que j'allais trahir cette femme. Je n'avais pas le choix. Ou bien trahir son amour, ou bien trahir le mien. Or le mien était une chose éternelle. Il appartenait à l'au-delà. On ne pouvait plus y toucher. Si quelqu'un ne méritait pas d'être déçu, si je n'avais pas envie de décevoir quelqu'un, c'était bien Lucille Brown. Mais il m'était interdit de m'attacher à elle. Il m'était interdit de la consoler. De protéger sa faiblesse. De chérir sa naïveté. J'avais fait semblant de ne pas voir les charmes qu'elle semait partout, les poussières d'amour sous mon oreiller, les cendres sous mes chaussures, les plumes, les ailes de chauve-souris et les pattes de crapaud, avec l'espoir de me retenir à jamais – mais je les avais vus… Ah ! si j'avais su comment m'y prendre pour ne pas lui laisser de regrets… Si j'avais pu être sûr que je n'emporterais pas ses illusions, quand, pendant qu'elle partait me chercher de la bière dans un broc de faïence, je rassemblais mes affaires et me sauvais de sa maison le dos courbé, tel un cambrioleur… Je lui ai brisé le cœur et j'ai imploré le pardon de Cassie, parce que mon cœur à moi s'était fendu. Pourtant, je n'étais pas amoureux de Lucille Brown, pas plus que de ma propre fille. Mais je l'aimais presque autant. Je porte la poisse à ceux que j'aime.

Après cela, je ne me serais plus risqué à laisser une femme jeter son dévolu sur moi. Je devais accepter de choisir moi-même celles que j'allais rencontrer, en dépit du fait que cela m'obligerait à marcher en permanence sur le fil du rasoir. Le problème était toujours le même : connaître des femmes qui ne m'attiraient que jusqu'à un certain point, c'est-à-dire me précipiter au-devant de femmes qui, pour être clair, ne m'attiraient *pas assez*… J'espère avoir fait de mon mieux. J'espère avoir essayé de toutes mes forces. J'espère être resté loyal envers Cassie, au moins jusqu'à mon arrivée à Chicago. J'aimerais en avoir la certitude. Ce serait l'unique argument qui pourrait peser en ma faveur devant Dieu et ses anges. Mais mon plaidoyer ne me convainc guère moi-même. Bien sûr, instruit par ce qui s'était passé à Memphis, j'ai pris mes jambes à mon cou chaque fois que je sentais qu'un élan de tendresse allait m'arracher à mon devoir. Connaître ces femmes ? J'ai mis mon énergie à les fuir ! Et avant cela, je me suis évertué à ne pas les comprendre, de peur que ma sympathie pour elles ne m'embarque trop loin. Mais cela signifie aussi que, pendant les quelque trois années qui me furent nécessaires pour atteindre Chicago, je me suis félicité de ne pas avoir allumé de feux, alors que je passais mon temps à en éteindre, ce qui n'est pas du tout la même chose !

Je m'estimais irréprochable. Héroïque dans ma façon de ne jamais reprendre des meilleurs plats. Si peu faillible que j'arrêtais mon regard sur des filles de plus en plus jolies et de plus en plus jeunes. C'est vrai, j'ai su leur résister. Jusqu'à ce que Daphnee croise ma route, à toutes j'ai refusé mon affection. À toutes sans exception. Mais aurais-je eu à le faire si elles ne m'en avaient pas inspiré ? Quand le remords me taraude, je hausse les épaules en songeant aux pâles subterfuges avec quoi j'endormais ma conscience en ce temps-là. Je ne plains pas seulement ces femmes que j'abandonnais les mains vides, sans un mot d'adieu, sans leur avoir dit un seul des mots qu'elles attendaient de moi et qui me brûlaient les lèvres. Dans ces moments de mélancolie, j'étends ma commisération au pauvre fou que j'étais, tombé à pieds joints dans son propre piège, multipliant les amours pour être sûr de ne pas aimer… J'imagine le Démon se riant de moi. Il tirait les fils de la marionnette et je m'agitais en conséquence. Il me faisait croire que ma prochaine conquête annulerait la précédente – et je le croyais !

Il insinuait que j'y prendrais un plaisir qui effacerait le plaisir que j'avais retiré de celle-ci. La ruse était grossière, mais je gobais tout. Je m'innocentais à tour de bras. Et pendant ce temps, moi qui avais si longtemps pratiqué l'abstinence, je n'étais jamais plus en retard d'une volupté. Quelle farce ! En guise de pénitence, je n'imaginais rien de plus approprié que de m'imposer la jouissance auprès d'une nouvelle partenaire, dans une autre ville. C'est ainsi que j'ai cessé de prêter attention aux endroits que je traversais. C'est ainsi que j'ai cessé de compter mes connaissances, oubliant l'avertissement de la féticheuse. C'est ainsi que j'étais prêt à me damner, lorsque j'ai rencontré Daphnee.

Sur la route, je vivais de la musique. Les chansons de cow-boys, les airs dansants à la guitare, rythmés à coups de talon, plaisaient aux Blancs, en particulier s'ils les connaissaient déjà. Aux Noirs, je servais plutôt des morceaux de mon invention. J'y racontais ce qui avait le plus de succès auprès d'eux : des histoires d'amour perdu, des anecdotes sur les temps difficiles. Ils appréciaient aussi mes chansons de trimardeur, parce que, plus on remontait vers le nord, plus on tombait sur des gens de couleur nés sous la ligne, qui avaient eux-mêmes mangé la poussière dans le but d'échouer dans les villes à vaches et dans les villes à fabriques. Je leur chantais un peu de ma vie : ils entendaient un peu de la leur dans ma chanson. Nous étions tous les romanichels de l'Amérique. Les uns avaient suivi le fleuve, les autres avaient suivi les rails. Quand on avait une bonne raison de craindre les Blancs, on préférait les rails. On contournait les villages, sauf si une communauté de couleur y était installée. Après un large crochet, on retrouvait la ligne de chemin de fer. On marchait au rythme des traverses. Quand on voyage sur ses jambes, une bonne chanson de nomade est une chanson lancinante. Elle vous aide à supporter la monotonie, étant la monotonie par elle-même. Les miennes, je les entrecoupais de bruits de train, que j'imitais sur mon harmonica. J'évoquais les « jungles hobo[1] », ces camps de vagabonds qui circulaient en bandes, afin de se protéger les uns les autres, et qui m'avaient plus d'une fois accordé l'hospitalité. Tous les morceaux que j'avais composés sur ce thème commençaient par la même phrase : « Je suis rien qu'un hobo. » Grâce à elle, j'étais assuré de me faire des amis au moment même où j'ouvrais la bouche. De plus, en parlant de la vadrouille, on parle de tout le reste, de tout ce qui importe : les femmes qu'on quitte ou qui s'en vont, certaines avec des galants, certaines au bras de la mort, les femmes après qui leur ancienne beauté court en geignant, les femmes et les calamités, le vide au cœur, la peur au ventre, les soirs qui tombent sur des

1. « Contraction de *hoe boy,* terme qui désigne les Sudistes démobilisés qui, au lendemain de la guerre de Sécession, ne trouvant que ruines et désolation, sont obligés de se louer à la journée dans les plantations » (Jean-Paul Levet). L'expression s'est étendue par la suite aux travailleurs non sédentaires et aux chemineaux.

jours qu'on aurait voulu ne jamais voir se lever. « Je suis rien qu'un hobo » : ça signifie que le malheur a déjà frappé à la porte, même si vous n'avez plus de porte. Ça signifie que vous le portez à cheval sur vos épaules et qu'il est là pour rester, pesant sur votre nuque et plaquant ses mains sur vos yeux tandis que vous cherchez votre route à tâtons.

J'ai le vague souvenir d'avoir stationné dans les plus grands centres, où je prenais un emploi et établissais ma réputation de musicien avant de me mettre en quête d'une femme à connaître. À Saint Louis, j'ai fréquenté un atelier de ferronnerie spécialisé dans les serrures. À cause du manque de fenêtres, la crasse en suspension dans l'air entretenait en plein midi une atmosphère de crépuscule. J'ignore pourquoi, cette poussière était grasse, autant que la buée graillonneuse d'une gargote. Elle collait à la peau et vous démangeait sous vos vêtements. On se contorsionnait en tous sens, on dansait en travaillant : c'était l'unique façon de se gratter sans lâcher son ouvrage. Les ouvriers étaient rémunérés aux pièces, et, comme ce n'étaient pas eux qui se chargeaient du décompte, il était conseillé d'en achever sept si l'on voulait être sûr d'être payé pour six. Alors ils se frottaient contre les murs, contre les établis, contre les outils, contre leurs propres salopettes. On s'en doute, le remède ne faisait qu'aggraver le mal, mais un étranger qui serait entré là par inadvertance, au moins, aurait eu du spectacle. À coup sûr, il aurait cru voir des hôtes de l'enfer en train de se tortiller dans une marmite de poix brûlante…

À Springfield, un hiver, j'ai vidé les sacs de charbon au fond des caves ; la lumière filtrée par les soupiraux était plus froide qu'un étang gelé. À Peoria (Illinois), vaste marché du grain, j'ai retrouvé l'air libre en exerçant l'activité de fossoyeur. J'aidais aussi à dire les prières sur le cercueil, avant qu'on le descende dans le trou : je répondais au pasteur – l'un des pasteurs des environs, impressionné par ma voix de basse (en tout cas par ce qu'en avait laissé l'habitude d'entonner à tout vent des chansons exigeant très souvent un ton plus léger que les hymnes et les psaumes). Je me suis beaucoup plu au cimetière. C'est là que j'ai commencé à contempler les arbres. J'en avais rencontré, des arbres, à travers tout le pays ! J'avais longtemps vécu au cœur de la nature, et même, à plus d'une reprise, au cœur de la sauvagerie. Mais je n'avais pas encore pris la peine de regarder la création du Seigneur comme on regarde une statue, un palais, ou même un jardin né de la main de l'homme. Sous prétexte que les collines, les nuages, les arbres, étaient là de tout temps et qu'ils y resteraient après mon départ, je ne leur prêtais pas attention, sauf dans le cas où j'avais besoin d'eux. Soudain, il m'est apparu que chacune de ces choses était aussi mortelle, sinon davantage, aussi unique, sinon davantage, que je l'étais moi-même. L'arbre surtout. L'arbre n'est pas qu'un nom. Il n'est pas qu'une espèce. Il n'est aucun autre des millions d'arbres qui se dressent sur la terre. Il ressemble à une chanson en train de se chanter. L'histoire de tous était connue d'avance, et connue de tout le monde. Mais l'histoire de chacun, il appartenait à chacun de nous de la déchiffrer. Il y a toute une Amérique dans un arbre, il y a tout un continent. C'est pourquoi on peut intituler un livre *Les Cerisiers de Géorgie.* À l'intérieur de la création divine, chaque arbre est la création tout entière. Maintenant que mes yeux sont éteints, c'est de la vue des arbres que j'ai la plus grande nostalgie. Mais je me souviens mieux de certains arbres que de nombreux visages, et leur odeur est avec celle de la pluie l'un des parfums que mon esprit évoque sans peine, où que je me trouve. J'ai compris qu'elle est l'odeur des hommes, parce que la sève des arbres se nourrit du sang et de la chair des hommes, qui survivent en eux.

À Chicago, l'odeur du sang a empli mes narines. J'ai trouvé un emploi aux abattoirs. Je crois qu'à tout prendre je leur ai encore préféré les champs de bataille. Non que je sois plus sensible à la souffrance des animaux qu'à celle des hommes, mais, à la guerre, l'odeur de la poudre en masque bien d'autres, au moins tant que les combats font rage. D'ailleurs, même lorsque j'assistais le major, qui, les manches retroussées jusqu'aux coudes, la pipe aux dents, pratiquait des amputations en série, armé d'une scie et d'un tranchoir, même lorsque le sang giclait sur mon visage, je ne me sentais pas assailli par ces relents à la fois acides et douceâtres qui me prenaient à la gorge et me levaient l'estomac dès que je pénétrais dans les salles d'exécution, fendant la petite foule de phtisiques aux yeux brûlants qui, au point du jour, viennent, un gobelet à la main, désaltérer leur mal, et de détraqués béats, qu'on voit s'éloigner en retroussant leurs lèvres empourprées sur des dents engluées de caillots. Jusqu'à la fin de ma journée de travail, je titubais au bord de la nausée. C'est alors que j'ai repris goût aux boissons fortes. L'alcool me remettait l'estomac d'aplomb. Lui seul, surtout, avait le pouvoir de laver le goût du sang dans ma bouche, de disperser les effluves que j'emportais avec moi après avoir lavé et rangé mon couteau, les effluves que j'emportais autour de ma tête à travers les rues du South Side, tel un nuage de mouches, tel un essaim d'abeilles.

On respirait la mort dans certains coins de Chicago, plus que dans le cimetière de Peoria d'où j'arrivais. On y respirait la violence quand tout paraissait calme. Pourquoi n'ai-je pas continué ma route ? J'étais l'un des rares à éprouver ces sensations. Le Ciel nous envoyait un avertissement. L'âme de Cassie, peut-être, essayait de sauver la mienne. J'étais parti du rivage de l'océan Atlantique, j'avais rejoint les Grands Lacs. J'ai dû me dire que j'avais touché au terme de mon voyage, qu'un hobo ne peut pas avoir éternellement un ailleurs où aller. Au lieu de s'asseoir au bord du chemin et d'interroger les nuages, il doit un beau jour s'asseoir dans son existence, approcher un miroir de sa face, compter ses rides, ses cheveux blancs et se regarder enfin au fond des yeux. Les villes comme Chicago ont été construites pour cela. Ce sont des endroits où poser sa fatigue, où poser son silence, où clouer son ombre par terre, où allonger dans un vrai lit les certitudes que l'errance n'a pas dévorées. La route ne peut pas mener qu'à la route. En particulier si vous savez de source sûre que c'est votre destin qui vous cherche, et non pas le contraire. Les nomades s'entassent à Chicago. Beaucoup y achètent leur première paire de souliers. Elle les fait tant souffrir qu'ils renoncent à marcher. Ils comprennent que rien n'est laissé au hasard, ici-bas. À chaque chose, il y a une bonne raison. On n'a pas besoin de la connaître. On n'a qu'à tirer sa chaise devant la fenêtre et voir la pluie tomber.

Je ne vais pas tourner autour du pot. Je suis entré à L'Homme en armes, Daphnee m'est apparue et, aussitôt, toutes mes bonnes résolutions se sont envolées, toutes mes belles promesses ont été rompues, j'ai chassé de mon cœur une fidélité qui – j'y croyais encore à ce moment-là – avait survécu à la mort. Pour la première fois, en rencontrant une femme, non seulement je ne me suis pas demandé ce que Cassie en pensait, mais j'ai résolu de n'écouter que mon désir. Jamais il ne s'était manifesté avec une telle brusquerie, ni avec une telle violence. Même pas pour Cassie : envers elle, dès le début et jusqu'à la conception de notre fille, dans le secret de la vieille grange, il s'était montré patient, délicat, attentionné, plein de douceur et de prévenance. L'ardeur de mon premier amour n'avait pas été un feu qui ravage ce qu'il touche.

Daphnee était tout ce que je m'étais interdit de convoiter depuis que j'avais entendu l'oracle de la Glapion et la requête de ma défunte. Elle était la jeunesse, la jeunesse éclatante. Ce que les hommes imaginent dans leurs rêves être la beauté des femmes baissait les yeux devant elle. Elle était la personne la plus surnaturelle que Dieu ait fait naître parmi les humains. Le désir que j'ai eu d'elle, ce fut d'abord le torrent qui balaya d'un coup ma volonté. Mes quatre volontés. Celle d'obéir à Cassie. Celle d'honorer les termes de notre contrat. Celle de rester loyal envers elle, quoi qu'il advienne. Celle d'interrompre toute relation avec une femme qui risquerait de se prolonger et de m'apporter trop de satisfactions. Je n'avais pas encore adressé la parole à Daphnee que j'étais déjà résolu à ne plus la quitter des yeux jusqu'au dernier jour de ma vie. Elle me repousserait peut-être, elle ne m'empêcherait pas de la suivre. D'aller partout où l'occasion me serait donnée de l'admirer. Car mon mal d'amour, lorsque j'ai eu la révélation qu'il existait sur terre une telle perfection, ne fut d'abord rien d'autre que cela : une envie dévorante de contempler et d'adorer. L'envie de la chair, en comparaison, n'était pas grand-chose. Ce n'était pas elle qui montrait le plus d'appétit, le plus d'impatience. Et même si, contrairement à toutes les femmes noires qui hantent les cabarets, celle-ci était inaccessible, après tout cela ne faisait que confirmer l'impression que j'avais d'elle et, donc, me la rendre plus précieuse. Les êtres surnaturels n'ont pas à se mettre à la portée des simples créatures. Et que cette déesse se présente sous l'apparence d'une danseuse au corsage douteux, dans une maison de troisième ordre fréquentée par des pouilleux, des voleurs et des ivrognes sur les genoux desquels sautaient des prostituées ne changeait rien à l'affaire. Aussi bien son esprit, son langage, son rire et ses goûts étaient-ils peut-être ceux d'une mortelle : malgré elle, elle s'élèverait pourtant au-dessus de l'humanité, inaccessible à ses propres faiblesses. Peut-être était-elle éprise d'un des hommes qui se trouvaient là, peut-être s'abaissait-elle à des aventures extrêmement communes, se prêtait-elle à des étreintes grossières : pour moi, elle resterait d'une essence supérieure. Cette fascination ramenait à des élans dérisoires tous les désirs, y compris le mien.

J'ai aimé Cassie, plus que tout. Avec Daphnee, il s'agissait d'autre chose. S'il existe un mot pour désigner ce phénomène, je ne le connais pas. Même les Blancs ne l'ont pas trouvé. Il n'est pas imprimé, j'en suis sûr, dans le livre du major. Dieu ne l'a inscrit dans le vocabulaire d'aucune langue. Afin qu'il ne soit pas dévoyé ou sali, comme « amour » l'a été. Cassie n'avait pas sa place dans ce mystère. Il dépassait Daphnee comme il me dépassait. Les puissances du vaudou devenaient aveugles et sourdes en sa présence. Elles erraient dans la nuit, tels des moribonds dans les couloirs de l'hospice. Elles erraient en chemise, les orbites bleuies… En comparaison, le mystère de la résurrection semblait limpide.

Ce même soir, j'ai joué à L'Homme en armes, à la demande de personnes qui m'avaient entendu ailleurs. J'ai eu le sentiment que ma guitare avait deviné ce qui m'arrivait. Qu'elle en savait plus long que moi là-dessus. Qu'elle aurait bien voulu m'éclairer. Je ne pouvais pas chanter, parce que j'écoutais ce qu'elle cherchait à m'apprendre. J'avançais lentement dans ma musique, je marchais sur la pointe des pieds. Je n'ai pas joué pour Daphnee. Je n'aurais pas osé. Elle était descendue de la minuscule estrade avec les deux autres filles qui dansaient avec elle. Elle s'était fondue dans l'assistance, évanouie dans la fumée, mais qu'importe ? Elle ne pouvait plus disparaître de moi.

Il était tard quand j'ai reposé mon instrument. On m'a beaucoup fêté. Mais sans bruit. Quand la nuit se fatigue, les hommes apprécient les chansons lentes, les chansons graves. Ils laissent leur verre sur la table. Ils laissent leur regard sortir de leurs yeux par la porte de derrière. Ils avalent leur salive sans s'en rendre compte. Les prostituées voient revenir vers elles, avec gratitude, de vieux souvenirs qu'elles avaient chassés. On m'a demandé si je serais là le lendemain. De la tête, j'ai répondu oui. On m'a remis une bouteille plate, remplie d'alcool. Je l'ai vidée un peu plus loin, assis au bord du trottoir de planches, tandis que la nuit pâlissait. Je n'ai pas regagné le taudis où je louais une chambre à la semaine. Je me suis dirigé vers les abattoirs. Les buveurs de sang battaient déjà la semelle à l'entrée, serrant sous le menton le col de leur veste, grelottant d'un froid qui leur venait du devant. Le vent s'est levé, comme pour ajouter à leur misère. Du lac, il s'est précipité sur eux. Il s'est engouffré dans les rues de Chicago, agitant les terrasses, ébranlant les fondations. J'ai vu Chicago sous la forme d'un navire à l'ancre, qui se balance et qui grince.

« Alors, mon gros lapin, on dirait que je te plais, non ? » Ce sont les premières paroles que j'aie entendues de sa bouche, alors que j'étais de retour au cabaret après une journée de travail où je n'avais pensé qu'à elle. Mes mains ôtaient des vies. Mes mains ouvraient des gorges, entaillaient des viandes, disloquaient des os. Mais à l'autre bout de mes bras ne se tenait pas un homme : seulement des habitudes. J'étais ailleurs. J'étais obsédé par cette femme, mais demeurais d'un calme qui m'impressionnait moi-même. C'est que je ne doutais pas que je la reverrais. Je m'interrogeais sur l'attitude qu'il me faudrait adopter à notre prochaine rencontre. J'examinais la question avec toute la froideur dont j'étais capable. Les conclusions qui me paraissaient les plus sages, je les rangeais dans un coin propre de ma tête. L'une d'elles était que je ne pourrais pas me contenter indéfiniment de la regarder danser bouche bée, puis d'aller gratter ma guitare dans mon coin sans savoir si elle se trouvait encore dans les parages. Une autre était que, si je ne rêvais pas de la posséder, je rêvais qu'elle soit la propriété de mon admiration. Pour cela, il était impératif de faire sa connaissance – que je la « connaisse » ou non au bout du compte. J'étais loin d'imaginer alors qu'elle prendrait les devants… « On dirait que je te plais ? » Je n'arrivais même pas à lui sourire. J'ai levé mon chapeau de ma main libre, et j'ai dit : « Guitar Man, madame, Je crois que c'est comme ça qu'ils m'appellent. » Mon vrai nom avait servi à d'autres femmes. Il m'en fallait un neuf pour une déesse. Celui-là, quelqu'un me l'avait lancé une fois, dans un saloon de Saint Louis, mais j'avais été le seul à l'entendre.

J'arrivais toujours au cabaret avant le début des attractions, de manière à ne rien rater du numéro de

Daphnee. Ses deux partenaires, à côté d'elle, avaient l'air de danser sur des béquilles ; leurs articulations manquaient d'huile ; leur visage ressemblait à un portrait dont le peintre s'est lassé en cours de route et qu'on expose inachevé. Je sortais des abattoirs. Je n'avais pas faim. Je n'avais plus faim depuis que cette fille occupait mes pensées. En deux temps, trois mouvements, j'absorbais n'importe quoi, uniquement pour que l'alcool n'aille pas dégringoler dans un estomac vide, telle une giclée d'acide sur une plaque de zinc (j'attrapais à mon insu des manies de buveur expérimenté). Je décrochais ma guitare – mon harmonica, lui, ne quittait jamais ma poche – et je courais à L'Homme en armes, situé à l'autre bout du South Side. Là-bas, j'étais devenu un personnage. Je sifflais autant de verres qu'on m'en offrait, tous d'un seul trait, en attendant que l'estrade s'anime. Je passais toujours en scène le dernier, étant – pardon de le dire, mais il en allait ainsi – le clou de la soirée. Les usages de la maison prévoyaient que les danseuses, qui avaient juste un peu moins de succès que moi, me précèdent, ainsi qu'un entracte qui avait tendance à se prolonger. Le patron estimait qu'après avoir vu onduler trois filles sous leur nez, ses clients avaient le gosier sec, beaucoup ayant même oublié de boire pendant qu'elles se démenaient. En hôte attentionné, il souhaitait leur offrir une occasion de s'hydrater. Chaque soir, Daphnee mettait ce temps mort à profit pour venir à moi. C'était elle la déesse, et pourtant elle descendait de son piédestal et me parlait sans façon. Sa miraculeuse apparence me donnait envie de rentrer sous terre quand elle s'approchait de moi, ignorant les invites, les apostrophes, les compliments égrillards des autres hommes. En revanche, son langage me mettait à l'aise. Loin de Fort Bluehill, je n'avais guère eu la chance de châtier le mien, comme j'avais commencé de le faire sous les drapeaux. Les Blancs que j'avais fréquentés dans le Nebraska et sur les pistes n'étaient pas en mesure de m'enseigner quoi que ce fût en ce domaine. Quand ils baragouinaient un anglais compréhensible (beaucoup n'y parvenaient pas, étant des immigrés de fraîche date), ils s'exprimaient avec un relâchement digne du quartier des esclaves à la plantation Devereaux, assorti d'une grossièreté qui, pour sa part, n'y aurait pas été de mise. Comparé à Daphnee, je parlais non seulement comme un major, mais comme un général de l'armée des États-Unis ! À défaut de progresser, je m'étais efforcé de ne pas perdre mon acquis. C'était une des raisons pour lesquelles, je présume, les cow-boys m'avaient attribué de la sagesse et du bon sens. Ma voix grave, mon calme et mon maintien conféraient à mes propos un air de naturel. En tout cas, les personnes les plus frustes ne m'ont jamais reproché une affectation qu'elles auraient mal supportée. Quand je chantais, ma parole, comme je l'ai dit, devenait celle de tous, et, sans avoir à me forcer, j'utilisais les mêmes mots et commettais les mêmes fautes que mon auditoire.

Ce que j'avais vu autour de moi, depuis toujours, c'était l'endroit des choses. Je continuais à le voir, mais, quand Daphnee s'approchait de moi, je voyais à la fois l'endroit et l'envers. Je ne sais pas si j'explique ce que je ressentais d'une façon claire. Ce qui ne fait aucun doute, c'est que j'éprouvais l'impression bizarre de marcher avec un pied dans un monde et un pied dans un autre. Parce qu'il y avait deux êtres en cette femme et que je devais moi-même me dédoubler pour ne pas perdre pied devant elle. Il y avait la créature surnaturelle à qui un simple humain de mon espèce ne s'adresse pas, et il y avait son double terrestre. Celui-ci se manifestait dès qu'elle ouvrait la bouche, et j'étais capable de lui répondre. Engager la conversation aurait sans doute été au-dessus de mes forces, mais c'était toujours elle qui parlait la première. En général pour me tenir un discours flatteur. Elle disait son admiration pour ma force, pour ma carrure, prétendant n'avoir jamais vu un homme aussi solide que moi, un homme sur qui on pouvait se reposer sans crainte et qui ne profitait pas de ses muscles pour soumettre les femmes. Des compliments sur ma musique, toutefois, je n'en ai jamais entendu : le moment venu pour moi d'installer ma chaise au centre de l'estrade, Daphnee s'éclipsait. Non pas comme le premier soir, mais de manière que je sois témoin de cet éloignement qui, tout à la fois, me brisait le cœur et me soulageait d'une grande tension. Cent fois, je me suis posé la question : pourquoi s'en allait-elle aussi *indiscrètement ?* Était-ce pour me signifier que nos relations n'iraient jamais plus loin que ces entretiens à ma table (où, d'ailleurs, je me contentais le plus souvent de l'écouter, ne desserrant les dents que pour répondre aux rares questions qu'elle me posait) ? Je me gardais des attitudes et des propos équivoques. Envisager un seul instant de poser mes grosses pattes sur elle m'aurait paru sacrilège. Je me serais volontiers jeté au feu pour cette femme, mais je n'étais pas tenté le moins du monde de lui faire la cour. Au contraire, c'était elle qui me couvrait d'éloges, puis m'adressait des regards pénétrants, tandis qu'elle m'abreuvait de confidences, parfois fort intimes. Avec cela, j'avais déjà reçu plus que mon lot de faveurs, compte tenu de notre différence d'âge et de tout ce qui l'élevait au-dessus de moi. Pouvait-elle imaginer une seconde que j'espérais davantage ? Que j'avais le front de la convoiter ? *Ce qui était pourtant le cas !* Mais je la convoitais – comment dire ?... –, d'une façon désintéressée. En quelque sorte à fonds perdus. Je la désirais *à la condition expresse* qu'elle ne devienne jamais un exutoire au désir que j'avais d'elle. Je voulais que, au moins de mon fait, elle demeurât immaculée, ainsi qu'il convient à une déesse. N'avait-elle pas compris cela ?

Peut-être se méprenait-elle sur le sens de mes petits cadeaux – une broche en bois, un pendentif de métal jaune, des babioles de ce genre. Je les lui adressais par l'entremise du barman, afin de dissimuler ma gêne (ils étaient si modiques !). Elle les acceptait au reste sans façon, comme si elle-même était consciente qu'il ne s'agissait pas de présents, mais d'offrandes. Bien sûr, je n'allais pas brûler des cierges devant le podium de L'Homme en armes ! Alors, en guise de dévotions, je déposais ces broutilles à ses pieds. En vérité, c'était à peine si elle y faisait allusion lorsque nous nous retrouvions, ce qui arrangeait bien mes affaires. Je ne m'étais jamais montré timide avec les femmes, même à l'époque où j'évitais leur contact. Aussitôt que Daphnee s'avançait vers moi, à partir de ma nuque, prise dans un étau, tout mon corps se raidissait. J'étais oppressé. J'avalais ma salive avec peine. La sueur perlait à mes tempes. Je sentais que j'allais bredouiller et que les joues me brûleraient pour un rien. La longueur de ses jambes et de son cou, la finesse de sa taille, la fragilité de sa taille… Toutes ces choses parfaites et éphémères me troublaient infiniment. Mais ce trouble concernait moins les sens que le cœur. Des larmes me venaient aux yeux. J'étais envahi par un sentiment d'émerveillement et de gratitude envers le Seigneur, qui me dévoilait des secrets à ce point précieux. J'aurais voulu que Daphnee soit pour de bon éternelle. Hélas, son langage me disait qu'elle était mortelle. Comment sauver un tel trésor de sa précarité ? Dans une vie, on ne sauve rien de ce qui nous a le plus ému. On ne sauve aucun matin d'avril, aucun reflet sur l'eau, aucune des nuances du ciel en Virginie, aucun des parfums de la pluie un soir d'été, aucun arbre sur la colline. On donnerait sa vie pour les retenir, mais ils sortent de notre existence à reculons. Ils s'évanouissent. Ils se fondent dans les aurores, les lueurs, les teintes, les odeurs, les forêts qu'on a toujours connues. On a de la chance s'ils reviennent un jour ou l'autre. Ils reviennent, parfois, et l'on se met à trembler à l'intérieur de sa peau. Ma déesse apparaissait, et tout mon être devenait un sablier qui se vidait au fond de mes bottes. Un sablier qui laissait le temps lui couler des doigts. Le temps emporte la beauté du monde et vous abandonne au coin de la rue, assis sur une valise crevée. Plus creux qu'un arbre mort.

Jamais elle n'interpelle quelqu'un d'autre que moi, sinon les deux autres filles, et alors sur un ton déplaisant. Au patron lui-même, elle finit par répondre du bout des lèvres, s'il l'interroge d'une manière insistante. Ou bien elle lui coupe la parole pour répliquer avec une vivacité, une impertinence qu'à mon grand étonnement il tolère, en dépit de sa position. Daphnee n'a plus rien de vulnérable, lorsqu'elle remet quelqu'un à sa place. Or, elle se plaît à rabrouer son monde. Les gens prennent toujours un risque en lui parlant. Elle n'a aucune indulgence pour leurs maladresses, aucun respect, le cas échéant, pour leurs fonctions, leurs titres, leurs mérites. Par certains côtés, elle me rappelle Blue. Sauf que la condescendance et le mépris ont remplacé chez elle les sarcasmes. À moi, au contraire, elle fait toujours le meilleur accueil, quoi que je lui dise. Il est vrai que je n'abuse pas de mon privilège. Le plus souvent, je me borne à enregistrer ses déclarations et à les ponctuer de grognements, tant qu'elle ne réclame pas mon avis sur tel ou tel point. Par le passé, il m'est arrivé de recevoir des confidences. En particulier de Nehemiah et du vieux Jeb. Avec Daphnee, c'est bien différent. Daphnee me parle comme à elle-même. Elle ne me cache même pas certains détails que, en toute franchise, je lui serais reconnaissant de garder pour elle. Cassie ne m'en racontait pas autant. Dans notre intimité, Cassie ne m'en racontait guère plus que dans les lettres expédiées à Fort Bluehill, lesquelles devaient passer entre les mains de deux étrangers avant de m'atteindre.

La première nuit qu'elle s'assied à ma table, ma déesse me met au courant de choses qui ne me regardent pas. Elle me dit comme sa vie était belle, à Louisville, avant qu'elle échoue dans le South Side deux ans plus tôt, à la suite d'une série de revers qui lui étaient tombés dessus sans qu'elle eût rien fait pour cela. Elle me dit comme cette vie est triste aujourd'hui, combien elle se sent malheureuse à Chicago. La gorge serrée, je n'ai pas soufflé mot. Elle m'explique maintenant qu'elle est captive d'un terrible protecteur. C'est cet homme qu'il lui faut rejoindre chaque soir après l'entracte. Dans un hôtel borgne de la rue Dearborn, en plein marché de la galanterie, il l'attend, l'œil fixé sur la montre d'étain qu'il a posée sur la table de nuit. Il l'attend, les mains moites, le souffle court, ses serres de rapace toutes recourbées, prêtes à se refermer sur les quelques dollars qu'elle ramène de L'Homme en armes. Cet homme a pour nom Rafe Cornell. Il se présente comme un serviteur de Dieu. Jamais il ne se promène sans une de ses deux bibles. L'une lui sert à prêcher ; il la brandit au-dessus de sa tête chaque fois qu'il évoque les tourments de l'enfer. Dans l'autre, il cache un minuscule pistolet à deux coups, chargé en permanence. Il la serre sur sa poitrine quand il fait la tournée des lieux où ses filles travaillent pour lui. Car, en plus de Daphnee, il en possède trois autres : une joueuse professionnelle, une voleuse à la tire et une courtisane. Il frappe chaque nuit, avec méthode, celle qui a le moins rapporté. Ai-je déjà respiré le même air que cette canaille ? Non. Le propriétaire du cabaret est un de ses obligés : il surveille ma déesse pour son compte. De toute façon, une fois qu'elle est grimpée sur les planches, elle n'a guère le loisir de tirer au flanc. Elle sait en outre que, moins elle s'économisera, plus elle aura de pièces à se partager avec ses compagnes, lesquelles ont trop peur d'elle et du prédicateur pour ne pas lui abandonner la plus grosse part. D'ailleurs, ce n'est que justice : sans elle, ni le patron ni sa clientèle ne leur permettraient d'approcher l'estrade.

Si l'une de ses protégées tombe malade, ou se relève mal en point des dérouillées qu'il dispense, ou se fait embarquer par une patrouille, écraser les phalanges par des adversaires malheureux, dans l'arrière-salle d'un tripot, brûler la cervelle par le micheton dont elle a subtilisé le portefeuille, Cornell quitte son lit avant midi et se rend sur son terrain de chasse préféré, qui est la gare centrale. Il repère une demoiselle en détresse, lui montre sa bible et propose avec onction de lui venir en aide. Après quoi, il ne reste à la jeune personne qu'à s'acquitter de sa dette. Et à filer doux si elle ne veut pas tâter d'une bénédiction à bras raccourcis. Daphnee – qu'à juste titre il pensait plus coriace, mais dont il espérait un revenu confortable – avait bénéficié d'un traitement spécial. Il avait des amis parmi les policiers qui surveillent les quais. D'évidence, elle était sans ressources. Il la fit arrêter pour vagabondage et la sauva in extremis du cachot. Avec elle, il ne perdit pas son temps en ruses et en hypocrisies. Tout de suite, il la mit au pas, sous la menace d'être envoyée au pénitencier grâce à ses accointances. Par deux fois, elle avait essayé de lui échapper, mais il avait lancé à ses trousses un détective véreux, qu'il tenait par le chantage. L'homme l'avait traquée, rattrapée, ramenée par la peau du cou au pasteur qui lui avait fait ingurgiter de l'huile de croton, avant de l'enfermer plusieurs jours au fond d'une cave aveugle, sans même un verre d'eau, la laissant se souiller dans le noir. À la troisième tentative, l'avait-il prévenue, c'est de l'acide pur qu'elle avalerait, par la bouche, par le nez et par les yeux.

Je veux avoir cette canaille en face de moi, je brûle de lui dire deux mots. Daphnee courbe la tête. Elle me dit qu'il se méfie de tout et de tous et ne se laisse pas approcher si facilement. Et puis qu'il n'écoutera rien, que le profit est l'unique argument auquel il soit sensible. Elle me dit qu'il me fera emprisonner par ses complices du commissariat, ou assommer dans un coin sombre par des sbires à sa solde. Il s'est débrouillé pour que de nombreux voyous, peu enclins à lui désobéir en raison des risques encourus, aient de surcroît une dette envers lui. Elle me dit qu'une personne aussi mauvaise, tant qu'il lui reste un souffle de vie, se montre plus dangereuse qu'un serpent gorgé de venin. Compte tenu de mon courage et de ma stature, je pourrais certes administrer une correction au révérend, mais, avant de se retourner sur moi, sa vengeance s'abattrait sur elle. Sans doute même éclabousserait-elle les autres filles car, pour essuyer ses colères, qui sont colossales, il est rare qu'une seule personne ait les épaules assez larges. Dans ce cas, il ne lui reste plus qu'à fuir de nouveau, mais sous ma protection, cette fois. Elle me lance un regard accablé. Ai-je déjà oublié le détective ? C'est un ancien Pinkerton, chassé de son emploi en raison d'abus commis un peu partout, un être veule et impitoyable, gangrené jusqu'à la moelle, auprès duquel Cornell passerait pour un modèle de vertu. Néanmoins, il connaît son métier. Et si j'imagine un affrontement loyal avec un personnage de cet acabit, je me fais des illusions. Considérant le genre de gibier qu'il pourchasse, il m'attirera dans un guet-apens, ou m'abattra de loin d'une balle dans le dos, sans sommation. Aussi longtemps que le pasteur aura prise sur lui, cette crapule sera capable de toutes les vilenies – il en tire une telle satisfaction ! Qu'on tourne le problème dans n'importe quel sens, conclut-elle, la première mesure à adopter est de mettre Cornell hors d'état de nuire. Elle plonge ses yeux au fond des miens : « de s'en débarrasser une bonne fois », ajoute-t-elle dans un murmure.

Huit jours plus tard, un meurtre se commet à L'Homme en armes sous nos yeux. La police en profite pour fermer l'établissement. Daphnee redoute la réaction de son protecteur, lorsqu'elle lui annoncera qu'elle se retrouve sur le sable. J'ai acquis une certaine réputation dans le South Side, grâce aux paroles de mes chansons, renouvelées en fonction des événements quotidiens, et aussi à mes glissandos (quelquefois, en vue d'obtenir un effet différent, je remplace l'harmonica par un goulot de bouteille enfilé à l'auriculaire). Je sais que plusieurs gérants de cabaret souhaitent m'attirer chez eux. Je leur mets le marché en main : s'ils veulent m'avoir, qu'ils engagent Daphnee. Une bonne danseuse, doublée d'une fille magnifique, ne va sûrement pas nuire à la fréquentation de leur maison. Les deux premiers ne prétendent pas le contraire, mais m'objectent que, sur la scène ou dans la salle, les femmes n'amènent que des ennuis ; à cause d'elles, les esprits s'échauffent plus vite, et Dieu sait qu'ils n'ont pas besoin de cela ! Ils me conseillent de revenir quand je me serai lassé du « joli petit lot ». Le troisième accepte ma proposition, à condition bien sûr que la danseuse ne travaille qu'au pourboire. Je lui réponds que je partagerai mes gains avec elle. Daphnee peut respirer. D'autant qu'elle ramasse ainsi plus d'argent au Petit Paradis qu'à L'Homme en armes. Ayant compris que cela me contrariait, elle ne m'incite plus à supprimer le pasteur, comme elle s'y est employée une semaine durant, revenant chaque nuit à la charge. Je me serais plus volontiers tué moi-même, malgré tout le ressentiment que l'homme m'inspire. Je ne le lui ai pas dit, mais elle l'a lu dans mes yeux. Elle a dû en prendre son parti.

Là-dessus, je gagne une coquette somme à la loterie clandestine, où je joue pour la première fois et où personne de ma connaissance n'a jamais rien touché, en dépit de tout l'encens brûlé pour découvrir dans les résidus les trois chiffres qui rapportent cent fois la mise. J'achète à ma déesse une bague ornée d'un brillant. Elle me saute au cou, ce qui me plonge dans l'embarras. Le lendemain, elle ne porte plus la bague. Elle m'explique que les fouineurs qui renseignent Cornell sur ses faits et gestes ne doivent pas la voir. D'ailleurs, quelle importance ? Si je suis toujours d'accord, elle est maintenant décidée à quitter Chicago avec moi. Nous passerons la frontière et nous nous établirons au Canada ; il n'ira pas nous chercher aussi loin, qui plus est sur une terre étrangère. Quand partirons-nous ? Dans vingt-quatre heures, c'est-à-dire dans la nuit du dimanche (jour du Seigneur) au lundi, précisément celle où le Petit Paradis, dirigé par un homme à principes, ferme ses portes. L'occasion est exceptionnelle. Nous aurons les coudées franches et il est prévu que, vers minuit, le révérend se rendra à une veillée funèbre qui devrait l'occuper jusqu'au matin. Il ne se doute de rien, trop content de ce que Daphnee lui rapporte depuis quelques jours. Je lui laisserai le temps de s'éloigner et je me présenterai à l'hôtel, où elle aura préparé ses affaires. Moi, j'aurai fait ma valise avant d'aller boire et jouer quelque part en attendant l'heure convenue.

J'ai suivi ce plan à la lettre. Mais Rafe Cornell avait le sien.

J'ai repris la route. Je ne me suis pas posé de question. Aveugle, un homme noir ne peut que mendier. Ou échanger du pain contre de la musique, s'il a la chance d'être musicien. Chaque jour de ma nouvelle vie, j'ai remercié Jeb et son harmonica, Blue et son banjo, Porfirio et sa guitare. Sans eux, que serais-je devenu ? Je ne voulais pas savoir si, sans eux, mon chemin aurait jamais croisé celui du pasteur. Parce que, la réponse eût-elle été négative, il n'aurait pas croisé non plus, l'espace de quelques semaines, celui de ma déesse. Elle était descendue du ciel ; mon regard y était monté pour se marier aux ténèbres. Ne pas détourner la tête devant un astre a son prix. Je ne l'estimais pas trop élevé. Aujourd'hui comme à l'époque, j'espère seulement que mon astre à moi a poursuivi sa course majestueuse et trouvé pour le contempler des hommes plus dignes de ce spectacle que je ne l'étais. Sa lumière avait calciné mes yeux, mis le feu à mon visage. J'étais le témoin vivant d'un prodige qui avait eu lieu, beaucoup trop grand pour moi. J'avais reçu plus que ma part. Regretter quoi que ce fût aurait été un blasphème. Il valait mieux, tout compte fait, que, avec Daphnee, les choses en soient restées là. Un rideau obscur était tombé sur notre histoire. Comment me serais-je comporté si nous avions réussi à fuir ensemble ? Au Canada ou ailleurs, quelles relations aurions-nous entretenues ? Je ne pouvais même pas les imaginer ; je ne le voulais pas. La femme, en elle, se serait-elle donnée à l'homme qui l'avait tirée des griffes de Cornell ? Aurais-je été capable de satisfaire son amour, si elle m'avait aimé ? Aurais-je accepté une responsabilité aussi lourde ? Aurais-je supporté ce privilège que je ne méritais pas ? Je suis lâche, sans doute, mais je me félicite souvent d'avoir échappé à cette épreuve.

Je suis retourné sur mes pas. J'ai laissé le vent du lac me pousser dans le dos. J'ai refait en sens inverse tout le périple qui m'avait conduit de La Nouvelle-Orléans à Chicago. J'ai reconnu à leur odeur certains de mes arbres. Je n'ai pas compté les années. Depuis que j'ai perdu la vue, les heures, les dates, les saisons ne signifient plus rien pour moi. Je sais, cependant, que, des années, il y en eut beaucoup. Étrangement, je ne les sentais peser ni dans mes jambes ni sur mes épaules. J'allais droit vers le Sud, marchant d'un jour au jour suivant, sans penser au jour qu'il faudrait affronter après avoir triomphé tant bien que mal de celui-là. Survivre ne fut pas facile. De plus en plus de musiciens erraient sur les rives du Vieux Père. De plus en plus de musiciens proposaient aux carrefours une musique qui ressemblait à la mienne, racontant des histoires que j'aurais pu raconter. Soucieux d'élargir mon répertoire, il m'arrivait de retenir des fragments de mélodie, des bouts de texte (des strophes entières lorsqu'elles m'avaient plu) et de les interpréter comme si j'en étais le créateur. Je suppose qu'ils procédaient de la même manière après m'avoir entendu. Je le souhaitais de tout mon cœur, heureux à l'idée que mes chansons visiteraient des endroits où je ne me rendrais jamais moi-même. Dans ce pays d'Amérique, il existait à présent une musique qui n'appartenait à aucun des hommes qui la colportaient de ville en ville. Une musique immense, qui n'avait en aucun musicien ni son commencement ni sa fin. Une musique à peau sombre, née avec la peau craquelée des vieux cuirs. Par hasard, j'appris un matin, à Clarksdale (Mississippi), dans le comté de Coahoma, qu'elle portait un nom : ces morceaux que nous chantions sans nous connaître, quelqu'un les avait appelés des *blues*. Tous n'étaient pas tristes, pourtant, mais tous s'étaient enivrés avec le vin de la tristesse. S'ils étaient gais, ils étaient gais comme un homme saoul qui vient d'avoir une mauvaise journée. Tous avaient perdu quelque chose. Souvent, comme dans mon cas, c'était une femme ou plusieurs. Souvent, comme la plupart des miens, ils n'auraient su dire ce que c'était, mais leur nostalgie n'en était que plus grande.

Je ne marchais pas au hasard. Je me dirigeais vers l'endroit d'où j'étais parti. Vers le Bayou St. Johns. Vers le temple de la grande prêtresse. En rencontrant la dixième femme, j'avais aboli les pouvoirs, si considérables, de la main mojo que Tante Ivy m'avait confectionnée des années plus tôt. À quoi, cependant, me servirait un nouveau gri-gri ? De quoi pourrait-il me protéger, maintenant que je m'étais damné en trahissant une promesse solennelle avec l'au-delà, en trahissant ma Cassie et en reniant notre fille unique ? Notre fille que – même au fond de mon cœur, et c'était cela le plus grave – j'avais cessé de chercher le jour où je m'étais installé à Chicago, absorbé dans la fascination de Daphnee, ayant perdu de ce fait non seulement toute foi en cette quête, mais, je l'avoue, tout intérêt pour elle. Je n'avais plus rien à redouter. La pire des pénitences m'était promise à coup sûr, dans un monde où les sortilèges n'auront plus cours, où les puissances occultes seront désarmées. Quant à ce qui pouvait m'arriver dans ce monde-ci, souffrir était le seul moyen d'apaiser un tant soit peu mes remords… Dans ces conditions, à quoi bon consulter la féticheuse ? Mon avenir, je le lisais aussi bien qu'elle. Mes yeux le lisaient chaque jour dans leur propre mort. J'avais déjà quitté la lumière. Je n'avais besoin de personne pour chanter cette nostalgie-là. Le seul être qui aurait pu m'en consoler était au Ciel et m'observait avec affliction, souffrant de mes fautes malgré sa béatitude. J'avais perdu cette chose précieuse entre toutes : ce qu'un homme a, sans fatuité, le droit d'apprécier en lui-même. Je n'avais besoin de personne pour chanter cette nostalgie-là. Pourtant, il me restait une espérance. Celle d'entendre une dernière fois la voix de ma Cassie, avant que nous soyons séparés pour l'éternité. Je ne comptais pas obtenir son pardon, que la miséricorde divine m'avait refusé. Je désirais simplement qu'elle me parle, ou du moins qu'elle m'écoute. Qu'elle m'écoute lui dire qu'elle avait été et resterait toujours la seul femme humaine que j'avais aimée, mais que je ne regrettais rien : que, même en présence des tourments de l'enfer, de l'huile et des fourches préparées à mon intention, je serais incapable de me repentir avec sincérité d'avoir idolâtré Daphnee. Je voulais qu'elle le sache. Je voulais que ma confession soit complète. Non pour lui faire davantage de mal, bien sûr : pour ne rien dissimuler de mon péché et de la tendresse qu'il continuait de m'inspirer. La miséricorde divine ? C'était mon âme elle-même qui, en s'obstinant à chérir son hérésie, ne s'était pas accordé l'absolution.

La Glapion était en voyage. Je ne pus m'empêcher d'y voir comme un signe. Le peuple de la nuit n'approuvait pas mon projet. Ou bien l'esprit de ma défunte repoussait la perspective d'ultimes retrouvailles. Peut-être aussi étais-je tout bonnement soulagé, ayant présumé de ma force d'âme en m'imposant une confrontation qui aurait été un supplice et pour Cassie, et pour moi, et pour la magicienne tenant le rôle d'intermédiaire… En tout cas, je n'étais pas mécontent d'apprendre que celle-ci ne reviendrait pas avant des semaines – nul ne savait à quelle date précisément. Devais-je l'attendre ? Devais-je en profiter au contraire pour couper les ponts avec elle et avec les régions obscures, avec les bons et les mauvais miracles ? Ce dilemme me torturait. Sur le chemin de Back o'Town, je m'arrêtai à l'angle d'une rue pour chanter. Moins du fait que je n'avais plus un sou en poche (ayant acheté une poule vivante destinée au sacrifice et qui, par saccades, battait des ailes au bout de mon bras) que dans l'intention de me vider la tête quelques instants. C'est là qu'un vieil homme me mit la main sur l'épaule. Il avait reçu un message. On le prévenait qu'il allait mourir très bientôt, peut-être avant l'aube de cette nuit qui était en train de tomber sur la Louisiane. Or, il était tout ce qui restait ici-bas à sa petite-nièce, une orpheline de quatorze ans à peine. Il m'avait écouté. Il avait vu le fond de mon cœur. Il souhaitait me la confier. Sur-le-champ. Mandy, d'ailleurs, l'accompagnait. « Salue ce monsieur, petite. » Elle pouvait poser sa main sur mon bras, mais elle ne pouvait pas me parler. Mandy était muette. Néanmoins, à sa façon, elle avait approuvé le choix du vieux. D'après lui, elle était d'accord pour me suivre et me servir. Déjà, elle me rendait grâce de ne pas l'abandonner aux mauvaises gens qui rôdent, cherchant des proies faciles. Et puis, poursuivait-il, on voit tant de personnes se mettre ensemble, qui ne réussissent qu'à s'encombrer mutuellement, alors qu'un homme aveugle et bien bâti, une fille muette et menue, sont comme faits l'un pour l'autre. « Tu n'imagines pas, fils, à quel point Mandy est la compagne qui te convient. Montre-lui, petite ! »

Avec délicatesse, elle a saisi mon poignet droit et l'a détaché des cordes. « Continue de jouer les notes avec ton autre main », m'a dit le vieux. J'ai obéi, et j'ai entendu sonner les accords. Sonner avec plénitude et sur un rythme parfait. J'étais abasourdi. « Elle est muette, tu sais, mais elle n'est pas sourde. Nous nous sommes toujours compris sans peine. Je ne veux pas qu'elle me voie partir. Ce n'est pas beau, un homme qui crache son âme et s'envole en laissant une dépouille derrière lui. Elle le sait. Elle sait que je vous protégerai de mon mieux, là où je serai. Prends cet argent, que j'ai économisé pour elle. Maintenant, je vais l'embrasser et te serrer la main. » Je n'avais pas prononcé un seul mot. J'ai dit : « Prends soin de toi, là-haut. »

Un jour, je m'en souviens, nous avons vu tomber la neige. De Memphis, au lieu de remonter sur Saint Louis, nous avions pris, à l'est, la direction de Nashville. J'espérais toujours qu'en m'éloignant du fleuve, des grands axes menant de la mer aux Lacs, je gagnerais des contrées où la concurrence des autres bluesmen serait moins rude. Où les passants n'auraient pas l'impression d'entendre, en passant devant l'épicerie générale, la même musique que la veille, copiée note pour note par un artiste différent. Certes, la plupart des Noirs distinguent d'emblée entre deux blues racontant une histoire identique sur des mélodies voisines. La plupart des Blancs, cependant, ne possèdent pas cette faculté, et nous ne pouvions pas toujours nous permettre de les ignorer. À mesure qu'on avançait vers le nord, qu'on bifurquait vers l'un des océans, les villages qu'ils étaient seuls à occuper devenaient de plus en plus nombreux. Je m'étais constitué deux répertoires. Celui que je destinais aux Blancs se limitait à des hymnes, des chansons à la mode, des ballades traditionnelles, si délavées par le temps qu'elles n'avaient plus de couleur. Le reste du temps, je n'ouvrais pas la bouche. J'essayais d'éblouir mon public à force de virtuosité. L'un après l'autre, avec patience et avec obstination, j'avais arraché à ma guitare beaucoup de ses secrets. Chaque jour ou presque, elle m'enseignait des subtilités nouvelles. J'étais un instrumentiste chevronné. On aurait pu m'exhiber dans la vitrine d'un grand magasin. Ou sur la piste d'un cirque, avec Mandy, car notre duo, lui aussi, s'affinait, se diversifiait, se compliquait, s'aventurait au fil du temps. Ceux qui en avaient été les témoins au Quartier français de La Nouvelle-Orléans ou dans les rues d'Algiers, au début de notre association, n'auraient jamais voulu croire que c'étaient les mêmes saltimbanques qui, trois hivers plus tard, se produisaient dans les villes et les bourgades du Tennessee.

Ils n'auraient jamais voulu le croire parce que nous avions accompli, à force d'acharnement, des progrès spectaculaires, mais aussi parce que Mandy ne ressemblait plus que de très loin à la gamine qu'elle avait été. Le changement, même à moi, n'avait pas échappé. Même à moi dont le regard s'était éteint. Même à moi qui vivais en permanence auprès d'elle. À la façon dont les hommes lui parlaient, j'avais compris, quand je l'avais recueillie, qu'elle n'était pas belle, qu'elle ne promettait pas de l'être. Dans le Tennessee, elle allait en principe avoir dix-huit ans et elle ne l'était toujours pas. Il n'y avait pas de beauté sur elle, ça, je pouvais le sentir sans avoir besoin d'explorer ses traits du bout des doigts. Pourtant, la beauté ne lui avait pas tourné le dos. La beauté l'avait accueillie, dans l'état où elle se trouvait, au sein de son intimité. De même que la parole ne fleurissait pas sur les lèvres de Mandy, mais s'épanouissait dans chacun de ses actes, de même la beauté n'habitait ni ses formes ni son visage, mais lui conférait une grâce qui, elle, n'avait rien d'une apparence, puisque *je la voyais*. Ainsi, nous voilà sous un auvent, transis de froid, blottis l'un contre l'autre, tandis que la neige tombe. Mandy me raconte le silence de la neige et moi, grâce à elle, j'assiste au spectacle de la neige sans en manquer une miette. Et chacun a tant besoin de l'amour de l'autre, elle pour dire, moi pour regarder, que, cette nuit-là, nous nous aimons.

À l'aube, Daphnee était sortie de mon âme pécheresse. À l'aube, mon vieux cœur était comme neuf. À l'aube, j'avais un champ de neige dans la poitrine. Daphnee n'était plus qu'un nom dans ma mémoire, un simple nom inscrit sur un registre. Là où il s'était tenu, sur cet autel splendide, environné de lumière, celui de Mandy ne l'avait pas remplacé. Il n'y aurait plus d'autres étreintes. Il n'y aurait eu que cet amour d'hiver, une seule fois. Une fois pour toutes. Une fois pour toutes les fois où l'amour est nécessaire. J'avais ajouté une faute à mes fautes mais, par elle, j'avais entrepris de me racheter. Elle a respecté le silence de mes mains et de mes baisers. Elle est morte l'année suivante, non pas entre mes bras, mais sur un lit de l'hôpital des pauvres, à Toledo. Elle est morte en me parlant, tandis que je la dévorais des yeux. La fin de mon histoire, il y a si longtemps que je la traîne. Je poursuis une existence qui s'est achevée autrefois. Je ne vais nulle part, cependant je marche. Je n'ai jamais cessé de bourlinguer. J'appartiens au vent, telle une poignée de poussière. Bientôt, elle retombera et se mêlera aux ornières du chemin, aux ombres des beaux arbres. Je disparaîtrai sans avoir connu ma Loretta. J'ai jeté mon talisman aux orties. Je crois que les féticheurs sont à leur insu les prêtres du mensonge. Je crois que les puissances sont impuissantes, hormis celle de Dieu. Je crois que le Diable s'abuse et se vante, que la créature crée le mal sans lui. Je crois que chacun détient à sa naissance la clé de son enfer. Mais je crois que les muets gardent la parole au fond d'eux, que les aveugles demeurent clairvoyants au fond d'eux. Je crois que le pardon peut être prononcé, non pas au jour du Jugement (pour cela, il est déjà trop tard), mais ici sur la terre, quand l'histoire est finie et qu'il reste des couplets à chanter. Je chante partout que, même aux damnés, il est accordé du temps pour se repentir, du temps pour être en paix, afin qu'ils aient vu eux aussi s'étendre à l'infini les verts pâturages.

Vers la fin du siècle, j'ai reçu une proposition d'un homme qui m'avait écouté chanter mon *Blues de la maison vide* sur une place, dans une localité de campagne, perdue en plein Alabama. Le soir même, je participais à l'un de ces spectacles ambulants qui se donnent sous des toiles de tente et offrent aux pauvres gens une occasion de se divertir qu'ils saisissent avec une avidité parfois proche de la frénésie. Sur les planches, le programme mêle, à la médecine de charlatan, les pantalonnades et le théâtre de gaudriole, les numéros de jongleurs et d'acrobates, les lanceurs de couteaux, les monstres de foire, les montreurs d'ours et de malle sanglante, la musique, la chanson et la danse. Les réjouissances n'ont qu'un but : enfumer les naïfs. Leur faire tourner la tête au point qu'ils n'hésitent plus à tirer leurs derniers dollars de leurs poches et se précipitent sur le fatras de remèdes miracles exposés à leurs convoitises et adaptés à leurs chimères : les huiles de serpent, les décoctions mystérieuses au fumet répugnant, les baumes, les pommades, les onguents, les poudres, les potions, les sels, les toiles magiques et les farces à cataplasmes – tout ce qui guérit de la constipation, des croûtes, des kystes, des cheveux qui tombent, des femmes qui partent, des maris devenus flasques, des veaux à cinq pattes, des yeux vairons et des pieds bots. Nombre de ces médicaments vous rendent malades comme un chien : c'est la preuve qu'ils ne sont pas sans vertus. Avant de se soumettre à ces mortifications, les gens prennent prétexte de notre présence parmi eux pour se livrer à une débauche effrénée, folâtrant parmi les chiens sous les roulottes. La musique les entête. Les boniments les assomment. À la fin des soirées, le blues les berce et les purge des larmes accumulées depuis notre dernier passage. C'est là que j'interviens, non sans m'être auparavant exhibé pendant la parade, où ma figure ravinée, rabotée, grignotée par le vitriol, fait sensation.

Je suis désormais, jusque sur les affiches et dans les annonces que publient les journaux, Guitar Man, « La Face ». Des rumeurs circulent sur mon compte. Il paraît que j'attire, à moi seul, pas mal de monde. Sur les tréteaux, en plus de me donner la réplique à moi-même, j'accompagne d'autres chanteurs. En général, des femmes, dont beaucoup doivent leur succès à leur voix ample, lourde et profonde. Elles interprètent tout ce que les gens apprécient, prêtes à satisfaire n'importe quel public. Le blues, pour elles, n'est qu'un genre parmi vingt autres. Leur façon de le chanter n'est selon moi qu'une vague imitation, édulcorée par le souci de plaire à tous, et contaminée par le voisinage de leurs autres spécialités, comme les airs d'opéra ou d'opérette, les goualantes de bastringue et les chœurs patriotiques. Certaines, pourtant, font des efforts pour présenter quelque chose de moins artificiel. Je me souviens de Mama Gardner, une petite qui n'avait pas vingt ans lorsqu'elle nous a rejoints. Elle avait débuté sous les chapiteaux comme danseuse, une dizaine d'années plus tôt. Elle voulait toujours que ce soit moi, et moi seulement, qui joue derrière elle. Je l'aimais bien. Elle me demandait des trucs, des recettes, afin que ses blues paraissent plus authentiques. Je lui répondais chaque fois que ce qui « paraît » authentique, justement, ne peut pas l'être, mais elle n'en démordait pas. J'ai appris qu'elle avait fait, à Harlem, une jolie carrière dans le music-hall, sous le nom de Mamie Smith.

En suivant un cirque ou une caravane de guérisseurs, on continue de vadrouiller, mais on n'est plus libre de ses mouvements. Ce n'est pas pour cette raison, toutefois, qu'en 1908, l'année où Taft[1] fut élu à la présidence des États-Unis, j'ai quitté le circuit. Ce n'est pas non plus parce que je commençais à res-

---

1. Le républicain William Howard Taft, 27e président, que Theodore Roosevelt avait choisi pour lui succéder.

sentir le poids des années. Preuve en est que je marche encore, poursuivant ma route solitaire. Certes, je me limite à l'État du Mississippi, où j'ai entrepris ma cavale avant la guerre civile, sur les talons de Harriett Tubman. Mais cette terre est vaste. Plus je prends de l'âge, plus je m'aperçois que chaque recoin du monde est un univers. J'ai dû acheter un nouvel harmonica. En revanche, ma guitare m'est restée fidèle. La nuit, je caresse ses cicatrices. Elle a reçu des coups, mais elle vieillit moins vite que moi. Avec le temps, c'est étrange, je me suis attaché à ma vie. Je ne serai pas sauvé, c'est entendu. Néanmoins, il m'arrive d'apercevoir en rêve la splendeur des verts pâturages. Je ne sauverai pas mon âme misérable, mais peut-être aurai-je la chance de sauver celles de quelques frères qui auront entendu mes prières. J'ai renoncé au blues. Le blues détourne le regard des beautés que le Seigneur a mises sur la terre et des bénédictions qu'Il nous envoie. On m'appelle aujourd'hui Blind Brother Silas. Je prêche. Je chante l'amour de Dieu, la vie droite et le sacré des choses. Quand je finirai, personne ne retournera mon portrait contre le mur, et c'est bien ainsi. Je ne veux pas que des femmes se vêtent en rouge pour mener mon corps au cimetière. S'il pourrit dans un fossé, je serai mort de la même façon que j'aurai vécu le plus long de mon existence. Jamais plus je n'ai vu Daphnee dans mes songes. Je vois Cassie, je vois Mandy. De plus en plus souvent, elles se confondent. Je conseille aux filles qui s'arrêtent devant moi de danser entre elles, plutôt qu'avec des inconnus.

Daphnee

> Je me suis levée ce matin, toute ma vie riait de moi
> Je me suis levée ce matin, toute ma vie riait de moi
> Si je reste couchée demain, qui d'autre s'en apercevra ?

C'te pauvre Cassie prétendait que j'étais née en 1865. Le mois, je sais même plus. Pour ce que ça change ! Là, on est le 10 août 1920, le 11 dans pas longtemps : de toute façon, l'année s'achèvera pas avant que j'aie eu mes cinquante-cinq ans, et c'est pas un âge pour une fille comme moi. Y en a qui mériteraient de rester jeunes… À vingt ans, j'en paraissais quinze. À trente, j'en faisais pas plus de vingt. Puis, je sais pas ce qui s'est passé, la poêle s'est renversée et c'est tout le brûlé qui est venu par-dessus. J'avais pas trente-huit ans que la plupart des gens me situaient dans la grosse quarantaine. À cinquante ans, tout le monde m'en donnait au moins dix de plus. À cinquante-cinq, ils m'estimeront à soixante-dix. Quand j'aurai atteint les soixante, j'espère être plus là pour écouter ce qu'ils auront à dire…

La seule chance qui me reste, c'est de passer inaperçue, ce qui est pas trop dur pour une femme de charge, comme ils m'appellent. Ces femmes-là, les gens leur regardent à travers. Elles sont à quatre pattes devant un mur : c'est le mur qu'ils voient, les gens. En plein jour, si on les cherche, on craque une allumette. Y a la flaque d'eau savonneuse, la balayette, la serpillière, le seau d'eau et la brosse de chiendent, mais c'te paquet de linge sale répandu là au milieu, qu'est-ce' ça peut bien être ? Pas mal de ceux qui passent sont comme ce salaud de Ralph Peer, le manager des disques Okeh : ils croient que c'est le chien. D'ailleurs, ils me parlent pareil... Il fut un temps où l'homme qui, m'ayant tout juste entraperçue, serait pas resté les yeux cloués sur moi, changé en statue de sel, faisant la carpe avec sa bouche, ou bien on s'en serait méfié, ou bien on aurait été inquiet pour lui. Même les autres filles, elles en bavaient, ces salopes ! Même mon miroir, il en revenait pas ! Il se lassait pas de moi, à l'époque. Il trouvait pas des prétextes pour me tourner le dos et sortir de la pièce... Je m'étais donné un nom toute seule, dès que j'avais été un peu tranquille. J'ai oublié comment il m'était venu, mais aussitôt après, c'était comme si mon visage et chaque partie de moi s'évertuait à ressembler à ce nom si foutrement joli, Daphnee. Aujourd'hui, je dis comment je m'appelle : deux fois sur trois, ça fait sourire. Ils entendent le nom, ils jettent un coup d'œil à la personne, et ils ont un coin de la bouche qui se relève et un coin de l'œil qui se plisse. Mais je reprendrai pas mon ancien nom, rien à faire ! Je garde Daphnee, puisque ça les emmerde tant.

C’est à Chicago que tout s’est déglingué. Y a quoi de ça ? Dans les trente ans, au moins… Même les mauvaises années, c’est fou comme ça passe vite. Alors que chaque mauvaise journée, c’est fou comme ça dure longtemps… J’aurais peut-être dû retourner à Chicago, quand je me suis rendu compte que, à New York, tout déraillait et fonçait dans le décor… Avant que je quitte Chicago, ça marchait pas si mal, tout compte fait. En ce temps-là, je travaillais pas à croupetons. J’étais une femme verticale pour les uns, horizontale pour les autres, mais toujours droite comme un i. Toujours debout, d’une certaine manière. J’étais pas si à plaindre, comparé à ce que j’ai connu par la suite. Y aurait seulement fallu qu’on me débarrasse de Rafe Cornell, c’te bouse humaine – j’en pêche pas d’aussi grosses au fond des cabinets… Oh ! j’ai bien songé à m’en charger moi-même. Mais le fumier était bien trop salaud ! Il avait un troisième œil derrière la tête, comme les Blancs. Je l’avais vu esquinter une fille, un jour. C’était pas un bouseux abruti, qu’on approche à pas de loup pendant que tout le monde ronfle sous la tente et qu’on saigne en douce comme un goret avec son propre rasoir, bien profond jusqu’à ce que la lame grince contre l’os… Des tas d’hommes ont essayé de m’aimer, les cons ! Moi, j’avais pas besoin d’aimer personne – pour ce qu’on y gagne ! Mais je veux pas mentir : Mr McPhee, je l’aimais bien. C’est le premier qui a voulu fricoter avec moi. Tous les autres me prenaient encore pour une gamine. Lui, il avait beau être bourré les trois quarts du temps, il avait l’œil. Je le respectais pour ça. Il regardait plus ma mère : il me regardait, moi. Le salopard qui l’a tué, alors, il s'en serait tiré la tête haute, uniquement parce que des enfoirés de Blancs avaient décrété qu'il en irait ainsi ? Pas de si tôt !... Ç'a été mon premier. Je veux pas signifier par là qu'y en a eu d'autres, vu que ça s'est pas trouvé. Mais ç'aurait pu. Je me sentais si bien de l'avoir fait, au bord de leur putain de digue à la noix où on barattait la gadoue, à s'en foutre jusque dans les cheveux. J'ai dormi comme un loir. J'avais pas eu peur. Ni avant, ni pendant, ni après. Ma main avait pas tremblé. Personne est venu me demander où j'étais ni ce que je fichais cette nuit-là. Personne allait pleurer le pauvre connard. Même c'te guimauve de Cassie, elle paraissait contente. J'avais la solution, si des merdeux me cherchaient encore. L'occasion s'est pas présentée, voilà tout. Sauf avec Rafe. Mais, c'te fois-là, en plus du danger, on m'aurait soupçonnée à tous les coups. Il était copain avec les flics. Il aurait eu un juge dans la manche que ça m'étonnerait qu'à moitié. J'allais pas me faire pendre pour sa gueule en biais !

Bon. Je me suis arrangée. Je les ai laissés se débrouiller entre eux, c'te vieux colosse de musicien et lui. J'ai vendu ma putain de bague, j'ai pris mon billet à la gare et j'ai fichu le camp par le train de nuit. Je me croyais maligne. Là, je rêvais ! Le New York des nègres, c'est la ville où tout le monde entourloupe tout le monde. Tu as beau tirer les ficelles de celui-ci et de celui-là, y en a un troisième qui se colle dans ton dos et qui te tire les tiennes. C'est comme ça que ça marche. Au commencement, je m'en suis pas trop mal sortie. Puis, au début des années quatre-vingt-dix, je me suis fait choper par une vraie face de nouille. Il m'a collé un lardon, l'ahuri. Une fille, en plus. Je l'ai refilée aux bonnes sœurs fissa, mais tout de même… J'espère qu'elles lui auront pas collé un de ces noms à la gomme qu'elles se donnent à elles-mêmes. Bref. Après ça, aucun homme m'inspirait plus confiance. Du coup, j'inspirais plus confiance aux hommes. C'est là que ça s'est détraqué et que les années m'ont couru après de si bon cœur que, m'ayant déjà rattrapée, elles ont continué à courir, et moi à dévaler la pente.

Comme planches pourries, les hommes !… Je comptais sur eux, ils espéraient quelque chose de moi : on s'est tous mis le doigt dans l'œil. J'étais pas bête comme ma mère. Je voulais pas être elle. J'avais pas l'intention de rêver toute seule la gueule ouverte, dans un coin pourri, à un géant qui va me prendre dans ses bras le jour où on rasera gratis – et qui le ferait sûrement, ce con, si c'était pas qu'un fantôme ! Moi, je voulais être une Louise de Fred McPhee. Une femme qu'ils regardent tous d'en bas. Une femme dont on est si fier qu'on la cache pas dans un trou, une fois qu'elle est morte, mais qu'on va la dresser au sommet d'une colline. Je m'observais sur toutes les coutures. Je voyais bien que j'avais les qualités pour réussir. Cette Louise, je suis sûre et certaine qu'elle arrivait pas à la cheville de la fille que j'étais à douze ans. Qu'elle y arrivait pas quand elle avait cet âge, ni même quand elle avait six ans de plus. Ce qu'elle avait connu, elle l'avait connu parce qu'elle était bien tombée, parce qu'elle avait tiré le bon numéro. Moi, c'était autre chose. Moi, c'était mon dû. Le hasard avait rien à voir là-dedans. Alors, j'avais pas l'intention de rien donner à quiconque en échange, qu'il s'agisse d'un prince charmant, d'un caporal aux larges épaules ou d'un simple métayer aux dents qui branlent. Mais je me faisais des illusions quand même. Je me montais le bourrichon, puisque je m'imaginais que les hommes s'apercevraient pas que, mes grâces et mes chatteries, y avait rien dessous, rien pour leur vilain nez ; qu'ils s'apercevraient pas que la vitrine brillait de tous ses feux, bourrée d'articles de premier choix, mais que, par-derrière, le magasin était fermé à double tour. Qu'est-ce qui s'est passé ? Ils ont brisé la devanture, ils ont pillé la vitrine, voilà tout. Et je me suis retrouvée coincée dans l'arrière-boutique, les yeux écarquillés et le ventre creux, entre les rayons pleins de poussière… Ces salauds, ta jeunesse et ta beauté, c'est même pas ça qu'ils cherchent. Ils sont trop cons : une vache en tablier ferait aussi bien leur affaire. Je me doutais pas, pourtant, à l'époque. Je m'étais dit qu'à leur place… Bref, je m'étais seulement demandé comment j'allais leur promener ces choses-là sous le nez sans qu'ils mettent les mains dessus, afin qu'elles restent fraîches le plus longtemps possible. En quittant Chicago, je pensais encore que j'y parvenais pas trop mal. Et pendant ce temps-là, je me rendais pas compte de ce qu'ils me soutiraient par en dessous. Je me rendais pas compte que, la seule chose qu'ils voulaient, ils avaient qu'à se servir, vu que, moi, je lui accordais pas la moindre importance, la considérant comme un simple appât.

Ah ! Tous ces rombiers qui ont froissé ma peau entre leurs pattes, qui ont froissé ma vie comme du papier journal… Ils faisaient qu'entrer et sortir, ils étaient contents… Et toi, ma vieille, dans ta peau, dans ta vie, est-ce que tu y es seulement entrée ? Tu t'es sortie de Loretta, d'accord, c'était un bon début. De cette pauvre innocente, tu t'es dépêtrée en moins de deux. Daphnee te tendait les bras sur la colline : parfait ! Tu as couru vers elle. Tu as couru enfiler ta nouvelle peau, pendant que Cassie se grattait le crâne sur son gros cul, la bouche ouverte, à demander aux corneilles où tu étais passée (elle se le demande toujours, je parie). Tu as couru sur ces jambes de gazelle que tu avais en ce temps-là, mais Daphnee courait plus vite que toi. Voilà la vraie vérité. Hier, tu l'avais pas rejointe, et, aujourd'hui, il est trop tard… Jambes de gazelle, vol d'hirondelles. Ça va, ça vient. Et puis, un beau matin, ça revient plus… Aujourd'hui, tu sais tout ça par cœur. Tu sais que tu as jamais été à l'intérieur de Daphnee. Que tu es restée en rade, quelque part entre la femme que tu voulais plus être et celle que tu deviendrais pas, quoi que tu fasses. Et t'as enfin compris que cet endroit ressemble à la vie, ressemble à la mort, mais n'est en fait ni l'une ni l'autre. Comme dans l'histoire que racontait Cassie, tu te souviens ? Celle de c'te fou qu'elle avait connu jadis, qui se répandait tout partout dans la campagne, bondissant comme si on lui avait fourré un tisonnier dans le derrière, en braillant que le Sud d'après la guerre, le Sud de l'homme noir, ce serait un pays où, pour désigner les vivants et les morts, il y aurait plus qu'un seul mot, et un seul mot pour dire « tout le temps » et pour dire « rien qu'une fois »… Eh bien, moi, cette foutue contrée-là, je suis dedans ! J'y suis en plein.

Je réalisais pas la chose, jusqu'ici, mais je m'y trouve coincée quasiment depuis que j'ai laissé Chicago au bord du quai de la gare.

Tu crois que les hommes te mangent dans la main : ils te broutent jusqu'à l'os. Ils te frottent, ils te râpent, ils te récurent, ils te brossent à racines, ils t'usent, ils te délavent, ils t'effacent, ils te font disparaître telle une grosse tache de pisse sur un parquet. Ils ont même pas besoin d'être des Rafe Cornell pour ça. Le seul qui ait pas songé à profiter de moi, finalement, c'était c'te gars, c't'espèce de géant qui me regardait avec ses yeux de merlan frit comme si j'étais la mule du pape ou je sais pas quoi. C'te Guitar Man (j'ai jamais su son vrai nom). Bon, c'était un vieux, mais j'aurais pu passer là-dessus. J'en étais déjà plus à ça près, question pantalons. Plus c'est vieux, après tout, moins tu as le temps de t'en lasser. Et moins y a d'autres filles qui songent qu'à te le souffler sous le nez. Ce qui collait pas, c'était que, de mon côté, j'arrivais pas à profiter de lui comme je l'entendais, malgré toute sa bonne volonté. Il comprenait pas ce que je désirais, c't'abruti ! Ça le dépassait. Je lui mettais les points sur les i : rien a faire, ça rentrait pas. Il croyait que c'était pour rire. Vieux ou pas, il était fort comme un bœuf et, tout ce que je lui demandais, puisqu'il voulait tellement mon bien, c'était de me débarrasser de Rafe pour toujours. Mais il y avait vraiment pas moyen. À la place, il m'a offert c'te bague, quel corniaud ! Ç'a dû lui coûter les yeux de la tête, alors que faire craquer le cou d'un Cornell, pour un tueur des abattoirs, ça prenait vingt secondes et, en plus, c'était gratuit.

Quand j'ai vu ça, j'ai compris. Un brave benêt de ce calibre, on va pas le changer à son âge ! Tant pis pour lui. J'avais plus qu'à me démerder toute seule. D'abord, j'ai fourgué le bijou. Ensuite, je suis allée glisser dans le tuyau de l'oreille de Rafe qu'un Guitar Man du bas de la ville me courait après. Qu'il avait dans l'idée de m'emmener dans l'Est et de m'acheter des fourrures. Je lui ai dit, comme en passant, dans quel coin le vicieux avait l'intention de se promener ce soir-là. Je connaissais mon oiseau. Je pensais bien qu'il réagirait au quart de tour, et ç'a pas manqué. Il a giclé de l'hôtel à la vitesse d'un boulet de canon. Hop ! j'ai pris mes cliques et mes claques, sans m'attarder pour demander lequel avait tué l'autre, lequel ils allaient pendre pour ça. En tout cas, j'en avais plus aucun des deux sur le dos. N'empêche que, mon gros bêta, dans le train, je le regrettais un peu. Je comprenais pas pourquoi, sur le moment, mais j'avais de bonnes raisons. Car, maintenant, mes regrets, c'est bien pire. J'ai roulé ma bosse et je constate que, des mieux que lui, si ça existe, je les ai toujours pas rencontrés. Ça me fout le cafard. Qu'est-ce qu'il était lourd, Seigneur ! Qu'est-ce qu'il pouvait être collant ! Mais, à part ça, il m'a jamais rien demandé. Il m'a jamais rien volé, ni par-dessus ni par-dessous, ni par-devant ni par-derrière. C'était déjà quelque chose, non ? Tu parles ! Pour un homme, c'était déjà beaucoup.

Bon. J'ai eu tort, c'est ça ? Admettons. Qu'est-ce que je pouvais faire d'autre, par contre ? J'ai pas eu de veine. Avec ça, tout est dit. Y a plus qu'à tirer l'échelle. J'ai eu c't'enfant, et puis le Diable est entré dans la danse. Un fameux valseur, il faut reconnaître ! Il m'a menée par le bout du nez. Il m'a poussée dans l'escalier. Une à une, j'ai redescendu toutes les marches sur les reins, jusqu'à ce que je me retrouve à genoux sur c'te plancher, à faire le ménage la nuit dans leurs foutus studios. Toute la sainte journée, ils enregistrent des pouffiasses, et un tas de va-de-la-gueule qui se prennent pour des musiciens. D'habitude, j'arrive quand les derniers remballent. Parfois même, ils sont déjà partis. Y en a plus l'ombre d'un pour m'offrir une cigarette ou un fond de bouteille. Ils me laissent que leurs saletés. S'ils croient que ça me manque, de pas les avoir entendus ! À la ferme, toute gamine, je chantais mieux que ces morues (à côté de la plupart, je suis encore mince). J'ai arrêté pour faire danseuse. C'était calculé. D'autres filles avaient de la voix, mais, des jambes comme les miennes, j'étais la seule. Il faut pas gâcher ce que le Ciel t'a confié – c'est bien la seule chose que j'ai retenue de ma mère. Mes pauvres jambes ! Quand j'ose les regarder, je les reconnais plus… La musique, maintenant, je prétends pas que je m'en fiche, mais ces gars, tous autant qu'ils sont, ils ont beau s'habiller comme des gravures de mode, se piquer des épingles en or dans la cravate et se verser le pot de gomina sur la tête, y en pas un – Noir ou Blanc, je m'en fiche – qui serait digne de brosser le chapeau de Guitar Man… Grâce à lui, je sais ce que c'est, la vraie bonne musique. Je pourrais leur en apprendre là-dessus long comme le bras, s'ils daignaient m'écouter. Mais compte dessus !

Ce soir, donc, je m'amène à l'heure convenue et, pour un coup, ils sont tous encore là. Ça tombe mal. La chanteuse qu'ils auraient dû finir d'enregistrer avant que j'arrive, c'est justement Sophie Tucker, c'te grosse vache blanche qu'ils sont tous après comme des mouches sur une merde. Celle-là, je peux pas la supporter. Elle me crispe, mais, alors, quelque chose ! Autrefois, m'a raconté Perry Bradford, elle s'est déguisée en négresse, avec un genre de cirage et tout, façon ménestrel. Mais vous savez pas dans quel but elle a fait ça ? Vous le croiriez jamais. *Pour réussir*, figurez-vous ! Ça, franchement, ça vaut dix. Et, le pire, c'est qu'elle a réussi. Alors que, sans cette barbouille sur elle, elle pouvait bien s'égosiller, les gens passaient à côté sans la voir. À présent, elle porte des pantalons, elle fume dans la rue et c'est devenu la coqueluche de New York. Des fois, j'aimerais lui coller mon seau sur la tête. En plus, cette salope a le toupet de me glisser la pièce en pataugeant dans mon mouillé avec ses pieds de canard !...

Donc, je m'amène, y a encore du monde, mais, ce que j'entends à peine entrée, c'est pas les saloperies habituelles de la Tucker : c'est un blues. « J'ai un cafard dingue, depuis que mon amoureux s'en est allé... » Et c'est pas non plus c'te saindoux de Blanche qui le chante. Oh ! d'après moi, ça vaut pas beaucoup mieux, comme casserole, mais, au moins, c'est une casserole de couleur : elle a pas piqué ça à quelqu'un d'autre.

Je m'avance Je l'aperçois, c'te fille, plantée sur mon parquet. Pour sûr qu'elle casse pas trois pattes à un canard. Côté instrumentistes, en revanche, je conviens qu'ils se sont pas mouchés du coude. Je les connais plus ou moins tous, ces bonshommes. En particulier deux qui, pour le coup, sont pas des manches : au piano, celui qu'ils surnomment « le Lion », Willie Smith, un héros de la guerre en Europe, où il a encerclé tout un régiment, et puis Johnny Dunn au piston. L'orchestre – je parle pas de la musique – m'a l'air un peu bizarre, avec des nuques crispées et des petits regards qui partent en douce comme ça dans tous les coins. Même Willie, sous son melon, me paraît un peu nerveux en mâchouillant son éternel cigare.

À la fin du morceau, Perry Bradford, qui a organisé la séance pour les disques Okeh, me livre le fin mot de l'histoire. Avec moi, il a toujours été moins chien que les autres. Il apprécie tellement les personnes de couleur, il leur prête des qualités à ce point pas ordinaires, qu'on croirait qu'il en est pas une lui-même : qu'il est un de ces démons de libéraux blancs qui se serait passé au noir comme l'autre grosse. Il a remarqué que je sais plus où j'en suis – un blues dans ce studio, y a de quoi attraper le vertige ! – et il prend la peine de tout m'expliquer dans le couloir. Pour commencer, la Tucker était malade au fond de son lit (qu'elle en crève, bon sang ! Qu'elle en profite donc, une si bonne occasion se représentera peut-être pas de sitôt !). Afin que la compagnie perde pas les heures de studio déjà louées, il avait proposé une artiste de remplacement. Une Noire, bien entendu. Celle que je voyais là : Mamie Smith, qu'elle s'appelait (inconnue au bataillon). Les autres étaient pris à la gorge, ils ont pas pu refuser. Et quand Perry leur a annoncé qu'en plus d'un air de vaudeville ils graveraient carrément un blues (ce qui s'était encore jamais fait, non seulement dans ce studio, mais nulle part dans le monde : ça semblait pire que de cracher son jus de chique à l'église !), quand il a ajouté qu'avec ça, contrairement à ce que ces messieurs pensaient, ils allaient tous se remplir les poches, ils étaient bien trop assommés pour réagir. Aussi sec, cependant, la nouvelle s'était répandue en ville. Les associations de lyncheurs avaient jailli de l'égout, proclamant qu'elles allaient tout casser si une face de zan – une femme, en prime ! – s'avisait seulement d'enregistrer une de ces foutues obscénités. C'est pourquoi tout le monde était venu avec son revolver et pourquoi les musiciens, devant le pavillon qui sert à capter les sons, m'avaient pas semblé bien nets.

C'te Mamie Smith est plus une poulette du jour, entre nous[1]. Ses rondeurs, ça commence à flageoler. Et son blues – *Crazy Blues,* ils l'ont intitulé, on se demande bien pourquoi –, son blues, c'est, pareil qu'elle, de la marchandise du second rayon. Du gin arrosé à l'eau tiède. Une fichue pisse d'âne, quand je pense à ce que Guitar Man nous balançait à Chicago[2]. Il aurait pas su vous dire le nom de sa musique, lui. Il se contentait d'empoigner sa guitare et son goulot de bouteille, d'ouvrir la bouche ou de bouffer son har-

1. Elle était née en 1883.

2. Gérard Herzhaft : « *Crazy Blues* [...] a non seulement un énorme succès à New York, mais [...] aussi et surtout parmi les Noirs du Sud dont les gramophones achetés par correspondance attendaient désespérément un disque qui soit proche, d'une façon ou d'une autre, de leur musique habituelle : le blues. Comme

monica. Ce qu'il distillait au moyen de c't'attirail, c'était du raide garanti, du pur à cent pour cent. La pauvre Mamie, ça rassemble à de la gnôle, son truc, surtout à cause des musiciens qui l'entourent, mais, en vérité, y a que du thé dans la bouteille – encore heureux qu'elle ait pas fourré du lait dedans et aligné des petits biscuits autour. Oh ! j'ai pas peur : ça viendra. Forcément. Elle l'aura même pas fait exprès, mais elle y arrivera… Qu'est-ce qu'elles sauraient du blues, des bonnes femmes comme ça ? Je vous demande un peu ! Elles s'imaginent qu'on peut siffler un gorgeon de blues sans se ronger les dents ni se trouer l'estomac. Elles y croient dur comme fer, aux contes de fées. Elles croient, ces nénettes en sucre, qu'on revient de tout, et en un seul morceau. Mais bien sûr, c'est connu ! On traverse l'incendie sans se brûler, l'inondation les pieds au sec et la vie avec des jupes qui restent propres et bien repassées…

Cherchez pas plus loin. Voilà pourquoi les flammes de leurs chansons sont des langues taillées dans le papier rouge avec des ciseaux de brodeuse. Voilà pourquoi, leurs torrents de boue, on dirait une coulure

---

Crazy Blues se vend à 75 000 exemplaires par semaine, Mamie Smith retourne trois fois dans les studios new-yorkais pendant le dernier trimestre 1920 et devient une vedette du disque » (in *Le Blues*, dans la collection « Que sais-je ? » des Presses universitaires de France). Et, du même auteur : « Dès lors, Mamie entreprend une fructueuse carrière jusqu'en 1931, défraie la chronique mondaine par ses liaisons avec les grands jazzmen, interprète une série de films musicaux au début du parlant puis, drogue et alcool venant, sombre dans l'oubli et la misère. » (in *La Grande Encyclopédie du blues,* publiée aux Éditions Fayard).

le long d'un pot de géraniums. Et voilà pourquoi, les existences qu'elles racontent, ça ressemble à des chromos, à des scènes de théâtre. Tout est mesquin, tout est gnangnan, tout est factice. On serait bien attrapé si un seul des morts que leurs couplets laissent sur le carreau se relevait pas à la fin. Elles peuvent vous sortir les pires abominations : jamais vous avez le sentiment que quelqu'un est en train d'en baver pour de bon. Et surtout pas elles ! Vous vous dites pas en les écoutant que tout va de mal en pis et que ça fait que commencer. Vous vous dites pas que dimanche, non seulement vous fera regretter samedi, mais vous promet par-dessus le marché, dans sa mansuétude, qu'il sera tout de même un peu moins moche que le lundi qui va suivre. Le bonheur était pas là ce matin, quand vous avez ouvert les yeux : qu'est-ce qui vous chagrine ? Est-ce qu'il est pas censé vous attendre au coin de la rue ? En fait, il s'est déjà mis en marche. Seulement, il avance à reculons, c'est ce qu'on a omis de vous préciser. Vous le croisez : trop tard ! Il est déjà dans votre dos. C'est la bonne place pour vous botter le train, et on peut dire qu'il s'en prive pas.

Le blues, il s'agit pas de faire semblant. On est pas des Sophie Tucker. Quand on est en train de rendre l'âme, on s'applique ! C'est ce qui marine tout au fond du puits, tout là en bas dans le noir, qui doit sortir de toi. C'est pas des choses que quelqu'un a inscrites à la surface d'un papier et que tu apprends par cœur pour les recracher au signal et les oublier aussi sec. On rigole pas. C'est pas le genre de la maison. Notre vie, elle nous a oubliés ; le blues, lui, il oublie rien. Tu portes pas une ombrelle : on t'a chargé une enclume sur les épaules. Si on te l'enlève une minute, c'est pour t'en refiler une plus grosse… Moi, le blues, je sais ce que c'est. J'ai pas eu besoin d'apprendre. J'ai pas eu besoin que le Lion ou un autre me donne le *la*. Le blues ? Ça fait trente ans qu'on se quitte plus. Je le cherche ? J'ai pas besoin de le siffler. J'ai rien à faire de plus difficile que ça. Écoute. Je me relève du plancher, oye-ouah ! Une main sur l'appui de la fenêtre, une autre sur mes reins en compote. Je fais face à la vitre, et il se tient là devant moi. Il me regarde avec ses yeux de vieille faïence. Il a pas envie de sourire. Tu peux être sûr qu'il va pas me décrocher un mot. Il va seulement rester, jusqu'à ce que l'aube l'essuie de la vitre d'un bon coup de buée. Et là, j'aurai plus qu'à me retourner : il sera en train de revenir, mais par la porte, à présent. Il aura encore grandi, dis donc, depuis la dernière fois. C'te porte, c'est à peine s'il passera dedans.

Remerciements à Élisabeth Samama, Isabelle Marquis, Jacques Périn, Michael Haggerty, Philippe Carles, Christian Gauffre, Julien-François Zbinden, Jean-François Dauven, Daniel Richard et Véronique Guégan, Christian Charles, Thierry Pons et toute l'équipe de la Discothèque de Radio France.

Table

Aloysius 9
Nehemiah 16
Cassie 67
Silas 123
Cassie 184
Nehemiah 317
Silas 492
Daphnee 599

Alain Gerber dans Le Livre de Poche

Charlie n° 32012

Charlie Parker brilla d'abord par ses couacs. Il vit le jour à Kansas City, où les Noirs sont mieux reçus qu'ailleurs. C'est là que le futur « Bird » prend son essor, dans l'ombre de Lester Young et de Count Basie.

Chet n° 30886

Ce roman ne prétend pas rassembler les témoignages véridiques de l'entourage de Chet Baker, excepté ceux, inédits, de Riccardo del Fra et de Jean-Louis Chautemps. De même, certains personnages sont issus de l'imagination d'Alain Gerber, qui entend restituer au plus près, par le biais de la fiction, ce que fut vraiment Chet Baker.

Frankie, le sultan des pâmoisons n° 32014

Ses liens avec la Mafia et le clan Kennedy, son mariage tumultueux avec Ava Gardner et sa fréquentation de Hollywood font de Frank Sinatra l'incarnation d'une certaine Amérique, de sa face claire mais aussi de sa face obscure.

Lady Day n° 31185

La plus grande chanteuse de l'histoire de la musique afro-américaine au XXe siècle, née, selon les documents officiels, le 14 février 1915 à Philadelphie, et que l'on connaîtra sous les noms d'Eleanor Fagan, Gough, Fagan encore, puis Eleanor Halliday et enfin Billie Holiday.

Louie n° 30223

1931. À trente ans, Louis Armstrong a triomphé à New York et imposé à l'Amérique le style « New Orleans ». Rien n'était joué d'avance, pourtant, pour le petit Noir fasciné de bonne heure par la musique des bouges. Jusqu'au moment où le cornettiste King Oliver l'a pris sous son aile et lui a transmis ses secrets…

Miles n° 31596

« Est-ce que tu as parcouru tout ce chemin pour m'apprendre que tu allais devenir un oiseau moqueur, Miles ? Si c'est le cas, tu peux tout de suite t'en retourner d'où tu viens. »

Paul Desmond et le côté féminin du monde n° 31597

Il aimait brûler les cigarettes par les deux bouts. Il aimait le scotch Dewars avec une ardeur juvénile, et puis rentrer chez soi de travers, au petit matin, et contempler sa gueule de bois dans le miroir de la salle de bains. Par-dessus tout, il aimait les femmes.

Du même auteur :

Alain Gerber a reçu le grand prix du Roman de la Ville de Paris pour l'ensemble de son œuvre.

Romans

LA COULEUR ORANGE, Robert Laffont, 1975.
LE BUFFET DE LA GARE, Robert Laffont, 1976.
LE PLAISIR DES SENS, Robert Laffont, 1977.
LE FAUBOURG DES COUPS-DE-TRIQUE, Robert Laffont, 1979.
UNE SORTE DE BLEU, Robert Laffont, 1980 (prix du Roman populiste).
LE JADE ET L'OBSIDIENNE, Robert Laffont, 1981.
LE LAPIN DE LUNE, Robert Laffont, 1982.
UNE RUMEUR D'ÉLÉPHANT, Robert Laffont, 1984.
LES HEUREUX JOURS DE MONSIEUR GHICHKA, Robert Laffont, 1986.
LA TRACE-AUX-ESCLAVES, Grasset, 1987 (prix Mottard de l'Académie française).
LE VERGER DU DIABLE, Grasset, 1989 (prix Interallié).
MYLENYA OU LA MAISON DU SILENCE, Robert Laffont, 1991.
UNE CITADELLE DE SABLE, Robert Laffont, 1992.
LA PORTE D'OUBLI, Robert Laffont, 1993.
L'AILE DU TEMPS, Robert Laffont, 1994 (prix du Livre de l'été, Metz).
QUATRE SAISONS À VENISE, Robert Laffont, 1996.
LA PETITE OMBRE QUI COURT DANS L'HERBE, Robert Laffont, 1997.
LES PETITES CHAISES DE MYRTIOSA, Le Rocher, 1999.
ON DIRAIT QU'ON SERAIT..., Fayard, 2000.

JOURS DE BRUME SUR LES HAUTS PLATEAUX, Fayard, 2001.
LOUIE, Fayard, 2002 (prix Charles-Delaunay de l'Académie du jazz).
CHET, Fayard, 2003.
CHARLIE, Fayard, 2005.
LADY DAY, Fayard, 2005.
MILES, CE FEU PAISIBLE, Fayard, 2007.
FRANKIE, LE SULTAN DES PÂMOISONS, Fayard, 2008.
L'ÉTRANGE DESTIN DE GEORGE GENERS / GRICE JR, DIT GIGI GRYCE, Rouge Profond, 2008.
INSENSIBLEMENT (DJANGO), Fayard, 2010.
JE TE VERRAI DANS MES RÊVES, Fayard, 2011.

Récits

JETER L'ENCRE, Isoète, 1993.
PAUL DESMOND ET LE CÔTÉ FÉMININ DU MONDE, Fayard, 2007 (prix du Salon du livre de Deauville, Livres et musiques 2007).

Nouvelles

LES JOURS DE VIN ET DE ROSES, Robert Laffont, 1982 (bourse Goncourt de la nouvelle, grand prix de la Nouvelle de la Société des gens de lettres).
CE QU'ON VOIT DANS LES YEUX D'ILIYNA KAROPI, Le Rocher, 1996 (prix Renaissance de la nouvelle).
LES DÉBUTS DIFFICILES DE L'ÉCRIVAIN NATHAN TYPPESH, Le Rocher, 1996.
« L'ANNIVERSAIRE DE LA VIEILLE DAME », in Alst'homme, photographies Marc Paygnard, Éditions du Paysage, 1997.
LE SOURIRE DE CHACO, Le Rocher, 1998.
BALADES EN JAZZ, Gallimard, coll. « Folio & Senso », 2007.

Essais

JAZZ CLASSIQUE, Castermann, 1971 (en collaboration).

JAZZ MODERNE, Castermann, 1971 (en collaboration).

LE CAS COLTRANE, Parenthèses, 1985 et 2003.

PORTRAITS EN JAZZ, Renaudot et Cie, 1990 (prix Robert-Goffin de l'Académie du jazz).

MONTRÉAL BLUES, Table rase/Manya, 1992.

FIESTA IN BLUE, vol. 1, Alive, 1998 (prix Charles-Delaunay de l'Académie du jazz).

FIESTA IN BLUE, vol. 2, Alive, 1999 (prix Charles-Delaunay de l'Académie du jazz). Réédition en un seul volume sous le même titre, Coda, 2007.

LESTER YOUNG, Fayard, 2000 (prix de l'Académie Charles-Cros ; prix des Muses).

CLIFFORD BROWN, Fayard, 2001.

BILL EVANS, Fayard, 2001.

MILES DAVIS ET LE BLUES DU BLANC, Fayard, 2003.

JACK TEAGARDEN. PLUIE D'ÉTOILES SUR L'ALABAMA, Fayard, 2003.

Livres pour enfants

MON AMI EMILIANO ZAPATA, coll. « Je bouquine », 1985, et Livre de Poche jeunesse, 1987.

LE ROI DU JAZZ, coll. « Je bouquine », 1991, Bayard Poche, 1994, et Bayard Jeunesse, 2002 (Label du prix Versele).

LA VIE BUISSONNIÈRE, coll. « Je bouquine », 1992, et Bayard Poche, 1996.

LES ANGES DE RIO, coll. « Je bouquine », 1995.

Composition réalisée par NORD COMPO

Achevé d'imprimer en novembre 2011 en France par
CPI BRODARD ET TAUPIN
La Flèche (Sarthe)
N° d'impression : 65978
Dépôt légal 1re publication : décembre 2011
LIBRAIRIE GÉNÉRALE FRANÇAISE
31, rue de Fleurus – 75278 Paris Cedex 06

31/3466/5